打回老家去

王霞★著

中国书籍出版社
China Book Press

图书在版编目（CIP）数据

打回老家去 / 王霞著 . -- 北京：中国书籍出版社，2015.4

ISBN 978-7-5068-4923-4

Ⅰ . ①打… Ⅱ . ①王… Ⅲ . ①长篇历史小说—中国—当代 Ⅳ . ① I247.5

中国版本图书馆 CIP 数据核字（2015）第 096285 号

打回老家去

王霞　著

策　　划　王　平　陈复尘
责任编辑　游　翔
责任印制　孙马飞　马　芝
封面设计　北京楠竹文化发展有限公司
出版发行　中国书籍出版社
地　　址　北京市丰台区三路居路 97 号（邮编：100073）
电　　话　（010）52257143（总编室）（010）52257140（发行部）
电子邮箱　eo@chinabp.com.cn
经　　销　全国新华书店
印　　刷　三河市华东印刷有限公司
开　　本　710 毫米 ×1000 毫米　1/16
字　　数　610 千字
印　　张　41.5
版　　次　2015 年 5 月第 1 版
印　　次　2023 年 1 月第 4 次印刷
书　　号　ISBN 978-7-5068-4923-4
定　　价　76.00 元

常恩多将军女儿常征（左二）、孙子常景兴（右二）、外孙黄岩松（右一）正接受作家王霞（左一）的采访

论隐蔽埋伏（序）

刘祖荫

1942 年 8 月 3 日，抗日战争最艰苦的时候，东北军第 111 师、中将师长常恩多和鲁苏战区政务处长郭维城共同领导该师，在山东省东南的甲子山区英勇起义了，给国民党反动派“消极抗日、积极反共”政策予以有力的一击！

我作为一名中共秘密党员，参与组织了那次起义。由于 1941 年 2 月的第 111 师顽固派的所谓“肃清左倾分子”事件，东北军 111 师的中共秘密组织受到很大的损失，仅有三个秘密党员保留下来，我是其中的一个。

在 1941 年“二·一七”反动政变后，白色恐怖严重，硕果仅存的几个秘密党员是否撤退，一直是当时面临的重大问题。即或“八·三”起义前夕，失去联络一年多的党组织刚接上关系，所得到的指示仍是“立即撤退”，否则，“开除党籍”。张苏平是立了大功的，他权衡形势，坚决顶住，要不，后果不堪设想了。

“八·三”起义后总结经验，仍有人强调，环境恶劣，理应撤退。或是说：继续坚持，无大作用，王振乾（亦名王维平）曾以我为例说：“小刘不是留下来了吗？而且在（国民党）政治部里。”国民党军第 111 师政治部是国民党部队最反动的机关，尚有中共秘密党员的容身之地，前后达四年之久，在恶劣环境中坚持工作并不是不可能的，最后发挥了作用。

我与国民党军第 111 师政治部先后两任主任打过交道，一个是宋迪玺，另一个是龚晓清。

1938 年 10 月，东北军 111 师政治部在江苏淮阴的《战报》上登广告，招考义勇宣传队员，我报名应考被录取了。11 月中旬去 57 军军部驻地西坝报到，在这里等候 111 师派人派车前来接走，111 师驻地在沭阳，相距百余里，在此候命较久，没见到 57 军政治部主任，仅知有督导员龚晓清，他是军政治部职位最高的官长。

我去 57 军军部报到，同行还有几个女青年，其中一个是我的女友许雪华，她本是淮阴省立民众教育馆图书馆的职员，我由上海孤岛投奔在淮阴的胞兄刘祖望处，求学未成，因我胞兄在省立民众教育馆工作过，与许家姐妹熟识，我也就认识了许雪华，仅仅几个月，我们就擦出爱情的火花，她不愿与我分离，竟放弃图书馆的工作，与我及她的几个好友一起参军。她没有参加考试，但她认识江苏省政府无线电台台长黄某，此人与龚晓清熟识，请他写了推荐信，据许雪华说，其中也有我的名字。果然管用，龚晓清见信后就全部批准我们入队了。

不料好事多磨，许雪华母亲变了卦，约会许雪华好朋友的亲属，向黄台长大兴问罪之师，逼着黄台长与她们一起来到西坝要人，大哭大闹了一天，终于追回许雪华和她的好朋友，仅洪孳兮是孤女，父母早亡，她留了下来。

黄台长与我亦相识，我估计他是军统成员，他参加过蒋介石庐山“剿共”集训，他曾将厚厚的蒋介石“剿共”演讲集借给我阅读，以我当时的觉悟，对此不屑一顾，但我自幼家教熏陶，待人以礼，仍是很尊敬他。西坝告别时他一面表示十分无奈，为许母纠缠做了违心事；一面告知我，他已向龚督导员作了交代，要我安心在东北军工作，前途无量。

黄台长究竟向龚晓清交代什么，我不得其详，但在以后的经历中，却时时有它的影响。

1939年秋，我参加中共秘密组织不久，发现一重大秘密，那时我们驻在甲子山南麓的小房前村，我与李承仲、郜曼伯同居一屋，一天晚上，我早早睡下了，李承仲出外串门未归，郜曼伯在油灯下伏案写家信。我尚未睡着，李承仲风风火火回来了，他来到我床前喊我，我装睡未理他，他兴冲冲地与郜曼伯谈话，说他去了政治部，听他们评论宣传队，他们说南通参加的老队员里有共产党，特别可疑的是6月大“扫荡”时，不经政治部而在地方招收的新队员。说到这里，李承仲又来到我床前唤我，我仍装睡，并有轻微的鼾声，他转回去与郜曼伯继续谈话，郜问：“小刘是不？”李嗤之以鼻，说：“他幼稚，不是的。”及至天明，我就向组织上反映了，除保持警惕外，还在群众中揭发李承仲“狗腿子”的丑恶嘴脸，李承仲察觉此事，竟找我解释：“小刘，你不要紧张，没你的事，在淮阴参加的新队员数你后台硬，你是有‘八行书’的。”所谓“八行书”就是推荐信，我明白，那是指黄台长的推荐信。其后，郜曼伯与李承仲疏远了。“二·一七”反动政变后，郜曼伯返乡参加了新四军。

师政治部主任宋迪玺对我另眼看待，1940年初，他派我带一个组前往665团开展工作，临行前他单独召见我，说：“八路军115师到了鲁西，这是老八路，不像山东纵队土八路，好对付，他们善于做兵运工作，你这次去，就是要防范八路军，注意我们的官长有没有和八路军来往，特别是带兵官，更危险，有这方面情况，要赶快向我报告。”我唯唯诺诺应承下来。据我所知，派往各团的宣传队员，从没有被主任单独接见过，而且有如此赤裸裸的反共指示。

1940年春夏之交，宋迪玺升任57军政治部主任，遗缺由龚晓清继任。这年6、7月间，新上任的宋迪玺忽然送信来，要紧急召见我，我急忙前往军部驻地临沭县东盘村，宋问我有无军官与郯城、码头一带的八路军来往？有无观看《大众日报》？我说：“没发现与八路军来往的官长，《大众日报》老百姓家家有，随手看看是有的，和八路军来往的却没有。”宋问：“董团长怎样？”我说：“他执行军部命令很坚决，平时来往不多，665团没有中校团附，少校团附管松涛管事，我经常找他办事，他为人厚道，没有出轨言行。”谈话时他拿出一张《大众日报》，上面刊载郯城开军民联欢会，57军有人参加，还讲了话。宋严厉地说：“你回去查查，你们团是不是有人参加，私通八路，那是很危险的。”我说：“郯城、码头四通八达，每逢初四、十五，都有大集，军部、112师去的人也不少，我一定遵照指示，好好查一查。”宋迪玺点头，说他还要112师查查。并再三叮嘱有什么情况，赶快报告。我十分紧张，但窃喜，《大众日报》上说的"57军代表"其实就是我。

这年9月，发生"九·二二"锄奸运动，与徐州日军订立"互不侵犯，共同防共"秘密卖国协定的57军军长缪澄流被赶跑了，宋迪玺参与此事，跟缪澄流一起跑了。从此，我不再和宋迪玺打交道，而是和111师继任主任龚晓清打交道。1941年2月，借常恩多患重病不能理事之机，师参谋长陶景奎与331旅旅长孙焕彩合谋，发动了反动政变，以333旅旅长万毅为首的进步军官和进步团体被扣押，我也在劫难逃，与义勇宣传队一起被集体扣押了，我是七人领导小组成员之一，领导反迫害斗争，特别是绝食斗争，终于获得胜利，就地解散，避免了送往集中营的厄运。七人领导小组成员曾被单独扣押，并逐个传唤、审讯，单个隔离审查。几乎全部被龚晓清审问了，唯独我，没有被审问。宣传队解散时，大部分离队，七人领导小组全部押送出境，就是我一个人竟被留下了，事后听说，陶景奎有意，龚晓清自告奋勇，说："要留，就留师政治部吧！"我留在师政治部与郑冷一起编辑《阵中日报》，龚晓清不止一次谈起黄台长对我的美言，甚至以不容置疑的口吻说："你不是共产党。"我这才解开不被审讯而被留下的疑团。

当然，不仅仅是客观因素，也有主观因素。我这个人不爱出风头，不夸夸其谈，含蓄、自律。1940年9月，义勇宣传队奉命在军部集中，支部书记周丕炎与我谈话，说："由于叛徒告密，王秘书（即王维平，现名王振乾）在军部被扣押，组织上决定，在57军的中共秘密党员全部撤退。"[①]我这才发现，很多宣传队员没来军部集中，如邹强、黄毅、王冠宇、李倩、孙勇、王政等人。他继续说："还要撤退，考虑到你面目灰色，情况好一些，决定你最后一个撤退，担任掩护任务，想征求你的意见。"我表示同意，他交代："撤退要晚一些，可以到山东纵队九支队找刘司令接关系，你的代号是'亥'字，可要记牢。"又说："你将失去党的关系，在恶劣的环境下，你要以一个抗日的有正义感的公民身份坚持下去。"

我留师政治部编《阵中日报》，主要登载重庆广播的各战区战况和国内外时事新闻，也有一些反共的文章，主要是各团政训员们写的，我的办法是压稿不登，如果找我的麻烦，我就搬出重庆中宣部的一个文件："对于同中共之间的军事冲突，非经中央批准，不准自由在报纸上公布"，"公布应以严正忠告的态度，不得以挑衅的态度"[②]，说明此稿不能刊登的理由。我写社论，都是正面的、积极的，如论长沙三次大捷、德苏战争的性质、战局分析，日本南进、北进的预测等等。按照师政治部某些人的阴暗心理，都希望德国法西斯胜利，希望日本侵略者北进打苏联，他们反苏、反共是一脉相承的，而我却写苏联必胜，德国法西斯必败，不仅一论，而且二论、三论，我所以敢如此写，因苏德战争爆发时，重庆中宣部有过冠冕堂皇的宣传要点。我是本此精神写的，无可厚非。日本南进、北进的分析，我果断地指出南进。不久，日军对珍珠岛偷袭成功，太平洋战争爆发，我的预见变成了现实。我编辑的《阵中日报》不仅本师官兵欢迎，好评如潮，甚至发往鲁苏战区的样报，也同样得到青睐。有人专门到111师政治部要亲眼看看社论撰稿人，与此相对照的，战区政治部出版的铅印《阵中日报》经常闹笑话，如要闻头条“顾维钧大使专访白宫”，误将“大使”排成“大便”，令人啼笑皆非。龚晓清对我写的社论从不过问，不像宋迪玺，没有他的签字，不准发表。

最为难的一次是1941年夏，龚晓清找我，让我看了一份八路军的传单，传单上劝告东北军111师尽弃前嫌，共同抗日。他然后就指示我起草一份严词驳斥的文章，作为反宣传散发出去。我不敢不接受，但又很为难，我不愿违心地写一篇辱骂八路军的文章，我局促斗室，愁眉深锁，一个下午没写几个字，恰巧散步时遇见张苏平。我和张苏平没发生过党的关系，但我估计他是我们的同志，根据是，他和宣传队女队员李倩有恋爱关系，而李倩和我是同一支部的，她是组织委员，我是宣传委员，李倩不可能与非党人员谈恋爱。我就向张苏平求救。张说：“你就给他瞎写。”一语道破，顿开茅塞，第二天就写成交卷。隔一天，龚晓清找我去他住处，他批评我写的绕了大圈子，讲什么张学良“兵谏”，三位一体，完全是东北军的那一套，应站在中央的立场上予以讨伐。接着他从抽屉里抽出几张毛边纸，有他亲笔写成的传单，我仔细阅读，说：“主任，你写得真好，我再熬两宿也写不出来。”龚晓清颇为得意，我想，这是你写的，与我无关。

令人难以置信的是，111师反动派头子陶景奎，他对我的存身立足也起到了很大的作用。

陶景奎是陆军大学毕业的，政治上反动，日常生活却有儒雅之风，他很看重我的文笔，他曾对我说：“全山东就两个人可以帮助我整理文稿，一个是山东省政府某科长，另一个就是你。”我去665团前，一度为《烽火报》写社论，他就开始赞赏。令人大跌眼镜的是“二·一七”反动政变，义勇宣传队被集中扣押，开展绝食斗争时，我受命以集体名义给陶景奎写信以死抗争，这封信不是白话文，也不是半文半白的官家体，而是离骚式骈体文，其中四六句声情并茂，对仗工整，朗朗上口。绝食斗争胜利后，陶景奎曾找领队周丕炎谈话，问这封信谁写的？他不待回答，就说：“我猜是刘祖荫写的，那么哀婉凄切，悲壮激昂，我差点掉了泪。”再就是我帮王秀写的几篇呈文。

王秀是宣传队的女队员，她是三界首战斗牺牲的周连长的遗孀，南京下关人，与我有乡亲之谊。1939年夏日军大“扫荡”时，李倩号召大家拜干娘密切军民关系，王秀拉我在阎马庄拜了中年寡妇做了干娘，从此，我俩成了干兄妹，她在感情上、生活上对我有很多眷顾。义勇宣传队被集体扣押，绝食斗争胜利后，七人领导小组仍被扣押，其他人暂时恢复自由，及至5月，师部由朱磨村转移甲子山区。不久，义勇宣传队被解散，去向自报，一部分人要求去重庆大后方，如周丕炎，他的初恋情人黄海燕在重庆，他将去投奔会面。多数人是回老家，本地人好办，说走就走，而外省人则要经过敌占区，乘火车或海轮返家，如邹强、孙卜菁、王英才、王衍、郃曼伯等人。我自报返乡。个别人被留师工作，如徐振宇、吕梦林留干三队教书。王秀自报什么，我没过问。这天通知，去重庆大后方的一批人出发，到总部与51军前往皖北领取弹药的部队一起西行。就在这批人动身前夜，王秀来到我们被关押的院子，她说自报去一个陌生地方，被陶参谋长召见，要她留下嫁人，出言不逊，举止轻佻，王秀严词拒绝，表示要和宣传队的人商量后答复，经陶景奎同意，来这里求援。这时周丕炎准备次日登程，无心过问，就把此事推给我，我与王秀商量，她说："陶景奎不怀好意，不能留下，我去某处是假，准备过渡一下，返回南京，你不自报返乡吗？到时我们再联络。"我就帮助王秀写呈文，接连两封，均被驳回。这时，夜色降临，周丕炎等人都睡下了，就我俩挤在一盏油灯下，在小饭桌上起草呈文，一改前两次婉转求情的色彩，而是言辞凌厉，讽刺挖苦，一副豁出来拼了命的架势。我写好后让王秀誊抄，再交卫兵送出，我说："好困，我先睡了，誊清了上交，我不看了。"王秀含泪点头，伏案誊抄。我打开被子，在靠外头的地铺上睡下，很快睡熟了。不知过了多少时辰，忽听窗外卫兵高喊："参座批件！"我猛地醒了，发现王秀不知何时挤入被内同枕共眠，一只手搭我胸前，鼻息拂人。我赶紧起身出屋接回批件，重拈油灯，王秀鬓发蓬乱，睡眼惺忪，两人打开拆封，只见呈文上大笔划个"可"字，王秀如愿以偿，莞尔一笑："谢谢哥！"晨曦已现，大家忙着起身漱洗，一片慌乱，没发现有什么异常现象。

我被释放后，陶景奎故充风雅，把我当成他门下清客，不时找我前往他住处下围棋，或是帮助他整理文稿，有时留我吃饭，有时派勤务兵给我送瓶炼乳，还问问师政治部情况，谈谈宣传队的一些往事，他谈及王秀的几篇呈文，他估计是我写的，尤其后一篇，"骂得好凶。"我一面赔罪，一面估计效果：没准是歪打正着。果然，他动了惜才留人之念，陶说："也不是我一个人的意思，参谋处好几个人给你讲好话，那都是王秀前夫的同学、好朋友，参谋主任张沼看不惯，找王秀训了一顿，不准她乱串门子，托人保谁放谁的。"

这时的陶景奎大权在握，常师长患病不能理事，交给他代拆代行。我与这位炙手可热的反面人物来往，师政治部先存三分敬畏之心，认为我有靠山，减少了很多麻烦。

就是这样一些偶然或是必然的、主观的或是客观的因素条件汇合交织在一起，成就了我四年秘密党工作所取得的成绩，这是不可多得的历史机遇，百年难求，我应该十分珍惜。

事实上，我并没有这样的自觉，总感到这里太窒息，太苦闷，总想走出这一困境，到抗日根据地去，到八路军那边去，呼吸新鲜的自由的革命空气。1942 年春节，日军"扫荡"甲子山区，我与郑冷被疏散，暂住郑冷家乡的邵疃村内，我认为这是好机会，我说通郑冷，要他带路投奔抗日根据地去。不料忽患风寒，发高烧，不省人事，郑冷慌了，雇请民夫把我抬回 111 师石场村驻地治病，病治好了，投奔抗日根据地的机会却失去了。

日军"扫荡"撤走后，111 师恢复原态势，鲁苏战区统率机关移入甲子山区内，与 111 师师部相隔仅数里之遥。鲁苏战区政治部主任周复，号称复兴社十三大太保之一，他视察 111 师，到师政治部训话，湖南腔很重，但左一个"奸匪"，右一个"奸匪"，反共的调门高极了。111 师政治部"反共"气焰更为嚣张，原宣传队留下的三个人徐泽生、郑冷和我在一起商议，认为环境太恶劣，走为上策，分别写了请长假的报告，龚晓清出面挽留，终因去意已决，只好准假。徐泽生本地人，立时走人。郑冷要和我一起走，稍晚一步。考虑到与陶景奎的关系，我在临走前夕向他辞行，陶说："常师长交代了，你们宣传队的人去留要向他请示。你明天再来，听我的消息。"不料第二天传来消息："常师长说，刘祖荫不能走，政治部不给饭吃，师里给饭吃。"这就安排我与郑冷都到莒日联中去教书，这是所新成立的为111师军官眷属子弟开办的中学，张苏平兼任校长，薪酬高于师政治部。

徐泽生返家不久，就投奔抗日根据地，到了中共中央山东分局，见了原中共111师工委领导之一曹健华（易名华诚一）。曹健华时任抗敌自卫军政治部主任，他派徐泽生返回111师传达指示，要留下的秘密党员全部撤退，为张苏平拒绝。隔日，徐泽生返回山东分局见到中共111师另一位工委领导王维平，谈到他奉命回111师传达指示的经过，王维平说："这么大的事，曹健华一个人决定不好，你等等，我给江（华）主任汇报后再说。"第二天晚上，仍在王维平院子里，八路军山东纵队政治部主任江华与徐泽生见面，问了些111师的情况后说："这几个人继续待下去行不行?"徐说："问题不大。"江说："那好吧，你还回去，告诉他们不要撤，不能工作，个别交朋友。"徐讲了他的情况，去一次可以，再去就危险了，言之再三，江华最后说："如物色到人，你就不去，否则，你还得去一次。"等候一周，说物色到新人了，徐择生便留下工作。新人即曹成镒，他奉曹健华之命再次前往111师。曹成镒原是义勇宣传队队员，"二·一七"反动政变前，随661团前往皖北领取弹药，一去一年半，1942年夏随661团返回甲子山区，打发回家不久，对111师依然熟悉。他直接来到我住处，传达两个指示：一条设法营救关押在战区总部的万毅旅长，另一条是全部撤退，否则开除党籍。这指示是矛盾的，既然撤退，何能营救？又是很严厉的，徐泽生是非党群众，而曹成镒是中共党员。谁也不敢拿党籍开玩笑，张苏平面对这一严厉指示，一面表示准备执行，一面布置我和张德福（师特务连排长）注意紧急事态发展，因为他已与郭维城取得联系，得到即将举事的信息。他还从662团团长孙立基处证实：常师长病危，当权者剑拔弩张，可能内讧。就在这决定生死的时刻，历史车轮突然向我们一方启动——"八·三"起义爆发了，我和张苏平都是常师长病危托孤的对象，立时行动起来，曹成镒本是监督撤退的特使，一下子变为返回山东分局报告起义喜讯，请求援救的特派交通，真的是千钧一发！

起义当天，111师政治部主任龚晓清被扣押，与反动将领陶景奎、刘宗颜、刘晋武等人一起被关押在工兵营。翌日，张苏平和我接受任务，改换了干部训练二、三队的领导，立时武装干二队，受命扣押师政治部全体人员。外号"胖子"的文书被他们派来找我，要求"网开一面"。我讲我无权处理，他说："我们全明白了，你说句话，很管用的。"8月6日夜，师工兵营叛变，龚晓清借机逃脱，但师政治部全体人员却被押往抗日根据地内。其后，按共产党的政策，全部释放了他们。

8月8日，111师起义部队2700余官兵在小房前村集合，9日凌晨，常恩多将军把起义部队交给共产党就与世长辞了，因情况特殊，秘不发丧。代师长万毅召集起义部队营以上军官开会，我与会了，见到饱受牢狱之苦的万毅。只见他仍然神采奕奕，高兴地对我说："小刘，你坚持下来了，好样的！"我激动得热泪盈眶，哽咽无语。

其后我得知：重庆军委会悬重金通缉常恩多、万毅、郭维城、孙立基和我。我想：我一个小小的中尉，怎么和起义将领常恩多、郭维城、孙立基及逃到解放区的万毅等量齐观，再想想，国民党政治部吃了大亏，恨透了我，这在某种程度上，验证了我隐蔽四年的重要价值。

"隐蔽精干，长期埋伏，积蓄力量，以待时机，反对急性和暴露。"③

——对照毛主席有关党的方针，那就是非清楚，一目了然了。

最值得大书特书的是常恩多将军。我们一直以为他是东北军杰出的爱国将领、我党的好朋友。发动"九·二二"锄奸运动，蒋介石分析是"缪（澄流）、常（恩多）素有积怨"。"八·三"起义后，51军军长牟中珩曾与鲁苏战区总司令于学忠谈及此事，想不通常恩多为什么临死还要举行起义，投奔共产党。直至十年浩劫，这才查清常恩多将军是1939年春发展的中共特别党员，他生前未吐露半句，他是隐蔽埋伏在敌人内部的英雄，是111师秘密党工作的典范！

王霞同志历经十数载研究、采访、创作，呈现给世人一部沉甸甸的文学著作。《打回老家去》再现了七十余年前腥风血雨的岁月，写出以常恩多将军为代表的一批生龙活虎的人物，为后世子孙留下一部惊心动魄史诗一般的中华民族的抗战史、奋斗史！

生者欣慰，死者安息！

2014年5月28日于广州

注释

注①：1940年"七·七"抗战三周年，中共中央指示："在一切友军中（包括中央军、杂牌军在内）根据六中全会决议最后保留的确定不发展党的组织的政策，原有党员一律停止组织生活，以便建立党的信誉，扩大交朋友的工作，争取二百万友军的继续抗战。"1940年4月，中共东北军工委书记项乃光被捕叛变，7月28日，中央军委电山东分局："中央最近完全确定不在友军中发展党的组织，不允许任何部门对此决定有修改和保留，原有党员若不撤出，即一律停止组织生活。"1940年夏，八路军山东纵队一支队参谋长王玉章叛变，供认111师王维平、赵志刚系中共党员，山东分局紧急通知，57军内的中共党员全部撤出。

注②：这精神最早见于蒋介石1940年给江苏省主席韩德勤电报中，重庆中宣部以此精神发了个文件。

注③：毛泽东：《放手发展抗日力量，抵抗反共顽固派的进攻》，《毛泽东选集》第二卷，人民出版社，1991。

目 录

引子

邂逅

1

我几乎与他擦肩而过。

我，1960 年生人，曾任北京军区 38 集团军铁流文工团编导，现任武警政治部文艺创作室作家。

他，生于 1895 年，卒于 1942 年，生前任国民革命军第 57 军 111 师中将师长，死后眠于山东临沂华东革命烈士陵园。

他，就是常恩多将军。

2

我来时，他已去，缘何相遇？

——缘在 38 军。

二十世纪九十年代，我在军文工团任编导，曾得到一部刚出版的《38 军军史》(以下简称《军史》)。38 军一部是开国元帅彭德怀领导的平江起义的部队，在朝鲜战争中被中国人民志愿军总司令彭德怀誉为“万岁军”。军史是军旅作家成长的沃土，我如获至宝，可还没有捧热就接到通知，要我把《军史》上交回去。虽满怀疑惑，也只有遵命。几年后，在与老战友相聚中，我意外得到一个信息：当年收回《军史》，是因为其中对 114 师抗战时期起义的定性存在问题！这个疑窦被深深植入心中。

2007 年，已调武警部队工作十年的我，在一次会议上前后看望两任 114 师政委——马政委和肖政委（注：1996 年底，38 军 114 师转隶武警部队），他们竟不约而同地希望我关注 114 师的历史，关注那些不为人知的抗日英雄和部队艰难的诞生经历——65 年前的 1942 年夏，国民党东北军 57 军 111 师在中共特别党员常恩多将军率领下毅然起义，脱离了蒋介石的领导，投奔到八路军阵营，因此才有了后来的 114 师。

两任政委先后相告：时至今日，依然有人否定常恩多将军中共党员的身份，并由此来贬低、污蔑他，并把他领导的“八·三”起义定性为“事件”。在前面所说的那一版的《军史》上，正是这么写的。这当然遭到了有良心的史学家和111师抗战老兵的坚决反对和抵制，这也就是为什么《军史》被收回去的原因！

此时，我虽不十分了解那段历史，但仅凭已知线索，不禁心生疑惑：常恩多将军在病情不治的情况下，在挚友郭维城将军帮助下发动起义，把部队带进了民主抗日根据地几小时后，他就去世了。没有誓死抗日的精神，没有尽忠报国的决心，一个国民党中将师长在病魔缠身时，完全可以到大后方重庆去养病，那里山高路远，没有日本鬼子的“铁壁合围”，更无须整日操劳抗日杀倭战事，何苦临死了还要把手中仅存的部队拉进共产党抗日阵营里来呢?!

于是，我小心摃问两任师政委：以您政治委员的眼界看，常恩多将军是不是中国共产党党员？

两任师政委都坚定而肯定地回答：是！我坚信他是！

3

抗日战争，距离我和我后来人越来越遥远，那些年在国民党和共产党中究竟发生了什么事？

东北军是一支怎样的部队？“西安事变”的发生是偶然，还是必然？

已是国民党中将师长的常恩多究竟是不是中共特别党员？为什么这样一个拥有“高官厚禄”的人还要背弃国民政府和老蒋而倾心中共？为什么人已将死，却还要率部起义，把仅存的部队交到共产党手中？

否认常恩多将军中共党员的人正是他当年的个别老部下，且曾经受到他教导、保护和培养的人。胸挂胜利勋章的他（他们），对于常恩多将军这个“缺席者”，在先是赞颂、感恩后，在权高位重时又反过来否定、贬损，甚至痛斥、责难。当年发生了什么事，叫他（他们）的态度和评价在不同时代竟然发生天壤之差的变化？

常恩多将军，你究竟是谁？你的故事是一段颂辞，还是一曲悲歌？

东北军57军111师走过了怎样的艰苦历程？她是一支畏敌如虎的弱旅，还是一支勇猛灭倭的强军？

4

在曾任114师师长（原111师老兵、中共党员）翟仲禹的儿子翟若冬引领下，我终于2009年冬在广州某干休所，找到了111师抗战老兵刘祖荫老前辈。刘老先生虽年事已高，但耳聪目明，精神矍铄。他讲述常恩多将军和111师的故事，还把他一生研究、撰写和出版的《刘祖荫文史集》送给了我。一并送我参考研究的史籍还有很多，大都是他和111师老兵参与撰写、东北军研究学会主持出版的。

在研究和探索历史中，我不仅解除了上述的那些困惑，还意外认识了中国老百姓还不知道的抗日英雄——常恩多将军，意外认识了他和他的战友郭维城将军带进八路军序列中的这支部队。

史籍虽浩如烟海，但毕竟时移事远。牵肠挂肚了一百回，我望史生畏了一百回。

回身看，常恩多将军和他的战友们总在不远的地方迎候着什么，期待着什么。

扪心问，我若与常将军错身而过，与常将军领导的111师错身而过，还会有谁来到他们面前驻足？还会有人记住他们的名字，并将他们的英雄事迹昭告天下吗？

5

那就从1936年说起吧。

这一年，无论是在欧洲，还是在中国都发生了很多大事。

3月，希特勒宣布废除《凡尔赛和约》和《洛迦诺公约》，派兵进入莱茵非军事区。希特勒只用了区区4个旅的兵力就探明了英国和法国的底细——法国任其所为，而英国则姑息放纵。四个月后，德国伙同意大利武装干涉西班牙内战。

5月，日本借口保护侨民，又增兵中国华北。

9月19日，日军侵占丰台。

10月9日和22日，红军一、二、四方面军三大主力先后会师于会宁和将台堡，准备对日作战。

同日，蒋介石飞抵西安，着手“围剿”红军。

11月15日，傅作义领导的绥远抗战爆发，24日收复百灵庙。

11月25日，德、日两国在柏林签订“反共产国际协定”。至此，日本加入德国、意大利“轴心国”三国同盟。

第一章
别无选择

一、东北军要改写历史

1936年12月10日清早，西安城天寒地冻，街上人疏车稀，偶有一队荷枪实弹、穿蓝色制服的西北军巡逻队走过大街。

常恩多骑在马上，在副官和卫队护卫下，打马向东大街金家巷一号疾奔而去。

常恩多，满族，字“荻三”，东北军111师少将师长。紧随在他左右的是副官刘万胜、手枪排长王宗芳等官兵。

马队奔驰向前，马蹄踩踏冰雪的纷乱声响，和着呼啸的北风冲撞在空旷的街头巷尾。可在常恩多耳中，这坚硬而冰冷的声音仿佛就是三千万东北同胞悲凉的哭泣和哀号。——自“九·一八”事变，东北沦于日寇铁蹄之下已五载有余。五年多的时间里，东北军虽长城英勇抗日，但不久就退守华北，后转湖北“剿共”，今又围红军于陕甘，可就是不能打回老家去收复东北！不是他们不想，也不是东北军的统帅张学良不愿，而是，蒋介石不许！

在这五年多的岁月里，蒋介石不言抗日，也竭力阻挠、破坏其他军队抗日。热河抗战中，蒋介石训令东北军“侈谈抗日者杀无赦”，其后，他一面向日寇投降，先后签订了丧权辱国的《淞沪停战协定》、《塘沽协定》、《秦土协定》和《何梅协定》，把东三省、热河、冀东等大片国土让于日寇，一面调集百万大军围剿红军，对红一方面军连续展开了五次围剿，并最终将红军围追堵截到了陕甘宁贫瘠之地；他一寸一寸地向同祖同根的红军“收复失地”，可谓“寸土”必争，同时又在向日寇一省一省地出卖国土、交出主权，也实谓慷慨大方。半个多月前，蒋介石接受了日本灭亡中国的三原则，承认伪“满洲国”，并欲实现日、满、华关系正常化、经济合作及与日共同防共。蒋介石对日卖国求安，却在东北军、西北军包围陕甘的基础上，又调集30个师的中央军精锐部队和百余架新式战斗机、轰炸机，将陕甘宁围了个水泄不通，大有摧枯拉朽、斩尽杀绝之势。

更大的内战一触即发，东北军何时才能打回老家去？常恩多悲从心起。紧勒马缰，任由寒风冻雪刺骨割肉，他的心在疾呼呐喊：不！东北军一定要创造历史，东北军有能力、有机会改写历史！

常恩多挥鞭打马，奔向前去。

此次从合水前线赶回西安，常恩多是奉张学良之命准备接受蒋介石召见的。常恩多急于要见到张学良，并不为接受蒋介石召见做准备，而是要向张学良重提他数月前的建议——兵谏蒋介石！

二、111 师师长常恩多的企望

东大街金家巷一号，是张学良就任西北“剿总”副总司令、代行总司令职后租借的公馆，西安人称“张公馆”。

张公馆由三幢西式小楼组成。西楼居住张学良的家眷，中间住着卫队，最东面的小楼是张学良办公和接待贵宾的地方。

常恩多匆忙走向东楼。进了会客厅，他看到张学良正伏案写着什么。

常恩多：张副司令！我到了！

张学良边招呼常恩多坐，边继续给蒋介石写信：

> 奉谕，令合水前线之 57 军 111 师师长常恩多前往拜谒，听候钧旨。学良，12 月 10 日。

比起几个月前在王曲军官学校，张学良憔悴了许多。那时，张学良慷慨激昂、疾言厉色演讲了《中国的出路唯有抗日》，常恩多和所有军官都是流着热泪听完的。演讲完，张学良带头高唱《义勇军进行曲》：“起来，不愿做奴隶的人们，把我们的血肉筑成我们新的长城，中华民族到了最危险的时候……”歌声响彻云霄、震撼大地，张学良斗志昂扬、精神焕发。可眼前，张学良眼里布满血丝，脸色灰暗，神情也有些疲惫。常恩多深知，正是无数次苦谏蒋介石抗战未果，业已耗尽他的全部精神，而危在旦夕的华北及中国，已没有时间再等候蒋介石的醒悟了——张学良为中华民族的前途忧心如焚啊！常恩多愁苦难解，只见张学良收住笔，把信递上。

张学良：常师长，你 12 日 9 时动身去临潼，蒋总司令中午宴请你。对于总司令的垂询，你相机回答就是。

常恩多接过信，心情十分压抑：副司令！总司令还是死心塌地打内战、不抗日吗？

张学良竭力克制愤怒：是的！前天，我再次力劝总司令停止内战，共同抗日。可他，还是那老一套！

常恩多热泪涌上眼眶：副司令！姓蒋的不抗日，我们东北军跟着你干！你领着我们起事吧，把姓蒋的抓起来，逼他抗日！

张学良：东北军亡省亡家，又背负不抵抗罪名，为全国人民所不谅解。这几年的闷气，我们受够了！究竟是谁不抵抗？“九·一八”时，委员长来电不准我们抵抗。几年来的事实证明，不抵抗是根本错误的！

常恩多：我追随副司令多年，深知您的为人，一些心头话我不得不说！

张学良回身，看到了常恩多眼里的热泪和期待。常恩多曾在张学良身边服务八个月，对于这位比自己大五岁的兄长，他满怀了信任和欣赏。

张学良：常师长，你尽管直言！

常恩多：蒋总司令置民族于水火不顾，实在误国咎深！眼下东北人民、东北军队都眼巴巴地看着副司令，乞望副司令为国家、为民族、为东北三千万同胞、为几十万东北将士，开一线生机啊！

张学良克制激动的情绪：常师长！你告诉弟兄们，我张学良决不当卖国贼！

常恩多热泪流下来：副司令！不瞒你，我想解甲归田还乡拉队伍，为东北军争回这口气啊！

张学良热泪盈眶：我知道！我知道！

常恩多：副司令！你领我们反了吧！我们东北军愿意和红军并肩抗日！只要能抗日，能痛痛快快地杀日本鬼子，我常恩多就是战死在疆场，也死而无憾啊！

张学良紧紧抓住了常恩多胳膊：常师长，再等等！你要相信我！我不会跟着蒋介石继续打内战，东北军再不能消耗在打内战上了，我们会行动的！

常恩多能够感觉到张学良心里的力量：我相信副司令！

张学良镇定了一下情绪：你后天还是准时去临潼，日后会有报国的机会！一定会有！

常恩多感觉到了，张学良在等待一个机会，在等待上苍给他、给东北军，也是给中华民族的一次机会！

三、挚友

回家的路，常恩多倍感遥远和艰辛。在他心里，他何尝不在等待这个机会——历史给他、给东北军的机会！只是，这个机会，他等得太苦、太久了！如果可以从出生算起，他愿意他等待这个抗击倭寇的机会已有40年——1936年，他整40岁了！

1896年9月3日（农历丙申年7月2日），辽宁省海城县东三台子村一户满族常姓人家添一贵子，后取名“常恩多”，取字“获三”。

常恩多自出生，东北就连年战争，沙皇俄国、日本从没有停止在这片土地上的侵略和争斗。六岁上，他的母亲被战争和贫病夺走生命。又三年，日俄杀伐掳掠，辽南再陷战乱，最终，日本取代俄国再次霸占辽东半岛，战乱、租税再夺常恩多父亲。这一年，他只有九岁。后来，在族伯帮助下，他得以读完私塾、小学和师范讲习所。23岁那年，由于无钱养家，他投奔了奉军。从字兵到进入东北讲武堂第四期学习，从连长、营长到团长，直至当上111师师长，他无时无刻不期盼能把占据东北的侵略军赶出去，能让穷苦人日子过得好一点。可是，他先是跟随老军阀张作霖征战南北，后响应郭松龄的号令起义造反，又跟随张学良进关主持和平，但这支东北老百姓血汗钱养活的军队，就是不打日本鬼子。直到1931年日本发动“九·一八”事变，袭击北大营，蒋介石电命张学良“绝对不准抵抗”，“把枪收起来、仓库上锁，全部检查后交给日军”；“即使日军勒令缴械，占入营房，均可听其自便”等等，结果第二天，日军没花费什么气力就占领沈阳，四个半月多，就占领了整个东北三省。

“九·一八”事变当时，常恩多率团驻守宣化，闻讯无比悲痛。可无论他怎样求战，张学良遵照蒋介石命令，就是不与日本开战。虽后来的热河、长城抗战轰轰烈烈地开始，但最终还是被蒋介石出卖、扼杀了。

然而，常恩多要抗日的意志，如地火一般时刻都在燃烧。他在痛苦中等待爆发的时刻！

常恩多回到西安东城门附近的家，先是看望继母，又和老婆、女儿闲话了几句，就回到屋子里看书。捧起已被他翻旧的《共产党宣言》，他想起了第一个让他看到中国前途的人——程雪松！那还是在1933年10月，蒋介石以卖国换取苟安后乘华北局势暂缓之机，一面正在集中百万大军围剿中央红军，一面派大批特务进驻东北军，组建“政训处”。具有讽刺意味的是，正是在这时候，常恩多认识了作为政训员的程雪松。

程雪松，辽宁新民县人，这年23岁。他为人谦和，很有教养，不像其他人那样专横跋扈、不可一世。因为是同乡，又怀有共同的痛失家园的悲愤和对日本人的仇恨，常恩多和他渐渐成为知己。对蒋介石政府已失去信心，但又找不到驱逐倭寇、复土还乡道路的常恩多终日陷在苦闷、抑郁和忧愤之中。程雪松给常恩多送来了《共产党宣言》、《国家与革命》、《大众资本论》、《反杜林论》等革命书籍。同时，他还耐心细致地向常恩多介绍中国共产党和共产党领导的红军，讲苏维埃联邦社会主义，讲共产党的奋斗目标，讲红军是穷人的队伍……

倾听闻所未闻的新思想、新观念，常恩多惊喜而振奋，他找到了打回老家去的依靠，看到了中国的希望。他真诚地对程雪松说：我从小就受苦受难，是个苦命人。当兵就为了养家糊口，后来是想替穷人百姓出口气。过去，我只想着执政者要施仁政，当官的要当清官，穷苦的老百姓应该过上好日子。可这些年，我没有等到，也看不到。真没有想到，还有个共产主义，人人平等，这个办法实在好啊！

常恩多不知道的是，公开身份是蒋介石派到东北军中的上尉政训员的程雪松（后改名程道平），隐蔽的身份是苗勃然领导的“国际通讯”组织成员。“国际通讯”是一个搜集对日情报的秘密组织。

后来，程雪松调东北军总部工作，常恩多又认识了前来采访的《军事周刊》记者王再天。同样，也是抗日的迫切愿望把两个人结为同志。

王再天，字星三，1907年生于内蒙古哲里木盟科左中旗，蒙古族人。他的蒙古名叫“那木吉乐色楞”。

几个月前，在西安东望小学召开了东北讲武堂同学会，以纪念“九·一八”发生五周年。会上，王再天跳上课桌，情绪激昂高声说：当前，我们国家的形势是东北沦丧，华北名存实亡，中华民族亡国亡家已为期不远了！可在今天的政治舞台上，都是些什么人在呼风唤雨、作势弄权？有认贼作父的，有为虎作伥的，也有屈从苟安的！他们卖国求荣的方式，窃居高位的批发卖国，独霸一方的零售卖国。总之，他们以各种名义打内战、卖国，卖国、打内战，可就是不抗日！他们是一群彻头彻尾的卖国贼，就是一群置民族于水火而不顾的王八蛋！

王再天的演讲赢得了热烈掌声。他道出了所有东北军人的心声。

常恩多兴奋，拍着王再天的肩膀说：星三，骂得痛快！骂出了积淤在我心底的怒气啊！

忽然，常恩多想到了一个长时间积淤在他内心的疑问。他把王再天拉到墙角，小声问：星三，跟我说实话，你是不是共产党？

王再天左右看了看：我不是！共产党可不那么简单，我哪够格！

常恩多拉住王再天不松手，情意殷殷：好，你不说也行。告诉你老弟，我想见共产党的高级领导人，你设法帮我引见引见！

王再天认真看着常恩多：好！我虽然不是共产党，但在共产党里还有些朋友，可以帮你想想办法。

几天后的一天夜晚，刘澜波带常恩多在西安见到了中共洛川工作委员会书记叶剑英。叶剑英和常恩多一见如故，一直畅谈到天亮，才送常恩多离开。

回到王曲，常恩多一把将王再天拉出被窝，喜悦之意难以言表：你这个人不说实话！你还说你不是共产党，还说你不是共产党！

常恩多说的没错，程雪松和王再天都已加入中国共产党，并在东北军工委领导下工作。王再天惊喜问：见到了？

常恩多一脸的兴奋：见到了，叶剑英书记！他是南方人，亲热得很啊，我们像兄弟一样谈了好几个小时呢！他介绍了中共关于建立真正的民主共和国的主张，分析了咱们东北军现实的处境。他说，红军全心全意团结东北军抗日，帮助东北军打回老家去！因为，东北不仅是东北人民的东北，也是中华民族的东北。只要东北军、西北军和红军联合抗日，日本侵略者一定会被赶出中国去！他还对我说，全国人民团结一心、联合抗日，我们收复失地的日子就不远了，蒋介石卖国、投降的政策维持不了多久。老弟啊，我这心里亮堂多了，对未来的中国也更有信心了。

也正是在程雪松和王再天介绍下，常恩多结识许多有识之士，并建立了深厚的友谊，其中之一便是时任张学良机要秘书、24 岁的郭维城。

常恩多正沉浸在回想中，忽听有人敲门，他连忙起身开门，看到王再天、程雪松和郭维城站在门外，不禁喜出望外：啊呀！原来是你们几个！你们来得太是时候了，我正想你们呢！

王再天笑了：我们听说获三兄回西安了，这不就抽时间看望你来了！

程雪松和郭维城都笑了，算是招呼。

常恩多真诚道：一定是你们感觉到了我常获三的苦闷，知道我需要你们几个知己，所以你们都来了，是不是？

几个人会心而笑。

常恩多热情招呼：快进来，快！

几个人前后走进小屋。

程雪松道：常师长，我说你住在这里，郭秘书还不相信！

王再天附和：是啊！一个堂堂的国军少将师长，怎么会住在又潮又冷的贫民窟里呢？——也只有我们的获三兄啊！

郭维城始终在注意房屋和屋里的陈设。他看见房屋不仅矮小，还散发一股霉潮的气息，屋内的陈设就更加简陋，几样简单家具一看就知是房东的，他连声感叹：是啊，是啊！如果不是亲眼看到，我是无论如何也不相信一个少将住在这样的地方啊！

常恩多：比起东北三省受苦受难的乡亲们来说，我这已经在天堂里了！

几个东北军人闻声黯然失色。

他们首先议论起头一天学生游行示威的事情。头天，西安大中小学生数千人为纪念"一二·九"运动一周年，游行示威的队伍冲出东城门，直奔临潼要见蒋介石。学生的目的是要蒋介石停止内战，一致抗日。蒋介石闻讯后下令张学良："格杀勿论!"张学良担心学生吃亏，乘车追赶上队伍，把学生们劝回了西安。

常恩多闻后义愤填膺，说：姓蒋的只有本事打中国人，他算哪一国民众的领袖？"九·一八"发生五年多来，他除了和日本签订一个又一个卖国的协定，把一个又一个省让给日寇，就是专打主张抗日的共产党红军！他哪里是中华民族的统帅，他分明是日本人的走狗！他是中国最大的汉奸、卖国贼！

王再天忧心忡忡：现在的西安城里，谣传纷纷啊！

常恩多细问才知，谣传的大致内容有：中央军 13 师已经咸阳向西安推进，28 军将很快进驻临潼，蒋介石调张学良驻洛川、杨虎城驻韩城，东北军和 17 路军不"剿共"也得剿；如果张、杨不剿，东北军和 17 路军都将被调出陕甘，张学良、杨虎城也将被撤换。

常恩多焦虑道：这些都不会是空穴来风啊！更大的内战就在眼前了，东北军、西北军和红军建立起来的抗日团体，很可能毁于一旦，中华民族的前途堪忧啊！

郭维城把张学良"哭谏"也没能打动蒋介石的事，告诉了常恩多。

常恩多：蒋介石拒不抗日、铁心打内战，张副司令该下决心了！

几个人心有灵犀，异口同声道：——兵谏蒋介石！

程雪松：早该下决心，把姓蒋的抓起来，逼他抗日！

王再天：看来，东北军要抗日，全国人民要抗日，也只有这一条路可走了！

常恩多：张副司令命我后天去见蒋介石。不用见，我就知道他会说什么！少不了还是那一套——攘外必先安内，先剿共，再抗日。

王再天：蒋介石自月初来西安，每天都宴请东北军和 17 路军师长以上军官，昨天一早，他召见 67 军军长王以哲和 105 师师长刘多荃。他还是老一套，先问两个人的家庭，然后问他们读什么书，最后说："攘外必先安内，内不安，怎能攘外？现在，剿共仅剩最后五分钟，我给东北军一个立功的机会，你们要服从命令，努力剿共方是你们应持的态度！三年后，我一定打日本。到那时候，我带你们收复失地，你们一定会打回老家去！"

常恩多怒不可遏站了起来：这他妈的是什么混账逻辑！日本鬼子等他三年吗？小日本给我们三年时间吗?!

四、迫在眉睫

正如常恩多预想的那样，张学良和杨虎城都在等待一个时机——一个为中华民族开启光明、全民族团结抗战的时机。这需要智慧，更需要勇气——流血的勇气、死亡的勇气。为了抓住这个时机，张学良和杨虎城甚至准备牺牲掉他们手中的武装力量——东北军和西北军。他们把自己押上了赌场，一方是强大的蒋介石集团，一方是他们自己的身家性命。

这天，常恩多刚离开，张学良就因头一天学生"闹事"之事，被蒋介石叫到临潼华清池接受训斥。

蒋介石很不满意，质问道：昨天学生闹事，你为什么不用机枪扫射他们？

张学良克制愤怒：我的机枪是打日本的，不是打学生的！

蒋介石火冒三丈，拍案而起：那"九·一八"的时候，日本人到了你眼皮底下，你为什么不打？

张学良惊愕，瞪大了眼睛，1931 年 9 月 18 日晚发生的一切闪电一般出现在他眼前。——日本关东军突然袭击沈阳北大营、东大营的东北军，并炮轰沈阳城。张学良电报请示蒋介石。蒋介石回电："今后不论日军在东北进行任何挑衅，我方均不予抵抗，力避冲突，吾兄万勿逞一时之愤，置国家民族于不顾！蒋中正。"当夜，张学良又数次电报紧急请示蒋介石。蒋介石均答无事，命张学良"绝对不准抵抗"，"把枪收起来、仓库上锁，全部检查后交给日军"；"即使日军勒令缴械，占入营房，均可听其自便"；"无论日本人占什么地方，都随日本人占，我们是不抵抗主义，这话是我说的，但不许你对别人说！"

往事并没走远，张学良腾地站起：我怎么打？我用电报向你请示，你不是命令我不准打吗？

蒋介石张口结舌，无言以对。

张学良神情抑郁：总司令，我有话要申诉！

蒋介石已料到张学良要说什么：不要说了，还不是那一套，我不爱听！

张学良不顾蒋介石阻止，义愤道：日本占领东北进而控制冀察，近又由冀察进窥绥远，这种节节逼近永无止境的野心，如再不制止，将使整个国土沦于敌手。那时，我们将成为中国历史上的千古罪人而无以自解啊！

蒋介石闻声变色，起身欲离去。

张学良提高声音，坚决说：今天，共产党已一再表示愿意团结一致，共同抗日，我们有什么理由拒不接纳？据我所知，共产党不但主张抗日，同时要拥护你做最高领袖，你将成为全民族的伟大英雄！

蒋介石站住，回转身一字一顿狠狠说：你年轻无知，受共产党欺骗，你中了共产党的魔术！在杀尽红军、捉尽共匪之前，决不轻言抗日！“攘外必先安内”是我们既定的国策！你们决不可被共匪蛊惑！

张学良泪流满面，苦苦劝谏：我们应该认识到，内战的结果，无论谁赢谁败，都是中国国防力量的自我消耗，无异在客观上帮助了民族的敌人！我个人和东北军始终是站在你一边的，甚至代你受过。我们之所以抱隐忍态度，完全为了维持你的威信，以利于今后领导全国人民打日本。今天，我们的态度依然如故，我和东北军将士都希望你认清形势，改变政策，停止内战，一致抗日啊！

蒋介石恼羞成怒：即使你用手枪打死我，我剿共的政策也不会改变！

张学良张口结舌：为什么？为什么啊？

蒋介石：你是我的西北剿匪副司令，就该知道：军人以服从命令为天职，我叫你向东，你就应该向东，我叫你去死，你就得去死，不要问为什么！

张学良愤然：打内战、打内战，优秀的将才一个个战死沙场，再这样下去，你这个委员长必将成为民族罪人，袁世凯第二！

蒋介石暴跳如雷：全中国只有你这样放肆！除了你张学良，没有人敢对我这样讲话！我是委员长，我是革命政府的领袖，我这样做就是革命！反对我，就是反政府，就是反革命，就是奸党暴徒！你这是犯上作乱！

张学良满含嘲讽：你不要以为你的政绩就那么清明，没有人批评你、斥骂你。其实，骂你的大有人在；只不过碍于你的地位，别人不敢当面讲就是了！

蒋介石怒不可遏，抬起手臂怒指张学良：全中国只有你一个人敢这样诬蔑我！

侍从室主任钱大钧赶来，及时把张学良拉走，才平息了张学良与蒋介石这一次的争吵。

张学良刚离开，蒋介石对钱大钧口授一道命令：命陈诚以军政部次长名义指挥绥东中央各部队；命蒋鼎文为西北剿匪军前敌总司令；命卫立煌为晋陕绥宁四省边区总司令！

蒋介石并不惧怕任何人，更不怕张学良。回想当年的那些个反对他、轻蔑他的大军阀们，不都一个个被他分化瓦解，并逐个夺了兵权，现在不都老老实实的吗？针对张学良，他也不外乎是这样的手段。他打算明天就宣布几个新的总司令的任命，并于12 日下达围剿红军的作战命令。

张学良，你既反对剿共，我就调你滚出陕西！

五、兵谏蒋介石

1936 年 12 月 11 日夜晚，便成为张学良、杨虎城及东北军、西北军和中国历史的里程碑。

入夜，张学良在他的公馆召集高级将领会议，部署军事行动。人刚到齐，张学良突然质问 57 军军长缪澄流：你在华清池见委员长后，讲了些什么？

缪澄流一惊：我、我没讲什么啊！

张学良脸色难看，目光如炬。缪澄流想到什么，脸色骤变。

原来，缪澄流被蒋介石召见后走出华清池，对蒋身边侍从献殷勤道：张副司令对委员长是忠心耿耿的。只是，近来他的左右出现了宵小，副司令耳朵根软，被他们包围了，也就听信他们的了。

缪澄流没有想到，他讨好蒋介石的话这么快就传到张学良耳中。他感觉事情不妙，又无词答辩，心怀忐忑。

张学良很不满喝问：你到他那里卖糖，有什么用处？

缪澄流害怕张学良进一步追究，叠声表示忠心。说话间，热泪鼻涕流淌下来。

在座的高级将领都面露轻蔑。缪澄流因平素贪污腐化，不能带兵，不懂打仗，又无信仰，而在东北军中信誉不好。一年前，张学良力排众议提拔缪澄流当了 57 军军长，就曾引起东北军很多高级军官不服。

缪澄流，字开源，满族，辽宁开原人，1897 年生，东北讲武堂第六期毕业。长城抗战中率部防御界岭口，薄有声誉。一年前，57 军代军长、111 师师长董英斌因在与红军作战中损失两个师而被撤职，常恩多升任 111 师师长，缪澄流升任 57 军军长。缪澄流很清楚，是张学良一手提拔了他、重用了他，张学良自然也可以顷刻间撤职查办他。所以，听到张学良的训斥，他浑身哆嗦，鼻涕眼泪自然而然就流淌了下来。

12 日凌晨的军事行动并不顺利。在西安新城大楼里等候电话的张学良和杨虎城心急如焚。终于等到了刘多荃从临潼打来的电话，张学良得到报告：没有捉到蒋介石！

张学良发问：听到飞机声音没有？

刘多荃：没听到。

张学良：你查查，蒋介石的汽车在不在？有没有越过包围逃脱？

刘多荃：张副司令，蒋介石的专车在库里，没有人逃脱包围圈！

张学良命令继续搜查。

放下电话，张学良对杨虎城说：若找不到委员长，我便将自己的头割下来，请虎城兄拿到南京去请罪，了此公案。决不能因要停止内战而引起内战，那我张学良就成了千古罪人！

是夜，蒋介石在侍卫帮助下逃向后山，在翻越山墙时，不慎落进七八米深的水沟，摔伤了腰。后来，孙铭九从蒋介石的贴身侍卫那儿得知蒋介石就在山上，于是展开搜索，最终在山石夹缝里找到了蒋介石。

蒋介石哀求地喊道：我是委员长！你们不要开枪、不要开枪！

蒋介石钻出山洞。他身穿古铜色绸袍和白色睡裤，赤脚，沾满泥土的身体正瑟瑟发抖。看到孙铭九，他说：你、你打死我吧！

孙铭九：不打死你，叫你抗日！

蒋介石惶恐：你们是哪里来的？

孙铭九告诉蒋介石：东北军！

蒋介石被惊了一下，他似乎在悔恨什么。

孙铭九：张副司令命令保护委员长，请委员长进城，领导我们抗日，打回老家去！

蒋介石看到已无杀身之祸，就一屁股坐地上，厉声道：叫你们副司令来！

孙铭九一挥手，上来几个士兵把蒋介石架了起来。蒋介石在东北军一队官兵拥推下走下山去。

忽然，接官号响起。

在平时听起来美妙悦耳的号声，此时在蒋介石耳中如哀丝豪竹——他“剿共”到底、拒不抗日的计划就要流产了。

瞬间，接官号此起彼伏，骊山上下官兵沸腾，他们为抓住了蒋介石而欢呼雀跃，为即将到来的全国抗日而万众欢腾。

第二章

渭南，中央军的死地

一、临危受命

1936年12月12日上午，常恩多带副官刘万胜和卫队骑马走上大街，正欲去往临潼。忽然，大街小巷涌上成千上万的学生和市民。他们打着标语，高唱《义勇军进行曲》，欢呼雀跃如洪水一般奔涌而来，顷刻间便阻塞了大街小巷。

倾听群众的呼声，常恩多一惊。他跳下马来，追着人群跑去。他终于听清了那些略带嘶哑、参差不齐的呼喊声：

坚决拥护张学良、杨虎城的革命行动！

打回老家去，解救东北父老！

停止内战，抗战到底！

把日本帝国主义赶出中国去！

……

融化在由歌声和欢呼声汇聚的人流中，常恩多激情澎湃、热泪横流。他迎着游行的队伍跑去。

刘万胜喊着“师长”，在后面追赶。

常恩多冲着游行队伍激动大喊：可以抗日了！东北军终于可以抗日了！我们终于可以打回老家去了！张副司令，好啊！你干得好啊！我们终于可以打日本鬼子了！

刘万胜跟随常恩多12年，还从没看到他像今天这样疯狂、这样欢跃地奔跑和呼喊，像一个终于如愿以偿的大男孩。

一些学生在散发报纸和传单。

刘万胜跑上前抓了一把传单追去：师长！师长！快看啊！

常恩多接过一张《西北文化日报》号外，热泪模糊了视线。他看清了，就在这天凌晨，张学良、杨虎城派兵在临潼捉了蒋介石，在西安扣押了蒋介石的文臣武将，抗战有希望了！

张学良、杨虎城通电全国的电文写道：

> 东北沦亡，时逾五载，国权凌夷，疆土日蹙。“淞沪”协定，屈辱于前；“塘沽”、“何梅”协定，继之于后。凡属国人，无不痛心。近来国际形势豹变，相互勾结，以我国家民族为牺牲。绥东战起，群情鼎沸，士气激昂。丁此时机，

我中枢领袖应如何激励军民，发动全国之整个抗战？乃前方之守土将士，浴血杀敌。后方之外交当局力谋妥协。自上海爱国冤狱爆发，世界震惊，举国痛愤。爱国获罪，令人发指。蒋委员长介公受群小包围，弃绝民众，误国咎深。学良等涕泣进谏，屡遭重斥。昨日西安学生举行救国运动，竟嗾使警察枪杀爱国幼童，稍具人心，孰忍出此！学良等多年袍泽，不忍坐视，因对介公作最后之诤谏，保其安全，促其反省。西北军民一致主张如下：

（一）改组南京政府，容纳各党各派，共同负责救国。

（二）停止一切内战。

（三）立即释放上海被捕之爱国领袖。

（四）释放全国一切政治犯。

（五）开放民众爱国运动。

（六）保障人民集会结社之一切政治自由。

（七）确实遵行孙总理遗嘱。

（八）立即召开救国会议。

以上八项为我等及西北军民一致救国主张。望诸公俯顺舆情，开诚采纳，为国家开将来一线之生机，涤以往误国之愆尤。大义当前，不容反顾。只求于救亡主张贯彻，有济于国家，为功为罪，一听国人之处置。临电不胜迫切待命之至！

常恩多激动得热泪滚落。他跳跃、欢呼：干得好！干得好啊！干得痛快，大快军心，大快民心啊！张副司令万岁！

刘万胜热泪横流：师长！我们打回老家去有希望了！

常恩多：是啊！是啊！

忽然，常恩多想到什么，脸色骤变，攒眉蹙额。

刘万胜：师长，怎么了？

常恩多：中央军是不会善罢甘休的。走，去见张副司令！

兵谏指挥部里一派繁忙。

西安新城大楼原是明朝皇城，当年慈禧太后在西安避难时改建为行宫，后来一直是杨虎城的17路军总指挥部。发动事变后，杨虎城和张学良把联合指挥部设在了这里。

这天早晨，为防御中央军进攻西安，张学良和杨虎城正在地图前部署军事力量。张学良命参谋人员发报，指示驻守在河北的东北军53军军长万福麟火速向郑州、黄河大桥一带集结；指示驻守在洛阳的东北军炮8旅旅长黄大定在洛阳筑起防线，与万部共同截断陇海铁路，以阻止中央军进犯。杨虎城命令驻守在陕西大荔的西北军冯钦哉部扼守潼关。

常恩多兴冲冲走进：张副司令！杨主任！

张学良高兴迎上：常师长！你来得太好了！这回，你可不必再到临潼去见总司令了！

常恩多激动说：张副司令！我坚决支持你和杨主任的兵谏行动啊！你们干得好啊！

杨虎城和常恩多紧紧握手后，就被人叫到一旁去了。

张学良握住常恩多的手：你我今天活着，谁知道明天怎么样？宁为玉碎，不为瓦全，我张学良今后也不再有耻于中华民族！在九泉之下，我也心安理得了！

常恩多赞同道：东北军再也不背“不抵抗”的骂名了！

张学良：对！我和杨主任估计，南京政府会派重兵进攻西安，免不了要有一场大战、恶战，我们必须联合西北军民背水一战！你我多年关系，话不必多说，你立刻准备！

常恩多：是！

两个人走到地图前。

张学良指示渭南县东、渭河北岸：我派飞机把你送回合水，你火速率部赶到这块咽喉要地，誓死抵御中央军进犯西安，越快越好！

常恩多坚定道：副司令放心，我常恩多赴汤蹈火，万死不辞！

常恩多走出新楼，刘万胜兴奋迎上：师长！见到张副司令了？

常恩多信心百倍：见到了！地图！

刘万胜匆忙打开背上的图囊，取出地图。跟随常恩多多年，刘万胜已养成习惯，无论何时何地，他都随身背负着这个牛皮做成的图囊。

常恩多指着地图说：明天，你带手枪兵乘汽车赶到渭南县东、渭河北岸的东门丁村，做好迎接部队的准备。

刘万胜：那你呢？

常恩多：我乘飞机回合水，率部队很快就到！

刘万胜激动：师长，我明白了！

二、开赴渭南

坐在张学良专机上，凝望被皑皑白雪覆盖的山野，常恩多思绪万千。蒋介石被捉，会那么老实地听命于张学良和杨虎城，而心甘情愿地服从全国人民的抗战意愿，掉转内战枪口去打日本鬼子吗？不！他不会。他不是个能听进劝谏的人，更何况是兵谏！这次被捉，将成为姓蒋的人生中最大的耻辱和痛恨！这样看来，更大的危机潜伏在张学良和杨虎城身边——他们得罪了掌握中国军事、政治、经济及一切最高权力，而又心胸狭窄、剪除异己、睚眦必报的“领袖”！张学良和杨虎城的生命和前途堪忧，东北军和西北军的前途堪忧！

常恩多的担忧是有依据的。

国民党早期只是个松散的政治联盟。国民党内的高层领导人，一些人是忠心耿耿的革命者和仁人志士，一些人却是投机者、政客。国民党从早期政治活动开始，发动了无数次举国震惊的武装起义，但孙中山及其他领导人都不善于抓军队、握兵权，因此，在蒋介石之前国民党没有自己的军队。

蒋介石早年在上海滩混迹于青红帮，学会了暗杀绑架等一系列流氓手段，又涉足经商和证券交易市场，虽几乎两手空空，但学习到商人的投机奸诈手段。这些，在其他国民党要员身上都是不具备的。他死心投靠上海都督陈其美后，有机会认识了孙中山。孙中山永丰舰遇难，蒋介石乘机相随，赢得了孙中山的信任。共产党和苏俄对中国广东革命大有帮助的时候，他大喊联俄联共扶助农工，因此赢得了人心。1925年，蒋介石从黄埔军校起家后，国民党内部终日充斥着争权夺势的斗争和军阀混战。在这无休止的血腥斗争中，蒋介石连战连捷，从这年6月在国民党中央执行委员会上，他以武力胁迫众人选他为国民党中央执行委员、任命他为国民革命军总司令，到赶走胡汉民、逼走汪精卫、智夺许崇智军权，到北伐抵达长江流域，与国民党各路军阀——桂系、阎系、冯系等混战，他一手握高官厚禄相诱惑，一手以军事打击相威胁，加上暗杀等手段，可谓步步为营，稳扎稳打，犁庭扫穴，战无不胜。

可这一回，他完全彻底地结结实实地栽在了张学良和杨虎城的手中！他败在了东北军和西北军的手下，他真的会善罢甘休吗？

可常恩多现在还没有时间思考更远的问题，他要完成的是立即组织部队向渭南进军，并展开防御，准备迎接中央军的“讨伐”。

14日，常恩多回到合水111师驻地，立即向全师官兵传达“西安事变”经过，宣传东北军、17路军和红军“三位一体”停止内战、团结抗日的主张和意义。他的话还没有说完，队伍里一片欢呼雀跃，老兵哭，新兵笑，都为终于能实现抗战而激动不已。那阵势凄惨而激愤，感动天地，震撼山河。

常恩多激情澎湃，说：我要重申111师师训，那就是“守规矩、卖力气”！——为国家守规矩，为民族卖力气！到时候了，到我们为中华民族卖力气的时候了！蒋介石被捉，中央军要包围西安，我们要誓死保卫西安城、保卫张副司令、保卫兵谏成果，决不让他们的阴谋得逞，以胜利逼迫蒋介石老老实实地答应抗战！

常恩多动员完，就命赵开云带633团2营5连连夜出发，汇合刘万胜对渭南一带中央军展开侦察。遵照张学良的指示，常恩多命各团把多余的辎重、武器弹药和给养交给了友邻红军后，就率111师作为57军前卫轻装出发了。

常恩多率部一路小跑，顶风冒雪日夜兼程，向渭南县东的渭河北岸急进。

部队转进途中，常恩多和总部联络参谋王再天不期而遇，两个人都喜出望外。

王再天：蒋介石被捉，南京城乱了套，主战派和主和派热热闹闹地争吵了三天，宋美龄主张用和平方式解救，而何应钦等则竭力主张讨伐张、杨，并声言要炸平西安。

常恩多：这是借刀宰驴啊！

王再天赞同：不错！何应钦调兵遣将包围了西安，并下令地面部队攻入西安城后见军官就杀，不放过一个人。

常恩多感到事情的严重：如果蒋介石在这次事变中丧命，何应钦便顺理成章取代蒋掌握国民党军权，汪精卫就可能出任国民党总裁。真到那时，南京政府将全面投降日本，更大的内战就可能爆发——张副司令和杨主任发动“西安事变”的真正目的，也就彻底被葬送了！

王再天还告诉常恩多一个坏消息：驻守河北的53军军长万福麟，接到张学良电报后拒不执行命令，还把去扼守黄河大桥、截断陇海铁路的副军长黄显声扣押起来；驻守在洛阳的炮8旅旅长黄大定也投机叛变，中央军威逼潼关城下；17日，驻守大荔县的西北军冯钦哉部也被南京收买，让出潼关。“讨逆军”大举向华阴、渭南逼近。同时，中央军的飞机在华阴、三原、富平及西安附近狂轰滥炸。

常恩多感到肩上的重担，感到111师担负的责任：西安城万一不保，张副司令、杨主任及西安事变的成果将毁于一旦。

常恩多着急赶往前线，匆忙与王再天告别。

王再天拉住常恩多：有个好消息，我一定要告诉你！

常恩多：什么？

王再天：共产党已派出代表团赶到了西安，以解决西安事变问题。

常恩多振奋：谁？谁到西安了？

王再天：周恩来、叶剑英和秦邦宪！

常恩多：太好了，西安事变有望和平解决了！

王再天：共产党坚决主张团结抗战，这一回蒋介石敢不答应，就叫他完蛋！

两个人要分手时，常恩多想到什么。

常恩多注意看了一眼四周，把王再天拉到路边：哎！星三老弟，你给我找一个共产党员的秘书来吧！

王再天略有迟疑。

常恩多恳请：共产党里，你认识的朋友多，帮我找个秘书，为我把握抗日的大方向啊！共产党抗日从不含糊，可老蒋，接下来谁知道会发生什么事情呢！

王再天：我认识的共产党朋友是不少，但找个合适的人来也不容易。这样吧，我给你找个咱东北老乡，抗日的，给你当秘书，怎么样？

常恩多从王再天的眼睛里看到他已经答应了他的“特别请求”，就应道：只要抗日，就行啊！

王再天面露忧虑：学长，据我所知，中央军已经集结于东西两线。你们师的任务艰苦啊！

常恩多信心十足：放心吧，师弟！只要有111师在，就有西安城在，就有张副司令在！

三、“宁死勿退！”

16 日，111 师前锋——赵开云连就到达了东门丁村，并与刘万胜和手枪队会合。赵开云一面部署兵力挖掘工事，一面派兵侦察敌情。三天后，常恩多率 111 师提前一天到达指定地域展开防御，构筑野战工事。

此时，“讨逆军”最精锐部队——桂永清教导总队，携带最新式武器疯狂压近。这天午后，常恩多在全面掌握了桂永清部的部署后，召集参谋长陶景奎、631 团团长王肇治、632 团团长于一凡、633 团团长王秉越研究作战方案。常恩多命令王秉越团为中翼，担任正面阻击；王肇治团、于一凡团为左右翼，攻击敌人侧背。

常恩多鼓励部属说：中央军并不可怕，我们要沉着应战，等敌人进入火力圈后再下令开火！狭路相逢勇者胜，为了保卫西安、保卫张副司令，我们宁死勿退，必要时，可一鼓作气发起冲锋，给当面之敌一个迎头痛击！

当夜，各部队进入阵地。

20 日拂晓前，战斗打响了，渭河北岸十余里的战场上，顿时陷入一片火海。中央军的数架轰炸机在 111 师阵地上扔下无数炸弹，数十门大炮轰击而来的炮弹也掷落在阵地上。一阵轰炸后，装备精良的中央军教导总队官兵气势汹汹，蜂拥冲来，他们高喊：投了红军的东北佬，交枪吧！丧家之犬，缴枪不杀！

111 师阵地上，东北军官兵严阵以待。刘万胜和警卫员徐文斌守护在常恩多左右。

常恩多情绪激昂，正在动员浑身冒火的 111 师官兵：眼前的敌人，就是专好替蒋介石打内战的嫡系部队，消灭不了他们，咱们就别想打鬼子，别想打回老家去！弟兄们，把你们打狍子、打野鸡的准头使出来，狠狠地打！为在打内战中屈死的弟兄们讨还血债！为抗日救国、复土还乡扫清道路！保卫西安城！保卫张副司令！宁死勿退！打啊！

大个子团长王肇治，高声大嗓喊道：兄弟们，不打败中央军，咱们就没脸见张副司令！宁死勿退！打啊！

众官兵怀抱“誓死保卫西安城、誓死保卫张副司令”的誓言，把仇恨的子弹射向中央军。

阵地前，顷刻之间倒下一片片中央军官兵。一个拂晓，桂永清的部队被打得尸陈遍地，溃不成军，不久就全部退到了渭河以南。

在西安新城大楼里，张学良得到报告，111 师在常师长率领下打得英勇顽强，已出师告捷。权衡整个战场，张学良遂调 111 师到铁路以北、渭河以南的渭南至潼关之间的正面战场，接替西北军警备 2 旅和东北军 105 师的一个旅的防务。

21 日，常恩多率部进入正面战场，立即命部队在原阵地基础上，深掘堑壕，加固掩体，部署作战方案。下午，数倍于111师的中央军向阵地发起疯狂进攻。111师阵地火光冲天、硝烟弥漫，一时间成了死亡的火海。

官兵们边打边骂：替蒋介石打内战的王八羔子，不要命的只管来吧！

常恩多把指挥部搬到了阵地上：打得好啊！就这样打！一枪一个，叫这群死心塌地替蒋介石卖命的王八蛋有来无回！

忽然，一发炮弹呼啸而来，落在了阵地上。

刘万胜喊着"师长"，猛地将常恩多扑倒沟里，徐文斌几乎同时扑去。

炮弹在附近爆炸，掀起的硝烟、沙土扑面而来。

常恩多起身后很不高兴：你们别碍我的事儿！

刘万胜哀求：师长，你回指挥所吧！

徐文斌：师长，这里危险啊！

王肇治：师长，回指挥所吧，把这里交给我了！

常恩多：王团长！我的指挥所就在阵地上！

刘万胜发现异常：中央军又上来了！

王肇治：师长！放心吧，只要你领我们抗日，我们舍了命地跟你干！

常恩多：我们都跟着张副司令干！我们迟早要打回老家去！今天收拾这些讨伐军，明天就上战场杀鬼子！给我打啊！

111师打得英勇顽强，一日之内，连续击退敌军三次冲锋，在渭河岸边十余里内往返厮杀。就这样，一连三日激战，111师打退中央军数次进攻，中央军被打得丢盔弃甲、狼狈不堪。

渭南前线的枪炮声沉寂下来后，"讨逆军"和111师官兵便站在各自的堑壕里对骂：

东北军投共匪了，缴枪不杀！

中央军不抗日、专打内战，卖国投降当汉奸！不要命的，就过来吧！

两边骂急了眼，就冲对方阵地"乒乒乓乓"放一阵枪。直到最后，中央军也无力发动新的进攻，不得不按兵待援。

东线战局终于转危为安，西安城里盛传57军111师打了胜仗，妇孺老少皆知111师的盛名。可57军军长缪澄流的声誉，却十分不佳。

这天，东北军总部设计委员会负责人高崇民当面指责67军军长王以哲：你所推荐的是最无耻的人——缪澄流这样的人，品质卑下！除了贪污腐化，什么也不懂，什么也不会！

王以哲极为难堪。

事情不久就传到张学良耳中，他很不高兴，几天不理睬高崇民。高崇民心情压抑，打算离开东北军。为此，总部政务处长卢广绩找到张学良，询问实情。

张学良说：你不知道，崇民这几天到处谩骂缪澄流、王以哲。要知道，事情如何演变还不敢定，真的打起仗来，是要扛枪的人去打的，为什么要对他们这样呢？

经过卢广绩做工作，张学良给高崇民写信，表示了歉意，高崇民遂打消辞职念头，继续留下工作。

张学良一手提拔了缪澄流，在缪澄流声誉扫地时又搭手相救，予以保护，对缪澄流可谓恩重如山了。可张学良此时怎么也想不到，背叛他，背叛“西安事变”的人恰恰是他寄予了厚望的缪澄流。

此是后话。

第三章

“张副司令虑祸不周!”

一、噩耗从天降

渭南前线的枪炮声沉寂下来后，57 军踞守渭河以北孝义镇、羌白镇、龙阳镇一线，挖掘堑壕，加固工事，与中央军对峙。

不几天，就从西安城传来了好消息：蒋介石被迫接受联共抗日的六项条件：一、改组国民党与国民政府，驱逐亲日派，容纳抗日分子；二、释放上海爱国领袖和一切政治犯，保证人民的自由权利；三、停止“剿共”政策，联合红军抗日；四、召集各党各派各界各军救国会议，决定抗日救亡方针；五、与同情中国抗日的国家建立合作关系；六、其他具体的救国办法。

常恩多兴奋不已，111 师官兵也个个摩拳擦掌，为即将到来的全国抗战而激动振奋。

同时，从西安方向还传来：张学良、杨虎城将军按照中国共产党和平解决“西安事变”的方针，释放了蒋介石及其全部军政要员！

这个消息叫 111 师官兵大惑不解，甚至气愤。他们不能理解释放蒋介石的意义，很多人主张杀了蒋介石才能真正地开始全国抗战。这些人中，几个团长态度最坚决，他们担心蒋介石被释放后，迟早会对张学良和杨虎城算总账。

常恩多也很焦虑，但他身为长官，不得不按下忧虑安慰大家不要担心，他相信张副司令不会就这样放了蒋介石的！

可就在 25 日傍晚，前线官兵忽然看见张学良的专机冲他们的防线飞翔而来。飞机在天空盘旋了半圈后，扔下了一个通讯袋朝南飞走了。

常恩多和众人正困惑不解，只见侦察参谋孙立基提着通讯袋气喘吁吁跑来：师长！师长！张副司令的通讯袋！

常恩多迅速打开通讯袋，从里面取出一封信，只见上面写道：

> 我送蒋委员长回南京，张学良！

常恩多惊诧万分，众人也大惊失色。

常恩多神情焦虑，快步追去。

追着远去的飞机跑出去数十米，常恩多终于无望地停住了脚步。他悲怆地仰天呼号：张副司令虑祸不周、虑祸不周啊……”

王肇治、孙立基、李亚东等追上常恩多，个个惶惑不安：张副司令为什么要亲自送委员长回南京？为什么？

常恩多热泪滚下，捶胸跺脚：这是怎么回事？不说明白就把蒋介石放了，这不是纵虎归山吗？

王肇治热泪盈眶：张副司令，你不能走啊！

常恩多忧心如焚：蒋介石一贯出尔反尔、背信弃义，他回头反咬一口怎么办？张副司令啊，蒋介石不会让你再回西安了！张副司令，你此行羊入虎口啊！

孙立基、王肇治等焦虑万分：师长，我们怎么办？

常恩多痛苦而迷惘：我们怎么办？东北军该怎么办？111师该怎么办……

二、彷徨与等待

在王曲军官学校，张学良对各级军官进行抗战教育的同时，还办起了学兵队，招收爱国学生和从东北逃难来的进步青年。这些人在西安事变发生后，即组成了若干宣传队被东北军总部派到前线各军师宣传团结抗战。带队到111师的是个叫龙光的青年。他们教官兵高唱抗战歌曲，宣传西安事变和平解决的意义，受到部队官兵极大欢迎。

跟随宣传队到111师的，还有王再天。

常恩多一见王再天，就紧紧抓住了他：星三啊，你来得太是时候了，我有好多问题要向你请教啊！

王再天从马上解下一捆报纸扔给了刘万胜，对常恩多说：这是我给兄长带来的最近的报纸！

常恩多感慨：太好了！

王再天：学长！我也有很多话想跟你说！今天的抗日形势已不是昨天，全国民众对捉蒋逼蒋抗日非常支持，在捉蒋之后的三天里，仅山西、湖南等五个省各界人士发到总指挥部的支持电报就有上千封啊！但是，如果把蒋介石杀掉，谁最高兴？

常恩多不假思索：那还用问——何应钦、汪精卫！

王再天：对，就是那些投降派！他们掌权后就会投降日本帝国主义，继续打内战。这样，就彻底违背了张副司令和杨主任的初衷啊！

常恩多：他蒋介石不仁不义，我们都担心张副司令的安全啊！这一回，张副司令是仁至义尽了！

王再天叹息一声：是啊！张副司令送蒋回南京，就是要向南京政府那些亲日派证明他的无私无畏。放心吧，蒋委员长在回南京前，已经答应张副司令、杨主任的抗日救国八项主张。他说："我以领袖的人格保证实现你们提出的条件，假如以后不能实现，你们可以不承认我是你们的领袖！"他保证"今后决不再剿共"！

常恩多疑虑重重：姓蒋的话，能信吗？他可是一贯不守信用、出尔反尔啊！

王再天：宋氏兄弟也做了保证。他们向东北军和西北军保证：张副司令几天后就回来！

常恩多仍不放心：几天？

王再天忧虑深重，迟疑了一下：我们就等三五天吧！

常恩多不置可否，叹息了一声。

王再天又说：现在每天的报纸、广播，都在宣传抗日救国的八项主张，连中央军飞回南京的飞机上，都给他们贴上了“中国人不打中国人”的大标语了！

等待张学良回来的还有57军军长缪澄流。

不过，虽居前线，缪澄流也没闲着。他把西安城百花楼一个叫翠花的姑娘接到了前线，并如养花一般把她娇宠起来。这一年，缪澄流40岁，翠花刚满18岁。按说，娶个比自己小二十几岁的女人不算什么，但按军队里“军官不许娶小老婆”的规定，他此时已没有这个资格。缪澄流断定没有人敢过问他的私事，于是这天，他正式向翠花求婚：翠花，跟我算了！你看我整日移防、打仗，多辛苦，你就不心疼？我身边就缺个知冷知热的女人啊，跟了我吧，啊？

世事纷乱，翠花有心想抱紧这棵大树，故作姿态道：你都俩老婆了，我算第几啊？

缪澄流看到希望，赶紧说：第一！第一，行吧？

翠花笑了：就会拿好听的哄我！

缪澄流十分真诚：我缪开源这个家，从今天开始就由你来当，好不好？

翠花高兴：真的？

缪澄流：当然！我是军长，军无戏言——啥时间说话也得算数！

翠花激动：一言为定？

缪澄流把翠花一把搂住：一言为定！

翠花伸出手：给我个凭证，免得你日后反悔！

缪澄流沉了一下，拔出身上的小手枪：这个给你，信了我吧？

翠花惊异，把手枪拿在手上，感动得热泪横流，撒着娇扑进了缪澄流怀抱。

缪澄流除了爱女人、爱钱财外，还有个偏好，就是爱烧香拜神。无论是大举战事之前，还是升官发财之后；大到战争中两军攻城略地，小到他一早就开始打嗝放屁。总之，无论他住在哪儿，他的居室里总是香烟缭绕、檀香扑鼻，他的案儿上也永远供奉着道家的三位尊神——玉清元始天尊、上清灵宝天尊和太清道德天尊。缪澄流每每回望过去，总坚信正是这几位尊神佑护他、保定他，他才有今天中将军长的位高权贵、福禄安康。

懂得缪澄流这些嗜好的下级军官们，无论说话处事总是要尽力维护他的这些嗜好，否则将官位难保。这一点，作为缪的参谋长朴炳珊心中最有数。

朴炳珊，号大同，与缪澄流同岁，“九·一八”事变后，身为炮团团长的他率部英勇抗击日寇，在东北军中享有声誉。这天，朴炳珊为张学良的安全忧心如焚，走进军部想找缪澄流说说心里话。他看到缪澄流正在上香拜神，就停在门外等候。直到缪澄流口中念念有词，跪地对着诸神拜了三拜，他才走上前。可刚要张嘴，又看到缪澄流把手伸向卦筒，便连忙缄口。

缪澄流抱起卦筒摇晃起来。不一会儿，一根签蹿落地上。

缪澄流捡拾起竹签不禁大惊，只见签上写着：下下签。

朴炳珊忧郁问：军长！怎么了？

缪澄流掩饰着不安：朴参谋长，有什么新情况吗？

朴炳珊：张副司令还是没有消息。说好三天回来，可这都过去四天了！

缪澄流：你还真以为张副司令还能回来？蒋总司令能那么便宜放过他？

朴炳珊小心翼翼：军长，你算出点什么？

缪澄流感慨：我什么都能算出来！当初我在蒋总司令面前只说了一句："张副司令身边有小人"，你看看他对我不依不饶的！现在可好了，自投罗网啊！

朴炳珊注意倾听。

缪澄流叹息一声：他当众骂我、驳我的脸子，叫我威风扫地。现在，他把总司令扣押了，那犯的是死罪！按照大清朝的律法，那就得推出午门！

缪澄流做了个抹脖子的动作。

朴炳珊不解：事变前后，你不是也很支持张副司令吗？

缪澄流白了一眼朴炳珊：支持？不支持咋整！我一个人能干什么？还得靠东北军——人多才好干事儿嘛！

朴炳珊看清了缪澄流手上的"下下签"，忧心忡忡：是啊！是啊！可是，咱们东北军要是没了张副司令，那就真成没娘的儿了！

缪澄流凝望手中的签，满怀伤感：啥时候，咱们才能成为蒋总司令的嫡系啊！

朴炳珊心有余悸：我看这辈子，难了！

缪澄流：真到那时，我们才算真正走上康庄大道啊！

朴炳珊略有所悟：军长说得极是！可眼下，我们该怎么办？

缪澄流老谋深算道：怎么办？还能有什么好办法？——以不变，应万变！

三、风云突变

张学良离开五天，终于也没能回来，却从南京传来了张学良被判十年徒刑的噩讯。东北军官兵奔走呼号，为张副司令身陷囹圄而义愤填膺，为蒋介石出尔反尔而怒不可遏。唯一可以宽慰他们的是，蒋介石呈请国民政府特赦张学良，也许，张副司令在得到特赦后可以回来。不料，转过年来的1937年1月4日，蒋介石特赦令发表，对张学良"严加管束"。不仅如此，蒋介石不但不履行潼关撤军的诺言，反而调集5个集团军进逼西安。至此，东北军众将领才恍然醒悟：蒋介石背信弃义，张副司令回不来了！

东北军、西北军被激怒了，以杨虎城、于学忠，包括缪澄流在内的九名高级将领于5日发出通电，严正质问南京：重兵西进，居心何在？

这一通电受到东北军、西北军将士的拥护和支持，部队夜以继日加修工事，一连筑起七道防线，誓死保卫“兵谏”圣地西安。令东北军和17路军官兵振奋的是，红军主力东开，在57军的左右翼都有红军配合。红军纪律严明，和蔼可亲，给57军官兵留下了深刻印象。在“三位一体”的坚决抗击下，蒋介石终于没敢贸然进攻，而改用软的一套，送来了甲乙两案，两案均要求中央军进驻西安一线：甲案要东北军西撤，仍与17路军、红军保持“三位一体”；乙案是东北军东调，选东北军一人任安徽省主席，“三位一体”解体。

东北军中，为执行甲案，还是“不惜一战”迎救张学良，而产生严重分歧。为解决分歧，叶剑英奉周恩来之命来到渭南参加东北军的军事会议。1月29日上午，会议在111师驻地的小学校里举行。

吃过早饭，常恩多把刘万胜叫到一边：刘万胜！待一会儿，红军的一位负责人到这里来开会，你要特别注意布置好警戒，不能离开！

从常恩多严肃的神情中，刘万胜感觉到事情重大。布置好岗哨后，他看到一个年轻白净、穿灰色大衣的男人脚步稳健，在杨虎城等陪同下走进会场。从旁人的称呼中，刘万胜得知，那个年青人正是中共洛川工作委员会书记叶剑英。

会议在教室里进行，元老派的主和与少壮派的主战吵得天昏地暗。常恩多态度坚定表示：我们坚决拥护“三位一体”，反对分裂独裁！但是，张副司令不回来，我们就不撤兵！

缪澄流也积极主张“一定要把张副司令营救出来，否则决不撤兵”。在两派吵翻天的时候，叶剑英站了起来。

叶剑英说：国民党蒋介石欠下了我们共产党人十年的血债，我们所以还主张“放蒋”，是为了实现用和平方式解决“西安事变”，是为了避免大规模的内战，顾全国家和民族存亡这一大局。有的先生认为放蒋等于纵虎归山，蒋回头反咬一口。请不必担心！只要我们东北军、西北军和红军“三位一体”、团结一致，他的险恶用心就不会得逞！我们要防止中央军的进犯，陕南、浦城等地都驻有红军，要打的话，我们可以两下夹击进逼潼关。即使潼关、渭南失守，甚至西安失守，都无关紧要。打仗嘛，不在一城一地的得失，关键在于我们要加强“三位一体”，只要我们团结一心，步调一致，就能最终取得胜利，就能打开抗日救国的新局面！

最终，主战的声音还是占据了上风，会议形成最后决议：在张副司令没有回来之前，坚决不撤兵，中央军如再进逼，不惜决一死战！到会的40余名军师团军官都在决议上签了名。常恩多、缪澄流也签了名。

晚上，王再天来到111师师部，刘万胜把茶水送上，就被常恩多命去休息。

刘万胜说：王参谋，你多跟我们师长聊聊啊！

王再天笑。

常恩多嗔爱道：多嘴，去吧！

刘万胜高兴离开后，常恩多想起白天叶剑英的发言，心悦诚服道：共产党从国家、民族利益出发，不计前嫌。我是更钦佩共产党了！

王再天：今后的斗争形势会更加复杂。对老蒋，我们时刻都要保持警惕啊！

常恩多：斗争越复杂，越离不开共产党的领导啊！我算看清了，我常恩多，还有咱们东北军兄弟们想要抗日救国、复土还乡，没有共产党引路，怕是永远也做不成啊！

王再天：我都听说了，你教育官兵要分清亲者和仇者的界线，要与红军、17路军结成“三位一体”，对反共恶势力必须常存戒心！

常恩多：星三兄弟，共产党高瞻远瞩，我自愧不如啊！还是那句话，给我找个有文化的共产党员当我的秘书，以便能随时指点我啊！

王再天有些感动：大学长，共产党好比是凤毛麟角，可不是那么容易找到的。

常恩多恳求道：老弟，你可要帮帮我啊！

王再天：好吧，我尽量想办法。

看到王再天答应了，常恩多才松了一口气。

事情后来的发展却出乎所有人的意料：两天后，在三方面最高级会议上，主和派否决了渭南决议，做出了促进和谈、撤军的决议。当日，西北抗日联军总部下达撤军命令。可这激怒了少壮派，“二·二”事件发生，少壮派的几个领袖杀害了王以哲将军等人。2月2日当晚，杨虎城、于学忠下达维持原防线、暂不撤兵的命令，可打到57军军部的电话无人接听。缪澄流下令部队西撤70里，把111师、112师血战保卫的渭南也让出了。杨虎城派往57军劝说缪澄流的马占山、张政坊等人，没到高陵就被软禁。中央军终于如愿以偿进驻了西安。57军与中央军不再对立，而是对西北方向的17路军构筑工事，保持戒备。杨虎城请东北军总部的卢广绩赶赴高陵疏通关系，卢广绩同样遭到软禁。几经周折，卢广绩终于把杨虎城将军的亲笔信交给缪澄流。缪澄流敷衍了几句，就打发卢广绩回去了。

回到西安，卢广绩心灰意冷：缪澄流如此趾高气扬，把被拘留在南京的张副司令全部忘掉了！

缪澄流、刘多荃等在高陵召开东北军军事会议，以西北不安全为由，宣布放弃甲案，接受乙案，全军东开。红军代表团努力劝说他们放弃乙案，仍留在西北与红军、17路军靠拢，以便将来共同东出抗日。缪澄流非但听不进去，还积极主动向中央军靠拢，并把红军和17路军的情况密报卫立煌，请求中央军保护。

随后，缪澄流下令：111师即日开赴河南周口，等待整编。

四、绝地求生

已是深夜，在111师师部，众军官还在焦急等候去军部开会的师长常恩多。张副司令被姓蒋的囚禁，东北军群龙无首，又自相残杀，抗战的前途在哪里？他们看不到东北军的出路，既为111师的未来担忧，也为自己的命运发愁。

终于，常恩多灰头土脸走进师部，众人立即就围了上去。人们七嘴八舌询问会议决定，得知缪澄流命“111师即日开赴河南周口”，斥责声、悲叹声和哭泣声此起彼伏。

众人都很激动：那……张副司令呢？张副司令就不管了吗？张副司令就永远不回来了吗？

王肇治眼睛充血，一直盯住常恩多：师长，难道说，张副司令就不救了吗？没有张副司令，东北军就没有未来啊！

常恩多神情悲愤：他们答应继续救。可我看，缪大混蛋已经上了姓蒋的贼船！东北军、西北军和红军的“三位一体”，终于被姓蒋的彻底瓦解了！

众军官心怀悲哀，在常恩多一再劝解下渐渐离开。刘万胜上前正欲劝常恩多休息，常恩多已走进雪夜，走进了凛冽的寒风中。

刘万胜拿起大衣追了出去。

把大衣披在常恩多身上，刘万胜感觉到了常恩多心中的痛苦。

凝望夜空，常恩多忧心如焚：刘万胜，我们空怀“抗日救国、披甲还乡”的壮志，可何时才能打回东北老家去啊？

刘万胜难过：师长！

常恩多：张副司令可能回不来了，而“三位一体”也不复存在，东北军又自相残杀，我们的前途在哪里？

刘万胜哭了：师长……

那个念头再次涌上常恩多心头。

常恩多回转身，神情坚定问：万胜，无论生与死，你都跟着我，是吗？

刘万胜眼含热泪连连点头：师长！无论生死，我永远跟随你，永远！

常恩多用力拍了拍刘万胜的肩膀。

忽然，一匹快马疾驶而来，两个人都被惊了一下。

只见孙立基跳下马，气喘吁吁跑近：师长！不好了，出大事了！

常恩多赶忙上前：孙参谋，慢慢说！出了什么事？

孙立基：军部命令西撤时，120师汲绍刚团长带着656团投红军去了！

常恩多先是诧异，后激动万分：真的吗？你说的是真的？

见孙立基连连点头，常恩多高兴得像个孩子：太好了！这就是对缪大混蛋最好的回答！太让人振奋了！

孙立基顿了一下，又说：还有个坏消息！

常恩多收住笑：什么坏消息？

孙立基：109师627团团长万毅被捕了！

常恩多脸色骤变：缪大混蛋开始帮助蒋介石清除异己了！

刘万胜：师长！

常恩多：刘副官，你在外面守着！

刘万胜应了一声，警惕地观察四周。

刚进屋，常恩多焦急地唤孙立基：仰田！

孙立基：师长！

常恩多：你从什么时间跟随我的？

孙立基：师长，我从1930年初开始跟随您，不久，您就到张副司令身边服务去了，后来，回来就当了我的团长！

常恩多：是啊，一晃七年了，我们丢掉家乡都快五年半了。这些年，蒋介石把我们派到湖北、赶到陕甘来和红军作战，就是不叫我们去抗日！我们这些东北汉子，有血性的男人，现在已经觉醒了，就不必再听他的了！

孙立基意识到什么：师长，有什么事情，您尽管吩咐，火里海里，就是死上十回，我孙立基决不含糊！

常恩多高兴：好！虽然你我之间大道理不必多说，但我还是想说：我们东北军的这点武装，是三千万父老用血汗钱换来的。我们不能就这样交给姓蒋的打内战！他把张副司令拘禁关押，就是要分化瓦解我们东北军的力量！

孙立基：师长！你说吧，无论去哪儿，我们跟定你了！

常恩多：仰田，你连夜出发，去三原红军指挥部！

孙立基兴奋：师长！

常恩多：去找彭德怀，告诉他，我要带111师去当红军！

孙立基激动：师长！您等着我回来！我快马去，见到他们后就快马回来！

常恩多信任地紧紧握住孙立基的双手：保重！快些回来，我等你！

孙立基跑出，解开缰绳飞身上马，打马而去。

常恩多手持油灯趴在地图前，一直沿“交卸”到“三原”路线反复研究。

刘万胜好奇：师长，姓蒋的不是要把咱们往东调吗？

常恩多坚定道：蒋介石不把张副司令放回来，就休想让咱们投南京政府，替他打内战！

刘万胜连连点头，但他还是不能明白。

常恩多见刘万胜满脸狐疑：看出我的用意了吗？

刘万胜激动点了点头，又茫然摇头。

常恩多：你给我找一支六轮手枪，再去特务连调一个排到院里警戒。叫他们把家伙带齐了，长枪、机关枪、手榴弹一样别少。我已告参谋处调633团李亚东那个营在村东树林里集结，以应付意外情况。必要时，咱们把部队向北拉，当红军去！

刘万胜激动起来：师长！这是真的？

常恩多重重点了点头。

刘万胜高兴地跳了起来：太好了！我们要真当了红军，就再不用受蒋介石、缪大混蛋的气了！

见常恩多一脸的严肃，刘万胜两脚一并：是！我马上就去！

常恩多笑了：去吧！

刘万胜高兴跑去。不一会儿，特务连的一个排跑进小院。他们人人全副武装，排长一挥手，众人四散隐蔽警戒。

深夜，常恩多焦急万分，不时在看怀表。此时，李亚东率他营里官兵正在驻地东面树林中担任警戒，他们的任务是一旦发现军部方向有异动，立即报告。

又过去了几个小时，常恩多有些焦躁，在屋子里踱起步来：该回来了！该回来了啊！他想好了，只要红军总部一声令下，他立刻就带111师投奔红军，他要带这些东北弟兄痛痛快快地杀上抗日战场，他要带部队完全彻底地脱离国民党的领导，他要……他要和他想做的事情太多太多，总而言之，他要参加红军！

隐隐约约中，常恩多听到了门外的马蹄声，他猛然推开了房门。

刘万胜跑近：报告师长，孙参谋还没有回来！

常恩多神情失落，正欲关门，马蹄奔驰的声音由远而近。常恩多喜出望外：回来了！回来了！

果然，孙立基打马驶来。

孙立基刚跳下马，常恩多迎上：仰田，你终于回来了！

孙立基跑近：师长！我回来了！

两个人匆忙走进屋。

屋子里。

常恩多抓住孙立基：见到红军首长了？他们对我要拉部队去当红军怎么说？

孙立基：我连夜赶到三原县红军指挥部，见到了彭德怀、任弼时、徐海东。他们一听说您要拉队伍当红军，都很高兴、很感动啊！

常恩多急迫问：他们——同意了？

孙立基黯然失色：……没同意！

常恩多一惊，热泪盈上眼眶：没……为什么？为什么？

孙立基感觉到了常恩多心里深深的失落，赶紧说：师长，您先别急，你听我解释。几位红军领导说，为了维护目前刚促成的联合抗日的新形势，不宜接受常师长参加红军。几位领导反复叮嘱我，一定表达他们对您的安抚之心。他们希望您继续留在东北军里，和红军团结一致抗日救国，并表示红军愿意随时和您保持联系，永远做您最好的朋友！

热泪已滑下常恩多的脸颊：做最好的朋友？

孙立基郑重点了点头。

常恩多：可我希望加入他们啊！

孙立基：师长，别难过，只要能抗日，咱们迟早能加入他们！

常恩多：他们才是中华民族的希望，是我们打回东北老家的希望啊！

孙立基：师长！红军只留下了656团团长汲绍刚，团里的其他人都被送还了回来！

常恩多诧异：都被送了回来？

孙立基郑重点了点头。

常恩多长叹一声：共产党真的是从联合抗日的大局出发啊，令人敬佩！好了，我不难过了！快说说，你还看到些什么？

孙立基兴奋异常：师长！在我的要求下，我还参观了红军的前指机关和他们的连队。

常恩多兴致勃勃：哦！

孙立基：我在红军前指还看到了109师的文书王振华！他和在直罗镇被捕的那些人都在红军里工作，红军非常信任他们。他们一个个高高兴兴的，好得很呢！精神头全不是在咱东北军时的样子，见了我就一直在笑……

常恩多高兴：眼见为实啊！

孙立基：这一路上，我就想，为什么红军被中央军，还有我们东北军、西北军追着打，可打了十几年，却越打越大，越打越多，为什么？

常恩多：你想明白了？

孙立基：想明白了！——红军队伍里讲官兵平等，对士兵不打不骂，讲究民主，当官的和当兵的关系融洽，所以他们能团结一致，战胜各种困难，打败了强大的敌人。

常恩多欣慰：你总结得好啊！还有吗？

孙立基：还有，不像中央政府宣传的那样——红军杀俘虏。

常恩多：还有吗？

孙立基：还有！我算认清了红军是咱东北军的真正朋友，日本帝国主义和国民党反动派才是我们革命的共同敌人！

常恩多高兴：仰田，你真没有白跑这一趟啊！

孙立基：师长，那我们，还东调吗？

常恩多长叹一声。

春节刚过，东北军临时统帅兼甘肃省主席于学忠担心57军还会发生哗变，就从西安匆忙赶到渭南，在高坎镇召集缪澄流和四个师长开会。

于学忠，字孝侯，1890年生于山东蓬莱，先后服务于北洋军、东北军。1922年被授予陆军少将，1927年晋中将。1933年热河失守，张学良被迫下野，把东北军的重任交给了于学忠。这一次，张学良送蒋介石回南京，把东北军的重任再次交给了他。张学良对于学忠的信任，缘于于学忠与张家父子两代人深厚的感情，更由于于学忠才智过人、忠诚可靠，且有爱国热情，尤以在天津时的抗日壮举而深得全国人心。

自张学良离陕，尤其是“二·二”事件发生，为抵制蒋介石对东北军的分化瓦解，他千方百计做东北军的团结工作。

这天，人刚到齐，于学忠满怀悲伤说：张副司令已经成为蒋介石的人质，他的生命安危，系于东北军的强弱存亡。不能再出事了，我们不能再自相残害，不能再发生亲者痛仇者快的事情了！为了保证张副司令的安全，东北军必须团结起来，保持战斗力，行动上一定要谨慎，要如临深渊、如履薄冰，不要走错一步！

于学忠要军师长们安抚官兵，稳定军心，并特别提出要他们告诉部属：营救张副司令的事情，等待上峰寻求良策！

几个师长回到部队，把于学忠的指示精神如实传达。从此，部队中惶恐和阴森气氛稍有缓和，但“上峰”营救张学良的行动却石沉大海，再无音信。

五、别了，圣地西安

部队在压抑和沉闷的氛围里收拾行装，准备东开。这时，何柱国带回张学良于2月17日写给于学忠的信。这是一封血泪书，于学忠和很多军官都是流着泪把信读完的。无数座兵营里更是哭声一片、哀叹震天。这天，信传到57军，缪澄流只是扫了一眼就把它传到下面师里去了。

与信同传到军里的还有张学良的口信：

> 我为国家牺牲一切，交了一个朋友，希望各袍泽今后维持这一友谊。
>
> 这些暴徒能够捉住正法顶好，如不能，给他们走远一些。但是为什么又要把许多青年捉了起来？望告刘（多荃）、缪（澄流）把扣下的团长放出！

这天，信传到了常恩多手中。常恩多小心翼翼展开信，刚读了两行，热泪奔涌而出。

> 考候兄大鉴：
>
> 柱国兄来谈，悉兄苦心孤诣，支此危局。弟不肖，使兄及我同人等为此事受累，尤以鼎芳诸兄之遭殃，真叫弟不知道如何说起，泪不知从何处流。目下情况，要兄同诸同人，大力维护此东北三千万父老所寄托此一点武装，吾等必须将吾们的血及此一点武装，贡献于东北父老之前；更要大家共济和衷，仍本从来维护大局、拥护领袖之宗旨，以期在抗日战场上显我身手。盼兄将此函转示各军师旅团长。东北军一切，弟已嘱托与兄，中央已命与兄，大家必须对兄如对弟一样。弟同委座皆深知兄胜此任，望各同志一心一德，保此东北军光荣，以期贡献于国家及东北父老之前，此良所期祝者也！有良一口气在，为国家之利益，为东北之利益，如有可尽力处，决不自弃。弟在此处，读书思过，诸甚安谧，乞释远

念，西望云天，不胜依依！

开源、宪章、静山、芳波同此，并请转各干部为祷、此颂

近安。弟张学良手启。2月17日于溪口雪窦山。

常恩多抬起头，遥望东南，口中喃喃：西望云天，不胜依依……

热泪早已模糊了视线，他能感受到张学良的焦虑和忧愤。可是，他和东北军却无能为力。

在常恩多和很多东北军将领为张学良的安全忧心如焚，为东北军的前途思虑焦心时，缪澄流正踌躇满志、意气风发。他不再像过去那样无足轻重，而已成为东北军重要实力派之一；他也再无须像在张学良面前那样唯唯诺诺，及在王以哲面前那样低人一等、亦步亦趋，而是展首张眉、光满神足。他不听于学忠招呼，不愿维护东北军团体，对杨虎城极其不满，对共产党更是戒备防范，最根本原因，是他已与蒋介石拉上了关系。在东北军中，缪澄流早有“缪大混蛋”、“土皇帝”等绰号，此时的他就更不可一世。对于57军的财权、人事，他一把抓，吃空额、抽鸦片、组织聚赌、讨小老婆等，无有不能，无拘无束，更无所畏惧。

目睹缪澄流种种劣迹，常恩多对身边军官感慨道：蒋介石善于挖墙脚，挖的就是这样的人，不孚众望，见利忘义！

1937年3月初，驻高陵一带的57军徒步走向渭南，然后在那里登车东开。移防时，东北军散发《致西北同胞告别辞》：

我们近奉政府命令，移防豫皖，从此便与西北的父老兄弟别离。一九三五年夏，我们奉令来此执行政府给予我们的任务，今日奉令移去，回想在此相处年余，真不胜临别依依之感！

在这短短的期间里，西北的父老兄弟一定对我们有透彻的了解。东北军是国家军队的一部，国家军队而冠以“东北”两字的理由，只是由于历史上的沿袭和称呼上的便利，这里面没有封建意味。拥护中央，服从命令，是张副司令所嘱告，也为我们全体官兵一致所拥护，他曾不畏强邻干涉而易帜，促成了国家初步的统一；他曾振振入关，因此而结束了民国十九年的战事；他曾在热河抗战之后，毅然解除兵权，以所部完全奉之中央，树立全国军人不以军队自私的楷模。比及回国，他的这种信念，更因外侮的日益严重而愈固，直至现在，丝毫没有改变初衷，是我们所赞同和拥护的。西北的父老兄弟年来给我们的指导帮助，我们十二万分地感谢并致以谢意。同时，我们也深深了解西北的父老兄弟对我们怎样的期许和盛意。我们不敢以空言报国，今后决将以埋头苦干精神锻炼自己，充实自己，期望在最短的时间里成为国家劲旅，以备将来在政府整个国策之下，效命于国防战场之最前线，用以报答西北父老的隆情厚谊。这是我们的内心要求。我们确信国家和平统一的基础，现已更加巩固。我不自亡，绝无人可以亡我！我们希望与西北同胞一如既往地团结起来，为国家民族的光明前途而奋斗！华岳峨峨，渭水荡荡，和西北的父老们分别了，谨致数语，并祝你们幸福无量！1937年3月3日。

第四章

找个共产党员当秘书

一、“我们连古人都不如！”

周口镇位于颍河、贾鲁河、沙河三水交汇处，是豫东的一个重镇。111 师东开后，师部就设在镇北寨的关帝庙里。大庙廊柱林立，碑碣云集，雕梁画栋，气势磅礴，三进的院落，更是引人入胜、夺人心魄。然而，身处这清幽仙境的常恩多整日沉默不语，一支接一支地抽烟，本来就消瘦的脸颊更加消瘦，严肃的脸上也终日布满愁云。常恩多的家属被安置在一位郭氏经营的打蛋厂。常恩多有时回家抱抱一岁多的小女儿育平，或了解打蛋厂女工们饥寒交迫的生活，每天都吃住在师部。

刘万胜看在眼里，疼在心上。这天，他见外面天气晴朗，就建议常恩多去外面走走。两个人出了大庙向北走去。

时值仲春，豫东柳绿桃红、芳草萋萋，常恩多神情抑郁、漫无目的向前走去。

细算起来，刘万胜跟随常恩多已有 13 年。那还是 1924 年春，还是排长的常恩多奉命到辽宁省盘山县挂旗招兵。这天，他走进路旁理发店，正遇小伙计被有钱人暴打，他冲上前一把抓住了那人的文明棍：假如他是你的兄弟，你也这样打吗？小伙计那年 16 岁，没念过书。当得知小伙计四岁丧母，常恩多安抚他：不用怕，有事到挂旗招兵的门口找我，我叫常恩多！后来，小伙计找到挂旗的门口，常恩多收留了他，派他去看守仓库。一个月后，常恩多晋升上尉连长，不久部队奉命开拔沈阳。在盘山火车站，小伙计的父亲热泪横流，难舍难分。常恩多拉住老人的手：老人家，请放心，把孩子交给我吧！有我一口饭吃，决饿不着你儿子！

那个小伙计，正是刘万胜。后来，刘万胜才知道，常恩多和他一样也是个苦命人。常恩多从小失去父母，在贫困、饥饿中，是继母把他拉扯大。16 岁，在族伯帮助下他娶了大他五岁的菜农之女王树军为妻，之后考进海城师范讲习所读书，毕业后回村当了小学教师。可微薄的薪水难以维系生活，儿子常程肚子上成碗流脓，常恩多也无钱给孩子医治，后来继母用从庙里讨回的香灰拯救了常程生命。迫不得已，常恩多到黑龙江投靠亲友，挣钱养家。这时候，有人介绍他当警察，他坚决不肯：警察？——富人的奴才，穷人的冤家，巡警狗子那是人干的事吗？这碗饭，我就是饿死也不混！

就这样，常恩多投奔了奉军。

在东北军中，与那些贪污腐化的军官相比，常恩多是个“古板迂腐”的人。他生活简朴，身着布衣，终年剃着光头，不吃空额，不贪公杂费，不娶小老婆，对身边人的管理尤其严格。他秉性耿直，从不阿附上司，平日对部下也很少笑脸，但内心对穷苦人却怀有满腔热忱和同情。一天，刘万胜收到了离别两年多的父亲来信。父亲告知：家乡赋税剧增，债主不断登门催逼，日子越发艰难。常恩多读罢信，拿出三十元钱送给刘万胜，并批了他两周假。就这样，刘万胜赶回家帮父亲还清了债务，还给父亲留了三十元钱。临离开家乡，父亲拉着他的手再三叮嘱：孩子，跟着常营长好好当兵，千万不能欺负咱穷人百姓！

常恩多还是刘万胜的启蒙老师，他从《三字经》、《百家姓》、《初级教科书》教起，教刘万胜识字明理，后来还送他进了沈阳北大营东北军第六期教导队学习，并把他一直带在身边当副官。正是这种情同父子的亲密关系，才使刘万胜更能洞察常恩多内心的痛苦和困惑。

刘万胜沉浸在往事中，忽然发现常恩多站在一棵大杨树前昂着头发呆。刘万胜以为师长发现了什么新奇的鸟，就顺着他的目光望去，却听到常恩多沉重道：我家门前也有两棵这样的白杨树，那还是我当兵前栽的。如果它们没有被日本鬼子炸掉、烧掉，它们现在也该有这么高、这么大了！

刘万胜感觉到了常恩多心里的痛。

常恩多又问：你听说过伍子胥过昭关的故事吗？

刘万胜如实相告：没听说过。

常恩多先把故事讲了一遍，接着说：伍子胥过昭关，一夜就愁白了头。“九·一八”事变都六年了，可咱们连山海关的影儿也没见到，头发却还是黑的！可见，我们连古人都不如！

不久前，南京国民政府成立了豫皖苏军事管理委员会，着手整编东调后的东北军。继而，在南京召开了首次整编会，东北军高级将领包括缪澄流在内出席了会议。期间，陈诚分别找各军长谈话，又拉又打。缪澄流返回周口镇军部不久，中央来的高官就赶到军部，他们带来了巨额支票，对军长、师长们实施贿赂，以确保对东北军顺利整编。在南京时，缪澄流已明确得到中央高度信任，这一回又收到重金，更把正在受难的张学良弃置脑后，而全心全意听命于蒋介石调遣了。东北军的整编，其实就是缩编。具体方案虽然还没有公布，但既是缩编就意味着很多官兵将被编掉而离开东北军。惶惶不安的东北军官兵此时才恍然大悟——他们被缪澄流出卖了！

张学良回不来，东北军一切听从蒋介石摆布，常恩多看不到前途和希望，郁闷和焦虑日夜煎熬着他。那个无数次的念头再次生起。他说：刘万胜，我想回东北组织抗日义勇军，去战场上和狗日的决一雌雄！就是在战场上牺牲，也是为国捐躯，那也比在这里游手好闲光荣！

刘万胜高兴起来：师长！我跟你去！无论你到哪儿，万胜都是你的副官！就是死，我也和你死在一块！

常恩多信任地对刘万胜点了点头，忽然看到一个人正从大路上跑过来。定睛望去，来人是孙立基。

孙立基跑近：师长！南京来的大员要见您，他们正在师部等你呢！

二、穷途末路思英才

常恩多估计，来找他的“南京大员”，肯定就是蒋介石派来贿赂东北军将领的人。果不其然，刚踏进庙堂大门，他就看见扛中将军衔的胡特派员正在焦急踱步。

常恩多走近：叫胡长官久等，抱歉！请坐！

胡特派员寒暄了几句后，从随从手中接过一张大额支票，放在桌上。

胡特派员说：常师长！这是蒋委员长和中央的一点慰劳之意，请您务必收下！

常恩多沉了一下，把支票推向胡特派员：不！我不要！

胡特派员和随从都吃了一惊。

胡特派员略一思忖，笑了：哦！您别误会，这是中央对东北军高级将领的特别照顾。委员长说，你们辛苦了！

常恩多坚定道：胡特派员，无论是什么，我都不会要！

一旁的随从忽然愤然而起。对于常恩多的态度，他十分不满。跟随胡特派员走了一路，他还是第一回碰到拒收的主！

胡特派员挥了挥手，示意随从坐下，然后对常恩多说：我可以告诉你，军长、师长每人都有。你们缪军长那份，他已经收下，其他师长也都收了，你没有不收的理由啊！收下吧，这是委员长对你的一份情谊！

胡特派员把支票再次推到常恩多面前。

常恩多把支票再次推回去：别人怎么样，我不管。我的这一份，我不能要！

胡特派员脸色骤变：为什么？你能告诉我为什么吗？

常恩多神情抑郁，情真意切道：民族危亡在即，我是个军人，并未立寸功，受之有愧！你把钱拿回去，用在打鬼子汉奸上，比发给我吃了喝了强上千百倍！

胡特派员有些惊讶：这……

常恩多坚定道：请胡长官转告委员长，我的薪水足够养活我老婆孩子，我不需要！

站在一旁的刘万胜和孙立基，都为常恩多捏了一把汗。看到胡特派员起身离开，他们才终于长舒了一口气。

胡特派员和随从刚出大庙，随从就怒不可遏骂道：什么东西！连委员长给的钱也敢拒绝，这不是给脸不要脸吗？这样的人，整编时就该整掉他！

李鸿德闻声站住。他不知道刚才发生了什么，但明确感觉到那几个人心怀不满。几个人围在中将周围向军部方向走去，李鸿德顿感蹊跷，并注意倾听他们的谈话。

胡特派员叹息一声，然后很权威地说：眼里无小利，胸中必抱奇志啊！

随从不屑一顾：奇志？不过一个少将师长！人家缪军长比他还小好几岁，都中将军长了！他有奇志，管屁用！

胡特派员意味深长地笑了，几个随从也都冷笑起来。

几个人走远了，李鸿德也听出来，他们议论的正是常师长。他想，刚才一定发生了什么事，他转身跑进古庙大门。

李鸿德，原在109师当营长，与红军作战被捕后，被送进“白军军官训练班”学习，并受到彭德怀接见。1936年8月，他被遣送东北军后被分到111师任参谋处少校服务。回到古庙，他听说常恩多拒收蒋介石重金贿赂，心中的焦虑和彷徨更加沉重：这一次，常师长恐怕真的要被编余了！

在大庙里，李鸿德没找到与常恩多说话的机会，便于傍晚走进了常恩多临时的家，正看到常恩多抱女儿在玩耍。

常妻王树军欲抱女儿：育平，来，让妈妈抱，爸爸要干大事了！

常恩多：啥大事？我现在没大事，就等着编余呢！

常妻一惊：编余？

常恩多解释说：就是不叫我干了！

常妻不解：那你……把师长丢了？

常恩多笑了：丢就丢吧，我不想干了！我要组织一支队伍，回东北打日本鬼子！

李鸿德闻声猛然收住了脚步。

刘万胜看到李鸿德，连忙示意他缄口。李鸿德推开刘万胜，冲到了常恩多跟前：师长！你不能丢下我们不管啊！

刘万胜欲拦没拦住。

常恩多制止住刘万胜：李参谋，什么事？

李鸿德激动说：您要是被编余了，那我们111师的弟兄，可就流离失所、无家可归了！到那时候，我们既回不了东北老家，又无处可以投奔，那就真的是走投无路了啊！

常恩多黯然失色。

李鸿德继续说：师长，弟兄们都期待你在编！那样，我们当中被编余的就还有个靠山，就还有口饭吃，就不会被赶走、饿死……

李鸿德说的是大实话。可即使在编，当个不抗日的师长，常恩多感到的只有耻辱和羞愧。张学良被扣，东北军完全听命于蒋介石，这对于缪澄流犹如踏上了康庄大道，可对于他常恩多却如走到了穷途末路。

部队已开始清理登记现有装备和兵员，各连营团接到指示：必须如实上报，不得虚报、瞒报，吃亏的给养自行解决，上面一律不补。又是几个月欠饷，各团都有开小差逃跑的事件发生。这天，常恩多抛开这些烦恼的事，回到古庙倒头就睡。他头枕小包裹，身盖薄灰被。包裹里是在合水时小儿子常克从河南鸡公山东北中学给他邮寄的进步书刊，里面有《新青年》、《北斗》等刊物。小灰被则已经跟随他很多年，既旧又破了。

心里苦闷，常恩多蓦然想起王再天，与王再天相识相知的情景便潮汐般扑来——那还是在湖北“剿共”期间，常恩多为不能回东北抗日、又被逼在此“剿共”而恼恨。恰在这时，《军事周刊》记者王再天来采访常恩多，要他说说怎样部署“剿共”的。常恩多态度冷淡下了逐客令。王再天没有计较，而是神情悲伤、步履沉重地向前迈了七步。常恩多看到了王再天眼里的愤怒，突然明白了这个来造访的记者向自己表述的正是曹植的《七步诗》。常恩多悲愤吟道：“煮豆持作羹，漉豉以为汁。”王再天接道：“萁在釜下燃，豆在釜中泣。”两人和声：“本是同根生，相煎何太急?”吟罢，两个陌生人已成知己，他们把双手紧紧握在了一起。

可几个月来，常恩多再没见到王再天。难道他离开了东北军？难道他遭遇了不测？忽然，常恩多听到了熟悉的脚步声，没等他起身，就传来王再天爽朗的笑声：大学长啊，你真是高枕无忧啊！

常恩多猛然起身，果然看到王再天站在面前。他喜出望外，一把抓住王再天：啊呀老弟，这么长时间，你怎么一点消息都没有啊？你跑哪儿去了？

常恩多拉着王再天坐下，刘万胜已经递上一杯水：王参谋，喝水！

王再天接过水，说了声“谢谢”，就告诉常恩多：“双十二”后，我大病了一场。幸亏阎王爷不要我，否则，咱们兄弟就见不到面了！

常恩多松了一口气：你没事就好，没事就好啊！

王再天关切问：您身体怎样？没得病生灾吧？

常恩多叹息一声：病倒是没有，灾可不小！张副司令被扣，那些曾经聆听张副司令教导，发誓要打回东北老家去的主们，现在见张副司令回不来了，就各投各的新主子，各奔各的光辉前程了。而我，已经走投无路了！

王再天：怎么讲？

常恩多：昨天在渭南，今天到河南，东北军越走越靠南！救国救不了，还乡还不成，当红军人家又不要，我不是走投无路，又是什么？

王再天笑罢：大学长，东北军还指望您抗日救国，复土还乡呢！我没想到，您的宏图大志没有实现，自己倒先泄气了！

常恩多焦急问：共产党那边有什么新情况，快对我说说！

王再天：我听朋友说，周恩来指示他们团结流亡关内的东北人，推动东北军继续与西北军、红军合作。只有这样，才能达到抗日复土，并争取张副司令早日恢复自由！

常恩多受到鼓舞：我也是这么想啊，只有东北军、西北军和红军团结抗日，才能实现救国还乡，才能使张副司令重获自由！

王再天：对！

常恩多激动，从身上掏出钱：刘副官，去买点菜，我请师弟吃顿饭！

刘万胜高兴：王参谋！你来了，我们师长才笑了！

王再天笑问：真的？

常恩多把刘万胜催走后，对王再天说：张副司令和杨主任发动西安事变，我以为这一回总算可以痛痛快快地打回老家去了，可谁知姓蒋的背信弃义，张副司令被他扣押囚禁，而缪澄流投奔了姓蒋的，东北军、西北军、红军团结抗战的大好形势，被他和刘多荃葬送了。

王再天：缪澄流现在是志得意满，算得上是东北军内举足轻重的实力派人物了。

常恩多：张副司令、杨主任“兵谏”的八大主张，他也是亲耳聆听的，也曾表示竭诚拥护张副司令的著名演说《中国的出路唯有抗日》。可今天，张副司令的精神，在他的言谈举止中已经消失殆尽了！他现在是把57军的财权、人权一把抓在手心里，吃空额、抽鸦片不说，还聚首赌博，哪里还有心情抗日？蒋介石善于挖墙脚，挖的就是这样见利忘义的小人！

王再天：缪澄流贪污腐化，全无信仰，有奶便是娘，根本就不是带兵打仗的人。东北军怕是迟早要葬送在他手中了！

常恩多愤怒：他缪澄流要是当投降派，我常恩多第一个造他的反！

王再天：这话我信，并且永远支持你！部队正在缩编，你有什么打算？

常恩多：让我当师长，我就当；不叫当，我就到东北去拉义勇军！

王再天：我希望，这个111师师长的位置，你常大哥一定要坚守！学长啊，东北军像你这样的师长不多。你如果再走，那东北军可就真的希望不大了！

常恩多想了想：好吧，听你老弟的，如果能坚守，我一定努力。

王再天松了一口气。

常恩多注意看了一眼门外，满怀遗憾问：老弟啊！我求你给我找的共产党员秘书，你找到哪儿去了？是不是忘到脑后去了？

王再天面露歉意：学长，师弟没敢忘啊。

常恩多：没忘，怎么到现在也没来啊？

王再天：大学长，别急嘛，那些人比咱长白山里的宝还难寻！

常恩多焦急：我能不急吗？我天天盼啊，尤其是现在，我需要啊！越是走投无路，就越想身边能有个共产党员指导帮助我，你懂吗？

三、秘密使命

王再天赶回蚌埠东北军总部，找到苗勃然，先是汇报57军及111师人心惶惶、军心浮动的情况，后把常恩多迫切要找一个共产党员做秘书的情况作了详细报告。

王再天说：常恩多是我党在东北军中完全可以信任和依靠的抗日力量。他正直、廉洁、爱国，坚决拥护张学良联共抗日的主张。张副司令被扣押后，缪澄流之流纷纷倒向蒋介石，早把张副司令当年的教诲丢到了九霄云外，可常师长矢志不渝，死心塌地要团结共产党抗战到底！

苗勃然想到什么：说到常师长团结共产党抗战，我倒想起一件事来。

两个人看到对方的眼睛，不禁会心而笑。

王再天抢过话头：西安事变前，咱们就讨论过常师长加入共产党的事情！

苗勃然点了点头，然后遗憾道：是啊！只是他的官太大了，一时没有找到对等的介绍人啊！

王再天叹息一声：今天，东北军里很多高层军官纷纷投靠了新主子，常恩多能坚持自己的抗日理想，不趋势、不求荣，难能可贵啊！

苗勃然忧虑深重：张副司令失去了自由，蒋介石就开始分化东北军。东北军已经四分五裂，我担心很快就会被姓蒋的一块一块吃掉。今后，过去的那种轰轰烈烈的斗争形势不复存在了，东北军都在姓蒋的白色恐怖之下，国民党政训处的特务到处寻找我们，一旦被他们发现，我们就会损失惨重。

王再天：现在，我们正好可以借常师长要秘书之机，在57军建立党组织！

苗勃然：太是时候了，我同意！依靠常师长这棵大树做掩护，可靠又安全啊，我们马上就派人过去，你放心。

王再天：常师长可是字兵出身啊，字写得很好，我们要选一个字写得好的同志给他当秘书。

苗勃然欣然答应：好啊！可是，我们这些人字写得都不好看呢！

忽然，他想到一个人——他叫王振乾，“九·一八”事变后流亡关内，东北大学毕业，积极参加了1935年“一二·九”学生运动，是个学生运动的首脑人物。

苗勃然说：常师长是熟人，字写得好孬也不要紧，就叫王振乾同志去吧。你给常师长写封信，我让他带上。

王再天欣然答应，掏出钢笔就写。此时，他并不认识王振乾，但对他有所耳闻。他相信，这个比他小很多的年青人一定能当好常师长的秘书。

王振乾，1914年出生于辽宁沈阳祝家镇上高士屯村。二百多年前，他的祖先从山东登州府小红庄“闯关东”来到这里，到他这一代已是第九代。1932年，王振乾在北平汇文中学当选青年会会长，并参加中国共产主义青年团。在这一时期，他一面在校学习，一面积极组织学生与当局展开斗争，并冒死利用学校宗教活动掩护进步组织的抗日活动。第二年秋，他以第一名的优异成绩考入东北大学边政系俄语专业，到了1935年初，由于抵制校方的专制管理，王振乾和十几名同学被开除。最后，在大家努力下，斗争取得了胜利，但到了秋天，他们与上级失去联系。为了寻找组织关系，他返回东北沈阳母校文华中学，并受邀当了校教务长，更名王英杰。其间，他倾力培养反伪满抗日的有志青年。可没过多久，他就被日本特务盯上。在特务追捕他的前一天，他胜利逃离沈阳返回北京。

1935年，王振乾积极组织和参加了北平的“一二·九”学生运动。转年2月23日，他和四十余名东大学生被反动当局从学校押上囚车，轧上死铐大镣，以巨案重犯监禁在宪兵司令部和冀察绥署看守所。

张学良自1934年从欧洲游历回国，思想上一度步入歧途，他迷信领袖，宣扬法西斯主义，并安抚东北民众道：“我们国民要有耐心，要给领袖一个充分试验的机会。中国要想得救就得实行希特勒、墨索里尼式的法西斯主义！”历经几年的湖北和陕西的剿共，张学良损兵折将，非但没有看到抗日的希望，得到的反而是南京政府的冷落和自己兵力的削减，加上东北军爱国官兵的苦谏，又受到东大学生运动的触动，张学良对抗日救亡运动有所关心。王振乾和四十余名同学被捕时，张学良正在与他约来西安的学生运动代表宋黎等人会谈。身为东大校长的张学良，在面见学生代表时，学生运动的领袖们却被抓捕入狱了，他无脸面对社会舆论，于是，他派宋黎乔装成他的秘书返回北京救人。

就这样，在张学良干预下，王振乾和四十余名同学被放了出来。

1936 年，王振乾在东北大学转入中国共产党。“西安事变”后，王振乾辗转来到西安。当时东北军正在续建抗日先锋队第二支队，急需抗日人才。经宋黎同意，王振乾出任第二支队政治领导（少校职务），并立即展开工作。张学良被押南京后，先锋队被改编，王振乾调东北军总部工作。

几天后，两个年青人来到东北军总部，秘密接受东北军工委指示，准备前往周口进入 111 师执行秘密任务，他们就是中共党员王振乾和张士琦。

张士琦，1914 年出生，山东长清人，北平朝阳大学学生，积极参加了 1935 年“一二·九”学生运动，1936 年入党。

两个人受领的任务是：一、争取部队长靠近我党；二、团结部队，逐步成为友军；三、改善东北军与地方群众关系，通过各种社会关系，做好工作。由于白色恐怖严重，工委领导交代他们要隐蔽精干，长期潜伏，积蓄力量，等待时机；并要利用国民党一切可以利用的法律、命令和社会习惯，稳扎稳打地进行合法斗争。

受领任务后，王振乾改名王维平，张士琦改名张苏平，两个人先后从蚌埠去往周口。

四、如获至宝

转眼到了 5 月中旬。

这天，刘万胜跟随常恩多从外面回到师部，一脚门里一脚门外的就被卫兵叫住：刘副官，有人要见师长！

刘万胜：人呢？

卫兵转头喊道：嗨！你不是要见师长吗？

一个年青人跑近：刘副官，我叫张苏平，麻烦你带我去见常师长！

刘万胜上下打量年轻人，只见他二十出头，腰板笔直，脸庞白净，一副儒雅书生模样：好吧，你跟我来！

张苏平跟在刘万胜身后走进古庙。

两个人来到常恩多身边。刘万胜：报告师长，有个年青人要见你！

常恩多神情抑郁面无表情“哦”了一声。

张苏平上前一步向常恩多行礼，然后取出一封信双手递上：请师长过目！

常恩多看了一眼张苏平，取出信见是他同学张政坊写给他的，便匆忙阅读。读罢信，他冷冰冰的脸上笑开了花：好、好啊！快来坐，路上累了吧？

张苏平依然笔直地站着：报告师长，我不累！

常恩多端详张苏平，满意地笑了，然后转身说：刘副官，告诉小食堂备饭，我要请张苏平吃饭！

刘万胜看到常恩多笑了，又听到他喊“备饭”，知道来人是常师长喜欢见到的重要客人，便连忙奔出庙堂，去后堂布置去了。

两天后，张苏平做了111师师部参谋处上尉书记。

又过了几天，常恩多接到一封从豫东大旅社寄来的信。他看罢信，对刘万胜说：豫东大旅社来了个东北大学的学生，叫王维平。你到旅社去把他接来！

刘万胜赶到豫东大旅社，找到店主说明来意，店主就把一个文质彬彬的年青人引到刘万胜身边，说：他就是王维平！

刘万胜看到面前的年青人身穿灰布大长衫，头顶一块板的学士帽，鼻子上架一副又圆又厚的近视眼镜，差点笑出了声。他心里叹道：这个大学生书呆子气十足啊！

刘万胜和王维平寒暄了几句，就带他走出旅社奔大庙而去。

两个人才进师部，常恩多高兴迎上：是王维平吗？到周口多久了？

王维平上前行礼后说：我是王维平，受表兄王星三嘱托，来拜见常师长！

常恩多一把抓住王维平的手，异常兴奋：你路上辛苦了，快来坐！

王维平从长衫里取出信递上：这是我表兄写给您的信。

常恩多展开信，果然看到是王再天的字迹，只见信中写道：

> 获三兄：豫东别来又近一旬，确有“一日不见，如隔三秋”之感！兄之嘱托，弟实不敢有违，今介绍表弟王维平少校前来到职。惟望吾兄予以关照！
>
> 顺颂近祺！弟星三手启，1937年5月9日。

常恩多读罢信，有些激动拉住王维平的手坐下，问他几时动的身、路上顺不顺、旅店好不好等等。站在一旁的刘万胜看到常恩多如获至宝，不禁对这个“书呆子”也刮目相看。

常恩多和王维平谈了一阵，转身对刘万胜说：咱们这里条件太差，旅店的条件好些，你让王少校暂时住旅店吧。你去告诉店主人，我出钱接待，不要王少校破费了！

刘万胜高兴应着，心想：王维平一定有大来头——没准就是共产党那边的人，否则，常师长不会高兴成这样！

几天后，常恩多委任王维平为师部少校秘书。

王维平到职后，就搬进了111师师部。常恩多有空就向他介绍57军和111师情况，向他讲述对整编的忧虑。

常恩多说：军长缪澄流是个大混蛋，他还有个外号叫“土皇帝”。他除了抽大烟、赌博、娶小老婆、吃空额、喝兵血，还有烧香拜神，就什么也不会干，带兵打仗就更是外行。西安事变前，他还不忘喊几声“拥护张副司令”，可张副司令刚被扣押，他就不惜出卖和牺牲团体利益，完全站到了姓蒋的一边，和姓蒋的勾结起来破坏抗战，迫害进步官兵。今后，57军的前途令人担忧啊！

常恩多又说：我巴不得被编余啊！张副司令八项主张不能实现，我当个师长有什么光荣！看现在中央政府的做法，还是不叫我们抗战。不抗战的师长，老子还不当了！我就当个老百姓，集合中华民族真正的有志之士，组成一支抗日义勇军，回东北痛痛快快打小鬼子，救中国，救东北父老，那总比当个不抗日、受洋罪的师长强多了。到时候，你还给我当秘书！

王维平算是初步认识了常恩多。他有些感动：师长，无论您到哪儿，我都给你当秘书！

常恩多高兴：那就好，那就好啊！

王维平想起在大街上看到的东北军士兵怨声载道的情景，不由回忆起在蚌埠接受任务时，苗勃然向他们介绍东北军前途时说的话。苗勃然说：摆在东北军面前的道路是，要么追随蒋介石反共、反人民，要么被蒋介石驱赶当炮灰、最后被吃掉，要么投向共产党，团结一致，抗战救亡。三者必居其一。而东北军走向光明，关键在于我党引导啊！

王维平感到了在57军组建地下工委会的必要和重要，也深感肩上担子的沉重。他话头一转，说：师长！您想过没有，如果您真的被编余了，那111师的官兵就可能流亡关内，可能饥寒交迫、走投无路，还可能被那些国民党特务杀害。

常恩多哀叹一声，点了点头。

王维平：如果您还是师长，就能保住111师这支武装，就有希望打回老家去，完成张副司令的夙愿啊！

提到“张副司令”，常恩多就悲愤难抑：我愧对张副司令，我救不出他来啊……我常恩多经历了这么多的上级，没有一个像张副司令这样知心贴肺、心心相印！

王维平感受到常恩多心里的痛苦，劝慰说：师长，据我所知，共产党没有放弃营救张副司令的希望，他们依然在积极努力。只是，蒋介石两面三刀，阳奉阴违，口是心非。

常恩多抹掉眼泪：好！别说了，我听你的！

王维平：这也是我表兄的意思。

常恩多：我听星三老弟的！

这天晚上，王维平和张苏平碰头开会。由于两个人分别由东北军工委上委和下委派出，于是，两个人分别担任57军上工委书记和下工委书记。王维平身份上的方便，负责上层军官的团结工作，张苏平负责下层官兵的团结工作，并与过去散落在 57 军的零星党员接关系。

两个人正在议论工作，忽然有人敲门，两个人都惊了一下。

王维平听到门外的喊声：别担心，是刘副官！

张苏平打开门，刘万胜走进：常师长叫我来告诉你们，最近宋迪玺和政训处那些特务到处乱跑，你们要小心一些！

两个人点头应着。

刘万胜要走，王维平拉住他：刘副官，听说你跟随师长很多年了，给我们讲讲师长的故事吧！

刘万胜迟疑了一下，欣然答应。坐稳后，他从第二次直奉战争说起。

那还是 1924 年 11 月，常恩多任 77 团 2 营营长，率部驻守天津马厂（今属河北）。奉军进关，给民众带来新的灾难，挂在奉军兵痞口头的一句话是：妈拉巴子是免票，后脑勺子是护照！那时，天津、塘沽等地到处是坐车不给钱、看戏不买票、吃饭不结账、打人还有理的奉军官兵。常恩多痛心疾首问刘万胜：奉军两次入关作战，兵连祸结，殃及民众。督军们在杀人放火中打天下，可我们为什么要为督军们抢地盘呢？为什么要为长官卖命，为长官们升官发财、骄奢淫逸流血牺牲？刘万胜回答不出，随后，他看到常恩多一面加紧训练部队，一面严禁官兵出门，并在大小会上教育官兵说：生我者父母，养我者百姓！谁家没有姐妹兄弟？伤天害理的事情，我们不能干！谁要是干了，我常恩多决饶不了他！

王维平和张苏平相互看了一眼。

刘万胜又说：在郭松龄倒张的那场战役中，常师长和我都差点丧命呢！

王维平连忙问怎么回事。

刘万胜又说起 1925 年底的故事。这年 11 月末，郭松龄宣布倒戈反张（张作霖），他的政治主张是：一、反对军阀专横，永远消除战祸；二、实行民主政治，改善劳工生活；三、实行普及教育；四、开发边疆，保存国土。常恩多深受鼓舞，坚决拥护。部队从天津北仓出发前，他给全营官兵分发银圆后号召：弟兄们！从今天起，我们要打倒贻害人民的旧军阀，建立自由、民主的新制度！打到奉天占领东北以后，我们每一个人都可以分到土地，以后的日子就不会像现在这么苦了！

郭松龄当时掌握奉军主力和全部炮兵，开始倒张后，部队声势浩大，所向披靡，攻克秦皇岛，打过山海关，进占绥中。常恩多率部冲锋在前，从连山一直将敌驱至高桥镇。可是后来，日本帝国主义出兵武力干涉，郭松龄的指挥部与部队的联系被切断，郭军内部动摇者陆续叛变。郭军三面受敌，顷刻间大败而溃。常恩多与后方失去联系，子弹也打光。12 月 22 日这天，常恩多和刘万胜刚逃进新民县城的老高家，一群官兵追击而来将他们包围。高大娘急中生智，帮两个人换了便装，几十名追捕官兵已冲进院门。忽然，几个士兵发现了雪地里的手枪，他们断定：这儿一定藏有郭鬼子的军官！追剿军官盯住刘万胜，没问出破绽，就开始追查正在屋里佯睡的常恩多。高大娘解释说常恩多是她的侄子，刚从海城县来就赶上打仗，几宿没睡好觉了。军官走进里屋，看到疲惫至极的常恩多，终于相信了高大娘的话。那一夜，常恩多、刘万胜和追剿他们的官兵同睡一屋，有惊无险。之后，张学良对所有参加反奉的官兵不予追究，常恩多才得以继续当营长。常恩多对郭松龄的失败非常痛心，他谴责日本关东军武力干涉，也检讨郭军不该在锦州屯兵三天，贻误了战机。

刘万胜感慨万千，说：常师长跟随新老军阀转战南北，渐渐认清了他们的真实面目。他多次对我感叹说，当年奉军真野蛮啊，跟着老牌军阀打仗是可耻的，但还算有个真面目；现在的东北军跟着新军阀打仗更是罪恶，嘴上讲革命，实际是口是心非，损人利己。张作霖用反革命的面目，杀了北方人民革命领袖李大钊，而蒋介石却以革命的名义，杀了上海以及全国成千上万的革命人民，革命的比反革命杀得还凶。从前的大元帅是用军阀面目，今天打这个督军，明天打那个省长；现在的总司令却用革命的名义，今天打这个同志，明天打那个委员，总司令比大元帅打得还猛。大元帅背后是东洋帝国主义和关外地主，总司令的后台是欧美大亨和江浙财阀，总司令比大元帅装得还像。东北军拥护统一投效革命，实际就是“随娘改嫁”，遭受的是专制独裁的祸害啊！

张苏平感慨：常师长是在实践中认识姓蒋的真面目的！

王维平想到什么：“九·一八”事变发生时，常师长和你们团在哪儿？

刘万胜：事变发生时，常师长率633团正驻宣化。

刘万胜说起那段日子，眼睛就红了。

1931年“九·一八”事变的噩耗传来，宣化兵营里一片涕泗怒骂。蒋总司令“绝对不准抵抗”的命令，让常恩多和所有东北军官兵惊骇和悲愤。常恩多集合全团官兵说：弟兄们！我们是东北父老拿血汗武装起来的队伍，誓死保卫东北国土是我们神圣的天职！可是，我们的中央，有人别有用心以“不抵抗”的命令限制我们，我们不能马上对日本予以打击。但是，这绝不能削弱我们对日本的仇恨。我们更应卧薪尝胆，养精蓄锐，一旦杀敌报国的机会到来，就要毫不迟疑舍身报国，以报答东北三千万父老对我们的热望。我们决不容忍日本鬼子践踏我们的家乡，我们要用鲜血和生命，把日本鬼子赶出东北去！

可是，无论常恩多和众官兵怎样请战，上级就是不许提对日作战。到了1932年1月，关外东北军奉蒋介石之命全部撤进山海关，东三省全部沦落日寇之手。经历了开始痛失家园后的愤怒和惊慌后，那些将军们渐渐麻木而继续花天酒地、荒淫奢靡。常恩多找不到杀敌报国的途径，终日把自己关在房内反省忏悔，他挥毫写下：

> 堂堂七尺躯，何颜立于世？
> 枉持手中枪，不得战豺狼！

常恩多找不到答案，便给张学良写信，他乞求张学良做一个救国救民的统帅，率领东北军打回老家去，并惩治东北军中那些贪污腐化、置民众于水火而不顾的民族败类。那时，旅部严格检查进出信件，常恩多派刘万胜到北京把信发了出去。

常恩多生活俭朴，节衣缩食，倾其全力资助逃到关内的同乡、同学，并积极为东北义勇军募捐。一次，为帮助他的同学贾斌久筹集抗日资金，他把刘万胜身上仅有的

30 元也要去了。他满怀崇敬对刘万胜说：他们都是中华民族的好儿女啊，我们要向他们学习！

贾斌久后来成为抗联将领，在东北领导抗战。

1932 年 2 月，日本妄称“东北已脱离中国而独立”。3 月，伪“满洲国”成立，设伪都于长春，溥仪被扶持“执政”。为不使儿子常程受到日本奴化教育，不使亲人们沦为伪“满洲国”人，常恩多两次命刘万胜化装成理发师，由天津乘船到大连，再由大连坐火车到海城，第一次接出了常程，并把他安排在北京读书，第二次接出了常恩多的继母、妻子和幼子常克，并带到了宣化驻地。

1932 年夏，日本侵占朝阳，热河防务吃紧，张学良组织援热军，调王以哲第 9 旅和董英斌第 11 旅参战。常恩多接到命令，激动异常。他集合全团振臂动员：弟兄们！一年来，我们日夜盼望的时刻今天总算来到了！我们可以狠狠地杀那些日本鬼子、报仇雪恨了！此次援热，我们要誓死给鬼子以痛击，不光要确保热河，还要打回老家去！弟兄们，把一年来卧薪尝胆所积蓄的力量都拿出来吧，把我们的勇敢和力量发挥到顶点，以尽我们军人的天职吧！

官兵情绪高涨，都以为杀敌还乡的日子到了。633 团由宣化出发，车运南口，后徒步经昌平抵顺义。就在常恩多准备率部队出古北口入热河时，忽然传来了“停止前进”的命令。原来，热河省主席汤玉麟害怕援热军借机抢他的地盘而反对援热；时任国民政府行政院长的汪精卫暗中与日军勾结，明里却发表唁电攻击张学良丧失东北，逼其下野，以阻挠援热；正忙于第四次围剿红军的蒋介石，早把许诺给张学良六个师北上抗战的事丢到了九霄云外。就这样，常恩多和他的 633 团在顺义整整待命两个月，也未能实践抗战的愿望。凝望古北口外的热河，常恩多常恼恨怒骂：汪精卫这个卖国的大汉奸！这个贪污腐化老不死的误国奸贼汤二虎！

紧接着，传来了蒋介石的训令：“侈谈抗日者，杀无赦！”

不久，633 团调天津外围，归河北省主席于学忠指挥，第 11 旅改番号为“国民革命军陆军步兵第 111 师”，常恩多继任 633 团团长。

1933 年 3 月初，在全国人民一片抗日呼声中，热河抗战失败了。日军进攻不到一周，朝阳、凌源、平泉等重镇相继陷落。面对日军和伪军的进攻，汤玉麟一筹莫展，他把数十年搜刮来的财宝、鸦片，装满了数十辆卡车急运天津租界，就率部逃向滦平。4 日，128 名日军侦察兵没有遇到任何抵抗，就占领了热河省会承德。张学良受到全国人民的一致谴责，背着“不抵抗将军”的骂名代蒋受过，不久就被迫下野了。

对于接下来的事情，张苏平和王维平就熟悉多了。

王维平说：蒋介石政府采取不抵抗政策，阻挠并破坏了所有的抗日作战，致使在短短一年多时间里，中国就失去东北四省。1932 年春，蒋介石出卖并扼杀了上海“淞沪抗战”，把对日英勇作战的第 19 路军调到福建打红军，就迫不及待地跟日本签订了《淞沪停战协定》。协定把上海划为非武装区，上海至苏州、昆山地区，中国不得驻军，而日军却可以驻扎军队；转年初，由于蒋介石继续实行“不抵抗”政策，致使热河抗战和长城抗战相继失败，日军于 1933 年 5 月 12 日占领通州，威逼平津。31

日，蒋介石派员与日本签订卖国的《塘沽协定》，划定冀东为非武装区，中国军队撤至延庆、昌平、高丽营、顺义、通州、香河、宝坻、林亭、宁河、芦台所连之线以西以南地区，日军撤至长城线。这实际上，是蒋介石国民政府承认了日本对东三省和热河的非法侵占，冀东 23 县成了特殊地区，日本得以干预其事，而中国丧失了主权。华北再无险可据，从此，华北乃至全中国的大门便朝向日军洞开了！

张苏平心情沉重，说：日本要吞并中国的野心世人皆知，可蒋介石却视而不见、自欺欺人。被称为“内战专家”的蒋介石，在过去对新老军阀的作战中可谓摧枯拉朽、风卷残云；可在日本军队面前，他就显得卑微而谦恭、软弱而无能了。他的“不抵抗政策”不仅仅使中国失去东四省土地，更失去了国人对他的信任和寄托。最可悲的是，它助长了日本人吞并中国的野心，加速了他们侵略中国的步伐！

王维平：是啊！如果此时蒋介石只是一介武夫，或只是个地方小吏，也还不足为虑。可此时，他是南京政府的领袖，是一党之主，是全民全军的第一号大人物，这就不能不叫如常恩多将军这样要抗日杀敌、舍身报国的人们的思考和诘问了。

刘万胜赞同：是这样的！看不到抗战希望的常师长就经常对我说：我算看透了，假文明真伪善的蒋介石、汪精卫之流，比赤裸裸的野蛮成性的老军阀、“胡子头”更阴险、更恶毒、更卖国！东北军老是听他们的，驴年马月也别想复土还乡了！

张苏平和王维平还想听后面的故事，刘万胜却忽然打住了：今天就说到这儿吧，师长还等我回话呢！

两个人笑了，送刘万胜出门。

五、生死攸关

“西安事变”后离开东北军的那些国民党特务，此时又纷纷回来了。宋迪玺回来后继任 111 师政训处处长，并带领特务们每天像狼狗一般到处搜寻探查，监视着 111 师官兵的一举一动。111 师里本来就压抑的气氛更加压抑，本来就惶恐的精神也更加惶恐。

进入 6 月，东北军整编的方案终于公布，57 军原 4 个师 12 个团 36 个营，整编后为 2 个师 4 个旅 8 个团 16 个营。旅一级单位编制很小，只有 28 人。也就是说，整编后 111 师还在不在还是个悬案，但非常明确的是，57 军绝大多数官兵要离开东北军。那些正直的军官已经看到等在自己前面的是失业、流亡，甚至遭国民党特务逮捕和暗杀，但他们也决不肯为一官半职出卖灵魂；少数军官则把命运交给了鬼神，整日烧香拜佛求神问卦；而过去自诩是张副司令“忠勇部下”的一些人，这时终于“看破红尘”，并领悟“胳膊拧不过大腿”，而争先恐后地向缪澄流献礼谄媚，以乞求得到土皇帝的一点恩赐。

这天，111 师军官动员大会如期召开，常恩多站在全师军官面前神情平和地说：

这次改编，就是缩编，也就是裁员减薪，一定会发生人多位少的现象。当然，在座的包括我在内，可能被编上，也可能被编余，这是基本的道理！

军官们已经坐不住了。李鸿德高高举起一只手：报告师长！我有话想说！

常恩多：李参谋，说吧！

李鸿德高声道：日本鬼子霸占了东北，又在打华北、华南的主意，上海、南京、山东等等都在告急。在民族危亡的紧要关头，我们扛枪当兵的不去打鬼子，反倒要缩编减员，这……这到底是为什么啊？

众人神情悲愤，纷纷附和：是啊！为什么？为什么我们还在这里要缩减部队，而不去打鬼子？为什么……

宋迪玺阴险的目光在队伍里搜寻，他在寻找猎物。

几个特务狡黠地注意着众人，他们在捕捉猎物。

王肇治、孙立基等军官们一个个脸色铁青。

常恩多提高声音说：大家应该用冷静的头脑和镇定的态度，反省反省！

众人渐渐安静下来。

常恩多痛心疾首：为什么会有这次的改编呢？是我们东北人自己不争气啊！日本鬼子还在我们的家园杀人放火，胡作非为，可我们有的人就已经忘记了祖宗，忘记了受苦受难的张副司令，忘记了三千万同胞还在眼巴巴地盼望我们打回去！

说到愤慨处，常恩多双眼冒火。

常恩多克制住深深的悲哀：缩编、减员，也就有人编上，有人被减，另谋生路。你能编上，有什么可高兴的？你编余了，又有什么可悲观的？进一步说，若说编余的是因为不胜其职的话，试问当初你们为什么会升官呢？有些人不明大义，乱骂大街，不是说团长不公平，就是说营长徇私情，这都是“肚子痛埋怨灶王爷”——自个给自个找不痛快！

宋迪玺听到这里，神色才稍微平和了些。

李鸿德和众人情绪也稍有安定。

常恩多都看在眼里，他接着说：我给你们打个比喻，把一个葫芦头放在太阳底下，越晒越抽巴，为什么？因为它本身就没有成熟，它的各个部分都没长结实，你怎么可能叫它不干巴！我们东北军这次缩编，不是一样的道理吗？

众人似有同感，议论纷纷。

李鸿德含悲擦干了眼泪。

常恩多接着说：我们东北军一定要争气，要努力，要干好自己的事情。好了，大家不要怨天尤人了，不要胡思乱想，一切听候上级的命令吧！

散会后，常恩多心情轻松地离开会场，在刘万胜陪伴下向树林深处走去。

宋迪玺脚步轻快追上常恩多：常师长，你讲得好啊！

常恩多停住脚步：宋处长，怎么好啊？

宋迪玺：那些骂大街的兵痞子，立刻都闭嘴了！

常恩多：是吗？宋处长，现在的形势下，骂几句大街也是正常的嘛，毕竟都是年青人。

宋迪玺：是啊，是啊！不过，好歹让你给镇住了，委员长最担心的就是部队不稳定啊，否则，也不会派我们这些政治人员来你们东北军啊！很多人说我们是来监视东北军的，骂我们是……狗特务，我们也不愿意啊！

常恩多：叫委员长放心，我们东北军自己会争气，会努力。

宋迪玺连连点头：好了，你继续忙吧，我要去给军部写报告了！

常恩多目光冰冷，目送宋迪玺远去。

刘万胜走近：师长，不知道姓宋的会写些什么？

常恩多早就不关心姓宋的会向军部报告他什么，他是真心实意想编余。那样，他就可以名正言顺地离开东北军，去东北组织抗日义勇军，杀上抗日战场。

一只雄鹰翱翔天空，常恩多的目光追随着雄鹰展翅北去。

刘万胜看到常恩多凝神北望，知道他又想老家了。果然，他再次听到常恩多感慨：我希望被编余啊！那样，我就能像鹰一样展翅远飞了！

孙立基郁郁寡欢走近：师长！

常恩多盯了一眼孙立基：仰田，怎么闷闷不乐，是不是怕扛枪杆子这碗饭吃不长久啊？

孙立基：我被编掉倒没啥，就怕师长……

常恩多笑，狠狠拍击身边一棵大树：我就不信，就这棵树能吊死人！

孙立基：师长！

常恩多：八项主张不能实现，就是当个师长有什么光荣？我看中央的这种做法还是不让抗日。你说，不抗日的师长当个什么劲！我情愿被编掉，当个老百姓，集中中华民族真正的有志之士，组成一支抗日义勇军，打鬼子、救中华、复土还乡，不比当个不抗日、受洋罪的师长强得多？

孙立基恍然大悟，脸上终于露出笑容：师长，到时候，别丢下我！

常恩多欣慰：当然不丢下！

刘万胜：师长，还有我呢！

常恩多：咱们一起干！

孙立基、刘万胜狠狠点头。

与常恩多111师里的情景不同，57军军部可谓人出马进，熙熙攘攘，热闹非凡。平时就骄奢淫逸、蛮横无理的缪澄流，此刻更是颐指气使、不可一世。缪澄流中等个，长着一副白白胖胖的大圆脸盘，一双眼睛虽小但却十分聚神。他作战无能、带兵无德，但精于见风使舵、投机钻营，所以能够青云直上、官运亨通。而日日逼近的缩编，则成了他又一次聚敛钱财、重用亲信的好时机；更让他得意的是，这一次他总算可以升入蒋家王朝的“圣殿”跻身于蒋委员长“嫡系”军官名册了；一箭三雕的是，他借整编利剑还可砍掉“赤化嫌疑”和异己分子，为今后牢牢掌控57军打下坚实基础。

自调周口，来求见他的军官络绎不绝。缪澄流深知此时他们心中所想，也料定他们不会空手而来，所以无论是谁，他一律接见。果然，那些争先恐后求见的旧部新僚都送来了礼物，有金银珠宝，也有鸦片烟土，总之都是些好东西，价值昂贵。缪澄流有时在客厅里接见，有时干脆就躺在床上，边抽着鸦片，边陶醉在那些甜言蜜语的赞美声中。翠花则在一旁不时附和，帮着送礼的军官说好话，满足地收起那些好东西。

这天，105 师第 2 旅旅长唐君尧怀抱一包烟土，一脸忐忑走进军部后，被引进了后室。

正在抽大烟的缪澄流吐了个烟圈问：怎么，你不来一口？

唐君尧连忙说：卑职不敢！

唐君尧一副谄媚相，把一包烟土放在桌子上：军长，一点小意思，不成敬意！

缪澄流侧目看了一眼纸包，估计那里面的东西得花上几千元才能搞到手，脸上立刻堆满笑容：宝贝儿，给唐旅长来一锅，安安神！

翠花应着，把一杆烟枪递向唐君尧。

唐君尧慌忙说：军长，不敢，不敢啊！

缪澄流点了一下头。翠花会意，上前搀扶唐君尧上床。

唐君尧受宠若惊，浑身哆嗦，谄笑着躺倒床上。翠花把烟给他点着，他小心吸一口，陶醉其中。

缪澄流高兴问：怎么样，我的小翠花漂亮吧？

唐君尧看了一眼翠花：太漂亮了！军长，您好福气啊！

翠花高兴，抱过烟土扭着屁股走进了侧室。

唐君尧说：军长，我唐君尧追随您多年，一直渴望在您身边效力。这一次缩编，你可要拉兄弟一把啊！

缪澄流直言：你是担心自己被编余吧？

唐君尧连连点头：这一次的形势，严峻啊！

缪澄流轻松问：形势再严峻，不是还有我这个当军长的在吗？

唐君尧心领神会，连忙欠起身：军长！君尧我愿鞍前马后为您效力，愿舍生忘死为您保驾，愿……

缪澄流：君尧啊！你是我的人，我要把你放在重要位置上，你放心，啊！

唐君尧跪在了缪澄流脚前：军长！唐君尧永远不忘您的知遇大恩啊，就是上刀山、下火海，我也……

李光烈走进：军长！邱立亭团长带一个姓崔的团附求见！

缪澄流笑了：叫他们客厅等着。

缪澄流转过脸来对唐君尧说：你先回去，等我的命令！

唐君尧满怀感激，下到地上后敬了礼，满怀信心地离去了。

邱立亭是120师658团团长，跟他一起来的是他的朋友崔恩远团附。他们同样给缪澄流送来了重礼，自然，也得到了缪澄流的赏识和欢心。

57军副官处长李亚藩走进报告：军长，又有几个军官要听您的训示！

缪澄流看了一眼李亚藩，十分得意问：是不是所有的军官，都害怕被编余啊？

邱立亭和崔恩远心怀叵测，相互看了一眼。

李亚藩心绪复杂地应了一声：是！

缪澄流既得意又傲慢地说：编余嘛就意味着失业，就意味着流浪，就意味着饿死！所以，没有一个人不怕被编余，除非他不想活了！

几个人都连声附和。邱和崔是心有余悸，而李亚藩具有同他们一样的心情外，还有另一种心情，那就是嫉妒。他和缪澄流是东北讲武堂同期同学，而此时缪已是中将军长，他却只是缪军里的一个少将处长，真是天壤差别啊！一旦有机会，他是一定要翻身的，起码要和他姓缪的平起平坐！这就是李亚藩的理想，为了这个理想，他不惜牺牲一切，甚至荣誉、生命。

送走了一批批来访送礼的军官，缪澄流有些累了。晚饭刚开，翠花就看出了缪澄流的倦意。她倒了杯酒坐进缪澄流怀里：阿流，喝一口吧，解解乏，去去火！

翠花娇嗔的媚态，让缪澄流神魂颠倒。

缪澄流：翠花，你男人我现在已经是蒋委员长的嫡系了，这意味着什么，你知道吗？

翠花如实说：不知道。

缪澄流：意味着啊，你男人我前途无量、官运亨通，而你可以坐收无穷无尽的金银财宝啊！

翠花喜不自禁：那当然好！我连做梦都想有比这更大的宅子、更宽的院子，更多的使唤老妈子！

缪澄流：那太容易了！老子现在就去给你置办，咱们就把这座园子买下来，怎么样？

翠花先是应了一声，醒悟到什么后忽然翻脸：你敢！你想扔下老娘再找个更小的吗？

缪澄流闻声色喜：我可没那想法啊！有你，我这身子骨就已经快撑不住了，哪还敢……

翠花得意地拍了拍腰里的小手枪：谅你也不敢！

夜里，缪澄流和翠花一番云雨后，搂紧了翠花说：花啊，你知道什么事最让我愁吗？

翠花摇头晃脑，一副天真相。

缪澄流：现在，57军一共有四个师长，我只能用两个。你说，我用谁、不用谁呢？

翠花高兴：这还用愁？——那还不是你说了算！

缪澄流得意：当然是你男人——我说了算啊！

想起往事，有两个人叫缪澄流十分头疼，那就是109师师长贺奎和120师师长赵毅。贺奎与蒋介石的参谋总部关系密切，赵毅则与陈诚是同学。两个人平素洋气十足，瞧不起东北讲武堂毕业的土包子们，也没把缪澄流放眼中。

翠花点上烟枪，缪澄流狠狠吸了两口。

缪澄流满足地吐了口烟泡：你看啊，109师师长贺奎、120师师长赵毅，一个和老蒋参谋总部的高官连着筋，人家是一块从日本士官学校毕业的洋派；一个呢，是保定军官学校陈诚的同学。你说，真有什么事，他们是听我的，还是听他们后台的？

翠花很权威地说：当然是听他们后台的！

缪澄流略一思忖，忽然坚定信心：那我就——拆庙送神！

翠花得意：那另外两个呢？

缪澄流：111师师长常恩多是东北讲武堂第四期的，为人老实，比我还土，他眼里就只有张学良，与南京决无瓜葛；虽说他像犟驴子一样认死理，但不弄是非、不贪钱财，指挥打仗还是把好手，还不喜功，跟我也没有根本的利害冲突，这样的人现在不好找啊！112师师长霍守义，就那个霍大裤脚是警察学校毕业的，是个头脑简单、四肢发达的家伙，跟上面也没什么联系，也不足为虑。

翠花：那你就捡着好使的听话的能干的使唤！

缪澄流亲了亲翠花：你说得太对了！

第二天，缪澄流制定的整编方案上报南京中央。

由于在西安事变前111师驻甘肃合水时，蒋介石派到东北军的中统特务赖涟曾密报南京："常恩多为董英斌前军长直辖旧部，接近中央"，因此，蒋介石很快就批准了缪澄流的任用方案。

7月初，57军宣布了整编结果，111师师长常恩多，112师师长霍守义，两位师长均晋升中将。111师少将副师长张伟斌，少将参谋长陶景奎。111师下辖331旅、333旅。331旅少将旅长唐君尧，333旅少将旅长邱立亭。崔恩远果然如愿以偿当上了333旅666团上校团长。111师辖2个旅，每旅辖2个团，每团辖3个营，每营辖3个步兵连、1个重机枪连和1个迫击炮连。111师师部另有工兵营、通讯营、辎重营、特务连、骑兵连、高射机枪连、山炮连、重迫击炮连、参谋处、副官处、军需处、军械处、政训处、军法处、卫生处、兽医处和卫生队等，全师共一万余人，拥有步枪3 800支，轻机枪270余挺，重机枪54挺，山炮16门，团营炮30门。

军长缪澄流终于完成了57军的整编，在111师，他安插了他的两个亲信——唐君尧和邱立亭，以监视挟制常恩多。而团营干部，大多也都是他的人。

检阅整编后的111师，常恩多看到队伍里只有阎普营、李亚东营和林学骞营三个营的官兵是原111师的人马，其余的几乎全是新人，他忧心忡忡。原来的三个团长：王肇治、王秉越、于一凡被调离或提升了，一些经过他多年教育、培养，作战勇敢、思想进步的年青军官也被调走或是编余，最令常恩多恼火的是，除了661团团长宋大个子——宋光弟在编外，其余几个团长不是缪氏门第的红人，就是怯战怕死之徒。对于缪澄流派进来的两个旅长，常恩多更是心知肚明。

回师部的路上，常恩多气愤地对刘万胜说：你看看缪澄流给我摆的是个什么阵？我算看透了，这叫二鬼把门！

回到师部后，见到王维平，常恩多义愤填膺：王秘书啊，我还是111师师长，可111师已经不是过去的111师啦！

王维平担心问：师长，怎么了？

常恩多：旅长、团长全是他姓缪的亲信！他把那些贪生怕死的，贪图享乐的全塞给了我！我过去的营长，也只剩下三个，只有三个营啊，我怎么打仗，怎么打小鬼子？

刘万胜和王维平都十分难过：师长！

常恩多仰天发问：为什么想救国，就这么难啊！

第五章

杀上抗日战场

一、别妻离子

东北军整编完毕，已没有了统一的统帅部，各军直接归南京政府指挥。这就意味着，作为一个军事集团，东北军从此已被瓦解，再不可能像过去那样影响中国历史了！张学良被禁，东北军群龙无首，这一回又被编散打乱，上下级、军官及士兵之间相互不认识、不熟悉，极缺乏信任，就更谈不上战斗力了——蒋介石整编东北军的目的已经达到。不料，第二天就爆发了“七·七”卢沟桥事变。蒋介石在削弱东北军军事力量的同时，直接帮助的是日本帝国主义，这在后来的抗战中得到了残酷验证！

7月12日，57军军部命令，各师准备奔赴抗日前线。全军一片欢腾，官兵们奔走呼号：只要能打鬼子，救中国，再苦再累也没有说的！流血牺牲算不了什么，这样才对得起白山黑水盼望多年的亲人！

同时，军部命令全军军官家属统一组织向大后方四川奉节、万县一带转移，111师665团1营奉命担任后方留守的护卫任务。

家属们即将离开的头一天深夜，常恩多忙完工作回到家中。凝望已熟睡的小女儿育平，他心头泛上酸楚。他尤其疼爱这个小女儿，可为了能给孩子们打走日本鬼子，他们必须要分开了。他低下头亲了亲女儿的额头，热泪夺眶而出。

王树军把刚做好的一件衬衣递给丈夫，依依不舍道：孩子他爸，你要照顾好自己，别担心俺们娘儿俩。我懂，你是干大事的人，我们不能拖累你。

常恩多把老婆搂在怀里：育平她娘，不要担心我，你和孩子都好好的，我就放心了。等赶走了小日本，我们再见！

想到这也许就是与丈夫的永别，王树军哭了：别叫俺们等太久，有空就捎信给我，让我知道你都好，没磕着也没碰着，就好！

在这个女人心中，丈夫的“大事”永远是至高无上的。自嫁给他那天起，她就把自己的全部无条件地交给了这个男人。她含辛茹苦地把前面几个孩子都拉扯大了，并无怨无悔地追随他、希望和他白头到老。她不知道，这次分别会不会就是他们的永别。这一夜，王树军伏在丈夫怀里哭到了天明。

这一夜，所有要离开的女人都是这样哭到天亮的。因为她们知道，这也许就是和自己男人的永别。第二天，女人们继续用她们的泪水和哭声与111师的军官们告别，男人们也是依依不舍，热泪横流，场景凄惨而悲壮。

常恩多登上土坡，对那些哭得死去活来的女人们喊道：111 师的娘们儿们！都别难过了！走吧，到后方去，保护好你们自己，保护好咱们 111 师的孩子们！你们安全了，我们这些老爷们儿才有力量多杀鬼子！咱们的孩子们安全了，咱们也才有后来人继承我们打鬼子的事业，继续杀鬼子、杀汉奸啊！

女人们渐渐安静下来。

常恩多催促道：走吧，走吧！送君千里，终有一别啊！大家走吧，走！

在 111 师男人们的泪光中，女人们拉上大小孩子，奔西面而去了。

7 月 26 日，111 师召开誓师大会，常恩多满怀悲愤做抗战动员。

常恩多说：平津危急！华北危急！中华民族危急！日本帝国主义霸占东北，现在又要霸占华北，并已经开始向上海进攻了！国民政府的不抵抗主义，已经使日本鬼子的野心膨胀得要吞掉整个中国了！我们只有全民族实行抗战，才是我们的出路，才是中华民族唯一的生路！我们坚决拥护冯治安部的英勇抗战！坚决赞成共产党的“抗日通电”，实现全国的抗战！坚决拥护蒋委员长的四点声明，誓死保卫国土，决不让日寇在中国的土地上横行霸道！保卫平津！保卫华北！保卫每一寸国土！清除所有汉奸、卖国贼！为中华民族之安危流尽最后一滴血！

官兵们义愤填膺，振臂高呼：

坚决拥护 29 军冯治安部的英勇抗日！

打败日本帝国主义，向日寇讨还血债！

赞成共产党的“抗日通电”，驱逐日寇出中国！

誓死保卫国土，为抗日流尽最后一滴血！

常恩多继续说：东北沦丧，这是我们东北每个军人的耻辱！无论是谁给咱们下达的不抵抗命令，我们都守土有责、复土有忠！东北军人一天不把失地收复，即一日未了我们的责任！打回老家去，解救三千万东北父老，是我们东北军的首要任务，是我们 111 师的最大使命！今天，我们终于可以杀上抗日的战场，我们要不怕流血牺牲，克服一切艰难困苦，多杀鬼子、多消灭敌人！把他们侵占的领土一寸寸地夺回来！把他们赶出中国去，早一天打回我们的老家去！我们要记住张副司令的训话：抗日是我们东北军的最大使命，唯有牺牲是属于东北军的！

第二天，111 作为 57 军先头部队离开周口，向漯河车站前进。

刚到漯河车站，常克从鸡公山中学匆忙赶来，找到了父亲常恩多。看到刚满 17 岁的儿子，常恩多心怀爱恋：你不在学校上课，跑这儿来干什么？是来送我的吧？

常克神色严肃：爸爸！我是来参加的——我要当兵，我要跟着你去打鬼子！

望着满脸稚气的儿子，常恩多无比感慨。当年，儿子给他邮寄抗日期刊时，他就感觉到儿子长大了。现在，儿子已经有了力气、有了足够的力量去战场上和鬼子拼杀了！

常恩多拍了拍儿子的肩膀，把他领进车站的一间房子里。

刘万胜守候在门外，拦住了所有要见师长的人，他要为常恩多与儿子难得的相会保住时间。

屋子里，父子俩坐在椅子上，促膝畅谈。

常恩多：小克啊，听你说要跟爸爸去打鬼子，我很高兴。你长大了，比上次见你更结实了！

常克激动：爸爸！您同意了？

常恩多沉吟了一下：爸爸是很想把你留在身边，看着你成长啊！可是，国民党贪污腐败，钩心斗角，这一次不知道蒋介石会不会又像对待东北那样，向日寇妥协让步，重蹈“九·一八”覆辙。爸爸已经看出来了，国民党前途暗淡，只有共产党才是中国的希望，只有跟着共产党，中华民族才能彻底解放！爸爸不要你守在身边，爸爸要你去找红军，去参加红军，当一个真正打鬼子的英雄！

常克热泪盈眶：爸爸！

常恩多：小克！只有共产党才能救中国，只有去当红军，才是唯一光明的路啊！不要怕艰难困苦，不要怕路途遥远，去吧，去延安找红军，去奔一条光明的道路！

常克：爸爸！我也想去，可我舍不得离开您啊！

常恩多爱抚道：小克啊！人要分清真假香臭，不能像打食的鸟一样，投错了林子、落错了屋檐啊！大半生来，爸爸身不由己，空怀抱负，一事无成，你不能再走爸爸这条路了。延安虽然很苦，缺吃少穿，但那里聚集着中华民族的精英，你有能力就到那里去施展自己的抱负吧！

常克坚定点头：爸爸！儿子听您的！

常恩多把儿子紧紧抱在怀里，热泪滚落。

常克依依不舍：爸爸！

常恩多：儿啊，走吧！你路上要当心，白天走，晚上歇，不要和陌生人搭话。

常克：爸爸，我记住了！

常恩多：走吧，部队马上要出发向长江北岸进发，今后我们也许见不到面了。你妈妈和妹妹她们去四川了，有可能的情况下，你要帮助妈妈把妹妹抚养大。

常克感觉到了父亲在交代后事，不禁哭出了声：爸爸！你也要保重！

常恩多克制住与小儿子生离死别的悲伤：你自己多保重！

常克把父亲紧紧抱住：您放心，我会顺利到达延安的，我不会有事。下次再见您，我一定是一个红军战士了！

常恩多信任地凝望儿子：爸爸相信！论理想和进步，我儿早就跑到父亲前面去了，对吧？

常克想到一年多前他给父亲邮寄进步书刊的事情，不好意思笑了。

一个时辰后，常克回学校的火车驶到，常恩多把常克送上车，列车徐徐驶离车站，常克流着泪向常恩多挥手告别。

刘万胜走近：师长，常克走了？

常恩多看看左右没人，对刘万胜说：走了，我叫常克去当红军了！

刘万胜惊讶之后，无比羡慕道：真的？太好了！

常恩多深情凝望渐渐远去的列车：我大半生身不由己，空怀抱负，孩子不会再走我这条作茧自缚的路了。延安固然艰苦，可他去寻的是一条光明的大路。

列车终于消失在他们的视线里。常恩多松了一口气，毅然转身走向队伍。——他可以轻松地率111师将士杀上抗日战场了。

孰料，这竟是常恩多和儿子常克的最后一面！

二、邂逅淮阴

为填补长江沿岸的防务空虚，保卫上海和南京，111师为57军先头部队，赶赴长江口北岸重镇布防，具体行动路线由漯河、郑州、徐州、新安，改水陆经淮阴、淮安、高应、高邮，到达靖江、南通、如皋、海门、启东诸县，沿二百多华里的江岸布防，扼守长江北岸。常恩多师长任长江下游北岸各县戒严总司令，司令部就设在南通。

8月间，111师进抵苏北，路过淮阴，于学忠率总部恰巧刚从蚌埠移来。自张学良被押，于学忠成为东北军总部首脑。“七·七”事变后，他被任命为第三集团军（后改为第五集团军）总司令，准备率部奔赴前线。

王维平向常恩多请了假后，就去找苗勃然汇报工作。

在苗勃然临时住处，王维平找到了他。

苗勃然一把抓住王维平，关切问：维平同志，怎么样，工作还顺利吧？

王维平：非常顺利！我和张苏平同志没有公开政治身份，但常师长心里很明白，他知道我们都是共产党派去的，他对我们十分的倚重和信任。

苗勃然拉王维平坐下：好啊！57军现在的情况怎么样？

王维平：军长缪澄流是个贪图享乐、腐化堕落的大烟鬼，他借缩编之机任用亲信、插手控制，成了名副其实的“土皇帝”。他早就忘记了被囚禁的张副司令，更无心抗战。新编后的111师建制被插乱，上下级之间互存戒心，相互防备，难以形成战斗力。常师长尽管很不顺心，但他抗战热情高涨，坚持主张国共合作、共同抗日，同时对缪军长的作为也是充满了愤怒和不满。

苗勃然：咱们东北军中有骨气的高级军官还是坚决抗日的，像缪澄流这等卖主求荣的败类毕竟是少数。最新的时局，你们都清楚了吧？

王维平：清楚了！周恩来、秦邦宪、林伯渠代表我党到庐山与蒋介石和谈抗战；蒋介石在庐山发表谈话，提出了四点声明，声明“准备抗战”；我党为日本帝国主义进攻华北又发表第二次宣言；在平津相继沦陷后，8月13日，日本帝国主义大举进攻上海，扬言三个月消灭中国，上海军民奋起抗战；之后，国民政府发表“自卫”宣言。总之，这一路上，我们及时掌握时事动态，大造舆论，鼓动官兵抗战情绪。在宣传攻势上，我们占有先机，并会坚持不懈。

苗勃然十分欣慰：你们做得非常好！在国民党抗日声音的背后，我们还要警惕妥协投降的亲日派的阴谋。那些贪生怕死、畏敌不前的将领，很可能会走上叛国投敌的道路。现在蒋介石被迫抗战，我们也仍然要警惕他向日本妥协让步。毛主席于7月23日发表的文章中，都做了一针见血的阐述。

苗勃然拿出一张《新华日报》递上：你拿去，你们都好好看看！

王维平高兴接过：太好了，太及时了！

王维平把报纸叠好小心藏在衣服里。

苗勃然：还是那个原则，我们“必须坚持抗日战争中无产阶级的领导权”。你们工作上还有什么困难？

王维平：今后的形势会越来越严峻。我和张苏平同志商议，当务之急应尽快建立57军工委，给我们派个领导同志来吧！

苗勃然：好！你转告张苏平同志，我们会马上派个书记过去，你们一起开展工作。至于派谁去，我们再商量。到时候，还需要常师长多支持啊！

王维平：没问题，我来与常师长协商，他会大力支持的！

同一天晚上，常恩多在临时营地迎来了看望他的郭维城。两个人相见，分外兴奋。话没说几句，常恩多想到为停止内战而发动“西安事变”的张学良，不禁热泪盈眶：郭秘书，你知道张副司令什么时间能被放出来吗？

郭维城神色黯然：不知道。据我所知，共产党和东北救亡总会的同志们正在努力相救。

常恩多忧心忡忡：张副司令的自由，是一个政治问题，他一日不回来，我这心里难受啊！蒋介石这个人剪除异己、睚眦必报，虽然他现在在喊抗战，但我依然担心他会对张副司令下毒手啊！

郭维城：我们也都很担心啊！张副司令失去了自由，东北军接下来的命运不是在战场上被拼掉，就是被姓蒋的一口口吃掉！

常恩多说：是啊！长江防务紧张，蒋介石率先调动东北军。这似乎在说：你们东北军不是在“西安事变”中闹着要抗日吗？现在时机已到，放你们打头阵，你们可要争口气！打胜了，固然归功于他的开明和英明，打败了也别再怪消灭杂牌军。这其中的冷和暖，咱自己知道啊！可无论如何，毕竟能跟小鬼子干上了，这些年痛失东北家乡的耻辱，也终于有机会报仇雪恨了！我们一路上走来，都是正面宣传团结抗战，并提醒官兵密切注意蒋介石政府是否说话算数，警惕他向日寇让步、妥协，重蹈“九·一八”覆辙。

郭维城赞赏道：获三兄，你分析得很对，做得也很好啊！自从全国抗战开始，我们东北军就主动请缨杀敌，投身抗日最前线，就是要以杀敌立功的战绩，树立团结抗战的楷模，争取政治上的主动！

常恩多：我也是这么考虑啊！知道共产党那边对于东北军的政策吗？

郭维城：对于东北军，在去年6月，中共就发布了《关于东北军工作的指导原则》：第一，不是瓦解东北军，分裂东北军，而是给东北军以彻底的抗日纲领，使东北军在这纲领的周围团结起来，成为坚强的抗日力量。第二，也不是把东北军变成红军，来拥护共产党的基本纲领，而是要使东北军变成红军的友军，把共产党所提出的关于抗日救国纲领变成东北军自己的纲领。我想，现在依然是这样的。

常恩多：我明白了，靠姓蒋的救国是永远靠不住的，而张副司令又被姓蒋的囚禁，东北军群龙无首，前途堪忧啊！看来，我们要想打回老家去，只有依靠共产党了！

郭维城：是的！只有共产党能够救中国，能够带领我们东北军打回老家去！

常恩多：老弟啊，听君一席话，胜读十年书啊！可现在，我的111师被缪大混蛋编得七零八落，旅长、团长，还有些营长都是他的人。这些人跟那个缪大混蛋一个德性，抽大烟、喝兵血、嫖女人，可听说鬼子来了就吓破了胆，上了战场一定得尿裤子！部队上下不熟悉，指挥不灵，我担心还没上战场，我的队伍就被打散了！

郭维城：这不仅仅是你们111师的问题，更是我东北军目前最大的问题。

常恩多：部队没有战斗力，谈何杀鬼子、保国土啊？

郭维城：所以，要尽快提高部队的战斗力！

常恩多：可时间仓促，借助什么力量才能在这么短的时间里做到呢？

郭维城建议道：吸收青年，吸收进步的知识青年！寻找机会改造部队，提拔任用那些思想进步、作战勇敢的人。还有，坚决反对和打击投降派，抗战到底！

常恩多：抗战到底，坚决把日本鬼子赶出中国！不还老家，誓不为人！

邂逅郭维城，使常恩多找到了最快提高部队战斗力的办法，这就是吸收进步青年，等待时机提拔任用那些坚决抗战、勇敢杀敌的官兵！这对于后来常恩多领导指挥111师英勇抗敌，起到了不可低估的作用。

当天晚上，王维平回到111师临时驻地，把苗勃然给他的《新华日报》交给常恩多：师长，你看！

看到报上刊登有中共中央毛泽东主席发表的《反对日本进攻的方针、办法和前途》，常恩多异常高兴：太及时了！今后像这样的文章，你给我多弄些来！

王维平笑了，说：毛泽东主席指出，在对付日本进攻中，存在着截然相反的方针、办法和前途。他对比中共中央7月8日发出的抗战通电和蒋介石7月17日的庐山谈话，认为两个文献的共同点是：主张坚决抗战。

常恩多担忧：可那些汉奸和亲日派是不会抗战的！

王维平赞同：毛主席在文章中说，汉奸和亲日派却有采取妥协退让方针的可能！

常恩多：一定是这样的！

王维平：毛主席提出了坚决抗战的八大纲领，在这里！

常恩多如饥似渴读道："全国军队的总动员；全国人民的总动员；改革政治机构；

抗日的外交；宣布改良人民生活纲领并立即开始实行；国防教育；抗日的财政经济政策；全中国人民、政府、军队团结起来筑成民族统一战线的坚固长城！”

王维平：毛主席指出了，还有另外一套办法！

常恩多继续看报纸：还有另外一套办法，即军队不动员或向后撤；给人民以压迫；不是民主集中制的国防性政府，而是一个官僚买办豪绅地主的专制政府；媚日的外交；照旧压榨人民；亡国奴的教育；照旧不变甚至变本加厉的无益于国有益于敌的财政经济政策；不是筑成抗日民主统一战线，而是拆毁这个长城，或是阳奉阴违、要做不做地讲一顿“团结”。——一针见血！入木三分啊！

王维平：毛主席明确提出，实行第一种方针，采取第一套办法，就一定能得一个驱逐日本帝国主义、实现中国自由解放的前途；实行第二种方针，采取第二套办法，就一定得一个日本帝国主义占领中国、中国人民都做牛马奴隶的前途。

常恩多急迫地说：一定要实行第一种方针、采取第一套办法！

王维平：争取第一个前途！

常恩多：对、对！一定要争取第一个前途！那才是中华民族唯一的前途！

王维平：我们要反对第二种方针，反对第二套办法，避免第二个前途！

常恩多：坚决反对！就是拼上我们这一代人的性命，也决不能叫我们的子孙后代做日本鬼子的奴隶，决不能！

王维平欣慰：师长，我们一起奋斗！

常恩多深情而信赖地凝望王维平，并郑重点头。

常恩多满怀信心说：毛先生为中国的抗日战争指明了方向啊，我心里亮堂多了！

三、扼守长江北岸

时值淞沪战场激战正酣，日军在进攻上海市区受阻，便调整兵力，在张家滨、川沙口登陆，企图占领浏河至南翔以东地区，分割围歼我闸北、江湾、吴淞地区守军。蒋介石担心日军再在长江北岸登陆，沿江疾进，附淞沪战场之背，进而威胁南京，便下令111师死守长江北岸阵地。电文曰：

> 限即到，宜兴冯司令长官、苏州顾副司令长官、陈总司令、南通111师常师长，密：（一）第111师着归第三战区指挥；（二）该师应于海门、南通等处严加守备，绝对阻止敌之登陆，主力驻南通，于启东派必要之一部。如敌来犯，虽战至一兵一卒，不许撤退。除分令外，特电遵照，蒋中正、泌、执一。

1937年8月26日，111师前锋抵达长江口北岸重镇南通，次日，后续部队赶到。常恩多根据电令部署兵力，331旅主力据守天生港、唐闸，333旅主力据守海门，并以一部兵力占启东。命令即下，部队迅速沿南通、启东、海门、如皋、靖江之线的大小李港至狼山200余华里的江岸要塞布防，扼守长江北岸。师部驻扎南通，并成立戒严指挥部，统辖上述五县防区。

此时，57军对外代号“杨开”，“杨”是杨子江的字头，“开”是军长缪澄流字开源的开字。111师对外代号为“杨开多”，除“杨开”代表军号外，“多”是取常恩多名字的“多”字。112师对外代号为“杨开守”，“守”是取师长霍守义名字的“守”字。

常恩多带刘万胜及参谋处的军官们巡视江防，视察部队，一连数日打马奔驰在长江边上。经过视察，他发现沿海港口如蒿指港、长沙镇等，均有河渠通往平潮、白蒲。日军如避开南通正面，从侧面海港偷袭，气船直达平潮、白蒲，就可抄111师后路。他严正交代参谋处务必搞清楚每一条河湖港汊情况，并急调333旅在平潮、白蒲一线修筑工事，确保111师侧后安全。

至此，常恩多和111师官兵彻底摆脱了东调以来任人摆布的境遇，他们在主动投入抗日战争最前线的作战中，逐步掌握了自己的命运。常恩多看到官兵抗战情绪高涨，心中喜悦，凝望一泻千里、浩荡奔腾的长江，更是心潮澎湃、激情满怀。

这天，伫立江边，常恩多勒住缰绳，高声朗诵涌上他心头的豪迈诗句：

江风催我征夫泪，江涛激我杀敌心！

男儿热血洒疆场，不教后世作贼臣！

常恩多日夜兼程、披星戴月，选择每一处险要的江湾、河汊，充分利用地形、地物巩固江防，并走到每一个守备营、连阵地，鼓励官兵加修工事、巩固防线，为迎接残酷的战争做好充分准备。

这天，为加强平潮、白蒲重点防务，常恩多鼓动333旅官兵坚守阵地、寸土不让，誓与国土共存亡。忽然，正在附近警戒的手枪班王宗芳飞马来报：报告师长，缪军长、朴参谋长到！

原来，缪澄流为视察长江防务，率大批随员来到长江边。

常恩多上前迎接缪澄流、朴炳珊等，并详细介绍防务部署。在一大群随员中，常恩多注意到一个陌生的年青上校，只见他两眼炯炯有神，神色却有些抑郁寡欢，不禁暗吃一惊。

常恩多注意的这个年青人，正是万毅。此时，他在“二·二”事件后被捕，刚从商水的监狱里出来，还在军部特务营“监视候议”。

缪澄流注意到常恩多：你们……认识吧？

常恩多如实相告：不，不认识。

朴炳珊说：这就是大名鼎鼎的万毅团长啊！

缪澄流嘲讽地笑了。

万毅谦卑道：常师长！鄙人正是还在“监视候议”的万毅。久仰常师长大名，今天相见，不胜荣幸！

虽然与万毅不熟，但常恩多深知万毅抗战坚决、思想进步，如果调到身边，是一个完全可以倚赖的战友。于是，在饭后闲暇时间，常恩多看缪澄流情绪尚好，就请求把万毅调到111师任职，并再三阐述抗战大业正需要年轻有为、勇敢杀敌的将领带兵打仗。缪澄流瞪着一双白多黑少的眼睛愣了半天，终于摇头晃脑说：看看再说吧，看看再说！

常恩多对万毅依然放心不下，一天夜里，他悄悄约万毅到南通附近的江防会晤。在详细询问了万毅八个月的囚禁生活后，常恩多说：虽然我们不熟，但我知道，你是东北军里一个优秀的青年。过去几个月的牢狱之灾，我认为对你的意志是具有特殊意义的磨炼啊！

万毅：我被缪军长下令关了八个月。这八个月，我身陷囹圄，不要说报国，就是自由也失去了。今天能够得常师长相约，亲耳聆听您的教诲，我很感激，并不胜荣幸！

常恩多：我是绠短汲深、心余力绌啊！不过，现在抗战开始了，是我们军人报国的时候了，我们必须英勇奋战，特别是我们东北军人，只有顽强奋斗才能实现“抗日救国，披甲还乡”，才能对得起张副司令，对得起东北三千万同胞！

万毅叹息了一声。

常恩多感受到那声叹息里沉重的苦痛，说：千万不要因为自己的一段苦难，而丧失了杀敌报国的锐气和志气啊！

两个人志气相投，一直畅谈到深夜，常恩多才叫刘万胜用南通市派差给111师的汽车把万毅送回去。

不久，缪澄流没有把万毅给常恩多，而是让他担任了112师627团团长。

四、喜出望外

当曹健华在111师驻地找到王维平时，王维平瞪大两眼简直不敢相信自己的眼睛：曹鹏翔？曹大哥！真的是你吗？

曹健华看了看左右，小声说：我现在叫曹健华！上级派我来111师主持57军工委工作，我刚从济南过来！

王维平恍然，上前紧紧握住了曹健华的手：你能来太是时候了，我太高兴了！

曹健华比王维平大四岁，这一年27岁，河北赞皇县人，是北京师范大学毕业生，1935年加入中国共产党，“一二·九”运动中，王维平就和他在一起工作，已非常熟悉。

王维平激动说：111师过淮阴时，我见了苗勃然同志，他说很快就派一个书记来57军主持党的工作。我真没想到，这个人就是你啊！

曹健华：苗勃然同志指示我们，要尽快成立57军工委，开展工作！

王维平：好啊！我马上带你去见常师长，他是我们完全可以依靠的抗日力量！

曹健华：苗勃然同志也向我介绍了常师长的情况。经过整编，现在师里的情况怎么样？

王维平简单把军长缪澄流贪图享乐、腐化堕落，及111师的情况介绍给曹健华，又说：新编的111师被插乱、重组后，官兵互不认识，相互提防，各存戒心，难以形成战斗力。常师长盼望像我们这样的爱国青年，都投奔111师呢！

曹健华想到什么：我从济南出发时，从平津逃难去的大学生正一批批地被分配到各地呢！

王维平兴奋：真的！

两个人赶到111师师部，见到了常恩多。王维平引曹健华上前，介绍说：师长！这是北京师范大学的学生，叫曹健华！

常恩多看到王维平一脸的阳光灿烂，忽然明白什么，高兴迎上：曹健华同学，你好！欢迎你来111师啊！

曹健华：常师长，你好！见到您，我真高兴！

王维平上前介绍说：师长，曹健华也参加了北平的“一二·九”运动！

常恩多激动：真的吗？那太好了！

常恩多转身问王维平说：王秘书，你看安排曹健华干什么合适？

王维平：把他安排在师部，我们在一起工作。

常恩多心领神会：好、好！那就当我的译电员吧！

王维平、曹健华会心看了一眼：是！

王维平：哦！师长，曹健华刚从济南过来。

常恩多焦虑问：哎！山东的情况怎么样了？快说说！

曹健华简要介绍了一下山东的情况。

王维平又说：师长！刚才曹大哥跟我说，济南到了好些流亡大学生。我们不如趁此机会去要些大学生回来，充实部队！

常恩多眼睛一亮：好啊，这个主意好，说去就去，你现在就动身去！

8月17日，111师还没到达南通时，侵华日军在南通西门外基督医院、南门外体操场和东郊的大生八厂投下了数枚炸弹，虽仅导致基督医院房屋被毁和人员伤亡，但把南通市国民党官员们吓得惊慌失措、四散而逃，南通市人心惶惶，商店关门，工厂停工，市民四方逃奔，城市里十室九空。111师到达后，常恩多对部队约法三章，要求各级军官身体力行，违令者按章严惩。公告发布后，市民渐渐返回并安定下来，工厂开工，商店恢复营业，城市里呈现一派军民致死抗战的景象。许多爱国人士前来慰问探望，齐夸赞111师是一支纪律严明、爱国爱民的部队。

这些情况，都被一些年青人看在眼中，喜在心头，他们就是“旅外青年抗日救亡宣传队”的大学生们。

这个宣传队是由从南京、上海返回南通的大学生自发组织起来的抗日宣传队，主要组织者有徐惊百、邹强、钱彤、孙振中、孙卜菁、吴功名、吴功铨、王衍、江涛等。他们中的很多人积极参加了“一二·九”运动，徐惊百等中央大学同学还曾亲赴绥远抗日前线劳军，并利用暑假回南通办报纸副刊，利用教学办补习班、知青联谊会、专题讲座等，宣传抗战。

徐惊百，1915 年出生于南通城内一个知识分子家庭，上小学时因右腿患结核性髁关节炎而辍学。病愈后，关节强直，不便于行走，靠自学于 1933 年考入中央大学美术系，师从徐悲鸿等大师。1937 年毕业后，他放弃赴法留学机会，积极投身家乡的抗战宣传工作。

但是，对于这群年轻人的积极宣传抗日的活动，国民党政府却百般阻挠和破坏。这天，他们正在向群众宣传抗战，散发传单，突然冲上来几十个挥舞枪杆和警棍的警察，把学生和群众打开了。

徐惊百、邹强等不顾警察的驱赶，继续高喊：同胞们！只有抗战，才能救中国啊！我们要团结起来，打倒日本帝国主义！

“旅外青年抗日救亡宣传队”的横幅被警察撕毁，扔在了地上。

学生们已记不清这是第多少次被警察驱赶了。他们宣传抗战的正义行为，遭到国民党县党部顽固势力的反对和镇压，这令他们不甘！坐在街角，几个人精神抑郁。

一支臂戴“杨开多”三角臂章的队伍整齐走过。徐惊百、邹强、孙卜菁和众同学忽然眼睛一亮。

孙卜菁说：听说这支部队是东北军的 111 师，刚从河南开过来抗日的。

邹强：我还听说，他们参加了西安事变，是张学良的忠实部下，是坚决打小日本的！

徐惊百：我听说他们约法三章，不允许打扰市民。看起来，是不像中央军！

忽然，孙卜菁说：不如咱们投奔 111 师去！

徐惊百：就这样去，还不碰一鼻子灰？

几个人又迟疑起来。

邹强想到什么：惊百，你爸不是认识 57 军缪军长吗？叫你爸给军长写封信，介绍咱们“投笔从戎”，怎么样？

徐惊百看了一眼几个人，面露忧虑。

几天后，王维平一脸的沮丧，从济南返回。

看到王维平，常恩多兴奋迎上：我估计你这几天就回来，果然回来了！怎么样，带回多少个大学生来？

王维平两手一摊：一个也没有！

常恩多诧异：怎么？

王维平：我去晚了，那些大学生都已经离开济南了。

常恩多叹息了一声：唉！是我 111 师跟他们无缘啊。算了，以后再找机会招收些年青人进来。

王维平：是！

常恩多想到什么：哦！政训处反映，有个什么宣传队的一些大学生，拿着写给缪军长的信，说是想到咱们师当兵。你对他们了解多少？

王维平：你说的是"旅外青年抗日救亡宣传队"？

常恩多：可能是这个组织。

王维平：不太了解。只知道他们的背景复杂，好像有人认识上层人物，有两个还是前清状元张季直的孙女！

常恩多：咱们111师在这里人地生疏，那个政训处就是蒋介石派来监视咱们东北军的。我们现在真正成了"阎王爷开饭店——鬼都不上门"啦！这里的地方官员葛专员、洪县长，那都是国民党CC派属东北党部梅佛光、齐铁生、曹重山一派的。他们素以出卖同乡利益为业，惯于骑在苏北人民头上作威作福。这个宣传队，我们考察考察再说吧！

又过了几天，常恩多叫来王维平，要他陪同一起接见几个学生代表。

徐惊百、邹强、孙卜菁等人在刘万胜引领下走进师部。

环顾111师师部的几间小平房，几个学生都惊讶地站住了。

徐惊百：刘副官！常师长就住在这样又破又湿的小房子里？

刘万胜：这可是我们师长这么些年来，住的最好的房子了！

邹强感慨：难以置信，他可是个中将啊！

刘万胜自豪地向学生们介绍：他吃饭也极其简单。为了复土还乡，常师长卧薪尝胆，天天吃包米面、高粱米、大酱、小豆腐！他一个月的伙食费，还赶不上有些高官一天的大烟土钱呢！

孙卜菁诧异：真是太意外了！

徐惊百感慨万千：国民党的军官若都这样，国家就该兴旺了，还有什么敌人不能打败！

几个年青学生连连赞同，先后走进师部。

常恩多热情迎上：欢迎你们来111师啊！大家请坐吧！

几个人进屋后，只见行军床上仅有一床灰色薄被，一条旧毛毯，和一个当枕头用的小包袱，不禁都神色黯然。他们完全相信了刘副官的介绍，并为能认识这位俭朴的将军而欣慰。

常恩多：让我猜猜，你们几个一定是"旅外青年抗日救亡宣传队"的！

几个人丝毫没有生分的感觉，都笑了。

徐惊百上前介绍说：常师长，我们都是从南京和上海回来的爱国大学生。我们队里还有刚从日本回国宣传抗战的……

邹强热心道：他叫徐惊百，是我们队长，他本来要去法国留学的！

孙卜菁：师长！你们是东北军的，听说还参加了西安事变，你们对日本鬼子的侵略罪行体会最深，也最痛恨，对吧？

常恩多坚定回答：对！

徐惊百：常师长，我们今天来，一是要表达我们对东北军抗日的支持，二是想到贵师做抗日宣传工作。这是我们的节目单！

常恩多接过节目单，看了一眼后递给王维平。

常恩多说：对于你们宣传抗日的行为，我代表111师热烈欢迎，欢迎你们来！

一直在观察的王维平说：我听说，你们宣传抗战，遭到了县党部的反对和阻挠？

邹强：是啊！他们撕了我们的队旗，不让我们上街宣传抗战！

孙卜菁：我们和他们交涉，想在南通报纸的背面办个抗日的副刊。他们却要我们一期出20元钱……

徐惊百：师长！我们都是中国人，不想做亡国奴啊！我们只想尽绵薄之力，为抗战，为救国做点事情！

几个人异口同声恳求道：常师长，收下我们吧！

常恩多热泪盈眶，走上前握住几个年青人的手：我常恩多支持你们宣传抗战，我们111师欢迎你们来师里演出，宣传抗战！

当晚，宣传队在一个广场上给111师官兵演出节目，《义勇军进行曲》、《毕业歌》、《松花江上》、《长城谣》、《放下你的鞭子》等节目，叫官兵热泪横流、激愤不已。最后一个节目是合唱《打回老家去》。

打回老家去，
打回老家去！
打走日本帝国主义！

常恩多和台下官兵齐唱高唱：

打走日本帝国主义！
东北地方是我们的！
他们杀死我们的同胞，
他们强占我们的土地，
东北同胞快起来，
我们不做亡国奴隶，
打回老家去，
打回老家去！

唱到激愤处，孙立基站起来，振臂高呼：打倒日本帝国主义！

赵开云也愤起高呼：把日本鬼子赶出中国去！

李亚东站起来嘶哑着声音高喊：打回东北老家去！

官兵群情激愤，口号声此起彼伏，震天动地。很多官兵早已热泪横流、泣难成声。

在后台侧幕，徐惊百凝望台下群情激愤的场景，万分激动，他对邹强、孙卜菁说：我们找对了，找到了——111 师一定有共产党！

邹强、孙卜菁连连赞同。

热烈的掌声响起来，几个人看到常恩多、王维平等走上舞台，宋迪玺也紧跟走上台来。

常恩多上前一一紧握演员的双手：演得好、演得好，你们演得好啊！

徐惊百和众学生也都兴奋不已，激动地鼓掌。

常恩多说：南通果然人杰地灵，果然是出状元、出人才的地方啊！你们不是要求加入我们 111 师吗？我常恩多批准了！

王维平激动地凝望众人，他相信这支宣传队今后一定会大有作为。

徐惊百、邹强、孙卜菁、陈瘦秋等兴高采烈：真的吗？太好了！我们可以宣传抗战了！

宋迪玺上前一步提醒说：师长，我们没有编制啊！

常恩多：你们政训处不是正需要年轻人搞宣传教育工作吗？

宋迪玺欲言，常恩多继续道：蒋委员长在动员令里是怎么说的？“地不分南北，人不分老幼，都有抗战守土的职责！”他们热情很高，要为部队做宣传鼓动工作，这是我们完全可以依靠的力量嘛！

宋迪玺：对、对，徐惊百的父亲徐教授还给缪军长写了封信。

徐惊百注意到宋迪玺强调的问题，坚定表示：如果没有编制，我们可以不在编。我们完全自愿、自费做抗战宣传工作！

邹强、孙卜菁等都纷纷表示：对！我们什么都不要，只要能宣传抗日！

常恩多十分感动：那你们想没想过这个宣传队叫个什么名字？

徐惊百看了一圈众人，说：就叫“抗日义勇宣传队”！

众人拥护：对！抗日义勇宣传队！

宋迪玺还在迟疑。

常恩多表态：让他们在部队里教教文化、教教歌子，就归你们政训处管了。

宋迪玺再无理由拒绝：那好吧，我派段克文当队长！

一个尖下巴窄脸额的上尉一步蹿上台来，高声应道：到！我就是段克文！

徐惊百和众学生看到姓段的都暗暗吸了口凉气。

常恩多察觉到什么：宋处长，你们政训处人少，可以叫王维平他们办，归你们领导。

宋迪玺还想说什么，常恩多又说：你看王维平那两笔字，当秘书作用也不大，管个宣传队绰绰有余，就这么定了。

王维平窃笑，心里十分清楚常恩多的用意。

常恩多对徐惊百等人说：南通办报的人都被鬼子的飞机吓跑了，一张报纸都看不到。你们把 111 师的《军民导报》办起来，把从中央台收听的战报及时告诉官兵和市民，我派一部电台随时收听前线战况，给你们供稿。印刷费、纸费统统由师里出，怎么样？

徐惊百等高兴地跳了起来：太好了！太好了！

自曹健华到111师后，57军工委上下委合并，曹健华任工委书记，张苏平任组织委员，王维平任宣传委员。由于工作条件便利，王维平继续做上层军官的团结工作，张苏平继续做下层官兵的团结工作。抗日义勇宣传队成立后，所有队员不叙军阶，不发军饷，只发军装一套，及少量的办公、宣传经费。宣传队名义上归政训处领导，实际在57军工委领导下开展抗日宣传工作。他们办报纸，演出话剧、活报剧，街头演讲、形势报告，教唱抗战歌曲，在各地驻防的官兵中广交朋友，鼓动抗战，在部队和社会上产生了积极的影响。陈瘦秋和张聪武演出的《放下你的鞭子》，就曾感动了很多官兵和群众。

这天，宋迪玺手捧刚印刷出版的报纸，面目冰冷地一行行审读。

段克文凑近说：处长，这些都是从中央台收听到的消息，没有发现异常。

宋迪玺提醒说：不能有丝毫的懈怠！我怎么看，这些大学生都不像是我们党需要的青年，而更像是共产党培养的青年呢！

段克文：请处长放心，我会像盯共产党一样死死盯住他们！

宋迪玺：延安的红军，被编成了国民革命军第八路军，委员长也承认了共产党的合法性，又开始国共两党合作了。我们作为党国的鹰犬，既要时刻保持警惕，防止共产党渗透，又不要让他们抓住把柄，这就要求我们要注意方法和策略。

段克文：那我就请他们打麻将、吃花酒。我就不信，他们一个个都是钢铁做的！

宋迪玺得意道：共产党那一套笼络人心的做法，我太熟悉不过了！

段克文也狡黠地笑道：处长，我也很熟悉哟。

宋迪玺：对！早在大革命时，我、你就是共产党员！不过那时候，咱们还没有看清他们的真面目，跟着共产党瞎跑了一段冤枉路。现在，我们要当好委员长的看门人，决不能在我们这里把共产党放进来！

段克文：是！

宋迪玺：所以，我们要格外警惕、小心，处处留意，宁可错了、过了，也决不能叫共产党钻进111师！

宋迪玺和段克文正焦虑、忧愁的事，也正是工委几个领导人兴奋、激动的事。同一天，他们相互通报着宣传队的情况，开心地笑着。

曹健华激动扬着手中报纸：真是“踏破铁鞋无觅处，得来全不费工夫”啊！维平，你那天从济南空手回来，我心里还一直很失落难过，现在好了——我们得到宝贝了！

王维平：是啊，这些年青人都是爱国青年，是我们完全可以信任和依赖的抗战力量啊！

张苏平时刻不忘他的职责：现在的环境还不稳定，过段时间，我们应该在宣传队里发展党员！

曹健华：我同意！你现在就开始考察几个重点对象，像徐惊百、邹强、孙卜菁！

王维平：还有那个陈瘦秋！

张苏平：是！

曹健华：我们要把抗日义勇宣传队，建设成国民党政训处的掘墓队！

王维平：对！把宣传队建设成我们党在111师的地下政治部！

几个人激动紧紧握手。

抗日义勇宣传队果然思想进步、人才济济。不久《抗日义勇宣传队队歌》诞生，它是借用苏联歌曲《祖国颂》的曲谱，由孙卜菁填词，徐微稍加修饰而形成的：

我们都有火一般的热血，
更赋有钢铁般的毅力，
我们要认清我们的敌人，
誓雪这四十年的仇恨。
我们不怕流血牺牲，
一定要把鬼子赶出境！

五、严防死守

抵达南通后，常恩多依然穿着那身粗布军衣接待各国人士和使节，处理各种要务。身边的人见他的穿着太寒酸了，就劝他去做一套将校服和将校呢的大衣。这天，刘万胜把将校服和呢大衣取回来，手枪排长王宗芳就走了进来。两个人手忙脚乱把两个金星的中将肩章及各种饰物别在衣服上后，就张罗给常恩多试穿衣服。

衣服刚穿在常恩多身上，就被他三下两把地脱了下来。

刘万胜急了：师长，别脱啊，挺精神的！

王宗芳：师长，可好看了！

常恩多笑了：不能穿、不能穿！就这样出去，老百姓一看我这副架式，尤其是看见我肩上的两颗“黄豆”，就会躲得我八丈远，我不就脱离群众了吗？再说，我自己也不得劲儿啊！

刘万胜想到什么：师长，记得你跟随张副司令时做过一身西服，你再见客人时，就是不穿将军服，穿那身西服也行啊！

常恩多连连摆手：可别出洋相了！我剃个光头，穿上西服，是像个卖国贼，还是像老和尚？那会叫外人笑掉大牙的！

两个人也都笑了，不再强求。常恩多就继续穿他那套洗得发白的旧军装接待进出师部的各国人士。

长江南岸日夜弹火纷飞，炮声不断，淞沪会战进入白热化阶段，日军开始侵入江防，平静的江面上响起了敌舰的炮声，日机不时空袭投弹，长江北岸被笼罩在一片大战前的紧张恐怖之中。常恩多命令部队严阵以待，随时准备消灭登陆之敌，同时，严密盘查由上海撤退的一切行人及违禁物品，严防敌特混入破坏。

这天，常恩多得到报告，守备部队在两艘驶往南京的装满美国苹果的货船上查出了毒品鸦片。常恩多怒不可遏，下令扣压。毒品的主人——控制上海银行业和船舶航运业巨头、上海中华商会会长虞洽卿派专人持他的名片找到常恩多，并送来了重金和重礼，请求放行。

来人也姓虞，50多岁，一身商人打扮。他话未开口，脸上已堆满了笑纹：常将军啊，您就抬抬手吧，只要您一句话，我们虞会长的那两艘货轮就过去了！你看这大热的天……

常恩多黑着脸不予理睬。

虞商人：将军，我们会长船上装的可都是美国大苹果啊！

常恩多愤怒：那些鸦片，也是美国大苹果？

虞商人张口结舌：将军！我承认，我们是不该在这种时候，还在做这种买卖。

常恩多：你们在发国难财！

虞商人：是、是发国难财。但是，我们已经运进来了，你总不能让我们的苹果都烂在这长江里吧！

常恩多：那就烂在长江里吧！

虞商人急了：那可是我们虞会长用白花花的银子换来的啊！姓常的，你不能这么无情！

常恩多：国难当头，你们这些大资本家，不想着为国家出力，反而变本加厉发国难财，你们的良心叫狗吃掉了？

虞商人恼羞成怒，脸也变成了猪肝色：我告诉你，我们虞会长跟淞沪警备司令部杨虎司令是铁哥们，杨司令很快就会过问此事！

常恩多不以为然：随你的便！上海危在旦夕，杨司令还有时间管你们的闲事？哼！

王维平忽然走近：师长，淞沪警备司令部杨虎司令来电报！

常恩多一惊：哦！

虞商人闻声色喜，坐了下来：怎么，意外了？不敢接了？

常恩多不屑地看了一眼姓虞的商人，接过电报看了一眼。

虞商人得意扬扬：怎么样，我的船可以走了吧？

常恩多把电报拍在桌子上：恰恰相反！

虞商人拍案怒起：姓常的！你……你太不自量了！杨司令不管用，战区何应钦司令长官总能管教你吧！

虞商人愤怒欲走，常恩多喝道：慢着！

虞商人恍惚了一下，喜形于色问：怎么，常将军害怕了？

常恩多提醒：把你的东西拿走！

虞商人恼羞成怒，拂袖而去。他的随从慌忙拿上东西跟了出去。

刘万胜和警卫员小徐高兴笑起来。

王维平却忧心忡忡：师长，我担心……

常恩多笑罢：这个臭财阀，良心连狗都不如，在这样的时候，还在妄想发国难财，不理他！别担心，不会有事的！

第二天一早，江面上时有炮艇向北岸炮击，一轮红日在硝烟中被染成了血红色。

常恩多正在检查江防防务，王维平跑近说：报告师长，战区何司令长官电报！

常恩多：姓虞的果然搬动何应钦为他说情，这个败类！

展开电报，常恩多果然看到满纸都是何应钦为那个发国难财的姓虞的开脱和说情。

王维平问：师长，怎么办？

常恩多：不理他！

商船上，姓虞的商人不断接到苹果腐烂的消息，他焦虑万分，当得知何应钦已发来电报，姓常的照样不放行后，他怒不可遏：已经过去一个星期了，姓常的是想破我们的财啊！

随从连忙问：虞老板，我们该怎么办？

虞商人：看来，只有告诉老板动用最高领袖了！

随从有些心慌：您是说——蒋委员长？

果然，虞洽卿搬动了蒋介石，不久，蒋介石的电报就发到了111师。常恩多满怀愤懑，不得不放行虞洽卿的两艘货船。这时一个星期过去，船上的苹果已经腐烂，其他货物也已失去获得最大利益的最佳时机，姓虞的损失惨重。

凝望两艘大船渐渐远去，常恩多长叹一声：都这个时候了，老蒋还有心思关照这些发国难财的商人，上海恐怕真的不保啦！

常恩多随后交代王维平：王秘书，你要密切注意上海的局势，随时向我报告！

王维平：是！

张苏平持电报兴冲冲走近：师长！中央通讯社发布了《中共中央为公布国共合作宣言》！

常恩多、王维平都有些激动。常恩多接过电报，阅后兴奋说：共产党于7月15日就交给了蒋介石，可他两个多月后的今天才公布，可见老蒋对共产党还是背心离德。如果没有日军20号出动50架飞机轰炸南京，不知道这个宣言还能不能公布出来！

常恩多又叹息一声：好在总归是公布了，看来国共两党的合作要开始崭新的一页了，抗战就真的有希望了。

王维平建议：师长，赶紧通告全体官兵，以厉斗志！

常恩多赞同：对！通知全师，全文学习国共合作宣言。赶紧找到报纸，把全文通告所有官兵！

张苏平激动应道：是！

紧接着，在111师上下掀起了学习《合作宣言》的热潮。这天，在661团三营，营长关靖寰宣读道："在此国难极端严重民族生命存亡绝续之时，我们为着挽救祖国的危亡，在和平统一团结御侮的基础上，已经与中国国民党获得谅解，而共赴国难了！……共产党的宣言向全国同胞提出了中国共产党奋斗的总目标：一、争取中华民族之独立自由与解放。首先须切实地迅速地准备与发展民族革命抗战，以收复失地和恢复领土主权之完整。二、实现民权政治，召开国民大会，以制定宪法与规定救国方针……"

在官兵后面，常恩多把王维平叫一边：王秘书，国共两党组成统一抗日战线了，我怎么没有听到老蒋提张副司令？张副司令为国共两党团结抗战赴汤蹈火，因此而被老蒋囚禁，怎么就不提不念了呢？

王维平也深感不安：是啊！我也很担心他啊！

常恩多：你马上去南京，找周恩来副主席了解张副司令的情况，或者，找东北救亡总会的阎宝航先生打听情况，看张副司令什么时间能被放回来。

王维平表示立即动身，常恩多又叮嘱他"快去快回，注意安全"。

六、周恩来："光明在望，后会有期！"

1937年9月22日，就在国民党中央通讯社发表了《中共中央为公布国共合作宣言》的当天，王维平离开南通，前往上海寻找党组织汇报工作，请示下一步工作的指示。

日本数十架轰炸机扔下无数炸弹，南京城里爆炸声此起彼伏、震耳欲聋，城市里到处是大战前混乱而惶惶的景象。

王维平赶到南京，找到东北救亡总会阎宝航打听消息。正值农历的八月十五，敌机狂轰滥炸，王维平躺在阎宝航家的防空洞里，对卢广绩说明了来意。卢广绩与常恩多有同乡和师生之谊，他以东北救亡总会负责人的身份，主动承担了面谒周恩来的工作。

东北救亡总会，又简称"东总"，于1937年6月20日在北平成立，主要领导人有刘澜波、于毅夫、阎宝航、高崇民、陈先舟、卢广绩等。它实际是中国共产党领导下的抗日民族统一战线组织，是在周恩来直接关怀下的东北流亡同胞组成的抗日救亡团体。

这天，王维平在地下室等候卢广绩，外面不时响起的爆炸声隐隐传来，他担心老师的安全，坐卧不安在屋里踱步。终于，深夜时分，卢广绩匆匆赶回。

王维平匆忙迎上，关切问：卢老师，没伤着您吧？

卢广绩：维平，我没事儿，就鬼子的这点玩艺儿，吓不倒我！

王维平着急：您见到周副主席了？

卢广绩：见到了！

王维平：他还好吗？他什么时间能见我？

卢广绩：他还好。他住的地方到处都是特务，他让我告诉你，不便约见你。

王维平失望地叹了一声气。

卢广绩又说：你要向他汇报的工作，我替你汇报了。东北军111师和常恩多将军的情况，我也都一一向他报告了，你就放心吧！

王维平：哎！卢老师，劳您操心了！

卢广绩：没啥！我和周副主席是沈阳的小学同学，近些年来往频繁，志同道合，无话不说啊！

王维平欣慰：卢老师，周副主席对我们东北军抗战有什么新的指示吗？

卢广绩：周副主席期待咱们东北军多打胜仗，多杀鬼子啊！

王维平郑重点头。

卢广绩掏出一封信：这是周副主席写给常将军的亲笔信，你要收好！

王维平激动接过信：放心吧，我一定带回去交给常将军！

卢广绩：你告诉常师长，现在全国抗战形势严峻，东北军既要打鬼子，又要警惕内部的投降派。东北军只要多打胜仗，多杀鬼子，坚持抗战，我们解救张副司令才更有发言权，张学良将军也才有重获自由的希望啊！

王维平：卢老师，您放心吧，我一定把话带到！

王维平欲把信藏进怀里，被卢广绩拦住。

卢广绩：哦！周副主席叮嘱：谨慎带到，阅后焚毁！

王维平领悟，连连点头，把信藏进了绑腿里。

是夜，王维平和卢广绩一直畅谈到后半夜，才躺下休息。

历经颠簸，王维平顺利返回南通，把周恩来的信交到了常恩多手中。

王维平：师长，您的老师——卢广绩先生亲自去见了周副主席。这是周副主席写给您的信。他叫我叮嘱您，阅后焚毁！

常恩多打开信，阅读片刻后，激动读道：永不忘当年友情，本人和共产党诸位同志日夜思念张汉卿将军，希望前线东北军将士坚持抗日，坚持团结，多打胜仗。这样，我们才有更多发言权……

王维平热泪盈眶：师长，卢老师也是这么说的！

常恩多继续读道："主动在我，命运自决，光明在望，后会有期！——周恩来！"

王维平：师长！

常恩多激动喃喃：主动在我，命运自决，光明在望，后会有期！后会有期！

王维平依依不舍悄悄走出房间。

守在门外的刘万胜问：王秘书，你见到周副主席了？

王维平：这一次，没见到。

刘万胜：去年5月，常师长就见过共产党的洛川工委会叶剑英书记呢！

王维平惊讶：西安事变前，他们就见过？

刘万胜有些得意：事变后，我还见过叶书记呢！

王维平有些怀疑：真的吗？

刘万胜：不瞒你，孙立基营长还见过彭德怀、徐海东和任弼时呢！

王维平深感意外：真的！什么时间？快跟我详细说说！

刘万胜神秘地把王维平拉到一边：那是在西安事变后，常师长想拉队伍投红军，就让孙参谋——哦，那时候孙营长还是参谋，到三原的红军指挥部去……

屋里，手捧周恩来的信，常恩多读了一遍又一遍。终于，他恋恋不舍擦着火柴，点燃了信纸。

信纸在火中燃烧，信念却在常恩多心里扎下了根。

第六章

保卫扬州

一、扬州，南京守军之背！

10 月下旬，上海战局吃紧，蒋介石多年经营的国防工事锡（无锡）澄（江阴）线急需增兵守御，57 军 112 师奉命进驻江阴。由于兵力不足，缪澄流又调 111 师 665 团 3 营，由该团团长谢祝华率领渡江增援。

自沪战打响，为防止日军溯江西进，国民党海军在江阴航道上下沉了军舰 7 艘、商船 20 艘、民船和盐船 185 艘，以阻塞航道。

11 月 5 日，日军 3 个师团在杭州湾登陆，突破上海防线，国民党军队雪崩般垮了下来，112 师渡江抢救江阴失利，111 师 665 团团长谢祝华作战负伤。111 师奉命撤出南通，移防靖江，继而又转进扬州，57 军军部率山炮营同时进驻扬州。

日军攻占上海后，就兵分两路，欲夺取南京。北路日军为主力，有 5 个师团，沿太湖北走廊、沪宁铁路西进；南路日军有 3 个师团，沿太湖南走廊、宁杭公路西进。南路日军进度较快，12 月 6 日迫近南京外围，形成三面包围之势。北路日军进展缓慢，攻占江阴要塞后，忙于清理长江封锁线，迟至 12 月 8 日才派一部占领靖江，9 日占领镇江，并分兵一部北渡长江，进攻扬州。

扬州与镇江仅一江之隔，是苏北水陆交通的门户，扼京杭大运河北岸之口，西接浦口、滁州，西进将附南京守军之背，切断京浦铁路。此时，这里已是南京守军唯一的通道。

12 月 8 日晚上，常恩多率 111 师到达扬州。师部刚在南门外一个小村驻扎，常恩多就赶往驻扎在城里的军部，向缪澄流报到。

扬州城里家家闭门、户户紧锁，居民大部已撤离，城市死气沉沉。此时，在扬州附近，准备迎击敌军的还有国民党韩德勤部的八个保安团。但阵阵逼近的炮声，把韩部吓得如一群惊弓之鸟，他们迟迟不敢进入阵地，只是在侧翼徘徊、观望。112 师在江阴一战中损失惨重，已退到苏北灌云补充兵员，665 团 3 营归建。此时的扬州城，实际上只有 111 师孤军作战。

已反复研究扬州地势地形，并充分掌握敌军作战习惯的常恩多，此时很想在扬州给日军以迎头痛击，他积压了多年的民族仇恨要在这块风水宝地上倾泻而出。他已制定好一套御敌方案，准备向缪澄流提出。

但是，此时的缪澄流早已无心与敌作战，他要做的唯一事情，就是逃跑——撤退！

日军轰炸机在扬州上空盘旋，扔下数枚炸弹。爆炸声传进了57军军部。

朴炳珊神色慌张：军长，我们怎么办啊？不能等把老本都赔光了再做打算啊，赶快部署吧！

李亚藩：是啊，军长，快拿主意吧！

缪澄流胆战心惊，带着哭腔道：我的112师5 000多人啊，就这样江阴一战就被打没了、打散了啊……

一颗炸弹飞来在附近爆炸。爆炸掀起的尘土从门窗扑进。缪澄流、朴炳珊、李亚藩等惊恐万状，吓得忙躲藏桌下。飞机远去后，缪澄流和几个人拍打着尘土从桌下钻了出来。

李亚藩说：军长，112师溃败了，那不是你军长指挥不当啊，对吧，参谋长！

朴炳珊连忙附和：是啊、是啊！不是军长的错，是日军太厉害了，大炮、飞机加铁甲，咱们打不赢他们啊！

缪澄流心肝发颤：是啊，他们有坦克、大炮、飞机，对，还有军舰！可我们有啥啊？我们有啥？我手中现在只有111师一个师了，我不能再丢111师，否则，我就真成光杆司令了！

朴炳珊、李亚藩连连点头：是、是！

缪澄流歇斯底里：我不想当光杆司令！我决不能当光杆司令！不能当、不能……

常恩多快步走进，正看到缪澄流魂不守舍：军长！我到了！

缪澄流镇定了一下情绪：啊！常师长，你们可到了！师部在南门外驻下了？

常恩多：驻下了！

朴炳珊盯住常恩多：常师长，我见你神定气爽，是否带来了御敌的妙计？

常恩多郑重点了点头：是的，参谋长！

缪澄流有些惊喜：快说说，你有什么妙计！

常恩多径直走到作战地图前，指示地图说：扬州与镇江隔江相望，紧扼京杭大运河北岸之口，在南京三面被包围的形势下，这里是南京守军唯一的通道！我军奉命坚守扬州，就是要掩护南京北岸通道的安全！

朴炳珊、李亚藩面露忧虑。

缪澄流：这，我自然知道，你接着说！

常恩多：据报，韩德勤的八个保安团在日寇逼近时已乱阵脚，迟迟未敢进入阵地，我们恐不能指望他们有所作为。现在，实际保卫扬州的就只有我111师！因此，我以为，欲保卫扬州，须纵深部署兵力，主动出击日军。若坐守空城，待敌进攻，恐扬州难守。我愿率本师主力，在扬州南20余里的江岸咽喉要地施家桥一带，选择江湾河汊等有利地形，设下伏兵，乘敌登陆之机，与敌背水一战。倘缪军长令山炮营与韩德勤部全力支援，我必歼敌于水面之上！

朴炳珊、李亚藩心怀恐惧，转头凝望缪澄流：军长，这恐怕……

缪澄流连连摇头：不不不不不！不能在施家桥一带部署兵力！

朴炳珊、李亚藩暗暗松了一口气。

常恩多惊异：为什么？

缪澄流哀叹了一声：我已经丢掉了112师，不能再丢掉仅有的111师了！

常恩多恳请：军长！只有主动迎敌，才能保住南京大军的退路！

缪澄流挥了挥手：常师长，我理解你用心良苦。可我缪澄流不想当光杆司令啊！

常恩多：只有有力地消灭敌人，我们才能保住111师！如果只是一味地退却、逃跑，别说保南京，就连扬州我们也保不住啊！

李亚藩：常师长，别说我们保不住扬州，就是蒋总司令在，恐怕也保不住。

朴炳珊：就是，我看还是先保住实力要紧！

常恩多：朴参谋长！李副官长！照你们的打算，我们干脆让出扬州给日本鬼子算了！

朴炳珊、李亚藩欲争辩，被缪澄流挡住。

缪澄流说：算了，咱们自己人就不要再争了。常师长，他们的顾虑也正是我的顾虑啊！

常恩多作最后努力：军长！要保卫扬州，再不能采用单纯防御作战的方式，而应该主动进攻。我想，日本军队一定会选择在施家桥一带登陆，这里我们不能不防啊！

缪澄流：常师长，你认为日本军队一定会从施家桥来袭？

常恩多：是的，一定会！

朴炳珊、李亚藩有些不屑。

缪澄流：那好吧，那就部署——两个营！

常恩多惊讶：两个营？

缪澄流：我要采取的防御措施恰恰与你相反，我要沿江布防！既然你说施家桥重要，那就把666团的2、3营部署在施家桥，监视敌人！

常恩多：军长！施家桥非常重要，要么部署重兵，要么不做此议。只部署少数兵力，恐怕只会白白牺牲啊！

李亚藩：常师长，你的话未免太危言耸听了！如果把重兵部署在施家桥，那么扬州城的其他地方，就不需要你们保卫了吗？

缪澄流大手一挥：就这么定吧！如果日军真的如常师长所料，首先从施家桥一带登陆，那就让这两个营先堵一下，不行就撤！

常恩多恼怒，朴炳珊、李亚藩松了一口气。

缪澄流：常师长，我命你率111师主力，在扬州城南八公里的林家洼阻截日军！

林家洼是一片开阔地，利于敌机械化推进，而不利于我伏击阻截。常恩多反对，说：军长！林家洼地势平坦，敌军装甲作战毫无阻拦，而不利于我阻击……

常恩多话没说完，就被缪澄流很不耐烦地打断了：别说了，服从去吧！

常恩多欲辩，缪澄流恼怒道：不要再说了，我是军长！保卫扬州，我说了算！

二、耍死狗的军长

12 月 13 日凌晨，日军第 3 师团在舰炮火力掩护下，首先在施家桥登陆。666 团 2、3 营官兵奋力阻挡，日军以更猛烈炮火轰击我阵地，继而增重兵，同时以坦克开路。666 团两个营官兵伤亡惨重，日军气势汹汹，不久就强占扬州咽喉要地——施家桥。

部署在沿江的 8 个保安团早已闻风丧胆，逃之夭夭。缪澄流听到江岸方向传来炮声，登上高处用望远镜一望，竟吓得差点坐地上。望远镜里，只见扬州以南十数里地硝烟滚滚、坦克隆隆。缪澄流魂飞魄散，战战兢兢下了高地。

李亚藩：军长！

缪澄流：从……从现在……开始，111 师所有旅、团，我直接指挥！

朴炳珊扶住缪澄流：是，我马上去通知常师长！

缪澄流：日军……果然首先在施家桥登陆了！

朴炳珊：常师长的预料是准确的。

缪澄流：现在看来，施家桥已落入敌手啊！

几个人正心慌意乱，一骑飞马由远而近，侦察参谋勒紧缰绳跳下马来：报告军长！

缪澄流已恐惧得说不出话来。

朴炳珊问：怎么样，战况怎么样？

缪澄流：施……施家桥……

侦察参谋：施家桥已被日军占领！

缪澄流晃了几下，被李亚藩扶住。

侦察参谋继续报告：333 旅退至横沟桥，再退东沟桥、东西唐汪。日军已占领都天庙，并沿淮扬公路向扬州扑来！

缪澄流绝望：我的天啊！

朴炳珊：再去侦察！

侦察参谋应了一声，打马离去。

缪澄流醒过神来，对朴炳珊等说：走，速去林家洼！

在扬州南八里地的林家洼，常恩多正指挥官兵加修工事，准备迎敌。徐文斌身背大刀，紧跟在常恩多左右。王维平、刘万胜也守在常恩多身边，随时听候指示。

在积极备战的官兵中，部分士兵只有大刀，没有枪械。

不远处，666 团团长崔恩远后腰上插着烟枪，惶惶打马而来：常师长！邱旅长……

邱立亭正举望远镜瞭望。望远镜里，硝烟滚滚，火光汹汹，崔恩远在前，他身后奔跑着一群溃退下来的官兵……

邱立亭惊惶：师长，崔团长下来了！日军来势凶猛啊，怎么办？怎么办？

常恩多瞪了一眼邱立亭，邱立亭连忙息声。

常恩多向前看去，见崔恩远已跑近。常恩多恨得咬牙：果然是缪军长的爱将啊！

崔恩远打马已经驶近。常恩多愤怒迎上，拦住崔恩远：崔团长！你跑回来干什么？

崔恩远肝胆俱碎，跌下马来：师长，太多了，鬼子太多了……挡不住啊！快下命令撤退吧，不撤就全报销了！

常恩多怒不可遏，拔出手枪：崔团长，大敌当前，你自己逃跑不算，还敢胡说八道，动摇我守军意志，老子枪毙了你！

崔恩远跪地苦苦哀求：师长，师长……

邱立亭赶紧跑近阻拦：师长！息怒、息怒啊！

恰在此时，缪澄流和朴炳珊及时赶到。一看到浑身哆嗦的崔恩远，缪澄流心里明白了八九分。他连忙上前劝说：常师长，慢动手！

崔恩远终于见到救星，哀求道：军长……

缪澄流用手势制止崔恩远后，对常恩多说：你也知道，崔团长本来就是个赶大车的，只会做买卖，哪懂打仗啊！我看算了，饶了他吧！

常恩多愤怒，但此时不是追究责任的时候，他松开了崔恩远。

崔恩远转向缪澄流：军长！赶紧撤吧，晚了就全完了！日军太多了……

常恩多恼怒：姓崔的！滚一边去！你自己畏缩不前，还敢扰乱军心，老子非毙了你！

邱立亭、朴炳珊赶忙阻拦。

缪澄流说：算了，崔团长、邱旅长都跟在我身边了！

崔恩远感激涕零：谢谢军长！谢谢军长！

常恩多无言以对。

李亚藩气喘吁吁跑近：报告军长！韩德勤的八个保安团都望风而逃了，早不见踪影了！

缪澄流气恼怒吼：他妈的，韩德勤！八个团啊，一群废物，鬼子来了，都他妈长八条腿了！

朴炳珊上前提醒说：军长，要尽早打算！

缪澄流恍然醒悟：常师长！目前的形势于我不利，我有意调整部署，从现在开始，你111师的旅、团均由我直接指挥！

常恩多震惊：军长！

缪澄流：我给你留……两个营，继续坚守林家洼！

常恩多：军长！大敌当前，兵力不可再分散了！这里十分重要啊……

缪澄流：不要再说了！我命令你坚守这里，一定要挡住日军的进攻！

常恩多忍辱负重：好吧！那请军长把山炮营配属于我，这里地势开阔，日本鬼子的装甲必定从这里经过……

缪澄流一口拒绝：不行！山炮营给了你，我拿什么保卫军部？

常恩多欲言，再次被缪澄流打断：我会把邱旅长和崔团长配属在你的侧翼，——就这样了！

缪澄流挥了挥手，朴炳珊、崔恩远、邱立亭、李亚藩等紧跟而去。

一直站在一旁的王维平心怀悲哀走近：师长！

常恩多凝望前方，喟然长叹：扬州……完了！

三、血战林家洼

缪澄流率他的亲信们很快就消失了。

刘万胜忧心忡忡：师长，军长就给你留下662团的两个营，这恐怕……

常恩多知道刘万胜想说什么，摩拳擦掌道：终于可以打小鬼子了，没有恐怕！去，把那两门平射炮拉到这里来！

刘万胜应着转身跑去。

常恩多对远远近近正在加固工事的官兵大喊：弟兄们！国难当头，军人当战死沙场！牢记我们三千万东北同胞的仇恨！牢记我们四万万五千万中华民族的仇恨！鬼子一会儿过来了，都给我狠狠打！

副营长阎普离得最近，他说：师长，放心吧！打中国人，可耻！打小鬼子，光荣！我们不会吝惜子弹的！

孙立基也喊叫：张副司令扣老蒋，终于促成了抗战，把我们东北军引上了正路，我们就等这一天呢！

赵开云说：师长，我们正想多杀鬼子，多抓几个活鬼子呢！

常恩多欣慰：好！弟兄们！咱们东北军报仇雪恨的时刻到了！

刘万胜、管松涛和炮兵们将平射炮拉到阵地前的树林里。

远方，日军坦克和铁甲车掀起的尘土遮蔽了半个天空。

常恩多注意到远方，大声喊道：大家做好战斗准备，鬼子的装甲开过来了！

刘万胜匆忙聚拢到常恩多身边。徐文斌把大刀握在手中，紧贴在常恩多身边。

众人感受到常恩多的镇定，士气高昂，凝神望去。

前方，轰轰隆隆的机器声伴滚滚尘土铺天盖地而来……

在扬州城里，缪澄流和亲信们也坐立不安。参谋人员已经开始收拾物品，准备撤退。

远处，枪炮声混乱。

近处，爆炸声不断。

缪澄流站在门口遥望远天，忧心如焚：林家洼也恐难坚持，恐难坚持啊！

朴炳珊走近：军长，我们什么时间撤退？

缪澄流心神不安，走到桌前展开已经被收拢起来的地图：我已命661团的一个营坚守仙女庙。守住仙女庙，就确保了我57军的撤退路线。我现在担心的就是林家洼啊！

李亚藩看了一眼朴炳珊，朴炳珊不置可否。

李亚藩转头看缪澄流，忧心如焚道：军长，你还在犹豫什么呢？

缪澄流满怀幻想：按照部署，如果日军进入林家洼，常恩多他们能够有力钳制日军，而侧翼的邱旅长、崔团长能够带部队围上去，说不上还能捞他一大家伙！

朴炳珊担心说：军长，你这么有把握？

缪澄流心虚：我不也是想在南京政府和蒋委员长面前露一小手——留下个好印象吗？

李亚藩：据我所知，南京政府和委员长早就撤离南京了！

朴炳珊：我担心的是，军长在扬州这一小手没露成，反倒损兵折将啊！

缪澄流被惊了一下，忽然坚定说：我亲自去林家洼督战！你在指挥部守着，等候我的命令！

朴炳珊欲劝未劝时，缪澄流气冲冲已经走出了军部。

此时的林家洼，已不是刚才的林家洼。数百米外，日军几十辆坦克正沿公路隆隆而来。坦克两旁的鬼子士兵刺刀上挑着膏药旗，号叫着簇拥坦克蜂拥而至。

111师阵地前，管松涛和数名官兵刚把平射炮调整好，管松涛还在用手势核算诸元，常恩多迈着大步已经走近：管松涛！管松涛！

管松涛：师长！

常恩多：告诉弟兄们，要沉着应战，等鬼子的坦克开近了再用平射炮给我狠狠打！

管松涛：是！师长！

常恩多又叮嘱：咱们没有重武器，我就指望你们了！

管松涛：师长，放心吧！我们决不让小鬼子占便宜！

常恩多：好！等鬼子坦克近了，给我对准了打！

管松涛：是！

一辆吉普车疾驰而近，发出的尖锐的刹车声把刘万胜惊了一下。刘万胜闻声回头，看到缪澄流正从吉普车上探身张望。

远处，日寇坦克隆隆而来，渐渐逼近。

车上，缪澄流大惊，失声喊道：回去！回去！回去……

吉普车慌忙转向。在车头掉转方向的时候，缪澄流看到常恩多正鼓励管松涛沉着应战的情景。吉普车在缪澄流仓皇指使下，疾驶而去……

刘万胜跑到了大炮前喊道：师长，缪军长被吓跑了！

常恩多盯了一眼已经远去的吉普车：不管他，打咱们的！

敌人的炮火猛烈扑来，在阵地上掀起一片爆炸声。刘万胜、王维平密切注意常恩多，随时准备扑过去保护他。

常恩多发现王维平：王秘书，你给我下去！

王维平坚持：不！你在哪儿，我就在哪儿！

看到王维平坚毅的目光，常恩多迟疑了。

众官兵情绪激昂，都有些按捺不住。常恩多忙转向官兵：都沉住气，鬼子近了再打！

阵地上，官兵们严阵以待。

凝望隆隆而近的坦克，常恩多：三百米！二百米！一百米！打！

管松涛一声“开炮”，两门平射炮一起射击……

仇根的炮弹飞向敌阵，准确击中敌数辆坦克。那几辆被打中的坦克顿时黑烟飞腾，“叽叽嘎嘎”就停了下来。

徐文斌振臂高喊：打中了！打中了！又打中了一辆！

常恩多：管松涛！打得好，打得好啊！

敌无数炮弹落在我方阵地，炸起的尘土遮蔽了天空……

硝烟和尘土渐渐散开，常恩多探身张望，看到敌坦克群在前方停了下来，正纷纷掉转方向，驶向道路旁的荒地。他注意到荒地里耸立着数十座土坟，鬼子兵张皇失措纷纷遁入坟墓后隐蔽了起来。

俄顷，黑压压的鬼子挺刺刀蜂拥而来。

常恩多喊道：注意，鬼子冲上来了！打！

官兵们纷纷射击。

阵地前，一片片的鬼子倒下去。

常恩多激动喊道：打得好啊！弟兄们！都看到了吧，他小鬼子也是肉长的，只要我们瞄准打，他们一样会死，一样倒在我们111师的前面！打！

一片片的鬼子倒在阵地前……

缪澄流仓皇跑回扬州城里的军部，朴炳珊和李亚藩就迎了上来：军长！情况怎么样？

缪澄流张皇失措：快……

朴炳珊：军长！

缪澄流：……撤！

朴炳珊不知前方情况，又追问一句：现在撤？

缪澄流气急败坏：马上！

李亚藩心领神会：是！撤！马上就撤！

朴炳珊：是！撤、撤！

本来就一片狼藉的司令部里更加混乱不堪。

李亚藩稳住神，把缪澄流扶到桌前坐稳：军长，你先歇歇！

朴炳珊把一杯水递给缪澄流：军长！那常师长他们……

缪澄流匆忙喝了几口水，压了压惊恐：顾不上那么多了，哦！你告诉他们，下午四点撤退！

朴炳珊：下午四点，是！

缪澄流：侧翼的邱旅长他们动了没有？

朴炳珊侧耳听了听：还没有！

林家洼战场依然炮火连天，硝烟弥漫。

小树林里，常恩多在焦急打电话：邱旅长吗？你们为什么还按兵不动？带上你身边的人从侧翼包抄过来，我们就能把面前的鬼子消灭掉！你听到没有？

几发炮弹落在附近，常恩多继续呼叫邱立亭，可他的声音被炸弹的爆炸声淹没了。

不远处，赵开云带他的敢死队员正在捆扎手榴弹。一个圆脸、稚气未脱的士兵气冲冲跑到赵开云面前：赵连长，你就让我参加敢死队吧，我保证给你干掉一辆铁甲！

赵开云头没抬，继续手上的工作：小石头，你还小呢！

叫“石头”的战士很不高兴：不小了，我们老家那块，16 岁就当爹了！

众人听罢笑了。张石头说的是大实话，在农村 13 岁当爹也不稀奇。

孙立基匆匆走近，神情悲壮：敢死队的弟兄们，都准备好了吗？

赵开云看了一眼身边队员，带头站在孙立基面前，队员们先后站在队伍里，张石头悄然站到了队尾。

赵开云庄重报告：报告营长，准备好了！

孙立基环顾队员后说：弟兄们！你们都准备怎么打鬼子的坦克？

赵开云亮了一下怀里捆扎在一起的七八颗手榴弹：我们冲上去，把这家伙往鬼子坦克车的轱辘上放！

孙立基担心问：要是放不上去呢？

一名士兵亮了亮怀里集束手榴弹上的绳子：放不上去，就挂上去！

孙立基：要是也挂不住呢？

队尾的张石头大声喊：挂不住，就和铁甲同归于尽！

孙立基：好样的！

孙立基忽然发现异常：哎，你怎么没有武器啊？

赵开云看到了张石头：石头，出去！

张石头恳请孙立基：营长，你让我参加敢死队吧！

孙立基：你多大了？

张石头：报告营长！再过三天，我整十八！按咱东北话说，我已经是大老爷们儿了！

赵开云：不要说了！石头，你家里再没有别人了，我不能让你老张家断根啊！

张石头热泪滚落，站在队伍前：连长！营长！弟兄们！日本鬼子杀了我爹、我娘、我姐姐、我小妹妹，还有我爷爷、我奶奶，我叔叔一家、伯伯全家，我跟他们有灭门之仇啊！

张石头泣不成声，再说不下去。

孙立基咬牙切齿：每一个东北人，每一个中国人跟日本鬼子都有刻骨的仇恨！

张石头：营长！我张石头活着就是为了报仇雪恨，给我家里屈死的亲人报仇！今天，终于能和小鬼子拼了，你们就让我参加敢死队吧！

赵开云还想阻止，张石头坚强地抹掉眼泪：连长！营长！放心吧，我不会死的！我还要杀更多更多小鬼子，为咱三千万同胞报仇！

孙立基感动而欣慰：张石头，好样的！我同意你参加敢死队！不过，你一定要活着回来！

张石头高兴：是！营长！

孙立基转向大家：敢死队的老爷儿们！如果大家光荣了，其他弟兄一定紧跟你们后面，为你们报仇！如果大家能活着回来，就继续杀鬼子！

赵开云、张石头和众人：是！杀鬼子！杀鬼子！杀鬼子！

常恩多丢掉电话，气恼地向敢死队走来，孙立基迎上问：师长！缪军长、邱旅长他们……

常恩多愤懑：本来就是一伙尿壶，刷洗刷洗也是饭桶，苟且偷生的民族败类！

孙立基深知此时的常恩多最想看到什么，连忙报告说：师长！敢死队组织完毕，等候您的命令！

常恩多精神一振，大步走到了队伍前。凝望队伍里每一个人怀里都抱有集束手榴弹，每一张脸上都镌刻视死如归的神情，他热血冲冠：弟兄们！这些年，日本鬼子在东北犯下滔天罪行，我们东北军丧失家园，流亡关内，吃尽侮辱。今天，为了实现张副司令和东北军抗日的决心，为了打回老家去，你们放心去拼！在抗日的战场上牺牲了，是我们东北军的光荣！你们都是好样的，都是咱东北军的英雄！我常恩多紧跟在你们后面，也去跟鬼子拼个死活！

孙立基振臂高呼：多杀鬼子！炸毁铁甲！打回老家去！

侧翼，邱立亭在望远镜里看到了林家洼激战的场景，不禁焦躁踱步。他担心道：师长他们太危险了，咱们不能总这样按兵不动，我打算派一营兵力冲击一下……

崔恩远已被日军的阵势吓破了胆，没等邱立亭说完就抢过话头：旅长，不能去啊！日本鬼子的铁甲厉害啊，他们人多炮猛，咱们打不赢他们的！

冷汗顷刻间就钻出了邱立亭的汗毛孔，他小心问：打……不赢？

崔恩远：是啊，打不赢啊！你算没看到，我们在施家桥的两个营说垮就垮了啊！

邱立亭长叹一声，心里擂起响鼓：打不赢……就不打了！快！

崔恩远：什么？

邱立亭恼火：还能有什么！

崔恩远恍然大悟，连忙递上烟枪：旅长，英雄不吃眼前亏嘛，还是旅长有勇有谋啊！

邱立亭猛吸了两口，又狠狠吐出，一缕轻烟袅袅上升又渐渐散去。他望着消散的烟雾，心中的恐惧却怎么也排解不去。

在林家洼战场上，常恩多正在进行大战前的调兵遣将。他对刘万胜说：去！把手枪队和机关所有人员调来，给老子打狗日的！

刘万胜喊了声“是”跑到后面去了。手枪队是常恩多的警卫队，为保住南京守军后路扬州，他要和日本鬼子血拼到底。

忽然，数发炮弹袭来，在常恩多身边爆炸。

王维平猛然扑倒常恩多：师长！

徐文斌扑到了王维平身上。

爆炸声在他们的身边响起。

有一个人注意到王维平，他就是管松涛。

管松涛，字芝山，1902 年生。东北军整编后，他被 49 军编余，走投无路之下投奔了原来的上级——在 111 师任团附的董瀚卿。董瀚卿把管松涛介绍给常恩多。得知管松涛是南京炮兵学校的高材生，常恩多如获至宝，立即就收留了他。然而，常恩多和董瀚卿都不知道的是，管松涛是 1931 年加入中国共产党的老党员，由于失去组织关系，他正在四处寻找党组织。在 111 师，他看到常恩多师长积极抗战，就认定师里一定有共产党员。果然，他发现常恩多身边的秘书王维平不同寻常。

管松涛祈祷老天让他看到了希望。他暗暗决定扬州保卫战一结束，就找王维平亮明自己的身份。

常恩多和几个人从硝烟里爬起来后，王维平喊道：师长！师长！你不能在这里！

孙立基跑近：师长！你快下去吧！对我你还不放心吗？

王维平：师长，这里太危险了！

常恩多打断几个人的劝说：国难当头，军人就该效命沙场，岂能临阵畏缩，不要再劝了！

王维平热泪盈眶：师长……

刘万胜和张苏平等跑近。

刘万胜报告：师长，手枪队和机关的人都到了！

常恩多看去，王宗芳、张苏平、曹健华等已进入阵地。

王维平一把抓住了刘万胜：刘副官！

刘万胜：到！

王维平：你一定要保证常师长的安全，不能有半点差错！

刘万胜：王秘书，你放心吧，我就是牺牲了，也要保住师长的安全！

徐文斌挤到跟前：王秘书，还有我呢！

王维平坚定地拍了拍徐文斌肩膀。

孙立基看到了又冲近的鬼子：师长，敌人又进攻了！

坟地里，日军数十辆坦克纷纷从坟包后拐出，冒着黑烟气势汹汹扑来。

敢死队官兵把集束手榴弹抱在怀里，等待冲锋的命令。

常恩多盯了一眼已能清晰地看到炮口的铁甲和坦克，转身对身边敢死队员说：弟兄们！大丈夫舍身报国的时候到了，为保卫神圣的国土，流尽我们最后的一滴血！冲啊！

赵开云、张石头和十数官兵抱集束手榴弹冲出掩体，向坟地冲去。

坟地，敢死队员们和滚滚而来的坦克展开了生死搏杀。

赵开云抱集束手榴弹跃出，高喊道：弟兄们！冲啊！祖国万岁！

一声爆炸，坦克履带被炸断，赵开云被掀出去数丈远。

张石头抱集束手榴弹冲出，高喊道：杀尽狗日的！为亲人报仇啊！

一声爆炸，坦克被炸翻，张石头身负重伤倒在地上。凝望冒着青烟歪斜在自己眼前的坦克，满脸淌血的张石头笑了。

几个士兵纷纷跃起，有的刚抬头就被子弹击中，没被击中的无所畏惧地冲向前去，他们高喊“祖国万岁”、“祖国永生”，先后抵近坦克、铁甲，把集束手榴弹挂到了车上。

几声连续的爆炸后，数辆坦克车、铁甲车被炸毁。装甲车死狗一般瘫痪了，冲锋的日军只是慌乱了一下，又继续冲过来。

看到敢死队官兵英勇顽强的拼杀，常恩多热血沸腾。他抽出战刀：狗日的装甲被炸烂了！弟兄们，冲啊！杀他个片甲不留！

常恩多率先冲锋向前：冲啊！

官兵们挥舞大刀跃出战壕，冲向前去。

刘万胜、徐文斌喊着“师长”奋力追去。王维平捡拾起身边牺牲战士的步枪，紧跟冲了上去：冲啊！

常恩多和官兵奋勇冲进日军阵地，和鬼子展开血肉拼杀。王维平、张苏平、曹健华、刘万胜、孙立基、赵开云、管松涛、王宗芳、徐文斌等官兵挥舞大刀与迎面撞上的小鬼子展开搏斗。战场上一时刀光剑影、血肉横飞，死伤一片。

常恩多刚解决一个日军小军官，迎面又冲来几个日军官兵。他们气焰嚣张、歇斯底里，挥舞战刀向常恩多劈来。王维平、刘万胜和孙立基、徐文斌奋力上前，解除了自己当面之敌后，把常恩多护在了身后。

管松涛正奋勇杀敌，不意侧面一个受伤的鬼子从地上爬了起来，把枪口对准了他。王维平看在眼里，一挺刺刀就把举枪的鬼子解决了。

管松涛感激地看了一眼王维平，又继续挥刀刺向敌阵……

战场上白刃格斗，刀枪飞并，骨肉崩裂，热血喷溅。

侧翼的邱立亭旅长依然按兵未动。他任由常师长率众在林家洼战场上与敌惨烈厮杀，而袖手旁观。终于，333 旅的官兵看不下去、等不下去了，官兵们高声叫喊：

旅长！让我们冲上去吧，师长他们寡不敌众啊！

团长！师长他们快顶不住了啊，就让我们冲上去吧！

崔恩远喝道：吵什么吵！还……还怕没仗打吗？

邱立亭：不要怪他们，我都想冲上去了。可是，即便是冲上去，后果也是一样的，那就是失败。唉，怎么办哦！

崔恩远提醒说：旅长，别再犹豫了，咱们赶紧撤吧！

邱立亭：撤，也得等命令啊。没有命令，那就是临阵脱逃！

两个人正在商议什么时候撤退为最佳时机时，一个军官喊着“邱旅长”跑来了。崔恩远和邱立亭慌忙迎上，他们最担心的是鬼子从侧面包抄过来，细问才知，原来缪军长已经在组织撤退，军部早就乱成一锅粥了。

崔恩远胆壮了：旅长，我早说了，缪军长不会在扬州死撑的！

邱立亭问军官：知道具体撤退的命令吗？

军官说：下午四点！

崔恩远焦急：四点？还有好几个小时呢！

邱立亭终于稳住神：不，现在就准备撤退！不要等道路都被堵塞了再撤，那时候恐怕就撤不出去了！这是血的教训啊！

崔恩远高兴，立刻跑向一旁的队伍：快！准备撤退了！准备撤退了！

林家洼坟地一旁，已负伤的赵开云在一堆尸体里扒出来一个血肉模糊的人。把血人抱在怀里，他高声呼喊：石头！小石头！张石头！

张石头睁开眼：连长，我炸掉了一辆坦克，我没给你丢脸……

话没说完，张石头昏迷过去。赵开云又喊：石头、石头！我们不能死，还有好多鬼子等着我们去杀呢……

赵开云背起张石头，艰难爬去……

战场上，日本鬼子被 111 师官兵杀死数百，倒地大片，数十辆坦克也瘫痪不能动弹。常恩多浑身是血，又砍倒一个鬼子，巍然屹立在硝烟中。远远近近是日军被炸毁的坦克和鬼子尸体，能跑的鬼子丢弃了战场上的伤兵，开动尚能动弹的坦克和铁甲仓皇而逃。刘万胜、王维平等聚拢过来：师长！

常恩多：抓紧救治伤员，修整工事，防备鬼子发起新的攻击！

众人应道：是！

在常恩多指挥下，官兵们修整工事、救治伤员。人们在死人堆里发现了身负重伤的赵开云和张石头。抗日义勇宣传队的队员们，担当起担架队员的角色，把他们抬了下去。

张苏平匆忙跑近：师长！军部来电，命令我们于四点撤至仙女庙大桥以北。

常恩多看了一下表：四点，还有十分钟！

王维平：师长！十分钟，伤员撤离不完啊！

孙立基：听那些刚从南面撤下来的伤员说，从江南撤下来的伤兵正源源不断向扬州汇聚！

常恩多：告诉军部，我们会坚持到伤员全部过桥，再撤离战场！

张苏平：是！

张苏平跑去。

徐文斌发现了战场上的异常：师长！鬼子又冲上来了！

常恩多和众人望去，只见远远的鬼子的队伍蜂拥而来……

四、仙女庙撤退

由于坐落在仙女庙附近，因此位于扬州东北面的这座铁桥被叫作“仙女庙大桥”。黄昏的夕阳里，铁桥上人喊马嘶，人头攒动，人群中以伤员居多，除了从扬州保卫战中撤下的重伤员，其余大多是从江阴之战中最后一批撤出的官兵和伤员。人们匆忙而有序地走过铁桥，然后向北撤去。

111 师 661 团 3 营营长关靖寰和官兵坚守在大桥上下，以等待最后的过桥部队。关靖寰拦住了几个受伤的官兵，询问战场情况，得到的报告是：小鬼子还在进攻林家洼，常师长带官兵正在打阻击。

直到夕阳西沉，关靖寰也没有等到常师长和最后撤出的部队。他焦急拦住几个伤兵：常师长他们呢？师长呢？

几个伤兵摇了摇头，径直走过桥去。

赵开云头上缠着绷带，护送担架上的张石头走近。

关靖寰认出赵开云：赵连长！师长他们还没有撤下来吗？

赵开云：师长他们还在和鬼子拼呢！弟兄们死了很多……

关靖寰难过，放他们走过去，并催促众人加快步伐，通过大桥。

入夜，战场上硝烟袅袅，人影憧憧。

大战之后，官兵在寻找、救助伤员，发现有生还者后，将他们匆忙抬上担架，转移而去。

孙立基神情悲伤走近：报告师长，战场基本清点完毕。

常恩多：伤亡大吗？

孙立基：仅我662团2营伤亡200多人。我营4连阵亡27人，伤40人，绝大部分是胸部以上冠通致死、致伤。5连阵亡30多人，伤20多人，排长李新才英勇牺牲。

常恩多心怀悲伤：你这个营是我的老部队。这一仗，你们打得英勇顽强，没有辱没咱们中国军队的荣誉！

孙立基：就是现在鬼子再来，我们也照样冲上去，坚决守住阵地，决不退缩！

常恩多信任地重重拍了拍孙立基的肩膀。

王维平跑近：师长！伤员都转移了！

常恩多抹了一把脸上的血，满怀伤感，环顾战场：撤吧！

孙立基、王维平：是！

深夜的仙女庙大桥上，伤员依然络绎不绝。

当常恩多、王维平、张苏平、曹健华、刘万胜、孙立基、王宗芳等跟随队伍走近时，关靖寰激动，热泪流淌了下来。他快步迎上一行人：师长！王秘书！张参谋！曹参谋！刘副官！孙营长！你们终于撤下来了，太好了！

看到关营长的泪光，众人心情沉重。

常恩多：关营长！缪军长他们什么时间撤过仙女庙大桥的？

关靖寰：下午两点多，军长和山炮营就撤了！还有，邱旅长和崔团长他们也早就撤了！

常恩多愤怒：这群怕死的家伙！

忽然，在源源不断的过桥伤员中，常恩多发现桥中央有几个人行为鬼鬼祟祟。常恩多紧张问：那几个人在干什么？

借着桥上灯光，关靖寰看了一眼，说：军工兵营营长奉军长之命，正带着工兵营准备炸桥！

常恩多震惊：炸桥？

关靖寰：是！

常恩多坚定道：不，现在还不能炸！

不等众人反应过来，常恩多向大桥中央跑去：等一等！不能炸！不能炸！

王维平、刘万胜、关靖寰等也紧跟而去。

常恩多冲上大桥：住手！都住手！大桥不能炸！

正在摆弄炸药的几个士兵诧异，停止了动作。

工兵营长：常师长！我们是奉军长的命令……

常恩多：还有很多伤员没有撤下来，我们333旅也还有很多伤员正向这里转移！

工兵营长：常师长，就为了等你们，我们已经过了军长给的期限！大桥现在不炸，恐怕等日本人过来，就成了他们的渡河工具了！

王维平气愤：日本鬼子还没到这儿，你们就要炸桥！你们不是在帮中国人，而是在帮日本鬼子！

工兵营长不服气：常师长！

常恩多：我们的伤员正源源不断向这里聚来，仙女桥是他们唯一的生路。你们把桥炸了，他们怎么办？他们没有牺牲在杀敌的战场上，难道要被我们扔给日本鬼子？你要硬炸，就连我常恩多一起炸死算了！

由于常恩多制止工兵营过早爆炸仙女庙大桥，使失散部队官兵迟至午夜仍能安全撤退。日军逼近扬州，屯兵于城郊，不敢进城。12 月 14 日，日军占领扬州。

日军占领扬州后，当日进犯仙女庙。关靖寰率 661 团 3 营坚守仙女庙，在一门平射炮配合下，与敌激战一昼夜，日军终于渡过河东，占领仙女庙。661 团继而移至盐河北岸，与日军隔河对战。日军另一部由左翼渡口迂回，661 团转移至昭关坝，日军进至邵伯被迫停了下来。

661 团据守仙女庙两日，掩护 111 师师部顺利转进，并赢得时间破坏昭关坝以南公路，堵塞运河，泛滥清（江）扬（州）公路东侧地带，使敌无法进展。

12 月 16 日，日军一部在战车掩护下北犯，不料踩响地雷，战车翻入运河，人车俱毁，日军不得不撤离。之后不久，在串场河横冲直撞的日军汽艇，遭到 662 团 3 营伏击，人艇俱毁。从此，两军对峙，战场沉寂。

日军第 13 师团主力于 12 月 15 日由镇江渡江，沿仪征、六合、大英集、水口镇攻击前进，妄图扎紧合歼南京守军的口袋。但是，他们已经晚了！就在 111 师坚守扬州时，南京守军已从北线撤退。

若干年后，在南京军区《日军侵华战争战例选编》“南京战役”中，讲到日军合围了南京，但未能全歼中国军队，其原因之一是：

> 北路兵由于分兵渡江占领靖江、扬州、扼守运河，因此延误了时间，削弱了进攻南京的兵力。

在王辅《日军侵华战争》中这样写道：

> 延至 13 日才开始渡江，敌上陆后即向扬州进攻，遭到守军常恩多 111 师所属部队的猛烈抗击，伤亡很大，于 14 日占领了扬州，15 日占领了仙女庙。

12 月 20 日，日军占领滁县，切断了津浦铁路。

第七章

转战苏皖

一、宝应整军

从扬州撤出后，缪澄流率军部先住宝应，后移淮阴。常恩多率111师进驻宝应后不久，缪澄流就听说了一些传言，内容大致是常恩多要撤换缪军长任命的亲信。缪澄流怒不可遏，他不相信常恩多敢太岁头上动土。他甚至后悔在周口缩编时，就该让常恩多编余。可不知怎么搞的，扬州林家洼战场上，他惊慌看到的最后一幕总是闪现在他的眼前。

缪澄流迟疑不决起来。

缪澄流听说的并非传言，而是实情！

常恩多刚住宝应，立刻派人把666团3营营长杨再三押了起来。

一见常恩多，杨再三自知罪责难逃，双膝一软跪倒在地：师长……师长！饶命啊，看在我追随张副司令……

临阵逃跑的杨再三竟敢把张副司令搬出来，常恩多勃然大怒：放屁！追随张副司令？张副司令为逼委员长抗日而发起西安事变，为表明他的大公无私亲自送委员长回南京而牺牲自己！你呢？看见日本鬼子吓得就尿裤子、逃跑，你的三营不战自溃，把阵地白白让给了日本鬼子！

常恩多掏出手枪：你他妈还是东北军人吗？败类！

杨再三：师长！饶命啊……跑的可不只我一个……

常恩多喊道：王排长！

王宗芳：到！

常恩多：把临阵脱逃的杨再三交军事法庭审判！

王宗芳应着把三营长押了下去。

同时，常恩多下令，把严重渎职导致部属抢劫银行的1营营长岳椿荣，也交给了军事法庭。

部队刚在宝应驻扎下来，张苏平受57军工委指派找到了管松涛。在经过一番试探性的谈话之后，张苏平紧紧握住管松涛的双手：管松涛同志！

管松涛热泪盈眶：我终于找到党了！终于找到了！

张苏平警惕注意四周：我们注意到你作战勇敢，不怕牺牲，就料定，你一定是我们的同志！

管松涛如实相告：我是31年冬，在天津经石又新同志介绍，秘密加入中国共产党的。去年底，在渭南参加了保卫西安的作战，可是不久我就被撤职了。后来，党组织命我投奔我的老上级董瀚卿。就这样，我来到111师。“七·七”事变后，我和党失去了联系，没想到在战场上引起了你们的注意！

张苏平：这回好了，我们又多了一个志同道合的同志！

管松涛：我终于又听到了党的声音！张同志，有什么任务你就交代吧！

张苏平：扬州保卫战，充分暴露了东北军东调缩编的恶果，整建制的师团被打乱，上下陌生，军令不畅，从军长缪澄流开始，贪生怕死，畏缩不前，甚至有投敌叛国的倾向，这些都是我们今后要特别注意的。112师被打散后，正在补充兵源。111师在常师长率领下，虽然数次击溃日军的进攻，但邱旅长畏缩不前，666团崔团长、三营长等军官临阵脱逃，1营3连连长潘古仁，从靖江出发路经泰县，指挥所部下了警察的枪，煽惑抢劫银行，所有官兵腰里塞满了钞票，部队行军没到扬州就全连溃散了，造成了极坏的影响！

管松涛建议说：要想保证战斗力，就必须对111师进行整顿！

张苏平：这也正是下一步我们要协助常师长做的重要工作！

就在张苏平和管松涛接党的关系的时候，王维平正在与常恩多深切交谈。对于整顿部队，常恩多态度坚定。他说：坚决整顿，决不手软！

王维平：师长！我建议，按照战时需要训练和改造111师！

常恩多兴奋：你详细说说！

王维平：在全师上下开展民主运动，开放政权，肃清汉奸，坚决反对投降主义！

常恩多：像红军队伍那样，提倡官兵一致，遵守军纪，办军事训练班，培养抗日的军官！

王维平：对！同时，还要注意改善军民关系，利用抗日义勇宣传队开展广泛的群众性政治工作！

常恩多：赶走那些和缪大混蛋一样贪生怕死的家伙！对那几个严重违反军纪的毫不留情！

王维平：对，重用提拔那些坚决抗战、作战勇敢的军官！

常恩多：你跟我说说，你有什么具体建议？

王维平：我想，应该把管松涛放在665团团附的位置上！

常恩多：好！我同意，还有吗？

王维平：把思想进步、作战勇敢的杜荣民，提拔到666团2营当副营长！

常恩多：好，就按你说的办。

王维平欣慰笑了。

常恩多：军官就应该是率先垂范，起码是正正派派的，整天抽大烟、嫖女人，还能把兵带好？还能打鬼子救中国？今后那些腐化堕落、贪生怕死的脑袋，我一个也不要！这回整编得咱们说了算！

王维平：可我担心，您的主张并得不到缪军长的支持啊！

常恩多略一思忖，坚定道：我亲自去淮阴！

常恩多赶到淮阴，走进军部，正遇缪澄流在拜神。只见案几上的三位尊神在香烟中冷眼注视着眼前的一切，缪澄流跪拜在地煞有介事，并一拜再拜。

常恩多有些焦急，但不能不等。

终于，缪澄流结束仪式，脸色阴郁问：常师长，找我有事？

常恩多：军长，我来是关于整肃部队的事情！

没等常恩多说完，缪澄流气急败坏道：不要再说了！把我提拔任用的旅长、团长一个个都换掉，不就是想用你姓常的人吗？你想干什么，啊？造反吗，还是兵变啊？

常恩多见缪澄流又要死狗，内心愤懑，可为了实现改造部队的计划，他努力克制、忍耐。

缪澄流想到什么，忽然作恍然大悟状：哦！是不是你身边也有小人了？是他们鼓动你学习张学良，像造蒋委员长的反那样，也造我姓缪的反吗？我可告诉你，你不是张学良，我也不是委员长，我不会等你造反了才后悔没有提防你！你走吧，小心你自己的地位不保，不要总算计别人！

常恩多终于忍不住辩解：军长！我所做的一切，不是为我常恩多个人！

缪澄流狐疑：不是为你个人吗？

常恩多真诚地说：不是！如果只为我个人着想，战场上我就像他们一样临阵脱逃、畏缩不前、贻误战机了！

缪澄流心虚，慌张地把目光移开：我承认，战场上你跟他们不一样。可……

常恩多：军长！如果我军的军官都像他们一样，听到日军的炮声撒腿就跑，闻到硝烟就溃不成军，那样，不要说保我 111 师，就是 57 军，就是你缪军长的命也难保啊！

缪澄流：你……

常恩多：军长！整肃 111 师，是时候了。如果现在不整顿，下一仗就很可能全军覆没啦！

缪澄流惊悸：全军覆没？

常恩多：军长！几个月来，日军占领我北平、天津、上海、南京，近日又占领我杭州、济南，侵略气焰更加嚣张，烧杀抢掠无恶不作。他们在南京的大屠杀，想必您也听说了！在南京，日军见人就杀，不分老幼，当日在紫金山，他们一次就将 3 000 难民全部活埋啊！攻进城里，他们对着正在渡江的我 10 万军民进行疯狂扫射，鲜血染红了江面，死伤更是不计其数。在下关、中山码头，日军屠杀我难民、伤兵一万余人，直到把全部的军民全都射死……军长，我 111 师不整肃、不备战，就会遭到覆没的下场，我 57 军就可能全军覆没，你军长就可能成为光杆司令啊，军长！

缪澄流有所醒悟：不要再说了！常师长，就按照你的意图整训吧！

常恩多淮阴一行，收获很大，他不仅说服了缪澄流支持他整顿部队的计划，还要回了在112师任少将副师长的王肇治。自周口缩编，王肇治调112师任副师长负责后勤工作，他渴望回111师跟随常恩多杀敌报国。于是，他多次主动提出回老部队尽职，这一次总算如愿以偿。

常恩多撤销333旅邱立亭旅长职务，任命王肇治接任333旅旅长职务；撤销662团团长张霖春、666团团长崔恩远职务，任命孙焕彩和刘晋武分别担任662团、666团团长职务。同时，在王维平建议下，常恩多任命管松涛为665团中校副团长。

在随后召开的军事审判大会上，常恩多下令枪毙了666团1营营长邱春荣和3营营长杨再三，并对抢劫泰县银行、畏罪在逃的3连连长潘古仁发出全国通缉！

这一名正典刑，巩固了正气，震慑了歪风，使111师官兵看到了抗战的希望。

当两声枪响结束了两个罪恶生命的时候，会场上下一片欢腾。

常恩多满怀信心，大声发问：弟兄们！111师的师训是什么？

众官兵齐声应道：守规矩，卖力气！

常恩多说：对！守规矩，卖力气！弟兄们，从今天开始，我们111师将按照战时需要开始整训，重新建立我们的规矩！我们要在全师开展民主运动，开放政权，反对贪污腐化，反对逃跑主义，反对投降派！战场上，谁敢逃跑、投降，他就是汉奸，他就是我常恩多的仇敌，就是我们111师的仇敌，我们就要和他做坚决斗争！我们要倡导官兵一致，遵守军纪，我们还要改善军民关系，今后再有滥拉民夫、强牵牲口、打骂群众者，一律军法从事！如再有邱春荣、杨再三、潘古仁败类之作为，一定严惩不贷，就地正法，决不宽恕！我们还要大办训练班，培养抗日的军官，培养抗战的军士，培养抗击日寇的111师！全师整训期间，各团营要主动寻找战机，随时派出小股部队，袭击敌军汽艇，破坏日寇的交通线，粉碎他侵略我中华的罪恶阴谋！

二、王维平武汉解疑

1937年底，111师在高邮、宝应展开整训，中共57军工委会通过开展交朋友的方法，以送书、送报的方式，扩大了共产党和八路军在111师的政治影响。在111师，常恩多以实战要求改造部队，在全师提倡官兵一致、遵守纪律；对外强调开展民运、开放政权，肃清汉奸，坚决反对投降主义，注意改善军民关系等等。在内部，还建立了新闻广播电台，控制了舆论中心；发行小报，鼓励士气；办训练班，教育官兵。

宝应整军，成为111师巩固部队、提高战斗力的一个转折点。

王肇治回到了111师，常恩多脸上有了笑容。

王肇治，字权初，1899年出生于辽宁省海城县一个农民家庭，幼年受尽苦难。1921年到葫芦岛参加了东北军，并考入张学良任队长的东北军军事教导队。毕业后，被选送日本步兵军事学校深造，1929年毕业回国。他身高一米八六，足蹬43码鞋，在111师，有“王大酒壶”的雅号。常恩多对王肇治的喜欢，不仅仅因为他豪爽直率、疾恶如仇、作战勇敢，更因为他们有共同的朋友——共产党！王肇治就曾多次对常恩多说：共产党是我的朋友，蒋介石是卖国贼！

这天，常恩多来到333旅看望部队。

常恩多：权初啊，你能回111师，我可太高兴了！

王肇治：师长，你是怎么说服缪大混蛋，把我要回来的？我提过几次，他根本不理我！

常恩多：我去找缪军长，挑明了要你回来。我告诉他111师必须立即整顿，否则将不堪一击，并郑重告诉他，那些腐化堕落、贪生怕死的脑袋我一个不要，全部清除出去！

两个人得意地大笑。

常恩多：自从东北军东调整编，咱们111师被姓缪的编得七零八落啊！他给我派了两个旅长，一个唐君尧，一个邱立亭，二鬼把门，他们都是来监视我的，关键时刻他们谁也不听我的。现在好了，你回来了，我们又可以一起杀敌立功了！好好干，多杀小鬼子，为那些牺牲了的将士报仇！

王肇治：放心吧，师长！

常恩多信任道：对你，我放心！

王肇治：师长，一下子把缪军长的好几个人撤换了，他干吗？

常恩多：不干，下一步连他的小命也难保！

王肇治：112师被打散了，111师再一个个贪生怕死，那他的小命可就真的没了！

常恩多：我们要向人家红军官长学习，官兵同苦同乐，部队才有战斗力。还要时刻警惕汉奸活动，坚决反对投降主义！

王肇治：放心吧，师长！自“九·一八”后，我王权初天天都盼望打回老家去啊！

常恩多：你这个留过洋的军校学生，会大有用武之地的！

徐惊百和邹强、孙卜菁、陈瘦秋等走近：常师长！王旅长！

他们是来333旅宣传抗战的，常恩多高兴迎上：你们来了？这么快！

王肇治也大着嗓门高喊“欢迎”。众人说笑了几句，常恩多感慨道：徐惊百啊，你们不拿111师的军饷，就为了宣传抗战，团结抗战力量，我常恩多和111师官兵敬佩之至、感激之极啊，你们受苦了！

徐惊百：常师长！王旅长！抗战是每一个中国人的责任，是每一个不愿做亡国奴的中国人的本分！只要能宣传抗战，吃苦受累，我们愿意！

几个宣传队员齐声附和，把王肇治感动得连说了三个“好”。

111师离开扬州时，抗日义勇宣传队的队员有的投奔亲戚，有的留在了当地，而徐惊百、邹强、孙卜菁、陈瘦秋等一直跟随111师宣传抗战，这令常恩多不能不感慨万千。

徐惊百：师长，你们放心，就是赴汤蹈火，就算粉身碎骨，我们也会跟随111师抗战到底！

常恩多连连点头：我放心！可我不放心你的腿啊！仗越打越大，条件越来越艰苦，你跟随我们艰苦跋涉、转战南北……

徐惊百打断常恩多的话：师长！放心吧，我保证不掉队，不给部队添麻烦，不让你操心！

常恩多感动：王旅长，抗日义勇宣传队跟随你们旅，有条件的情况下一定要照顾好他们！

王肇治：师长，放心吧！他们的到来给我们带来信心，带来希望，带来杀敌的勇气，我们全旅官兵热烈欢迎啊！

宣传队队员们分散到各团开展工作去了，王维平跑近说：师长！有消息了！

自南京陷落，111师几乎和外面失去了联系。常恩多日夜思念张学良，希望在抗日需要将帅之时，蒋介石能摈弃前嫌，把张副司令放出来。那样，东北军打回老家去就有希望了。他焦急问：快说，什么消息？

王维平有些犹豫不决：不知是真是假。

王肇治催促：快说吧，别揣着掖着了！

常恩多：说吧，再坏能坏过日本鬼子发动"九·一八"事件吗？

王维平：有消息说，中央军被日本兵打怕了，中央政府逃到重庆，要放弃抗战国策！国民党副总裁汪精卫，正在武汉倡导和平运动呢！

王肇治：放弃抗战，就是要我们当亡国奴啊！那些死难的同胞和牺牲的将士就白白死了吗？

常恩多：奸臣逆子！卖国贼子！

王维平：还有消息说，日寇占领南京后，把居民当射击的靶子、练刺刀的对象，展开了灭绝人性的烧杀淫掠大竞赛。

王肇治激愤：南京人民遭殃了！

常恩多：日寇在南京犯下的滔天罪行，我们一定要他们用血偿还！

王维平：有的说，日寇的罪行激起各界人士同仇敌忾抗战到底的决心，中央政府不得不精诚抗日，还释放了张学良将军！

常恩多将信将疑：张副司令真的被释放了吗？我们能相信姓蒋的吗？

王肇治：师长！我也把握不定。

常恩多：权初啊，我们已经被骗怕了啊！

王维平请求：师长，让我去一趟武汉吧！

常恩多略一思忖：好，你马上去！一是找东北救亡总会，二是去找八路军办事处。共产党是不会忘记老朋友的，他们一定会真心诚意地争取释放张副司令！

王维平：师长，你放心吧！

常恩多：唉！说来惭愧，我一生除张汉公外，没碰上第二个上级与我如此志同道合！不仅仅是因为他提拔我当了团长、师长，我更敬重他的品德。尤其是西安事变，他敢冒天下之大不韪扣押蒋介石，提出“联共抗日”八大主张，才终于促成今天全国抗战的局面。本师长就是肝脑涂地，也将率全体将士忠心拥戴、永不背叛！

自1937年12月13日，日军占领南京后，57军工委便与上级中断了联系。为了接通关系，王维平以买收音机器材为名，与卫生处长同行赶往武汉。到武汉后，王维平通过“东北救亡总会”的刘澜波，找到了八路军武汉办事处及中共中央长江局，并经李涛向周恩来汇报：57军在东战场机动作战处于孤立态势，未来的形势将会日趋恶劣和艰难；为适应新形势的变化，57军工委拟就地改为111师工委会，请另派人成立112师工委会，并建议把667团团长万毅发展为中共特别党员，以依托667团掩护112师工委会；111师、112师工委会统由长江局直接领导。

随后，李涛向王维平转达了周恩来的答复：对于57军工委的意见，经过讨论均同意。李涛还带来了周恩来新的指示。

1938年2月初，王维平带着周恩来副主席的指示返回苏北。他首先把周恩来答复的意见转告曹健华和张苏平，并传达了周恩来新的指示。就此，57军工委就地转为111师工委，由于曹健华应331旅旅长唐君尧邀请调331旅工作，王维平提出由张苏平任书记，曹健华负责组织工作，并领导331旅党的工作，王维平工作不变。工委会一致通过。

紧接着，王维平来到常恩多房间。

一见王维平，常恩多迫不及待地问：张副司令怎么样了？他真的被释放了吗？

王维平：我从武汉了解的情况是，张副司令几次写信给蒋介石请缨抗日，都遭到蒋介石拒绝。张副司令仍被关押，所谓“释放”，纯属谣言！

常恩多愤怒：他们把我们当作不懂事的小孩子，敌情紧了，用着了咱们就说要放张副司令，好鼓励咱们东北军抗战；敌情缓和了，他们就不提不说了！抗日是我们东北军的本分，用不着拿花言巧语哄骗咱们！咱们应该有骨头，长志气，争取放张副司令，非逼得他们不得不放！

王维平：东北救亡总会和张副司令的弟弟张学思，正在积极营救张副司令。只是，蒋介石害怕放虎归山，是不会轻易放出张副司令的。

常恩多：我也估计到了，他们是狗改不了吃屎。国民党内部总会有投降敌人的，能够勉强抗战的这一部分，还是包办、独裁那一套！张副司令的自由问题，是全国的政治问题。若不能在政治上逼他们开放民主，就不能指望他们大仁大义把张副司令放出来；东北军若不是抗日的环境，也早就被他们吃光了。将来抗战快要胜利的时候，他们还会行凶的！不过到那时候，咱们也要给他来个干脆的，我再也受不了这窝囊气了！维平，你带来了共产党的声音吧？快告诉我！

王维平：师长！是的，我带回来了周副主席的指示。

常恩多：快说！

王维平：周副主席指示，第一、经验证明平原地区能够建立长期的固定的抗日根据地，毛主席已明确肯定，江湖港汉更不待说了。

常恩多兴奋：在江湖港汉建立长期、固定的抗日根据地！

王维平：对！第二、111 师应该通过常师长争取 57 军留在苏北打游击，留在敌后，在政治上对东北军比较有利。第三、蒋介石很可能调东北军 57 军去保卫大武汉，千万不要上当！去了，就被牵着鼻子走了；不去，他鞭长莫及。如果有命令调，常师长要千方百计摆脱才好。

常恩多：摆脱掉蒋介石的调遣，这正是我想干的！还有呢？

王维平：第四，111 师留敌后打游击，就要创造群众基础和政治条件，同苏北的国民党韩德勤、李守维等相周旋，以掩护党的地方工作。

常恩多：我应该怎么做呢？

王维平：培养干部，搞枪支弹药，拉游击队，建立根据地，同时吸收、保护、培训一批地方骨干，结业后连人带枪搞到地方去，领导人从整个抗战利益着眼，不加追究就是了。

常恩多：这些，我一定做到！

王维平：还有，也是非常重要的，在党内、在全国，特别是在敌后，均须反对投降主义！

常恩多坚定道：放心吧！这些，都是我坚决拥护和赞成的！

三、缪澄流的“下下签”

1938 年 2 月中旬，淮河防线频频告急，张自忠的 59 军及时增援，终于使战局转危为安。同时，周祖尧的 7 军和韦云淞的 31 军由老人仓向池河、定远一线向日军侧背发起攻击，迫使日军 13 师团主力由淮河北岸回援，杨森的 20 军乘机反攻，2 月 16 日，中国军队夺回淮河北岸原阵地，仍由于学忠的 51 军据守。

17 日，缪澄流在淮阴接到了顾祝同和韩德勤的电报，令他速派 111 师增援淮河作战。电报到达军部已是第三天，朴炳珊焦急等到快中午，才见到缪澄流起床。于是，他赶紧走进缪的房间，却发现缪澄流面前已摆着一副牌局，而他手里仅攥一张牌，正神色疑惑，不知所措。

朴炳珊望了一眼牌局，各色扑克牌呈现出来的前景令他捉摸不定。朴炳珊有些急躁：军长，已经过去两天了，不能再拖了！怎么样啊？

缪澄流小心谨慎，把手里最后一张牌亮出来：这一个牌局，实在不祥啊！

朴炳珊看清了最后的牌是张“小鬼”，有些不解：怎么讲？

缪澄流：你看，这小鬼压在大鬼头上，而这红心 A 又被黑桃 A 顶着，所以……

朴炳珊：那怎么办？这战区的命令，我们可不敢不执行啊！

缪澄流略一思忖：不行，我还得算一卦！

说罢，缪澄流捧出卦签筒，紧闭双眼，嘴里嘀咕：天灵灵，地灵灵，元始天尊快显灵！天灵灵，地灵灵，灵宝天尊快显灵！天灵灵，地灵灵，太上老君快……

卦签摇晃了几下后，一支签飞蹿地上。

缪澄流战战兢兢不敢睁眼。

朴炳珊小心翼翼上前捡拾起卦签，递给缪澄流：军长！

缪澄流接过卦签，翻转一看，脸色骤变。

朴炳珊惊呼：军长！

缪澄流脸色悲感，热泪盈眶：难道老天真的要灭我缪澄流吗？

朴炳珊接过卦签，看清了那支签上赫然写着：下下签。

朴炳珊上前提醒道：军长，即使是全军覆没，也不敢违抗上级军令啊！

缪澄流烦躁踱步，忽然发狠道：老子……老子就豁出去了！丢了 111 师，老子再向南京要一个整编师！

缪澄流忽然意识到“南京”已是口误，有些惶恐和失落改正道：现在该向重庆要了！

朴炳珊附和地应了一声。

缪澄流：你给常恩多发报，现在就发！

当天，缪澄流签发的电报发给了 111 师常恩多：

奉顾（祝同）、韩（德勤）总、副司令筱（17）日电要旨：

一、淮河南岸之敌已退回河南，我 51 军、59 军已推进曹老集，第 5 游击队已由五河向明光进攻，保安曹支队两团铣（16）日到达古城，续向明光以南地区游击中。

二、着该师长率部由泗县迅经五河渡河向明光及其以北地区津浦线之敌猛袭，与 31 军、7 师呼应，以收夹击残敌之效。限马（21）日前到达目的地。

三、盱眙、津泥、明光之线（含）以北为该师游击区域，该线以南为保安第 1 支队游击区域。

四、游击于淮河两岸

常恩多率师部及直属队一部、662 团、666 团于 2 月 20 日晚 8 时到达五河县。先期出发的数个侦察分队报告：日军 13 师团主力在凤阳、蚌埠、考城、定远一带与 7

军、31 军对峙，其余分驻津浦线蚌埠至浦口间各车站，维持后方交通线。各据点的情况是，临淮关有日军 13 师团一部五六百人，已构筑相当工事。板桥车站有日军七八十人，溪河集有日军赤羽兵队一部二三百人，附炮 2 门，已构筑简易工事。小溪河车站有日军六七十人，明光西日军第 13 军一部与赤羽工兵队混合防守，四五百人，附炮数门，已构筑坚固工事，并附设铁丝网。

常恩多立即召集军事会议，他先是分析地形天象，说：咱们师作战地域的特征是，临淮关北倚淮河，南有小河流，不适宜大兵团作战。溪河集在花园湖东南端，东有小河流，水深不能徒涉。明光西二里为池河，北临焦城湖，部队只能在它的东面活动。而近期的天候气象是下弦月，夜半月出后，三百米内步兵活动可以看得一清二楚！

之后，常恩多部署作战任务：662 团经紫阳、王摆渡、桑家集，袭击明光之敌；666 团团长刘晋武率一个营经水溪、司家港，袭击溪河集之敌，另一营佯攻临淮关，留一营驻五河。师指挥部就设在五河！

2 月 22 日午后，662 团到达苏家港附近，666 团 2 营到达唐家营附近，该团 3 营营长彭景文率两个连到达郑家圩，一个连留水溪，另一连进至毛滩集，边搜索边行进。各部队于日落后分别向明光、溪河集、临淮关开进，夜 11 时展开袭击。

662 团袭击明光，因没有铁钳剪不断铁丝网，迟至午夜才攻入明光市汇源街。日军全部撤至钢筋水泥浇铸的碉堡内，顽固抵抗。具有讽刺意味的是，这些碉堡是十年剿共时国民党军队修建的，十分坚固，步兵火器无法摧毁。662 团拂晓前撤出战斗。

666 团 2 营夜 11 时攻入溪河，奋勇队刺杀哨兵后，就向日军营房投掷手榴弹，日军伤亡较大，仓皇逃入碉堡，以猛烈火力阻拦我攻城部队前进。这里也是十年剿共时修的永固性工事，平射炮攻击 30 余发，仍难以摧毁。战斗中，5 连中尉连长靳国昌牺牲，奋勇队长何亚山负伤，共伤亡 13 人。翌日拂晓，部队撤出战斗，到司家集集结待命。

666 团 3 营彭景文营长率两个连于夜间 11 时向临淮关东侧佯攻，另一连驱逐临淮关北黄家畈之敌后，也向临淮关北侧佯攻，拂晓前撤出战斗。

之后，662 团撤往桑家集，666 团分别撤往枣巷集、新集附近。

相关战况报到五河 111 师师部，常恩多非常恼怒：剿共、剿共，我们构筑的工事，现在倒给日本鬼子提供了庇护，真是耻辱！

结合新的敌情，常恩多重新部署：662 团由桑家集出发，到达司家巷集结待命。666 团 3 营留一个连于枣巷集，对临淮关之敌警戒，主力驻水溪。666 团刘团长率 2 营返回五河，担任防御任务。662 团一个营占领大弓山一带，构筑工事，防止溪河集、明光之敌进袭。

2 月 27 日夜，662 团又报来战况：白天，敌步兵 200 余人，坦克 10 余辆，由火烧营向徐天岭前进，步骑兵200余人也在前进中。622团立即在原地阻击北犯日军。入夜，日军退向铺子岗以南地区。

转天，又报来了战况。张苏平持电报欲报常恩多，被王维平拦住：给我吧！

张苏平看到常恩多疲惫不堪正半躺在躺椅上闭目而歇，就把电报交给了王维平，转身忙去了。

王维平轻手轻脚，正欲走开，被常恩多叫住：是不是又有新的情况？

王维平：师长，你好几天没有睡了！

常恩多起身来到地图前：说吧！

王维平指示地图道：今天下午2时，日军步兵一个营，附山炮2门，坦克8辆，由铺子岗向徐天岭西的高地前进，日骑兵四五十人沿花园湖畔前进。662团1营左翼受到威胁，撤出占领水溪南的高地。另日步骑兵300余人，附山炮1门，由长山岭、小集子迂回至662团2营左翼，双方在天弓山一带展开激战，日军攻击数次，均被击退。

常恩多一拳砸在桌子上，兴奋道：打得好！打得好啊！

陶景奎、刘万胜等也都高兴起来。

常恩多忽然紧皱眉头，回到地图前。

陶景奎觉察什么：师长，你在担心什么？

常恩多忧心忡忡：662团背水一战啊！

张苏平手持电报跑近：师长，前线再报，临淮关之敌正向五河进犯而来！

陶景奎焦急：师长！

常恩多仔细查看地图：张参谋！命令662团乘夜黑由水溪附近，撤回淮河北岸！

张苏平应着跑去了。

陶景奎松了一口气：这样好！这样就解除了662团背水一战的困境！

常恩多又对王维平说：其余部队坚守阵地，没有命令不得擅自撤退！

王维平退去传达了。

常恩多对陶景奎说：看起来，为保卫徐州，彻底粉碎日寇打通津浦线的企图，我们要在这一地区和小鬼子有一场死拼了！

转天到了3月1日，侦察兵忽然回报：北犯之敌已向溪河集、明光方向退却。常恩多随即命令666团3营彭景文率两个连前进至铺子岗，监视日军行动，并截击日军的运输车辆。过了几天，彭营果然截获军车2辆，并将所载军用物品全部焚毁。

3月18日，常恩多接到24集团军司令部电报：

奉司令长官李（1617）参一电要旨：第11集团军以一旅协助第51军攻取怀远，正肃清淮北之敌，第11集团军主力及第21集团军于淮南地区对敌实行大规模袭击，抑饬第57军之主力即日向日照攻击，以协助鲁南之战斗，第57军之一部及第117师第553旅努力向淮河南岸津浦路游击，以协助南战场之战斗要旨等因，除电复并分电外，仰即迅以全力，不失时机，施行大规模之游击，大获奇效，以为各战场之声援为要。

常恩多立即部署：661 团附山炮两门、工兵一班，携带黄色炸药，于当日黄昏渡过淮河向徐天岭前进，19 日夜 11 时夜袭溪河集之敌。另以 661 团一部对明光方向警戒，并破坏明光、溪河集之间铁路、公路和电话线；662 团派一个营于当日晚由部家台附近渡过淮河，向枣巷集前进，于 19 日夜 11 时对临淮关之敌佯攻，相机袭击板桥集、板桥车站，使 661 团夜袭溪河集奏效。

661 团遵照命令于 19 日夜 11 时包围了溪河集，之后从东门、北门、西门攻入街内，日军抵挡不住 661 团官兵攻势，退守城堡顽抗，两军激战通宵，未解决战斗。另一部袭击小溪河车站，驱逐守御车站的鬼子 20 多人，炸毁铁桥，并将附近的一段铁桥破坏，日军退据碉堡及坚固房屋抵抗，是役，毙敌 40 余人，我阵亡连长范国义、排长黄书洋、士兵 6 人。662 团也如期完成任务，3 营袭击板桥，攻占板桥车站，破坏了铁路设施，并将公路木桥拆毁。翌日天亮后，部队相继撤出战斗，661 团撤至司家巷以北，662 团 3 营撤至枣巷集。

第八章

会战徐蚌

一、解临沂之危

1938年2月，由华北沿津浦线南犯的日军，占领济南、青岛后，进至汶上、济宁、邹县、泗水、蒙阴、诸城、青岛一线，与我第五战区军队对峙。进犯华中日寇占领南京后，向北推进至怀远、蚌埠、临淮关、天长、扬州至南通一线。至此，日寇对徐州形成南北夹击之势。

徐州是苏、鲁、豫、皖四省要冲，津浦、陇海两线重要枢纽。日寇为夺取徐州，初期投入了3个师团，约8万兵力，之后在作战过程中逐次增兵，达8个师团、3个旅团、2个支队，共约24万人。

3月，伪军张宗援（日本人）及刘佩忱、刘桂堂等率伪军3 000余人，在日海军支援下，在鲁东南的柘汪、安东卫一带登陆，窜入日照县碑廓、巨峰一带，沿海岸南下，妄图打通青（岛）海（州）公路，进占东海，策应由南通登陆、已攻至东台、阜宁之日寇，从而在东侧威胁徐州。57军112师334旅受命进至柘汪附近，以打败这股伪军。为支援334旅作战，111师333旅王肇治率665团奉命从宿迁调安东卫、虎山铺一带作战。

到了3月23日，日军第5师团三次增兵猛攻临沂，守城的庞炳勋40军和前来增援的张自忠59军合力抗击，坚守到29日，日攻势不减，临沂告急。第五战区急调111师333旅增援临沂。

常恩多3月27日接到命令，急令住五河的666团迅速赶赴临沂南归建。29日，333旅全部到达临沂南的东西高都、五寺庄一带集结。下午5时，奉庞军团命令参加战斗，归59军军长张自忠指挥。

王肇治率333旅参战时，临沂保卫战已打四天，敌我双方均已疲惫。40军在沂河以东地区，59军在十里铺、韦家屯、后岗头一带与敌对峙。王肇治接到张自忠军长命令：333旅3月30日投入战斗，由40军、59军两军阵地中间出击，向盘踞大小岭、沟上、角沂庄一带日军3 000余人、炮10余门之敌作突然破击！

当晚10时，王肇治向部属发布命令：

（一）敌情如贵官所知。

（二）本旅以攻击当面之敌之目的部署如左：

一、第666团为第一线，于本（29）晚12时进至后十里铺附近，准备于明（30）日拂晓攻击当面之敌。细密指示如下：该团以一部驱逐曹家王平、蒋家王平之敌，然后以一个营进攻沟上、角沂庄之敌，并转向二十里铺进攻；以一个营攻击小官路、毛家庄之敌，并占领大小岭附近；以一个营为预备队。2、第665团为第二线，于本（29）晚12时推进于前十里铺附近，策应第666团作战。

余在水田指挥。

当夜，月光如洗。

王肇治忧心如焚，遥望夜空。跟随他多年的李东远参谋注意到王肇治的焦虑，担心说：旅长！天气这么晴朗，月亮也大得吓人。而我旅进攻正面地势平坦，日军容易发扬火力，是不是推迟……

忽然，王肇治感觉到什么，举手示意李参谋息声。

李参谋诧异，不知道王肇治察觉到什么异动，却见王肇治伸出手，在空气中猛然抓住什么，说：李参谋，你闻闻！

李参谋不解：旅长，你在干什么？这能闻到什么？

王肇治有些惊喜：你没闻到什么？

李参谋：旅长，我啥也没闻到，你闻到了啥了？

王肇治：告诉刘团长，凌晨开始必有大雾，我军务必乘雾霾天气，向各自阵地前日军发起猛攻，竭尽全力攻击当面敌人！

李参谋恍然大悟，惊叹不已，高声应后跑去了。

666团临时驻地设在一片树林里，刘晋武趁夜色正召集三个营长布置任务。他说：今晚11时，1营沿临费公路东侧地区，袭击大小岭东侧之敌主力！2营同时沿沂河西岸袭击沟上及角沂庄之敌，然后向二十里铺迂回以策应第1营！

1营营长林润厚和2营营长于竹幽表示道：是！明白了，团长！

刘晋武：3营为预备队，与团部同时挺进沂河西岸的葛家王平附近！

彭景文应道：是，团长！

彭景文张了张嘴，欲言又止。

刘晋武看到，问：彭营长，你还有什么事？

彭景文忧虑：团长，你看从这里望出去，视野开阔，百十米的地方清晰可见，我担心……

刘晋武凝望远方，心情忧伤：老天爷不帮忙啊！

队伍正准备出发，王肇治的预测传了过去，刘晋武闻后大喜，鼓励众人道：旅长传过话来了，老天爷会帮我们的！不管怎么着，也得完成攻击任务。出发吧！

各营按照作战方案向既定目标前进。

刘晋武带1营、3营到达葛家王平西面的八里铺时，天将拂晓。刘晋武看了看表是凌晨4点。他正在犹豫，天空中忽降大雾，刘晋武和众官兵喜出望外。林润厚营长带1营迅速前进，向大小岭之敌奔袭而去。

林润厚率官兵首先逼近曹家望平。他们悄然摸近日军阵地，前锋看到敌哨兵正靠在树上沉睡，一个战士冲上去一刀结束了鬼子哨兵的性命。

阵地上，日军疲惫躺倒一片，受伤的鬼子不停发出痛苦的嚎叫。还没等鬼子回过神来，林营长率官兵一阵扫射，鬼子立刻又死伤无数。

没有立即毙命的鬼子，有的欲抓枪被官兵击毙，有的爬起来就跑，却也同样没有逃脱被歼的下场……

林润厚和官兵勇猛杀敌。敌抵挡不住突然的攻击，余部撤出曹家王平。

同时，沟上战场也被凌晨的大雾笼罩。几乎与1营情况相同，于竹幽营长率2营突然对沟上日军实施攻击。日军溃不成军，余部向二十里铺方向逃窜。

在曹家望平，刘晋武闻讯2营进至二十里铺即遭强敌包围，不禁大惊。他立即派彭景文带3营迅速赶往沟上策应二营，以解2营后顾之忧。

彭景文带官兵跑步而去，刘晋武默默祈祷2营能逢凶化吉。

在二十里铺，由于是突然遭遇，于竹幽营长等官兵和鬼子几乎面对面地冲撞到了一起。战场上，顿时一片血肉拼杀……

在不远的树林里，刚从大岭撤出的鬼子正欲抄1营后路，不料撞上了2营。顿时，鬼子队伍停了下来，一阵忙乱之后，数门大炮炮口渐渐抬起，对准了正在与敌搏斗的于竹幽营长和官兵。

2营在营长和副营长杜荣民率领下，与敌英勇拼杀，自己虽也伤亡惨重，但没有一个逃跑和退缩的。

然而，就在此时，日军炮弹带着尖锐的呼啸飞奔而来，在2营的阵地上爆炸了。日2架飞机也前来参战，使敌我力量更加悬殊。我2营官兵不畏强敌，继续与冲近的鬼子拼杀，敌我死伤均十分惨重。

一阵炮火后，于竹幽营长不幸中弹负伤，杜荣民爬上前抱住了于竹幽：营长！于营长！

日军的炮弹继续在阵地上倾落，官兵们陷入一片火海之中。于营长忍住疼痛，对杜荣民说：收拢部队，继续战斗！

杜荣民集合起身边尚能行动的七八个士兵，鼓励道：弟兄们！清点武器，收集弹药，准备和小鬼子拼一死活！

奔袭沟上的彭景文营，刚过葛家坪，就有侦察兵回报，一部日军正在强渡祊河，彭景文大喊一声：决不让日寇渡河增援！

官兵们迅速赶到河边，果然看到黑压压的鬼子双腿踩在水中，正在抢渡。

来不及构筑工事，彭景文指挥官兵依托河岸阻击日军。只听彭景文一声“打”，河岸响起一片激烈的枪声。顿时，河里倒下去一片死伤的鬼子。

在彭景文 3 营与鬼子激战时，二十里铺战场上，2 营官兵正与日军作最后拼杀。日军的炮火还在轰炸，于营长再次负伤，倒在血泊中。官兵们死伤一片，没倒下的，依然在和面前的鬼子做最后的决战……

在大岭，林润厚营长和官兵与敌数次肉搏后，终于占领大岭，并冲进日联军指挥部，缴获日军旗及地图文件等。之后，林润厚率 1 营乘胜向二十里铺迂回之敌侧击压制。

彭景文率 3 营击退渡河日军后，向角沂庄进逼。日军受到 1、3 营攻击，不久就现动摇之势。王肇治闻讯立刻派出 665 团 2 营进至沟上夹击日军，日军终于不支，纷纷向临沂西北义堂集一带撤退。

333 旅攻击奏效后，在大小岭、二十里铺、角沂庄占领阵地，并派出一部向义堂集、汤头方向搜索，待命进攻。

这一次战役，毙伤日军近 900 人，333 旅伤亡 423 人。666 团 1 营伤亡过半，2 营仅副营长杜荣民和一个伙夫没有负伤，全营于竹幽营长以下非死即伤，全营殆尽。

淮阴 57 军军部，缪澄流跪在三位尊神面前长拜不起。他在虔诚祈祷台儿庄参战官兵取得辉煌胜利。果然，朴炳珊激动地手持电报跑进：军长，胜利了！胜利了！

缪澄流没有站起，身体却猛然地抖动了一下：念！

朴炳珊高声回道：庞炳勋长官来电：在台儿庄的大小岭、二十里铺、角沂庄等战场，333 旅官兵英勇杀敌，数次与敌肉搏，终将敌军逼退。本军团长万分感谢缪军长派 333 旅驰援临沂。333 旅为我张、庞两军在临沂取得第二次胜利，做出杰出贡献。本军团长深表谢意！庞炳勋！民国 27 年 3 月 30 日。

缪澄流忽然睁开双眼，站起身激动喊道：太好了！真是太好了！333 旅解临沂之危，壮本军之誉！打出了我 57 军的威风！本军长要通令嘉奖他们！

在五河 111 师师部，王维平正在读缪军长刚发来的电报：333 旅解临沂之危，壮本军之誉，可喜可贺！现通令嘉奖，望继续发扬奋勇杀敌精神，不骄不躁，为夺取抗战最后胜利而奋斗不息。缪澄流。

常恩多感慨道：333 旅将士们辛苦了！

张苏平十分悲伤：师长，接报，666 团 1 营伤亡一半，2 营于竹幽营长以下整个营就只有两个人没有受伤！

常恩多热泪盈眶：待将士们回师，我去向缪军长给伤亡官兵要抚恤，2 营要重新组建！这样英雄的部队一定要保留住！

王维平：师长，我担心缪军长乘机取消 2 营建制。

常恩多诧异：取消？没有道理！他刚表扬了 333 旅“解临沂之危，壮本军之誉”，他怎么会又取消建制呢？那绝不可能！

王维平欲言又止。

常恩多若有所思，说：台儿庄一仗打完，我亲自去找他！

二、血战大顾栅

临沂第二次胜利时，沿津浦线北面进攻的日寇矶谷师团在台儿庄陷入重围。3月30日午后，被333旅击溃的日军从大小岭、二十里铺一带撤出后，会合他股敌军组成沂州支队，向台儿庄方向西窜，以策应矶谷师团妄图摆脱困境。

4月1日，来不及休整，333旅奉命追击逃往向城日军，改归20军团汤恩伯指挥。665团作为89师预备队，暂由89师张雪中师长调遣。次日，部队赶到台儿庄东北约50里的四户镇鸾墩一带待命。4日下午，郁庄鸾墩之敌被89师击溃，敌大部经谭庄向峄县及向城撤退，企图集结待援。同日，张师长命令665团接替该师533团防务，占领沟渠、鸾庄、蔡庄、大顾栅，掩护该师右侧背，并配属骑兵一连，火炮3门。

由于1营在四川执行保卫留守家属任务，665团此时只有2营和3营。大顾栅村地处开阔地带，村庄西北为台儿庄至向城公路，为日军窜犯路线，3营杨营长率部据守该村。665团团部率2营驻守大顾栅东三里的沟渠。

4日下午4时，日军板垣师团近600人，附火炮4门，对大顾栅发起进攻。89师骑兵连撤退，665团3营8连奋力抵抗，伤亡较大。下午6时，杨营长率3营官兵杀出阵地，日寇猝不及防，伤亡重大。

转天凌晨4时，日军得到增援后再次组织攻击。杨营长率部坚决反击，日军炮火将3营阵地摧毁，并占领大顾栅西北部。3营退据大顾栅东炮楼与敌对峙。665团团附李亚东要求89师火炮支援，但未获效果。3营在村里与敌进行激烈巷战，伤亡惨重。赵营长率2营官兵前来支援，激战中失踪。665团官兵多次与敌白刃相搏、手榴弹相拼，于中午不得不撤出大顾栅。

4月6日拂晓，89师530团反攻大顾栅，665团在鸾墩、沟渠之线策应。530团久攻未果，到了晚上9时，665团奉命将防务移交89师533团，移驻四户镇归建。

几天后，333旅作为20军团的预备队，移防洪山镇。

板垣师团沂州支队西窜至向城，使进攻峄县的20军团侧背受到威胁。17日，汤恩伯下令停止对峄县税郭东北地区日军的进攻，主力转移至向城南、邳县北的艾山、连防山一线。第二天，333旅奉命占领兰陵、洪山镇一带阵地，掩护20军主力转移。666团主力据守洪山，彭景文率3营据守兰陵。

兰陵位于台儿庄通向城的公路上，向城山为日军占领。兰陵镇有圩墙围绕，镇外高岗起伏。彭景文率营部驻守镇内烧锅大院，部队占据有利地形，并在高岗配置重机枪阵地。此时，许多难民避居在镇内天主教堂。19 日清晨，日军一个大队，在火炮、坦克及 2 架飞机配合下，对兰陵发起攻击。666 团 3 营英勇抵抗，与强敌激战一天，后奉命撤出，机枪 3 连连长史学孔不幸牺牲。

三、喋血台儿庄

台儿庄大捷，逼迫日军统帅部重新调整部署，并大举增兵，津浦线南北的大战展开，尤其以北线峄县、台儿庄及其以西之线，战事惨烈。

4 月 20 日，333 旅奉命占领东西马甸，以掩护 20 军主力在邳县北胡山一带构筑工事。王肇治命令 665 团占领东西马甸，旅部率 666 团驻岔河镇，相机增援。

东、西马甸相距四五里地，西泇河自北而南从两村中间流过，河岸狭窄，水深到膝，村北十几里是四户镇，南面几里地外便是岔河镇。

李亚东和管松涛分析地形后，决定把东马甸作为重点防御阵地。由于大顾栅一战中 3 营损失惨重，又没有得到补充，李亚东便部署 2 营及 3 营的 7 连、8 连防守东马甸；3 营 9 连防御西马甸。

官兵们受领任务后，立刻赶筑防御工事。

在西马甸，管松涛、杨营长和官兵奋力挖掘工事。

屠排长有些担心说：管团附，咱们就这么几个人守西马甸，这要是鬼子首先攻击西马甸，或是主力攻击西马甸，那咱们还不被包了饺子！

杨营长有些不耐烦：哪那么多废话？赶紧挖！

管松涛：屠排长，不管小鬼子怎么进攻，咱们都只有一个字——守！两个字——死守！

屠排长紧接话口：三个字——坚决死守！

周围官兵笑了起来。众人虽然笑，但心里都很不轻松。自赶到鲁南保卫临沂以来，他们身边熟悉的战友越来越少了。

管松涛心情沉重：对！坚决死守！一定要守住！现在，我们必须在鬼子赶到之前，把工事挖出来，大家赶紧挖，挖啊！

第二天上午，出去侦察的屠排长匆忙跑回来，人还没到，声音先到了：管团附！杨营长！鬼……鬼子……来了！

管松涛和杨营长一惊。

管松涛迎了上去：来了多少人？

屠排长：2 000 多人，火炮七八门，正向我西马甸紧逼而来！

杨营长一把撸掉帽子：狗日的，先攻我西马甸了，来吧！

杨营长喊官兵进入阵地。

果然，转瞬间，日军黑云一般密匝匝地压了过来，猛烈的火力顷刻间将西马甸3营阵地里三层外三层地围了个水泄不通。

西马甸传来激烈的枪炮声，给了李亚东一个措手不及。不久，就传来了日军攻陷西马甸西面耿庄的消息。

李亚东不敢迟疑，立刻招来7连、8连两个连长，命他们立即奔赴西马甸归建。来不及动员，两个连长率官兵跑步奔赴西马甸。

正在西马甸激战犹酣的关键时刻，7连和8连及时赶到，管松涛命他们拓展右翼，以防不测。一直打到天黑，日军终于退回耿庄，两军陷入对峙。

入夜，凝望寂静的西马甸战场，管松涛有些疑惑：咋这么静呢？

杨营长不解：是啊，小鬼子撤了？

屠排长小心说：也许见我们不好啃，撤了！

杨营长：这不是小鬼子的风格啊！

管松涛赞同：没这么简单！

管松涛把目光从战场上收回：杨营长，派个小组出去，一是看看他们在耿庄干什么，二就是敲他一家伙！

杨营长应了一声就去布置了。

当夜，屠排长带了几个士兵悄然摸近耿庄，只见篝火旁，数辆蒙着篷布的汽车停在一旁，一群群的日寇官兵正在吃饭。

屠排长等还看到几个像是指挥官的日军在地图前研究什么。他们叽里呱啦地不知道在议论什么，但屠排长似乎听清了"杨开多"几个字。屠排长不想空手而归，临离开前，和几个战士往汽车里扔了几个手榴弹，顿时，日军阵营爆炸一片，恐慌万状。

屠排长和几个士兵乘乱跑出耿庄，回到了西马甸。

王肇治闻讯异常高兴，要给屠排长记功，并号召各营连学习665团3营做法，出其不意给敌人以袭击，多杀鬼子。

4月22日凌晨4时，日军由耿庄进攻西马甸。迷蒙的天色里，纷飞的炮弹倾泻在3营阵地上。俄顷，鬼子队伍气势汹汹逼近。3营官兵坚决死守，可怎么打鬼子都不见少，且层层叠叠、源源不断涌来。

李亚东担心西马甸被夺，又派出2营的5连和6连支援西马甸，可两个连的兵力加入到西马甸战场后，即刻就陷入了战火之中，而日军依然攻势猛烈，丝毫没有撤退的征兆。

日军的两架飞机飞临西马甸上空，对我阵地进行狂轰滥炸，抗击日寇的官兵又有许多倒在日寇的炮火中。

管松涛把战场形势通报李亚东，李亚东遂决定亲自到西马甸增援。他接通666团刘晋武的电话：刘团长吗？西马甸危险，我在东马甸只有一个连的兵力，已无兵可增了，我自己上去了！二哥！小弟如有不测，妻儿老小就托付你了！

李亚东扔下电话，交代4连长夏登科：你守好这里，我去西马甸了！

李亚东带着通信员直奔西马甸。

到了西马甸，李亚东看到阵地几乎被炸平，伤亡已十分惨重，有战斗力的官兵仍奋力还击，不能战斗的伤员在工事里用锹挖脚下的工事。

李亚东热泪盈眶，振臂呼唤鼓励官兵继续抗敌。

一发炮弹在附近爆炸，杨营长等被弹片击中，脸上淌下鲜血。

李亚东跑近：老管！杨营长！

管松涛惊喜：李团附！西马甸还在咱们手里！

李亚东环顾左右阵地：好兄弟！东北军的好兄弟啊！大家一定要坚持住，旅长很快就会派援兵来！只要我们坚持住，坚持到天黑，小鬼子就怕夜战，到那时，咱们的援兵也就到了，打啊！

在岔河镇333旅旅部，刘晋武、林润厚和彭景文正在接受任务。

王肇治说：林营长，你带一营立即支援西马甸！

林润厚：是！

王肇治：彭营长，你带三营接替东马甸防御！

彭景文：是！

王肇治：你们接收阵地后，转达我的命令：665团4连立即增援西马甸！

彭景文：是！我一定转达！

王肇治走近林营长：润厚兄弟！我知道，你的营也只有不足两个连的兵力……

林润厚：旅长！咱们都是东北军人，保土有责，你放心吧！

王肇治：好！你带两个连在西马甸右翼延伸占领阵地，以策应665团3营坚守西马甸！

林润厚：是！

王肇治坚定地拍了拍林润厚的肩膀：马上出发！

两个营长响亮应着，跑远了。

彭景文率666团3营赶到东马甸接替防御后，夏登科带4连迅速赶往西马甸支援。彭景文巡视阵地后，组织官兵加固工事，以迎接日寇攻击。

在西马甸战场，直打到凌晨，日军也没有撤退的迹象。

一队日军冲上了杨营长等官兵坚守的阵地。杨营长高喊一声“和小鬼子拼了”，就率先冲了上去，与鬼子展开拼杀。他面前的鬼子接二连三被他刺倒，死在他脚下。

屠排长用大刀砍死一个又一个鬼子。战士们有的和鬼子抱在一起，用力拧断了鬼子的脖子，有的用刺刀与鬼子厮杀在一起……终于，李亚东、管松涛率数十官兵冲上阵地，加入到肉搏的行列里，敌我力量才渐渐有了分晓。没死的鬼子终于渐渐退去，阵地才又稳稳地把握在我官兵手中。

在阵地右翼，林润厚营长和官兵也在对敌展开奋力抵抗。一队日军冲上了阵地，林营长大喊一声“弟兄们！跟鬼子拼了”，他端起刺刀冲出阵地。官兵们挺刺刀、挥大刀迎上前去，与日寇展开肉搏……

关键时刻，夏登科带四连官兵赶到。李亚东带众人立刻加入到右翼阵地，和林润厚营一起奋力与日军拼杀。

日军见久攻西马甸收效甚微，又伤亡惨重，就渐渐撤离了西马甸。

日军暂时收兵，使李亚东更加警惕。他敦促官兵抓紧时间抢修工事，以迎接更残酷的战斗。

333旅指挥部里，王肇治忧心如焚。他拿起电话：彭营长！敌人已停止攻击西马甸。我估计，日寇很可能会发起更大规模的攻击，而且很可能同时攻击东西马甸！你那里兵力不多，我也再无兵可调，你要调配好自己的部队，有效地杀伤敌人。我的意思你明白吗？

彭景文接电话：旅长！放心吧，我们一定坚守东马甸，决不让一个鬼子从我们的眼皮底下跑过去！

忽然，有侦察兵报告：营长，鬼子有向我东马甸调动的迹象！

彭景文对着电话：旅长，鬼子已经向东马甸调动！

王肇治喊：彭景文！你要全力以赴坚守东马甸，无论多大困难都要自己解决！知道了吗？

彭景文：旅长！你就放心吧，有三营在，就有东马甸在！

彭景文放下电话，毅然走向阵地。

站在队伍前，彭景文高喊：弟兄们！小鬼子就快到了，旅长说他已经无兵可以援助我们，这里就只有靠我们自己了！当汉奸投降派，可耻！当胆小退缩的，可恨！只有做勇敢杀鬼子的，才是英雄好汉，才是老爷们儿！现在，我要问大家一句，我们要做什么？

众官兵：杀鬼子，当英雄！杀鬼子，当英雄！杀鬼子，当英雄！

彭景文：对！杀鬼子，当英雄！就是死了，也对得起八辈儿祖宗！弟兄们，进入阵地！

众人扑进阵地……

4月23日晨6时，日军果然同时攻击东、西马甸。

日军在几辆坦克车开道下逼近西马甸。鬼子排成长队，端着刺刀紧跟在坦克后，气势汹汹向阵地扑来。

李亚东喊道：敢死队！敢死队！

屠排长带几个兵抱炸药包跑近：团附！敢死队齐了！

李亚东：好样的，你们都是好样的！一会儿，鬼子的铁甲车上来了，就靠你们几个冲上去把它们炸掉！炸掉了铁甲车，无论是死是活，是伤是残，我给你们请战功！即使你们被炸飞了，找不到人了，我拿我的头保证把抚恤金转给你们的爹和娘！

屠排长：弟兄们！为了爹娘的仇，姐妹的恨，和小鬼子拼了！

敢死队员抱炸药包冲出阵地……

忽然，一个敢死队员被击中，倒在地上。

又一个被击中倒下去……

屠排长终于接近铁甲车，把炸药包扔上车顶。

炸药包从车顶滚落下来。屠排长再次抱紧炸药包，一个滚翻躺到了坦克车下。鬼子的坦克车隆隆而来，就在即将碾到屠排长时，屠排长一个翻身跃出坦克下。一声巨响，坦克车被炸飞，一股烟尘冲天而起。

从火线上捡回条性命的屠排长，被李亚东任命为连长，他带着官兵又冲了上去……

在东马甸，战斗也十分激烈。鬼子一阵炮轰，阵地上顿时硝烟弥漫、火光冲天。几个官兵被埋，刚把身上的土抖掉，数发炮弹又紧跟袭来……

顶着硝烟，彭景文看到，远远的，鬼子排成方队，端着刺刀气势汹汹向阵地扑来。彭景文高喊：弟兄们！鬼子上来了，打！

官兵们奋力还击……

得知日军同时攻击东、西马甸，王肇治尤对东马甸阵地放心不下。他接通了彭景文的电话：彭景文！彭营长吗？你那儿怎么样？守得住吗？

彭景文的声音传过来：旅长，放心吧！就是把我们垫在这儿，也决不叫小鬼子越过去！

王肇治大喊：胡扯！把你们垫那儿了，谁来挡小鬼子？尽量减少伤亡，还要挡住鬼子，大刀阔斧地干吧！

在西马甸，李亚东在望远镜头里看到一队鬼子向他们的侧翼集结而去。他把林润厚叫到身边。林润厚看出小鬼子是想占领西马甸左翼的黄家庄。李亚东把挡住敌人的任务交给了林润厚，林营长带上屠排长那个连向黄家庄奔去。

林润厚率官兵冲进黄家庄，正遇数十鬼子企图在村里构筑工事。林营长一声令下，官兵们一起开火，鬼子被打得丢盔弃甲，掉头就逃。

一个鬼子无路可逃，退进一户人家，并顺着木梯攀上房顶。林润厚和官兵没有发现他。在林润厚指挥官兵建筑简易工事时，鬼子的枪响了。林润厚被击中，倒在血泊中。林润厚临死鼓励官兵说：坚守……一定要坚守……

林润厚营长牺牲了，几个官兵发疯一般冲进小院。

房顶上的鬼子兵万分惊恐，失足跌落地上。

战士们高喊“为营长报仇、为弟兄们报仇”，齐把刺刀扎进鬼子兵的胸口……

在东马甸，彭景文和官兵高唱“大刀向鬼子们的头上砍去”，与敌人展开了肉搏。一把把刺刀从鬼子胸口中拔出，又刺进另一个鬼子的胸膛……

战场上一片混战。

弥漫的硝烟、冲天的火光，遮蔽了西天的红日。

深夜，西马甸依然被笼罩在一片恐怖之中。刘晋武被王肇治派到阵地，指挥整个战斗。李亚东赶到黄家庄组织防御。到了 24 日 9 时，日军组织更大规模的攻击，在数架飞机的援助下，向阵地逼来。

敌机一阵轰炸后，鬼子冲近阵地。7 连长、8 连长带头冲向鬼子，在接连刺死数名鬼子后，不幸都壮烈牺牲。有的连队已没有了军官，军士主动站出来组织反击……

屠连长奋勇当先，接连砍死几名日军后，又和一鬼子抱在了一起……

战场上，官兵一个个倒在血泊中，光荣牺牲。

小鬼子也一个个被官兵干掉，倒在地上。

同时，在黄家庄、东马甸，333 旅官兵与敌都展开了激战。在数里地的战场上，官兵们与日军展开血肉拼杀，直杀得日军胆战心寒，直杀得小鬼子闻风丧胆。三攻三却，日军已显力不从心，终于在战车掩护下，向来路退去了。

王肇治不敢懈怠，命天黑后出动小分队袭扰敌人。

从这一天起，日军避开 333 旅坚守的东、西马甸，改变攻击方向。战场上，除了每日鬼子的例行炮击，基本沉寂。到了夜晚，333 旅派出小分队袭扰日军，搅得鬼子惶惶不宁，既愤恨又无奈。

西线沧浪庙一线，于学忠 51 军遭到日军猛烈攻击。五圣堂、邢家楼、陈瓦房一线，新增援的 60 军英勇抗敌。4 月 27 日，日军向南推进，禽王山争夺战正在进行。20 军团的 52 军在连防山、艾山苦战。东线的郯城、码头于 26 日失守，东西两线逐渐南移。而 333 旅坚守的东、西马甸却岿然屹立。这一次的战斗开始打响时，敌我态势恰如英文字母 V，东西马甸在 V 字的顶端上，两侧的友军都靠前守御。此时，敌我态势变成了 Λ，东西马甸依然在顶端，而两侧的友军大大靠后了。

5 月 8 日，333 旅奉命换防，调往江苏宿迁整训，遗防移交新 5 师。该师师长接防时对王肇治说：我们还得冒用你们的番号，佩戴你们“杨开多”的臂章啊。如果日军知道换防了，我们新兵多，一进攻，我们就顶不住了！

从 4 月 20 日到 5 月 8 日，333 旅血战东、西马甸，共歼敌近 800 人，自己伤亡 400 余人。有的营只剩十几个人，有的连军官全部阵亡。王肇治火线批准屠排长为 5 连连长，还有许多军士也被火线提干。333 旅顽强拼搏的战斗作风，被日军称之为“橡皮军”，意为啃不动、打不烂、揉不碎的军队。333 旅也得到了第五战区、20 军团传令嘉奖，并发给现金犒赏。

333 旅参加徐州会战，全旅共投入战斗员 2 000 余人，经过临沂、大顾栅、东西马甸战役，共阵亡军官 26 人，士兵 519 人，伤军官 18 人，士兵 441 人，合计伤亡 1004 人。

四、阜阳的艰难胜利

333旅血战东、西马甸时，南线日军由海门、南通登陆北上，企图增援台儿庄。鬼子大举增兵，津浦线南北大战全线展开！号称日军精锐部队的邱山旅团3 000余人，附工骑兵一部、山野炮8门，在飞机、汽艇配合下，气势汹汹杀来。韩德勤的89军一触即溃，4月24日东台失守，盐城、阜宁告急。日军企图与连云港登陆之敌汇合，策应徐州会战。24集团军总司令韩德勤急调111师前往支援。常恩多亲率331旅于4月27日，由淮阴西壩东进，侧击日军。

刚到阜宁，王维平把了解到的情况报告常恩多。

王维平说：师长，韩德勤所部军纪极差，战斗力弱，被邱山旅团一直追着打到了阜宁。为此，蒋总司令通电斥责韩德勤："查阜宁之敌不满三千，长驱直入，如入无人之境，……该副总司令所部兵力优敌五倍，而丧师失败，影响侧背之安全，将何以自解?"

常恩多：这个韩德勤，整个一个窝囊废！十几万人挡不住小鬼子区区三千，真给中国军队丢脸！

王维平：韩德勤的部队见了鬼子就溜，他的第33师被当地老百姓喊作"33溜"。

常恩多：这个韩德勤，早年在陆军小学时就和顾祝同是拜把子兄弟。后来，两个人又一起上了保定军校。从此，顾祝同有什么好处一定都想着这个姓韩的。很多时候，顾到哪儿，韩就跟到哪儿当姓顾的助手。他们两个好得穿一条裤子还嫌肥！

王维平：据我所知，韩德勤在第三次围剿苏区时曾被红军俘虏，后来化装逃脱了。

常恩多：剿共积极，抗战却是个懦夫！

正在这时，刘万胜跑进报告：师长！韩德勤求见！

韩德勤和他的117师师长李守维走进了111师师部。

常恩多望去，韩德勤个头不高，不到50岁的年纪，毫无棱角的胖脸无半点男人气息，倒酷似一个跳大神的巫婆。他迎上道：韩主席和诸位长官辛苦了！

几个人坐定后，韩德勤依然神色惶恐。多日被日军追击的恐怖，还笼罩在他的脸上。他说：常师长啊！我韩德勤久仰贵师在苏南、苏北、安徽英勇善战的美名啊！尤其是这一回的徐州会战，贵师333旅在台儿庄猛击日军，"杨开多"的英名那是传扬四海啊！这不，把你们叫来，就为了狠狠打击日军，煞煞小鬼子的气焰，就怕是辛苦贵军了！

常恩多：韩主席，抗日是每一个中国军人的本分，客气话就不要再说了。

寒暄了几句后，常恩多说：如果韩主席和李师长没有异议，我想现在就作战谈谈我的想法！

韩德勤面露惊喜：好啊，请讲吧！

李守维向韩德勤表态：在作战上，我愿听从常师长的主意！

常恩多走近地图，说道：我们务必在阜宁南50里的沟墩，堵截日军的邱山旅团！

韩德勤心里直打鼓，嘴上说：常师长，你接着说，我保证我的部队都听你的！

李守维连连点头，算是表态。

常恩多指示着地图上的“沟墩”说：请李师长派兵守住沟墩！

李守维：守沟墩的任务，就交给我们117师的351旅了！

常恩多：我亲率331旅继续南进至草堰附近，埋伏在盐阜公路西侧，待日军进入埋伏圈后，我们两军南北合击，就能给邱山旅团以致命打击！

韩德勤情绪激动：好、好，我看行！这样一来，就可雪我韩部节节败退之耻了！

常恩多：我将支援117师三门山炮！

韩德勤、李守维喜出望外，激动道：这太好了！

韩德勤盯住地图，想到什么：这盐阜公路西侧几乎都是沼泽，遍地泥泞，又刚下过雨，你们真的能在那地方趴着不动？

王维平、刘万胜闻声面露不屑。

草堰位于阜宁南约25公里处的盐阜公路上。由于公路东侧是通榆运河，不便设置伏兵，因此，常恩多把331旅部署在公路西侧。盐阜公路以西河流交错，港汊分歧，有的地方水深没顶，而尤以埋伏沟安墩的关靖寰661团1营所处环境最为艰难和复杂。这些在韩德勤看来都是难以逾越的困难，但在111师官兵面前，只要能打鬼子，什么困难他们都能够克服。

111师官兵克服一切困难，依托可立足之地，于头一天深夜潜伏于各自指定区域。

第二天清晨，邱山旅团果然浩浩荡荡开过来了。

邱山骑在马上，一副不可一世、威风凛凛的架式。他怎么也不会想到，在公路西侧的水泽地里，竟然埋伏着要灭亡他的中国军队！

常恩多见日军已全部进入伏击圈，便下令出击。

邱山被打了个措手不及，还没有回过神来，手榴弹、炮弹已落在了他的队伍里，顷刻间身边就倒下去数十人。邱山不敢恋战，惶惶指挥队伍向阜宁方向急进。可还没走几步，更加猛烈的火力袭来。他知道，他遇到强兵了！

战场上一片混战。邱山几次上马，又几次从马上跌下。

鬼子们惊慌失措，不知该逃往何方，有的突然跑向左，又忽然逃奔向右……在一片混乱中，邱山旅团被111师截成数段，首尾难顾……

鬼子死伤一片，没死的爬起来向前逃去。

旅团参谋长用望远镜望瞭望，不禁大惊失色：旅团长，咱们碰上“杨开多”了！赶紧撤吧！

邱山惊恐万状：杨开多？杨开多！

一阵炮火袭来，鬼子又倒下一片。

邱山终于在一队鬼子掩护下，仓皇而逃。

经历了7小时的激战，常恩多见日军按照他预定的撤退方向直奔沟墩而去，便下令全线追击。在一阵冲锋号声中，111师官兵边打边追击鬼子向沟墩方向而去……

按原定计划，在沟墩的351旅4个团一待邱山旅团逼近，即与111师合力攻击日军，邱山旅团必葬身于沟墩！可是，令常恩多和111师官兵失望的是，常恩多在草堰刚指挥打响战斗，沟墩的351旅即作鸟兽散。闻枪声如闻丧钟的韩德勤部，远远的还没见到日军，就稀里哗啦地全线撤退，躲进阜宁城去了。常恩多为日军设计的死地，此时成了日军的福地，而351旅充当了邱山旅团救命恩人的可耻角色。

就这样，进网的大鱼又跳进海里游走了。常恩多非常愤怒，但他毫不气馁，率部向阜宁北迂回。邱山旅团已包围阜宁，正在组织进攻。常恩多从右侧展开攻击，又激战7个多小时，111师连续攻克邱山旅团占据的七八个村庄，终于解了阜宁城北面之围。常恩多指挥官兵正展开乘胜之势，不料，城内守军117师主动放弃阜宁，从北门撤出，致使日军轻而易举从南门攻入，占领了阜宁。

117师畏敌如虎，遇敌即溃，使邱山旅团绝处逢生、转危为安，而再次使常恩多的歼敌计划受挫。是役，111师缴获2艘日军汽艇，及帐篷、汽油等物资。

日军占据阜宁城后，韩德勤部已经跑得不见踪影。孙焕彩请示常恩多下一步怎么打，常恩多说：在我们自己的国土上，仗，我们想咋打就咋打！关起门来，一点点吃掉这群狗杂种！

从这一天起，常恩多率111师与占据阜宁的日军展开了拉锯战。

两个团和师直的连队时聚时散，不断袭扰和打击日军，搅得日军日夜不宁、吃睡不安。

邱山恼羞成怒，接连几日派出分队出城试探，企图抓到111师弱点，突破围困，但都被111师打了回来。见守又守不住，跑也跑不了，而攻击徐州日军在台儿庄遭到空前的失败，急需援军前去解围，邱山是万分焦虑和忧愤。

邱山对参谋长说：一路上，我们并没有遇到大的阻碍。可现在，却被困在了阜宁不能动，这是大日本帝国大大的耻辱！我们要尽快摆脱掉“杨开多”，向台儿庄靠近，而不是在这里挨打等死！

参谋长不敢懈怠，开始组织突围。接二连三出城的日军，不是被消灭掉，就是被打了回去。终于，邱山孤注一掷，先是派出了一支大队，以吸引111师注意力，而后，他带另一支部队悄然溜出了另外一个门。就这样，邱山以牺牲一部，保住了自己的性命，并逃离阜宁。

但是，邱山旅团已大部被歼，救援台儿庄的计划也已被粉碎。凝望阜宁弥漫的硝烟，满耳还是激烈的枪炮声，邱山哀叹一声，扔下他的一部分人马丧魂落魄地逃了。

"杨开多"名声大振，日军闻风丧胆，韩德勤更是由衷敬佩。这天，邱山被打跑后，他来到111师师部，向常恩多表达敬意。

韩德勤笑容可掬：常师长啊，真是强将手下无弱兵啊！你的部队果然训练得好，顶用，啊！哈哈哈！

常恩多严肃道：韩主席过奖了，训练官兵杀敌灭寇，是我的本分！

韩德勤挥着拳头连声称赞：连续几仗打得邱山狼狈不堪，雄哉、壮哉、美哉，震慑敌胆啊！

对于韩德勤的称赞，常恩多始终保持警惕。他知道，姓韩的夸赞他的部队，一定有所企图。果然，韩德勤又说：要是我韩德勤的部队都像你们111师一般，不，我只要一支像你这样的部队，就要一支，就心满意足了啊！

站在一旁的刘万胜也听出了韩德勤话有里话，他有些担心看向常恩多。

常恩多问：韩主席今天来……

韩德勤直截了当：不瞒常师长，我今天来有两件事情。

常恩多：请讲！

韩德勤：这第一件，从今天开始，我要跟随贵师行动！

常恩多略带嘲讽：您的89军，可是兵强马壮啊！

韩德勤叹息：惭愧，不能比啊！常师长，可答应我？

常恩多：好吧，随您的便！你要愿意呆在我这里，就呆吧！

韩德勤激动：太好了，常师长果然是痛快人！

常恩多：那第二件呢？

韩德勤口气明显软了下来：常师长，说来羞愧啊！我韩德勤虽手握十几万人马，邱山旅团只有三千，可……可下面的人不听招呼，保安团又都是饭桶，鬼子三千竟追着我们十几万大军……要不是你们及时赶到，这阜宁一线恐怕也被他突破了啊！

常恩多看到刘万胜担心的表情，故作不解：我还是不明白韩主席的意思。

韩德勤悲叹：我身为江苏省主席，却连一支能用的军队都没有啊！

常恩多一语道破：韩主席该不是看上了我们111师吧？

韩德勤情真意切，眼睛里就忽闪上了泪光：常师长！留在苏北，留在我身边吧，我需要你、需要你们111师啊！

常恩多笑了：我们不是保安军，111师是为了抗战才来苏北的。

韩德勤：在苏北，你们也一样抗战，一样杀小鬼子啊！

常恩多缄默。

韩德勤强调说：我江苏富可敌国哦，养一支部队不成问题，养家、养老就更不成问题了！俗话说，大炮一响，黄金万两……

常恩多很不耐烦，道：我是个军人，就知道打仗，不懂那么多。你要是有什么想法，找我的上级去说吧，我只服从命令！

接到常恩多冷冰冰的拒绝，韩德勤并不气馁，他讪讪而笑。

第二天，韩德勤走进了57军军部。当看到几案上丰润的神像和缭绕的香烟时，他心里呼啦一下子就洞窥到了深藏在缪澄流心底的恐惧。

韩德勤目光迷离扫过神像，语气缓慢别有用心道：我听说，缪军长积极参加了张学良、杨虎城组织的西安事变，还在那个什么“声明”上签了字！

缪澄流的脸上果然掠过恐慌。

站在一旁的朴炳珊心怀忐忑，他摸不透韩德勤葫芦里装的是什么药。

韩德勤很得意：张学良扣押蒋总司令，那可是大逆不道、千年罪魁啊，你怎么也上了贼船，还拼着命替他人划桨呢？

缪澄流平时就口吃，一着急就更说不全话，这时候就只能结巴地“啊啊啊”了。但他很快便镇定下来，反唇相讥道：我也听说，韩主席在十几年前就给刘伯承当团附。那年川东战斗，你俩一起负了伤，你还是在刘伯承弟弟家养的伤，对吧？

这一回，轮到韩德勤紧张了。韩德勤从来就害怕别人提他那段历史，因为那足以说明他曾经与共产党将领刘伯承关系密切。不容他还口，只听缪澄流对朴炳珊说：张学良是蒋总司令的副总司令，而刘伯承曾是共产党红军的总参谋长啊！

朴炳珊暗暗得意笑了，连连点头。

韩德勤脸上呈现惊惶。缪澄流步步紧逼：韩主席，你该不会至今还保持和他的友谊吧？

韩德勤软了下来，慌忙改口：缪军长！咱们是自己人，自己人嘛！别误会，啊！

缪澄流故作姿态：我误会韩主席了？我误会了吗？

韩德勤忙给自己找台阶：误会了！支持“西安事变”的当然不止你一个人。就是在那个“声明”上签字的，还有好些个师长、军长呢！是吧？朴副军长，您给说说！

朴炳珊看到时机已到，忙上前说：军长，是韩主席误会您了！

韩德勤灵机一动：对！对，是我误会军长了！

缪澄流十分委屈，声音有些嘶哑道：就是你韩主席误会我了！我告诉你，西安事变发生了，我才知道！叫我们在那个声明上签字，东北军、西北军的高级将领都要签，我能不签吗？我告诉你，张学思四处找我为救他哥哥给蒋总司令写信，我四处躲他，就楞没叫他找到我！

朴炳珊讨好道：这件事，我证明！

缪澄流：张学良扣押蒋总司令，美其名曰“兵谏”，其目的就是要篡权、政变，就是不忠、不孝、不义！我能与他同流合污吗？我缪澄流能有今天，不是他张学良恩赐的，是我打出来！可要是你误会了我，把不该说的话说到顾祝同长官那里，那可就不好了！

韩德勤：不会，绝对不会！缪老弟，其实我今天来，是想请缪军长留在江苏，助我一臂之力啊！

听到这话，缪澄流和朴炳珊都有些诧异。

缪澄流：留在江苏？这可是蒋总司令说了算的事啊！你找我，有什么用？

韩德勤有些得意向身边军官使了个眼色。

军官把一大包钱放在缪澄流面前。

韩德勤：缪军长，您说了也算啊！

看到钱，缪澄流两眼放光。他已拿定主意，扭过头正看到韩德勤和朴炳珊在会心而笑，不禁也高兴大笑起来。

看到缪澄流喜笑颜开，韩德勤心想：欲使111师留在苏北，成为给自己保驾护航的保安师，接下来该主攻常恩多了。

几天后，韩德勤派人给常恩多送去了5万元钱，不料当日就被退了回来。

五、牺牲竟成罪过

台儿庄战役虽然取得了空前的胜利，但由于国民党指挥部腐败无能，指挥不利，到了1938年5月19日，竟使徐州及津浦线丧失敌手。

333旅撤回苏北归建，常恩多亲率官兵大路迎接。凝望渐渐走近的333旅官兵，常恩多快步上前。

王肇治神情庄重，举手敬礼：报告师长！333旅胜利归建！

常恩多上前，一把将王肇治抱住：权初！权初啊！

王肇治激动报告说：师长！我333旅奉命参加徐州会战，经过临沂、大顾栅、东西马甸等战役，共毙敌2 000余人。我伤亡官兵1004人，其中阵亡于竹幽、林润厚、史学孔等营连以下军官26人，士兵519人，伤军官18人，士兵441人。666团二营，几乎伤亡殆尽！

常恩多神情悲壮走近队伍，走过衣衫褴褛的官兵。在666团2营队伍里，他只看到了杜荣民和那个伙夫，热泪不禁潸然而下。

常恩多登上土坎，大声疾呼：弟兄们！打鬼子，就会有牺牲！前面的弟兄倒下了，还有我们！我们扑上去！弟兄们！你们英勇杀敌的战斗精神，得到了第五战区、20军团和57军的传令嘉奖！你们辉煌的战绩，将被载入中华民族抗日救国的光辉史册！在这次台儿庄作战中，我师官兵伤亡惨重，我们失去了很多好弟兄、好战友……为了打鬼子，中华民族是要付出代价的！我们活着的人只有勇敢战斗，多杀鬼子，才能告慰殉难弟兄们的在天之灵！举枪！

王宗芳和一排士兵枪口对天。

常恩多高呼：向死难的弟兄们鸣枪致敬！

一阵枪声响彻云霄。

王肇治热泪盈眶，他眼前闪现那些熟悉的和不熟悉的面孔。他想，他们的在天之灵一定看到了这个场面，一定听到了常师长的声音，也一定听到了向他们致敬的枪声。

迎接仪式过后，常恩多听取了王肇治详细的情况汇报。紧接着，他赶往军部，他要向军长缪澄流提出补充兵员，他要及时把333旅兵力补齐，以应对下一场恶战。

在军部，常恩多首先见到了副军长朴炳珊。

朴炳珊由衷赞叹道：常师长，这一次徐州会战，你们111师可是为咱们57军增了光、添了彩啊！虽说没有全歼邱山旅团，但你们消灭了他有生力量，并迟滞了他北上增援台儿庄的行动。你知道吗，现在友军喊你常恩多什么？

常恩多：什么？

朴炳珊兴奋：——常胜将军啊！

常恩多谦虚道：算不上、算不上，功劳都是弟兄们的！

朴炳珊兴致未减：这在全国抗战初期，在我军兵败如山倒的严酷形势下，“常胜将军”这个称号，比给你常恩多记功、升官、发赏钱，都要宝贵得多啊！

常恩多详细说明了来意，可还没等到朴炳珊表态，他就听到了军长缪澄流的声音。

缪澄流神色不悦，打着官腔，从房间里走出：谁是常胜将军啊？谁啊？

朴炳珊闻声脸色转暗：军长，我和常师长正闲聊……

常恩多忙解释：只要能痛痛快快杀鬼子，能早一天打回东北老家，我常恩多只想为国家、为民族效力，从不愿贪求什么名利。

缪澄流阴阳怪气：这才是你常恩多嘛！我了解你，那些个虚名啊假誉的都是过眼烟云，不值一提，不值一提，啊！

常恩多：军长，副军长！我今天来，是想跟两位长官说明，这一次台儿庄一战，我师333旅伤亡惨重，严重减员……

就像是知道接下来会发生什么一样，朴炳珊连忙躲开。他笑眯眯道：军长！常师长，我还有事，你们先聊、先聊！

常恩多疑惑不解，来不及思考朴炳珊为什么这么匆忙离开，就听缪澄流说：常师长，你接着说啊！

常恩多转过身，阐述来意：军长！我师减员一千多人，333旅缺额严重，几乎所有的营、连都损失过半，666团2营仅剩下两个人！我这次来，是请求军里给我师补充兵员。

缪澄流没有等常恩多说完，就打断说：这些问题，我早就想到了。我已经叫他们把刚组成的新兵营，补充给你们666团！

常恩多心生惊喜。

缪澄流：但是，它还叫新兵营！

常恩多连连点头，表示同意，但接下来的话题却叫他深感诧异。

缪澄流：我已经通知了司令部，取消了你师666团2营建制。

常恩多震惊，连忙问：为什么？

缪澄流语气轻松：2营已经被打光了啊！没人了，还留着营号干什么？

缪澄流的话叫常恩多愤怒，但他耐心劝道：在台儿庄之战中，2营官兵从营长到士兵作战勇敢，不怕牺牲，他们用生命挡住了鬼子的进攻，用鲜血换来了我111师的荣誉，换来了57军的荣誉！也换来了中国军队的荣誉！他们是在和日本鬼子作战中牺牲的，他们的英雄精神值得我们永远铭记！我们不能在他们牺牲后，就撤销了他们的番号！

缪澄流开始耍无赖：怎么不能？我是军长，57军的事情，我说了算！

常恩多忍辱负重，眼含热泪：军长！请你不要取消2营建制，不要……否则，2营数百牺牲在台儿庄官兵的灵魂无家可归啊！

缪澄流颇为伤感：唉！他们已经死了，还要建制干什么呢？

对于这样的流氓逻辑，常恩多没有吃惊，只是，他悲哀的是，他眼见缪澄流在牺牲官兵的灵魂上又插了一把刀，却无力解救他们。常恩多的心流血了。

缪澄流高声强调说：你知道我的脾气，不要再说了！

一辆吉普车驶近，并停在了院门口。李亚藩先下了车，然后跑到车的另一面，搀扶一个穿黑长袍的白胡子老道走下车。

李亚藩独自走近后，用手势向缪澄流暗示什么。

缪澄流挥了挥手示意李亚藩稍等。

缪澄流转过身来，一脸阴郁说：常师长，我还有事，你可以走了。

常恩多：军长！

缪澄流耐住性子，站住：你还有什么事？

常恩多：665团中校团附李亚东指挥果敢，这一次又荣立战功，我想……

缪澄流：你想什么，我知道！——你想提拔李亚东当665团团长，是吧？

常恩多：是的！

缪澄流：665团团长人选我已经定了啊！——就是我的老部下董瀚卿！

常恩多：军长，台儿庄之战，李亚东功不可没，理应提拔使用！董团附是炮兵出身，对步兵作战缺乏经验……

缪澄流很生气：不要再说了，提谁用谁，还用你来告诉我吗？

常恩多张口结舌。

李光烈手持几页纸的名单走近，把名单递给了缪澄流。

缪澄流接过后晃了晃，递向常恩多：哦，你把命令带回去，马上宣布。

常恩多看了一眼几页纸，异常震惊：军长！

缪澄流：是的，你没有看错！你师里这些个营长、连长、排长，都牺牲了，暂不提拔填补。你回去后马上宣布，团附降营长，营长去当连长，连长任排长，排长当军士，牺牲人员的军饷和那些降级使用军官的军饷，统统都给我收齐了送到军部来！

常恩多义愤填膺：军长！你不能这样！

缪澄流厉声喝道：常恩多！

常恩多黯然伤心：军长……

缪澄流神气十足道：哦！对，我想起来了，你是东北讲武堂第四期，而我才第六期。按老话说，你是我的学长、大哥！可你不要忘记，我现在是你的军长！你要听从我的命令！

常恩多耐心相劝：军长！我333旅那些幸存的官兵死里逃生，枪口下捡回的性命，他们为国家立了战功！你不能这样对待他们，这不公平！

缪澄流盯住常恩多，忽然狂妄大笑，又收住笑声问：你要公平？什么是公平？哪里有公平？你找到过公平吗？那些党政军要员、大官们都躲到重庆去了，要我们拿命来挡日本人的飞机大炮，还有铁甲，这也公平吗？

常恩多瞠目结舌。他知道，在缪澄流这里，他今生今世永远都找不到公平了。

见常恩多欲言，缪澄流很不耐烦道：你走吧，我还有重要事情！

缪澄流再不理会常恩多，转身向还在等他的李亚藩使了个眼色。

李亚藩心领神会，转身引白胡子道人走进军部。

看到道人，缪澄流满脸堆笑，十分虔诚：大师，请！

老道人边走边问：缪军长请本道来，不知是想问前程，还是问祸福啊？

缪澄流：大师，弟子都要请教，都要请教啊！请！

缪澄流并无心建设部队，亦无心组织抗战，而却热衷求鬼问神，常恩多愤愤不平，转身离开了军部。

回到宿迁，常恩多把缪澄流的决定一宣布，111师上下便炸了锅。

彭景文恼怒连问了几个"为什么"，王肇治说：为什么？就因为他缪澄流是天底下最大最坏的大混蛋、大流氓！

常恩多脸色阴郁凝望夜空，他看不到跟着这样的军长抗战能有什么前途。

彭景文想到血战台儿庄死难的战友，不禁泪下：激战台儿庄，不是为了他缪澄流！可他身为军长，一边享受着我们拿命为他换来的荣誉，一边却在吃空额，喝我们牺牲官兵的血！这还不够，把我们一个个降了级，他好从中拿我们降级余下的军饷！他和鬼子汉奸有什么两样！

管松涛语气坚定说：我看他，迟早会去当汉奸的！只是现在，他觉得我们还有利可图。依我看，终有一天，他会打着白旗去投降日本鬼子的！

孙立基：师长，难道我们真的要撤销2营番号？真的要给凯旋归来的英雄们降级处分吗？

众军官殷切凝视，希望常恩多能改变军长的决定，能够还2营建制，能够保持333旅的荣誉。可常恩多根本无力改变缪澄流任何决定，他只有任热泪默默滚落。

这一天显得特别漫长。直到天黑透了，常恩多才有机会与王维平单独坐在一起，向他倾诉心里的苦闷和无助。

常恩多殷切注视着王维平：维平啊，跟着这样一个土皇帝军长，我们111师抗战能有希望吗？打回老家去有指望吗？

王维平心里非常难过，他能体会到常恩多内心的煎熬。但是，他又能为他做什么呢？

常恩多：维平！你告诉我，我该怎么做？我能怎么做？

王维平热泪盈眶，无言以对。

常恩多：维平！我看不到希望啊！我看不到111师打回老家去的希望啊！

王维平热泪滚落：师长！

常恩多：我早就看清了，只有跟着共产党，我常恩多才有希望，111师才有希望，咱们东北军才有一天可能打回老家去！

王维平坚定地连连点头：师长，你说得对！

常恩多忽然紧紧抓住王维平的胳膊：维平，我能加入共产党吗？加入你们的党，需要什么条件？以你跟我朝夕相处对我的了解，我常恩多够不够资格啊，啊？

王维平很想说：常师长，你够资格！早就够资格！可是，那样是违反纪律的。王维平眼含热泪，只能默默凝望常恩多。

常恩多说：中国要想取得抗日的最后胜利，东北军要想打回老家去，只有跟着共产党这一条路可走了！我常恩多不图荣华富贵，不求功名利禄，只想跟着共产党走，走一条救中国、救穷苦人的道路。你报告你的上级，就说我常恩多要加入你们！

王维平竭力克制感动：师长！

常恩多：维平，你答应我，一定要帮我！

当天晚上，在王维平的房间里，111师工委召开秘密会议。

王维平情绪激动说：我真想对他说，常师长，你够资格，你早就够！……可我，什么也不能说！

张苏平称赞道：维平，你做得对。

曹健华认真道：我们应该正式讨论一下常师长入党的事情。

王维平：以我对他的了解，他已经具备一个中共党员的条件，我同意常师长入党！

张苏平：无论是当官，还是做人，常师长与其他东北军的将领都不一样——他体恤下级，关怀民生，从不吃空额，更不嫖、不赌、不抽、不娶小老婆。他抗战态度坚决，坚信抗日战争一定胜利，对打回老家去从未怀疑。我同意常师长入党！

曹健华：我也同意常师长入党！

张苏平：好！我们把常师长的这个要求向上级报告，请上级派领导来考察、答复。

王维平高兴：同意！

曹健华：可眼下，武汉会战全面展开，战事繁忙，今后111师的处境会更加恶劣，恐怕要等到形势稍微安定后再说了。

王维平：只能这样了。还有件事情，我们需要讨论。经过这一段时间的考察，抗日义勇宣传队的徐惊百、邹强等几个同志，已经具备了加入共产党的条件，我建议发展他们入党。

几天后，在“抗日义勇宣传队”的临时住房里，由王维平主持，徐惊百、邹强等队员进行了入党宣誓。

几个人在鲜红的党旗下举手宣誓：我志愿加入中国共产党，坚决执行党的决议，遵守党的纪律，不怕困难，不怕牺牲，为共产主义事业奋斗到底！

之后，111 师工委在抗日义勇宣传队里组织了党支部，加强了 111 师共产党的力量。这些年轻人在共产党领导下，继续抗日的宣传工作，为 111 师团结抗战做出了贡献。

不几日，缪澄流的命令发布，666 团 2 营建制被撤销，许多军官被降级使用。台儿庄作战中被火线提拔当了连长的屠排长，又降回到排长，并被追缴了所有“多领”的军饷。与屠排长相同命运的比比皆是，李亚东也难逃噩运。他非但无力褒奖那些流血牺牲的官兵，反而眼看缪大混蛋降了他们的职级、扣留了他们的军饷，甚至撤销了英雄 2 营的建制。对军长缪澄流的流氓行径，他再也无法隐忍，一气之下，离开 111 师回重庆大后方去了。

第九章

驰援武汉

一、打遍徐州半个城

自1937年11月国民政府的一些重要部门从南京迁至武汉，武汉便成为中国军事、政治、经济的中心，战略地位也非常重要。日本大本营在侵占南京后，即开始着手进攻武汉。到了1938年5月19日后，日军立即将进攻武汉和广州的准备提上日程。6月12日，因黄河花园口决堤，淮河泛滥，日军主力沿淮河南进遭遇困难，日军改由长江进攻，一部沿大别山北麓进攻。一时间，敌我双方前后投入一百二十余万人，围绕武汉及周边地区的武汉大会战开始了。

6月26日，日军攻占马当要塞，国民政府军事委员会要求30万地方部队配合正面战场作战。7月5日，蒋介石电令各战区加紧出击，以策应武汉会战。命令下达后，各战区的部队均相机出击牵制日军。但，担任苏北游击任务的第24集团军，却迟迟未发动进攻。8月17日，蒋介石电令韩德勤严加训斥：

> 江苏省政府代主席：敌调集各方兵力进犯武汉，其后方极为空虚，我各战区忠勇奋发，乘机迈进，连日克济南、迫杭州、袭上海，日有所获，惟该部对于破坏津浦铁路之命令，尚未确实奉行。进袭徐州之报告，未见努力实现，殊属非是。仰速率部向津浦南路要点进攻，确保破坏铁路，遮断交通，并以一部掩护炮兵进出江岸，妨碍敌输送，或收复南通为要。蒋中正。

接到蒋介石训斥的电报，韩德勤惊恐万状，再三思量，深感再不动作定将被问责革职，于是匆忙决定集结兵力，袭击徐州。日军占领徐州后，曾一度以重兵把守，后因武汉会战激烈，日军主力南调，此时守卫徐州的兵力仅有2 000余人，附炮20余门、坦克20余辆。

为抓住袭击徐州的良机，成立了总指挥部，缪澄流任总指挥，李明扬任副总指挥，所辖部队有111师661团、666团，89军197团、702团，第1游击大队等地方部队。8月21日，总指挥部下达了参战第一号命令：

> 先将徐州四方铁路彻底破坏，断绝敌人南北运输，同时进袭徐州，牵制其转运兵力。
>
> 第1游击队集结于贾汪附近，掩护协助地方民众破坏利国驿至铜山段之铁

路，同时抽调部队乔装自北及西面夜袭徐州。对曹八集之敌应令地方常备队阻击解决，严密监视限制其活动。

第89军第197团（附何挺部战区工作团）于明（22）日现地出发，经龙集庙、何窑附近，限24日晨到达，掩护协助地方民众破坏曹八集至铜山间之铁路，相机派轻装步兵一营自东面进袭徐州。前进间对曹八集之敌派小部队在适当地点监视之，并应随时向双沟公路方面联络。

第702团（附战车防御炮）即于本（21）晚行动，经大王集进至房村以西公路两侧地区，掩护民众彻底破坏双沟东、西至徐州之公路，应向常师妥取联络，并随时策应徐州南方部队之作战。

该两团及野炮第4连暂归李副总指挥明杨直接指挥。

第111师附骑兵第2连及山炮第2连于明（22）晚移动，经桃园、朝阳集进至褚兰、杨庄附近，限24日晨到达，掩护民众彻底破坏徐州至夹沟间之铁路，相机派轻步兵两营自南面进攻徐州。

指挥部设在睢宁南关，又骑兵队一部及特务3连警戒。

常恩多率111主力于8月24日到达指定位置，师部驻宝兰，661团驻孙集附近，666团驻褚兰及附近，对西、对北均有战斗配备，对杨庄、马兰之敌派部队威力搜索，并相机驱逐之。

8月25日，常恩多召集661团团长宋光第、666团团长刘晋武、铜山县相关人员开会，部署任务：1、曹村以北萧县境内铁路、电线由李瑞清区长督饬民众负责破坏，666团负责掩护；2、三堡南北铜山境内铁路、电线，由曹县长、夏区长、李区长督饬民众负责破坏，27日前由661团掩护；3、宋光第团长率661团两个营，附无线电台一部，27日前担负掩护之责。如徐州日军未出动，须于27日夜绕往铁路以西，进至二十五里桥小留，28日夜即以迅雷之势袭击徐州；4、661团留下的一个营策应666团作战，并在三堡方面掩护661团越过铁路。

8月26日夜，666团掩护民众破坏铁路，恰逢日军列车通过三堡以南，民众一哄而散，官兵无力制止，没有达到目的。661团方面，由马兰自卫队掩护民众破坏三堡以南铁路，途遇巡逻日军，自卫队溃散，民众亦一散而光。111师两团遂继续督促有关区长集结民众破坏铁路。

26日午间，666团派出工兵携带炸药破坏曹村以南铁路桥梁，当夜完成任务，破坏铁路桥4座、公路一段。

此时，派出的侦察兵回来报告常恩多，徐州敌情变化不大：马市街有日军司令部，徐州以西15里马山头有日军新修的飞机场，停日机10余架；三堡车站及新庄有日军200余人，附炮一门，大车30余辆；桃山有日军150人；曹村车站及杨庄有日军约500人，附小炮4门，迫击炮6门，机枪6挺；头沟、大店各有日军200余人；固镇有日军400余人。

曹村日军向麻石山、黄山666团3营阵地发炮攻击。中午，日军百余人攻击麻石山，与666团8连发生激战。

27日下午3时，从徐州南开出列车4节，载日军百余，又汽车3辆，载日军80余人，增援曹村以南三里的黄山，抢修被炸毁的铁路桥梁。661团本打算由田堡绕道铁路以西，但由于遭遇百余巡逻的日军，不得不改道桃山集西南的于桥越过铁路。夜晚，661团宋光第率1、3营经赵楼、于桥、孤山集至阎寨，准备夜袭徐州。

日军继续攻击666团3营阵地，日军600余人由夹沟、新丰集前来援助。常恩多担心666团侧背被敌迂回威胁，命令该团留置的2营抽调一个连赶往贾桥，以保证666团侧背安全。

666团继续与敌激战，并于夜间继续破坏铁路。日军由南北两方出动装甲掩护，企图修复被破坏的铁路。666团英勇抗击，日军企图未能得逞。

原定89军197团负责破坏铜山境内铁路，但该部却迟迟未动，北来列车畅通无阻。89军702团抵达沈家湾后，常恩多令其攻占良山口后，即以主力向奎山、凤凰山攻击，策应661团作战。下午5时，日军飞机一架在麻石山我军阵地空袭，投弹3枚。

661团于28日晚间到达孤山集后，宋团长即率1、3营攻击徐州，占领徐州西关。常恩多发电宋光第：努力进展，不得撤退！

常恩多急令702团纪团长率主力驰攻奎山、凤凰山，并发急电报告总指挥部：661团已攻入徐州，请速饬89军197师和北方游击队火速进展，策应661团，以竟全功！

然而，由于徐州东、西友军没有策应，攻入徐州的661团（欠2营）受到日军猛烈攻击，被迫撤出徐州，转移至杜楼附近。

666团仍据守原阵地，夜间派出部队袭击曹村。661团2营攻击三堡，继续掩护各区长督饬民众破坏桃山集、贾村间、曹村、夹沟间、三堡附近的铁路及电线。

8月29日，常恩多发电给缪澄流和李明扬：

> 敌之目的主为确保徐州，维护交通，我不接近，敌绝不远出决战。但固（镇）、宿（州）敌可抽调北来，与曹村敌合力先击破666团，以资连贯。谨呈意见：(1) 为确保截断敌之连贯，并防刘团不为敌击破计，拟将宋团调至曹集以西，以主力协同刘团夹困曹村，以一部夹困桃山集，相机占领之，而后再以一团向北席卷，以一团掩护南方。又白营仍攻三堡，牵制该敌。(2) 陈团及贾汪游击队可以一部围困八义集，其余兵力由东、北两面围困徐州，不时以小部队袭扰之，不与决战，以疲敌力。(3) 纪团确保良山口，掩护铜（山）海（州）公路，并攻击段山，不时亦以小部队袭扰徐州。(4) 俟机会许可，则共举再占徐州。乞电示机宜，以便遵行。

30日拂晓，曹村日军300余人，附大小炮2门，坦克4辆，向666团据守的麻石山、黄山阵地攻击。旋即，又南面开来援军骑炮兵200余人抵达闵子祠，又由新丰开来步骑兵200余人，抵达闵子祠东侧的张庄，日飞机3架也前来助战。激战终日，

666 团顶住日军进攻，战到危急时，预备队投入战斗。常恩多急调 661 团 5 连开赴贾桥，掩护 666 团左侧背。

当日，日军得到增援，步骑兵 1 000 余人，附山野炮 12 门，步兵炮 6 门，坦克 4 辆，飞机 3 架联合进攻 666 团阵地。下午 1 时，666 团三个连伤亡惨重，麻石山、黄山为敌攻占。666 团收集部队，转换阵地，继续袭扰敌人……是役，8 连中尉排长马国安牺牲，7 连中尉排长焦金贤、少尉排长李学栋、机枪 3 连少尉排长孙仲华负伤，士兵伤亡 80 余人。后在 661 团掩护下，666 团安全撤出。

事后查明，89 军 197 团和第 1 游击队畏敌不前，压根没敢袭击徐州。

眼见在徐州周围的七八个师仅在徐州外围虚张声势，有的胆战心惊、畏敌如虎；有的按兵不动、观阵瞭望。总之，各怀鬼胎，心存异想。唯有常恩多率领下的 111 师不避艰险，不惧牺牲，主动向敌发起攻击，661 团两个营竟打进徐州，在大半个城里横冲直撞，直打到天明；666 团打击援军，烧了车站，歼敌 200 余，迫敌南调大批援军，从而减轻了武汉压力……这一切，都被韩德勤看在眼里，他更加坚信，常恩多正是他急迫需要的将领，他要把 111 师从 57 军挖走！这天，他绕过军部直接赶到了 111 师师部。

一路上，见韩德勤紧闭双目，一副愁眉苦脸相，他的参谋长问：韩主席，您在担心什么？

韩德勤：徐州丢了，靠缪澄流——缪军长，难保我苏北啊！

参谋长：缪澄流可是信神的人。他遇事必烧香求神仙，肯定能保佑我苏北安然无恙！

韩德勤：屁话！缪澄流烧香拜神，哪路神仙听他的？所以，他再烧香都不灵的。他除了爱女人、爱大烟，就剩下爱钱了，一旦真的上了战场，他的腿肚子都转筋，他就是个饭桶！

参谋长：饭桶也能当军长？而且还是那么年轻的军长！

韩德勤哀叹：这正是我党国的悲哀啊！

参谋长：如此说来，您担心 57 军靠不住了？

韩德勤：57 军靠不住，可常恩多的 111 师还是可以依靠的。如果错过了，我可能再也遇不到这样能打敢杀的部队，苏北可就真的难保了！

参谋长至此才真正明白了韩主席为什么这么急迫地要见常恩多。

赶到 111 师师部，韩德勤看到常恩多正在组织部队对徐州展开新的攻击，内心更加敬佩。可对于韩德勤的来访，常恩多却显得不冷不热。

韩德勤：常师长，韩某人又来造访，希望没有打搅啊！

常恩多：韩主席客气了，请坐！

参谋长看到了韩德勤的眼神，忙把一大包钱放到桌上。

常恩多：韩主席，这是什么意思？

参谋长：常师长，这是我们韩主席的一点心意，请您务必收下！

常恩多坚定把钱推给了参谋长，然后对韩德勤说：我们是抗日军，不同于你的保安军，给钱才打。我们这些粗人只知道为国为民，用不着韩主席拿公款送礼！

韩德勤有些尴尬，忙解释道：常将军！这些钱是我们江苏省父老慰劳贵军的，绝没有贿赂之意啊！

常恩多认真：真的吗？

韩德勤忙说：当然是真的！

常恩多略一思忖，喊道：那好！刘副官！

刘万胜上前一步：到！

常恩多：召集营以上军官来开会！

刘万胜应着跑去了。

韩德勤有些不安，向参谋长使眼色。参谋长：常师长！今天，我们韩主席可是有意绕过了军部，直接来看望您的！

韩德勤故作姿态笑了笑。

常恩多：哦！本人是军人，以服从为天职。韩主席有何差遣，只要军长一声令下，无不奉行！

韩德勤：常师长！鄙人还是那句话，留在苏北吧，留在我韩德勤军队的建制内，成为蒋委员长的嫡系部队！

没等常恩多说话，韩德勤又说：我韩德勤是不会亏待常将军的！还有个情况，我必须要告诉您！中央对我十分器重。如果常将军能留在苏北，委员长就放心了。军饷、人员补充、武器装备等等一切困难，全都由我来解决。常将军只要跟着我干，我会为您向上请功，高官厚禄一切都不是问题，怎么样？

常恩多笑了笑：韩主席的这些条件非常诱人啊！111 师既有了补充，我常恩多又可以升官发财，对吧？

韩德勤连忙说：对啊、对啊！

参谋长：常师长！机不可失，时不再来啊！

常恩多坚定道：可我还是那句话，关于整个的问题，请按建制去找我的军长谈。我是个军人，头脑简单，只知道打鬼子。打完鬼子也到了该退伍的年龄，也算尽了国民的本分，别的咱也管不了。所以，韩主席的美意恐怕常某人要辜负了。

这时候，刘万胜跑进：师长，营以上军官到了！

随即，十几个营团军官跑进。

常恩多环视了一圈众人：这些钱是韩主席赏给的，现在按人数分给全师的每一个弟兄！希望大家要狠狠地多杀鬼子，多立战功，为死难的弟兄们报仇！

眼见贿赂常恩多的巨额金钱被他分给了部下，韩德勤知道自己的如意算盘又落空了，便带上参谋长悻悻而去了。

二、常与缪的路线之争

这时候，在抗日义勇宣传队里发生了一件事。队长段克文发现队员钱薇阁思想左倾，与当地进步人士有来往，就借机逼迫钱薇阁离队，并把钱的行李扔了出去。段克文的这一行为遭到全体队员的抵制。队员们已经掌握宋迪玺平日对段讨好缪澄流、常跑常师长那儿十分不满，因此把宋处长叫来处理此事。宋迪玺正好借机调开了段克文，要抗日义勇宣传队自己选队长实行自我管理。这正中111师工委下怀，从此，宣传队摆脱了政训处的直接监视，开始由孙卜菁，后由周丕炎担任队长。

段克文此时已患上花柳病，离开111师到重庆后方去了。

重庆军政部急调57军驰援武汉，命令下达愈一月，可缪澄流借口军饷不到位，迟迟不肯动身。对此，朴炳珊忧心忡忡。

朴炳珊：军长，军政部又来电催促，要57军务必近日起程，策应武汉作战，否则……否则贻误战机，严惩不贷！

缪澄流闻令脸色骤变，满腹委屈问：大同兄，你……你能理解我吗？

朴炳珊真诚道：军长，我理解。

缪澄流：我迟迟不发兵驰援武汉，不是为了我自己啊！

朴炳珊：军长，我57军112师经历了江阴、南京两次战役，损失惨重。要不是你派我走通武汉卫戍司令部的关系，把被打散的67军余部组成的一个旅给我军112师，112师很可能已经不存在了！

缪澄流伤感：台儿庄一战，111、112又损失很多人，再参加大武汉保卫战，我担心我们会血本无归啊！

朴炳珊：军长，那现在……

缪澄流：看来，我们不能再拖了。

朴炳珊：那我们如何答复？

缪澄流：就说我57军完成行军序列后，即日起程！行军路线嘛，从泗阳、嘉山、定远向南，策击武汉。

朴炳珊：好，我这就去给军政部回电。

朴炳珊走后，缪澄流走到地图前，心情悲伤：保卫大武汉，我57军还能剩下多少人呢？

翠花送上一杯茶：你是军长，死了人再征召些壮丁补上，不就完事了吗？

缪澄流两眼一瞪：你一个女流懂个屁！这死了的都是老兵，能打敢杀的老兵！新征召的士兵能跟他们比吗？那些新兵要训练几年、要经历多少大战，才能把他们培养成像那些老兵一样？

缪澄流说的是大实话，如果老兵都牺牲殆尽，那他这个军长离死也就不远了。

一听说驰援武汉，常恩多奋勇杀敌的热血又被点燃，他匆忙赶到军部要见军长，却被朴炳珊拦住。

常恩多：军长呢？

朴炳珊：烧香呢！先到我屋里坐坐？

走进房间，朴炳珊递上一杯水：部队情况怎么样？

常恩多：还好！

朴炳珊：驰援武汉的方案已经制定出来了，你率111师作为全军的前锋走在前面开路。

常恩多：是！

常恩多注意到地图上的线路：这是什么？

朴炳珊：这是我军策应武汉之战的进军路线——绕道泗阳、蒋坝、嘉山、定远，向南推进！

常恩多心情焦虑：副军长，这条路线行不通啊！

朴炳珊详细询问了一遍情况后，感觉事情严重，马上带常恩多走进了军部。缪澄流刚结束拜神求卦的仪式，精神还处在幸福的恍惚之中。看见常恩多，他问：来了？副军长把进军的序列跟你交代了吧？

常恩多：军长！副军长交代了！

缪澄流：那就回去准备执行吧！

朴炳珊赶紧说：常师长对进军路线有异议！

缪澄流神色不悦：什么异议啊？

常恩多：军长！绕道泗阳、蒋坝、嘉山、定远，驰援武汉，这一行动方案不妥啊！

缪澄流：怎么不妥啊？

常恩多：那一带多为水泽湖沼，瘟疫严重，疟疾横行，只怕部队进得去出不来啊！

朴炳珊：有这么严重吗？

常恩多：恐怕比这更严重呢！

缪澄流：常师长，你危言耸听了！

常恩多：军长！依我所知，那里的瘟疫非常严重，就是当地人，对那里也怀着恐惧之心。而我们是大军运动，官兵多是北方人，对水泽湖沼并不熟悉……

缪澄流开始不耐烦：不要再说了，我主意已定，你回去执行吧。

常恩多：军长！我的意见是部队应取道睢宁，经宿州越过津浦线，直插安徽阜阳，对敌负背予以沉重打击！

缪澄流：说完了？

常恩多：这样，既避开了瘟疫地区，又可尽快接敌！

朴炳珊有些犹豫：军长！常师长的意见是不是可以考虑……

缪澄流有些气急败坏：你们一个个口口声声喊我军长，问问你们的良心，你们真把我缪澄流当军长吗？啊！我还是你们的军长吗？

朴炳珊退后一步，缄默不语。

常恩多：军长……

缪澄流：常师长，不要再说了，你回去了！

常恩多继续努力道：军长！泗阳、嘉山、定远一线不能走啊！真要是全军进入到那一地区，恐怕凶多吉少，不要说策应武汉，就是保住我军官兵的身体健康，都将成为严重的问题！

缪澄流愤怒：常恩多，你要篡权吗？

是夜，常恩多没能说服缪澄流，心情压抑回到了宿迁。

部署完行进任务，常恩多独立门前，遥望夜空，心情压抑。

王肇治走近，恳切道：师长，部队不能走疫区啊！那里路途艰难不说，就说蚊虫叮咬，弟兄们就抗不住啊！

孙立基：是啊，师长！正值酷暑，这蚊虫正盛，要是有一个人被叮，就可能有数十上百个弟兄被叮！这样下去，别说策应武汉，就是保住弟兄们的命，也是很困难的啊！

关靖寰：师长，你跟军长说了吗？也许他不了解情况。

王维平：各位长官！师长已经对缪军长提出了异议。

众人：军长怎么说？

王维平：缪军长根本听不进，还把师长训斥了一番。

彭景文：怎么会是这样？

孙立基：他疯了吗？这个混蛋要葬送全军啊！

关靖寰：连我们都知道这一带是重疫区，进去容易出来难，他难道真不知道？

王肇治：一点也不奇怪，他就是个大混蛋、大流氓！

王维平：师长，为部队的安全，您必须再去找他！

王肇治等恳求道：师长！

常恩多下定决心：弟兄们！放心吧，天一亮，我再去找军长！

天将亮时，常恩多再次赶到军部。得知常恩多的来意，朴炳珊把常恩多叫进自己屋里：军长的脾气你应该知道，他拿定主意的事情，九头牛也拉不回来，我算是拿他没办法了。我劝你也别再提了，惹火烧身，何必呢？

常恩多忧心如焚，说：这一次，我一定要说服军长改变行进路线。否则，否则后果不堪设想啊！

朴炳珊迟疑了一下：那好，我看看他起床了没有。

朴炳珊拨通了缪澄流屋里的电话：军长，起床了吗？

电话里传出缪澄流很不高兴的声音：没起呢，这才几点？怎么了？

朴炳珊：军长！常师长一早赶到军部，是想再次说明他对行进路线……

朴炳珊的声音被缪澄流打断：叫他听电话！

常恩多接过电话：军长！我想行军路线应该走……

缪澄流十分不满的呵斥声传来：常师长！照原计划行军，没有别的道路可谈！你不要再说了，再说就拿你当贻误战机论处！

缪澄流在那一头“啪”地放下了电话。不容常恩多说话，电话里传出“嘟……”的忙音。

常恩多无奈，只好离开军部返回师部。

三、盘桓老人仓

正如常恩多所料，111 师作为先头部队，一面不断与前来阻击的日军作战，一边与蚊虫瘟疫斗争，在经过蒋坝、嘉山疫区时，大部官兵染上了瘟疫，一些官兵走在路上就倒地死亡了，有的连队连站岗放哨的人也派不出来。这天深夜，部队到达安徽定远的老人仓一带，不得不在一片丛林里停了下来。

常恩多巡视部队，看到路旁到处是虚弱病态的官兵，心如刀割。他询问正在给官兵看病的军医：情况怎么样？

军医报告：师长，部队恐怕再也走不动了！

王维平跑近：师长，部队病员又增加了很多啊！

常恩多：病员统计清楚了吗？

王维平：统计清楚了。

常恩多焦急问：多少人？

王维平：3 000 人！

常恩多震惊：3 000 人！

经历了几次大战，111 师早已不足一半的兵员，现在又 3 000 人病倒，已占了整个兵力的一半还多，常恩多能不心急如焚！

常恩多：不能这样！不能这样下去！

常恩多这边还没有想出好办法，却见孙立基匆忙跑近：师长，师长！鬼子又来骚扰了！

常恩多：多少人？

孙立基：大概有数百人！

常恩多：带上你的营……

孙立基面露艰涩：师长……

常恩多：怎么了？

孙立基：我营没剩几个能跑动的人了，都染疟疾倒下了啊！

常恩多恼恨不已：这是我估计到的、估计到的啊！

不远处传来激烈的枪声。

常恩多下令师直的突击队，扑了上去……

在临时驻地，111 师工委召开紧急会议。

曹健华：再向西进，对 111 师，对 57 军都十分不利啊！

张苏平：是啊！蒋介石对东北军采取的一贯政策就是分化、消灭。57 军进入国民党大后方，被打掉一个团就少一个团，最后的命运是全部被吃掉。

王维平：对！应该贯彻周副主席的指示，留在敌后打游击，111 师才有出路！

曹健华：我同意！

张苏平：这样，维平同志，还是由你向常师长传达我们的意见，由他出面做缪澄流的工作，使 111 师和 57 军能够留在敌后打游击。

常恩多接受了工委意见，向缪澄流报告 111 师目前病疫情况，提出部队无力再继续前进。然而，缪澄流不相信，来电要亲自赶过来考察。

还未到定远，缪澄流就看到掉队的官兵歪歪斜斜地躺倒了一路，有的已经死去，有的在等待收拢队收拢。等赶到 111 师师部，他看到了更多的官兵倒在丛林里，已无战斗能力。缪澄流撇开常恩多的跟随，单独与军医护士聊了半天，了解情况。

到了晚上，缪澄流要找常恩多面谈。常恩多难以预料事情的结局，就把王宗芳和刘万胜招呼到身边：你们几个给我机灵点！

王宗芳预感到有事情要发生：师长！您吩咐！

常恩多：缪澄流这次来一定有意图，他的随行人员不准进院，他们的住处安排，要看我的眼色行事。

刘万胜、王宗芳：是！

常恩多：一会儿，王宗芳你跟在我身边。

王宗芳：是！

常恩多：我的决心是，如他们捣乱，要死的，不要活的。要是谈得可以，就依了他！

王宗芳打开手枪保险：知道了！

刘万胜警觉：师长！

常恩多：里面有什么不对，你带弟兄们冲进来，先下了缪军长和他卫兵的枪！

刘万胜：是！

缪澄流带着李亚藩及数十名参谋人员走近。常恩多引缪澄流、李亚藩等走进小院，众随从被刘万胜等拦了下来。

进到屋里，王宗芳警惕地站在常恩多身边，随时准备为保护师长与缪澄流等搏斗拼命。

缪澄流脸色阴沉，背着手不停地踱步。

常恩多警惕地注意缪澄流和身边的几个人。

缪澄流终于站住：这么长时间，你们才走到这里，这是我万万没有想到的。你们师是我57军前锋，你们走不动，后面就只好等！现在，委员长责备我，我就要把板子打到你的身上！

常恩多：军长！疫情你都看到了，不是我们不想前进。

缪澄流：我看到了，你没有谎报。但是，现在怎么办？前不前后不后的，你叫我怎么办？

常恩多：军长，请你向委员长报告，把57军留在敌后坚持抗战。57军只有留在敌后，才有出路！

缪澄流：一派胡言！57军的出路就是去大后方，能去重庆最好，那里才是最安全的！

常恩多耐心说：军长！57军进入正面战场，很可能会像江阴、南京保卫战那样，损失部队后得不到补充，而被中央顺势撤销建制！112师不是险些就被撤销了吗？

缪澄流闻声色变。见缪澄流似有所动，常恩多继续说：我们再损失一个师，中央还会给补充吗？如果不给补充，老婆孩子将流浪关内讨荒要饭。继续西进，钻大别山？可那是桂系地盘，他们会不会就势吃掉我们？

缪澄流一愣，常恩多继续说：这一带还是红25军的老家，咱们东北军当年在这里剿共可丢过老本，这一次来就一定能占到便宜吗？

提起红军，缪澄流惶恐地一惊，常恩多：军长！我111师的情况，你也是亲眼看到的。如果再这样继续下去，111师就完了啊！

缪澄流陷入沉思，继续踱步。

常恩多在等待缪澄流最后的决定，他不知道这个混蛋军长这一次能否听进他的建议。如果还是听不进，他该怎么办？忽然，他看到缪澄流站住，并狠狠扔掉了手里的烟蒂：就这样定了！

常恩多焦虑等待。

缪澄流：给委员长发报！

李亚藩上前，准备记录。

缪澄流不悦：把发报机架起来！

李亚藩：是，军长！

看着几个随从在慌忙工作，常恩多等待缪澄流的决定。

缪澄流：蒋委员长均鉴！我57军111师行动至疫区，染疾甚重，非战斗减员达三千人，实难继续前进。请示留在原区域休整待命……

常恩多终于松了一口气。

数天后，官兵们渐渐恢复了身体，但部队徘徊于老人仓一带不进不退，也无任何军事动作，仿佛在这里扎了根，常恩多很不理解。这天，常恩多看望病痛官兵后，把王宗芳叫到身边。

常恩多：王宗芳，那天那么办，你知道为什么吗？

王宗芳眨了眨眼睛：不知道。

常恩多有些无奈：你这个人稀里糊涂，去吧！

王宗芳争辩：师长，我不糊涂！

常恩多：不糊涂？

王宗芳认真道：我就是想，师长到哪儿，我跟到哪儿。师长叫我宰了谁，我就宰了谁，决不饶恕！

常恩多笑了：为什么？

王宗芳坚定道：因为……因为师长是为了咱东北军111师！

王宗芳虽然没有政治上的敏感，但他朴素的认识是对的。常恩多感到欣慰。王维平也闻声笑了。

张苏平匆忙跑近：师长！王秘书！

常恩多：张参谋，什么事？

王维平：张参谋，你慢慢说！

张苏平心情沉痛：师长！武汉……沦陷了！

常恩多、王维平等大惊：什么？

众官兵惊愕站起：武汉丢了？

一些病重的官兵艰难爬起：这是真的吗？武汉也……没了？

众人悲伤，凝望常恩多。

常恩多热泪横流，悲愤呼号：苍天啊，我祖国的大好河山就这样一座座的城池、一片片的土地，都沦为倭寇魔掌吗？

张苏平、王维平热泪滚落。官兵们一片唏嘘和悲叹。

王肇治眼含热泪走近，显然，他已经知道武汉失守。他说：师长，祸不单行啊，我们马上就要断粮了！

常恩多叹息一声：屋漏偏遇连阴雨啊！

王肇治：这一带民众十分穷困，又遭兵荒马乱年月，我们已经征了不少粮食，实难再征了！

常恩多坚定道：部队不能在这里久停，我们必须寻找战机，打回苏北去！

王肇治：可据我所知，缪澄流无心抗战，甚至……

常恩多：什么？

王肇治：他在一些公开场合，把中国今天大片土地沦丧于日寇，归咎于张副司令发动的西安事变！

常恩多愤怒：真是天底下最大的混蛋！

几个军官闻声围拢上来。

孙立基：缪澄流贪污腐化、乖戾反复。师长，弟兄们早就想宰了他！

王肇治：师长！我们就这样不死不活，在这里不进不退，这算怎么一回事儿？

常恩多：弟兄们！我去找他请战，请他批准我们出击日寇！

王肇治：师长！无论是死是活，弟兄们只想跟着个抗日的上司，跟着能打鬼子的上级。可缪澄流无心抗战，从不提救亡责任，身边也总是围着一群乌七八糟的人。

管松涛：他身边不是大烟枪，就是麻将官！

关靖寰：他最近投降的话，说得也越来越多了！

常恩多制止众人，劝导道：弟兄们！为实现抗战建国、复土还乡的大愿，我等务必容忍克己、委曲求全。无论如何，只要他缪澄流还打鬼子，不当汉奸，我们就拥护他，一切听他的指挥！这一次策应武汉，战机被贻误，他缪军长负完全责任。现在，他一定在引咎自责，另知绳勉。对于当前形势，他或许有积极行动的计划！

安抚下众官兵，常恩多径直赶往军部。他要向缪澄流请战，希望缪澄流允许他率官兵袭击合肥。可走进军部，他愣住了，只见缪澄流正和他的小老婆翠花、副军长朴炳珊，还有军部副官长李亚藩，正在欢声笑语地打着麻将。

几个人刚和了一把，李亚藩得意忘形地在狂笑，翠花在撒娇，她铃铛一般的叫声搞得几个男人神魂颠倒。

见常恩多走近，缪澄流问：常师长，有什么事吗？

常恩多：军长！武汉丢了，日军侵华气焰空前嚣张，前线战事紧急，我代表111师将士请求痛击日军！

缪澄流不紧不慢道：怎么，武汉失守，常师长着急了？

翠花在催促几个人摸牌。

缪澄流像是对常恩多，又像是对翠花说：不要急嘛！你看，我就不急！

常恩多忍了又忍，说：军长，弟兄们身体渐渐恢复，我请求痛击侵占合肥的日军部队！

翠花娇滴滴对着李亚藩高声叫喊：别耍赖、别耍赖嘛！阿流，你看嘛，李副官长多摸了一张牌！

朴炳珊和缪澄流都幸灾乐祸地坏笑。翠花继续喊：就知道欺负人家，也不说让着人家！

朴炳珊讨好说：军长，你看翠花的脸都红了！

李亚藩：军长，翠花越是生气，才越好看呢！

几个人在浪笑。

常恩多心生愤恨，再次说：军长！我来……

缪澄流打断了常恩多：好了，你先回去，打仗的事，我谋划谋划再说！

常恩多：军长！日军现在疲惫不堪，正是我迎头痛击的大好时机啊！

缪澄流脸上呈现烦躁，朴炳珊急忙打圆场：常师长！军长叫你回去，你就先回去嘛，什么时候不能说打仗的事情，非得现在来说？

李亚藩面露不屑，翠花在轻蔑冷笑。

这时候，常恩多看到门外有几个挑担农民说着当地方言走过去，还没有等他扭过头，缪澄流的话传进耳中。

缪澄流极度不满道：你们看看！啊，就凭中国这般老百姓，这样的无知无识，整天不是柴米油盐，就是老婆孩子，怎么能够打鬼子？我就怀疑了，中国靠这些老百姓，真的能打赢吗？我看，决打不赢的！

常恩多惊愕，他难以相信，身为国民革命军陆军第 57 军军长的缪澄流，在抗战形势日趋恶化的今天，不仅生活愈加腐败，不思抗战大事，反而大长日寇志气，灭我中华抗日威风，这是哪一国的军长！常恩多愤怒欲言，缪澄流又高声说：现在，咱们的委员长，我看是被那些穿大褂的包围了，他是认不清轻重缓急了！现在什么最重要啊？万事都重要，可打鬼子不是第一位的！

常恩多深知，要想缪澄流坚决抗战，除非日西出、水倒流，他起身要走，翠花忽然问：什么人穿大褂啊？

李亚藩权威性地解释说：党政界人士呗！

翠花：党政界人士天天围着委员长，说什么啊？

没等李亚藩说话，缪澄流说：他们那是在胡说八道，委员长竟也听他们的！

常恩多忍无可忍，猛然站起：缪军长！

一直害怕常恩多惹事的朴炳珊这时候急忙迎上，将一支香烟塞进常恩多手中：常师长，官兵的身体都恢复了吧？你怎么样啊？我见你瘦多了，还是要保重身体，没有身体就没有一切啊！

常恩多欲抽烟，又气恼将香烟捻碎：各位长官，告辞了！

常恩多拂袖离去。

缪澄流望了一眼常恩多背影：来，继续、继续！

身后传来麻将洗牌时的碰撞声，常恩多愤恨不已。

朴炳珊追出，几次递烟：常师长！常将军！

常恩多终于接过香烟，点上，狠狠抽了一口。

朴炳珊：你知道的，缪军长说话从来不许旁人驳解。所以，我们就让他说吧。

常恩多：军长越来越消极、越来……越来越不像个抗日军的军长了！

朴炳珊：嗨！我们睁一只眼，闭一只眼吧！谁叫他是军长，而你我只是他的下级呢？

常恩多：那些话，如果被弟兄们听见，只会削弱我抗战斗志，沮丧弟兄们的士气啊！

朴炳珊摆出一副息事宁人的姿态：没有那么严重吧？别想多了，你先回去，打击日寇的事情，我慢慢跟他说，啊？

常恩多不置可否。

回到驻地的常恩多精神抑郁、沉默寡言。他一个人默默坐在石头上，凝望远方，想到被囚禁的张学良不知身在何处，不知还有没有重获自由的日子，想到张学良重用的缪澄流已经彻底背叛了张的抗日主张，背离了“西安事变”初衷，愤恨和无奈的热泪悄然滑落。

刘万胜心情沉重，默默陪伴。

徐文斌引王维平悄然跑近。

王维平示意徐文斌和刘万胜离开。看到两个人心情沉重走远了，王维平上前亲切唤道：师长！

常恩多：维平啊，我常恩多要抗日，为什么就这么难啊！

王维平：师长！

常恩多一把抓住王维平：维平！你在我这儿不仅仅是个秘书，而是共产党的代表，是我和111师的希望！你告诉我，我该怎么办，才能痛痛快快地打鬼子？

王维平：师长！

常恩多：姓缪的现在不仅混蛋，而且生活越来越堕落，思想越来越昏迷！他整日不是拜神、抽大烟，就是搓麻将、找女人！他心里哪里还有组织抗战？哪里还有统领三军杀敌立功？策应武汉，在官兵们强烈要求下，他才允许我们攻了一次合肥。我总想，我等官兵均知对于抗战建国应负有千钧重任，我官兵矢志矢勇，以血肉换得的抗战战果，以牺牲换取的胜利，总能够唤起他一些抗战的决心吧？可……抗战两年多来，他怎么就没有一点醒悟、没有丝毫的奋起呢?!

王维平：师长，我们要坚决和国民党内部投降派做斗争。缪澄流现在没有公开投降，而且还是57军的军长。

常恩多：如果有一天，他姓缪的敢投降，要取他首级的第一个人，就是我常恩多！

王维平笑：师长，那你还担心他什么？担心他叛逃投敌？

常恩多：你以为他不会！

两个人目光交汇，常恩多看清王维平如炬的目光里满含了信任和崇敬。常恩多心情好一些：你找我是不是有事？

王维平：缪澄流终于下令112师袭击合肥机场，我师配合行动！

常恩多猛然站起：好！马上回师部部署，我们要狠狠打击日寇！

几天后的一个夜晚，111师一部配合112师667团李鸿德营袭击合肥机场，炸毁敌机4架，破坏机场大部分跑道。

袭击合肥机场的战果报来，常恩多异常兴奋。恰在此时，徐州之敌进犯苏北，韩德勤的89军畏敌如虎，一触即溃，睢宁、宿迁相继失守，敌前锋迫近洋河、泗阳，两淮告急！韩德勤请求蒋介石派57军回师增援，蒋介石痛惜嫡系，准予57军返回苏北，解救韩德勤。

四、回援苏北

57军前锋变后队，后队变前锋，回援苏北。此时，徐州之敌已攻占睢宁、宿迁，敌前锋已迫近洋河、泗阳。韩德勤的89军依然望敌而逃，江苏省临时省会淮阴更是一夕数惊，韩德勤匆忙指挥省府疏散和转移。一时间，千里运河上满是运载皮箱行李、太太小姐的船只，而89军兵败的消息，更让苏北人民惶惶不宁，乱作一团。

就在这危急时刻，112师334旅668团首先赶到洋河。洋河已陷敌手，668团立即投入巷战，把日军压迫在洋河一角。668团1营遭到日军70余辆战车包围，营长刘震远率部顽强抵抗，在友邻部队支持下终于击退日军攻击。至此，危如累卵的两淮地区终于转危为安。

57军主力陆续赶到，112师334旅夜袭宿迁，111师661团袭击睢宁，分别攻入城内，展开巷战。之后，112师防御宿迁东犯之敌，111师布防于沭阳，对北戒备，两师与日军不断有小的战事发生。

日军遭受沉重打击，龟缩回几个城镇后不敢轻易南犯，两淮渐趋安定。57军威望大振，民众前来慰问犒劳不断，青年学生踊跃报名参军。淮阴《战报》刊登了57军和89军招考宣传队员的消息，报名57军者络绎不绝，而报考89军的却寥寥无几。

在众多报考111师宣传队的青年学生中，有一个人格外引人注目，他叫刘祖荫，虽然由于战争高中还没有毕业，但他已经在《战报》、《苏报》、《大美晚报》、《华美晚报》等报刊发表很多文章，对于抗战形势，对于作战勇敢的东北军给予了浓彩重抹的书写，就连徐惊百、邹强也都读过他写的小说和通讯文章。被录取使这个年轻人喜出望外，但他的女友刘雪华却因为家庭的阻挠未能与他一起参军。临别时，刘雪华把手上的一个指北针摘下戴到了刘祖荫手上。刘雪华流着泪说：小刘，可不要转向！你没路可走了，就按这个方向来找我，我一定等你！

跟上111师抗日义勇宣传队，刘祖荫一步三回头地走了，把一个遗憾永远地留在了淮阴。

111师于7月在沭阳时，时逢“七·七”事变发生周年纪念日。在这一天，“杨开多”部队办的《烽火报》吸引了一个年轻人，他叫孙学仁。那时候，他在“前哨社”主管发行和编辑工作。《前哨》是沭阳县爱国青年创办、以中学生和进步青年为对象的宣传抗日救亡的刊物。那天的《烽火报》是纪念抗战一周年的纪念刊，除了一些官兵写的文章，还刊登了师长常恩多的文章。文中表达了常恩多率领东北军111师要坚决抗战到底，誓死保卫中华民族生存的决心，表达了东北军将士收复失地，打回老家去，为国雪耻，为死难烈士和惨遭日寇杀害的东北父老报仇雪恨的强烈愿望。

读着常恩多将军的文章，孙学仁被感动了。他想：这会是一支什么样的军队？常恩多又是一个什么样的东北军师长？

“杨开多”再回沭阳，孙学仁毅然报考抗日义勇宣传队。他和吴瑾瑜、吕梦林、杨奇英、徐振宇一同被录取，加入进了111师抗日义勇宣传队。不久，孙学仁就被分配在了师报《烽火报》担任副刊编辑。

孙学仁，江苏沭阳人，1920年出生，这一年18岁。

就在111师向苏北转移途中，曹健华绕道潜进新四军一个团部。他找到地下党的老关系，说明来意后，借用新四军的电台向周副主席和长江局报告：111师已从原路返回苏北……

111师在江苏沭阳驻扎后，常恩多利用休整的宝贵时间，大办训练班，对广大官兵进行集训。在这些被集训的青年中，有一些是当地共产党组织送来的进步青年，他们接受武器、战术、技能等项目训练之后，背上常恩多发给他们的武器，回到当地打游击，与日军作战。

这些进进出出的年轻人，终于引起宋迪玺的注意。这天晚上，又有一批年轻人要离开111师，为了保护这些抗战力量，常恩多指示王肇治无论使什么手段缠住宋迪玺。王肇治便约上宋迪玺、董瀚卿、孙焕彩摆开了麻将阵势。

果然，在牌桌上，宋迪玺一直烦躁不安。他问几个人：最近，我好像看到一些陌生脸的年轻人进出咱们111师，哪里来的这么多不认识的人？你们认识吗？他们是干什么的？

董瀚卿催促：管他呢，快点摸牌吧！

王肇治佯装着急：摸牌摸牌，别三心二意，现在是打牌，专心打牌！

宋迪玺抓起一个牌，不知该放下，还是该打出去。

宋迪玺终于把牌放下。

期待良久的孙焕彩，终于抓住了宋迪玺打出的那张牌：和了！

王肇治起哄：好啊，还是你小子手气好，怎么这么好的牌就轮不到我呢！

几个人面前的钱，被孙焕彩揽到怀里。

宋迪玺终于坐不住：不行，我得走了！

王肇治想拦又觉不妥，灵机一动转身把大烟枪放在了桌子上。宋迪玺看到烟枪，两眼放光：王旅长，真有你的！

王肇治得意笑了，他知道这东西能叫宋迪玺丢了魂。

董瀚卿客气道：今儿王大哥请客，宋处长，你先来，来！

宋迪玺迫不及待拿起烟枪，躺倒床上。不一会儿，屋子里就弥漫着呛鼻的烟气。

深夜，王肇治走进师部：师长，都送走了？

常恩多刚走进屋：送走了，你那儿呢？

王肇治：你估计得很对，那个大特务宋迪玺正要去盘查那些青年，被我挡住了！

常恩多：这样的训练班，我们有条件就办，连人带枪撒到社会上去，给鬼子制造出无数个游击队，叫他们永无宁日，不得安生！

两个人正在笑，刘万胜端着饭菜走进来：师长，你还没吃饭呢！

常恩多恍然大悟：哟，光顾高兴了，来，一起吃点！

王肇治：我吃过了！

常恩多：那就看我吃！

王肇治看到桌子上摆着一点白水煮白菜、两棵大葱、一小撮盐、一小碗玉米粥和一小张杂面饼，不禁震惊而心疼：师长，你每天都吃这样粗糙的饭菜？

常恩多将葱卷进杂面饼，蘸点盐香甜地吃起来：啊！怎么了？

刘万胜：王旅长！师长每个月的伙食费，还赶不上那些大烟鬼一天的烟钱呢！

常恩多瞪了一眼刘万胜。

刘万胜不服气：本来嘛！

王肇治：你是一师之长，堂堂的国军中将，怎么就吃……

常恩多：啥中将？扒掉这身唬人的皮，我就是个教书先生。啥时候天下太平了，我们也该退伍还乡了，我还回海城老家继续教书。权初，你将来回家干嘛？

王肇治没有回答常恩多的问题，他知道他在转移话题。一直以来，王肇治和111师官兵敬佩常恩多，还因为他始终以最低的生活标准对待自己。他的眼睛潮湿了：师长！部队每到一地，你总是把师部号在最差的房子里，多少年盖的都是这床破被子，吃的就更加简单，你不觉得委屈自己吗？

常恩多身怀愧疚，热泪盈眶：不！咱们的父老，连这样一间漏屋也住不上，这样简单的饭菜也吃不上啊！

王肇治心疼道：师长……快吃吧，都凉了！

常恩多忍住痛苦，狠咬了一口饼。

在王维平房间里，王维平和曹健华正在等张苏平。

曹健华说：武汉、广州相继失守后，日军改变了策略，把进攻的矛头集中指向在敌后开辟战场的八路军、新四军。而对国民政府，日军则采取以政治诱降为主、军事进攻为辅的方针。

王维平忧心忡忡：这样一来，投降派就会更多了，汉奸也就更多了！

曹健华：是啊！汪精卫公开叛国投敌，国民党内会有更多的动摇者公开跳出来投敌叛国，国民党反共的气焰会更加嚣张。今后，我们工作的形势会更加恶劣啊！

王维平：中央六中全会制定的在抗战中“发展进步力量，争取中间力量，孤立顽固力量”的政治路线，太及时，太正确了！

张苏平手持电报，悄然走进：同志们，中央最新指示！

张苏平把电报递给曹健华。

王维平：别卖关子了，快说说！

张苏平激动道：罗荣桓、陈光同志率八路军115师一部进入山东，陈毅同志正努力率领新四军向北发展，沈鸿烈吓破了胆，向蒋介石要军队，57 军将驻防鲁南。中央意见，争取 111 师进入山东！

曹健华：太好了！

王维平激动一把抓过电报：太是时候了！

第十章

到鲁南打游击

一、奉周恩来指示

在沭阳师部，夜已深了，常恩多、王维平和刘万胜还趴在地图上。

王维平的手在“山东”境内指划着：自从1937年秋，韩复榘和他的十万大军逃离山东，把大片国土让于日寇，山东人民奋起抗日，黎玉书记领导的中共山东省委组织起游击队，开始建立以泰沂山区为中心的鲁中根据地。接着，胶东区、清河区、鲁南区、滨海区根据地也相继建立起来。

常恩多十分激动：太长志气了！八路军太能干、太伟大了！

刘万胜俏皮地悄声问：师长，你不会是又想去当八路吧？

常恩多嗔爱：这小子！

刘万胜高兴笑。王维平也高兴笑了。常恩多对刘万胜：你站门外，机警点！

刘万胜很不情愿这时候离开。常恩多一瞪眼，刘万胜赶紧道：是！

刘万胜走出后，王维平接着说：去年12月，成立了八路军山东纵队，郭洪涛、张经武等一批红军干部从延安来到山东领导抗战。

常恩多：太好了！

王维平：115师在罗荣桓、陈光同志率领下，已经进入山东，陈毅同志率领新四军正向北发展，沈鸿烈担心坐不稳这个山东省主席，就向蒋介石要兵、要权。蒋介石已下令调57军填防山东。师长，你一定要力争111师进入山东！

常恩多：这是……

王维平：对！这是周副主席的指示！周副主席还指示，111师进入山东后直接受中共中央山东分局领导，依托山东抗日根据地人民和八路军，争取应付更复杂的形势，在伟大的抗战中立于不败之地！

常恩多激动：好！我一定执行周副主席指示！

王维平提醒道：沈鸿烈和韩德勤是半斤八两，打日本鬼子乏术，可制造摩擦、破坏抗战却都诡计多端啊！

常恩多：不怕！无论是日本鬼子，还是投降派，无论是在苏北，还是在鲁南，我常恩多见鬼子就杀，见汉奸就打，决不宽恕！

王维平：好！我们分析，缪澄流想拥兵自卫，保存实力，并不想离开富饶的苏北。但是，军政部的命令他又不敢违抗，所以，他很可能先派一部分兵力进入山东。

常恩多：我一定争取111师去山东！

常恩多略一思忖，又说：维平，跟我说说山东抗日根据地吧！

王维平：师长，共产党领导的抗日根据地，天比这里的蓝，歌声比这里嘹亮，人民生活虽然很贫苦，但他们幸福、自由、平等。还有，就是打鬼子比在这里痛快！

常恩多振奋：只要能痛痛快快地打鬼子，就如我的愿了！

王维平：师长，111师进入山东，我们应该有我们的口号！

常恩多：应该怎么提呢？

王维平想了想说："团结友军，亲如兄弟"！

常恩多激动重复道："团结友军，亲如兄弟"！这个口号好啊！八路军永远是111师的友军，我们要团结抗战，共同御敌！

在沭阳军部，缭绕的烟雾下，缪澄流、李亚藩、朴炳珊抽大烟抽得正舒服时，从门外吵吵嚷嚷地闯进来一个人。几个人正纳闷，只见韩德勤气冲冲走进：我找缪军长！缪大军长！

缪澄流放下烟枪：谁啊？——是韩大主席啊！

缪澄流从床上爬起来，对追进来的李光烈喊道：给韩主席上茶！

勤务兵忙端上茶，放在一旁的桌子上。

韩德勤气呼呼坐下，又忽然站起：缪军长！你什么时间动身，我是来送你的！

缪澄流环顾几个人后，忽然笑了：送我？送我去哪儿啊？

韩德勤硬邦邦道：去山东！

缪澄流伤心：山东，日本人占了城市，共产党占了乡村，我去，占哪儿啊？

韩德勤疑惑：山东空虚，委员长调57军填防，你能不去？

缪澄流问李亚藩和朴炳珊：我说了不去吗？我说了吗？你们几个听到我说了吗？

翠花站在一旁得意扬扬。

不明真相的韩德勤委屈问：这么说，你还是要走？

缪澄流：什么话啊！谁说要走？苏北这么好，两淮这么富裕，傻瓜才走呢！

韩德勤如入五里雾中：你……你到底是走，还是不走啊？

李亚藩和朴炳珊会心而笑。

李亚藩：韩主席，军长的意思是说，我们57军好不容易打回苏北，怎么能说走就走呢？是吧，军长！

朴炳珊：韩主席，你就放心吧，军长会有主意的。来，抽一口！

李亚藩：对！韩主席，抽一口，舒服舒服！

韩德勤故作姿态：抽一口？

缪澄流一瞪眼：想抽就抽，哪那么多鸟事！

韩德勤有些迟疑，躺倒床上抽起烟来。

盯了一眼沉醉的韩德勤，缪澄流忧心忡忡走到窗前。

朴炳珊担心说：军长，你到底怎么打算？调 57 军进入山东填防，可是军政部的命令……

缪澄流叹息一声。说实话，好不容易跟上中央军的步调，他可不敢冒犯军政部。可是，离开这富饶温暖的苏北而去贫瘠荒凉的鲁南，他还真是舍不得、丢不开啊！

李亚藩走近：军长！如果你不想去山东，我有条妙计！

缪澄流一翻眼皮，喜上眉梢：哦？

第二天，缪澄流把常恩多召唤到军部。

缪澄流：常师长，上峰调我们 57 军移防山东，去沈鸿烈的地盘，你怎么看啊？

常恩多试探问：军长怎么看？

缪澄流诉苦：咱们弟兄死拼硬打，流血掉脑袋，好不容易在这苏北站住脚。可上峰一声令下，咱就得丢老婆弃小姨子拔腿开溜，我真……真是放不下啊！可军政部的命令咱又不敢不从，我还真犯难了。

常恩多已明白缪澄流的心思：军长，111 师愿为军长分忧！

缪澄流精神振奋：好！你说说，你打算怎么替本军长分忧？

常恩多：我愿意率 111 师进入山东！

缪澄流深受感动，一把抓住常恩多的胳膊：获三兄啊，什么叫疾风知劲草、日久见人心？你就是个堂堂的明证啊！看来，关键时刻，还是咱亲弟兄靠得住啊！不过，你先不要走，你先派一个旅进入山东，打开局面后，你再去！

常恩多：好的！先派遣一个旅进入山东，即可为我 57 军开路，又可应付军政部的质询。

缪澄流眼睛一亮：对！你以为派哪个旅做先锋合适啊？

常恩多：我打算派王肇治率 333 旅先入山东！

二、王肇治的“吃饭歌”

得知常恩多的决定后，王肇治异常兴奋：师长，跟随您这么多年，我明白你的意思。你就放心吧，我 333 旅决不辜负师长和弟兄们一片期望！

常恩多语重心长：好啊！权初，到了山东，你们要和红哥们儿搞好关系，我们的口号是：“团结友军，亲如兄弟”！

王肇治重复道：“团结友军，亲如兄弟”！

常恩多：对！要教育弟兄们，学习红哥们儿打鬼子的战术战法，要注意和老百姓的关系。红哥们儿把老百姓当作水，自己当作鱼，是有道理的啊。没有水，鱼就会干死、渴死！咱们东北军也要改改以往对老百姓的态度了，否则就算占了一个地方，也是站不稳脚的！

王肇治：师长教诲，权初铭记在胸。到了山东，我们就和那里的八路军搞好团结，和老百姓密切关系，争取在师长到来的时候，打开局面！

常恩多：好啊！还有，我要提醒你的是，山东省主席沈鸿烈是个老奸巨猾的家伙。当年，要不是他拉上日本关东军，鼓动张作霖把半个东北让给日本人，郭松龄——郭先生也不至于由胜到败！沈鸿烈是个败类、汉奸，咱们都要提防他啊。

王肇治：我知道这个人！“九·一八”后，他大骂老蒋“祸国殃民”。可去了一趟庐山，老蒋许诺给他个“国民党中央委员”，他回来逢人便说老蒋的英明伟大，表示要拥护到死。这样的人，有奶便是娘，太阴险狡诈了！

常恩多：汪精卫出逃，叛国投敌，势必会把一批要当汉奸的人拢到他的线上去。我估计，这个沈鸿烈当汉奸是迟早的事情，我们务必要警惕和防范！

王肇治：放心吧，师长，如果遇到有人要当汉奸，我王大酒壶决不答应，就是拼上老命，我也要跟他干到底！

在333旅旅部，王维平提着常恩多送给王肇治的酒前来送行。

王维平边倒酒，边说：王旅长，这可是师长存的好酒啊，他自己从舍不得喝！

王肇治高兴：王秘书，代我谢谢师长！

王维平：旅长，弟兄们可都管您叫王大酒壶哦！

王肇治爽朗大笑：那可是在抬举我了，其实，我根本就不会喝酒！

王维平不信：真的？

王肇治：我啥时候说过假话？

王维平相信了：那就是弟兄们喜欢你！

王肇治毫不隐瞒：这不假，我这人做事讲良心，不搞阴的黑的那一套，所以还有些人缘！

王维平端起酒杯：旅长！来，我提前为您送行！为您和333旅在山东站稳脚跟，干杯！

王肇治也端起酒杯：谢谢啊，干！

两个人把酒喝干。

王肇治被酒辣得龇牙咧嘴。王维平笑了：王旅长，快吃菜、吃菜啊！

对于王维平的真实身份，王肇治愿意相信他是共产党派到111师的。——因为，他愿意自己离共产党近些、再近些，那样，抗战才有希望，打回老家去才有希望。王肇治亲切道：维平啊，师长叮嘱我半天了，你见多识广，再跟我唠唠！

王维平亲切地说：旅长，您这次率333旅进山东，责任重大啊！

王肇治连连点头。

王维平：一定要和友军的红哥们儿搞好团结，同抗日民主政权搞好关系，依靠那里的老百姓站稳脚跟。

王肇治连连点头：老百姓是水，我们是鱼！

王维平高兴：对！

王肇治：还有，“团结友军，亲如兄弟”！

王维平笑了：您都记住了？

王肇治：记住了！师长再三交代我呢！

王维平：旅长，咱们东北军的弟兄们，也都是穷苦人家的子弟啊！

王肇治深有感触：是啊！我爷爷和父亲都受尽了官府和豪绅的欺压啊，每逢年节，官府都逼迫我家向他们送猪送羊，不送，这年都过不去！平时狗腿子登门，稍有招待不周非打即骂。我还记得小时候，豪绅家死了一匹马故意扔在我家地里，反诬是我爷爷害死的。官司打到县里，自然是我家败诉，白白给那个豪绅家一匹马的钱不说，我爷爷、爸爸还受尽了侮辱。爸爸气不过，操起火把要去烧地主家的房子，被我妈妈死死抱住了！

王维平：官绅一家，天下乌鸦一般黑啊！

王肇治：豪绅和官府勾结起来，敲诈勒索，天上地下就都没有咱们老百姓的活路啊！

王维平：张副司令和杨虎城主任领导“西安事变”，兵谏蒋介石，才有了今天抗战的大好形势啊，否则，咱们现在就都成亡国奴了！

王肇治满怀真情道：“西安事变”后，我才认识到共产党才是咱们东北军真正的朋友，才是我王肇治的朋友，才是真正抗日救国、挽救中华民族的英雄。而蒋介石就是个大卖国贼，东北三省就是被他拱手送给日本人的！

王维平振奋：旅长！祝您率领333旅为111师进山东打好前站，干杯！

王肇治：王秘书，你就放心，我一定会打好这个前站。来，干杯！

王维平走后，王肇治被几句话鼓荡得难以安宁。静了静心，他坐下来认真记录下那个声音：

我们吃的饭，关的饷，穿的服装，
样样都是老百姓的血和汗。
老百姓耕织多辛苦，
没有他们，我们不能活。
没有他们，我们不能活……

王肇治眼含热泪凝视一行行字迹，终于舒心笑了，这便是他要率333旅进入鲁南的心声。略经思考，他把这段文字加了个标题：《军民本是一家人》。

这段歌词，在宣传队孙卜菁谱曲、教唱下，在最短的时间里唱遍333旅和111师，很快，也传到了112师，官兵们都亲切地叫它“吃饭歌”。

不久，王肇治率333旅高唱着“吃饭歌”开进山东鲁南，他们的到来受到山东人民的欢迎。又一月，常恩多率111师机关和662团开往鲁南莒县，沿途同样受到了山东人民的热烈欢迎。

111师师部在莒县城南大于庄安营扎寨。

三、沈鸿烈白日做梦

由于111师工委事先详报了中共中央山东分局，因此山东各地方对111师有了了解，并及时进行了部署，111师沿途受到鲁南人民的热烈欢迎。这大大鼓舞了常恩多和111师官兵抗战的斗志。

刚驻扎下来，常恩多就激动地对王维平说：王秘书啊，抗日根据地就是不一样啊！在韩德勤统治的苏北，整天冷冷清清，哪有一点抗日的气象！你看这里的老乡们都是个什么劲头，他们一个个精神抖擞、夹道欢迎我们。能看出来他们走了很远的路啊，他们把家里最好的东西给我们，烧开水给我们喝，直到把我们的口袋塞得满满的，把我们的肚子灌得饱饱的！

王维平和刘万胜幸福笑着，满心的欢喜。

常恩多：这军爱民，民拥军，军民团结一家亲，我是有生以来，第一回感受啊！

王维平高兴笑了。

常恩多：我第一次感到老百姓对军人的热爱和温暖啊！

刘万胜想明白什么，骄傲道：师长，那是因为咱111师是一支抗日军呢！

常恩多：对！111师是抗日军！咱们要多杀鬼子，多打胜仗！要是哪一天，咱们不抗日了，那老百姓是会把我们撵出山东的！

王维平在忧虑什么，一丝阴云浮上他的脸庞。常恩多注意到王维平的担忧：只要我还活着，111师就永远不会有那一天！

徐文斌抱着常恩多的铺盖走进，闻声接话说：师长，我也不答应！

几个人都乐了。

常恩多：刘副官，去把王旅长叫来！王秘书，督促部队抓紧安置！

刘万胜收住脚步，惊喜问：师长，还没打个盹呢，你不会是就要打仗了吧？

常恩多已经扑在山东地图前：我们来山东就是打鬼子的！我们要尽快掌握敌情、社情，111师要打几个漂亮仗，给山东人民献一份厚礼！

王维平用崇敬的目光凝望着常恩多。他心里坚定一个信念：常师长领导下的111师，在山东一定会大有作为的！

这天晚上，张苏平从中共中央山东分局接关系回来。他刚一露面，就被焦急等候他的王维平、曹健华围住。两个人纷纷问：回来了！接上关系了？

张苏平激动通报：接上了，见到了郭洪涛书记！

王维平、曹健华异常高兴，这是他们自到111师以来在地理位置上与党最近的距离了。

王维平：郭书记有什么指示？快说啊！

张苏平笑了：郭书记、张经武司令员和郭子化部长问你们好，他们要我转告大家一定要注意安全！

曹健华：谢谢几位首长！

张苏平拿出两本《论持久战》：这是毛主席去年写的《论持久战》，首长要我们好好学习！

王维平拿起一本：太好了！我这本拿给常师长看，他渴望听到共产党的声音，看到毛主席的书呢！

张苏平：同志们，形势发生了严重的变化。自从武汉、广州失守，抗日战争进入相持阶段，日本帝国主义改变策略，把进攻主要矛头集中指向敌后开辟战场的八路军、新四军，而对国民党则以政治诱降为主、军事进攻为辅。

王维平忧心忡忡：这样一来，蒋介石腾出手来，又要对共产党动刀了！

张苏平：一点不错！1月21号，国民党在重庆召开了五届五中全会，蒋介石在会上声称“抗战到底”的“底”，就是恢复卢沟桥事变前的状态。

曹健华：姓蒋的扛不住，又要卖国了！

张苏平：会议的主要议题就是“强化”国民党，对付“华北各地共产党之竞起”，“与共产党作积极之斗争”。全会确定了“防共、限共、溶共、反共”的方针。国民党反共的浪潮已经来了！

王维平：同志们，今后工作的形势会更加严峻。但我坚信，无论何时，常师长抗日的决心永远不会变！

曹健华：对于常师长，我们非常信任。我们要警惕的是他身边的投降派，更要警惕缪澄流、韩德勤、沈鸿烈之流相互勾结，狼狈为奸！

张苏平：现在，国民党内部掀起了一股更大的投降热潮。国民党河北省保安司令张荫梧提出了曲线救国的谬论。他们称汪精卫不是叛国投敌，不是汉奸，而是曲线救国。

王维平愤愤不平：简直是卖国贼的理论！他们连祖宗也可以卖掉！

张苏平：可他却得到了蒋介石的赏识！

王维平、曹健华震惊而愤怒。

曹健华：姓蒋的一点头，投降主义就会像瘟疫一样在国民党高官和将领中蔓延，后果不堪设想啊！

张苏平：郭书记指示，东北军是我党团结抗战的主要对象，我们要努力帮助111师多杀鬼子，多打胜仗！还有，我们要密切注意缪澄流、沈鸿烈、韩德勤之流的投降行径！

当晚深夜，王维平把张苏平带来的毛主席《论持久战》送给常恩多：师长，你看，这是什么！

常恩多匆忙接过，爱不释手：太好了！我早就听说了这本书，今天终于看到了！

接着，王维平把张苏平了解到的抗战形势和郭洪涛书记的指示，转达给了常恩多。

听罢，常恩多喜忧参半：在山东，能够直接听到共产党的声音，看到毛主席的书，我抗战的信心更足了！可是，我也担心姓蒋的又要重蹈覆辙了——帮助日本人灭我抗日武装，这是他借助倭寇铲除异己的一贯伎俩！真是狗改不了吃屎！

王维平：师长，不怕！只要咱们111师坚持抗战，警惕投降主义，不管他姓蒋还是姓汪，最终都绝没有好下场！

常恩多：你代我向中共中央山东分局领导汇报，就说我常恩多永远做中华民族的儿子，对于那些投降派，我见一个杀一个，决不饶恕！

王维平担心道：师长，任何时候，你都要保护好自己——你安全了，111师才可能为抗战多做贡献！

常恩多：王秘书，放心吧！我记住了周副主席的那句话——任何时候、任何情况下，我们111师都要多杀鬼子，多打胜仗！

王维平欣慰地笑了。

第二天一早，常恩多召集军事主官会议。站在地图前，凝望地图上的鲁中南地区，他感慨万千说：西起津浦线，东至大海岸，北到胶济路，南到陇海路！华北的腹地，津浦、陇海两线的交汇处，欲控制华北、华中，必先占领鲁南、徐州！鲁南抗日根据地，又是华中根据地通向冀鲁豫、延安、晋察冀的必经之地，是联结各抗日根据地的纽带。沂蒙山又是坚持苏北、鲁西、鲁北平原游击战的依托。在鲁中南积蓄力量，战略反攻时，可同时向津浦、陇海、胶济各线出击。远征，北上可直达华北，渡海可进军东北，夺回咱老家，南下则能控制整个江淮！

王肇治异常兴奋：师长，这里可是名副其实的战略要地啊！

常恩多赞同地点了点头：张参谋，把你们了解的情况再说一遍！

张苏平站起身：据我们了解，这一带的地主土匪、杂牌武装、投敌的伪军和在日伪保护下的反动迷信组织万仙会，活动都十分猖獗。臭名昭著的有惯匪刘桂堂、张步云、张里元、王洪九等等，举不胜举。他们抢占地盘，自封司令，占山为王，老百姓被他们害苦了！有首民谣唱道：指挥满街有，司令多似狗，不是要赋税，就是抽丁走！

王肇治：这些走狗，真可恶！

常恩多：迟早叫他们知道我111师的厉害！

刘万胜走进：报告！师长！

常恩多问：刘副官，什么事？

刘万胜：师长！山东省主席、山东省党部主任委员，兼保安司令沈鸿烈拜见！

常恩多一愣，在座的众人都不禁一愣。

常恩多走出师部，王肇治、孙焕彩、王维平、张苏平等紧跟左右。

沈鸿烈年近60岁，扛上将军衔，长一张鲶鱼嘴，鼻子上架一副硕大的圆眼镜。他异常兴奋，老远就张开双臂快步迎来：啊呀呀！常将军啊，我一听到咱们的“常胜将军”亲率111师进入我山东，我是激动得热血沸腾、热泪盈眶啊！不瞒你啊，我已经十好几天没睡着觉了，为啥啊，就为想你们来，盼你们来，早日见到我们英雄的部队啊！今天终于盼到你们了，你说我能不心花怒放吗？

常恩多真诚道：沈主席言重了，我111师来山东是为打鬼子的！

沈鸿烈情真意切：老弟啊，我知道！我知道！你看啊，为了向常将军表达我沈某人的欢迎热忱，我把我辖内头头脑脑大小几十位官长父老都带来了！

顺着沈鸿烈的手势，常恩多看去，只见在沈鸿烈身后几十位脑满肠肥的锦衣官绅，正频频向常恩多行礼示好。

沈鸿烈：在山东这地界，他们可都算得上有头有脸的人物了！怎么样？我在莒县城里专为欢迎你摆了大宴，现在就走！

常恩多：沈主席，这样太劳烦你了！

沈鸿烈：为了你常将军，我沈鸿烈不怕麻烦，一点不麻烦！

常恩多迟疑不决。

沈鸿烈有些尴尬和诧异：常师长，你不会是不想参加吧？我可是急急忙忙从胶东赶来的！咱们可是东北同僚、十几年的旧友！老朋友总得找时间叙叙旧吧，在县城里，还有几十个官员等你呢！你看，我们这么多人等你，盼你，啊，这……你要是不去，那可就太说不过去了！

常恩多略一思忖：好吧，我去！

随即，常恩多和沈鸿烈一行人去往莒县城里的贵德饭馆。

还远未到饭馆门口，常恩多就听到一阵爆竹和唢呐声，再走近些，一条大红的横幅映入眼帘，只见上写：热忱欢迎常胜将军常恩多师长率部入鲁！

一群豪绅官僚个个油头粉面、笑容可掬，正站在寒风里激动地猛拍巴掌夹道欢迎。就这样，在一片祥和热闹的气氛中，沈鸿烈把常恩多等迎进了饭馆大门。

为了表达对常恩多真诚的欢迎，沈鸿烈绞尽脑汁。对于常恩多的廉洁奉公，他多少有些耳闻。但他坚信，是人都无法拒绝他的真情相待，更抵挡不住他规划的理想蓝图的诱惑，他要不遗余力把常恩多掌控在手！于是，他首先安排了这场热闹体面的欢迎仪式。

十几张桌子前，围坐着众豪绅显贵，间坐着一些穿军装的地方武装司令。常恩多坐在主宾的位置上，沈鸿烈紧挨他身边。

沈鸿烈端酒杯站起身，说：都是自家人，客套的话我就不说了！来，大家共同举杯，欢迎我们的常胜将军——常师长率111进入山东！

众人起立举杯碰杯，大厅里顿时响起一片玻璃杯相撞的清脆声响。

常恩多和沈鸿烈碰杯后轻轻呡了一口。

沈鸿烈豪爽喝干。

众人不时发出志得意满的朗声大笑。

沈鸿烈高声对常恩多说：1938年1月，我沈某人刚到达曹县，就接到了蒋委员长电报。委员长在电报里告诉我：韩复榘违令弃守济南，撤兵后退，已在汉口正法了！

常恩多掩饰着厌恶继续听。

沈鸿烈：电报同时征求我继任山东省主席、山东省党部主任委员兼保安总司令，及对于安抚山东军民的意见。你猜我是怎么回复的？

常恩多：怎么回复的？

沈鸿烈：感激、感恩、感动的话，那是自不必说啊，我就我沈鸿烈早在奉军时代就统领东北海军，又兼任青岛市长六载，与江苏省主席韩德勤部诸位将领、齐鲁各方硕儒富贾多有往来，相知颇深、相敬如宾啊，对于政情、民俗、经济亦甚熟悉，安抚军心、民心可稳操左券、易如反掌！此电一去，你猜怎么着？

常恩多：怎么着？

沈鸿烈得意忘形：第三天，国民政府就颁布了我的正式任命啊！哈哈哈……

望着沈鸿烈无耻而得意的大笑，常恩多猛然喝下一杯酒。沈鸿烈搬出蒋介石，无非为在常恩多面前亮他最坚硬的后台，以讨得常恩多的重视和倾心。可他弄巧成拙，常恩多恰恰不吃这一套。

沈鸿烈：常将军，你还不知道吧，自从台儿庄大战结束，第五战区自徐州撤退，我就奉令深入敌后打游击了！我亲自制定了《抗战建国八大主张》，随后，在40个县建立起控制权，不瞒你啊，我可以算得上是个抗日老游击专家了！

众人附和声不断，赞美声迭起。常恩多喝着茶，冷笑着听。

沈鸿烈：可抗战抗到今天，我算是看清了，打赢了又怎样？

常恩多有所警惕：沈主席此话何意啊？

沈鸿烈很真诚地问：哎，常师长，你研究过山东地图吧？

常恩多郑重道：研究过，很认真地研究过！

沈鸿烈欣慰：你有没有把山东地图和德国地图，比较一下？

常恩多有些疑惑：德国地图……跟你我有关系吗？

沈鸿烈很自信：当然有关系！关系太大了！

常恩多满含嘲讽，高声说：是不是沈主席想搬到德国去当主席啊？

周围响起一片笑声。

站在不远处的刘万胜、王宗芳偷着乐了。

沈鸿烈：常师长，你跟我开玩笑，那里正在打仗，我一把老骨头可不想扔到异国他乡去！

常恩多：沈主席没打算到德国去当主席，那你把德国和山东联系在一起，是何用意啊？

沈鸿烈搬动椅子靠近常恩多：实话对你说，我认真计算过山东和德国的地图，山东比德国还大一些。山东还有海岸线，德国没有；山东有港口，德国没有；山东还有大山可作国防线，德国也没有啊！

常恩多诧异：国防线？防哪一国？

沈鸿烈颇为得意：无论是地理环境，还是地理位置，山东的条件可比德国都优越多了！

常恩多克制愤怒：那么，沈主席打算干什么呢？

沈鸿烈：常老弟啊，我是这样设想的啊，如果要成立独立国，山东一定会比德国还要强盛呢！

常恩多惊愕：独立国！

沈鸿烈：对，如果纳入了日本国的保护下，那不就可以避免战争，保我山东人民远离战火了吗？

常恩多欲言，沈鸿烈又说：我这也是在救国啊！——这是曲线救国！我能让整个山东结束战争，让齐鲁大地的人民从此不再经受战争的摧残，不敢说流芳百世吧，怎么我也是山东的功臣，是中华民族的功臣吧？

常恩多瞪着沈鸿烈看了半天，终于将吃到嘴里的饭喷出去老远——他满含愤怒，突然朗声冷笑起来。

众人瞠目，一张张惊惶惶的嘴脸扭过来，一双双阴森森的目光盯向常恩多。

刘万胜、王宗芳警惕护卫在常恩多身后。

沈鸿烈诧异：常将军，你笑什么？

常恩多咬牙切齿道：我笑你——白日做梦！

沈鸿烈：这不是梦，是我们团结一心，完全可以实现的梦想、理想！

常恩多愤然而起：狗屎！——如果是梦想，那也是你沈主席的黄粱美梦，跟我常恩多无关，告辞啦！

沈鸿烈强拉住常恩多：怎么能跟你无关呢？我这梦想跟在座的所有人都有关啊，尤其跟你！

常恩多坐下：哦，那我倒要听听，跟我有什么关系？

沈鸿烈：你看啊，你是常胜将军，打日本人都那么英勇善战，那日本人使啥武器，不是铁甲，就是飞机大炮！那你要是打八路，不就是英雄大有用武之地了吗？

常恩多终于明白了沈鸿烈的真实用心。他心寒问：你是想叫我打八路？

沈鸿烈：对！现在在山东，最危险的不是日本人，不是汉奸，而是八路军！他们跟我们抢地盘，争群众，他们还组织自己的武装，发展太快，吓人啊！

常恩多努力克制怒火：沈主席，我们111师就是打鬼子的，哪里有鬼子，我们就到哪儿打！军不干政，我是粗人，不便干涉地方的事情。我们东北军，只求把山东的鬼子打跑了，打回老家去，我们不要别的！我常恩多更别无他求！告辞！

常恩多起身要走，沈鸿烈压抑着恼怒：常师长，等一等！

众座皆惊，众人张皇观望。

常恩多站住。刘万胜和王宗芳手放在了枪上，警惕注意着众人。

短暂的静默，屋里的空气凝固了一般叫人窒息。常恩多冷静地注视沈鸿烈，他谅他也不敢胡来。

果然，沈鸿烈亲切喊道：抬上来！

两个士兵抬上一个大箱子，放在了地上。

常恩多警惕看向沈鸿烈。

沈鸿烈满脸堆笑、声音嘶哑道：常将军，我们……其实谈得很投机，对吧？只是时间短，有些掏心窝子的话还没来得及说。这样，咱弟兄俩另约时间再聊，今天嘛，你着急回去，我就不留你了，但是，我的心意你一定要收下！

沈鸿烈做了个手势，两个士兵打开箱子盖，里面露出白花花的银圆。

常恩多诧异。

沈鸿烈：常将军，此次进鲁，你是来保护我山东的，就是我沈鸿烈的钦兵！拿上，全拿上，算我沈鸿烈慰劳你常将军的一点心意！

刘万胜和王宗芳注视常恩多。

沈鸿烈心怀叵测注视着常恩多，众豪绅富贾不怀好意盯向常恩多。

常恩多紧皱眉头，似在迟疑什么。

沈鸿烈得意扬扬，他坚信他的钱定能买下常恩多和111师！

常恩多忽然坚定喊道：刘副官！

刘万胜慌忙应"到"！

常恩多：照单全收！

刘万胜和王宗芳都深感诧异。

常恩多：这可是山东人民慰劳我111师的，不收不礼貌！

刘万胜恍然大悟，大手一挥，上来两个卫兵把箱子抬走了。

沈鸿烈高兴了，连声说了三个"好"。

常恩多：告辞！

沈鸿烈拱手：常将军，后会有期，后会有期啊！

常恩多在刘万胜和王宗芳保护下，径直离开。

回到大于庄，站在黑压压的队伍前，常恩多慷慨激昂说：这钱是山东省主席沈鸿烈给的，我一个人哪里值得慰问？因为仗是要靠大家打的，现在把钱分给每一个官兵，大家吃饱、喝足了，好多杀鬼子，为国立功！

官兵们神色严肃，聆听着。

常恩多又说：汪精卫公开叛国投敌，做了那些个公开扯旗的狐朋狗党的后台。随着抗战形势的变化，我估计还会有一些孬种吓破了胆，便要改祖宗，我们111师怎么办？我们是东北父老兄弟拿血汗钱养的兵，我们手里的枪是东北父老拿血汗钱买的！东北在我们手里丢了，我们有罪啊……夺不回东北，我们无脸见地下的祖宗！东北必将要在我们的手上夺回来！弟兄们！打回东北去，解救我东北父老，永远是我们111师的责任和使命，是任何人也不能改变的！是任何人拿钱、拿花言巧语、拿混蛋的卖国逻辑改变不了的！抗日，永远是我们东北军的责任！团结友军，抗战到底，打回老家去！

众官兵振臂高呼：团结友军！抗战到底！打回老家去！

四、111 师向山东人民献礼

身受战争灾难、为着自己民族的生存而奋斗的每一个中国人，无日不在渴望战争的胜利。然而战争的过程究竟会要怎么样？能胜利还是不能胜利？能速胜还是不能速胜？很多人都说持久战……

我们共产党人，同其他抗战党派和全国人民一道，唯一的方向，是努力团结一切力量，战胜万恶的日寇！

中国会亡吗？答复：不会亡，最后胜利是中国的！中国能够速胜吗？答复：不能速胜，抗日战争是持久战。

中国农民有很大的潜伏力，只要组织和指挥得当，能使日本军队一天忙碌二十四小时，使之疲于奔命。必须记住这个战争是在中国打的，这就是说，日军要完全被敌对的中国人所包围……

今天中国的进步在什么地方呢？在于它已经不是完全的封建国家，已经有了资本主义，有了资产阶级和无产阶级，有了已经觉悟或正在觉悟的广大人民，有了共产党，有了政治上进步的军队即共产党领导的中国红军……

中国不可避免地要走一段艰难的路程，抗日战争是持久战而不是速决战；然而小国、退步、寡助和大国、进步、多助的对比，又规定了日本不能横行到底，必然要遭到最后的失败，中国决不会亡，必然要取得最后的胜利！

第一个阶段，是敌之战略进攻、我之战略防御的时期。第二个阶段，是敌之战略保守、我之准备反攻的时期。第三个阶段，是我之战略反攻、敌之战略退却的时期。

捧读毛泽东的《论持久战》，常恩多心灵深处悄然聚拢起一股从未有的热情，它如烈火，似劲风，燃烧、升腾、冲撞在他的胸怀。当心胸豁然敞亮，常恩多领略到的不仅是共产党领袖高屋建瓴的宏大气魄，更有抗日必胜的信心。常恩多如饥似渴研读，从共产党那里看到了抗战的希望，不知不觉间天已放明。他推开房门，灿烂的朝阳照耀在他的脸上。

凝望耀眼的阳光，常恩多激情澎湃，他迈开双腿迎着阳光跑去。

常恩多感觉自己变成了一只雄鹰，自由翱翔在蔚蓝的天空。

刘万胜和徐文斌远远追来。

不一刻，王维平追上，喊：师长，师长！你起得好早啊！

常恩多：维平啊，毛主席的著作我已经拜读了，写得太好、太及时了，入木三分，发人深思，受益非浅啊！

王维平：这是毛主席去年五月，在一次会议上发表的演讲。

常恩多停下脚步，感慨道：能来山东太好了！今后可以及时读到共产党的书籍和报纸，我们就可以把握抗战的大方向了！

王维平高兴：师长，那个沈大官僚把您气坏了吧？

常恩多闻声变色：沈鸿烈这个王八蛋白日做梦，他想当日本人的儿皇帝，还想叫我做他的反共靠山，没想到他靠到冰山上来了！活该他倒霉，早晚有一天，我要让他认识我常恩多是谁！

王维平：师长，驻扎在枳沟镇一带的张步云就是个罪大恶极的汉奸，老百姓强烈要求石友三的69军为民除害，但石友三置若罔闻。

常恩多：石友三不打，我们打！张步云的情况，你知道多少？

王维平：这个张步云，高密人，儿时读过几年私塾，17岁时就因绑架勒索，在高密、胶县、诸城、五莲、日照、青岛等地臭名昭著。为了逃避武装联队的围剿，他投奔北洋军阀张宗昌，花钱买了个连长。25岁那年返乡，但恶习不改，继续干绑票的勾当。

常恩多恨得咬牙：就是个流氓啊！

王维平：后来，他因报复杀人等，吃官司到了省政府。官司虽然败了，却得到韩复榘重用。几年里，先是被韩复榘委任第二路剿共游击司令，后晋升为少将游击司令。韩复榘被处决后，张步云假抗日招牌，征粮逼捐，大肆烧杀掳掠，火烧南戈庄，活埋农民十余人，去年秋投靠日寇，疯狂反共，曾打垮平度的抗日游击队。

常恩多：他认贼作父，为虎作伥，我们要坚决锄掉他！

王维平：他经常出来抢掠，危害百姓，闹得周围百里家家户户提心吊胆，民不聊生啊！

常恩多：一定要拔掉这个钉子，铲除这个汉奸！关科长和那些侦察兵也该回来了。一旦掌握了敌情，我们就要尽快为民除去这个祸害！

王维平激动：是！

刘万胜高兴跑近：师长，关靖寰和王铁权他们侦察回来了！

常恩多高兴迎上：太好了！

关靖寰和王铁权跑近：报告师长，我们回来了！

常恩多：情况摸清了？

关靖寰：摸清了，张步云就在枳沟镇！

常恩多：好！这一回，我们要给山东人民一份过年的厚礼！

1939年春节前夕，常恩多指挥662团，在八路军支队的配合下，北进诸城，一举攻克枳沟重镇，歼灭张步云三旅伪军千人，缴获大批武器弹药和给养，并捕获了张步云的大洋马。在激战中，张步云化装逃跑。战斗结束，常恩多下令把缴获的武器弹药及给养全部交给了八路军。

日军害怕丢掉张步云部，于是派出一部日军支援。眼看赶不上解救枳沟，日军就在孟疃一带袭扰百姓。常恩多闻讯，立即指示111师拦击日军。日军突遭袭击，损失惨重，打了一阵后便慌不择路原路逃回了。

战报报到111师师部，常恩多异常兴奋。恰在此时，王维平领着一个青年走进了师部。

王维平：师长，他叫赵志刚，是中共中央山东分局派来的交通员。

常恩多激动，上前一把抓住赵志刚的手：赵志刚！欢迎你啊，欢迎！

赵志刚：常师长，郭洪涛书记派我来贵师工作！

常恩多：太好了，郭书记想得太周到了！今后，我们两军加强联络，互通情报，共同抗日！哦，王秘书，就把赵志刚安排在师部做我的通讯参谋！

王维平、赵志刚：是！

常恩多对王维平和张苏平说：今后我军和八路军来往，两军一般士兵的食宿，由参谋处和副官处安排。

张苏平：是！

常恩多：两军各级军官来往食宿，需通过王秘书和我来安排。

王维平：是！

常恩多：我们要尽我们的所能，帮助八路军和游击队，他们打鬼子缺少枪弹啊，没有枪和弹，怎么打鬼子啊！所以，我们要多为他们筹集些！

王维平、张苏平：是！

常恩多拿起《论持久战》：而我们缺这个，以后你们出去多为我讨些来！

王维平、张苏平会心而笑：是！

忽然，刘万胜喜气洋洋跑进：师长，日照县大队来了两位八路，他们想要些子弹！

常恩多高兴：张参谋，你带他们去665团，向管团附多要些。

张苏平心领神会，受命离开。王铁权兴冲冲跑进：师长，师长！八路军的景政委来了！

常恩多刚走到门外，就见八路军第二支队的景政委已经走近。他快步迎上：景政委，你好！

景政委三十来岁，身背挎包，几步就跑到常恩多面前：常将军！你好！枳沟一仗，大快人心啊！我是专程来感谢贵军的，那些武器弹药，我们都收到了，装备了我们一个旅啊，十分感谢啊！

常恩多紧紧握住景政委的双手：打鬼子、除汉奸是咱们共同的事，不用客气，走，请屋里坐！

两个人进了师部，落座后，景政委说：常师长，我们两军团结一心，共同抗敌，已经叫四乡八城的鬼子汉奸闻风丧胆了！

常恩多高兴表示：今后，我们应该密切合作、互通情报、互相支援，狠狠打狗日的鬼子！谁要胆敢当汉奸，也别想占便宜，坚决消灭他！

景政委喜出望外：常师长啊，东北军果然是我们八路军的朋友啊！

常恩多：东北军永远要做八路军的朋友！在西安事变的时候，我们和红军就是朋友啊！

景政委、王维平、王铁权都高兴笑了。

说笑了一阵，常恩多忽然注意到景政委肩上的挎包。那挎包里似乎有书一样的东西。

常恩多认真说：景政委，既是来谢我们，就该带礼物来啊！

王维平和王铁权偷偷抿嘴笑。

景政委一愣：礼物？我……我们除了这身衣裳，还有就是这包里的十几发子弹，就啥也不趁了！要不，把我放你身边来当兵？

常恩多：你来，怎么也得是我的上级啊！

景政委也笑了。

常恩多：实话说吧，我想要你包里的宝贝！

景政委拿出十几发子弹：你要这个？

常恩多：不！

景政委把包里东西倒在桌子上，除了一把牙刷、一块发黄的毛巾，还有一本白皮的书。书名是《抗日游击战争的战略问题》，署名：毛泽东。

常恩多走上前，深情拿起书：把这个送我吧！

景政委领会：你是想要这个？好啊，送给你了！我下次来，再给你多带些！

常恩多激动：哎，多谢景政委！这就是最好、最重的礼物啦！有来无往非礼也，我缺的是这个，而你缺子弹啊！

景政委面露赧色。

常恩多喊：刘副官！

刘万胜跑进：到！

常恩多：把你的子弹解下来，送给景政委！

刘万胜应着解下身上的子弹袋，递给景政委。

景政委感动：常师长！太感谢你了，太感谢111师了！

忽然，徐文斌急火火地冲进：师长、师长！不好了，不好……

常恩多和众人都一惊：出了什么事？

常恩多和众人走出师部，走上大街，不禁都愣住了。只见骡马浩荡，人头攒动，大车辚辚，笑声朗朗，父老乡亲赶车的、挑担的、背包的，蜂拥而至。远望，大车一辆接一辆；近瞧，担子一挑接一挑；再细看，车上、担子里，不是粮食、生猪，就是木柴、布匹。原来，这是百里的穷苦乡亲听说111师赶走了张步云，又跟鬼子干了一仗，出师告捷，前来慰问111师的队伍。

常恩多万分感动，热泪冲决而出，他迎着乡亲们快步走去。在东北军这么多年，啥时候有这么多的人民群众拥护他们、慰问他们？啥时候不是军队到哪里，哪里就饿殍一片、荒芜一地？常恩多感受到自己带的队伍第一回离人民这么近，鱼水相亲、骨肉相连，不能分离。

常恩多看到了景政委脸上欣慰的笑容，恍然大悟：景政委，是你们八路军动员的吧？

景政委笑而未答。

一个须发老人率几个乡绅快步走来。

常恩多率官兵迎上。

须发老人紧紧抓住了常恩多的胳膊：常将军！

常恩多激动地抓住老人的手：老人家！

须发老人：常胜将军啊！俺们鲁东南的老百姓感谢你们来了！

常恩多心生愧疚：谢谢老乡，谢谢人民啊！打鬼子汉奸，是我们军人的责任，我们应该谢你们啊！

须发老人：你们为俺们鲁东南人民赶跑了张步云，俺们几个县的老少乡亲好歹能过个清静的年啦！俺们有的是从七八十里外的地方赶来，有的是从一两百里外赶来的，就为了慰劳打鬼子除汉奸的军队啊！

常恩多坚定道：我们111师一定多杀鬼子，多杀汉奸，为咱鲁东南的老百姓多做事情！

须发老人紧紧抓住常恩多的手，连连点头。

景政委闻声面露欣慰。

常恩多转身走到111师官兵面前，激动喊道：弟兄们！什么时候，我们111师像今天这样，受到人民群众这样全心全意的爱戴？没有过，从来没有过啊！

官兵们一个个眼圈红了。

常恩多深情抱起一个衣着破烂的孩子，又轻轻放下。

常恩多抚摸大车上的粮食，热泪滚落：鲁东南人民群众已经很苦、很难了，可他们倾巢出动、倾家荡产，把所有的好东西、好吃的、好穿的送给我们，为什么？就因为我们打鬼子、锄汉奸，为民除了害，赶跑了张步云啊！就因为老百姓把咱111师当成了自己的队伍，当成了自家人啊！我们111师，一定坚决多杀鬼子，多杀汉奸，任何时候，都不能叫山东人民失望，任何时候，都不能丢了我们打鬼子的根本！抗战到底！军民团结！山东人民万岁！

须发老人带头高呼：抗战到底！军民团结！打鬼子的111师万岁！

五、走投无路

57军军长缪澄流贪恋苏北奢华的生活，迟迟不肯入鲁，到了1939年2月底，徐州日军大举“扫荡”两淮地区，韩德勤89军不战而逃，112师打了几仗，相继退出战斗，淮阴、淮安、宝应、涟水、东海、沭阳相继失守。缪澄流及军部在111师661

团护卫下，在海州、沭阳、涟水之间游动待机。这一带被当地老百姓称之为“芦苇荡”，夏天汪洋一片，冬天泥泞不堪。661团被缪澄流呼来唤去，辗转于这片烂泥沼中，难以自拔。

刘祖荫自被招进111师抗日义勇宣传队，就被分在661团，与徐惊百、邹强等在一起工作，他们在连队讲政治课，教唱抗日歌曲，还参加一些当地的文化工作。可跋涉在沼泽地里二十几日，刘祖荫接连丢失和损坏了七八双鞋，他有些动摇了，他不知道走进111师是对还是错。

刘祖荫想去泗阳找大哥，又想回淮阴找许雪华。可每每看到瘦弱的邹夫子还在坚持向前，而拖着病腿拄着拐杖的徐惊百更是挣扎前进时，他便检讨自己：邹大哥骨瘦如柴，徐大哥是个残疾之人，他们尚且不怕困难，坚持抗战，我一个年轻力壮小伙子，不缺胳膊少腿，为什么不能坚持下去？在遍地烂泥、满目芦草之前，这个坚强的年轻人高声吟道：生命诚可贵，爱情价更高，若为自由故，两者皆可抛！

刘祖荫，1920年11月出生，江苏镇江人。祖辈几代为镇江、南京和苏州海关的创始人。1932年日本帝国主义发动“一·二八”侵略战争，他的家庭从此遭劫，一落千丈。他13岁就已经上不起学了，每天跑五六公里去一家图书馆读书自学，在鲁迅、茅盾、郁达夫等人文艺作品影响下认识了很多现实的问题。后来家境转好，考入扬州一所教会中学继续读书。1938年11月24日，在学校上完最后一课，报国无门的他，开始了流落苏北的生活。后来，他把在扬州、南通、涟水、兴化、上海等地的见闻写成文章，发表在报纸杂志上。那时候，他写的主要文章有《一个折断了臂膀的战士之言》、《我所见到的东北军》、《在神圣的抗战中纪念塘沽协定》等。这是他与东北军结缘的起点。后来被111师宣传队录取，这是他加入这支军队的开始。可现在，每天跋涉在泥泞中躲避四处寻找他们作战的日军，他开始怀疑自己的选择了。

徐惊百和邹强格外喜爱这个文采飞扬的年青人，便安慰他部队如转淮阴，准他的假去把许雪华接到队里来一起抗日。刘祖荫喜出望外，终于有了盼头。可就在此时，他接到家信，信中告知：许雪华忧郁而逝！噩耗袭来，如雷轰顶，刘祖荫痛悔莫名。在风雨交加中，他写下悼念亡友诗歌：

寒浦军书急，送君上战场，
深情盈素手，壮志暖红装。
久别秋鸿杳，初违夜梦长，
相思烽火里，遗恨两参商！

缪澄流不肯进入山东的重要原因，是他企图乘身边少有高级军官监视之良机，而逃遁上海！

112师与军部已失去联系，各分散部队也在寻找生存之机，向敌后发展。缪澄流身边除了军直属部队，就只有331旅旅部和661团。而整天追踪而至的日军搅得他焦头烂额、疲惫不堪。这天，终于逃进了一个小村庄，缪澄流叮嘱翠花睡觉不脱衣，皮箱不开，衣服不换，时刻准备拔腿再走。

翠花早已厌倦这样惊恐动荡的生活，这个女人只想跟个有钱有势的男人过安稳日子。此时，她连发了几句牢骚，就招来缪澄流一顿臭骂。翠花委屈地大哭起来。

李亚藩忙上前劝慰。

形势的严酷是翠花难以预料的。缪澄流灰头土脸，极其沮丧。在他看来，这一次如果跳不出日军的包围圈，很可能就死在这苏北了。

李亚藩劝说：军长！不要急，都还来得及啊！

翠花也忙说：阿流，不要难过！

缪澄流突然抓起手边茶缸，猛然摔在地上：老子不是难过，老子是走投无路！走投无路了！

缪澄流捂着脸痛哭流涕。

翠花、李亚藩面面相觑，不知所措。

缪澄流：112 师 4 个团啊，已经被日军打得稀里哗啦了！现在又失去了联系，是死是活也不知道！我手边，就 111 的这个团还算完整。五个团在我身边啊，可我却被日本人撵得整天没白没黑、泥里水里、人不人鬼不鬼，他妈的就是个丢了窝的瘪三，四处流浪啊！

翠花抱住缪澄流哭：阿流，阿流！

缪澄流突然抹掉眼泪：副官长！副官长！你要帮我，帮帮我！

李亚藩连忙表示忠心：为军长赴汤蹈火，万死不辞！

缪澄流心里的苦，难以表述。他有些气虚地说：在此万分危难之际，你是我的副官处长，理应帮我，对吧？

翠花热切期待地凝望李亚藩。

李亚藩眦目盈血：军长，就是咱们现在没有任何关系，兄弟我李亚藩都要帮你！何况你是咱国民革命军 57 军军长，我帮你就是革命！你说，要我做什么？

缪澄流：去看看，看看哪条路还能出去！只要能出去，就去上海！我要带翠花去上海，老子不要这个军长了！

翠花一听"去上海"，脸上的愁云立刻消散：上海？好啊，咱们去上海，那里现在最安逸。咱们再不用过这种生不生死不死的日子了！

李亚藩醒悟：军长！你的决定太英明了，与其被日本人追得不得安生，不如找个世外桃源过自己的小日子！妙啊！军长，你等我回来，我去去就回！

缪澄流：快去！快去！我等你回来！

翠花也叮嘱：你小心啊，可一定要回来！

李亚藩已消失在门外。

缪澄流早有"逃遁上海"的打算，只是放不下 57 军军长的权利和荣耀，因此才久未敢动。可当形势发生了根本性逆转，也就是他的性命难保时，那些个权利和荣耀在他眼中不顶屁用。缪澄流和翠花等待了大半夜。终于，在一片恐慌中，他们听到了直奔而来的脚步声。

翠花张皇失措，拔出小手枪，煞有介事比划了几下：谁？谁！

门外传来了李亚藩的声音：军长，是我啊！

缪澄流喜出望外：是李副官长！

门被打开，李亚藩惶惶走进：军长，不行啊，没有路出去了，所有的道路都被封死了！到处是日本军队啊！怎么办？怎么办？

缪澄流脸色骤变，站立不稳，险些摔倒地上。

翠花上前扶住缪澄流：阿流！阿流啊，你不能绝望啊！

李亚藩：军长，去上海是走不通了，只有想其他办法了！

缪澄流哭了：完了，都封死了，哪里还有我缪澄流的活路啊！

翠花无助地跟着哭嚎，惹得门里门外的卫兵们不知道军长家死了哪个至亲。

李亚藩：军长，快拿主意吧，日本人离这里越来越近了，再不走就彻底完了！

缪澄流：天要灭我，哪里是我缪澄流的出路啊！

不容李亚藩再说话，缪澄流走到三尊泥塑像前，扑通跪倒：元始天尊啊，我缪澄流不是恶魔，搭救我吧！拯救我吧！元始天尊……

神像前空空落落，冰冷的香灰似在诉说它已熄灭得太久了。

缪澄流忽然火冒三丈：你他妈没看到吗？神面前的香都没有了！赶紧的！

翠花诚惶诚恐，把手枪插进枪套，手忙脚乱找出一把香点上。

袅袅香烟里，缪澄流诚惶诚恐跪在地上，深深叩拜。

这一拜，缪澄流得到了神仙们的暗示。他起身后对李亚藩说：去鲁南！

就这样，在沼泽地里辗转了一个多月后，走投无路的缪澄流下令奔赴鲁南。1939 年 3 月间，57 军军部在 661 团护卫下，从新安镇越过陇海路进入山东，在莒县夫前庄安营扎寨。

至此，112 师也先后到达山东，在蒙阴桃墟驻扎下来。

六、于学忠之无奈

1937 年全国抗战开始，蒋介石调于学忠 51 军到山东担任海防，8 月，于学忠被任命为第三集团军（后改为第五集团军）副总司令。第三集团军总司令、山东省主席韩复榘和于学忠是换过贴的把兄弟，两个人相约共同杀敌。12 月中旬，于部进驻青岛，韩复榘甚至没跟于学忠打招呼，就不战而弃济南，撤兵南逃。日军未遇抵抗即占领山东大部，济南失守，于部孤立于胶东半岛。25 日，万般无奈的于学忠下令 51 军撤出青岛，奉命南撤淮河北岸布防。

血战淮河，于学忠率部从 1938 年 1 月 30 日到 2 月 13 日，打退日军无数次进攻，固守淮河防线，有力地支援了北线作战。于部伤亡官兵近 7 000 人，毙敌 9 000 以上。著名记者范长江《淮上观战记》描绘的正是这一战场的悲壮情景。

是年3月，台儿庄战役开始，于学忠率51军4个旅和111师333旅参战，主力坚守禹王山，坚持了两个星期，牺牲很大，敌人大喊“抓住于学忠”向阵地冲来。眼看顶不住了，于学忠坚决不走，继续指挥作战，最终等到后续部队接防才撤了下来。徐州会战的最后阶段，作为掩护部队的51军撤离时已无路可退，日军的重重封锁迫使他们各自突围。一时间，战场上遍地都是零星分队和散兵游勇。许多高级将领都担心不能按时到达河南南阳集结，51军便从此完了。出乎所有人意料的是，一个星期后，部队奇迹般地陆续在南阳集结，看到成排、成连、成营、甚至成团的官兵回来，于学忠感慨而自信地对郭维城说：对这个部队，我心里是有数的，这种情况已不是第一次了，我的部队是不会被打散的！

于学忠因在徐州会战中屡立战功，多次受军事委员会嘉奖，被晋升为一级上将。

徐州战役后，部队尚未休整，兵员和武器弹药没有补充完毕，于学忠又奉命率51军奔赴大别山执行武汉外围的保卫任务。在飞机大炮的进攻中，于学忠率全军坚持了五个月，完成任务。

1938年11月底，国民政府在南岳衡山召开军事委员会。会上，蒋介石宣布拟成立鲁苏战区，派一支军队到敌后山东打游击，以牵制日军南侵，并征询各将领谁愿意去。众将领面面相觑，无一答应。于学忠环顾了一圈众人后站了起来：我是山东人，我去！

至此，于学忠被任命为鲁苏战区总司令，指挥51军、57军，及韩德勤所部89军。

1939年3月，于学忠将兼任的51军军长一职交予牟中珩，并令所部师、旅长各带一个团陆续向鲁南突进。

于学忠到达鲁南，驻沂水东里店的鲁苏战区副总司令、兼山东省主席的沈鸿烈，赌气不肯首先谒见于学忠。原来，在鲁苏战区成立之初，沈鸿烈自以为他和于学忠在奉军时代就是老相识，又同在张作霖、张学良手下共过事，这一回，又同舟共济、携手并肩，在山东这片土地上大干一番事业是水到渠成的事情。于是，他盛情邀请于学忠把战区指挥部设在东里店附近，可于学忠没买他的账，直接把指挥部设在了上高湖。

这天，参谋处长宁春霖提醒说：沈主席，于总司令率部已经赶到鲁南了。怎么说，您都应该去迎接一下啊！

沈鸿烈一听就来火：迎接个屁！当初，一听说他当鲁苏战区总司令，老子比他妈……比他妈他还高兴！我本想，在此战乱动荡年月，我和他在山东定能干一番大事业，就请他把总部设到我的东里店来。可他呢，好歹不分，竟然拒绝了我，偏要住到上高湖去！那里离八路军山东纵队只有十几里地啊！他这不是明摆着要疏远我，而要靠近共产党吗？

胸中苦闷无以排解，沈鸿烈胡思乱想了一阵也没理出头绪，就问：宁处长，全国共十个战区，司令长官全都兼省政府主席，只有他于学忠不兼，江苏由韩德勤任，而山东则是我沈鸿烈的，你知道这是因为什么吗？

宁春霖：为什么呢？

沈鸿烈：因为，蒋委员长根本就信不过他！

宁春霖“哦”了一声。

沈鸿烈心虚：当然，我这个省主席是他姓于的推荐的。可我坚信，蒋委员长对他早防着一手呢！可不管怎么说，他手中的51军和57军，却是我迫切需要的啊！

宁春霖：您打算怎么办？

沈鸿烈眼珠一转，计上心来：你马上制定出51军和57军的布防图！

宁春霖诧异：咱们制定他于学忠51军和57军的布防图，他能答应吗？

沈鸿烈阴狠道：那还得问问，我沈鸿烈答应不答应！

此时，中共中央山东分局统战部长郭子化、组织部长李竹如、保卫部长张雨帆代表中共中央山东分局，正前往上高湖迎接于学忠。

老远的，郭子化就喊：于总司令啊，我们八路军和山东人民欢迎你，欢迎战区总部的到来啊！

于学忠上前紧紧握住郭子化的手：郭委员！郭部长！你们辛苦了！

于学忠对众人说：抗战初期，子化先生曾任第五战区总动员委员会委员。在那一时期，他做了大量实际有效的动员抗战工作，深得人心啊！

郭子化谦虚笑了：您才是抗战英雄啊！

于学忠：我们国共合作，共同抗日，迟早把小鬼子打回东洋去！

一行人走进了战区总部的临时住房里，一阵寒暄后，郭子化送上毛泽东的《论持久战》：于总司令，这是毛泽东先生去年的一本论著，送给您！

于学忠高兴接过：好啊，我早听说了这部著作，就是没有看到原文啊！今天你给我送来，真是太好了！

于学忠爱不释手，然后把《论持久战》递给郭维城：郭处长，你先读，然后讲解给我听。

郭维城接过书：是！我一定好好拜读，深切领会毛泽东先生抗战的精髓！

于学忠对郭子化等人说：每一个朝代都会有败类。在外国列强侵入中国时，总有人得上软骨病，这是毫无疑问的。抗日战争一年多来，我们国共两党合作，两军并肩战斗，取得了很好的战绩，坚持下去，抗战是一定能取得胜利的！

郭子化：我们也坚信啊！无论多大困难，无论需要坚持多久，中国一定能取得抗战最后的胜利！

于学忠对郭子化：请转告张经武司令员，近日我要去贵军驻地拜见他，就我们两党两军共同抗战，携手打击日寇，有很多事情我要跟他商议啊！

郭子化：好的！请总司令放心，我回去一定转告，在抗日救国这个问题上，我们共产党人的态度是一贯的，就是坚决抗战，对于那些投降派、反动派则坚决消灭，毫不留情。

于学忠：贵党对抗战的态度，我们东北军、我于学忠是深信不疑啊！

郭子化、郭维城和在场的人都高兴笑着。

于学忠：中午饭就在我这儿吃，我现在是东道主，我要好好款待你们！

郭子化推让：总司令客气！

于学忠坚持道：不是客气！我知道你们生活艰苦，可你们抗战信念毫不动摇，令我钦佩啊！我一定要款待你们，一定要！

几天后，沈鸿烈在莒县夫前庄 57 军缪澄流处见到于学忠。同时到场的，还有几个当地的豪绅。沈鸿烈不失时机、煞有介事指示一副巨大的山东地图，对于学忠和众人说：我们山东有海岸线，有港口，背倚着华北、苏北，面对着渤海、黄海，还有大山可作坚强的国防线！

闻声，郭维城诧异，并看向于学忠。

51 军军长牟中珩也很惊诧，也看向于学忠。

于学忠不动声色，继续凝望沈鸿烈。

缪澄流惊喜万分，喜形于色盯住沈鸿烈：国防线？有意思！

沈鸿烈：请各位注意，咱山东的面积比德国还大呢！

于学忠神情冷漠，似已明白沈鸿烈的意图。

缪澄流连连点头，上前比划了一下：看起来，这山东比德国的位置、条件，都优越很多嘛！

沈鸿烈继续说：于总司令！缪军长！牟军长！老朽不才，可每日都在忧国忧民啊！我就想啊，这要是山东成立了独立国，那将比德国还要强大啊！

郭维城、牟中珩无不震惊。

于学忠故作疑惑：沈主席，你什么意思，我没听明白啊！

缪澄流：是啊，你再详细说说！再说说！

沈鸿烈满怀憧憬道：我是这样想的啊，山东北进可跨越渤海海峡，到达东北；南攻则可直驱华北、江苏及江南广大地区；退有泰山、蒙山、鲁山、昆仑山等广大山区。而山东又以咱们现在占据的鲁东南地理环境最好。所以，我打算联合各位官长，实现我山东独立的梦想！

于学忠：沈主席，听你这话，你是想学东北——再建一个伪满洲国啊！

缪澄流有些担心，看向沈鸿烈：是啊！这可不是闹着玩的，这可能被定为叛国投敌啊！别说这辈子，就是下三辈子也翻不了身啊！

郭维城表情冷漠。

牟中珩在冷笑。

沈鸿烈：打！能打得赢吗？打才亡国呢！只有曲线救国，山东以及大片国土才能保住，才能避免继续战争啊！

缪澄流颇为欣赏地看向于学忠：有些道理啊！

于学忠瞪了一眼缪澄流。

缪澄流赶紧缄口。

沈鸿烈：于总司令有顾虑，是对的。我不会单干，至少也要拉上山西的阎锡山、河北的鹿钟麟。我还要和他们搭伙，成立一个“华北联邦”呢！

缪澄流惊异：什么什么？——“华北联邦”是个什么东西？

于学忠嘲讽道：沈主席会解释！

沈鸿烈得意道：联邦就是几个独立的国家联合在一起，同时受到另一个大国的保护。

牟中珩满含嘲讽：这个“大国”，不会就是小日本吧？

缪澄流热切的目光看向沈鸿烈。

沈鸿烈兴奋：牟军长，正是！

于学忠的警卫营长侯宜禄和郭维城的警卫员刘鸿宾，不约而同把手放在腰间的枪上。职业习惯，只要听到于学忠或是郭维城咳嗽一声，他们就会冲上去把眼前这个汉奸押起来。可是，他们没有听到异常的声音。

牟中珩十分不屑。郭维城面露鄙视。

于学忠沉住气：阎锡山和鹿钟麟都同意了？

沈鸿烈迟疑了一下：我正联络他们呢！我想，他们会同意的！

缪澄流目光迷离，两边来回观望，似乎在快速思考。

于学忠满含嘲讽，软中带硬问：沈主席！你不会以为这山东是你沈家的吧？

沈鸿烈挑衅道：可……我是山东省主席啊！

于学忠：你是山东省主席，可山东是鲁苏战区的山东。你别忘了，我是战区总司令，而你只是个副总司令！

侯宜禄和刘鸿宾暗自得意。

郭维城、牟中珩高兴了，脸上都露出笑容。

几个人目光如炬盯住沈鸿烈。

沈鸿烈愤怒盯了于学忠片刻，口气软下来：好好好好好！山东是你的，你的！我不跟你争！

于学忠掉转头，与几个乡绅说话，再不理睬沈鸿烈。

缪澄流一边小心睨视于学忠，一边别有用心道：沈主席啊，你忘记了，当年于总司令任河北省主席，日特务机关长土肥原和日本驻屯军武官柴山就亲自出面劝他搞“华北独立”，都被他严词拒绝了啊。就因为这，小鬼子几次要暗杀他，最后不得不被中央免职，离开了华北啊！

沈鸿烈有些焦躁：缪老弟啊！现在，早已不是那个时代了！今天，连咱们的首都南京不是也被他们占了吗？

缪澄流连连点头：是啊！是啊！上海、杭州、厦门、武汉、徐州、广州、整个中国，他们想要哪儿就要哪儿！

沈鸿烈：现在，咱大片大片的国土都成了日本人的天下。就说山东，我这个省主席，不也只能猫在这样一个穷乡僻壤独撑危局吗？

缪澄流：是啊！是啊！

沈鸿烈凑近缪澄流：抗战是没有出路的，只有像汪……

两个人都紧张地看了看左右。

沈鸿烈很体己地在缪澄流的胸脯上拍了拍：只有走汪副总裁的路，你我才可能活到明天啊！老弟，现在说山东独立、华北独立正是时候啊！

缪澄流脸色阴暗，连连点头。

沈鸿烈心怀叵测观察缪澄流，不禁暗喜。他想，即使把握不了于学忠，能够把握缪澄流的57军，也是一个很大的胜利。沈鸿烈向一旁的宁春霖招了招手。

宁春霖快步走近，手里拿着一卷图纸。郭维城注意到，一时没想明白他的意图，担心发生意外，快步警惕地跟上。

沈鸿烈十分得意：宁处长，打开！

宁春霖把地图挂在墙上。

众人陆续将目光聚焦在地图上。

郭维城看清了地图上方“第51军、第57军布方图”字样，十分惊讶。

牟中珩也看清了地图上的字迹，不禁震惊。

于学忠一愣：这是什么？

沈鸿烈：于总司令！这是我制定的51军和57军，在我山东的布防图！

缪澄流饶有兴趣走近布防图，满心欢喜道：沈主席！你动作够快啊，连我们两个军的布防图都整出来了？

沈鸿烈冲于学忠再三做手势邀请。于学忠克制恼怒，走近布防图，认真观看。牟中珩和郭维城走近布防图观看。他们看到，布防图上，51军113师、114师，57军111师、112师的驻防紧密围绕着“沂水东里店”展开。

明眼人一看就明白，可似乎只有缪澄流糊涂。他兴奋略带赞赏道：嗨！我看有点意思啊！

牟中珩瞪着眼：什么意思？总司令是于总司令！

沈鸿烈停顿半拍，情真意切道：请总司令按照我的规划，部署两个军的驻防！

郭维城暗捏一把汗，目光转向于学忠。

宁春霖有些幸灾乐祸也盯向于学忠。

沈鸿烈心怀叵测，他要在于学忠刚到山东之际，给他个下马威；如若不然，将来在这山东说话算数的将不是他沈鸿烈，而是于学忠了！——那是他决不允许的！

历经磨难的于学忠，在一开始就洞察到沈鸿烈的居心——他虽为副总司令，却明目张胆地要做总司令的主，这说明了什么？——说明他的腰杆子硬。那么，谁是给他做主撑腰的人呢？除了他的新主子蒋介石，恐怕没有别人。他叫嚣“山东独立”、“华北联邦”，也一定是得到了姓蒋的面授机宜。否则，他是不敢这么猖狂、这么肆无忌惮的。想到这里，于学忠迟疑了，如果和沈鸿烈撕破了脸，姓蒋的马上就会得到密报，他于学忠在山东还能呆多久？在新一任上，山东就不会“独立”吗？如果对于沈鸿烈的挑衅他不予理睬，这个阴险狡猾而又狠毒的人，下一步还会使出什么诡计？陷入两难的于学忠，再次提醒自己：为了保住张学良的安全，并争取他尽快被放出来，他于学忠必须团结东北军，保持战斗力，行动上不能有半点闪失，更不能走错一步！

于学忠目光盯在布防图上：沈主席，你想让我按照你的意图，部署我的四个师？

沈鸿烈坐到了椅子里，大言不惭道：是的！因为我比你更熟悉山东，也比你更懂得打仗啊！

牟中珩、郭维城闻声色变。

于学忠笑了：何以见得啊？

沈鸿烈：不是摆老资格啊，民国12年，我就是东北海军的中将副司令！我没记错的话，那一年，你于总司令在吴佩孚手下当个支队长，也不过是个少将吧！

于学忠笑了笑：你想把我的四个师，都部署在你的山东省府驻地——东里店周围？

沈鸿烈：是的！这样更有利于统一指挥、联合作战嘛！

于学忠盯住沈鸿烈：沈主席！你不是把我的四个师当成你的沈家军了吧？

沈鸿烈：不不不！绝对没有这样的意思！我真的是从大局出发，从整个山东的利益出发啊！

于学忠不软不硬：那我现在就告诉你，我不会按照你的意图部署我的四个师！

郭维城、牟中珩松了一口气。

宁春霖大吃一惊。

缪澄流有些迷惘：啊？

沈鸿烈十分无辜：为什么啊？究竟为什么？

于学忠：为什么？——因为你所设计的布防，没有丝毫的战略意义！我不但不会听从你的安排，我还要把东里店附近的吴化文的新编第4师调到临朐蒋峪驻守！

宁春霖诧异：沈主席！

郭维城、牟中珩赞赏的目光看向于学忠。

于学忠回到座位上。

郭维城送上茶。

于学忠神情安详喝茶。

沈鸿烈：于总司令！你真的不按我的方案部署部队？

于学忠：是的！

沈鸿烈求援的目光转向缪澄流、牟中珩：缪军长！牟军长！你们给评评，我的设想多周到啊！为什么于总司令……

牟中珩：周到？我看你只想怎么保卫你自己了！

缪澄流赶紧解释：沈主席，咱们都得听——总司令的啊！

沈鸿烈非常失落，但他决不轻易罢休，他凑近于学忠。

侯宜禄和刘鸿宾警惕靠近。他们摆出一副随时冲上去准备与冒犯者拼命地架式。

于学忠挥了挥手，两个人停止脚步。

沈鸿烈情真意切、苦口婆心：于老弟啊，我可比你大几岁啊，在这个问题上，你要听我的！咱们可都是自家人啊，你必须听我的……

牟中珩、郭维城面露厌恶。

沈鸿烈：蒋委员长的“融共、防共、限共、反共”政策，真是太及时了！你知道吗，八路军在山东发展太快，不限制不行啊！于总司令，你带主力军来了，你可要带我们一起打八路啊！

于学忠不屑道：八路军就在我战区的统帅之下，我是总司令，带上部队打我自己的部队，我疯了？

沈鸿烈紧逼问道：你不打？

于学忠坚定回道：不打！

沈鸿烈有些气急败坏：你不打，可管不了我们打！到时候打起来，在委员长那，你可要替我说话！

于学忠百无聊赖，叹息了一声。

沈和于的第一次会见就这样结束了，没占到便宜的沈鸿烈非常气愤。回到沂水东里店山东省府驻地，他烦躁不安地在雪地里踱步，迟迟不肯进屋。

宁春霖垂手一旁：沈主席，这口恶气，咱迟早是要出，您老别气坏了身体！

沈鸿烈：不，老子现在就要出这口恶气！

宁春霖眨巴了两下小眼，紧跟在沈鸿烈身后：他于学忠仗着自己是总司令，但他忘了，他现在在您的地盘上！那您要收拾他，还不是手拿把掐！

沈鸿烈站住：你说得很对！三天后，不！两天后，我要在这里召开欢迎他于学忠的大会，我要狠狠出一口恶气！

两天后，在沂水东里店一个饭店门外，一条横幅上书写：热烈欢迎于总司令率部来鲁。沈鸿烈满脸笑容、热情洋溢地把于学忠、缪澄流、牟中珩、郭维城等高官和当地一些乡绅迎进了大门。

一阵热烈的掌声后，沈鸿烈站起身说：今天，我们在东里店，欢迎于总司令率第51军和57军来山东抗日！这不但山东添了生力军，我们省政府也添了生力军！我很高兴，也很激动啊！

跟随众人的巴掌，于学忠面目冷俊，敷衍地拍着巴掌。

郭维城和牟中珩相互看了一眼，笑了。

沈鸿烈左右望了一圈，感觉时机已到，满怀信心说：我要向大家宣布一个更好的消息！

没等众人反应过来，沈鸿烈继续说：我已经向中央去电，保荐于总司令兼任我们山东省府委员！

郭维城和牟中珩都吃了一惊。

于学忠闻声愤怒。

沈鸿烈高高扬了扬手中的电报：中央已经批准了！大家拍巴掌欢迎！

缪澄流心怀叵测，迟疑了一下，带头鼓起掌来。

众人的掌声有些稀里糊涂。

沈鸿烈别有用心看向于学忠。

于学忠一掌拍在桌上：沈主席，我不会兼任！

众人各怀心思，面面相觑。

对于于学忠的拒绝，沈鸿烈不依不饶。他一直追着于学忠到了饭店外面：于总司令，你一定要兼任！一定要兼任！你看啊，我呢是战区副总司令，兼任山东省主席，你是战区总司令，兼任我的省府委员，不丢人啊！我们互助友爱、互相配合、互为提携，不委屈你嘛！

于学忠站住，脸色难看：沈鸿烈，你太过分了！

沈鸿烈干笑：呵呵呵呵呵！干革命嘛，哪儿都是那么顺风顺水的事儿呢，职位高低不必说，工作总还得有人干吧？

于学忠：那我现在就明确告诉你，我辞去你的省府委员职务！

沈鸿烈软缠硬磨：为了军政配合，为了咱们弟兄携手并肩保山东，你一定要兼任此职！

于学忠：姓沈的！你这不是在侮辱我吗？我是不会兼任的！

望着于学忠渐渐远去的身影，沈鸿烈心怀叵测，向宁春霖使了个眼色。

宁春霖向远处招了招手。几个军装不整、半民半军像是土匪首领模样，但又扛着校官肩章的男人围拢过来。

郭维城警惕注意到宁春霖和几个人，立即迎了上去：你们要干什么？

侯宜禄和刘鸿宾等也拔出手枪对准几个男人：站住！

几个男人果然是当地的土匪首领，他们受沈鸿烈指使要与于学忠理论。

几个匪首叫嚷：

于总司令，八路抢俺们的地盘，你管不管啊！

总司令，八路打了俺的人，你要给俺主持公道！

你要是不管，俺们可就自己跟他们干了！

对，俺们可跟他们打了啊！

明知是沈鸿烈制造的麻烦，可于学忠还要面对，他不禁恼羞成怒。正在此时，沈鸿烈虚情假意上前解围：你们几个要干什么？有什么事情以后再说嘛！

众匪首气焰愈加嚣张：沈主席，俺们现在就要说！否则，别说俺们搞摩擦！对，不客气了……

沈鸿烈暗暗得意，他倒要看看于学忠有什么本事来应付这群地痞流氓的纠缠。

郭维城一步冲上前，在侯宜禄、刘鸿宾等协助下，挡开几个匪首。

于学忠心情沉重，脸色难看，精神疲惫匆匆离开了东里店。

七、希望与失望

面对鲁南新的形势，111 师工委在莒县大于庄及时召开会议。

王维平：这个沈鸿烈和韩德勤是一丘之貉！他不但称赞汪精卫是曲线救国，还要效仿东北在山东建第二个伪满洲国！

张苏平：这个大汉奸！真要是让他的阴谋得逞，那山东及整个华北都将陷入日本的统治啊！

曹健华：他白日做梦！有共产党在，有八路军在，有像常师长这样爱国的抗日将领在，他就是有十个沈鸿烈也别想成事！

王维平：沈鸿烈在于学忠面前鼓吹了不少投降派的言论，也说了很多共产党八路军的坏话，我们不能让于总司令被投降派和顽固分子包围，我们应该支持常师长也向于学忠进言！

张苏平：对！不能让沈鸿烈胡说八道！你去告诉常师长，要他给于学忠写信！

曹健华：我完全支持！常师长是实力派，对于学忠表明立场定会产生积极影响。在目前反动派向于总司令灌输反共思想、诽谤八路军的情况下，进点忠言也非常必要！

王维平：好的，我马上就去！

王维平立刻去找常恩多。走近师部，看到窗户里透出灯光，常恩多伏案的剪影映在窗户上，他收住了脚步。

常恩多和工委几个人想到一起了，他正在给于学忠写信：

> 于总司令：本师长率 111 师官兵，热切期望于总司令动员民众，选贤任能，团结抗战友军，坚持敌后抗战，以实现我东北军解救张副司令、打回东北老家去之夙愿……

想到正被囚禁的张学良，常恩多就热泪难抑。他寄希望于于学忠能够统领东北军，坚决抗战，最终打回老家去。正在苦苦冥想时，常恩多看到王维平走进小屋。

王维平：师长！

常恩多把信收好：维平啊，我正要找你！你是我的秘书，跟于总司令身边的郭处长也熟悉。你亲自去沂水上高湖，把信交给于总司令。

王维平心领神会，接过信：放心吧，师长，天一亮我就去！

第二天一早，常恩多把王维平送到村边：维平啊，你见到于总司令，要把我的话都带到、都说透！我是迫切希望他站出来，把咱们东北军攥成一团，领着我们痛痛快快跟鬼子干啊！

王维平：师长，放心吧，您已经交代我一百遍了，我牢牢记住了！

常恩多：信呢？别丢了！

王维平笑：信在里面的口袋里呢，丢不了！

常恩多有些依依不舍：好，去吧！

王维平敬礼后翻身上马。

常恩多一把勒住王宗芳的缰绳：王宗芳，你要保护好王秘书，不能少一根头发！

王宗芳笑：师长，放心吧！我保证王秘书不掉一根头发！

王维平感动：师长，走了！回吧！

常恩多挥了挥手：走吧！

王维平和王宗芳带领的警卫员们勒紧缰绳，打马而去。

常恩多追了几步：注意安全，赶紧回来！

王维平在马上：放心吧，师长！我们去去就回！

当日，王维平赶到沂水上高湖。在郭维城安排下，于学忠召见了王维平，并请他吃饭喝茶。饭后，于学忠约上王维平散步。

于学忠：王秘书啊，吃饱了吧？

王维平拍了拍肚子：总司令，吃得饱饱的！

于学忠：在常获三那儿，没我这儿吃得好吧？

王维平：常师长每日只有豆腐、白菜，有时候就只有大葱蘸酱。

于学忠：常师长一贯修身洁行、不为苟得、爱惜羽毛的品德，是我们很多将军都望尘莫及的！

郭维城用鼓励的目光看向王维平。

王维平领会，说：于总司令，常师长给您的信看了吧？

于学忠：看了！鲁苏战区两个副总司令，那个韩德勤，一天到晚叫嚷“汪精卫不是叛国，是爱国”，我看他瞧准机会就会像汪精卫一样去当汉奸；这个沈鸿烈，我刚来，他就告诉我他要在山东搞独立，他要当日本人的儿皇帝，什么狗东西！他忘记老子就是山东人了，就是我在一天也不许他搞独立！

王维平欣慰。

郭维城：常师长的信，我也看了！里面揭露了韩、沈这几年破坏国共两党团结、制造摩擦、投降日本的反动面目，事实清楚，证据确凿。

王维平：常师长殷切期望于总司令动员民众，选贤任能，团结抗日友军，以您手中的51军和57军的抗日力量，力争要求蒋委员长释放张副司令！

于学忠：常将军希望我抓牢51军和57军，张副司令被老蒋扣押后就把东北军交给了我，希望我能统领东北军抗战。可是，你知道我的处世原则吗？

王维平疑惑的目光看向郭维城。

郭维城不被察觉地轻声叹息一声。

王维平笑着摇头：不知道。

于学忠：我的处世哲学是——息事宁人。

王维平闻声色变。

郭维城不动声色。

于学忠：我呢既不包办和日，也不包办抗日。这叫作也不红，也不蓝，三条道路走中间！

王维平：于总司令，可51军和57军需要您抓拢，团结抗战啊！

于学忠：王秘书，你还年轻，不懂这里面的奥妙啊！

王维平：于总司令，常师长和东北军弟兄是盼望您能凭东北军这股力量，要求蒋介石释放张副司令！

于学忠沉吟了一下：你回去告诉常师长，无论如何，我于学忠都不会做对不起张副司令的事情。我不会支持沈鸿烈、韩德勤投日。张副帅已成人质，他的生命安危，系于东北军的强弱存亡。咱们东北军要团结，不能分裂；要发展，不能削弱。只有这样，张副司令才会安全啊！

莒县大于庄，常恩多眼含热泪凝望远天，耳边不禁又响起张学良慷慨激昂的声音：常师长！你告诉弟兄们，我张学良决不当卖国贼！常师长！这回你可不必再到临潼去见总司令了！你我今天活着，谁知道明天怎么样？宁为玉碎，不为瓦全，我张学良今后也不再有耻于中华民族，在九泉之下也心安理得了！

常恩多热泪横流，大声疾呼：张副司令！你在哪儿，你还好吗？东北军需要你啊！抗战需要你啊！我常恩多无能，不能救你出牢笼啊……张副司令……

刘万胜和徐文斌闻声潸然泪下。

刘万胜发现了大路尽头正在向他们奔来的王维平等人，大声喊道：师长！师长！王秘书回来了！

常恩多望去，果然看到跑在前面的王维平和王宗芳：太好了！王秘书！

王维平也看到了常恩多。他打马而来，还没到跟前就跳下马来：师长，我回来了！

常恩多迫切问：怎么样？见到于总司令了？

王维平：见到了！

常恩多：他怎么说？

王维平：于总司令说，他既不包办和日，也不包办抗日，不红也不蓝，三条道路走中间！

常恩多大失所望：看样子，于学忠在山东不会有太大的作为了！

王维平：他还说，无论如何，他都不会做对不起张副司令的事情。他不会支持沈鸿烈、韩德勤投日。

常恩多松了一口气。

王维平：他说，张副司令的安危系于东北军的强弱存亡。东北军要团结，不能分裂；要发展，不能削弱。只有这样，张副司令才会安全！

常恩多：是这么个道理。我本寄希望于他把51军、57军抓在手上，好对姓蒋的提要求，立即释放张副司令。现在看来，是我对他寄予的希望太大、太高了！

王维平：师长！看样子，于总司令是想在投降派和抗日力量中间，保持一个中立。

常恩多：台儿庄战役，于学忠带51军的四个旅和咱们师333旅参加，主力坚守禹王山，牺牲惨重。日寇冲锋到了他阵地前，叫嚣要抓他，他坚决不走，一直率部坚守。战役总撤退时，他又率51军掩护大部队撤退。等他们撤退时，所有的路就都被封死了，51军几乎是在日军的重重封锁中杀出来的！

王维平眼含热泪聆听。

常恩多：据参加战斗的弟兄们说，当时遍地都是51军的散兵，大家都以为51军完了。出乎意料的是，一个星期后，51军奇迹般地陆续在南阳集结。看到成排、成连、成营、成团回来的部队，他于学忠哭了。于总司令对身边人说：我的部队是打不散的！

常恩多哀伤自慰：今天，于已老朽，已无可作为，我们能争取他中立也就可以了！

王维平连连点头。

常恩多悲泣：可是，就这样下去，张副司令什么时候才能重获自由，什么时候才能回来再统领东北军！？

常恩多热泪滚落。王维平心情沉重，却无言劝慰。

常恩多寄托在于学忠身上的希望破灭，转而把注意力放在读书学习上。这天，刘万胜看到常恩多又在捧读《论持久战》，就说：师长，您读了不下五遍了吧？

常恩多认真问：万胜，你读了没有？

刘万胜不好意思：师长，我好些字还不认识呢。读了，就是……没读懂。

常恩多热心问：哪里不懂，我讲给你听！

刘万胜俯首在书上指了指。

常恩多耐心给刘万胜讲解，忽然若有所思道：兵民是胜利之本……东三省的抗日义勇军，仅仅是全国农民所能动员抗战的潜伏力量的一小部分，一小部分……

刘万胜认真道：这就是毛泽东先生指的民众吧？

常恩多深陷在自己的思索中：战争的伟力之最深厚的根源，就存在于民众之中。

刘万胜：师长！师长！

常恩多恍然：哦！我是不是走神了？

刘万胜小心问：师长，你是不是又想回东北去组织义勇军了？

常恩多看了刘万胜一眼，不置可否。

于学忠得知王维平满怀着失望离开了上高湖，心情抑郁：维城啊，你给张副司令当过秘书，后来又做了我的秘书，现在是我于学忠的秘书室主任。你说，对于东北军，对于我中华之抗战，我于学忠尽力了没有？

郭维城难过，热泪盈眶：于总司令，您尽力了！尽力了！

于学忠热泪流淌：张副司令当年下野赴欧，把大部分东北军交给我带，那时候，我没有顾虑。一是如果日本军队闹事，我有决心敢在天津和他们拼了。二就是，对有些当权的亲日派阴谋要吃掉和拆散东北军，我也有办法对付他们。“西安事变”送蒋，张副司令第二次把东北军交给我，就像是南宋岳元帅奉金牌应召去临安，把岳家军交给牛皋带一样！

郭维城心生悲伤：总司令！

于学忠激愤：“二·二”事件，东北军被分裂了。“二·二”事件的主谋者，就应当被千刀万剐了！他们拆散了我东北军啊！

于学忠克制悲愤：为了保护张副司令的安全，东北军必须团结，保持战斗力，行动上要更加谨慎，不能再走错一步啊！你懂我的用心吗？

郭维城连连点头：总司令，我懂！我懂！

于学忠：老蒋调我们到山东，就是来安钉子的！四个角各放一个师，一是对付八路军，二就是将来跨海争夺东北！

白天，有时间的时候，于学忠请郭维城给他讲解毛泽东的《论持久战》。郭维城一层层地讲解毛泽东抗战理论精髓，于学忠闻后感慨万千，说：有人得了软骨病，看不到中华民族的希望，吓得逃到国外，要给日本人当狗。这样的人连祖宗都要换，别人也就救不了他了；也有人看到我们取得了台儿庄大捷，就以为我们马上就会胜利，也就得了急躁症！毛泽东先生高瞻远瞩，明确提出：抗日是一场持久战！——远见卓识啊！

郭维城：是啊！毛泽东先生不仅提出了抗战三阶段，还分析了运动战、游击战、阵地战三种作战形式的特点，和它们在抗日战争中的变化及地位。

于学忠：这不知是多少人的鲜血换来的！毛泽东先生高明，在这一战略思想指导下，抗战定能胜利啊！

于学忠满怀希望和信心，忽然想到什么：郭处长，你马上联系，我要去王庄拜访八路军山东纵队的张经武司令员！

这天，于学忠在郭维城等陪同下，来到沂水王庄。在于学忠要求下，张经武、郭子化等陪他参观了八路军的训练和学习，还走进一个排的官兵宿舍看了看。

满眼是八路军官兵朝气蓬勃苦练刺杀的场景，《到敌人后方去》、《大刀进行曲》等抗战歌曲不绝于耳，连村里贫苦乡亲的精神也格外昂扬，于学忠感受这勃勃生机传递给他的抗战希望，不时询问什么。看到战士们使用的武器大都还是“汉阳造”，抚摸官兵们盖的薄被，于学忠流泪了。

会谈在张经武办公室里进行，郭维城奉命守在外面。过了约莫半个小时，张经武走出来。

郭维城迎上：张司令员！

张经武上前紧紧握住郭维城的手：郭处长，你辛苦了！

郭维城谦逊地摇了摇头：怎么样？于总司令他……

张经武：我们谈得很好，在抗日问题上认识非常一致。我们还就互派联络参谋，互通情报，共同抗日达成了协议。

郭维城高兴：这太好了！张学良副司令一直被囚禁，于总司令和我们东北军中的很多将领都憋着一股劲儿。我们是想通过抗战，通过东北军打胜仗，来争取张副司令被释放。

张经武：张学良先生是我们共产党的好朋友，东北军是八路军的好朋友啊！我们会珍惜今天团结抗战的局面，这是无数人用鲜血和生命换来的，得来不易啊！

郭维城：可沈鸿烈、韩德勤和那些顽固派、投降派会破坏这一团结抗战的局面啊！

张经武：只要他们敢于破坏捣乱，我们就毫不留情，坚决打击！

郭维城终于放下心来。对于郭维城共产党员的身份，只有中共周恩来等上层几个人掌握，张经武只知道他曾任张学良秘书，是个主张团结抗战、谋求祖国统一的进步军官。

在返回上高湖的吉普车里，于学忠神情抑郁：这个沈鸿烈，支持秦启荣经常打八路，张司令又向我告状了！

郭维城：于总司令，如果不阻止沈鸿烈继续搞摩擦，看他的势头，他能干出更让人痛心的事来。

于学忠叹息一声：我一生从不主张同胞自相残杀。兵凶战危啊，谁家没有父母兄弟？过去打仗死人太多了，我虽然打了一辈子的仗，但我深知兵而不好战。

郭维城：沈鸿烈急着要当汉奸，所以要攻打八路军。他的作为，只有日本人高兴啊！

于学忠：国民党和共产党，国军和共军两党两军之间，并无胶固不解之冤，却有同舟共济之责啊！在抗日的问题上，我们两党两军应该和衷共济，坦诚合作，而不应该兵戎相见、背心离德！

郭维城忧心忡忡：总司令，如果姓蒋的命你去打共产党，你怎么办？

于学忠坦诚道：蒋介石对我有冤，共产党于我无仇，让我去打共产党，我只能应付。

第十一章

中共特别党员

一、"打完鬼子，我算哪个党？"

天空，十几架日本轰炸机低空而来，扔下无数炸弹。

从天飞降的炸弹在万县的山沟里爆炸，躲避空袭的群众死伤一片。王树军和女儿育平被人群冲散，她呼喊着"育平"苦苦寻找，育平则哭喊"爸爸妈妈"已成泪人，情景十分凄惨……

常恩多一着急，喊着"育平"从噩梦中惊醒，却忽然发现张苏平坐在床边正呼唤他。

常恩多静了静心：是张参谋，你来了？

张苏平：师长，山东分局派人送来了情报！

常恩多焦急问：有什么新情况？

张苏平：沈鸿烈鼓动他的部队和八路军搞摩擦，向他的部队大肆鼓吹"宁匪化，勿赤化"、"宁亡于日，勿亡于共"，还有，"日可以不抗，共不可不打"。

常恩多气愤：这个汉奸！大汉奸！你看看，国民党政府重用的竟都是这等民族败类的下作材料！

张苏平：在沈鸿烈支持下，他的部队现在全力对付八路军和抗日人民，"见人就抓，见枪就下，见干部就杀"。

常恩多着急：八路军损失大吗？

张苏平：时有损失。

常恩多：这个沈鸿烈，是死心塌地要给日本人当孙子、做狗了！

张苏平从挎包里掏出几本书和报纸：这是张经武司令员叫转交你的！

常恩多接过：太好了，我正需要呢！

张苏平按捺住激动：师长，还有一样东西！

常恩多：什么？

张苏平：你最想看到的、最想知道的！

常恩多看到张苏平手里的信：是……常克的信？

张苏平把信递上后悄悄离开了。

油灯下，常恩多迫不及待打开信，只见常克字迹：

爸爸：

你身体还好吗？我听说妈妈和妹妹她们去了万县，日本的飞机经常轰炸重庆，不知道她们那里是否安全。爸爸，我来延安后就进入了抗大。在学校，我们一边学文化、学政治，一边学打仗，尤其学习游击战争的理论和战略战术问题。今后在中国，游击战争不再只是起配合作用，只属于战术问题。如果没有游击战争，抗日战争将不能取得最后胜利。爸爸，我还要告诉你一个好消息，我已经加入了中国共产党，成了一名光荣的共产党员。不把日本鬼子赶出中国，不能打回东北老家去，儿子就枉为您的儿子！爸爸，儿子一定为民族的解放事业奋斗到底，就是死在抗日的战场上，儿子也决不后退！

常恩多再坐不住，收起信匆匆走出师部。

常恩多推开王维平住的房门。

王维平正在看书，看到常恩多有些诧异：师长！还没休息？

常恩多把信递给王维平。王维平展开信，仔细阅读。

常恩多难过：维平啊，现在是老子不如儿子啊！

王维平笑了笑，继续看信。

常恩多：维平啊，现在是三角斗争，各有各的党。将来抗战胜利，你们共产党回共产党，他们国民党归国民党，我算哪一家人，又算哪个党？你告诉我，打完鬼子，我算哪个党？

王维平面露同情。

常恩多：现在，连我儿子都加入了共产党，都跑到老子前面去了，你说我能不急吗？

王维平躲开常恩多的目光，起身倒水。

常恩多焦急：维平，你不能光当我的秘书啊！

王维平递上开水：师长，请喝水！

常恩多把杯子放在一边：你告诉我，参加共产党到底要什么样的条件？我够不够格？如果不够格，我再继续学习，继续争取！

王维平感动：师长！

常恩多：你知道，我也是受苦人出身啊！我从小就受外国鬼子和有钱有势人的欺压，我是打心眼里拥护和爱戴共产党啊！

王维平扶常恩多坐下。

常恩多：维平啊！我六岁时娘就病死了，九岁，爹又撒手西去。因为寄养在当塾师的族伯家，因此得以学习识字明理。后来，半工半读勉强读完了师范，回乡后就当了村里的小学老师。教书先生的钱养不活老婆儿子，我就出来找工作糊口。就这样，最后进了奉军的骑兵连当了个字兵……

在王维平这儿没有得到明确答复，常恩多十分失落回到师部。他明白共产党有自己的纪律，王维平不便给他答复。可他心里着急，在抗战如此复杂和残酷的政治环境下，他祈望自己有个坚强的依靠，他希望111师有个光明的前程。对于蒋介石和国民党，他早就彻底失望；对于被囚禁的张学良，他指望不上；对于于学忠，他有心而于无意；对于共产党，他积极要求参加，可共产党迟迟不给予答复，他心里的苦楚除了对王维平说，便再也无处倾诉了。

就在常恩多精神苦闷的时候，一个人又来到了他身边。

这天，王维平兴冲冲引王再天走进：师长！师长！我表哥看你来了！

常恩多回身看到王再天，愣了一下，冲上前抱住王再天：啊呀！是你啊，星三老弟！总算把你盼来了！

王再天：大学长！早就听说了你带111师转战淮河南北、苏北鲁南，打得小鬼子鬼哭狼嚎！你快讲给我听听，你们都是怎么打的！

常恩多：不说那些，不说那些！讲讲你，你现在在哪儿呢？

王再天：第五战区第2路游击司令部参谋长，向常将军报到！

常恩多赞赏道：好啊！可以带兵打仗，直接跟小鬼子干了！

王再天：大学长，还是说说你吧，说说你领111师取得的那些个胜利，我想知道啊！

常恩多忽然伤感：寄人篱下，不得施展。星三老弟，你大学长获三我心里苦啊！

王再天：大学长，啥事儿，您这么难心？

常恩多压低声音：我想参加共产党！

王再天热泪盈眶，克制激动：获三兄！我可以帮你活动活动。

常恩多惊喜的目光盯住王再天。

王再天坚定点头。

常恩多终于松了一口气，连连点头：好、好、好啊！

王再天：不过，你把想法跟我表弟说说，让他再给你向上反映反映。

常恩多激动：哎！哎！星三老弟，快对我讲讲当前的抗战形势！

王再天的到来，让常恩多喜出望外，精神振奋。

二、郭子化的绝密使命

王再天：郭书记，情况就是这些。

郭洪涛听完汇报，说：111师工委的几个同志，都先后汇报过常师长的请求。星三同志，你与常师长认识很久了，你看常师长够不够发展条件啊？

王再天：郭书记，我看早就够了！西安事变前，我们就想发展他的，可是因为他官太大了，一直找不到身份合适的同志作他的介绍人啊！

郭洪涛：当年，王维平同志曾把周副主席的一封亲笔信交给他。这些年，他是东北军中抗日最坚决、反投降最坚定的将军，是我党团结抗战的对象啊！

王再天：常师长已经看透了国民党政府腐败无能，看透了老蒋假抗日、真反共的反动嘴脸，对沈鸿烈、韩德勤之流的投降派也是深恶痛绝，主张坚决打击。他向往在共产党领导下，能痛痛快快地杀鬼子、锄汉奸，做一个抗日的爱国将领。

郭洪涛：这样吧，我和徐向前同志，及省委的其他同志研究一下，看派一个领导同志去大于庄，考察一下。

王再天激动：哎！这样，常师长就高兴了！

几天后，龙光牵一匹马走在前面，郭子化一副郎中模样紧跟在后，向莒县大于庄走去。

在苏北和鲁南，郭子化可是个传奇人物。他 1896 年生于江苏省邳县郭宋庄一个贫苦农民家中，取名邦清，字子化。因贫穷，十岁才开始读私塾，两年后辍学。17 岁，跟叔祖父继续读书。22 岁，以第一的成绩高小毕业。23 岁，也就是 1919 年，因积极参加“五四”爱国运动被学校开除，后领导 18 名学生与校方斗争并取得最终胜利。1924 年，他 28 岁考入北京私立朝阳大学，并加入国民党。1926 年弃学从戎参加北伐军，在由叶挺团扩编的第 24 师政治部任总务科长，同年加入中国共产党。之后，他领导苏鲁农民武装暴动。1935 年 2 月，郭子化任苏鲁边区特委书记。抗战初期，他以延安回乡参加抗日的中共党员身份积极参与李宗仁所辖第五战区的统战工作，组织人民抗日武装，创建苏皖、鲁南、苏鲁豫等抗日根据地。

踩在雪地里，龙光兴奋地喊道：郭部长，前面就到大于庄了！

郭子化操着浓重的苏北鲁南口音说：好啊！看这遍地的雪，就知道今年收成一定错不了啊！

龙光：要是没有日本鬼子的侵略，没有内战，老百姓的日子会越来越好啊！

西安事变后，龙光受党组织派遣和许多同学一起来到华北开展游击战工作。这一次能够去大于庄再见常师长，出乎他的意料。

郭子化想到什么：龙光，我记得西安事变的时候，你就在西安啊！

龙光：是啊！巧得很哪，我就是那时候认识常师长的！

郭子化：太好了，今后你就给常师长当便衣侦察大队的队长吧！还有，就是我们党和常师长中间的特别联络员！

龙光激动：好啊！我保证完成任务！

郭子化：在今后的作战中，我们要帮助 111 师了解敌情，共同抗战，东北军是我们最好的朋友啊！

龙光：是！部长，您放心吧！

两个人来到大于庄路口，王维平正在等候。看到郭子化，王维平跑近：郭部长，您来了？

郭子化与王维平紧紧握手：维平同志，辛苦了！

王维平：不辛苦！

郭子化介绍道：这是我们派到 111 师侦察大队的队长龙光同志！这位是王维平同

志——常师长的秘书！

王维平与龙光紧紧握手，几个人继续向村里走去。

郭子化：常师长知道我今天来吧？

王维平：知道。我没有叫他来村外等您。

郭子化：不用，那样目标太大。我这次来，是代表郭洪涛同志和徐向前同志来访问常将军。

王维平：郭部长，你要有思想准备，常师长和你谈话时，很可能提出加入共产党的要求。

对于郭子化此行的真实目的，除了中共中央山东分局几个主要领导知道，再无人知晓。郭子化笑了，故作不知问：你说，那我该怎么回答他呢？

王维平：你可以表示把他的要求向中共中央山东分局反映，由组织考虑。

郭子化故作恍然大悟：哦！好的，好的！这个主意好！

王维平放下心来，引郭子化、龙光走去。

大于庄于老财主家后院的偏房是看门人住的房子，常恩多已在这里等候多时。郭子化一出现，常恩多激动迎上，一把握住郭子化双手：郭部长，早就盼着你来啊！

郭子化凝望着常恩多：常师长，我也是早就想来啊！山东分局郭洪涛同志和徐向前同志都向你问好，叫我一定转达他们的问候和敬意！他们都很想念你啊！

常恩多：我也是想念你们啊！快，炕上坐！

郭子化转身说：我来介绍一下……

龙光上前敬礼：报告，常师长！便衣大队队长龙光前来报到！

常恩多有些惊讶：我们……在哪儿见过？

龙光：是的，师长！你说过，在抗日战场上见！

常恩多若有所思。他忽然想起西安街头，他曾激动聆听龙光激情的演讲；渭南前线，龙光带宣传队到111师宣传事变的精神和意义……

常恩多激动，上前一把抱住龙光：龙光队长！再见你，我太高兴了！

龙光激动：师长！我也是很高兴啊！

常恩多：欢迎你啊，好兄弟！

龙光热泪盈眶：师长！我们终于能在一起打鬼子了！

郭子化：今后，就让他的侦察大队帮你们侦察敌情、社情，咱们两军团结互助，一起打小鬼子！

常恩多精神振奋：太好了！真是太好了！

郭子化又说：龙光还有个光荣的任务，就是担任山东分局和您的特别联络员，您看怎么样？

常恩多连连点头：我同意、同意！

郭子化交代龙光在外面等着，龙光走到了院子里溜起马来。

常恩多走出地主小院，对刘万胜和王宗芳说：你们守好前后左右，不要叫人走近。

刘万胜、王宗芳应着，警惕地在街道上巡视起来。

小屋里，常恩多与郭子化促膝畅谈。

常恩多满怀悲愤，说："九·一八"后，近20万的东北军啊，就这样信他蒋介石的许诺，把东三省让给了日本人！三千万父老兄弟姐妹啊，从此当了亡国奴，从此东北军也背上了"不抵抗"的骂名啊！

郭子化心怀愤恨地聆听着。

常恩多：这是我们东北军的耻辱！是每一个扛枪杆子的中国军人的奇耻大辱啊！我们多次要求打回老家去，可蒋介石却把我们调到南方剿共。"西安事变"前，我们不愿把手上的这点武装葬送在打内战上，可姓蒋的不允许我们抗日，非逼我们打啊！

看到常恩多泪流满面，郭子化不禁热泪盈眶：常将军！张学良将军用他的生命、荣誉，终于换来了今天全国抗战的宝贵形势。张将军永远是我们真正的朋友！

常恩多：可姓蒋的国民党政府消极抗日、积极反共，不去从日本人手中夺回我大片沦丧的国土，却要反共、限共，打击真正抗日的共产党八路军！郭部长啊，跟着姓蒋的，跟着国民党，我常恩多看不到抗战胜利的希望啊！

郭子化连连点头："七·七"事变后，平津相继失守，韩复榘率十万国民党军队纷纷逃跑，那些官吏逃得更是无影无踪了！当时，我党以黎玉同志为书记的山东省委把坚持抗战的责任独立担当了起来。根据中共中央和北方局的指示精神，我们的口号是：每一个优秀的共产党员应该脱下长衫打游击去！山东的武装起义正是在这样的形势下迅速发展起来。我们相继举行了冀鲁边、徂徕山、黑铁山、天福山、鲁东、鲁南、鲁东南、泰西、湖西、鲁西北等地的武装起义，为开辟山东抗日根据地，坚持抗日斗争奠定了坚实的基础啊！

常恩多：国民党政府掌握着全国的军事力量、经济命脉和人才物力。如果有一半，不，有三分之一的官员能够像共产党人一样视国土为家园，视人民为父母，中国就不会是今天这个样子！

郭子化：那些投降派、反动派不会停止他们的罪恶行径。沈鸿烈、石友三、韩德勤之流还会继续反共，继续投降日寇。常师长，更加复杂和残酷的抗战形势，还在后面啊！

常恩多：张副司令被囚禁，东北军成不了气候；国民党消极抗日，更靠不住！郭部长，我请求加入中国共产党！你这次来，就是来考察我的吧？我接受党的考察！

郭子化感动，紧紧握住常恩多的手：常将军！

常恩多：对于国民党，我已经彻底失望了。他们除了为蒋宋孔陈四大家族势力谋利益，就是为了自己谋私利。这样的政党，怎么会把人民、祖国、江山放在心上？怎么会为了国家的利益而流血、去牺牲？

郭子化：你说得好啊！

常恩多：我坚信，只有跟着共产党，只有依靠共产党，我常恩多才能痛痛快快打鬼子、才能带111师打回东北老家去啊！

常恩多热泪盈眶，凝望郭子化，期待他的最后答复。

郭子化心领神会，解释说：常将军啊，我们有组织程序，我今天不能答复你，请你理解。

常恩多情殷语切：要快！一定要快！

郭子化眼含热泪重重点了点头。

三、全军加入国民党

莒县夫前庄大祠堂里，音乐低迷，灯光昏暗，57军军部的舞会正在进行。

宋迪玺满腹心事匆匆走进，在一些肩扛黄牌的军人中寻找缪澄流。在他眼前闪过去的不是将，就是校，女人们则一个个旗袍裹身，柳腰肥臀，涂脂抹粉。祠堂大厅里，烟雾弥漫，影影绰绰，男男女女们搂抱一团，一派奢靡浮华景象。

宋迪玺终于在人群中看到了正紧搂翠花跳舞的缪澄流，他饶有兴趣坐到一旁桌边，等候这一曲终了。

缪澄流转过来，看到了宋迪玺。宋迪玺冲缪澄流敬礼，算是招呼。翠花看到，很不高兴：真讨厌！

一曲终了，缪澄流走到桌边：宋主任，有事啊？

宋迪玺慌忙迎上：军长，我有重要事情报告！

缪澄流对翠花：翠花，请宋主任跳舞！

翠花扭捏，挽起宋迪玺步入舞池。缪澄流乘机拉起另一女人的手走进舞池。宋迪玺有些急躁，被翠花拉扯着转起来。欢乐的音乐声中，男人、女人们情绪激昂，翩然起舞。

再曲终了，缪澄流、宋迪玺、朴炳珊等都回到桌前。

缪澄流：说吧，宋主任，找我什么事？

宋迪玺：军长！刚接到总部政治部的密电。

宋迪玺神秘耳语什么。

缪澄流有些激动发问：什么？全军入党！是真的？

宋迪玺：对，全军加入国民党！

缪澄流坚定站起：好，就按照总政治部指示，全军加入国民党！

莒县大于庄111师师部，常恩多与参谋长陶景奎正在研究工作。宋迪玺率几个政训处的军官匆匆走进。

常恩多有些诧异：宋主任，有事吗？

宋迪玺：我谨向常师长宣布一个命令：111师政训处已奉军政部命令升级为111

师政治部，本人有幸任贵师政治部主任！

常恩多不冷不热：哦！那我恭喜你了，宋主任！如果没别的事情，我们还有抗战的工作……

宋迪玺递上一份文件：常师长，还有更重要的事情！

看罢文件，常恩多不解：全军加入国民党？这是怎么回事？

陶景奎匆忙看了一眼文件，急迫问：宋主任，全军都入党吗？也不用写申请、介绍人、考察了？这么容易，不是开玩笑吧？

宋迪玺郑重其事：当然不是玩笑！全军按照花名册全部加入国民党，无论是官长，还是兵夫，一律平等。“全民皆党”，为的就是凝聚军心，确保抗战胜利。这是蒋委员长和总政治部的死命令！

常恩多心情抑郁，不知道姓蒋的玩什么把戏，又听宋迪玺说：常师长，111 师将成立国民党特别党部，您已被封为特别党部书记长！执行吧！

常恩多不得要领。

抗日义勇宣传队的队员被从各团召回，参加整训。整训的中心议题是向所有队员灌输“一个主义、一个政党、一个领袖”的思想。孰料，教官刚讲了一句，就有队员发问：实行一个党、一个领袖、一个主义，能够团结抗战吗？这和孙中山先生提出的“联俄、联共、扶助农工”、实现民主政治，又有什么关系呢？

在教官大讲“限制异党”时，又有队员大声问：这个“异党”到底指谁？共同抗日的党派，应该叫友党，不是“异党”！投降日本的汪精卫是汉奸党，才是真正的异党！现在有公开的汪精卫，有没有秘密的汪精卫呢？

宋迪玺的整训不得不草草收场。紧接着，便是“全军入党”。

在宣传队的动员会上，宋迪玺说：遵照蒋委员长提出的“一个主义、一个政党、一个领袖”和“全国党化”的指示，从今天开始，在所有的机关、部队、学校都要搞集体入党、举手入党，按照花名册全体入党！

徐惊百、邹强、孙卜菁、陈瘦秋、孙学仁、刘祖荫等疑惑不解，面面相觑。

众人议论纷纷：

什么、什么，全体入党？

怎么这么不严肃？

不是开玩笑吧？

简直是闹着玩嘛！

小孩子过家家，图个嘴痛快吧！

龚晓清和侯小鲁等几个政治部的军官，闻声十分不满。

宋迪玺喊：大家安静！安静！

众人渐渐安静下来。

宋迪玺隐含威胁：前一阶段，我们政训处，不，现在该叫政治部，对你们抗日义勇宣传队进行整训改编，对所有人进行了一次政治审查。我告诉你们，政审没有结束，永远不会结束！

众人静默无语。

宋迪玺有些无奈：我要把你们抗日义勇宣传队改名，叫“111师政治部宣传队”，可你们死活不干；我想给你们发饷，也叫你们享受享受国军军官的待遇，这不是天大的好事吗？你们现在只有生活费，还不算国军在编军人，我真是不明白了，你们为什么就是不接受呢？

众人小声的议论声重又响起。

宋迪玺很不耐烦打断道：得得得！又是什么“不图名、不为利，一心想打鬼子”。你们这些话能当饭吃，还是能当衣穿？行行行，我不勉强你们。不过，这一次全民入党可是考验你们的时候了！

宣传队住的民房里，徐惊百、邹强、孙卜菁等几个党支部委员正在召开紧急会议。

邹强神情焦虑：怎么办？怎么办？

孙卜菁说：王维平同志他们也一定知道此事了！

徐惊百稳住神：大家不要慌，咱们现在只能等候上级指示！

陈瘦秋、孙学仁和刘祖荫几个队员高声议论着走进。

徐惊百问：瘦秋，你参加吗？

陈瘦秋愤愤不平：谁要参加他们刮民党！那些王八蛋抽大烟、嫖女人，从不干正经事！我要参加，不是跟他们一样了吗？决不！

邹强：小孙，你呢？

孙学仁回答：我宁可回家，也决不入什么国民党，决不在这里当狗！

徐惊百：小刘——刘祖荫，你呢？

刘祖荫：打死我也不参加！这里不要我，我就回镇江老家去！

徐惊百、邹强和孙卜菁会心看了一眼，放下心来。

师部，常恩多遥望远天，焦虑万分。他渴望郭子化尽早赶来，尽早带来共产党的声音。可此时，国民党大搞官佐士兵夫全军入党，他该怎么办呢？

刘万胜神情抑郁，默默守候在常恩多身边。

不远处的树林里，传来了徐文斌悲凉的京剧清唱：

一轮明月照窗前，
愁人心中似箭穿。
实指望到吴国借兵回转，
谁知昭关有阻拦……

这几年，徐文斌的京剧清唱声一直陪伴在常恩多身边。其实，徐文斌是常恩多在湖北“捡”的。自东北被日寇侵占，徐文斌跟随师傅逃离东北，一路上靠卖唱维持生计。后来，徐文斌与师傅失散，幸在湖北遇到了常恩多，便进入111师当了常恩多的勤务兵兼警卫员。这些情况，刘万胜再清楚不过。

刘万胜看到常恩多听得入迷，听得悲伤，不禁也难过起来。

徐文斌的清唱声继续传来：

我好比哀哀长空雁，
我好比龙游在浅沙滩。
我好比鱼儿吞了钩线，
我好比波浪中失舵的舟船。
思来想去我的肝肠断，
今夜晚怎能够盼到明天……

常恩多喜欢《文昭关》中伍子胥的这一唱段，正是它生动而深刻地契合了他此时此刻的心境。每每听到徐文斌那哀怨而婉转的唱腔，他总是泪流满面，悲愤难抑。

徐文斌的声音在继续：

哭一声爹娘不能相见，
不能见！爹娘啊！
要相逢除非是梦里团圆……

常恩多热泪滚落，看了一眼刘万胜，唉声悲叹。

此时，王维平、张苏平、曹健华神色阴郁，愁眉不展。

王维平：怎么办？爱国的将士和抗日义勇宣传队的青年们，都不愿加入国民党。可是，如果不入，宋迪玺和政治部的那些国特们必将加罪于众人，并影响抗战啊！

张苏平：上一回，咱们成功阻止国特们要改“抗日义勇宣传队”的名号。可这回集体加入国民党，恐怕是阻挡不住啊！

曹健华：据我所知，宋迪玺他们已经制定好了举行入党宣誓的程序。届时，他们将把所有的特务分派到各旅团营连，监督整个宣誓过程。

王维平万分焦虑：上级的答复怎么还没有到啊？

几个人正焦虑，赵志刚匆忙走进，递上电文：中共中央山东分局有指示了！

曹健华接过电报，阅后交给了张苏平。

王维平着急：上级怎么说的？

曹健华：分局指示，为了隐蔽地开展地下工作，不宜公开反对，可以随集体参加，这也是斗争形势的需要，和自愿参加国民党、三青团有根本不同！

张苏平：常师长的工作，还是由维平同志去做。

王维平：是！

张苏平：抗日义勇宣传队的工作由我和维平同志做。

曹健华：地下党员和进步官兵的工作，我来做。

张苏平：志刚同志，参谋处同志们的工作，你来通知。

赵志刚：是！

张苏平：现在就开始吧！

众人随后分头展开说服工作。具有讽刺意味的是，在随后全师选举执行委员的时候，结果国民党政治部主任宋迪玺落选，常恩多的秘书王维平竟然当选。

111 师师部加入国民党的仪式，在大于庄一片空场地上举行。师部、师八大处、师直属单位和抗日义勇宣传队的队伍站了一大片。

常恩多和师里几个将军站在土台上。他们的背后挂着一面国民党党旗。

宋迪玺首先发表祝词，他说：各位长官！全体弟兄们！我首先恭喜大家了，从今天起，大家就都是本党党员了！

宋迪玺带头鼓掌，陶景奎和几个政治部的军官热烈拍响巴掌。

队伍里的掌声稀稀拉拉，议论声却此起彼伏：

国民党真不简单，一袋烟工夫发展了这么多党员！

他妈的，我们被国民党强奸了！

宋迪玺继续说：全军皆党，是抗战革命形势之必须！弟兄们！一切革命都包括在三民主义里面了，再没有比之更好、更先进的了！所以，共产党不适合中国国情。所以，我们要全军加入国民党，全民加入国民党！在全国真正实现“一个主义、一个政党、一个领袖”，决不允许再有第二个主义、第二个政党、第二个领袖！

宋迪玺环顾一眼场下，见众人缄默，继续说：好了，现在宣誓！都跟我高声朗读！

宋迪玺转身面对党旗，举起右手：余誓以至诚，忠党爱国，信仰三民主义，效忠领袖……

参差不齐的声音随即响起：忠党爱国，信仰三民主义，效忠领袖……

常恩多举着右手，嘴里跟随说着誓词，心里却在问：连已经死去的和开小差的士兵，都统统成了国民党党员，这是一出闹剧，还是一场更加残酷斗争的前奏？

却听宋迪玺在喊：下面，请国民党特派员常师长讲话！

常恩多恍然，转过身来，面对队伍。

众官兵期待地凝望常恩多。

常恩多神情抑郁：弟兄们！孙中山先生创立了三民主义，建立了国民党。但，革命尚未成功，他就死了。现在小鬼子践踏我们神圣的国土，蹂躏我们的民族，我们要打日本、救中国，这必须遵照孙总理的教导：“唤起民众，联合世界上以平等待我之民族，实行联苏、联共、扶助农工三大政策”！只有这样，我们才能取得抗日战争的最后胜利！

台下，众官兵深情凝望常恩多。

常恩多：可是，我们当中有些人，挂羊头卖狗肉，不干抗战救国这桩正经事儿，我劝他们不要离群太远，不然没有好下场！咱们大家可不要跟他们乱跑！

宋迪玺百思不得其解，他想不明白常恩多话里的“挂羊头卖狗肉”指的是谁。

常恩多又说：现在，咱们在敌后坚持抗战，大家要有长期吃苦的打算，要有艰苦奋斗、抗战到底的决心！要时刻注意严守军纪，爱护民众，团结友军，直到取得抗战救国的最后胜利！

官兵们的热情被常恩多鼓动起来，掌声忽然响起，如雷震动。

常恩多就势发问：弟兄们！我们111师的师训是什么？

官兵齐声回答：守规矩，卖力气！

常恩多：对！守规矩，卖力气！它也是111师的师魂，我们就是要为中华民族守规矩，为中华民族卖力气！我们永远不要忘记张副司令寄予东北军的深切希望！东北军抗日是天经地义的。东北军要站在抗日战线的第一线，唯有牺牲是属于我们东北军的！

四、常恩多终达宏愿

常恩多渴望加入中国共产党，可回到沂水王庄八路军山东纵队指挥部去的郭子化却迟迟没有回来。这天天将黑了，常恩多伫立大于庄村外路口，向远处眺望。

良久，刘万胜走近：师长，你在等谁呢？

常恩多没有听到刘万胜的问话，独自喃喃道：该来了，该来了！

刘万胜不解：师长，谁该来了？

刘万胜顺常恩多目视方向望去，只见远方空空荡荡，并无一人。

良久，常恩多终于神色黯然，叹道：回吧！回吧！

常恩多转身向回走。刘万胜边向回走，边不时朝后张望。忽然，他看到了两个熟悉的身影正从远处向村边走来。走在前面的像是那天来见师长的“郎中”，而那个牵马人正是那天一起来的龙光队长。

刘万胜激动喊道：师长，来了！来了！

常恩多头没回、步未停：谁来？没人来，不会来了，走吧！

刘万胜：师长，真的来了！真的，没骗你！

常恩多停住脚步回首望去。

果然，在最后一抹朦胧的天光里，他看到郭子化和龙光一前一后健步走来。

这天夜里，还是在那间偏房里，在中国共产党党旗前，郭子化率常恩多进行入党宣誓。

常恩多庄严地举起右手，满怀激情压低声音宣誓道：我志愿加入中国共产党，坚决执行党的决议，遵守党的纪律，不怕困难，不怕牺牲，为共产主义事业奋斗到底！

常恩多终于实现宏愿，热泪奔涌而出。誓毕，郭子化紧紧握住常恩多的双手：常恩多同志！从现在开始，你就是中国共产党党员了！

常恩多：我一定率111师，在共产党领导下坚持抗战，奋勇杀敌，坚决把日本鬼子赶出中国去！

郭子化：常恩多同志！为了保密，山东分局决定你为中共特别党员，报请党中央，中央已经批准了！

常恩多高兴，继而疑惑：什么是特别党员？

郭子化：不参加组织生活，与山东分局郭洪涛书记派出的联络员单线联系。

常恩多有些遗憾：我不参加王维平他们的组织生活？

郭子化：是的！

常恩多疑惑：也不告诉他们，我也是共产党员了？

郭子化：是的！这是为了您的安全。您是我党的特别党员，目前仅限于郭洪涛、张经武、徐向前、朱瑞和我，还有中央的个别领导知道。

常恩多：那我怎么跟你们联系？

郭子化：在你这儿设一部秘密电台，我们之间的来往电讯由张苏平同志负责。另一个渠道可通过龙光同志，我们对他已作特别交代。

常恩多：好的，我服从组织安排！

郭子化：常恩多同志！中国共产党在全国抗战开始的八月决议上就指出：全国抗战时期最中心的任务，是动员一切力量，争取抗战胜利。只有全民族的抗战，才能使抗战取得最后的胜利。

常恩多激动聆听。

郭子化继续说：去年中共扩大的六中全会上，毛泽东同志总结全国抗战十五个月来的抗战经验，着重说明：支持长期战争与争取最后胜利，必须发动全民族各阶层中一切生动力量。而欲达到目的，非从军事、政治、文化、党务、民运等各方面力求进步不可。……依靠民众则一切困难能够克服，任何强敌能够战胜，离开民众将一事无成啊！

常恩多：这二十个月来的全国抗战事实，充分证明了这些理论是完全正确的！

郭子化：目前的全国抗战还在战略防御进入战略相持的过渡时期，日寇还没有放弃进攻西北的企图，在后方，他们更是疯狂残酷地"扫荡"和"讨伐"。这是一个非常残酷和非常艰苦的时期啊！

常恩多：对于中华民族，现在已到了生死存亡的最后关头了！

郭子化：因而，神圣的抗战事业是整个中华民族的事业，是四万万五千万全体同胞的共同事业。因此，也正如蒋委员长说的"地不分东西南北，人无分男女老幼"，都有抗战职责。所有各抗战军队，抗日党派，以及个人从事于动员、组织民众抗战，其成就亦即整个民族国家的成就，而不应该看作是某军队、某党派，某个人的成就；更不应该看作是他们的"私产"，或是他们所培植的"特殊势力"。

常恩多：那些制造摩擦，阻挡、歧视民众抗战的顽固派，只看见自己一党私利，而忽视了国家民族的利益，这是非常有害的啊！

郭子化：是啊！哎，常恩多同志啊，你考虑过将来中国会是个什么模样吗？

加入共产党后，常恩多抑制不住对未来的憧憬，向孙立基、赵开云和刘万胜等人描绘他心中的蓝图。他说：你们知道将来中国会是什么模样吗？将来整个世界，一切民族，所有人类，都要生活在自由平等幸福的乐土上。再不会有侵略和奴役的现象发生，而可能是各尽所能、各取所值的第一阶段的社会主义制度。你们知道战后的新中国是个什么样吗？战后的新中国，应该是新类型的民主共和国，是一切反帝反封建的人民联合专政的民主共和国！也就是真正革命的三民主义即孙中山总理的三大政策的三民主义共和国，绝不是旧式的欧美式的资产阶级专政的大地主大资本家大包大揽的共和国！

孙立基、赵开云和刘万胜等虽然听不懂，更想不出将来中国会是什么模样，但那些关于未来中国的美好种子已经在他们年轻的心里扎下根来。

第十二章

粉碎鲁南大"扫荡"

一、于学忠的正义

1939年4月19日，在沂水上高湖（后属蒙阴县）战区总部，于学忠召开了战区作战会议，划分防区。与会的有沈鸿烈、牟中珩、缪澄流、张经武等。于学忠宣布了驻防划分，51军驻沂鲁山区，57军维持原防。在对待八路军防地问题上，于学忠接受了沈鸿烈提出的方案：八路军山东纵队驻守滕县以北、津浦路以东、石莱以西的狭小地带，并限5月15日前到达指定地点。

这一方案使八路军退出刚开辟的较富庶的根据地，进而退守贫瘠山区，并与东北军交叉驻防。这实际是沈鸿烈一箭双雕的诡计，这既达到了排除共产党军队的目的，又埋伏下东北军与八路军因驻防而产生矛盾的种子。

于学忠听信了沈鸿烈的挑拨，这为后来的防区摩擦埋下了祸根。

八路军顾全大局，先后放弃开辟出的大片根据地，移防指定地区。

就在这个月，山东省主席、鲁苏战区副总司令沈鸿烈公开提出制造摩擦、破坏抗日的三个反动口号："宁匪化，勿赤化"、"宁亡于日，勿亡于共"、"日可以不抗，共不可不打"，并积极部署他的部队"见人就捉，见枪就下，见干部就杀"。

4月30日，国民党山东鲁南办事处主任兼第3纵队司令秦启荣，闻讯八路军山东纵队第3支队路过博山太白镇，便指使所部隐藏伏击。最终，包括八路军山纵3支队政治部主任鲍辉在内，及营连排干部70余人，共400余指战员全部牺牲。这就是震惊全国的"博山惨案"。

惨案一发生，八路军总部如实向国民党军委会报告，严词谴责这种破坏民族统一战线的卑劣行径。国民党总部无奈，只好下令鲁苏战区彻查惨案真相。

于学忠接到电报，气愤地把电报狠狠摔在桌上：影响太坏！政治影响太坏！这是帮日本人啊！这和汉奸没什么两样！

郭维城说：日寇灭我中华之心不死，沈鸿烈竟然干出杀害抗战军队的勾当，这就是汉奸行径！于总司令，军委会来电指示调查此事！

于学忠态度坚定：查！坚决查！派胡志广参谋去调查！还有，告诉周从政秘书长，必须按实际情况，秉公裁决，不可支持或偏袒任何一方！

数天后，先后到八路军驻地和秦启荣部调查此事的周从政，回到总部报告了调查结果。听完汇报，于学忠心情沉重：这一事件的责任在秦启荣部，不在八路军，八路军是真正的受害者。

周从政：据韩启荣部下交代，制造这一“博山惨案”的幕后主使，正是沈鸿烈。

于学忠：上报！马上如实向重庆军委会上报！

周从政：是！

周从政转身欲走，忽然看到沈鸿烈兴高采烈匆忙走进。

没等周从政说话，沈鸿烈已经走到跟前：于总司令！近来可好啊？

于学忠脸色难看：沈主席，你来得正好！我正要传你来呢！

沈鸿烈心怀叵测，目光依次扫过郭维城、周从政。他早已料到于学忠找他所谈何事，先发制人道：于总司令！我听说，你派人去调查“博山事件”了？

于学忠：对！

沈鸿烈稳稳坐下：那么，调查清楚了吗？

于学忠：清楚了。

沈鸿烈有些心虚：那可太好了！调查的结果一定是共产党在制造事端，我第3支队奋起反抗……

于学忠打断沈鸿烈：恰恰相反！“博山惨案”责任全在你沈鸿烈的秦启荣部，人家八路军是受害者！

沈鸿烈：于总司令！你不能只听他八路的一面之词啊，我们是……

周从政高声说：我们也调查了你的第3支队，并不是八路军的一面之词！

郭维城说：沈主席，秦启荣手下有人揭发是你指使他们制造了“博山惨案”，可有此事？

沈鸿烈瞪了一眼郭维城：胡……胡说八道！我、我怎么会……我也不能啊！

于学忠：都不要说了，事情已经发生了。

沈鸿烈气焰嚣张：于总司令，你打算怎么办吧？

于学忠：我只能秉公上报！

沈鸿烈紧逼：一定要上报？

于学忠：不但如实上报，还要坚决谴责制造这一惨案的责任方！

沈鸿烈憋得满脸通红，目光喷火，目光盯住于学忠，最后终于气急败坏拂袖而去。

不久，日军将于6月初展开鲁南大“扫荡”的情报传到战区总部，于学忠迅速部署反“扫荡”事宜。在战区军事会议上，张经武将《“博山惨案”真相及总部裁决命令》的小册子发放给每一个人。

沈鸿烈看了一眼小册子，恼怒将书摔在桌子上。

缪澄流拿起书，翻了翻，讨好道：沈主席，这上面说的可都是你们的不是啊！

沈鸿烈很不服气“哼”了一声，挑衅性地拿起书又摔下：张司令，你们什么意思？啊！

几个国民党高官盯向张经武，他们有同情的，有看笑话的，各怀心思。

张经武针锋相对，说：沈主席，帮助日本鬼子灭我中华民族的勾当，你们最好不要干！历朝历代，当汉奸总是没有好下场的。这一点，你沈主席一定清楚！

沈鸿烈心虚：清楚，清楚，当然知道！我是战区副司令啊，上报总部也有我一份嘛，啊！哈哈哈……

于学忠走进会议室：张司令，八路军山东纵队印的小册子，我看到了。

张经武：总部命令下达后，我们认为裁决公正，完全接受。

沈鸿烈脸色难看。

于学忠：好，好，让这件事情快点过去吧，鬼子又要“扫荡”了！

缪澄流同情看向沈鸿烈。

待众人安静下来后，于学忠说：自今年春我军挺进鲁南，日军十分仇视和恐惧，千方百计企图破坏这一根据地。据可靠情报，日军将以第5师团为主，配合第21、第32、第114师团和独立混成第5旅团各一部，对胶济线以南、津浦线以东的鲁南地区展开大“扫荡”。目前，日军正在青岛、潍县、济南、兖卅、徐州和海州等地集结兵力，大约有四个师团，大有包围鲁南我军之势啊！

于学忠停顿了一下，又说：总部命令，各部须与当地八路军密切配合，做好反“扫荡”准备。总部决定的方针是：在不放弃根据地的原则下，化整为零，不打硬仗，以团为单位，避免决战，避实击虚，划定活动地区与敌人展开游击战。都听明白了吗？

众人起立：明白了！

军事会议结束后，沈鸿烈和缪澄流不约而同走到了一起。

沈鸿烈气呼呼说：于学忠的脑袋，受“西安事变”影响太深，中毒太深，余毒未清！未清！

缪澄流闻声色变，尴尬而笑。

沈鸿烈恍然：老弟，我可没有暗指你的意思啊！

缪澄流有些失落：是啊！当年我也在那个什么宣言上签了名啊。

沈鸿烈：你跟他们不同。张学良被押，你看看东北军中的那些个军官，个个像死了老子娘一样。而你跟他们不一样，不一样！

缪澄流心怀惋惜：要是蒋委员长也像沈主席一样看待我，那就好了。

沈鸿烈别有用心试探地问：那老弟如何看“西安事变”呢？

缪澄流：“西安事变”就是一场噩梦啊！现在，我的噩梦已经醒了。

沈鸿烈：如果没有这场噩梦，咱们现在也许正和日本人喝咖啡、论茶道呢！而不是像现在这样，等着人家驾飞机、开大炮来打咱们！

缪澄流：这么看来，张学良根本就是这场战争的祸首啊！

沈鸿烈激动：老弟啊，咱们是知己哦！

缪澄流一愣，很是受宠若惊：知己？

沈鸿烈：我就是这么看的！没有“西安事变”，没有张学良，中国不至于今天的样子。

缪澄流感动：沈主席啊，卑职总算找到知己的上峰了，卑职愿为沈主席赴汤蹈火，死不足惜！

沈鸿烈感激拍着缪澄流肩膀：那就好，那就好啊！

望着缪澄流年轻油光的胖脸，沈鸿烈想起自己那个山东“独立”的美梦。欲在山东搞“独立”，就必然需要一支武装力量；眼前这个年轻的57军军长，不正是老天爷送给他的厚礼吗？他感激老天爷厚爱他，注意观察着缪澄流，说：缪军长啊，我是十分赞赏汪先生的举动啊！中国武器真的不如人家啊，战必亡，必亡！

缪澄流连声附和：汪先生那是看破红尘了，他不是汉奸，而是在用另一种方法救国啊！

恰在此时，于学忠和郭维城正在送几个穿长袍、挎手枪的游击队首脑走过去。

缪澄流举着文明棍指指点点：看看啊！就这些穿长袍大褂的，还想打败人家穿“黄马褂”的日本人，那可真是见鬼了！

沈鸿烈摸准了缪澄流的脉，又问：缪老弟啊，将来……我是说将来，如果我沈鸿烈向前再走那一步……你懂我的意思吗？

缪澄流似懂非懂，点了一下头。

沈鸿烈追问一句：你缪老弟愿意跟我走吗？

缪澄流明白了沈鸿烈的“那一步”是哪一步，坚定说：跟！指定跟！决无二话！

沈鸿烈放下心来：张学良跑到贵州去享福，把抗日的责任推得一干二净，罪还得咱们替他受！我看这个于学忠，效忠张学良算是死心塌地了，他早晚得毁在共产党手里！

缪澄流连连点头，深表同意。

沈鸿烈：还有，他的那个秘书长周从政、秘书室主任郭维城等等，他身边一帮人，都是“西安事变”的残渣余孽！

缪澄流赞同：于总司令是比较听他们的。

沈鸿烈：这样下去，我们很难贯彻重庆总部剪除异党的既定政策啊！

缪澄流：国共两党的分裂是迟早的事情。只是，现在是抗战的艰难时期，我们还用得着共产党替我们冲锋陷阵啊！

沈鸿烈：用？那也得是在我国民政府沈主席——我的英明领导下用！你看看他们，啊！抗日，抗日！叫嚷得比咱们调子还高！

缪澄流：他们是比咱们活跃啊！

沈鸿烈：我不管他于学忠什么态度，老子只听蒋委员长的！“宁匪化，勿赤化”、“宁亡于日，勿亡于共”！

缪澄流附和：日可以不抗，共却不可不打！

沈鸿烈：从今天开始，他于学忠将不得安宁。我要向重庆告发他——通共！

缪澄流先是一愣，后幸灾乐祸，面露喜色。

二、恶战在即

1939年6月初，大于庄111师师部里，电波声此起彼伏，里里外外都是奔忙的官兵。一场恶仗在即，常恩多、王肇治、陶景奎等在地图前研究作战。

张苏平离开电台：师长，战区司令部紧急通报！

常恩多：念！

张苏平：驻山东日军第12军根据华北方面军“治安肃正”作战计划，决定利用部队换防兵力双重配置的机会，发动以鲁中南山区的中国军队、战区机关为重点的鲁南作战，即“キ号作战”计划；作战目的为“剿灭上述中国军队，并对该地区进行肃正”，同时，在进攻地区的要地部署兵力；作战部队为：以第5师团为基干，配以第21、第32、第114师团及独立混成第5旅团各一部，共2万余人。

地图前，几个参谋在紧张作业。

常恩多注意倾听。

张苏平继续读电报：各部务必迅速组织转移，避实击虚，避免打硬仗、恶仗；在划定的游击区内各自为战，保存实力，以期反“扫荡”成功，再图抗战大计！

常恩多：给战区总部回电，坚决执行，不打硬仗，避实击虚，责无旁贷！

龙光急匆匆跑进：师长！有新情况！

常恩多看到龙光浑身是汗：龙队长！别急，慢慢说！

龙光走近地图：日军正在临沂、太平邑、新泰、莱芜、临朐、安丘、诸城附近集结，很可能同时向莒县、沂水合围而来啊！

几个参谋匆忙在地图上标注。

常恩多忧虑：日军是企图合围鲁中南，把我们一口口吃掉啊！

正说着，李政宣台长把刚收到的电报交给了张苏平。

张苏平看了一眼电报，焦急走上前：师长，八路军山东纵队情况通报！

常恩多：念！

张苏平：据查，日寇已基本做好进击我鲁中南根据地的军事准备。其主要路线是：由淄川、博山、安丘、诸城向南，由泗水、新泰、莱芜向东，多路逐段展开，逐段合击，在所有道路上埋伏小部队，大张罗网，然后压缩包围圈；进击的目标是驻沂蒙山区的国民党和共产党的党政军首脑机关及其主力部队。

常恩多对王肇治、陶景奎等说：现在，情况已经很明了，我们按照作战计划分率部队跳出日军包围圈，瞧准机会就狠狠打它一家伙！

王肇治精神抖擞：师长！我们333旅也早憋着劲儿跟小鬼子干呢！放心吧，我们一定避开它的锐气，抓住机会就狠狠打它一家伙！

莒县夫前庄的57军军部里，却是另外一番景象。

缪澄流虔诚而惶恐地跪在三位尊神前，口中念念有词：玉清元始天尊，上清灵宝天尊，太清道德天尊，保佑我缪某平安无事，保佑我57军……

翠花陪伴跪在一旁，连连叩拜，惶惶不安。

朴炳珊、李亚藩等神色不安，焦躁等候。

然而，缭绕的香烟后，三位尊神神情傲慢，漠视着眼前的一切，沉默不语。

终于，朴炳珊等不及了，他焦急上前：军长！军情如火啊！得赶紧动啊，你快下命令吧！眼看日本人就打到家门口来了！

李亚藩：是啊！是啊！弟兄们就指望军长了！

翠花泪花闪闪：阿流！你快下命令吧，日本人的飞机可不长眼睛！

缪澄流克制惶恐和焦虑，站起身：慌……慌什么？

缪澄流想到什么，忽然站定。几个紧跟在他身后的人，险些撞倒他。

缪澄流惊慌失措：对！调333旅过来保卫我们！他们能打、不怕死，台儿庄那仗，他们跟日本人就拼得很凶。

朴炳珊兴奋：是！我马上下命令！

缪澄流忧心忡忡：还有！调331旅的唐君尧旅长去112师当副师长，帮我看住那个万毅！

朴炳珊：万毅？军长，你对万毅还不放心？

缪澄流：不放心啊！他那个左倾的脑袋瓜，啥时候向右转了，我啥时候才能放心！

朴炳珊欲走。

缪澄流胆战心惊：还有，日军来势凶猛，看架势是要全部吃掉我们。我们恐怕……在劫难逃啊！

李亚藩惶惶不安，闻声色变。

大于庄，常恩多看完缪澄流发来的电报，心情沉重。

王肇治：师长，军长说什么？

常恩多把电报递给王肇治：缪军长调333旅保卫军部，在反“扫荡”中跟随军部行动。

王肇治把电报甩到一边：师长！我们不去！

陶景奎小心走上前，捡起电报仔细查看。

常恩多虎着脸：权初，不要意气用事！

王肇治：师长！不是意气用事！年初在苏北，他缪军长手上指挥着五六个团，不是照样被打得七零八落、溃不成军吗？这一回……

陶景奎走近：这一回，咱们打的是游击战。保卫军部，我看不在兵力多少，越多越不顶用！

常恩多挥手制止：陶参谋长！

陶景奎、王肇治缄默。

常恩多：马上有一场恶战，我们不能在这时候违背了军部的命令！

王肇治、陶景奎相互看了一眼。

王肇治赌气：我就是不想跟他走！姓缪的毫无军事才干，做起那些乌七八糟的事情来，倒是比谁都欢蹦乱跳！333 旅跟上他，哪还能有好？

常恩多克制不悦：去吧！听从命令！

王肇治犹豫再三：那好吧，形势稍有好转，你就赶紧把我们调回来！

常恩多连连点头：好！好！

常恩多紧皱眉头，忧心忡忡：权初，你要特别当心，这一次日军是做好充分准备要消灭我军。你跟随缪军长保卫军部，和上次保卫台儿庄不一样。上次打的是阵地战、阻击战，要守住阵地，不叫鬼子趟过去，可以死拼。可这一回，打的是游击战，要尽量避开敌人的强势，避开敌人正面，不打硬仗、恶仗，在游击的运动战中，瞧准机会再狠狠打他一家伙！记住了？

王肇治：记住了！师长，放心吧，我带 665 团先走，驻大店的关团长带 666 团随后跟进！

常恩多：好！

忽然，一阵吵闹声传进。

常恩多等走出师部，看到宋迪玺、侯小鲁、龚晓清等政治部的那些国民党特务背囊挎包地已经站在门口了。

常恩多：你们这是干什么啊？

宋迪玺惶惶不安：师长！师长啊！日……日军大举进犯，我等……

常恩多佯装不知：你等要去哪儿？

众人惶恐，面面相觑。

宋迪玺望了一眼身边：我……我等想跟随军部进山！

常恩多故作不解：进山？

众人连连点头。

常恩多略带嘲讽：也对，保存实力嘛！

常恩多环顾众人。

众人热切期待着凝望常恩多。

常恩多：好啊，我批准了！

宋迪玺：谢谢师长体谅！谢谢！

众人赶紧敬礼：谢谢！谢谢师长！

常恩多：走吧！

宋迪玺、侯小鲁等仓皇离去。

注视着渐渐跑远的特务们，王肇治愤怒：这群胆小鬼！平时这个不顺眼，那个要背叛，小鬼子来了，他们跑得比兔子还快！

龙光：师长！我来的路上，看到好些国民党地方官员也都在向山里逃跑了！

常恩多忧虑：地方官员都跑了，谁来动员民众抗日呢？

常恩多想到什么，转身招呼王维平：王秘书！

王维平跟随常恩多走到一旁。

常恩多：维平，你帮我联系八路军的领导，山东他们比我们熟悉，反“扫荡”他们有经验，我们现在需要他们的帮助。

王维平：是！

大战在即，八路军各部都在积极准备应对复杂情况。这天，中共鲁东南特委书记高克亭正在组织群众转移，忽然一个交通把赵志刚领到了跟前：高书记，有人找你！

赵志刚一副农民打扮，神色匆匆：高书记！

高克亭认出是山东省委和111师的联络员，就对交通说：好，好，你去吧！

待交通离开，高克亭紧紧握住赵志刚双手：赵志刚同志！你怎么来了？

赵志刚：时间紧迫，我就直说了。

高克亭：你说。

赵志刚：分局指示，要你马上去和111师常将军联系。常将军他们现在莒北一带活动。

高克亭：好的，我今晚就去！

赵志刚交代说：你去后，先找张苏平同志……

高克亭当夜赶到了莒北111师驻地，在张苏平引导下去见常恩多。

看到高克亭，常恩多激动快步迎上：高书记！可把你盼来了！

常恩多很想喊一声“同志”，可他只能眼含热泪默默凝望，两只手紧紧握住高克亭双手。

高克亭有些客套说：常将军！我们八路军和你们东北军是抗日的友军啊！

常恩多努力克制激动情绪：是、是的！

高克亭：西安事变时，咱们两军就建立了友好的合作关系。现在，在山东咱们又一起抗击日寇。今后，我们要加强合作，共同抗敌啊！

常恩多热泪盈眶：是的！是的！我们要团结一致，共同抗日！

高克亭感动：常将军！

常恩多想到什么，拉高克亭到他床前，从枕下拿出《解放》刊物。

常恩多：高书记，你看！

高克亭接过书，翻了翻，异常欣喜：常将军也在读延安的刊物？

常恩多：是的！我还读了毛泽东先生的《论持久战》、《抗日游击战争的战略问题》，好多呢。总之，只要能够指导抗战，我都学啊！

高克亭感动：常将军！

常恩多：以后我们要互通情报，互派联络参谋。你们部队小，我们部队大一点，可以支持你们。有什么困难，你们提出来，我们帮助解决。

高克亭：好啊！我们急需武器，武装我们的县大队、县中队！我们的武器太少了，枪支弹药什么都缺，还有炮、大炮！

常恩多：好，我来帮你们解决！以后再缴获敌人的枪炮，我叫联络员通知你们，你们自己去取。

高克亭激动：那可太好了！

常恩多：你今天来，我想跟你说，能不能多派些抗日的同志到我的部队来，帮我们做联系群众的工作？

高克亭：好啊！我回去就给你派一批同志来。他们对动员群众、组织支援前线、搜集情报，那可都在行啊！

三、666团石坑村袭敌

1939年6月6日，莒南石坑村西南角的打麦场，一早就聚集了勤劳的乡亲。正是麦收时节，骡子拉着碌碡在场院里一圈圈地碾压麦子，乡亲们忙碌着自家的打场扬场，一派繁忙景象。在忙碌的乡亲中，有个老太太迈着小脚来来回回地张罗着，一旁的孩子喊她"张奶奶"。

这些打场脱麦的乡亲、追逐戏耍的孩子，不知道危险正向他们逼近。

在莒南西面的烟台岭上，日军500余人的队伍浩浩荡荡正向石坑村方向开来，铁甲车、坦克车震耳欲聋，土路上尘土飞扬。

吉普车突然停了下来，队伍也渐渐停住。

八个日本兵骑自行车戛然停在了吉普车前。

日军官一个大佐从吉普车上跳下。他举起望远镜朝石坑村方向瞭望了一下后，向八个士兵挥了挥手。八个士兵跨步上车，风驰电掣般向山坡下疾驶而去。

驻守大店北面的333旅666团侦得情报，团附、代理团长关靖寰立即用无线电呼叫常恩多：师长！日军约500人，附坦克数辆、大炮数门，正从莒南烟台岭方向向北进犯！对，烟台岭！

莒北，111师师部，常恩多用强硬口气说：关团长，我命令你挡住日军！一定要迟滞日军的行动，以掩护总部机关和军部的转移！

关靖寰的声音传来：是！放心吧，师长！

常恩多：你要掌握好部队！目前的情况是这样：敌12军指挥的四个师团及一个独立混成旅团，和以第5师团为主的各路部队，于昨天已从高密、坊子、安丘、临朐、莱芜、新泰、平邑、临沂以及海州附近，从北面的胶济路至南面的陇海路，从西面的津浦路至胶东的诸城、日照一带，在南北长约280公里、东西宽约200公里的鲁中、鲁南地区，开始了分路合围的大"扫荡"。你们先狠狠打狗日的，然后相机转移，追赶旅部，向军部靠拢，以保卫军部！

关靖寰受领任务，立刻派张石头率高粱、黄豆豆等五名侦察兵打马而去，他则率部队越过沭河，继续向石坑村和张家墩方向插进。

莒南石坑村打麦场上，八辆鬼子的自行车横七竖八倒在一旁，八个日军侦察兵的枪口对准了正在打麦的众乡亲。

乡亲们惶恐不安，似乎在等待什么。终于，他们看到张奶奶捣着小脚端一瓢清水蹒跚走来，瓢里的水不时泼洒在地上，溅起一片片尘土。

张奶奶终于走到了众人跟前，她把水瓢递向日本兵。日本兵不敢接，示意张奶奶先喝。张奶奶喝了一口，一鬼子兵才抢过水瓢喝起水来。之后，几个兵争先恐后抢瓢喝水。

一个日本兵操生硬的中国话问：老乡，告诉我们，中国军队在什么地方？

张奶奶和众乡亲揽住孩子，又向后退缩了几步。

日本兵：说了，大大的良民！

忽然，一个日本兵很不耐烦喊道：走了，一群愚民！他们狗屁不懂！

几个兵用刺刀示意乡亲们把麦子拢到一起。

张奶奶示意众人不要反抗。乡亲们无奈地把麦子拢到一起。鬼子点燃了堆成小山一样的麦垛。麦子在大火中熊熊燃烧……

张奶奶和众乡亲满怀愤恨，却只能眼巴巴望着辛苦了一年的粮食化为灰烬。

在通往石坑村的路上，张石头向逃难的乡亲打听鬼子的动向。乡亲们共同指向石坑村。

张石头招呼高粱、黄豆豆等几个侦察兵打马奔去。在即将进入石坑村时，张石头和几个人钻进了路旁树林。

八个日本兵趾高气扬，旋风一般骑车而来。

树后、石后，张石头和几个侦察兵紧跟目标瞄准。

八个日本兵越来越近。

张石头：打！

高粱、黄豆豆等先后开枪，八个骑车的日本兵先后倒下四五个。

这一阵枪声，使逼近石坑村的日军大部队和车队戛然停住。

日军小佐一挥手，车队拐进路旁的坟地。

坟地里，几座土坟孤立，几颗杨树摇曳，日官兵迅速散开，鼹鼠一般挥汗如雨挖掘工事。

通往石坑村的树林中，张石头瞄准开枪。又一个日本兵倒地。张石头兴奋高喊：又干掉一个！一个日本兵倒地。张石头激动：又干掉一个！

最后一个鬼子连滚带爬仓皇逃去。

高粱：他妈的，叫小鬼子跑了！

张石头：跑了算逑，叫他回去报丧吧！

莒南县石坑村一旁的山上，张奶奶和打麦场上的乡亲已逃奔到此。忽然，孙子手指不远处惊呼：奶奶，奶奶，快看啊！

张奶奶和众乡亲看向不远处。

原来，在众人目光所及处，日军官在指挥搭建指挥部。几个士兵在几棵树前拉绳子搭帐篷。

张奶奶和众乡亲恨得咬牙。

张奶奶拉起男孩的手：孙子，赶紧长，长大了去杀那些该死的日本鬼子！

男孩：奶奶，还来得及吗？

张奶奶坚定道：来得及！

众乡亲惶惶不安，转身欲走。

男孩转身看到什么，惊喜呼叫：奶奶，快看！快看啊！

张奶奶和众乡亲惶恐，转身望去——只见数发炮弹呼啸而来，又呼啸而去，在他们面前划出无数个漂亮的弧线。

连续不断的爆炸声中，日军官兵被炸上天，指挥部被炸飞。日小佐迅速卧倒。可又一阵炮弹追来，小佐胳膊被炸伤，鲜血直流。

山上。

张奶奶和孙子及众乡亲欢呼雀跃。他们忘乎所以地欢呼、高喊，兴高采烈。

孙子：奶奶、奶奶！炸了、炸了、又炸了！

张奶奶跳着脚，咬牙切齿：炸得好！炸得好啊！把该死的小日本全炸死！给你娘报仇！给你爹报仇！给咱石坑村乡亲报仇！给咱死难的中国人报仇！

无数炸弹呼啸着在乡亲们眼前继续划着美丽的弧线……

一片鬼哭狼嚎声中，小佐拔出战刀，歇斯底里喊道：杀啊！

日军还能动的装甲车发动起来，继续向前猛攻。

没有死的日军士兵爬起来，跟上坦克继续冲去。

众鬼子“哇哇”叫着，跟在车队后面，向666团阵地冲近。

关靖寰：打！

彭景文、赵开云等猛烈射击。张石头稳住神，射击。高粱和黄豆豆也在猛烈射击。鬼子在阻击阵地上死伤一片。

张奶奶和乡亲们趴在了山坡上，如看戏一样兴高采烈、激动不已。

有神通广大的乡亲就说：听说这支部队是东北军111师！师长叫常恩多，专打鬼子的！

张奶奶热泪盈眶：打得好！打得好，可给俺们报了仇！

枪炮声在继续。

张奶奶：孙子，小鬼子第几次冲锋了？

孙子很权威道：奶奶！第三次！

666 团官兵还在还击。

关靖寰发现了日军指挥部设在西洼子小沟，便快步走近几门大炮：给我向西洼子小沟开炮！要把小沟给我炸平！要是打不准，以军法论处！

官兵们一阵忙碌之后，大炮炮口纷纷掉转了方向。

孙子突然喊道：大炮转向了！

张奶奶看向另一方向，很权威道：那一定就是鬼子的指挥部了！

有乡亲笑：我看等赶走小鬼子，咱们也都成游击队长了！

众人开心笑了。

只听得一阵炸弹的连续爆炸，位于西洼子小沟里的吉普车被炸飞，几个日军官被炸死，死伤的鬼子更是倒了一地。

炮弹还在继续飞来，没死的鬼子哭嚎着爬向四方……

石坑村树林里，日军溃败而去。

张石头瞄准开枪。

跑在后面的一个鬼子应声倒地。

张石头咬牙喃喃：第 18 个！

张石头继续瞄准射击。

又一个鬼子倒地。

张石头：第 19 个！

张石头步枪的准星里，鬼子兵渐渐跑远。

张石头跃出掩体，追击而去。

高粱发现了异常，冲张石头喊道：班长！

黄豆豆喊：班长！

可张石头没有理会，卧倒在坟后继续瞄准射击。

又一个鬼子倒地。

张石头得意：第 20 个！

张石头提起枪继续追去，卧倒在石后瞄准射击。

远处一阵激烈的炮声传来，这声响，张石头没有听到。

关靖寰、彭景文等清晰了听到了炮声，不禁一惊。

一匹快马飞近，侦察兵跳下马：关团长！彭团附！鬼子大批援兵已经过了汀水河，正向张家墩进发！

关靖寰：景文，我们不能恋战，组织部队立即转移！

彭景文：是，团长！

彭景文跑去传达撤退命令：赵营长，团长命令，马上撤离！

赵开云闻声问道：马上吗？

彭景文：对，马上！

赵开云应了一声，转身对官兵喊：二营，马上撤离！

众官兵开始收起武器撤退。

赵开云看了看左右，有些诧异：张石头呢？张石头！

高粱喊道：报告营长，张班长刚才还在阵地前……

赵开云焦急喊道：张石头！张石头……

队伍在撤离，脚步轻盈，快步而去。

大炮的车辕套上了马和骡子的鞍辔，也缓缓行驶而去……

赵开云“张石头”的喊声在山峦、树林间回荡。

张石头没有听到赵开云的呼喊，他跃起、扑倒、射击，一个接一个的鬼子在他的枪下倒地毙命……他跃起、扑倒、射击，并狠狠数着：第26个、第27个！

鬼子丧家犬一般拼死逃奔。

张石头跃起、扑倒，瞄准。

一群鬼子从侧翼疯狂逼近张石头。

张石头回身，看到数十鬼子已将他包围。

张石头毫不畏惧，把刺刀顶上，站了起来。

鬼子们把张石头围在了中间。

张石头虚晃一枪，刺进一个鬼子胸膛：第28个！

一把刺刀从前面刺进张石头身体，刺刀断在他的体内，鲜血涌出，顷刻间染红了军衣。

张石头咬紧牙关岿然站立。

众鬼子先是惊骇，后是畏惧。

张石头攥住刺刀刀柄，生生从自己身体里拔出，奋力投掷出去。

张石头狠狠道：第29个！

刺刀扎进转身逃跑的鬼子背上，鬼子倒地毙命。

张石头欲提起地上步枪，鬼子的数把刺刀刺进他的身体，热血冲天喷射。

张石头挺立，咬牙切齿道：爹！娘！爷爷！奶！石头给你们报仇了！石头……够本了！

张石头轰然倒下。

这一幕，被石坑村的张奶奶、孙子和众乡亲看在眼里。他们凝望、呼喊。当一切都结束，他们悲痛欲绝，热泪涌流。

入夜后，张奶奶和众乡亲潜入树林战场，发现日军正在往一个大坑里扔鬼子尸体。

大坑深不见底。

日本兵把死亡的鬼子兵一个个扔进大坑。有数百鬼子的尸体被扔进坑里。日本兵往坑里倒上汽油后，点着了火。

躲藏坟后的乡亲发现了张石头的遗体。张奶奶指挥乡亲迅速抬走了张石头和其他东北军战士尸体。忽然，孙子发现什么：奶奶！奶奶！

张奶奶和乡亲扑到土坟前，紧张望去。

这一望，差点把众人惊得晕厥过去。只见几十个重伤的日本兵被鬼子们抬起悠了两下后就扔进大坑的火中，惨叫声响彻夜空。

张奶奶恐惧地把孙子的眼睛捂上了。

莒南石坑村的这片树林里，又多了十数座新坟。

村里的妇女们端着玉米面窝头，来到树林里给每一个新坟摆好供品。男人们则端来了高粱酒，并撒在新坟前。

张奶奶带孙子来到张石头坟前，摆上了窝头。

张奶奶流着泪说：孩子们，吃吧！啊！昨天没来得及给你们送吃的、喝的。今天，俺们石坑村男女老少都给你们送来了！

十几座新坟默默无语。

张奶奶带孙子在前，众乡亲在后，齐刷刷跪下了。

张奶奶说：孩子啊！俺们不知道你和你的兄弟都叫什么名儿，但俺们看到了，你们杀鬼子不含糊！放心走吧！明年开始，俺们全村老少清明一准来给你们上坟、烧纸，送吃的喝的！俺死了，来不了，还有俺孙子，孙子不在了，还有孙子的孙子！俺们永远记住你们，你们是抗日打鬼子的好汉，是俺们见到的英雄！走吧，俺们全村老少送你们了！

张奶奶率男女老少深深跪拜……

四、“キ号作战”之初

以沂水为中心的鲁中山区地处山东战略腹地，向西、向北可威胁日军战略动脉津浦、胶济铁路线，向南可直出临沂和重兵驻守的徐州与陇海线。为消除心头大患，驻山东日军第12军根据华北方面军“治安肃正”作战计划，决定利用部队换防兵力双重配置的机会，发动以鲁中南山区的八路军和国民党军队、机关为重点的鲁南作战，这便是“キ号作战”。

“キ号作战”的作战时间为6月7日至25日；作战目的为“剿灭上述中国军队，并对该地区进行肃正”，同时，在进攻地区的要地部署兵力；作战部队为：以第5师团为基干，配以第21、第32、第114师团及独立混成第5旅团各一部，共2万余人。这是日军对鲁中山区进行的首次大“扫荡”。

6月4日，日军从临沂、太平邑、新泰、莱芜、临朐、安丘、诸城附近同时开始行动，冒酷暑向莒县、沂水附近分进合围。日军进击的主要路线是：由淄川、博山、安丘、诸城向南，由泗水、新泰、莱芜向东，多路逐段展开，逐段合击，在所有道路上埋伏小部队，大张罗网，然后压缩包围圈；进击的目标是驻沂蒙山区的国民党和共产党的党政军首脑机关及其主力部队，主要目标是鲁苏战区总部和山东省政府所在地东里店一带。

6月7日，日军相继出动15架次飞机首先轰炸东里店，炸死300余人，4 000多间房舍化为灰烬。6月9日，自北面进攻的日军占领了沂水、莒县；自西南、南面进攻的日军亦进至大河店、河阳、坦阜、南麻一带。10日，日军再次出动飞机轰炸东里店及鲁苏战区总部驻地和山东纵队部队驻地。11日，日军占领东里店、坦埠、鲁村等地，西、北、南三面数路之敌会合于沂水。6月15日，日军增加兵力，继续围攻集结、游移于沂水、蒙阴北部山区的各支抗日部队。

在日机轰炸之初，沈鸿烈和山东省政府即陷入万分恐慌中，省政府一哄而散，县长、区长们纷纷弃职潜逃。沈鸿烈由教导团护卫，向蒙阴、沂水北部山地转移，不久就被日军冲散，吴化文速调一个营支援，也被打垮。沈鸿烈换便衣躲在乡村“避难”十余日，他及山东省政府在这次反“扫荡”中毫无作为可言。

中共中央山东分局和山东纵队对反“扫荡”进行了严密部署，并采取了机动灵活的策略。中共中央山东分局、山东纵队指挥部率领特务团等少量部队，转战于沂水、蒙阴一带，坚持内线作战。主力部队迅速跳出日军包围圈，转移至外线作战。

6月9日，中共中央山东分局和山东纵队指挥部撤出王庄，经沙地战斗后，翌日晨转移到沂水梭峪村，遭到日军进攻。纵队特务团和分局警卫排为掩护分局和纵队指挥部转移，占据常庄附近一座山头与日军血战竟日，打退日军多次进攻。日军调来飞机轰炸增援。特务团和分局警卫排伤亡很大。刚转移到常庄的东北军第51军军长牟中珩，接受郭洪涛的建议，派出两个连冲上山头，用机枪猛扫日军，终迫日军撤退。此后，内线部队又在沂水保安庄、龙湾、王家庄及蒙阴朱家坡、官桥、新泰龙须庄等地，袭击日军据点，侧击前进之敌后，跳出日军合击圈。

在上高湖，于学忠的战区总部也遭到日机突如其来的轰炸。于学忠在警卫部队保护下很快就跳出了包围圈，并向葫芦峪一带转移。

按照战区部署，57军主要活动于莒（县）日（照）山区及山东、江苏交界地区。日军“扫荡”开始后，缪澄流带着军部，以111师333旅保驾，逃到西山区躲避“扫荡”，再无建树。

常恩多率331旅两个团在莒（县）日（照）山区坚持。6月9日，北部之敌攻占莒县、沂水，南部之敌攻占大店、河阳、坦埠、南麻一线。

这天，师侦察兵报告，由临沂出动的日军即将行进至板泉崖。常恩多决定主动出击，阻敌前进，狠狠打击日军的嚣张气焰，首战战场就设在板泉崖。

常恩多指挥部队迅速隐蔽于山侧背，待日军进入我火力网后，轻重武器一起开火，日军猝不及防死伤一片。日军仓促组织了两次反击，并派出飞机助战，均被331旅打退。

常恩多率部首战板泉崖，激战终日，并予敌以重大杀伤，挫伤敌人疯狂气焰，迟滞其前进速度后，即率部向日照、莒县山区转移。

反“扫荡”之初，常恩多率部在敌人重重包围下，机智迂回在莒日公路及山区，并运用时而分、时而合的游击战术，诱惑敌人，麻痹敌人，然后抓住时机歼灭之。

这天，常恩多率师部和331旅终于又一次冲出日军包围圈，龙光兴奋跑近：师长，咱们已经冲出了鬼子的包围圈，终于把敌人甩掉了！

常恩多松了一口气：就这样干！你们辛苦了！

龙光：不辛苦！

龙光察觉到什么：师长，您为什么不骑马呢？

刘万胜牵着马：师长，上马吧！

常恩多：我不累，走！

刘万胜十分不解：师长，有马为啥不骑？你知道大家喊你什么？

常恩多问：什么？

刘万胜：——傻子！

众人轻声笑了。

常恩多笑了笑：傻子就傻子！

刘万胜：师长，又不是没有，你何必挨累呢？

常恩多：万胜啊，我们每一个人都需要严格锻炼吃苦的能力啊！

刘万胜有些不以为然。

常恩多认真道：你也要准备吃苦。中国革命是长期的，更大的艰苦斗争还在后头呢！

刘万胜半认真半玩笑：好！我也要吃苦！

王维平跑近：师长！一路上，地方官员逃跑一空，我们反“扫荡”行动将会遇到前所未有的困难啊！

常恩多想到什么，对王维平和张苏平说：把跟随军部去后方的抗日义勇宣传队调回来，组织一个“战地工作队”，把周围的群众都动员起来、组织起来，形成一个抗战反“扫荡”的阵营，只要鬼子一有动静，咱们就能掌握！

王维平、张苏平兴奋。

五、战地工作队

5 月的“集体入党”闹剧发生之后，宋迪玺又要送抗日义勇宣传队去国民党山东省政府集训，企图借助沈鸿烈的反共力量向他们灌输反共思想。但还没来得及成行，日军的鲁南大“扫荡”开始了，宣传队跟随师政治部与师后方留守处一起行动。在日莒公路北面，这队人马连遭日军袭击，部队四散而逃，毫无战斗力，混乱不堪。

这天，感觉已经远离了日军的宋迪玺神情沮丧，疲惫不堪骑在马上。政治部的军官特务们一个个更是灰头土脸，脚步沉重向前走着。

徐惊百拐得更加厉害，已经掉队，刘祖荫陪伴在他身边。

徐惊百：我这条腿啊，看样子快要报销了！

刘祖荫：徐大哥，等反“扫荡”结束，你休息一个时期就好了！

徐惊百望了一眼乱哄哄的队伍：小刘啊，你对当前形势怎么看？

刘祖荫：这些国民党党部的人，一听到日本鬼子来了，就吓得往大山里钻，一群怕死鬼！平时叫得好听，真到了要跟鬼子干了，一个个都吓得屁滚尿流！

徐惊百：小刘啊，我看过你写的很多文章，抗战观点鲜明，批驳那些投降派文笔犀利，篇篇都是好文章啊！

刘祖荫谦逊：徐大哥，您过奖了！

徐惊百：看样子，今后的反“扫荡”斗争会更加残酷！

刘祖荫坚定道：不怕！

徐惊百：那你看，我们该怎么办呢？

刘祖荫生硬道：应当依靠组织！

徐惊百暗自惊喜，停止脚步凝望刘祖荫。

徐惊百：一个年轻人，就应该依靠组织，有这种想法是很大的进步。我也想找组织，我们共同找！

刘祖荫迟疑地点了一下头。刘祖荫的“组织”指的是有力措施，并没有明确的指向。可徐惊百认为他的“组织”就是共产党！正是这阴差阳错的“误会”，成就了一个秘密共产党员。

徐惊百：其实，只要思想进步，个人找不到组织，组织也是会来找他的。

刘祖荫疑惑，不置可否。

宋迪玺忽然走近。他阴险的目光在抗日义勇宣传队员们的脸上来回扫了又扫。

徐惊百、刘祖荫都息声屏气。他们不知道国民党派进 111 师的这个最大的特务又要要什么花招。

宋迪玺说：抗日义勇宣传队的都听着！常师长有令，调你们去前线参加反“扫荡”斗争，马上动身！

刘祖荫、徐惊百等都喜出望外。

几天后，在日照黄墩附近的一片树林里，抗日义勇宣传队徐惊百、邹强、孙卜菁、陈瘦秋、孙学仁、刘祖荫、吕梦林等庄严肃立，王维平、张苏平站在他们的排头。

常恩多巡视了一遍队伍，慷慨激昂说：那些贪生怕死的国民党特务，一听到日本鬼子打来了，就吓得跑到后方西山的留守处躲起来了！抗日的事，他们不干，咱们来干！国家的事咱们要负责！咱们把有热血的青年动员起来、组织起来，与日寇血拼到底！那些家伙包而不办，还不许咱们干点正经事？谁要说咱们的闲话，咱就拿出抗战建国纲领来教训他！

摆脱了国民党特务监视的宣传队员们，第一次开心地笑了。

常恩多继续说：这一次，敌人来势凶猛，但只要咱们避其锐气，击其惰归，不仅能活下来，而且还要为我们的同胞讨还血债！

众人激动地鼓起掌来。

常恩多：之所以急忙把你们调来，是从现在开始，“抗日义勇宣传队”改叫“战地工作队”！我的秘书王维平，兼任你们队长！

众人激动不已，鼓掌更加热烈。

王维平向常恩多和众人敬了个军礼。

常恩多：战地工作队中设立民运组，组长由张苏平参谋担任。

张苏平向常恩多和众人敬礼。

常恩多：民运组的主要任务是在交通要道设立隐蔽的情报站，组织人民自卫队，反对敌人抓壮丁、征粮、派税，想尽办法打进敌人据点，窃取敌军情报。

张苏平：是！

常恩多：还有，民运组和师参谋处谍报队要紧密配合，随时与八路军电台互通情报。

张苏平：是！师长！

常恩多转向众人：总之，战地工作队的主要任务，就是动员群众，侦察敌情，筹划给养，印刷《烽火报》和抗战传单，以鼓舞我军士气，瓦解敌军。有空闲的时候嘛，举行军民联欢会，唱歌跳舞，歌颂我军民团结，宣传抗战一定胜利！

第二天，刘祖荫被徐惊百叫到溪边，两个人在石头上坐下来。

刘祖荫关切问：徐大哥，你的腿咋样了？

徐惊百搬过腿：没事。它就是老太太的孙子——闹惯了，哄哄就好！

刘祖荫笑：徐大哥，你就是乐观！

徐惊百：小刘，你不是要找组织吗？我已经找到了，是中国共产党！你愿意参加吗？

刘祖荫被吓了一跳，紧张地环顾四周。确信没有人盯他们梢后，他紧张问：你在哪儿找到的？是不是到管帅找到的？我听说那里有八路军！

徐惊百笑了笑：在哪儿找到，你就不用问了。也不一定就是八路军里有共产党。你说说你意愿吧！

刘祖荫忐忑不安：我……我想参加共产党，你能告诉我共产党的党纲党章吗？

徐惊百有些犹豫，略一思忖：咱们改日再谈。

又过了几天，徐惊百找到刘祖荫：中国共产党的纲领，就是要打倒日本帝国主义，铲除汉奸，没收汉奸财产，改良人民生活，创造一个崭新的社会！让老百姓都过上幸福生活，使人人有饭吃、有衣穿，有房子住，有工作干！

刘祖荫听得热泪盈眶，实现那些目标是中国的希望，更是他的理想。他急迫说：大哥！我接受！我参加！

徐惊百欣慰：好，你写一份自传交给我！

刘祖荫激动地连连点头。

中共鲁东南特委书记高克亭回到驻地后，即召开会议，部署派遣去111师工作的同志。部队和机关正在紧急动员群众抢收、藏粮，以粉碎敌人的“扫荡”。这时候，王丕争被通知去开会。

王丕争，山东莒县仲崮村人（后属五莲县），1922年出生，1938年参加八路军，1939年4月加入共产党。

王丕争赶到会场，只见李占吾、李铮及一位女同志在座。

特委统战部长崔介看了一眼几个人，说：交代给你们一项新的任务，57军已进驻我区，他们人地生疏，困难很多，经过联系，他们提出要我们给予支援帮助。所以派你们去，帮他们动员群众、安排食宿和救护伤员等，以共同粉碎敌人的“扫荡”。你们这个小队由李占吾和李铮同志带队前往。

崔介指着女同志说：这是李倩同志！她是从69军回来的，有地下工作经验，组织决定要她同你们一起去。

李倩在介绍了一些体会和注意事项后，说：我们以69军独立2旅的名义去比较好，就说我们是该部人员，不愿在家当亡国奴而投奔他们抗日的，一定要统一口径。

第二天，一行人换了便装，从柏庄出发，走了一天终于到达111师师部。这些人被王维平分配到战地工作队及各团工作。后来，又来了几批同志，他们有徐泽生（鲁平）、曹成镒、黄毅、王烈（王冠宇）、李占武、刘用贤、刘金淦、董惠忱（董滨）、王延士等。他们在111师工委领导下，积极配合111师反“扫荡”工作，与谍报、军需相配合，发动群众，筹办给养，搜集情报，输送干部，发展地方武装，协助民主政权，还建立了111师与鲁东南特委的交通，由刘用贤担任。

在沂水山区，赵志刚找到中共中央山东分局，把111师工委发展刘祖荫入党的事报告后，就得到了严肃批评。共产党六届六中全会后，党中央明确表示不在友军中发展党员。赵志刚代表工委几经解释、争取，终以“下不为例”了却此事。

赵志刚把山东分局的指示带回到111师，刘祖荫成为111师发展的最后一名中共党员。这天，徐惊百找到刘祖荫，说：刘祖荫同志，上头已经批准了，你已经是共产党员了。

刘祖荫喜出望外：真的！

徐惊百：今后你和我直接联系。绝对保密！

刘祖荫万分激动：是！

战地工作队被编为两个大组。一个大组由王维平直接领导，继续跟随部队，进行宣传鼓动工作，在战地进行大量的群众动员工作。在反“扫荡”的战斗间隙，举行军民联欢会和各界代表座谈会。在这些会议上，王维平和工作队的同志们宣传毛主席的论持久战思想，坚定民众抗战胜利的信心。在大部分时间里，则以三五人小组到集市、村头，向群众宣传抗战。有时，甚至一个人化装宣传，陈瘦秋常化装成老汉孤身到集市等地开展宣传工作。李倩则常带着几个十几岁的孩子深入老乡家中宣传抗战。吕梦林等女队员常坐在老乡的炕头上，向大娘、媳妇们讲解打鬼子、救中国和争取妇女解放的道理，鼓动她们拥军支持部队多打胜仗。很多妇女从开始害怕111师，经过几次动员，到后来积极参加战地救护、勤务，成为支援抗战的积极分子，工作队的女队员们功不可没。

民运工作组由张苏平领导。这个组人员比较多，下分若干小组，张苏平把他们统一部署在111师作战区域各个要道和敌人据点周围，组织隐蔽的情报站和武装游击小组，配合大军行动，袭扰敌人，对小股分散外出的敌特汉奸，则予以坚决消灭和镇压，有力地保护了人民的利益。

在反“扫荡”中，战地工作队得到了作战区域中共各县委的大力支持，因而使动员民众的工作顺利进行。战地工作队起初只有30余人，后来发展到60余人，从鲁东南特委派进来的大多是共产党员，他们对作战地区情况熟悉，很快就进入工作状态。

《烽火报》副刊编辑孙学仁惯有写日记的习惯。行军间隙，他坐在石头上写道：

> 深夜，我们的部队，从沈疃日伪据点以东约十里左右的地方，越过日莒公路，在会稽山下又转向西行。
>
> 敌人企图四路向我师机关围攻。为了不让敌人发觉我军的行动，我们从路南到路北，在十余里的路程中，是以急行军的速度跑步前进的。天上乌云翻滚，电闪雷鸣，大风怪叫着，把山上、道旁的树木刮得一个劲儿地摇晃。天又下起大雨了，而且越来越大。在响雷爆炸声中和电光的照耀下，我们顶着瓢泼大雨继续前进，虽然每个人都披着蓑衣，但还是被淋得像落汤鸡。可同志们的身上还不断出汗，真是里外透湿。当我们绕行到街头（敌人临时据点）附近的时候，前面向后面传过话来：“发现敌情，加速前进，注意不要失掉联系！”部队又跑起来了。我们工作队，男女老少个头大小不一，行军速度也相差很大。经过商量，找出了一

个好打头的，后面的人抓住前面人的腰间皮带，一个跟一个，相互照顾着。实行这个办法后，倒还有效。

敌情报告很准确，一股敌人与我们行进在同一条道路上，刚过去不一会，日寇铁蹄的印迹，还明显地留在路上。在闪电下，连几排钉眼都看得很清楚。据刚请来的一位向导讲，有200多鬼子刚过去不到一顿饭工夫，有三个当官的骑着大洋马，还拉着两门大炮，还有一些“二鬼子”跟着，在上山的时候，好像是帮着推炮，呜哇地乱叫。

同志们因为出汗太多，嘴干口渴得厉害，不得已揭下腰间的小瓷缸，从路上的雨水坑里舀起水就大口喝下去。匆忙中张继岚和王秀两个人，没有看见水坑边有堆马粪，喝完水之后才觉不对味，当时也顾不得那许多了，还得继续行军。为了绕过街头据点，我们避开大道走小路，继续向西行。有些小路当地向导也闹不清楚，有好几次部队停了下来，找散居在山上的老乡问路。这一停不要紧，困乏立刻向同志们袭来，有的在路上就迷糊起来，前面的人已经停下，他还往前走，一撞就撞倒了前面好几个人。也有的刚停下脚就睡着了，但他的手还紧紧抓住前面人的皮带，前面人开始走后，才把他从睡梦中拉醒。雷雨停了之后，乌云逐渐散开，月亮透过云缝照在坑洼不平的泥泞路上，使我们能较稳当地跨过水坑、越过小溪。但也有几位同志发生错觉，把地面上发亮的地方当成了好地方，一步跨进去才知是个水坑，结果溅了一身泥浆。

在工作队中，有一位“老夫子”，他叫邹强，他的学识比较渊博，他是数学学士，对炮兵射击诸元计算得非常精确。他身材瘦小，戴着一副一千多度的近视眼镜。行军中，他的视力最差，考虑到这情况，领导把他从团里调到师部工作队工作。为了保证他在夜行军中的安全，队领导要求走在他前后的两位同志，在过河过沟走桥时，不能让他摔倒碰伤，或发生其他问题。但就在这个大雷雨夜的行军中，走在他前面的小李开了一个玩笑，明明前面没有水坑和沟溪，小李故意在前面跨一下，连蹦好几下，等到同志们嗤嗤发出笑声时，“老夫子”方知是小李在捉弄他。他向小李背上轻轻捅了两拳，骂了一声“调皮鬼”，又继续前进了。

凌晨，雨过天晴，天上闪着点点繁星。我们走在山谷中，呼吸着雨后清新的空气，顿觉心旷神怡，山花散发出淡雅的芳香，更是沁人心脾。一夜行军的疲劳好像被驱除殆尽，这是艰难奋斗中的抗日战士获得的最好享受，是一般人难以体味到的。我们的两条飞毛腿，一双硬脚板，顶风冒雨，一夜行程80里，闯出了敌人的包围圈，我们用胜利喜悦的心情迎接即将到来的黎明！

六、“常青天”日照除害

1939年7月，常恩多率331旅游击于日照黄墩附近。一天，数百群众忽然拦住了正在进行的队伍。

一老乡拦住先头部队：这是111师的队伍吗？

谍报参谋王铁权走上前：是的，是111师！什么事情？

众老乡先后跪倒路上，挡住了去路。

王铁权和众官兵诧异。

常恩多、孙焕彩、孙立基等闻讯走近。

常恩多：乡亲们，快起来！快起来！

众乡亲未动。

孙焕彩：乡亲们！你们有什么话要说，这位就是常师长——常恩多将军！

一位上了年纪的老乡抬起头，问：您就是常将军？

常恩多：是啊！乡亲们，快起来！

忽然，老乡纳头就拜：常将军！您可要给俺们做主啊！

众乡亲跟随叩拜：常将军，给俺们做主啊！

常恩多连忙上前搀扶起老人：老乡们，发生了什么事？你们有什么委屈，跟我说！

老人流下热泪：日照县安东卫、岚山头的胡浩亭、周诗言，组织汉奸维持会，对这一带乡亲那是巧取豪夺、剥削压榨啊！俺们受尽了他们的苦头啊！

常恩多：汉奸维护会？

几个老乡声泪俱下，纷纷声讨：

他们仗着有日本人撑腰，还霸占俺家良田、房屋！

常将军，俺家的地叫胡浩亭霸占了！

俺家的大闺女被周诗言糟蹋了……

常恩多异常愤怒：这等为非作歹的汉奸，本将军决不能饶恕他们！

常恩多转身命令王维平：王秘书，立即把胡浩亭、周诗言捉拿归案！

当天，王维平带特务连官兵将胡浩亭和周诗言抓捕归案，并张贴公布，择日开民众公审大会，当众宣判。

意识到末日来临的胡、周二家，积极联络关系四处活动。当地一个姓张的豪绅，在沈鸿烈的麾下扩充队伍，打着抗战的旗号拉武装当了司令。这时候，他充当起说客。

这天夜里，张司令把一大包烟土和一堆金银珠宝送到了陶景奎房间。

陶景奎贪婪而惊异地凝望着这些东西，他有很久没看到这么多的宝贝了。

张司令：参谋长！这些烟土，还有这些珠宝首饰，可都是胡浩亭、周诗言他们家人孝敬您的！

陶景奎面露惋惜：张司令，这事……我说了不算啊！你直接把东西送给常师长，求他放了那两个人，不是一样吗？

张司令：送给常师长？他还不把我打出来！常师长是什么样人，你比我清楚。他跟你我——不一样！

陶景奎迟疑：是不一样，可我……

张司令：您是他的参谋长，又是将军，比他也只少一个金豆子，能在他面前说上话不是！帮忙给通融一下吧，事成之后，另有重谢！

陶景奎故作姿态：张司令，你知道的，常师长……很难说话！

张司令把桌上的东西往前推了推：常师长难说话，宝贝好说话啊！

陶景奎再看烟土和珠宝，终于不置可否。

第二天一早，陶景奎来到师部。他见常恩多情绪很好，就放胆说：师长！胡浩亭、周诗言组织维持会，轰老百姓打小日本国旗欢迎日军，那是可恶、可耻！这等丧失民族气节的事情，他们也干得出来！乡亲们仇恨，那都是该的！但依我看啊，这笔账应该记在日本人头上，他们也是……没有办法不是？

常恩多恼火：鱼肉乡民、霸占良家闺女，抢夺人家田产、房产，这账也要记在日本人头上？

陶景奎张嘴结舌，强词夺理：当……当然不是。师长！你看，汪精卫叛国不是也还活着吗？蒋委员长也没有杀他啊！

常恩多愤恨：那是没逮着他！我要是撞上他，我照样杀！

陶景奎轻描淡写道：依我看却不是什么大事，关几天，惩戒教训一番，也就可以了。再不行，就罚没他们的家产、田地，拿来为我抗战所用。我可听说他们两家很趁钱，怎么说也能装备半个团呢！总之，放了算了！

常恩多坚定道：这两个人无恶不作、欺男霸女，罪大恶极！不杀，不足以平民愤，坚决杀！

陶景奎生气：师长，您还来真的了？

常恩多想到什么，脸色难看问：你是不是收到胡、周两家的厚礼了？

陶景奎闻声色变：没、决没！没有！

常恩多目光如炬盯住陶景奎。

陶景奎心虚，终于尴尬道：卑职也是受人之托……碍于情面，碍于情面！

常恩多：没有就好。参谋长，做人要清白，做事要磊落，这才是正道！

陶景奎出了一身冷汗：那是、那是！

回到住处，面对那些烟土和珠宝，陶景奎心里十分郁闷。到了晚上，张司令提着一个皮箱走进。

陶景奎神色阴郁，把烟土和珠宝推向张司令：张司令！拿走吧，我陶景奎无缘受领，实在抱歉啊！

张司令故作惊讶：参谋长，常师长连您的面子也不给？

陶景奎无奈摇头。

张司令叹息一声：常师长也真是，这样下去，非众叛亲离不可！

陶景奎唉声叹气，辩解道：他不是不给我面子，而是不给汉奸面子！

张司令把一个皮箱提到桌子上：可汉奸给您面子啊！

陶景奎一愣：这是什么？

张司令得意，打开皮箱，里面露出一排金灿灿的金砖。

陶景奎眼睛放光：这是……

张司令：——胡浩亭、周诗言两家人的心意！

陶景奎愁眉不展，心里愈加不畅。

张司令恳切道：只要能保住两个人的性命，暂时不杀他们，什么时间出来以后再说！

陶景奎迟疑不决。

张司令：陶参谋长，再去求求常师长吧，也只有您能帮助胡、周两家渡过难关了！我代表他们的家人求你了！

陶景奎为难，看到箱里的金砖，狠了狠心道：好吧，我再去说！如果说不下来，我……我就不干了！

当天夜里，王维平和张苏平把调查到的情况报告常恩多。

王维平：师长！我们调查了胡浩亭、周诗言组织汉奸维持会的事情，证据确凿。不仅如此，这两个人倚仗日本人的势力，欺男霸女、侵占房田，致使一方百姓承受着两重压迫，民不聊生。

张苏平：师长，胡、周二人罪大恶极、罪不容诛！

常恩多愤然而起：明天就召开公审大会，枪决这两个背叛中华民族的汉奸！

王维平、张苏平欣慰。

常恩多：王秘书，判决书！

王维平递上，常恩多看了一遍，拔出他的派克笔在判决书上签下了他的名字。

陶景奎走进师部，有些不安地看了一遍众人。从众人脸上，他似乎看到什么不祥。

常恩多：参谋长，什么事？

陶景奎：师长！胡浩亭、周诗言就是干了那些个伤天害理的事，那也命不该绝啊！你想啊，这要是把那些个做了一两件坏事的人都杀了，那还不血流成河？

常恩多不悦，瞪了一眼陶景奎，背过身去，不再理会他。

陶景奎走近递上香烟：师长！别这么较真，都是中国人嘛！

常恩多恼怒：他们给日本人当狗的时候，想过自己是中国人吗？败类、汉奸！他们就不配做中国人！

陶景奎死缠：师长！

常恩多：不要再说了，我已经签发了枪毙这两个人的命令！

陶景奎惊愕：你……师长，真的要杀他们吗？

常恩多：杀，明天就杀！

陶景奎想起张司令的话，便说：这样、这样下去，弟兄们还怎么跟你干！

刘万胜、徐文斌、张苏平、王维平等都很惊讶，目瞪口呆凝望常恩多。

常恩多震惊：就因为我没有听你的劝，要杀几个汉奸，你说弟兄们就要离开我吗？

陶景奎：是的！

常恩多：那你问问弟兄们去！

陶景奎迟疑了一下，转身看屋子里的几个人。

张苏平欲上前。王维平站到张苏平前面，挡住了张苏平。

王维平：参谋长！国民政府于38年8月15日就颁布了《惩治汉奸条例》，其中第19条规定，凡通谋敌国、图谋反对祖国的汉奸，处以死刑或无期徒刑。这是蒋委员长签发的命令，难道您忘了？

刘万胜：我们都支持师长！

徐文斌：对！弟兄们都支持师长！

陶景奎心怀仇恨环顾众人。

常恩多：参谋长，你都听到了？

陶景奎恼羞成怒，甩手离去。

第二天上午，在一个小广场上，由战地工作队刘祖荫当众宣读胡浩亭、周诗言汉奸罪行后，王宗芳带手枪队对胡浩亭和周诗言执行了枪决。枪声响后，群众情绪激昂，欢呼雀跃：常青天为俺们做主了！常青天为人民除害了！

当台下群众安静下来，常恩多慷慨激昂说：乡亲们！打鬼子、救中国，是咱们大家的事情！只要我们万众一心，有人出人，有力出力，有钱出钱，有粮出粮，就一定能消灭小鬼子，复兴中华！可要是有人穿着中国衣，吃的中国饭，长的却不是中国人的良心，忘记了老祖宗，非要当汉奸，我常恩多就要他的命！我们111师就坚决镇压他！

老乡们用热烈的掌声表达他们对常恩多和这支抗日部队的爱戴。

一队闻讯而来的乡亲们抬着猪羊、推着粮食挤到跟前，要把猪羊和粮食送给111师。常恩多命战地工作队照价付钱，乡亲们受到感动，迟迟不愿离开。

穿着长衫的乡绅们纷纷走近，赞不绝口，齐夸111师是一支真正爱民抗日的部队。

常恩多在乡绅中认出了姓张的司令：你怎么跑到这里来了？

张司令难堪：惭愧啊，日本鬼子太凶猛了，我们几个就跑到这里来躲避了。

几个乡绅谄笑附和。

常恩多正色道：你们这些人，平时不打鬼子，专门跟八路军搞摩擦。现在可好，让日本鬼子撵得到处乱跑！“平日不烧香，急来抱佛脚。”我告诉你们，帮日本人作恶的事情，今后不要再干，否则将来脑袋都要搬家！

张司令和众乡绅连连称“是”。

常恩多：你们都看到我们杀汉奸了吧？

张司令和众乡绅连忙应“是”。

常恩多：我们对汉奸、特务决不留情，见一个杀一个！你们以后不要为非作歹，不要落到我的手上！

众乡绅连忙回答：决不当汉奸！不当汉奸！不敢当！

常恩多：如果你们不打鬼子，专门闹摩擦，我将毫不客气地对你们采取严厉措施！

七、张经武胡庄拜会于学忠

按照预定方案，牟中珩第 51 军军部及直属部队主要活动于沂水北部沂鲁山区，所属第 114 师活动于蒙阴以东，沂水以西，博山以南，沂蒙公路以北地区。

牟中珩率所部与日军周旋时，与中共中央山东分局、八路军山东纵队在葫芦峪相遇。山东纵队主动让出村西头房子。牟中珩派作战科科长张子镇和副官王再天前往联系，交换敌情，并研究下一步行动。山东纵队指挥张经武出面接见，没谈多久，天就亮了。村东头忽然发现敌情，张子镇和王再天见正在抵抗日军进攻的山纵一支小分队，连一挺轻机枪也没有，便说服军长牟中珩派出第 51 军特务营一个连接防。激战两小时后，终于击退日军。接着，侦察员回来报告：日军援兵正分两路向葫芦峪进犯。牟中珩让参谋处长徐维齐带着张、王二人再次前往山东纵队，研究突围路线。决定第 51 军向西转移，山东纵队向北转移。由于中共中央山东分局、山东纵队指挥部机关手头无兵可用，牟中珩借给一个排，带两挺轻机枪，掩护中共中央山东分局和山东纵队机关顺利转移。

日军鲁南大“扫荡”，51 军 114 师师长、年仅 32 岁的方淑洪牺牲，所部损失惨重。至 6 月 25 日，日军包围攻击集结于蒙阴北部山地的于学忠一部后，除第 5 师团留驻于鲁中南山区继续“扫荡”外，基本结束了这次作战。7 月初，留驻日军依托占领据点进行分区“扫荡”。7 月下旬，“扫荡”之敌撤退。

反“扫荡”中，八路军山东纵队为团结于学忠部、沈鸿烈部抗战，也曾多次带领和掩护他们突围，并帮助收容失散人员。

于学忠率总部转移到沂水胡庄时，张经武在警卫人员保护下，来到胡庄拜会于学忠。两个人热谈了一个多小时后，张经武走出房间。

郭维城迎上前，问：张司令员，和于总司令谈得怎么样？

张经武很高兴：老头子表现不错，他态度很诚恳。我马上要去延安开会，他叫我代话向毛主席、周副主席等致敬，还要我向刘伯承将军问好呢！

郭维城说：当年在西安，毛主席曾给于总司令写过信，他们对于红军和东北军停止内战、团结抗战达成共识，毛主席在信里还高度赞扬于总司令的爱国精神。

张经武感慨：是啊！红军和东北军本来就是共同抗战的友军啊！

郭维城：是的！于总司令也是积极主张抗战的。只是……

张经武：什么？

郭维城：蒋委员长对于总司令不放心，派他的心腹、复兴社老牌大特务带大批政工人员，马上就要到总部了。

张经武一惊：谁？谁要来鲁苏战区？

第十三章

乱世多磨难

一、大特务来了

大特务，何许人也?

此时赶到鲁苏战区的大特务，即蓝衣社创始人之一、复兴社十三太保之一、留学过日本的周复。

周复，江西省临川县人，字仁立，1901 年出生，1924 年考入黄埔军校第三期，参与国民党特务组织复兴社的组建。复兴社由蒋介石亲任社长，周复曾担任复兴社中央干事，检查委员会检查、书记长，为国民党军队政工系统重要领导人之一。复兴社下属的特务处，后来分裂成国民党两大特务系统——军统和中统。因此，复兴社可谓是国民党特务组织的鼻祖。全国抗战爆发后，蒋介石迫于全民抗战才解散了复兴社，周复被任命为第一战区政治部主任。当日军战略目标转移至后方游击区后，蒋介石又把周复派到鲁苏战区统掌政治重权。仅此一斑，足可见周复在国民党内的特殊地位。

沂水胡庄，年仅 38 岁、肩扛中将黄牌、温文尔雅的男人把手伸向于学忠：于总司令！辛苦了！

这个男人，正是鲁苏战区新任政治部主任周复。

对于这个人此时到苏鲁来的目的，于学忠心知肚明。他上前握了握周复的手：周主任！一路辛苦！

周复声音柔和道：于总司令，辛苦了！临来，蒋委员长再三交代我，要我一定转达他对您的问候！

于学忠心里埋藏着苦痛，神色中透出艰涩：感谢！感谢委员长牵挂！

周复别有用心道：哦！您的老母亲和妻儿家人在重庆也都十分的安好，请您务必放心！

郭维城警惕地注意周复。

于学忠轻描淡写道：谢谢！

周复指了指身后数十人：他们都是随我到战区政治部上任的各级军官，望于总司令关爱体恤，并支持属下工作！

于学忠环顾众人，众人也以冷漠的目光注视于学忠。

于学忠不禁打了个冷战。

走进总部后，周复说：于总司令，我来还肩负一个特别重要任务。

于学忠有所警惕。

周复继续说：1935 年冬，日本外务大臣广田弘毅曾向南京政府提出过一个中日关系“三原则”。

于学忠略带嘲讽问：你说的是那个要南京政府承认伪“满洲国”、与日友好、联合反共的三原则吧？

周复不置可否：事后，委员长曾给外交部部长张群写信，要他与日商谈，抓紧处置。这封信，落在了张学良手中。

于学忠有些得意：你告诉我这些干什么？

周复试探性地说：蒋委员长命我查找这封信！

于学忠：哦！那你就找吧！

周复察言观色：你真的不知道这封信的下落？

于学忠不软不硬反问道：你不是说在张副司令手中吗？

周复碰了个软钉子，于心不甘，正色道：于总司令！委员长派我来您身边效力，就是要我帮助总司令对付共产党啊！

于学忠神色不悦。

周复：共党在山东发展太快。我听说，八路的游击队到处都是。啊！委员长为此晚上已经睡不着觉了，这可是大事啊！委员长的身体，乃我党国之身体；委员长健康，乃我中华民国之健康，啊！你明白我的意思吗？

于学忠站住：周主任是要我带部队去打八路军吗？

周复郑重点头。

于学忠气愤：别说八路军现在还归我这个战区总司令领导，就是不归我领导，就冲人家积极抗日，咱们也不能去打八路！民族大敌当前，咱们要消灭的是日本帝国主义！要我打自己抗日的队伍，我做不到！——那跟汉奸没什么两样！

周复张口结舌。

于学忠：你刚来鲁苏战区，我劝你不要学沈鸿烈、韩德勤、石友三他们，不要做民族的罪人！

周复马不停蹄，立刻赶到沂源鲁村拜会沈鸿烈。

看到周复，沈鸿烈非常激动，快步迎上，紧紧握住了周复的双手。

沈鸿烈：果然“克己奉公、温文尔雅。”——真是一点不假啊！

周复谦逊问道：沈主席，您老身体还好吧？

沈鸿烈：好啊！好啊！就是反“扫荡”，差点被日本人的飞机炸死，苦不堪言啊！

周复：怎么，准备得不够充分？

沈鸿烈心有余悸：估计不足啊！日本人的飞机太厉害了，说来就来，那些个炸弹像下雨一样，“哗啦啦”的唬人啊！

周复关切问：伤亡大吗？

沈鸿烈痛心疾首：大、非常大啊！我的那些官员们，不是死，就是散，到现在还有大部生死不明啊！省府东里店也叫日本人占了。我隐蔽于乡间十数日，千难万险才死里逃生啊！

周复气恼：你的卫队呢？他们是吃干饭的！

沈鸿烈：日本军队太强大了！我的教导团一接触上，就被冲垮了。后来，我从吴化文手上速调了一个营支援，也他妈被打垮了！

周复真诚表示慰问：沈主席，您受苦了！

沈鸿烈灰心丧气：东里店没了，省府官员们死的死、散的散，刚建立的政权也都丢了，我现在连省府的牌子都没地方挂啊！

沈鸿烈忽然悲伤地哭泣起来。也许想到了自己将面临的危险境地，周复眼里涌上泪花：沈主席，不要悲伤，出路总会有的！

沈鸿烈由衷感慨：你来了，我心里就有底的！

周复忽然想到自己此行使命，把眼泪咽了回去：反“扫荡”中，八路军那边的情况怎么样？

日军这次鲁南作战，给鲁中山区以极大破坏，受损失最重的就是沈鸿烈的山东省政府。日军“扫荡”期间，国民党山东省政府不仅失去了刚营建起来的东里店驻地，地方官员四散而逃，基层政权也纷纷垮台。沈鸿烈也是死里逃生才在沂源鲁村找了地方安顿下来。而中共中央山东分局、山东纵队经受了大战的考验，不仅积累了作战经验，而且进一步发展。7月，八路军利用日军收缩、撤退之机，展开反击，收复失地。同时，根据中共中央与中共中央山东分局关于努力争取政权的指示精神，在日军“扫荡”过后，国民党地方政权纷纷垮台之际，积极建立抗日民主政权。7月，建立了临淄县抗日民主政府；8月，建立了莱芜县抗日民主政府和莱南行署；目前，在博山、临朐、新泰、沂水等县都在筹备建立抗日民主政府。

八路军的发展壮大，正是沈鸿烈心腹大患。

沈鸿烈愤愤不平：八路那边非但没有损失，反而又壮大了！

周复惊恐：又壮大了？

沈鸿烈：他们利用日军收缩、撤退之机，展开大反击，收复了我丢失的地盘，还建立了好多县的抗日民主政权。在临淄、莱芜、莱南、博山……

周复：这就是委员长最担心的事啊！

沈鸿烈焦虑：那我们怎么办？

周复咬牙切齿：抢！

沈鸿烈：抢？

周复：八路军从日本人手上抢走地盘，咱们再从八路手上抢回来！

沈鸿烈担心：他们要是不给呢？

周复狠狠道：不给就打！

沈鸿烈信心倍增。

周复进一步鼓动：你是蒋委员长任命的省府主席，山东你说了算！

沈鸿烈高兴：有你给我撑腰，我胆儿壮多了！

周复：有蒋委员长给咱们撑腰，放胆干，不要怕！

沈鸿烈激动：周主任，你来得太是时候了！

周复：实话对你说吧，委员长叫我来山东，为的就是密切联系沈主席、韩主席，而监视于学忠！

沈鸿烈：监视于学忠？

周复：对！监视于学忠与共产党的关系！

沈鸿烈激动得热泪盈眶。

沂水胡庄的战区总部里，于学忠恨得咬牙：蒋介石派这个周复来鲁苏战区，就是来监视我的！他害怕我和共产党联合起来反对他！那个沈鸿烈告我不打共产党。共产党八路军现在就归我这个总司令领导，我能放着小日本不打，而打自己人吗？

郭维城：总司令，周复还说什么了？

于学忠：蒋介石要周复在鲁苏战区查找一封信！

郭维城：一封信！什么信？

于学忠：1935 年底，张副司令没等南京的会议结束就先回来了，你知道为什么吗？

郭维城：知道！是因为他接到报告：109 师在直罗镇被红军全歼！

于学忠：也是，也不完全是！

于学忠把他知道的情况告诉了郭维城。在那一次的南京会议期间，张学良倍受众高官的奚落和嘲讽，让他受尽屈辱和难堪。忽然一天，张学良得悉日本外务大臣广田弘毅向南京政府秘密提出灭亡中国的三原则：

（一）中国彻底抛弃和取缔一切形式的排日运动，及依赖英美的政策；

（二）中国应尊重“满洲国”存在的事实，并承认满洲国，借以实现日、满、华关系正常化和经济合作；

（三）中、日共同防共。

张学良痛心和愤怒：这是投降的条件！

对于日本要吞并中国的野心，张学良并不意外。张学良震惊的是接下来的事情。紧接着，蒋介石对日本有吉大使表示：“对前述三原则，本人完全同意，对此无任何异案，决心立即听取日方希望，进入具体商谈，以期从速付之实施。”

蒋介石完全接受卖国投降三原则，并写信催促外交部部长张群加紧与日本商谈。这封信，落在了张学良手中。周复刚到鲁苏就查找的，正是这封信！

郭维城忧心忡忡：那您……

于学忠：我给他顶了回去！

郭维城放下心来，道：顶得好！于总司令，周复到了鲁苏战区，今后的形势可能更加复杂，您要有思想准备啊！

于学忠：维城啊，我再怎么准备，恐怕也赶不上形势的变化喽！唉！我还能干什么呢？张副司令现在还被他姓蒋的扣押，关在哪儿都不知道！我的老娘、老婆、孩子，一大家子几十口人，也都在重庆呢！

郭维城面露同情。

于学忠：不扯他们了，我是决不会去打共产党的，我只能尽力而为吧！

对于蒋介石倾力查找的投降证据——承认日本“三原则”的那封信，郭维城于西安事变张学良被扣押南京后，应赵一荻邀请帮助收了起来。只是，这封信及三大皮箱珍贵资料此时已不知辗转何方！

二、九里坡之战

1939年8月，常恩多率662团驻扎在沭河上游的黄墩村。上旬的一天，已是傍晚四五点钟，常恩多和参谋处的军官们正在研究敌情，忽然，王铁权气喘吁吁跑进：报告师长，有敌情！

常恩多：什么情况？

王铁权：巨峰、历家寨、纪家店子三方面的日军，正向我军合围而来！先头部队，已接近黄墩！

王维平、张苏平等焦急：师长！

常恩多点燃一支香烟，吸了几口。

孙焕彩、孙立基等也无比焦虑：师长！

常恩多提醒道：遇事惊慌，容易铸成大错，造成兄弟们无谓的牺牲。作为指挥员，要沉着、冷静、临危不惧！

众人静了静心，凝望常恩多。

常恩多忽然把烟蒂狠狠扔在地上：“民不畏死，何以死惧之？”

众人的情绪渐渐稳定下来。

常恩多：不要慌！把部队撤到村外的山上，占据有利地形，立即行动！

居高临下，可以看到几路日军气势汹汹向山下包围而来。鬼子的前锋已经进到村子里搜索起来。常恩多和官兵们隐蔽在山上的树丛中。陶景奎独自坐在一旁的石头上，神色阴沉，冷眼看着眼前的一切。自从常恩多驳回他为两个汉奸说情的事情后，他整日闷闷不乐，不理正事，也不关心反“扫荡”的工作。开始的时候，常恩多还叫他，可他不理不睬，甚至人到了也不吭声，更不做具体的工作。后来，常恩多就当他是个摆设了，但心里对这个人已十分反感。

山下，远远近近都是鬼子，不时响起的枪声从四面传来。忽然，一阵狂风骤起，刮得山头上尘土飞扬。常恩多紧锁双眉。王铁权跑近报告：师长！我军已被敌军包围了！

陶景奎暗吃了一惊，叹息一声转过脸去。他似乎要看看在如此严峻的情况下，常恩多还能有什么本事扭转乾坤。

刘万胜瞪了一眼陶景奎，悄声问：师长，怎么办？

常恩多略一思忖：王参谋！

王铁权：到！

常恩多：趁天黑以前派出侦察兵，摸清日本兵的人数和部署。

王铁权：是！

王铁权带几个官兵离开了。常恩多转身对孙焕彩、孙立基说：严密监视敌人动向，随时向我报告！

常恩多望了一眼落日的余晖，对众人说：不要惊慌，天快黑了，鬼子摸不清我们在什么地方。告诉弟兄们，要沉住气，没有命令，任何人不许开枪！

孙焕彩、孙立基：是！

孙立基：师长，放心吧！

常恩多坐在石头上，点燃了一支香烟抽起来。

忽然，常恩多被什么吸引，目光专注凝望而去。

原来，吸引常恩多目光的是一个强壮而矫健的身影。常恩多对刘万胜等人说：你们看！

众人望去，只见黄昏的河边，那人一手按在腰间的手枪上，正踩着河水跳跃奔跑而来。炮弹不时落在他的身边爆炸，溅起的水花打在他的脸上、衣服上。

常恩多似乎认出了来人，豪气冲天地说：这小伙子身体多壮实，黑乎乎的像个庄稼人，大有三拳能打死老虎之势啊！

刘万胜等几个人兴奋附和。

常恩多激动：中国有多少这样的汉子，还怕打不垮日本侵略者吗？

来人已经跑近，只见他壮实的身板像钢板一样笔直：报告师长！我是工兵营翟仲禹！

常恩多笑了：你没跑过来，我就知道你是谁了。你们工兵营有什么事？

翟仲禹递上纸条：我们营长叫我送来的！

常恩多接过，看到纸条上写道：

敌炮兵已逼近我部，请师长迅速后撤！

常恩多收起纸条，感激道：多亏你来了！

翟仲禹憨厚地笑了，笑容十分灿烂。

常恩多：刘副官，给他奖励！

刘万胜应了一声，就从包里掏钱。

常恩多转身对身边的人说：指挥部后撤，不要成了鬼子炮兵的靶子！

翟仲禹这是第二次面见常恩多。翟仲禹不是别人，正是山东纵队派进 111 师的共产党员。

111 师刚由苏北来到鲁南，翟仲禹就赶到莒县城南找王维平接关系。不巧的是，111 师正在组织攻打诸城，王维平跟随常恩多去了前线。翟仲禹只好托关系进了 111 师工兵营当了名字兵，也就是文书。

一晃几个月过去。5 月的一天，翟仲禹看到一个背皮包、戴眼镜的军人正在和工兵营长说话。他问身边的马弁：这个人是谁?

马弁说：他叫王维平，是常师长的秘书。

终于等到营长去厕所，翟仲禹走进里屋说：你是王维平?

王维平：是啊，你贵姓?

翟仲禹：我姓翟。

看着眼前这个又黑又壮的年轻人，王维平“哦”了一声。

翟仲禹：我找你可费劲了！我来已经好几个月了，就在工兵营当字兵!

翟仲禹注意看了看门外，从口袋里取出一张纸条递上。

王维平打开纸条，看到是山东分局的介绍信，连忙收起信，警惕说：好吧！今天不能讲，明天有一个人去找你。这个人斜着背个皮包，姓张。将来，你直接跟他联系。

翟仲禹应了一声就离开了。

第二天，张苏平到工兵营找到翟仲禹：翟仲禹同志，要在这个部队站稳脚，首先要当好兵，言行举止都要像个真正的兵!

翟仲禹：是!

张苏平：出操、站岗、放哨、摊派的勤务，都要干好，这样才能广交朋友，利于工作。

翟仲禹连连点头：我明白。

张苏平：今后，你跟我直接联系。

翟仲禹：是!

张苏平：你目前的任务就是认识人、交朋友，帮助 111 师坚持抗战，和八路军搞好关系。

翟仲禹：是!

恰在此时，常恩多在刘万胜、王宗芳等护卫下走近。

张苏平上前报告：师长!

翟仲禹很紧张，他没有想到自己跟一个中将师长能离得这么近。

常恩多注意到翟仲禹。他从张苏平对待翟仲禹的态度上已经猜到了七八分。他高兴地上前问道：小伙子，你是哪个连队的?

翟仲禹脚跟一并：报告师长，我是工兵营的!

常恩多亲切看了一眼张苏平，又转向翟仲禹：你叫什么名字?

翟仲禹：我叫翟仲禹!

常恩多：你念过书吗？

翟仲禹：念过。在北平念的！

常恩多：你在工兵营做什么事情？

翟仲禹：当文书——字兵！

常恩多笑了：好啊！当年我当兵的时候，当的就是字兵啊！

翟仲禹没有想到一个国民党的中将，能这么和蔼可亲。他顿时轻松了许多：是吗？长官！

常恩多鼓励说：好好干！今后多向张参谋他们学习，团结弟兄们，多杀鬼子！

翟仲禹：是！

常恩多觉察什么：听口音你是山东人啊！

翟仲禹：山东济阳仁凤镇人。

常恩多：你能上北平念书，你家里很不容易啊！

翟仲禹看张苏平。

张苏平鼓励道：师长问话，如实说就是了。

翟仲禹：长官，是的。打俺爷爷往上，祖宗八代就没有一个人能读起书。

常恩多诧异：你爷爷是干什么营生的？

翟仲禹闻声惆然：俺爷爷……是做生意的，他不识字。

常恩多感叹：好啊，不识字的爷爷却培养出一个识字明理的好孙子！有机会回家看看，代我问你爷爷好！

翟仲禹：长官，俺爷爷已经不在了。

常恩多震惊，停住脚步。

翟仲禹继续说：日本人下乡抢粮、抢东西，还糟蹋了临村一个姑娘。俺爷爷为人正直，是十里八乡有名望的人，平时大事小情也都是他主持公道。他常说，人心就是一杆秤，是非曲直都归天理管。他拿着杆大称，带上乡亲就去找鬼子说理。可是，小鬼子王八蛋不讲理，用刺刀杀害了他！

常恩多热泪盈眶：老人家是烈士，是民族英雄！记住我们的家仇、国恨！

翟仲禹抹掉眼泪，连连点头。

常恩多转向众人说：用天理是难以同强盗和野兽讨公道的！只有拿起枪，跟他们干！

刘万胜、翟仲禹连连点头。

在翟仲禹眼中，常师长面容清瘦，平和中透着冷峻，尤其他那双眼睛格外犀利，一看就是个久经沙场的军人。

翟仲禹，1915 年出生，1935 年在北平参加“一二·九”运动，抗战爆发后参加八路军，1938 年加入中国共产党，不久调中共中央山东分局党校学习。正是在党校期间，党组织把他派进了 111 师。不想，这个与 111 师似乎毫无关系的人，从此人生的命运便与 111 师紧密相连了。

入夜，山下不远处，隐约可见日军在调动、集结。一队口军胡乱地朝山上放枪。

山上，常恩多和官兵隐蔽待敌。王铁权悄然走近：师长！

常恩多：王参谋，现在敌军的情况是怎么的？

王铁权借远处火光，在地上画图：四周都围死了，只有这里，顺山沟是条小河，沿河蜿蜒而出，似乎还有条道路可以闯出去！

常恩多略一思忖：就这样！

常恩多喊：阎普！二营长！

阎普猫腰跑近：师长！我在！

常恩多对王铁权：我把阎普营交给你指挥。你率官兵在前面开路，尽可能地从敌人的空隙中偷越出去。万一被敌人发现就猛冲猛打，虚张声势，把敌人搞乱，以策应后面部队的突围！

王铁权、阎普：是！

常恩多：你们一定要沉着、稳妥，不要慌乱！

王铁权、阎普：师长，放心吧！

王铁权带阎普营官兵谨慎穿越，在敌人的吆喝声中悄然闯出了包围圈。之后，常恩多率大部队也顺利冲出。就这样，在敌人四面八方的包围中，常恩多和662团再次跳出包围圈。

第二天，部队在日照五莲山下的一片树林中休息。

常恩多面前摆着地图，他的目光盯在地图上已经半天了。他紧锁双眉，似乎在苦思什么，一旁传来孙焕彩和孙立基研究向南还是向东突围的声音。忽然，常恩多坚定说：回黄墩去！

孙焕彩以为听错了：师长！你说什么？

孙立基焦急：师长，你刚才说……

常恩多大声道：回黄墩！

众人皆惊。

刘万胜看了一眼目瞪口呆的众人：师长，那不是往敌人怀里撞吗？

常恩多问龙光：现在敌人在干什么？

龙光：正分成几路，四面搜索我们。

常恩多：对！敌人正四面搜索我们，他们做梦也想不到我们敢回去，可我们偏偏回去了！我们不但可以安安稳稳睡上一觉，还可以吃饱喝足，再去打他们！

众人既惊又喜。

孙立基压低声音喊道：集合了！集合了！

部队很快集结起来，并往回走。

刘万胜跟上常恩多：师长，你是怎么想出这一妙招的？

常恩多：打仗就得这样，“道高一尺，魔高一丈。”我们总得比日本侵略者高一招啊！

刘万胜高兴应道：对！

部队很快回到黄墩村，官兵和其他勤杂人员全部在村边休息，常恩多带参谋处进了民房。

刘万胜等人支上行军床，常恩多的头刚一挨着他的小包袱就困倦地睡着了。

王宗芳和刘万胜等人退出房间，在门外守护。

听着屋子里传出的鼾声，刘万胜小声说：师长太累了，来人一律挡驾！

王宗芳闻声笑。

刘万胜不解：你笑什么？

王宗芳：刘副官，你跟随师长多少年了？

刘万胜想了想：16 年。

王宗芳：那你还不了解师长？

刘万胜骄傲道：我当然了解。

王宗芳：没事还罢，要是真误了事，师长能把你我吃掉！

刘万胜：可他太累了，已经有一个多月没好好睡觉了！

王宗芳：是啊！小鬼子“扫荡”，咱们在日莒公路南北来回穿梭，搞得我都不记得打了多少仗、跑了多少路了。

刘万胜：虽然每仗都有收获，但师长从没睡个囫囵觉啊，所以……

门忽然被打开，常恩多站在门口。

刘万胜、王宗芳诧异而惶恐：师长！我们说话声吵醒你了？

常恩多：我听到龙大队长的脚步声了！

果然，龙光匆匆忙忙跑来。

常恩多迎上龙光：怎么样？敌人是不是又转回来了？

龙光激动报告：师长！正像您预料的那样，日军又回来了！

王宗芳、刘万胜惊异：那还不赶紧转移！

常恩多瞪了他们一眼：转移？

常恩多向屋子里快步走去：这正是杀敌的好机会！王参谋！

王铁权：到！

常恩多：把孙团长和孙团附叫这里来！

王铁权应了一声，转身跑去。

常恩多：王秘书！张参谋！

王维平和张苏平快步跑近：师长！

常恩多：我带队伍去打鬼子，你们带工作队去井家沟联系群众！

王维平、张苏平心领神会：是！师长！

常恩多：去吧！

王维平、张苏平敬礼后转身跑去。

九里坡，常恩多把歼敌的战场摆在敌大部队必须通过的公路两旁。当火炮和重机枪都进入指定位置，其他官兵隐蔽在堑壕里，就等待莒县城里的鬼子到来时，王维平和张苏平带战地工作队已经赶到了十里地外的井家沟。

井家沟有位老人在当地帮会中很有影响，为人仗义，民族意识也比较强，对抗日救国活动也有热情。王维平和张苏平分析，如果与老人搞好统战工作，不仅有利于111师在该地区活动，也有利于民运组在敌据点周围开展瓦解敌军工作，并可能更有效地掌握据点内敌人的活动情况。经王维平和张苏平多次工作，老人终于答应接收战地工作队的同志们为关门弟子。这天，正是他们约好的举行仪式的日子。

案几上，摆着三柱点燃的香。缭绕的烟雾前，穿布衫的长者白髯齐胸，精神矍铄，神采飞扬。他端坐在太师椅上，身后站立数十名弟子。

王维平、张苏平及几十位战地工作队的队员每人手持一香，先后跪拜在老人面前。

众人先后拜了三拜，老人起身上前扶起与他同是"大"字辈的王维平和张苏平，又示意其他"通"字辈的队员起身，高兴地交代身边的其他人要全心全意帮助111师抗战，要尽心竭力维护抗战的统一大业。正说话间，忽然从不远处传来了激烈的枪炮声。王维平高兴告诉老人：是常师长带部队跟莒县出来的鬼子干上了！

长者和众人都很振奋，不约而同向远处望去——

远处，硝烟弥漫，炮声隆隆。

老人感慨道：请转告常将军，我及全村的老少爷们儿、妇人小儿，都坚决支持抗日的部队打鬼子、锄汉奸，坚决帮助王长官和张长官的工作队刺探情报、动员父老，共同抗战！打不完鬼子，誓不罢休！如有二心，天打雷劈！

王维平、张苏平和众队员受到感动，在隆隆的炮火声里，他们齐声诵读老人的誓言：打不完鬼子，誓不罢休！如有二心，天打雷劈！

九里坡战场，激战犹酣。

日军十数辆卡车不是被炸得翻倒路上，就是已经燃起大火，不能动弹。数百日军更是乱作一团，有的身上带着火就往路旁的草丛里钻，有的慌不择路钻进车下躲避枪弹。日军官连踢带打，企图组织日军向山坡上反攻。

这个阻击狠狠地杀伤了敌人，给日军一个措手不及。没等他们组织起反击，孙立基、阎普和官兵已冲下山去。

日军慌作一团，有腿的撒丫子就跑，能开动的汽车也掉头向来路逃去。

孙立基、阎普等向敌人边扫射，边扔出手榴弹，来不及跑的又倒下数十人。

常恩多来到公路上，高声问阎普：阎营长，怎么样？

阎普高兴道：报告师长，车上装的全是食品罐头，共缴获敌人12辆卡车，打死鬼子100多！

常恩多：好！立即把物资转移了，把那12辆车全炸掉！

阎普应道：是！

王维平和张苏平等异常兴奋，带战地工作队员们先后跑近。

王维平：师长，我们完成任务回来了！

常恩多：好，正是时候！张参谋！

张苏平走近：到！

常恩多：把武器收集收集，交给八路军的同志。

张苏平：是！

是夜，张苏平带人把送给八路军的机枪和步枪包好后埋进了一座坟里。当天晚上，这批枪就被八路军起走了。

九里坡一仗，大大鼓舞了山东人民抗战的信心。1939 年 8 月 18 日，《大众日报》报道了这一胜利消息。

三、333 旅的血案

沂山深处，333 旅驻地不远的荒坡上，一座孤零零的新坟前，赵开云带着几个兵正在焚香烧纸，祭奠和哀悼班长张石头。

赵开云神情悲哀，点燃一支手卷的香烟放在墓前。

高粱一脸的泪水，悲伤呼唤：班长！赵营长带我们来送你了！你走好啊！

明知道坟里什么也没有，战士们还是哭声凄惨。他们把对班长张石头的哀思寄托在了这堆砖石里。

凝望新坟，赵开云想到扬州林家洼战场上，张石头抱集束手榴弹冲向日军装甲，装甲车被炸翻，石头身负重伤倒在血泊中，不禁泪流满面：石头，好兄弟！你先走一步，弟兄们随后就来！如果不能活着打回老家去，就是做鬼，弟兄们也要去找你！咱们……一起回家！

高粱、黄豆豆等人也哭喊道：班长！班长……

就在不远处，一双阴冷的目光正紧紧盯在几个人身上。这个人姓张，是宋迪玺派到 333 旅的政训员。他见赵开云走开，只剩下高粱、黄豆豆等人正在捡拾石头加固坟基，就悄然走了过去。

张政训员走近：高粱！黄豆豆！你们在非法集会！

高粱、黄豆豆等人大吃一惊。

高粱脸上挂泪：没、没有！张政训员，我……我们在悼念张班长——张石头烈士！

张政训员不屑的目光扫过墓碑：张石头烈士？张石头死了，谁看到了？啊！你们谁看到了？

高粱、黄豆豆等不敢吭声。

张政训员：张石头分明就是投八路了，也许是投降日本人了，你们却在这里替他打掩护！

高粱、黄豆豆等大惊失色。

张政训员：我看你们333旅就有共产党！没准你们666团，就有个共产党的支部！你们几个，是不是共产党啊？

高粱、黄豆豆等大汗淋漓、张皇失措。

黄豆豆：你……你不要胡说！

高粱：我们怎么成了共产党了？你血口喷人！

张政训员：我看你高粱，还有你黄豆豆，就像共产党！

张政训员一把抓住高粱衣领：说！那个关靖寰，还有彭景文，还有那个赵开云，是不是都是共产党？说！

高粱被抓住了脖领，几乎窒息：不……不是！我什么都不知道！

张政训员拉住高粱：跟我走！到缪军长面前去说！到宋主任面前去说！

高粱胆战心惊：说……说什么啊？

张政训员：说谁是八路、谁是共产党啊！走！

黄豆豆：高粱哥，不能去嗳！真去了，不是也变成是的！

高粱哭着，被继续拽着走。

黄豆豆紧追：高粱哥，被他们说成是共产党，那是会被枪毙的嘞！

高粱哀求：我不去！不去……

张政训员死拉硬扯：不去，可由不得你！

黄豆豆忍无可忍，急中生智，忽然看到地上的断砖，弯腰捡起砖猛然拍在张政训员后脑勺上。

高粱先是惊恐万状，后抢过黄豆豆手中的砖狠狠打去……

黄豆豆和几个弟兄围上，一顿乱打。

张政训员满脸血污，形象丑陋，挣扎了几下后倒地毙命。

高粱、黄豆豆等扔掉手中的砖石，惊呆了。

数日后，张政训员尸体卧在荒草乱石中，已经腐烂。

缪澄流、宋迪玺、李亚藩、侯小鲁望着腐尸，目瞪口呆。

缪澄流气急败坏：不是怀疑，而是一定——333旅一定有共产党！

宋迪玺哭丧着脸：军长，你可一定要为我们政治部做主啊！

缪澄流：查！马上查！副官长！

几个人掩着鼻子离开了。

李亚藩赶紧答应：军长！

缪澄流：去333旅，把王旅长叫来！

李亚藩：是！

在333旅驻地，关靖寰、彭景文、赵开云等正焦急等待王肇治。他们不知道缪澄流这个土皇帝为了一个被打死的国民党特务，会对333旅采取什么样的措施。

终于，他们看到王肇治神色匆匆，快步走来。

关靖寰：旅长，怎么样？

王肇治：缪大混蛋根本不容我讲话，要我交出共产党！

赵开云：交出共产党？

彭景文：那您……

王肇治：共产党脑袋瓜上又没写字，我到哪儿去找？——没有！

彭景文：咱旅里哪儿有共产党啊？

关靖寰忧心忡忡：旅长，军长这人咱们都知道，他就是个无赖，根本不讲理啊！

王肇治：不理他！最难对付的还不是他，而是那个狗特务宋迪玺！

赵开云：旅长，我那几个兵怎么办？

王肇治：叫他们不要乱跑。他们都是抗日的战士，杀敌有功，杀死国民党特务也无错！我们不能让他们吃亏！

关靖寰、彭景文、赵开云连连点头。

过了一天，王肇治又被叫到军部回话。

缪澄流坐在摇椅上抽大烟，舒服地摇晃着身子，一副懒散和悠然的模样。

宋迪玺在一旁摇着蒲扇，李亚藩、侯小鲁、龚晓清站在身后。

王肇治站立对面。

缪澄流忽然一个激灵：你说什么？再、再说一遍！

王肇治说：共产党脑袋上也没贴签，我看不出我们旅谁像共产党，没法查！

缪澄流气急败坏，把大烟枪狠狠摔下：放屁！扯他妈蛋！

宋迪玺、李亚藩面露得意。

王肇治气愤：军长，你咋骂人啊？

缪澄流摸枪：骂人，老子还想毙了你呢！

宋迪玺假惺惺上前按住缪澄流的手：军长，息怒！息怒！

王肇治气呼呼转身欲走。

缪澄流：你站住！

王肇治站住。

缪澄流咬牙切齿、一字一顿说：回去，给老子一个排、一个排，一个连、一个连，一个营、一个营，一个团、一个团地查！直到把共产党给老子查出来为止！

王肇治愤愤而去。

缪澄流气得跌坐椅子上。

宋迪玺：军长，我看这个王肇治就像共产党！

李亚藩：111师很可能藏有共产党！

侯小鲁：那个什么“抗日义勇宣传队”里，肯定有共产党！我都感觉那就是个共产党的政治部，哪像是我们的组织啊！

缪澄流有些疑惑：王肇治——王大酒壶是共产党？共产党要他？不不不，他不会是，但333旅可能真的窝藏了共产党啊！

宋迪玺忧心如焚：333旅都这样，111师能好到哪儿去啊？我现在悔啊，“扫荡”之初真不该对111师撒手不管，没准这两个月，共产党真的已经钻进111师了！

缪澄流想到什么：战区周主任是不是来电斥责你了？

宋迪玺叹息一声：唉！

龚晓清、侯小鲁神色灰暗。

缪澄流：别灰心！——亡羊补牢，犹未晚矣！

宋迪玺、李亚藩、龚晓清、侯小鲁若有所思。

四、国特们“秋后算账”

日军龟缩进占据的一些重要城镇据点后，鲁南的形势稍微好一些。那些当初逃进山里去的国民党特务们也就要回来了。

这天，在莒南县高家柳沟111师师部，常恩多忧心忡忡，一把将电报拍在桌子上。

王维平焦虑，问：师长！怎么了？

张苏平解释道：一个政训员死了，宋迪玺认定是共产党干的。缪军长要王旅长清查部队，并交出共产党。王旅长请求带部队回师！

王维平：怎么会出现这样的事？

常恩多：复兴社的老特务、所谓“十三太保”之一的周复，到战区政治部当主任了。

张苏平提醒说：师长，以后的形势会更加残酷啊！

常恩多叹息一声：已经开始了！

果然，几天后，宋迪玺率政治部人马刚回高家柳沟，就召开全师军官开会。

会上，宋迪玺趾高气扬喊道：周复将军到鲁苏战区任职来了！他是蒋委员长派来的政治部主任！周复将军为国之栋梁，而我等也要为委员长分忧！唤醒党魂、发扬党德、严肃党纪、继承党史、巩固党基，义不容辞！

常恩多很不耐烦，众军官神情冷漠，只有龚晓清、侯小鲁和那些国特们得意扬扬。

宋迪玺继续喊道：为了巩固统一，一致抗敌，党政军步调必须协同一致，必须层层负责和执法以绳；对付共党，上层要理性之折服，以严正对之，中下层则予以事实上之教训，以严厉对之；制裁共党活动，党部负斗争责任，政府处调和地位，军队则以武装后盾！

宋迪玺意味深长地盯了一眼常恩多。

宋迪玺提高了声音：总之，对付共产党、八路军，要严厉打击、坚决制裁，决不手软！

常恩多心情沉重，神色冷峻回到师部：宋迪玺，人渣、狗屎！——111 师多难啊！

王维平：师长！由于日军停止战略进攻，并提出政治和谈，国军在正面战场上压力减小，蒋介石又开始了消极抗战，积极反共。年初，不仅确定了再次反共的方针，还设立了防共委员会，制定了《共党问题处置办法》、《沦陷区防范共产党活动办法草案》等文件。

常恩多关切道：维平，今后可能于我们更加不利，于抗战更加不利，你们要格外当心，要保护好自己！

王维平热泪盈眶，点了点头。

常恩多：跟我说说，共产党八路军那边有什么新情况！

王维平：自 5 月，八路军 115 师在肥城以南的陆房地区粉碎日伪八千余人的九路合围，歼敌 1 300 余人后，115 师和山东纵队又在泰安、泗水、宁阳边区，粉碎了日伪一万余人对鲁中地区的大“扫荡”，并开辟了费县西北地区。人民群众看到了抗战胜利的希望，踊跃当兵，部队迅速扩大，人强马壮啊！

常恩多：太好了！

王维平：115 师陈光代师长、罗荣桓政委，山东纵队张经武指挥、黎玉政治委员，八路军第一纵队徐向前司令员、朱瑞政委，现在带部队已经粉碎了日伪的大“扫荡”，并把日寇侵占的一些地区、县、乡镇，又夺了回来，还建立了革命政权！

常恩多热泪盈眶：真是太好了！中国，有他们在，就不会沦为小日本之手！

张苏平走进：师长！《八路军全体将士为抗战两周年纪念通电》！

常恩多精神大振，接过通电，激动读道：“两年抗战之经验，证明伟大的中华民族，非武力所能征服，举国人民已抱有抗战必胜建国必成之信念。不幸民族败类汪精卫等受日寇诱降政策之蛊惑，丧心病狂，背叛民族，或则公开投敌，或则隐蔽活动，散布失败情绪，制造内部摩擦，以和平相号召，以反共反八路为借口，其目的无非欲削弱抗战军民之意志，分裂统一团结之力量，以实现其帮助日寇亡我国家之目的！”

常恩多：说得好啊，说得在理！对于那些汉奸、叛徒和民族败类，就要撕下他们的伪装，叫全国人民都认清他们的嘴脸！

王维平、张苏平和参谋们正等候师长继续读下去，忽然刘万胜匆忙跑进：师长！沈鸿烈、许树声、李延修的部队和八路军又闹摩擦呢！

常恩多焦急问：在哪儿？

刘万胜：在日照、莒县一带！

管松涛、刘祖荫、阎普等率部队全副武装伫立。

常恩多站在队伍前，说：许黑子、李延修这群狗，又出来咬抗日的队伍了！我派你们到他们驻地的附近去，向他们宣传“不伤中国人，不打抗日军”，不让他们越雷池一步！

管松涛：师长，放心吧，我们决不让他们打八路！

常恩多：如果他们不听劝阻，你们就插入他们的阵地，叫他们打不成！

阎普：师长，我们明白！

常恩多：刘祖荫！你把抗战的道理讲给他们听，回来后还要写文章在《烽火报》上批驳他们！叫他们臭名远扬！

刘祖荫：是！

常恩多：去吧！

管松涛、刘祖荫、阎普向常恩多敬礼后，带队伍出发了。

目送队伍远去后，常恩多依然忧心忡忡。刘万胜信心十足劝道：师长，你别担心，咱们的队伍往中间一站，许黑子他们就得乖乖滚蛋！

常恩多有些烦躁和不满，盯了刘万胜一眼。然而，刘万胜丝毫没有领会常恩多眼神里的真正含意，继续说：如果他们还敢造次，咱们就直接去打他们！

常恩多心事重重转身离去。

刘万胜不知道，一个大麻烦正在后面等待他。

莒县山脚下，沈鸿烈的部队和八路军正在对峙，管松涛带队伍赶到后立即插进了两军中间，摆开了阵势。

管松涛、刘祖荫和阎普带官兵背对八路军，面对国民党队伍。他们看到八路军官兵衣服破旧、装备简陋，而沈鸿烈的部队装备精良，气焰汹汹。

管松涛对沈鸿烈的部队：向后退！都向后退！

沈鸿烈的队伍没动。

刘祖荫高声喊道：中国人不打中国人！不打抗日军！后退！向后退！

队伍依然未退。

沈鸿烈队伍中有个军官喊：你们他妈的吃里扒外！吃国民党的饭，包庇共产党！我到你们军部告你们！

管松涛：闭上你的臭嘴！我们就是奉命来调解矛盾，决不许你们杀害抗日友军！别的老子管不了，你告也得滚蛋了再去告！

军官恼羞成怒，举起枪：你他妈是谁的老子？

阎普举枪拉栓：孬种才打抗日军，是好汉去打日本人！

也许是官兵“哗哗啦啦”拉枪栓的声音把军官吓住了，他心虚地开始哆嗦起来。

阎普率官兵往前连逼了三步。军官带队伍后退，终于溃散而去。

管松涛、刘祖荫、阎普等人暗松一口气。

八路军干部走上前，握住管松涛的手说：管团附！如果不是你们及时赶来，今天我们又要流血了。谢谢111师，谢谢你们！

管松涛热泪盈眶，紧紧握住了八路的双手。他多想喊一声“同志”，可话在心里翻腾了几个上下，又被他压了回去。

管松涛：不谢！咱们都是抗日军，就应该团结一心，共同抗战！这些不打鬼子、专搞摩擦的坏蛋，将来一定没有好下场！

八路干部气愤道：鬼子来了，他们跑得比兔子还快。鬼子走了，他们倒跟我们过不去。你们一走，他们还会回来的！

刘祖荫焦虑问：那你们怎么办？

八路干部坚定道：没有退路，针锋相对，坚决还击，决不手软！

五、刘副官无力回天

高家柳沟村头的树林里，常恩多站在军官队伍前面训话。鬼子的鲁南大“扫荡”刚结束，缪澄流就开始精简整编，宋迪玺也开始全面清查共产党。缪澄流的目的是为了自己吃更多的空额，而宋迪玺则是为了在周复面前呈交政治资本，以为他升官奠基。在如此严峻的形势下，常恩多不能不提醒军官们要时时谨慎、处处小心，以提防不测，减少损失。

正在一旁警戒的刘万胜，忽然看到几个穿便装的年轻人沿大路向村头走来。

几个人已走近树林，刘万胜喊道：站住！

几个人站住。

刘万胜：你们是哪一部分的？干什么来了？

其中一个说：我叫高粱，他叫黄豆豆！我们都是666团的！

刘万胜惊讶：你们怎么打扮成这样？

高粱骄傲道：师长派我们到八路军那边去受训，这不，刚回来！

一听是常师长派到八路那边受训的士兵，刘万胜无比羡慕：真的？你们真是去八路那边受训的？

黄豆豆有些骄傲：那还有假！

刘万胜：哎呀，真好！真让人羡慕！快跟我说说，八路那边是啥样啊？

高粱：什么啥样？

刘万胜：就是，他们对你们咋样？

高粱：好呗！

刘万胜：咋个好法？

高粱：就是平等、友爱，官兵还同吃同住呢！

黄豆豆：当官的不打骂士兵，大家都像亲兄弟一样！

刘万胜：像亲兄弟一样？

高粱：当然！他们打仗还有一套呢！师长派我们去，就是向人家学习打游击战的！

刘万胜亢奋：你们等着，我去向师长报告！

看到常恩多和军官们正在休息，刘万胜兴冲冲跑近：报告师长！他们是666团的，刚从八路军那边受训回来！

常恩多有些恼怒，没有理睬，继续与王肇治说话。

刘万胜提高声音：报告师长！他们是666团的，刚从八路军那边受训回来！

常恩多面露愤怒。众军官闻声诧异，目光纷纷看向刘万胜，又看向常恩多。

常恩多猛然转身，目光如炬盯向刘万胜。

刘万胜恍然大悟，知道自己犯了一个难以补救的错误，不禁懊恼悔恨。

树林一角。

常恩多非常恼怒：你没长脑子吗？懂不懂现在是什么时候？你会不会说话？不会说话以后就不要说，不会把你当哑巴卖了！

刘万胜欲哭无泪：师长，是我当时没注意，不小心说走了嘴，对不起！

常恩多：光是说走了嘴的问题吗？你脑子里就是少点东西！

刘万胜哭：师长，我错了，我改！

常恩多：你这个副官，现在占的还是人家特务排排长的名额。马上要改编了，你就不要再占人家名额了！

常恩多恼怒而去。

刘万胜意识到严重性：师长！师长……

常恩多回到众军官面前。众人虽没有听到他与刘副官的谈话内容，但从师长的脸上，他们已经看到他心里的怒火。

常恩多对众人说：这次整编要来实的，刘万胜还占着特务排一个排长的名额，从今天起给让出来！

众人诧异，都凝望常恩多。

常恩多又说：以后师部没有名额，就不能乱占其他单位的名额！他一个月几十元钱，由我的薪饷里给。好在他跟我十几年了，有他的饭吃就是了！

孙立基说：师长！我建议从师部调出一个副官。这样，刘副官就有位置了！

常恩多大声制止：决不允许！

众人有些紧张，意识到不能再劝了，于是都缄口不语。

常恩多：再不许提这件事情！

可众人看到有晶亮亮的东西闪烁在常恩多的眼窝。

回到村里住处，刘万胜万分委屈：师长！我跟您这么多年，就因为这样一件小事，你就把我的名额取消掉？

刘万胜思忖片刻，又说：师长，是我的错，我已经承认错了，还不够吗？还要我怎样？难道要我……离开你……离开111师……

想到这一步，刘万胜委屈地哭出了声。

王维平悄然走进。他听说了常师长要把刘副官编余的事情，就赶来想问个究竟。不料，走进房间，他看到刘万胜正对着墙壁说话。

刘万胜没有察觉王维平走进，继续对着墙壁说：师长，是我思想觉悟低，给您捅了娄子，我保证以后再不乱讲话了，还不行吗？

王维平热泪滚落。

刘万胜继续说：师长，就原谅万胜一回，好不好？万胜求你了！

王维平上前抱住刘万胜：刘大哥，到底怎么回事？啊！

看到王维平的热泪，刘万胜赶紧擦掉眼泪：王秘书，是我不对，我不对！

王维平：我刚听说，师长把你副官的名额取消了？为什么？

刘万胜：是我的错，我说错了话。师长是看我思想觉悟低，怕我给他捅娄子。再者，就是让其他军官看看，说话不考虑，惹出是非，不管远近他都铁面无私……

王维平安慰说：我去找师长，给你恢复名额！

刘万胜一把拉住王维平：不！不要！谢谢你！师长的脾气我知道，他说出的话不会改变。我想好了，我是非走不可了。

王维平：不！你不能走！

刘万胜：我知道，我的问题不是一般的问题，是包含其他意思的大问题。

王维平：你走了，谁来照顾师长？你跟随他十几年了，他已经习惯你了！刘大哥，不要走！

刘万胜哭了：我也舍不得他啊！16岁那年，我在老家盘山县的一个剃头棚里当学徒。有一天，一个富人进来剃头，嫌我伺候得不周到，举起手杖劈头盖脸就打我。师长当时还是排长，他上前一把抓住那个男人，他问：这要是你的兄弟，你也这样打吗？从那时候起，我就跟定他了！后来，他教我识字、明理、做人。我走到哪儿都是他的副官，这辈子都是，改不了了！

王维平：可你，去哪儿呢？

刘万胜：我不到别处去，我……我们还会再见面的！

王维平：不行！我去找师长说！

王维平走后，刘万胜跟着到了常恩多的住处。

窗户上映出常恩多和王维平激动对话的身影。王维平在诉说什么，而常师长有些不耐烦地拒绝了。

刘万胜深情凝望着，那些铭刻常师长培育他、信任他的日日夜夜，像连环画一样在他面前展现。悲伤的泪悄然滑落，刘万胜喃喃喊着：师长，师长！保重！万胜……走了！

刘万胜把常师长贴身警卫徐文斌，马夫马玉林，炊事员刘树林，警卫员何凤舞、王洪才等叫到身边。刘万胜只望了一眼众人，热泪“唰”地就流了下来。

众人已知道他要离开的消息，都热泪盈眶。

徐文斌：刘副官，你不要走！师长不会放你走的！

马玉林：刘副官，为什么一定要走……

刘万胜：弟兄们！你们都要好生守着师长，服侍师长，保证他吃好、睡好、身体好！只有师长好，咱111师才能好，才有希望，才能抗战、打鬼子！弟兄们，你们明白我的话吗?

众人坚定回应：明白！

门外，常恩多看到了这一切。热泪涌上眼窝，他转身离开了。

第二天，刘万胜到师部告别。

常恩多：你为啥要走呢?

刘万胜：师长放心，我走，也不去投八……

察觉又说错了话，刘万胜立即纠正道：不去投别人，省得给师长找麻烦。

常恩多关切问：那你打算去哪儿呢?

刘万胜：我回四川留守处，和老婆孩子卖菜度日。等你哪一天，看我有用，一定招呼我，我再回来，赴汤蹈火，在所不辞！

常恩多心情沉重背转身去：没有名额就不干，那还行?

刘万胜：我翻来覆去想过，这是我最后的想法。

常恩多略一思忖：也好，你实在要回去，就回去吧。

常恩多从床上拿起一个小包袱塞进刘万胜手上：这是二百元钱，你拿上。

刘万胜推让：师长，不！

常恩多：拿着，今后的生活还不知道有没有钱挣。

刘万胜捧住钱，热泪盈眶。

常恩多叮嘱道：路上要小心、谨慎，到家后马上来信！

刘万胜热泪滚落，哭出了声：师长！

常恩多热泪掉落，克制难过挥了挥手，示意刘万胜离开。

刘万胜庄重敬礼后转身离去。

第二天一早，刘万胜换上便衣，肩背小包袱，依依不舍离开了鲁南，离开了111师，去往四川万县。他徒步走过山东、江苏、河南、湖北、四川五省及马头、郯城、徐州、开封、中牟、周口、襄阳、樊城、宜都、宜昌、奉节、万县数十个城镇，晓行夜宿，饥餐渴饮，于40多天后到达万县，并立即通过留守处的电台给常师长发来电报：

一路平安抵川，师长勿念。万胜。

第十四章

陷落困境

一、针锋相对

经过一番缜密规划，宋迪玺决定从战地工作队下手，挖出隐藏在111师的中共党员，并借机把战地工作队牢牢抓在手上。

这天，在高家柳沟宣传队前面的树林里，战地工作队队员们被召集起来。一番关于整顿的动员后，宋迪玺宣布，从即日起，他将在战地工作队进行政审，所有新老队员，认识的不认识的都要接受审查。

王维平闻讯赶到：宋主任！我是“战地工作队”队长，有什么事情请跟我讲！

宋迪玺很不屑，目光依然看向别处：王秘书，你是队长？你凭什么当队长？谁批准的？我批准了吗？

王维平和颜悦色解释道：当时，你们都到后方去了，没有人当队长，常师长只好指定我兼任了。现在，你们回来了，我可以辞掉队长一职。

徐惊百、邹强、孙卜菁、陈瘦秋、刘祖荫、孙学仁、王丕争、徐泽生等数十人克制愤怒。

听到是常师长指定的，宋迪玺口气软下来：哦，是常师长指定的。那好吧，现在，我聘请你当副团长！

一旁的侯小鲁、龚晓清等人脸色难看。他们也早就垂涎这个位置。

王维平不解：副团长？

宋迪玺：过去的事不提了！从现在开始，你们这个“战地工作队”，就改名叫“战时服务团”了！

众人诧异，却都敢怒不敢言。

回到师部，王维平向常恩多报告：“战地工作队”被他们改为“战时服务团”，《烽火报》也被改名为《阵中日报》了。

常恩多有些恼火，又克制说：换个名字而已，叫他们改！

王维平：宋迪玺怀疑宣传队里有共产党，尤其对反“扫荡”中新加入的成员疑虑更大。

常恩多眉头紧锁，忧心忡忡。

反“扫荡”之初，宋迪玺带政治部的人马全部躲藏进了后方山区，王维平、张苏平组织的战地工作队由最初的30余人，发展到后来的60余人，他们动员民众，侦察敌情，抬运伤员，筹集给养，办战斗快报，传播胜利的消息，鼓舞斗志；他们还印刷瓦解日伪的传单，组织培训日语喊话骨干等等，为111师抗战做出巨大贡献。那些“新加入的成员”，大多是中共鲁东南特委书记高克亭输送来帮助111师反“扫荡”的共产党八路军，真要是被宋迪玺找出个把人来，那可是不可估量的损失！

常恩多交代王维平：你去告诉那些来帮助我们抗战的同志们，要他们务必小心谨慎。还有，对那几个从日照来的队员也要格外关照，他们都是有志气的青年，不能叫姓宋的伤害他们！

王维平应着去交代了。

宋迪玺居心叵测，把李占吾、李铮、李倩、王丕争、王政等数十人召集起来，挨个查问出处。站在后排的徐惊百、邹强、孙卜菁等抗日义勇宣传队的老队员们个个都为他们捏了一把汗。

李倩、王丕争等人是鲁东南特委派来的，王政等人却是111师在日照时加入到宣传队来的。

宋迪玺目光阴冷：说说吧，你们都打哪儿来啊？

龚晓清、侯小鲁神情凶险，坐在一旁的桌前准备记录。

王丕争报告：报告宋主任！我们几个原是69军独立二旅的。部队开到河北就被冲散了，我们不愿在家当亡国奴，就投奔111师来了！

宋迪玺满脸狐疑。

一个蓄着胡子的队员喊：报告宋主任！我们几个是伪满洲国的兵，到山东打仗时被俘，出来后到处找东北军，就……就找到111师来了！

宋迪玺目光如锥。

一个扎小辫的女队员说：报告宋主任！我们几个原是112师宣传队员。后来，有的回家，有的生病离队，有的……总之，现在加入到贵师来了！

宋迪玺问了一遍众人的出处，没查出个所以然，转念思忖后宣布：从现在开始，我给你们服务团每个人都定军衔、发军饷、吃官饭，好不好啊？

这是故伎重演。徐惊百、邹强向众人使了个眼色，众人纷纷嚷开了：

不干！不干！

我们不要吃官饭！

我们就是宣传队员！

宣传抗战，不做亡国奴！打倒日本帝国主义！

宋迪玺、龚晓清、侯小鲁等大失所望，又烦躁不安。

徐惊百、邹强和众人声音更高了：不干！不干……

师部里，常恩多愁眉不展，忧虑无语。

王维平：师长！宋迪玺问不出名堂来，还会生出新的花样。我的意思是想办法发展进步力量，而不能任宋迪玺为所欲为！

常恩多眼睛一亮：对！他们干他们的，咱们干咱们的！

王维平：师长，怎么干？

常恩多想到了郭维城教给他的办法：在331旅开办军士队！

王维平：军士队？

常恩多：先召集120人训练六个月，叫662团团附孙立基当大队长，叫曹健华也参加领导！政治教育就学毛主席的《论持久战》和《抗日游击战争的战略问题》。

王维平信心倍增：师长，这个主意好啊！他们查他们的，咱们干咱们的！

宋迪玺要每个队员写篇东西，回答“你对共产党怎样认识”，然后队伍就解散了。

刘祖荫回到屋里，脱鞋上炕，俯首炕桌，认真在纸上写起来。

队员杨毅安和李承仲先后走进。

李承仲凑近问：刘祖荫，你对共产党咋认识？

刘祖荫：啊？啥咋认识？——不认识！

杨毅安笑：他懂什么？——极其幼稚！别理他！李兄，那你说，你咋认识？

李承仲：咋认识？共产党就会蛊惑人心，徐惊百、邹强他们干的不就是这一套吗？

刘祖荫神情抑郁。

侯小鲁摇摇晃晃走进，指了指李承仲、杨毅安：你、你，跟我去见宋主任！

李承仲、杨毅安高兴：宋主任要见我们？

看见李承仲、杨毅安高兴的劲儿，刘祖荫把笔摔在炕桌上。

李承仲、杨毅安刚走进宋迪玺房间，就看到了桌子上摆的两件新军装和几十块大洋。

宋迪玺：今天把你们俩找来，我要把这些东西送给你们！

龚晓清把东西往前推了推。

李承仲、杨毅安眼睛放光：宋主任，谢谢！

宋迪玺：一个反“扫荡”下来，你们的衣服也都破了，穿上吧！

两个人高兴地把新衣服穿上了。

李承仲：宋主任，我们一定效力！

杨毅安附和：对，一定效力！

宋迪玺信任道：好啊！八路离我们太近，而共产党很可能已经渗透进来了！从今天开始，你们两个就是我的人了——我在服务团里的坐探！

李承仲、杨毅安受宠若惊，连连点头。

宋迪玺：我问你们，徐惊百、邹强是不是共产党啊？

李承仲、杨毅安迟疑了一下，点了点头：像，像是！

宋迪玺：我看不仅仅像，而就是！

李承仲、杨毅安立刻改口：那就……一定是、一定是！

龚晓清、侯小鲁得意，会心而笑。

夜深了，刘祖荫在炕上已经睡觉，门“吱呀”一声被推开，把他惊醒。他感觉是李承仲和杨毅安摸黑走了进来。两个人似乎都有些醉，点亮了煤油灯后，杨毅安凑近呼唤：刘祖荫！刘祖荫！——睡着了！

刘祖荫佯装熟睡，没有动弹。他听到两个人铺开了一个纸包，似乎在吃花生米和肉等东西。

李承仲：宋主任怀疑咱们服务团有共产党。你说，他说得准吗？

刘祖荫暗吃一惊，竖立起耳朵。

杨毅安：他说徐惊百、邹强是共产党，他是不是有什么把柄啊？

刘祖荫大惊失色，幸好灯影罩住了他的脸。

李承仲盯住刘祖荫背影：哎！你说小刘会不会是共产党？

刘祖荫十分紧张，他不知道自己在什么时候暴露了真实的身份。

杨毅安嗤之以鼻：他？没听到别人怎么说他吗？——幼稚！他不能是！

刘祖荫暗松一口气，紧张地把枕边的一本进步书藏进枕下。

刘祖荫无意听到的显然是一个惊天的秘密。他好不容易熬到了天明，就找了个机会，赶紧报告徐惊百：徐大哥！李承仲、杨毅安已经成了宋迪玺的人。他们还说，宋迪玺怀疑你和邹强大哥是共产党！

徐惊百震惊：是他们亲口说的？

刘祖荫连连点头。

徐惊百焦虑：他们怀疑你了没有？

刘祖荫笑：他们说我“幼稚”，没有怀疑我。

徐惊百松了一口气：小刘，你身份比较隐蔽，今后公开场合离我们远一点。

刘祖荫：不怕！反正在他们眼中，我很幼稚！

徐惊百：小刘啊，今后要多长个心眼，尤其你办报纸，很容易给他们留下把柄。

刘祖荫：徐大哥，我懂！不叫讲“统一战线”，我们就讲“精诚团结”；不让讲“反摩擦”，我们就讲“反汪逆”！蒋介石的话是金科玉律，我们就择其可用者用之，决不叫他们抓住我的把柄！

徐惊百高兴：小刘，好样的！上次沈鸿烈的部队火并，把一个村庄都烧了，你报道得就很及时！你写的那个“外战外行，内战内行”，一张报纸就把那些个搞摩擦的部队头头吓得半死，“呼啦”一下退兵几十里地，狠狠打击了他们嚣张的气焰，还为当地百姓出了口恶气呢！

刘祖荫得意：我那是趁着宋迪玺打了一宿麻将，又在和一个官太太打情骂俏的时候，把稿子递上去的。他只顾和那女人说笑了，连看都没看稿子一眼就签字了！事后他看到了那张报纸，想改也来不及了！

徐惊百意味深长道：小刘，今后的斗争形势会更加复杂，你一定要保护好自己。你就是一粒火种，要保留到最关键、最需要的时候，再发挥你的作用！

刘祖荫牢牢记住了徐惊百的话，决心做一粒革命的火种。

师部的墙上悬挂着一幅山东地图，上面用鲜艳的红、黄、蓝三色标示出的线、点、面等图形，十分醒目耀眼。

常恩多指示地图说：今天把你们几个叫来，就是要给大家看这张地图！

孙立基、曹健华、徐惊百、邹强、孙卜菁等围在地图前深情凝望。

常恩多问：看清楚了吧？

几个人有些激动，连连点头。

常恩多指示地图说：这满地红色是八路军的天下，这些黄线是鬼子的据点和交通线，这些蓝色的点点是顽固派的地盘。

众人高兴笑了。

常恩多：这黄的、蓝的，都站不住脚！我们一定要和八路军团结抗战到底，这才是我们111师唯一的出路！

孙立基、曹健华、徐惊百、邹强、孙卜菁连连点头。

常恩多：你们要和官兵们讲清楚，要让大家充满信心，这样官兵们才能看到希望！

众人高兴应着。

随后，一百多人的军士队开课了，曹健华讲"游击战"、"持久战"，孙立基给军士们上战术课，徐惊百、邹强他们讲西安事变的历史意义，讲团结友军、军民合作共同抗日，讲打回老家去。一有时间，学员们就高唱《游击队员之歌》、《义勇军进行曲》、《打回老家去》。

在新的严酷形势下，111师工委三个领导人召开会议，商议工作。

王维平首先发表意见：徐惊百和邹强已经引起宋迪玺的怀疑。要不，先让他们撤走吧！

张苏平想了想说：不行！这样一来，宋迪玺更要怀疑服务团里有我们的组织了！

曹健华说：我看，他们没有抓住把柄，近段时间还不能怎样！

王维平：可我担心他们两个人的安全啊！

张苏平：叫他们小心一些，不要单独行动。

曹健华：现在，抗战的总体形势在恶化。6月份，汪精卫从日本进行卖国活动返回上海后，就成立了以周佛海为首的伪国民党全国代表大会筹备委员会，并在上海、南京、北平、天津等地拉拢、收买国民党要员参加会议。上个月底，也就是8月28日，汪精卫在上海极司菲尔路76号秘密举行国民党第六次全国代表大会，出席会议的有240多人！

王维平震惊：240多人！国民党一下子出了这么多汉奸！

张苏平恨得咬牙：而且全是高官！

曹健华：汪精卫提出“和平反共建国”的卖国纲领，叫嚣“要以和平得到建国，要以反共得到和平”，攻击中国共产党主张和实行对日抗战不是为了救中国。

王维平：这个头号汉奸！

张苏平：很快，一大批国民党党军政高官，就会趋之若鹜、如蝇逐臭！

曹健华：这个新的情况，要马上报告常师长，好让他心中有数！

王维平：好的，我马上去报告！

当天晚上，王维平把新的抗战形势报告给常恩多。

常恩多坚决说：明天就开始在全师大小会议上，声讨汉奸汪精卫，揭穿汪贼卖国投敌的汉奸行径！我要让所有的官兵都明白，无论是谁，当汉奸绝没有好下场！

王维平：师长，还有个新情况！

常恩多：你说！

王维平：据可靠情报，日本情报机关加强了对沈鸿烈、韩德勤的劝降活动。

常恩多：这是意料之中的事情。还有吗？

王维平：被万毅团长押送军部的女特务徐春圃，被缪军长放了。

常恩多：放了？

王维平：不但放了，缪澄流还委任徐春圃为57军附员，随参谋处行动。

常恩多：真是个大混蛋啊！——那女人叫啥？

王维平：徐春圃！

二、女特务徐春圃的伎俩

说到女特务徐春圃，还得从鲁南反“扫荡”说起。

为了配合111师反“扫荡”，112师对陇海路、津浦路发动了两次大规模破袭。1939年8月2日，112师667团2营奉命破坏津浦路。2营由亚庄出发，当晚到达彭家庄，以4、6连担任外围警戒，5连担任破路，破坏范围为滕县南沙车站至官桥车站之间。部队正在破坏时，一列北行军车缓慢通过，行至破坏处，列车前部脱轨倾覆。5连以猛烈火力袭击，车上敌伪负隅顽抗，激战甚烈。攻击队冒弹雨登车搜索，发现车上有两名穿高级和服的日本人便将两人押下车厢。经审讯，这两人一人叫远山芳雄，华北经济考察团团长，另一人是他的随员，叫猿桥新一。

9月16日拂晓，日军出动兵力报复，袭击667团团部驻地板上村。667团团长万毅指挥转移，损失不大，但宣传队被冲散，中共112师工委书记伍志刚牺牲，秦寄萍等人被俘。伍志刚，四川仁寿县人，1936年3月加入中国共产党，在张学良主办的学兵队任4连党支部书记，“西安事变”后在济南被俘，不久获释去青岛组织抗日游击队，1938年初率领80余抗日战士到112师667团。他生活俭朴，平易近人，威信甚高。

远山芳雄被俘，引起华北日军极大震动。日军武力营救失败，就改为秘密营救。济南日军特务机关派遣东北人、女特务徐春圃，以“回归祖国”为名，与获释归队的秦寄萍等人结伴找到667团，伺机谈判条件，以重金赎买，或以俘虏交换，救出远山芳雄。万毅识破阴谋，逮捕了徐春圃，并转送57军军部。

不料，缪澄流被徐春圃“探亲”、“回归祖国”所打动，不仅释放了她，还委以57军附员身份，命其随军参谋处行动。

就这样，徐春圃这个日本北平宣抚班特务，不仅逃脱了拘押，还堂而皇之地行走于57军军部。

这天，沈鸿烈来到57军军部。缪澄流把徐春圃介绍给他后，他就紧紧抓住了徐春圃的手，再也不舍得撒开了。

徐春圃娇媚地笑着：沈主席，早就听缪军长说起您，今天得见真是三生有幸啊！

沈鸿烈淫荡地笑着：是吗？那我就要魂飞九霄了！

徐春圃撒娇，“咯咯”笑罢：我有那么恐怖吗？

沈鸿烈爱抚地抚摸徐的手，并不停地亲吻：不只是恐怖，是揪心挖肝啊！

缪澄流略含醋意地干笑着，终于忍不住干咳了两声，沈鸿烈这才恋恋不舍地松开了徐春圃的手。

沈鸿烈酸溜溜道：缪军长啊，还是你有口福啊！啊，这么美的女人，别把身子累塌喽啊！

缪澄流和颜悦色说：春圃啊，你先下去吧，我跟沈主席有要事商量。

徐春圃应着“是”，然后热辣辣地冲沈鸿烈打了个媚眼，扭着肥臀离去。沈鸿烈火苗一样的目光紧盯在徐春圃身上，直到徐消失在门外。

缪澄流很不情愿说：沈主席，喜欢吗？

沈鸿烈淫笑着点头，口水就流了出来：喜欢！

缪澄流故作大度：那今晚上就住在我这儿啦！

沈鸿烈喜出望外：真的？你舍得？

缪澄流：舍得！——你是父母官啊，给父母官享用，就是保我57军的饭碗啊！

沈鸿烈激动得满脸涨红：还是你老弟有远见、有胆识、有智慧！

两个人笑罢，沈鸿烈又说：不瞒老弟，我今天来就是为了咱们共同的梦想——建立山东独立国！

一听到“山东独立国”几个字眼，缪澄流就两眼放光：好啊！我可是一直在期待沈主席的招呼啊！你知道我为什么收留这个姓徐的女人吗？

沈鸿烈：能为啥？还不是为了你身子骨舒坦嘛！

缪澄流：不、不、不！她可是日本间谍！

沈鸿烈惊喜：真的？

缪澄流郑重点点头。

沈鸿烈：啊呀！老弟果然睿智过人、魄力超群啊！实话对你说吧，我要成立山东独立国，你的57军和石友三的第39集团军都将是我山东独立国的武力支柱啊！欲成大事，我还要仰仗缪老弟你啊！

缪澄流：有什么打算，沈主席就指示吧！

沈鸿烈：我希望你尽快与日军驻徐州的司令部取得联系，然后抓紧进行投靠事宜，越早越好！

缪澄流心领神会，连连点头。

沈鸿烈：我已经派我的秘书去南京与汪精卫的军政部长鲍文樾取得联系，向他们请示投降机宜。鲍文樾是我的学生，没有我办不成的事！汪主席对我的计划很是赞赏，命令我尽快实现！

缪澄流：还是沈主席远见卓识啊！

沈鸿烈：那你打算怎么与日本人联系呢？

缪澄流略一思忖：我可派徐春圃直接去徐州与日军联络。

沈鸿烈赞同：很好！

缪澄流：这只是其一。其二，为了确保万无一失，我准备放李亚藩先行一步！

沈鸿烈：先行……去哪儿？

缪澄流诡异地笑了笑，然后俯在沈鸿烈耳边说了什么。

沈鸿烈喜出望外，感慨万千：啊！英雄所见略同！缪老弟不负我沈鸿烈重托啊！

缪澄流激动挥了一下手。李光烈送上两杯酒，两个人举杯一饮而尽。

几乎同时，徐春圃已把缪澄流的副官长、少将李亚藩抓在了手心里。

李亚藩，东北讲武堂六期毕业，和缪澄流是同学。他们同样生活腐败、昏聩无能，在畏敌惧日、贪生怕死上，他们几乎也是半斤八两。

这天，在李亚藩的炕上，一番云雨后，李亚藩把徐春圃抱住了。

李亚藩：小宝贝儿，就冲你，我也要弃暗投明啊！

徐春圃娇嗲道：傻样！

李亚藩恬不知耻：哎，日本人能给我个什么官啊？

徐春圃：有我呢，日本人亏不了你！

李亚藩：在这里，我可是个少将！

徐春圃信誓旦旦：到那边，你能当上将！

李亚藩狂喜：真的？

徐春圃：真的，我保证！

李亚藩跃跃欲试：我有点等不及了！

徐春圃：要走，也得等天亮啊！

李亚藩把徐春圃按倒：那就等明天！

徐春圃：你答应我的！

李亚藩：什么？

徐春圃用下巴点了点：那个老混蛋的投降啊！

李亚藩恍然，有些嫉妒：他跟我……不一样！

徐春圃很不屑：怎么不一样？——床上不就那点本事吗？“吭哧吭哧”的像头猪！

李亚藩赶紧哄：不是！我是光杆将军，他手里可有两个师呢！

徐春圃不屑：老娘不看中他手上的两个师，还不来了呢！这个穷地方，连顿像样的饭也吃不上！就住这样的破房子，在北平……

李亚藩：既然是为日本……为皇军效力，就不要计较这些小事了！等以后有条件，我把你接我身边，我天天伺候你吃香的喝辣的，保证把你养得白白胖胖，天天陪我睡觉！

徐春圃暴怒：老娘在谈正事，你他妈的扯什么睡觉！

李亚藩赶紧缄默，并规规矩矩光着身子跪坐在徐春圃面前。

徐春圃：你听着！缪澄流一定要投降，这是我来这里的主要目的！

李亚藩：其实……

徐春圃眼珠一瞪。

李亚藩赶紧报告：其实，你不来，我们——我和缪军长也要去找你们！

徐春圃惊喜：真的？

李亚藩点了点头。

徐春圃激动：那就把队伍拉到皇军防地，然后……

李亚藩：不行！队伍可都带武器呢，而且，这些人都是东北籍的，跟日本皇军都有家仇国恨呢！有的一提“日本”两字，眼都冒血呢！

徐春圃：好了、好了，这些我都知道！

李亚藩：宝贝儿，别灰心！好饭不怕晚，从长计议，我先过去，然后慢慢来。包在我身上，还不行吗？我，你也信不过吗？

徐春圃：这是你说的？缪澄流的两个师要是不跟皇军走，我找你算账！

李亚藩把徐春圃扑倒：现在，咱们就算账！

徐春圃：哎，那你怎么离开这里呢？

李亚藩扑到了徐春圃身上：缪军长都安排好了，你就放心吧！

几天后，李亚藩借去阜阳领饷之机，就要离开鲁南57军驻地。此行，由副军长朴炳珊带队。缪澄流在翠花、徐春圃相伴下，把朴炳珊和朴的小老婆、李亚藩等人送到了村头。

缪澄流：朴副军长！这一回，你带队伍去阜阳领饷，一路上要越过日本人和八路军的防地，要格外当心才是啊！

朴炳珊：军长放心，不会有事的！要路过八路的地盘，我已经派人联系了，人家保证护送咱的队伍过铁路。再说，57军也不是吃素的啊！

众人各怀心思笑。

李亚藩意味深长：军长，回吧，送君千里终有一别啊！

缪澄流：你随朴副军长去阜阳，要跟去跟回哦，别到处瞎逛！

李亚藩一语双关道：放心吧，军长！我去去就回，再回来，一定给你一个惊喜！

缪澄流故作姿态：惊喜？他能有啥好事？啊，还能再娶几个小老婆回来？

朴炳珊和众人都乐得大声笑起来。

徐春圃如锥一般的目光盯在李亚藩脸上。

李亚藩此去，将给缪澄流带回怎样的惊喜，将会使鲁南发生怎样的变化，缪澄流和徐春圃热切期待。

三、“光杆司令”

陶景奎精神抑郁在拉二胡，哀怨的音乐催化剂一般闹得他泪眼婆娑。

近一个时期，陶景奎有事没事就拉他那把破二胡，这种情况早被宋迪玺看在眼里。这天，宋迪玺提了一瓶好酒来到陶景奎住处，想跟他掏心掏肺地交交底儿，快走到门口了，忽然看见常恩多已经走近陶景奎，他慌忙躲闪一旁窥视。

常恩多的声音传来：陶参谋长！你这个参谋长一天到晚躲这里拉胡琴儿，大事小情不理不睬，作战不管，工作也不问，叫你也不应，你想干什么啊？

宋迪玺看到陶景奎毫不理睬，继续拉琴。

常恩多气愤，声音也提高了八度：你替两个汉奸求情，我没理你，你就这样？这算怎么回事？

陶景奎停止拉琴，冷冰冰甩了一句：怎么回事，你最清楚！

常恩多恼怒：那两个汉奸，就该枪毙！别说你求情，就是于总司令、委员长来求情，本师长也一样下令枪毙！

宋迪玺终于听明白了是怎么回事，不禁喜出望外。他看到陶景奎无精打采，继续拉琴，而常恩多气得满脸通红，上前一把抓住了陶景奎的二胡。

宋迪玺高兴，甚至激动，心想，他们要是干起来就最好了！可常恩多迟疑再三，最终灰心丧气松开了手，转身离去。

宋迪玺洋洋得意，提酒走近：陶参谋长，本主任慰问你来了！

宋迪玺给陶景奎倒酒，两个人已喝得面红耳赤。

宋迪玺：陶参谋长，有什么苦跟兄弟倒倒，没有过不去的火焰山！

陶景奎忍不住委屈地“呜呜……”痛哭起来。

宋迪玺虚意安抚：大哥，大哥！你要坚信，你并不是一个人在战斗啊！

陶景奎抬起迷离的泪眼，不知所云。

宋迪玺看火候已到，起身郑重宣布：陶参谋长！本书记已批准你为我CC派成员！

陶景奎莫名其妙地瞪着宋迪玺：你说什么？我已是你的人了？

宋迪玺情真意切说：陶参谋长，你已经是我CC成员了！从现在开始，你直接听从战区总部周主任指示！

陶景奎疑惑：加入你们就这么简单？也不用办什么手续？

宋迪玺：不用！

陶景奎沉了一下：好！老子跟定蒋委员长，CC就CC！

宋迪玺松了一口气，拿出烟枪：这就对了！来，抽一口！

两个人放下酒杯，拿起烟枪。

宋迪玺吐了一口烟：他常恩多不赌、不嫖、不抽、不喝兵血，要做好官。难道，他能挡住下面的人不干这些事情？咱当官为啥？咱流血流汗又为啥？不就为手中弄俩钱，好养活老婆、孩子，置房子买地吗？

陶景奎干脆利索地甩了一句：所以，他什么也挡不住！

宋迪玺：对头！所以，他说什么并不重要，重要的是，他说他的，咱干咱的！

陶景奎想起了他那堆得而复失的大烟、珠宝和黄金：可我……就是咽不下这口气！

宋迪玺劝道：啥气不气的！现在，中国还叫中国吗？那大片国土都已经是人家日本人的了，连皇帝不是都给日本人当儿子了吗？咱们只要抓紧手中的枪杆子，弄俩钱算啥!?

陶景奎略一思忖，终于释然：有道理！

宋迪玺：别生气了，啊！

陶景奎喝干杯中的酒：老弟，我听你的！

宋迪玺得意笑了：在111师，只要你参谋长和我政治部主任联手，哪里还有他常恩多说话的份？

两个人会心狂笑。

常恩多回到师部，气还没消，忽然又接到了缪澄流的电话。前个时期，奉军长命，111师刚落实了编制，常恩多以为军长要问缺额补编的事情，哪想他还没有说话，缪军长张口向他要每月2 000空额的军饷。

常恩多语气里带着不悦：军长！

电话那头，缪澄流很不满吼道：怎么了？要2 000空额，多了吗？不多嘛！我告诉你啊，常恩多，从这个月开始，你每月必须给我送2 000空额军饷，没有商量！

房间里的王维平、王铁权、徐文斌都闻声大惊。

电话里传出忙音，缪澄流在那头放下了电话。

常恩多放下电话，愤怒而诧异：真是无耻、无赖、流氓！

过了两天，缪澄流率军部进驻莒南。一番仪式后，他在常恩多、宋迪玺、陶景奎等陪同下，走在高家柳沟的村庄里。

看到到处是残垣断壁，缪澄流感慨道：常师长啊，反“扫荡”终于过去，谁知道后面还有多少艰苦的斗争正等待我们啊！

常恩多：军长，无论敌人多猖狂狡诈，总是敌不过我军的勇敢顽强！

缪澄流有些恍惚：啊！啊？

缪澄流叹息一声：困难重重、希望渺茫啊！

常恩多暗吃一惊：军长！

缪澄流打断了常恩多：你看啊，一次大"扫荡"下来，日军就占领了我鲁苏战区几乎所有的县城和重要公路！我已被日军挤压到了几小块弹丸之地了。若按这样的打法继续打下去，恐怕我们连鲁南这样的弹丸之地也要丧失啊！

常恩多宽解道：军长，还是要看到我军的胜利啊！

缪澄流停住脚步，一脸迷惘：哦？我军有胜利吗？我军有什么胜利，我怎么没有看到？

常恩多看了看左右。

众人都缄默不语，似乎很支持缪澄流的见解。

常恩多：军长！敌伪虽然占据了鲁南的几个县城，控制了几条主要交通线，不过要从全面的情形看，我们是胜利了！我们粉碎了敌伪的整个"扫荡"计划，达到了消耗战的目的，造成了光荣的战果，增多了宝贵的经验，使敌伪的伤亡损失数倍于我……

缪澄流权威性地再次打断：老常啊，你果然是个纯粹的军人啊！你不懂得这里面的政治，你看不到表面形势下掩盖的深层的政治意义啊！

宋迪玺、陶景奎若有所思，并连连点头。

缪澄流：总之，反"扫荡"并不像你说的那么轻巧，有那么多胜利。我是灰心了，没了信心，就没了动力啊！

常恩多：军长！现在形势缓和多了，我请求 333 旅回 111 师归建！

缪澄流站住：常师长，你错了！形势缓和只是暂时的，333 旅不能归建！不仅 333 旅不能归建，你手中的 331 旅 661 团也要调来归我直接指挥！

此时的常恩多，手中除了师部八大处机关，工兵营、通讯营、特务连几个直属单位外，手中就只有 662 团。师部除了特务连一个连有战斗力外，其余单位均不是作战部队；而 662 团两个营往返于去阜阳的路上运输全军的弹药军饷，常恩多可掌握的就只有一个营的兵力。真到了打仗的时候，一个营能干什么！——常恩多成了真正意义上的光杆司令！

缪澄流把 111 师攥在手中，除了他贪生怕死、拥兵自卫外，再就是他无法指挥常恩多带部队与八路军搞摩擦。既然指挥不动，他干脆自己直接调动——既完成了委员长的命令，又最大限度地限制了常恩多的作用，一箭双雕，何乐而不为？

对于缪澄流的用心，常恩多心知肚明。他疲惫地回到师部，把情况向王维平述说了一遍。

王维平很是担心：师长！那你身边几乎没有兵了！

常恩多：缪大混蛋胆小怕死，拥兵自重。反“扫荡”结束了，他也越来越失望了！

王维平：那今后，您怎么办？

常恩多：给他！他要多少都给他！

常恩多交代王维平去把李倩、王丕争、徐泽生他们几个叫来，他有话要说，就躺在躺椅上，陷入了痛苦的沉思。

王维平把李倩、徐泽生、董惠忱、王丕争、于洪亮等几个队员领进，迟疑了一下，还是叫醒了常恩多：师长，他们几个都来了，请吩咐！

李倩、王丕争等几个男女队员站在常恩多面前。

李倩：师长！

常恩多神情疲惫，坐起身：你们来了？

众人应了一声。

常恩多：你们辛苦了！你们热情很高，短短的时间帮助做了很多事情，很好，谢谢你们啊！

王丕争：师长，抗战是我们共同的事情！

常恩多疲倦地合上眼，沉思了片刻：你们来这里不久，可要了解这个环境啊，当心些！

众人面面相觑，连声应“是”。

常恩多问王维平：他们能吃苦吗？

王维平：还能坚持！

常恩多：他们没有薪饷，可给他们些零花钱。

王维平：是，我就去安排。

缪澄流几乎夺了常恩多的兵权，这是常恩多始料不及的，也是111师工委几个同志没有料到的。可还没有等工委几个人想出对策，常恩多已坚定一个主意——他不要兵权，他要彻底放弃！

四、“常将军，不能走！”

沉闷了几天的常恩多，这天把王维平叫到身边：维平啊！

王维平：师长！

常恩多沉了一下：我要回东北！

王维平大吃一惊：师长！你说什么？——你要回东北？

常恩多：对！回东北，组织义勇军，痛痛快快地打鬼子！

王维平：师长！

常恩多坚定道：我不在这里受这个夹板气！

王维平同情，热泪涌上眼窝。

常恩多：姓缪的混蛋，把111师3个团调到他身边，只给我留了一个营！他还要111师每个月2 000个空额！那个姓陶的坏透了，一心只想自己捞钱，捞不到就什么正事都不干！姓宋的狗特务头子到处安插他的人，要挖出共产党向姓蒋的报功！沈鸿烈、韩德勤南北呼应，争相要给日本人当狗！那些个内战内行、打日本却外行的一堆投降派，不打日本，专跟打日本的队伍搞摩擦！而于总司令畏首畏尾，既怕狼、又惧虎，不敢站出来领导东北军抗战，张副司令什么时候才能被放出来？共产党统一战线的搞法，既不统，又不战，不死不活……我、我浑身是力，就是无处用啊！

王维平：师长！你的苦闷，我能体会，可你说的事关重大，我要向中共中央山东分局汇报！

常恩多恳请道：维平，你马上汇报，把我的情况告诉他们！我等！我等他们的指示。

王维平还想再劝说，可常恩多说：不要劝我，我主意已定！

第二天，郭子化一副农民打扮，在龙光陪同下，走进高家柳沟。

待没有了其他人，常恩多对郭子化说：郭部长！我要求中共中央山东分局给我转关系，转到东北抗日联军去，我要回东北组织队伍，杀狗日的鬼子！

郭子化动情道：常将军，不能走啊！我来就是劝将军放弃走的念头啊！

常恩多：我主意已定！

郭子化：常将军！111师是一支抗战的生力军，是我党一块可靠的阵地。如果我们不积极坚守，敌人就会乘机占领。我们哪能把枪杆子交给国民党投降派指挥？党需要你牢牢地坚守这块阵地，寸土不能让啊！

常恩多：郭部长！我在这里憋屈啊！我有力使不上，不能痛痛快快地打日本，还要受上上下下的窝囊气，我为什么要这么活！这么活有什么意义？

郭子化：常将军，山东真的很需要你啊！你看，韩德勤在南，沈鸿烈在北，石友三在西面，我们八路军的根据地紧挨的是111师的防地。试想，如果连你这里的依托都失去了，我们八路军的处境该多难啊！

常恩多：可我常恩多的手脚，被姓缪的捆住了！那些个整天就知吃抽嫖赌，而忘记祖宗八代的汉奸，我既不能公开反对，也不能消灭他们，我……我还是军人吗？我还是中国军人吗？

郭子化：常将军啊！我们想的跟你一样！可是，山东的抗战真的很需要你，需要你掌握这样一支部队啊！

常恩多：你们苦心维护抗日的统一战线，可这样的搞法有什么效果？那些汉奸——日本鬼子的走狗，他们不跟你们搞统一、搞战线，你们就搞不成啊！这样下去，既白瞎了工夫，又助长那些汉奸的嚣张气焰，我不陪了！当兵的，要战就战，要好就好，今天好，明天打的，是朋友还是敌人？我要去东北战场杀鬼子、灭汉奸！我要痛痛快快地当一回堂堂正正的中国军人，杀鬼子的中国军人！

郭子化：常将军！我跟你想的一样！可是，都去东北了，山东怎么办？难道把山东让给沈鸿烈、韩德勤这些汉奸？你不能放弃111师不管，111师是张学良的部队……

听到“张学良”的名字，常恩多就哭了：我对不起张副司令，对不起东北的父老乡亲……

屋子里，郭子化显然没能说服常师长。凝望窗户里常恩多和郭子化谈话的身影，王维平忧心如焚。

终于，王维平看到郭子化和常恩多紧紧握手后，走了出来。

王维平迎上：郭部长！怎么样？

郭子化叹息一声：我劝不动啊，常将军执意要去东北组织义勇军。

王维平焦虑：那怎么办？

郭子化想到什么：在咱们党内，他最听谁的？

王维平略一思忖：王星三——王再天！——我表哥！

郭子化：太好了！这就好办了！

郭子化回到八路军驻地，向中共中央山东分局书记朱瑞汇报了情况。之后，王再天被叫到朱瑞、郭洪涛、张经武和郭子化面前。

郭洪涛问王再天：51军那边的事都了了吧？

王再天：给我定了个“宣传赤化，图谋通匪”的罪名，被开除了东北军军籍。

朱瑞感慨：咱们的那个指导员没有斗争经验啊，怎么能写信问星三同志要枪呢？幸好只是“图谋通匪”。否则，我们的损失就大了！

众人笑了。

郭子化：星三同志！王维平同志提到常将军最听你的话，我们想请你去一趟111师，劝一劝常将军不要离开山东！

王再天惊讶：常将军要离开山东？

郭洪涛：常将军不愿在这里受气，要我们给他组织关系，他要回东北拉队伍搞义勇军，这个师长不干了！

听到这里，王再天暗暗惊喜。他意识到：获三兄的组织问题终于解决了！

朱瑞说：军人嘛，爽快、有血性！何况他是个有骨气、爱国的将军！但是，山东不能放弃，111师不能放弃！要是把111师给了投降派，交到汉奸手里，那山东八路军和山东人民就更难了！

张经武：所以，今天叫你来，是要你去完成这样一个艰巨的任务。无论怎么你都要说服常将军留下，说服他坚持在山东继续领导111师抗战！

王再天问：常将军现在是怎么想的？

郭子化：他对现在统一战线的状况非常不满。投降派搞摩擦，而我们党又要竭力维护这个好不容易建立起来的统一战线。打不能打，好不能好，他心里不痛快啊！

郭洪涛：在鲁东南，有他这个师在，我们的侧翼就安全得多，发展就有保障。如果失去这一带的依托，我们就会困难很多啊！

王再天醒悟，连连点头。

朱瑞：再天同志！我听说，34 年他当团长时，你们就认识了！

王再天：是啊，那是在湖北。

朱瑞：你们是老朋友了，话说深说浅，他不会计较。

郭洪涛：你去吧，首先代表我们几个和向前同志慰问常将军，然后就是要完成你的任务！

王再天神情坚定，点了点头。

又一天，王再天一副小商贩打扮，牵一头毛驴，毛驴背上驮着几匹布，在连夜闯过日伪盘踞的莒沂公路后，于次日凌晨赶到了 111 师驻地。他先找到王维平，在王维平那儿换上军装，由王维平领着就去见常恩多。

常恩多打开房门，看见王再天，眼睛一亮：星三！星三吗？真的是你！你来得太好了！快屋里坐！你再不来，就真的要把我憋死了！

常恩多拉着王再天的手进到屋子里。转达了徐向前、朱瑞、郭洪涛、张经武对常恩多的问候，王再天静静地听常恩多倾诉。

常恩多说：抗日抗不成，队伍也老化了，团长、营长岁数越来越大；整天不是与投降派交涉，叫他们不要搞摩擦、打八路，就是要提防有人要当汉奸；什么时候，我才能痛痛快快地打鬼子？还要拖到哪一天？

王再天十分同情。

常恩多继续说：我的参谋长坏透了，他替汉奸说情没说下来，就什么也不干了！我身边，还有好几个跟他差不多的小鬼，不干好事，只想自己吃喝玩乐、升官发财……

常恩多从干部老化，说到国民党特务捣乱，又说到混蛋透顶的缪澄流拥兵自重，他满肚子的苦水在见到挚友后倒了个痛快干净。王再天也把自己在 51 军不顺的经历报告常恩多，并告诉近期他就要去延安了。

常恩多很是羡慕。向王再天倾诉了满腹的苦闷之后，在走与留的问题，无论王再天怎么劝，常恩多坚定要去东北拉队伍打鬼子，这叫王再天有些失落。

第二天一早，王再天要走，常恩多死活舍不得他这么快就离开，再三挽留，王再天又住了下来。到了夜里，两个人悲伤地说起张学良。

王再天：张副司令还在被蒋介石扣押，没有自由，更没有尊严。

常恩多难过：是啊，张副司令一天不出来，我们东北军就一天群龙无首啊！

王再天：获三兄，你说，张副司令还能不能被放出来？

常恩多悲伤：不知道。

王再天：姓蒋的会杀掉张副司令吗？

常恩多：可能性不大。

王再天：对，姓蒋的不敢！毕竟张副司令为抗日做出了重要贡献。姓蒋的如果敢杀张副司令，全国人民是不会饶恕他的！那张副司令会不会被长久扣留？

常恩多：有这种可能！老蒋这东西坏透了，除非他死了！

王再天：现在，我们还要争取张副司令回来！

常恩多眼睛一亮。

王再天：将来抗日形势好转时，争取他出来，有没有这种可能性？

常恩多：有这种可能性，共产党不会忘掉朋友的！

王再天若有所思：我知道的不多，听说一有机会，周恩来副主席就向国民党方面提出释放张副司令的请求！获三兄，你说张副司令要是出来，他能干啥？

常恩多：抗日啊！"双十二"就是为了抗日，他把东北三千万父老用高粱大豆买的枪炮带进关来，就是要带回去抗日啊！

王再天：你看啊，东北军现在没有那么多了，剩下的这些人怎么样？

常恩多：我想，张副司令出来后一定要改造东北军，带另一支新的队伍！

王再天：搞队伍自己总得有底子吧？有个卫队旅、卫队团的才行，不然怎么能拉队伍呢？

常恩多：对！你说的在理！

王再天：搞卫队，你看有什么人能搞？

王再天连提了几个人的名字，都被常恩多否决了。

王再天：闹了半天，咱们东北军这些军长、师长都不行！

常恩多：是不行！

王再天：你一再要求不干这个师长，嫌受气，你到东北搞义勇军，把自己一个师的武装放弃。而那些人又不可靠，将来还让刘多筌、谭海给张副司令当卫队，那怎么行？

常恩多：那可不行，那太不保险！

王再天意味深长地笑了。

常恩多恍然大悟：这样说来，我这个师长不能辞职，更不能离开！

王再天释然：在反动派心脏插刀子，比挥起膀子冲锋陷阵更重要！我的意思，中共中央山东分局的意思，都是希望你不要辞去这个师长职务，把队伍掌握好！

常恩多豁然开朗道：星三老弟，我想通了！你回去告诉分局领导，就说我常恩多继续在山东坚持抗战！

王再天终于松了一口气。

王再天：获三兄，听说您曾和周恩来将军有过联系？

常恩多：恩来将军是一位道德极高又修养极深的人，我们虽未曾有机会面叙，但是也曾有书信往来，他对我今生的启示和影响是无法估量的！

王再天：你既然很敬佩周将军，那就更应该以他为表率，在任何时候、任何困难的条件下，都不能意气用事，要顾全大局，服从组织和革命事业的需要啊！

常恩多心悦诚服：星三老弟，你不愧是"凤毛麟角"啊，就是站得高、望得远！

王再天深情凝望常恩多，隐含深意微笑了。他在心里说：获三兄啊，你可能已经加入共产党了，却还和我打哑谜呢！

常恩多：星三老弟，你笑什么？

王再天一语双关地试探问：获三兄！恐怕我们是一个娘的孩子吧？

常恩多幸福笑着，欲答，终于未答。

王再天：你是兄长，自然比我强啊！

常恩多由衷赞道：不，老弟，我是望尘莫及啊！

两个人说起怎样教育官兵，唤起官兵的阶级觉悟，王再天借机给常恩多提意见：兄长，您对部下是否太严肃了？成天板着面孔没有笑容，人家都不敢接近你呢！

常恩多虚心接受：你说得对！我从小失去父母，就像一棵孤独的小草，自生自灭，缺乏雨露的滋润，所以养成了孤僻的性格。另外，就是带兵不严肃，整天嘻嘻哈哈也不行！现在看来这种作风不行了，我尽量改正！

王再天回到中共中央山东分局驻地，把常恩多不再坚持回东北拉义勇军的事情汇报后，分局几个领导十分欣慰。

朱瑞高兴感慨地说：老常是好样的！这才像个共产党员嘛！

王再天闻声欣喜。他心里的疑问总算得到了正式解答。

王再天在心里埋怨道：获三兄啊，你已经是共产党员了，可你连我也瞒着！

张经武说：星三啊，还是你能干，终于说服了老常啊！

朱瑞：星三同志，你圆满完成任务了，准备跟郭部长动身去延安吧！

王再天激动：是！

朱瑞：终于能去延安，到毛主席、党中央的身边工作，是不是很激动啊？

张经武、郭子化、朱瑞都会心而笑。

王再天克制激动：是的！是很激动！

王再天，于1939年秋被派往延安，任中共中央军委情报部副科长。

五、缪军长终于“桥通路通”

1939年冬，朴炳珊率部从阜阳取弹药和军饷返回鲁南，李亚藩和朴的小老婆没有回来。据说，他们到达阜阳后即去了上海。

这天，徐春圃坐在缪澄流怀里正撒娇，少校参谋李光烈走进。看到徐春圃，他迟疑了一下：报告！

缪澄流使了个眼色，徐春圃起身离开。

缪澄流：李参谋！什么事？

李光烈递上一封信：军长！密信！

缪澄流将信将疑接过信，拆开一看，喜出望外。

徐春圃：军长！什么事？

缪澄流：李参谋，去把朴副军长叫来！

李光烈出去不一会儿，朴炳珊走进：军长，什么事啊？

缪澄流表情复杂，把信递给了朴炳珊。朴炳珊匆忙看完了信，意识到事情的严重性：军长！李亚藩投日本人了，怎么回事啊？

缪澄流既惊又喜：李亚藩当上了“兴亚建国军”鲁苏战区总司令！

朴炳珊：“兴亚建国军”？那可是伪军——日本人掌握的军队啊！按照重庆总部和共产党的说法，那可是汉奸汪逆的部队！

缪澄流赞赏口气叹道：好家伙，我这个同窗一下子就爬到我的头上去了，也当上了总司令，和姓于的平起平坐了！哈哈哈哈哈哈哈！

朴炳珊揣摩缪澄流心思，恍然大悟：原来是这样！怪不得这家伙跟我老婆去上海后，就再也不见回来。

缪澄流先发制人，阴阳怪气道：朴副军长是不是事先就知道李亚藩不回来啊？

朴炳珊赶紧解释：我可不知道啊！这跟我没关系！

徐春圃悠然从里屋的门帘后走出来，腔调里带着得意和威胁：有关系，也没有关系嘛！

朴炳珊有些诧异。

缪澄流故作疑惑，谄笑问：小春圃，你这是什么意思啊？

朴炳珊看出疑点，胆战心惊：难道……李亚藩是你策反过去的？——你真是日本人派来的？

徐春圃不置可否，攀上缪澄流的肩膀：我徐春圃是东北人，投奔57军，那可真的是为了“回归祖国”啊！

缪澄流心怀叵测，亲切地拍着徐春圃的手：我信、我信！朴副军长也信，对吧？

朴炳珊惊得出了一身冷汗：看来，李亚藩真的是你鼓动叛逃的！

徐春圃笑而未答。

缪澄流亲切走上前：朴副军长，现在对于咱们，谁鼓动、谁叛逃都不重要，最重要的是，我们现在终于“桥通路通”了！

朴炳珊瞪着一双死鱼眼，不知所措。

缪澄流：立即向全军发文，57军少将副官长李亚藩开缺！

朴炳珊：理由呢？什么理由？

缪澄流：没有理由！不需要理由！

朴炳珊迟疑了一下：是！

朴炳珊话音刚落，只听一声女人愤怒的尖叫声后，翠花手握小手枪，母老虎一般猛然出现在众人面前。

翠花：小妖精！你给老娘滚开！

徐春圃吓了一跳，缪澄流、朴炳珊也紧张起来。

翠花：姓缪的！你说的，老娘不如意就拿这把枪杀人！老娘今天要杀人了……

徐春圃尖声叫着躲避翠花追赶。

缪澄流冲上前，左突右拦挡在两个女人中间。翠花不依不饶追赶而去……

屋里一片鬼哭狼嚎、乌烟瘴气。

六、王肇治难逃噩运

莒南县高家柳沟111师师部。

常恩多心情沉重。从中共中央山东分局送来的情报中，他惊闻缪澄流的少将副官长李亚藩驻桃林镇，就任伪“兴亚建国军”鲁苏战区总司令！

王维平说：不久前，缪澄流发文李亚藩由军去职，后来又说他回后方去了，不久就听说他同朴炳珊的小老婆同去了上海，住在法租界大肆活动。现在，他竟然当了汉奸！

张苏平：我看，这个李亚藩一定是缪澄流派到日本人那里去的！

常恩多：没有证据，不可武断下结论。是狗总是要吃屎的，我们的后脑勺都要长出眼睛！

王维平忧心忡忡，说：国民党《防制异党活动办法》在年初出笼时，是以政治限共为主，军事限共为辅。可到了11月国民党六中全会，则确定为军事限共为主，政治限共为辅。

常恩多愤怒：这说明了什么？说明了国民党正处于极大的动摇之中！

王维平：汪精卫投日后，阎锡山在临汾，也与日本人签定了投降的四项协议。在苏鲁，沈鸿烈、韩德勤、秦启荣等也加快了投降的步伐。据可靠情报，他们先后都派亲信与徐州驻日指挥官进行联络，商议投降事宜。

常恩多：无耻叛徒，为敌傀儡，辱没祖先，累及子孙，他们是绝没有好下场的！

王维平：国民党军队大举进攻边区和各区的八路军根据地，我八路军无论是在政治，还是在军事上都处境艰难。后方根据地游击区的人民群众，更是陷入国民党暴政的残酷压榨之下，可谓民不聊生啊！山东的临朐、蒙阴一带的百姓，被他们的横征暴敛害苦了！

常恩多沉思片刻：我们必须行动起来，要狠狠打击日寇，狠狠打击那些投降派！我们抗日的意志不能动摇，抗战胜利的信心不容动摇！

王维平：师长，说得好！

常恩多：在全师上下提出“打击敌人，拯救百姓”的口号，以坚定我们抗战的意志，巩固抗战的形势！

王维平：是！

在接下来的1939年末到1940年初，111师接连打了好几个胜仗，大振了军威，大长了士气。

1940年1月23日，日军第8混成旅团喜早支队300人，附野炮一门，马车十余辆，从壮岗向十字路疾进，企图偷袭莒南，行至相邸，被驻高庄的662团（欠2营）侦知。孙焕彩团长当即报告常恩多，常恩多指示立即前往袭击。时值黄昏，天色将黑未黑，662团奔袭赶赴相邸。日军闻讯仓皇西窜，662团追击部队仅缴获载运军用品的小车数辆。662团跟踪追击，1营营长潘明山查明日军在十字路以东赤眉山脚下的王家庄子宿营，戒备不严。孙焕彩一面报告331旅旅长唐君尧，一面部署进击这股日军，并于次日凌晨悄悄逼近王庄。唐君尧当即命令661团2营于王庄西侧堵击，并以小股部队在温水泉、十字路向北警戒，防敌增援。

662团1营作为主攻部队，3连连长王伊青率部摸进村外的圩砦，刺死警卫十余人。八路军莒南县大队在大队长张子亮、副大队长熊化民带领下，迅速从驻地虎园村出发，跑步赶到，与友军协同配合。经过近一天的激战，日军支撑不住，企图从北面突围，县大队指战员奋勇战斗，打得敌人只好缩回村内。乘敌慌乱，662团1营和县大队一齐杀向村内，展开了激烈的肉搏战。两军官兵英勇杀敌，与敌逐屋争夺，激战甚烈。日军凭借房屋顽抗，1营纵火攻入，日军终于溃败，于下午3时许大部被歼，仅突围逃窜十余人。这暂时逃脱的十几个人，在当地民兵、群众围追堵截下，不是被打死，就是被活捉，仅有几人逃出。

是役，662团俘获日军15人，截获野炮一门，轻重机枪6挺，电台一部，还有大量的军用物资。敌遗尸三百余具，内有中队长申中信。遗尸均被埋入一个大坟冢内，外竖一牌：倭寇侵华烈士墓。

2月10的《大众日报》刊登了这一胜利消息，报道中赞誉此役为八路军和57军“两军配合粉碎敌人“扫荡”的极好模范”。为此，57军、鲁苏战区均发通报嘉奖。

1940年2月14日，临沂日军300余人，经郯城进扰马陵山一带。是夜，日军在泉源头宿营。333旅两个连于15日拂晓前设伏于翁家屯附近北、东两侧待敌。天大亮后，日军经桥北头、前后班家到达翁家屯，进入333旅伏击阵地。一个连即立刻给日军以迎头痛击，另一连也从马陵山西侧尽力压迫。激战四小时，日军不支，分两路向西北方向逃窜。是役，缴获武器一部。

自1939年9月，57军军部驻扎宋家沟（今莒南县相沟乡）一带。11月28日，日本侵略军调集三四千人，分东西南北四部九股进攻宋家沟村。日军进村后，杀害村民数人，烧毁房屋100多间，抢劫财物无数。日军行至莒南白家岭一带时，被666团3营截击，日军损失惨重，3营缴获山炮一门。王肇治把大炮藏在宋家沟一道山谷中，并派人通知八路军前往取炮。不料，由于山炮太重，八路军尚未取走，就被400余名前来报复的日军夺了回去。

消息报到军部，缪澄流拍着桌子，咬牙切齿喊道：王大酒壶，终于叫本军长抓住你了！

朴炳珊将信将疑：王肇治真的丢了大炮？

缪澄流：不是丢了大炮，而是送给八路，八路没有搬动！——这就是通共！

朴炳珊想了想说：军长！台儿庄大战，王旅长可是立了战功的。何况，现在还是国共合作时期，不便对他怎么样吧？

缪澄流狡辩：可他现在，把大炮送给了日本人！

朴炳珊赶紧闭口。

宋迪玺乘机上前：上一回，我的一个政训员就死在他333旅！我就怀疑他身边有共党，军长为此还查问了他！

缪澄流早就想搬掉常恩多的这只坚强臂膀，现在，他终于等到时机了。他得意忘形道：这一回，王大酒壶，你死定了！

随即，王肇治被叫到缪澄流面前接受训斥。

缪澄流气急败坏吼道：王肇治！野炮被日本人夺走了，你就是卖国，就是……吃里爬外、里通外国！就是汉奸！……老子什么都不要，就要那门大炮！夺不回野炮，拿你的脑袋来顶！

不等王肇治答话，缪澄流又说：据探子报，日军数百人今夜就在宋家沟宿营！我命你立即带一个营，去把大炮夺回来！

王肇治还想说什么，但缪澄流脸色发紫说：啥也别说了！我告你，老子要么要大炮，要么就要你的小命！

王肇治愤愤离开后，李光烈走进：军长！

缪澄流高兴迎上：从桃林镇回来了？见到李亚藩了？

李光烈递上一纸：见到了，这是李司令给您的亲笔信！

缪澄流两眼放光，接过信撕开看信。

朴炳珊凑近：李亚藩说啥？

缪澄流感慨：到底是老同学啊！在日本人面前，他保证替咱们说话，保证不叫咱们吃亏！

朴炳珊看信后：军长！这事可要绝对保密啊，否则……

缪澄流警惕地看了看门外：是的、是的！要绝对保密！

李光烈连连点头。

缪澄流：这上面的条件，我们还要继续谈。否则，显得我们不够分量，也不够真诚！

朴炳珊连称“是”。

缪澄流对李光烈：你再去桃林……

1940年1月9日晚，王肇治亲率665团3营，奔袭十余公里，袭击宋家沟之敌。7、8两连担负突袭主攻任务。不料，两连误入日军埋伏，伤亡惨重。虽也致日军以重创，但7、8两连正副连长4人以下72名官兵壮烈殉国。

暴怒之下，缪澄流扬言要枪毙王肇治。常恩多闻讯匆忙赶到军部，面见缪澄流。

常恩多：军长！你不能啊！

缪澄流颐指气使：不能什么？我哪样不能？告诉你常师长，只要我缪澄流想干的事情，没有干不成的，我哪样都能！

常恩多：这我信。可你不能枪毙王旅长啊！

缪澄流：我……我就枪毙了他，他能把我怎么样！

常恩多：你都已经把他枪毙了，他还能把你怎么样？

缪澄流得意。

常恩多：可你想过没有，要是你真的毙了王旅长，那重庆总部是不会袖手旁观的。他们会派专案组来调查！

缪澄流色厉内荏：我……我不怕！谁查我也不怕！

常恩多：理由呢？

缪澄流：他私通共党八路，还私通日本人！只要有一条，就够他拿命来抵！

常恩多：军长！共党八路和日本人不共戴天，王旅长不可能既通八路，又通日本鬼子啊！

缪澄流：他、他把野炮送给八路，还把野炮让给日本人，不枪毙，不足以平我的愤怒，不足以……训诫全军官兵！

常恩多：军长！如果你报王旅长通共党八路，总部会怎么看待我军？怎么看待你这个军长？

缪澄流诧异。

常恩多：还有，你定王旅长通日本人，上面又会怎么看？

缪澄流脸色骤变。

常恩多：如果我军与日本人有染，那军长你脱不了干系！到那时，57 军是谁的还不知道呢！

缪澄流忧心忡忡：那……那也不能就这么便宜了他！

常恩多：你罚他的军饷，再有守台儿庄的战役，还叫他去打，怎么都行，但就是不能枪毙他！

缪澄流沉了一下，狠狠心道：好，不枪毙！

常恩多终于松了一口气。

缪澄流：但是，我要革掉他 333 旅旅长的职！

常恩多：不！军长，你不要撤王旅长……

缪澄流气急败坏：毙不了他，我还撤不了他吗？撤、撤、坚决撤！

王肇治终于被撤职，并即将离开鲁南，离开 111 师。

在送别现场，众人心情悲愤，王肇治精神压抑，大家把该说的话都说了，把想流的泪也都流了，可依然依依不舍，不愿分别。

王肇治此一去，常恩多少了一只坚强有力的臂膀，少了一个肝胆相照的战友。押送王肇治的士兵已经在等候，王肇治向常恩多和送他的人们敬了个军礼后，转身欲走。

常恩多恋恋不舍，热泪盈眶，忽然高声唱道：

我们吃的饭……

前来送行的众多官兵也都高声唱道：

关的饷，穿的衣服，
样样都是老百姓的血和汗。
老百姓耕织多辛苦，
没有他们，我们不能活……

这是为了进入鲁南抗战，王肇治作词、孙卜菁作曲的《吃饭歌》。此时期，这首歌已唱响鲁南，唱遍山东，响彻鲁苏战区。

王肇治热泪横流，猛然回转身：师长！

常恩多迎上前去，紧紧抱住王肇治：权初啊！舍不得你走啊！

王肇治忍住悲伤：师长！十几年来，我跟随你南征北战，别无二心！现在，抗战日趋困难，本职理应给您牵马缀蹬，死而无憾！只是……只是“土皇帝”大小容不下我啊……我贵贱不能再伺候他了！我走了！你多多保重啊，师长！

常恩多终于没能阻止缪澄流的决定，1940 年春，王肇治将军被缪澄流革职，并被送往西安软禁。

第十五章

较　量

一、常恩多喜得万毅

王肇治被革职后，333 旅旅长一职就空了出来，叫谁当这个旅长成了缪澄流苦思苦想的事情。这天，缪澄流忽然想到一个人——112 师 667 团团长万毅。他找来副军长朴炳珊商量，朴炳珊听后释然一笑。

缪澄流：你笑什么？

朴炳珊很紧张，忽然转念道：军长！依我看，整个鲁苏战区，无论是总司令，还是军长，就数您高啊！

缪澄流兴奋：哦！怎么讲？

朴炳珊：你看啊！商水监狱，你关了万毅八个月，那是威；抗战爆发后，您给他官复原职，继续当团长，还给了他个上校，那是恩！南京一仗，他成了光杆团长，您不但没有责备，反而盛赞他，这是信任、重用！

缪澄流得意：那我叫唐君尧去监视他呢，这叫什么？

朴炳珊：这叫既抓住他的"红帽子"，还要叫他称赞您公正无私、守正不阿啊！

缪澄流听罢发出得意的笑声。

随后，缪澄流传唐君尧到军部，接受询问。唐君尧与缪澄流同为东北讲武堂六期同学，有同窗之谊，但不知为什么，在缪澄流面前，唐君尧总是显得很局促。

缪澄流：哎！君尧，咱们可是同窗啊！咱俩不是外人，来坐！

唐君尧谨慎坐下。

缪澄流问：怎么样，在 112 师，抓住了万毅左倾的把柄了吧？

唐君尧：军长！除了发现一本《社会发展史》，还是没有其他发现啊！

朴炳珊：《社会发展史》，那可是公开出售的，算不上左倾啊！

缪澄流：是啊！哎，我叫你去问霍守义的意见，你问了没有？

唐君尧：问了。霍师长说："万毅年轻，能打仗，我们没有发现他亲共。有一两本八路书籍不算回事，驻在八路军地区，这种书部队里很多，我们也是看了的。"就这些，没有其他的了。

朴炳珊：军长，要说万毅左倾，他早在"西安事变"前就左倾，这是众所周知的事情。

缪澄流忧心忡忡：可是，我心里还是不踏实啊！他手上有个667团，要是他跑到共产党那边去，后果不堪设想啊！

唐君尧：军长！要不就撤了他667团团长职务！

朴炳珊：没有抓住他任何证据，就这样撤……

缪澄流：——名不正、言不顺啊！

缪澄流想到什么：过去，李亚藩就曾跟我说过，万毅这个人，用则重用，不用则杀！

唐君尧：那现在该怎么办？

缪澄流眼睛一亮：明升暗降！给他个旅长，但不升少将，既夺了他兵权，又叫他有苦说不出！

为了摸清常恩多的心思，缪澄流来到高家柳沟征询常恩多意见。

缪澄流：常师长，你看谁当这个333旅旅长合适啊？

常恩多太了解缪澄流，缪此时征求他的意见，并不是真心为了尊重他的想法，恰恰相反，一旦他了解了常恩多的期望，他会千方百计破坏和阻挠。

常恩多：军长，你看谁合适，谁就合适。

缪澄流：你和667团团长万毅熟悉吧？

常恩多暗暗惊喜，却说：不，不熟悉，我和他从未共过事。

缪澄流：我想调他来当这个旅长，你看怎么样啊？

常恩多表示：愿服从军长决定！

缪澄流释然：好吧，那就这样吧！

缪澄流走去，王维平走近常恩多：师长，你不是熟悉万毅吗？怎么说不熟悉呢？

常恩多：37年8月，我和万毅在南通江防密谈后，就以"抗战形势急需善战人才"，去求他姓缪的重新启用万毅。结果，我越是争着要，他越是不给。这一次，我干脆说不熟悉，看他还有什么招！

果然如常恩多所料，正是由于他与万毅的"不熟悉"，促使缪澄流最终下决心调万毅任333旅旅长。

这年初春，大地复苏，田野里麦苗正在返青，33岁的万毅到任111师333旅旅长，和新任331旅661团团附的李鸿德一起到达高家柳沟，向常恩多报到。跟随万毅一起到111师的还有陈绍先等共产党员。后陈绍先任333旅666团7连连长。

周口整编，李鸿德被编余，后调112师任职。此前，他在667团任1营营长。

经过一番寒暄后，常恩多和万毅单独坐在了一起。

常恩多：顷波（万毅字），你来了，真是再好也没有了！

万毅：师长！万毅愿追随您为抗战赴汤蹈火、杀敌立功！

常恩多：好啊！事前，缪军长曾征询我的意见，我连和你很投缘都不敢说啊。因为我知道，若说了咱们同心，缪军长一定不会叫咱们在一起的！

万毅热泪盈眶：师长！我也一直满怀了敬仰，向往着有一天能在您手下抗战打鬼子啊！

常恩多：是啊、是啊！没有想到，从今天开始，我们就可以在一起打鬼子了！

万毅：可是，333 旅还把持在缪军长手中，我考虑向军长提出带 333 旅归建！

常恩多：顷波！记住了，今后只要打鬼子的大方向是对的，我们就应该服从，有什么困难都要忍耐。何况，你刚来，不了解情况，不能有半点迟疑。

万毅：是！师长！我不该刚来就有想法。师长，我应该注意些什么呢？

常恩多：你虽然提了旅长，但我注意到缪军长没有给你下少将的命令。这里面可能有别的意思啊！

万毅：我知道，他仍然不信任我。

常恩多：你要和手下的那两个团长搞好关系，要维持住弟兄们抗战的积极性。咱们东北军人，打回老家去是义不容辞的事情。一切和打鬼子相悖的事情，都是汉奸行径，都要坚决打击！团结友军，反对投降，坚持抗战，这是一点不能含糊的！

万毅：是！

常恩多：还有，政治部主任宋迪玺盯上 333 旅了，找不出几个共产党，他是不会甘休的。你虽然刚来，但也要提防他啊！

万毅若有所思：是的，师长！

二、错播火种

为加强对 333 旅的监视，宋迪玺从战时服务团抽调他认为可信赖分子到 333 旅进行监视。歪打正着的是，被派去的几个队员中就有刘祖荫。

这天，刘祖荫和李承仲几个人被叫到师政治部。

宋迪玺环顾了一遍众人，说：我挑来选去、细罗密筛，最后选定你们几个去 333 旅。你们以政治部政训员的身份被派下去工作，小组长嘛就由刘祖荫当了！

刘祖荫震惊，一副傻相：啊？

当意识到这是宋迪玺对自己的信任，是对自己真实身份最好的掩护时，刘祖荫高声应道：是！坚决服从命令！

宋迪玺又说：你们要尽职尽责，不要辜负了本主任对你们的期望！

最后，刘祖荫被留下，单独受训。宋迪玺一副很知心的模样，情真意切道：小刘啊，八路军 115 师已经到了鲁西。那可都是老八路，不像山东纵队土八路。土八路好对付，老八路难对付，他们会搞兵运！搞不好，咱们的人就都叫他们挖走了！这是万万不能的！我派你去 333 旅，你到 665 团去，要防范八路军，看看他们有没有派人打入我们的部队，或是我们的军官、士兵和八路军有来往。特别是带兵的，如通了八路，就最危险！你们就是我安插在 665 团的耳目！

刘祖荫一脸憨傻，心里却说：这个笨蛋，把我当成他的心腹想要我为他卖力，做梦！就是一粒种子，老子也是革命的红色火种！

宋迪玺又说：如有这方面的情况，你要赶快向我报告！

刘祖荫唯唯诺诺道：是！请主任放心！

665团团部驻莒南、赣榆、东海交界处的一个村子里。刘祖荫和小组成员到达团部后，即被团长董瀚卿接见。刘祖荫向董团长交了公函，董团长出手阔绰，见面就向几个人散了“大炮台”，紧接着是宴会，而且是难得一见的全羊宴。

同桌的除了董团长、刘祖荫和几个新到的队员外，还有团长太太、军需官、3营长夫妻，及少校团附管松涛。

管松涛说：这可是董团长专门设宴招待你们几个的。别客气，快吃吧！

董瀚卿：你们几个都是政治部宋主任派下来的，那和缪军长派是一样的！既是军长指派，那就是我董瀚卿自己人！自己人，咱不说两家话！告诉你们，当年我可是骑兵团团长。东北军整编后，我投奔缪军长来了，他还叫我当了665团团长，太看重我了！

刘祖荫知道董瀚卿是缪军长亲信，因此无论董表现得多么热情，他在心里与他都隔着一道屏障。

董瀚卿：你们几个既是政治部派的，那就是政训员！政训员在下面可是不受欢迎的哦！你们知道我们叫政训员什么吗？——特务！狗特务！

刘祖荫和李承仲等几个人尴尬地笑。

管松涛在一旁跟着笑。

董瀚卿招呼：来，喝酒！喝！

董瀚卿又说：啊，管团附是后来跟随我到的111师。长城抗战，就是他那个炮连配属军长打的那几仗！管团附可是年轻有为啊！

管松涛谦逊地笑着。

董瀚卿：你们来我665团的工作，以后就听从管团附的安排！

刘祖荫、李承仲几个人应着。

管松涛：弟兄们，665团的情况是这样：1营为保护57军家属，一直留守在四川万县。3营的7、8连在宋家沟作战中损失很大，重组的又都是新兵，没什么战斗力。所以，我看你们几个就去2营工作吧！

董瀚卿：是这么道理，就去2营吧！

刘祖荫把李承仲放在团部，名义上是看家，实际上是甩开他，又命另两个人分别去了5连和6连，而他自己的工作重点则放在了4连和机枪连。后来，到了机枪连，刘祖荫才知道，所谓“机枪连”，其实连一挺机枪也没有。

在连队里，他们和官兵一起跑早操，围着操场跑上十几圈后天才大亮。到了晚上，他们与战士同睡稻草铺，要把棉裤拉下半截，再披上棉袄、棉大衣方能抵御春寒，勉强入睡。有时，姓屠的排长到老乡家借一床棉被给他盖，他就感觉自己已经进入天堂了。

这天，在莒南下坡村（后叫温家村）4连里，刘祖荫深陷在一片缭绕烟雾中，屋子里炕上地下有几拨兵痞正在打牌，吆三喝五的声音一浪高过一浪。

刘祖荫正和上尉连长夏登科闲聊。

夏登科说：刘同志，你跟那些个政训员不一样嘛！过去来的那些不是少校，也是上尉、中尉，架子大、要钱、嫖女人，总之，什么都干！你没有军阶啊，没官架子！

屠排长坐在旁边抽烟笑。

夏登科：待人还随和，来，抽一口！抽！

夏登科把嘴里的烟硬塞进刘祖荫嘴里。刘祖荫抽了一口，呛得直咳嗽。夏登科、屠排长等人大笑。

刘祖荫跟着傻笑。

夏登科：哎！跟你说，我们下面的都特崇拜常师长！“双十二”后，他指挥我们打中央军，桂永清的部队被我们打得直尿裤子！

几个士兵高兴说：拿十成饷的，败在了我们这些拿八成饷的东北军手里了！

说到高兴处，众人又议论起台儿庄之战。

夏登科说：打台儿庄，还是由屠排长说吧！

刘祖荫用崇敬的目光转向屠排长。

屠排长说了一遍战场上与日军血肉相拼后，又说：台儿庄一战，我们连的军官死的死、伤的伤。我由军士直接提连长。全连剩不下一半人，我们仍然掘壕死守啊！

刘祖荫满怀敬仰，却听屠排长叹息一声：可是，还是架不住有人卸磨杀驴啊！

刘祖荫眨了几下眼，有些困惑：谁啊？谁卸磨杀驴？

夏登科：还能有谁？——“土皇帝”缪军长！

刘祖荫“哦”了一声。

屠排长：仗打完了，我这个连长由于年资浅，又被拿下当准尉排长，过去领的饷银，超过的全部退回！这不叫卸磨杀驴，又叫什么？

夏登科愤恨：据我所知，之所以要我们退回，是缪大混蛋要全部拿去！——寒心啊！

见众人愤愤不平，夏登科建议对刘同志说点高兴的事。于是，刘祖荫就听说了台儿庄之战后，刚回江苏沭阳，王肇治旅长公开包窑子，333旅无论官士兵夫都可以去快活。

听说了这样的事情，刘祖荫诧异而尴尬。

夏登科叹息：战场上舍命流血的赏银，就这样都扔进窑子里了！

屠排长：没进窑子的，也都输给兵虱子了！

刘祖荫疑惑不解：什么是兵虱子？

众人诧异，后善意嘲笑。笑声朗朗。

夏登科：就是专门组织士兵推牌九、掷色子——赌钱的人！

刘祖荫恍然大悟，神情不安。

夏登科可算得上是个好军官，他和士兵一样生活，不吃空额，不开小灶，不打骂士兵。这天，夏登科陪刘祖荫一起在村里转着。

夏登科：啥叫“铁打的营盘，流水的兵”？你瞧瞧这手里的兵，就没一个不是为了几个饷银跑出来胡混的！被逼当兵，又天生怕死，那还不逮机会就跑？加上牺牲、伤病的，哪个连队不缺额严重？

不远处，一个姓于的排长正在暴打姓黄的士兵，凄惨的哀求声阵阵传来。刘祖荫看不过去，愤怒欲上前被夏登科拦住。

夏登科快步走近，制止道：于排长，别打了！打死怎么办？

于排长停止暴打，开始呵斥小黄。

小黄爬起来，跪在地上不敢言语。

夏登科回到刘祖荫身边，自我解嘲道：嗨！打精米，骂白面！妈的巴子免票，后脑勺子护照！

刘祖荫难过：除了打骂、兵虱子现象，有压饷的情况吗？

夏登科：压饷？那更是家常便饭啊，多则十个月一年，少则半年八个月！

刘祖荫叹息一声。

夏登科：当主官的层层克扣，当兵的穷得连双鞋袜钱也不趁啊！

刘祖荫诧异：那穷劲，不跟我们宣传队员一样了吗？

夏登科笑：缪军长不是每月还要咱 111 师 2 000 个空额吗？我只知道，我见过的大官不赌、不嫖、不吃空额、不娶小老婆、不打骂士兵，就常师长一人。

刘祖荫：那你呢？

夏登科：我？我就一个小上尉，哪敢跟常将军比？但，我也不吃空额！

刘祖荫既欣慰又复杂地看了夏登科一眼。

夏登科：跟你讲实话，我们都不愿跟缪军长，我们想回师。

刘祖荫：为啥？

夏登科：为啥？你不知道？

刘祖荫摇头。

夏登科：我们都归了姓缪的掌控，师长手里只有一个营，那鬼子来了，怎么对付？

刘祖荫恍然大悟，不禁又为常师长担忧起来。

三、井上义的野心

1940 年 4 月 2 日夜晚，月黑风高。从碑廓据点窜出的一队日军约 400 余人，在日军土屋兵马旅团井上义少佐率领下，由一队汉奸配合，携山炮一门、电台一部，趁黑夜绕过665团的监视部队，向西北方向111师师部柳沟奔去。

不料，这股日军的动向被665团侦知。万毅在旅部接到董团长报告，立即指示665团派部队跟踪追击。

万毅又打电话，命666团派出一部抢占石泉河附近的制高点，坚决阻止日军前进。随后，万毅把日军偷袭情况电话报告常恩多。

此时，师部驻扎徐家柳沟。莒南地图前，常恩多手指顺“日照碑廓”向西北方向划近。常恩多道：日军绕过下坡，是企图袭击我师部啊！

师部里，王维平、张苏平，及孙立基等焦虑等候指示。

常恩多的手划过“黄山前”、紧挨高家柳沟的“徐家柳沟”，忽然停住了。他的手又顺“大店”向东北方向划近，终于停在柳沟正北的“韦家官庄”之上。

几个人正不知所措，常恩多把拳头狠狠砸在“韦家官庄”上：孙立基！

孙立基：到！

常恩多：你带阎普营火速赶到韦家官庄，阻击从大店出来的日军！

王维平、张苏平都十分诧异。

孙立基：师长！

常恩多：有什么问题？

孙立基：我带二营走了，您身边连一个营都没有了！

常恩多：你们打胜了，我和师部才会安全！

孙立基：可是……

常恩多：执行命令！

孙立基：是！

孙立基率二营离去，常恩多手中就只有一个军事训练队了。万一遭遇日军偷袭，那后果不堪设想。想到这儿，王维平十分焦虑：师长，您这一着可是一步险棋啊，万一……

常恩多胸有成竹：放心，小鬼子一个月一个花招，我心里有数。

张苏平：可是，您怎么就料定，这一次大店日军也同时出动了呢？

常恩多：日照的鬼子绝不敢单枪匹马出来找我们作战。所以，大店的鬼子汉奸必定出动，以图和南面的日伪军合击我们。

王维平、张苏平相互看了一眼，心中十分钦佩。

孙立基、阎普和二营官兵跑步奔向正北方向韦家官庄后，常恩多依然忧心忡忡。北面之敌，已部署好兵力前去抵挡，南面之敌的情况如何，他焦虑等待万毅的消息。

此时，南窜之敌绕过大坡，穿过石河、下寨，越过黄山前，逼近石泉河。666团一个步兵连先敌抢占制高点，并对逼近的日军展开攻击。

突然的打击，打乱了井上义的阵脚。就在井上义调整部署，准备冲过石泉河时，突然发现驮运电台的骡子失踪了。

井上义一把抓住报务兵：你的叛徒！死了死了的！

报务兵争辩：叛……叛徒，中国骡子的是叛徒！骡子的死了死了的……

井上义没了电台，顿时乱作一团。见偷袭已无望，井上义指挥日军掉头后撤，只要撤离黄山前的一条峡谷，他们就能摆脱困境。不料，他们还没有跑出黄山前，就被从大坡奔袭而来的665团2营官兵堵在了峡谷里。

接到报告后，万毅打电话向常恩多报告：报告师长！日军400余人，已被我666团3营和665团2营包围在黄山前，正在歼灭之中啊！

电话里的常恩多非常高兴：好啊！你叫他们放心打，北面大店出来的鬼子，我已经派662团2营顶上去了！这一回，要狠狠教训小鬼子，要告诉他们，中国人不是好欺负的！

在柳沟111师师部，常恩多放下电话，摩拳擦掌。

作战室里的官兵听说包围了400余日军，都异常兴奋。

常恩多回到地图前，神情不安。

王维平关切问：师长！你在担心什么？

常恩多：我担心孙立基他们力量不够，再调师军事训练队上去支援！马上！

张苏平应了一声，前去传达。

王维平想：此时的师长，可成了真正的“光杆司令”了！

韦家官庄，寒风中的山谷幽静而安详。孙立基、阎普和官兵严阵以待。

阎普小声问：孙团附！你说，大店的敌人会走这里吗？

孙立基深信不疑：师长料定会走，就一定会走！

阎普：那，要是不来呢？

孙立基：放心吧，一定会来！

阎普笑。

阎普身边的战士也跟着笑。

孙立基：怎么，你们不信？

阎普：信！

孙立基：师长料事如神，啥时候也没有错过。

一个小战士说：我不信。

阎普责怪地捅了战士一下。

孙立基：反正我信！都记住了，咱们师长是我孙立基这辈子认识的最好的官长、最好的人、最正直的长官！只有跟着他，我们才能打回东北老家去，才能报仇雪恨！所以，我们一定要坚信，师长说敌人会来，就一定会来！

果然，黑暗中忽然传来了脚步声。侦察兵跑近报告：孙团附！一队日军约200余人，正向这边开进！

就这样，待数百日军浩浩荡荡开近时，就遭遇到孙立基和阎普营的狠狠打击。

在柳沟师部，常恩多闻讯一头驮日军电台的骡子被111师官兵捕获，顿时心花怒放：哈哈哈哈……到底是中国骡子，还有点良心！它也不想当汉奸啊！这样一来，在黄山前的小鬼子就成了聋子、瞎子、哑巴，就乱了套了！

这头中国骡子正是井上义失踪了那头骡子。原来在两军开战之初，它挣脱掉鬼子的控制，乘乱逃出山谷，而终被111师官兵俘获。

常恩多的估计是准确的。

在韦家官庄，孙立基、阎普和官兵奋力还击，日军炮火猛烈，连续组织发起了数次冲锋，他们感到了力不从心。

阎普喊：孙团附！鬼子来势汹汹，看样子不与南面之敌汇合，誓不罢休啊！

孙立基：是啊，咱们兵力显然不够啊。

恰在此时，师军事训练队上来了，孙立基、阎普和众官兵喜出望外。

报务兵背电台跑近：孙团附！师长来电！

孙立基接过话筒：师长！我是孙立基！

常恩多在电话喊道：孙立基！我命令你们，一定要坚守，不得后退！

孙立基：是！

常恩多：如有后退，军法处置！

孙立基：是！坚决死守！

孙立基转向众人：弟兄们！师长下达了死命令，要我们一定要死守，决不能后退！弟兄们！打啊！

莒南黄山前战场也是枪声激烈，杀声震天。

井上义和他的人马已被赶进沟底，他只能听到中国军人的喊杀声从四面八方压过来，而他身边的士兵一批批倒下去，他的队伍几乎已没有招架之力。

井上义意识到自己已经彻底失败时，顿感万分恐惧，他歇斯底里，先是挥刀劈死了一个企图逃跑的士兵，接着，他看到几个慌不择路的兵钻进了一个很小的山洞。

杀声越来越近、越来越大。井上义乞求的目光看向山洞。几个士兵的屁股和后背露在外面——那里已没有他容身的位置。

井上义绝望仰望天空。天空一轮艳阳高照，可那红日已不再属于他。

井上义哀号着。喊杀声更大更近了，他甚至听不见自己在喊什么。

井上义举起军刀刺进了自己的腹部。

黄山前之战从拂晓直打到下午3时。碑廓之敌被击溃后狼狈逃窜，大店援敌见进攻无望，也终于撤退。是役，日军死伤100余人，指挥官井上义自戕，俘日刚村秀夫、田见山谷、南部操等士兵数名，缴获山炮1门、机枪2挺、15瓦电台一部，及马匹数匹。

四、于学忠针锋相对

还是在这个寒冷的初春，由于中共东北工委书记项乃光叛变，潜伏在东北军中的共产党组织面临覆没的危险。

这天，周复没有通知于学忠，匆匆赶到沂水 51 军军部，找到军长牟中珩。

周复把一份电报递上：牟军长，委员长急电！

这是一封关乎十余名共产党人性命的电令，电报是蒋介石发给牟中珩的。电文主要内容：查 51 军 113 师上校团长王协一、114 师参谋长解如川、团附王匡，及两个师的中校、少校、上尉参谋等都是共产党分子，着即将上述人员押交鲁苏战区政治部主任周复处理。名单中所列人员有 15 到 16 位之多。

周复郑重道：51 军挺进山东时，项乃光煽动你 51 军 114 师 342 旅副旅长贾陶率部叛变。今天，他却落在了我们的手上！项乃光供出了你军 113 师王协一、解如川以下中校、少校、上尉十五六人都是共产党！委员长命你立即将名单上的人抓捕，交给我审查！

牟中珩意识到事关重大：好的，等我把这些人召集齐了，再给周主任送去！

牟中珩把周复送走，立即赶往战区总部。

于学忠看了电报，脸色骤变。

牟中珩：总司令，我考虑人命关天，事件重大，所以赶来请示如何处理！

于学忠把电报递给了郭维城。郭维城阅后，不禁大惊。

牟中珩：电报上称这十五六人都是共产党，命我押交鲁苏战区政治部主任周复处理呢！

郭维城十分焦虑：这是蒋介石处理共产党人的要案！电报上明令将这批共党分子叫周复处理！交给他，这些人还有活路吗？

于学忠忧心忡忡：处不处理，关系执不执行蒋介石命令，还有对这个大特务周复信不信任的问题！

牟中珩焦虑：怎么办呢？

郭维城坚定道：总司令！这么多人，交出去很难说都能活着回来啊！

见于学忠还在迟疑，郭维城又说：总司令，这些人都是张副司令最忠实的部下，抗战刚刚开始，正是用人的时候，姓蒋的这是要斩草除根啊！

于学忠叹息了一声，坚定道：对！一个也不能交！

郭维城松了一口气。

牟中珩：我怎么回话呢？

于学忠：你给蒋介石复电，就说：王协一调师部附员，留在师部服务；解如川准予请长假，令其自行它谋；其余中校、少校以下军官，均留原职服务，由军部保证他们不出它事！你就这样给他顶回去！

牟中珩：是！

于学忠：这批军官大部分是东北人。自从张副司令被蒋扣押，他们都成了没娘的孩子。我们对待这些人，更应该格外加以体贴。我们应该本着张副司令旨意办事！

牟中珩、郭维城：是！

牟中珩：我马上去发！

于学忠：咱们东北军处于敌后抗战，弹药补充、军饷来源都要到大后方领取，少则一营，多则一个团来往于漫长的运输线上，要过陇海、津浦两道铁路、一条运河和黄泛区，如果没有沿途的八路军、新四军、抗日民主政府的援助和掩护，我们在苏鲁根本无法站住脚啊！

牟中衔：是！总司令，卑职明白！

于学忠：我们对蒋介石的方针是不即不离！因为，你和他太近了，他就把你溶化了；你若是离他太远了，他就用武力来解决你，只有用不即不离的办法来对付他才行！

牟中珩回去即按照于学忠的旨意，给重庆蒋介石回电报。

事情远还没有结束，同在圈里一个村里驻扎的周复闻讯后勃然大怒：这一定是于学忠出的主意！他一下子保了这么多共产党，真是胆大包天了！他就不怕我给他戴上"红帽子"吗？

白处长提醒道：这些人可都是应该交给您处置的共产党啊！没准，顺藤摸瓜，还能捞出几条大鱼呢！

周复：姓于的胆子越来越大了，重庆总部要查的人，他敢全部保下来，他头上的乌纱帽，还要不要？

白处长：据我所知，沈鸿烈早就开始向重庆总部告发于学忠同情共产党了！

周复：于学忠是张学良的人。张学良没了自由，但委员长对张学良、对张学良的人、对东北军，依然十分地不放心啊。所以，这一次，我看他于学忠这个战区总司令就要当到头了！

事后不久，名单上的人员以各种方式撤出了51军。向他们紧急通报情况的正是郭维城。

五、抗敌演剧第六队

鲁南某村，中共中央山东分局驻地，来自延安的急电送到了黎玉手中。

黎玉阅后大惊：什么？项乃光叛变了！

张经武惊诧，接过电报：项乃光？——就那个前东北军工委书记项乃光？

张经武：342旅副旅长贾陶起义失败后，项乃光不是领着51军一百多党员撤退到中原局驻地了吗？

黎玉：他被留在中原局当秘书，同时兼任鄂西北区党委友军工作部部长。就不久前，他被捕并叛变了！

张经武：问题严重！项乃光原是东北军工委书记，那东北军51军、57军里的共产党员，他没有不知道的！

黎玉：中央命令我们，立即通知51军、57军的同志，准备一切可能到来的打击！

张经武着急：有的组织没有电台，而鬼子“扫荡”频繁，我们只能派人去找、去通知，这需要时间啊！

赵志刚连夜带回了中共中央山东分局指示，要张苏平、王维平、曹健华提高警惕，如察不祥，全部撤出。

张苏平非常惊异：全部撤出？

赵志刚神情焦虑：分局首长就是这样交代的啊！

王维平：别急，志刚！我、张苏平、曹健华同志，都不是通过项乃光介绍到111师的，不要担心。

赵志刚大喘一口气：我都要憋死过去了！我还以为你们……

张苏平：你告诉黎书记、张司令员，情况我们知道了，我们会小心的。

王维平：51军的那些同志现在怎么样了？

赵志刚：51军的十几位同志得到了于总司令的保护。现在，他们也都已经撤回去了。

王维平：这样就好！我要把于总司令保护共产党的情况报告常师长，叫他心里有数。

当晚，王维平把于学忠保护51军十几位共产党员的事情告诉了常恩多。

常恩多喜出望外：这样看来，于总司令是倾向共产党的！

王维平想到什么：哦！师长，还要向您报告一个好消息！

常恩多：什么好消息？

王维平：抗敌演剧第六队从重庆赶到山东，正向我师赶来！

常恩多一愣：抗敌演剧第六队？

王维平：这个队是1938年夏，由周恩来亲自组建、郭沫若亲自领导的一支抗日救国宣传队。

常恩多有些激动：太好了！来得太是时候了！

王维平兴致勃勃介绍说：我和队长在1932年北平汇文中学时期就认识，老朋友了！

常恩多：太好了！

王维平继续说：这个队长比我大几岁，人家中学时期和艾思奇、聂耳就是志同道合的朋友，后来两次被国民党逮捕入狱，是周恩来和郭沫若派遣进第六队的！

常恩多喜出望外：快告诉我，队长叫什么名字？

在王维平陪同下，常恩多赶到抗敌演剧第六队，看望陆万美、秦霜和男女队员们。

王维平上前介绍：师长，这就是陆万美队长、秦霜副队长！

常恩多紧紧握住陆万美和秦霜的手：欢迎你们！欢迎啊！

陆万美：常将军！在大后方，我们就听说了常将军的绰号——常胜将军啊！在重庆军政部里，111 师可是数得上的最英勇善战部队啊！

常恩多谦逊道：过誉、过奖了！

陆万美：111 师在常将军率领下作战勇敢，团结友军，横扫苏鲁，令鬼子闻风丧胆，叫汉奸魂飞魄散，战功更是辉煌卓著啊！

常恩多高兴笑：到底是文化人啊，大白话都叫你们说得妙语连珠啊！

众人都笑了。

常恩多：我们这些粗人，就需要你们这样有文化、有理想的年轻人来鼓励、教育和帮助啊！

众人高兴。

常恩多：今后，我们有战时服务团的同志们，再加上你们来了，111 师将如虎添翼，大展宏图啊！

当天晚上，常恩多就拉住陆万美，跟他进行了痛快的畅谈。

说到痛失东北，东北军流落关内，常恩多痛哭失声：如果你是一个东北人，如果你痛失家园，痛失乡亲，痛失父母、兄弟和姐妹，如果你不能不听命上司的命令放弃家乡，多年流浪在荒山野外，却被迫要拿手里的枪去残害自己的同胞，去打内战，你懂得那份悔恨和愧疚的心情吗？

陆万美热泪盈眶：师长，我懂！

常恩多热泪滚滚：张副司令就是这样的悔恨和愧疚啊！我常恩多懂！我们东北军懂！

陆万美：常将军！张副司令为中国抗战、为中国统一建立的功勋，彪炳史册！中国人民永远也不会忘记！

常恩多连连点头：我信，坚信！张副司令曾三次为危难的中国做出了他的贡献，不可磨灭的贡献！1928 年，张副司令在父丧旧仇、部属顽强劝阻、日寇威逼利诱下，毅然把青天白日旗第一次插在东北的上空！

陆万美：他使面临分裂的中国归于“统一”，功勋盖世啊！

常恩多：1930 年，阎锡山、冯玉祥、汪精卫倒蒋，中国又要重陷军阀混战，四分五裂，张副司令率东北军主力入关，通电全国拥护中央，再一次维护了和平统一。

陆万美：第三次，就是发动“西安事变”，它为战斗中国做出了“抗战、团结、民族”的贡献，这已被国内现实斗争和世界史家公认啊！

常恩多：张副司令还曾五次解救蒋委员长于极度窘困之中。他于国家、于民族、于领袖，都可以说是忠心耿耿、无限忠诚！可是，抗战爆发，成千上万的有期、无期徒刑的“罪犯”，都被释放出来参加抗战，然而领导着争取抗战、复土还乡的统领数十万大军的大将军，怎么就反而不被宽恕，反而要继续被制裁者、独裁者诬蔑着，被那些丢了良心的记者媒体误会着，而被囚禁在一个大众不知道的地方？为什么！这是为什么啊？

常恩多继续倾诉：1924 年，我当营长时追随郭松龄反奉，那是为了打到奉天去分田地！反奉失败，张副司令不贱弃我们这些曾经拥护郭松龄的军人，不仅继续用我当营长，还调我到他身边服务了八个月。我常恩多一生，除张汉公外，还没有遇到第二个上级与我志同道合的！

陆万美十分惊讶。

常恩多：还不知道张副司令要被关到哪年哪月，谁能带我们打回东北老家去？蒋介石？国民党？倭寇对姓蒋的稍有松懈，姓蒋的就提起精神打内战，残杀打日本鬼子有功的共产党八路军、新四军。这样的领袖，我们能祈望他领着我们去解放东北吗？国民党，除了一个汪副总裁成了日本人的狗外，还有多少个国民党高官穿了黄马褂？看看全国各地那些手中握有大权、枪杆子的投降派，哪一个不是国民党高官，不是国民党政府要员？

陆万美：那么，于学忠——于总司令呢？

常恩多：我是寄希望于他的，东北军寄希望于他！可是，他一大家几十口人在重庆，在姓蒋的手里，他能干什么呢？

陆万美深表遗憾：是啊！

常恩多：只有共产党，才能带领我们打回东北去！我们现在坚守山东，就是有一天能够渡海直捣东北的日军！我们用的枪，依然是从东北带出来的，是东北老百姓一滴滴血汗换回来的！现在，在战场上，我们能够和中华民族的敌人拼个你死我活，就是流血牺牲，也在所不惜啊！

夜深人静时分，常恩多送陆万美走出师部。

仰望夜空，常恩多面露不安：这正是夜袭的好机会呢！

陆万美闻声诧异，还没等他发问，就听常恩多又说：今晚不定就有事，说不定……算了。天不早了，你赶紧回去休息！

送走陆万美，常恩多感觉身后有人：刘副官！刘……

徐文斌跑近：师长！是我！

常恩多恍惚了一下：哦！徐文斌，去把王铁权、张苏平、龙光叫来！

徐文斌：是！

几个人到齐后，常恩多说：我们刚粉碎了日军的一次围剿，我估计他们还会再来。上一次是南北夹击，这一回一定会改变策略，很可能是三路合击！

众人面面相觑。

常恩多：侦察和电讯都要抓紧时间，把我们的眼睛放到敌人的家门口甚至是家里去……

徐文斌站在师部门外徘徊不定，情绪十分不安。

王维平走近：徐文斌，怎么了？

徐文斌：王秘书，你来得正好！师长又喊刘副官了。

王维平若有所思。

徐文斌：刘副官跟随师长十好几年，是你和我，还有任何人都不能替代的。

王维平理解：我知道。

王维平欲走，徐文斌：你求求师长，让他把刘副官招回来吧！只有刘副官在，师长心里才安定、才顺手……才踏实！

王维平走进师部，看到常恩多在地图前正研究什么。他迟疑了一下：师长！

常恩多抬起头：哦！维平，你去给刘万胜拍封电报，叫他速赶回来！

王维平喜出望外：师长！

常恩多诧异：你怎么这么高兴？

王维平：没什么！我现在就去拍！

常恩多：去吧！

王维平赶到电台室，把电报稿交给李政宣：李台长，立即发往万县！

李政宣立即发报。在“滴滴答答”的电波声中，“刘万胜，师长令你速回师，王维平”的电讯飞报四川万县。

第二天天将亮，一阵急促的紧急集合号响起。

陆万美跑出房间，闻讯鬼子兵分三路已经包围过来，不禁惊叹：常将军真是料敌如神啊！

六、“枪杆子、勇气，还有头脑！”

陆万美刚到111师，就从战时服务团的队员那里得知，1939年夏季，日军两个半师团“扫荡”鲁南，山东省府被冲散，114师青年师长方叔洪殉国，111师却未受损伤而获得一些胜利。自7月起，日军按月定期出来“扫荡”，到期再撤回去休整，研究出新的围剿方法下次再来。渐渐的，连战时服务团的队员都摸清了敌人“扫荡”的规律，他们每到24或25日，就小结工作，把幕布、钢板全捆扎好，上了大小驮子，准备随时转移。陆万美他们到后，也看到师部的各处都钉着地图在研究反“扫荡”，部队分作较小的几股，公物行李也十分简单，一副随时随地准备投入战斗的架式。

这叫陆万美想到了在其他军师指挥部看到的情况，有的军师不是隐蔽埋伏得连地图都丢失尽了，就是在山区里敌我互不相犯，大兴土木，建筑起西洋式的房屋，并接来烫卷发打口红穿高跟鞋的太太们。

头天深夜，陆万美并没有把常师长的话放在心上，不料，次日凌晨密集的枪声把他和队员们一个个地从炕上惊了起来。跑出房屋，他就听说了敌人从三面合围过来。连做好的早饭也没来得及吃，抗敌演剧第六队跟随师部向山沟里迂回突进。不知道拐了多少个弯后，陆万美听到枪声渐渐远了，不久就传来了原地休息的命令。

111 师机关的队伍隐蔽在山谷里。官兵们神色疲惫，抓紧时间喘息，以应付更加艰苦的战斗。

不远处，常恩多边抽着烟，边望着地图冥思苦想。

徐惊百神情痛苦，小心把右腿放得舒服些，然后匆忙在膝上写着什么。

陆万美悄然走近徐惊百：惊百，常将军真是神了！

徐惊百停住笔，笑了：更神的还在后面呢！

陆万美惊讶：真的？今天眼看敌人就要三面包围我们了，可常将军带我们东绕西拐，硬是从敌人的包围圈中冲了出来！我算开眼了，还有更神的？

徐惊百自豪说：不信，你等着瞧！

忽然，一阵疼痛袭来，徐惊百紧皱眉头。

陆万美关切问：惊百，腿又疼了？

徐惊百：没事，没事。

陆万美看到了徐惊百额头上的冷汗：让我看看，我看看！

陆万美撸起徐惊百的裤子，看到他右腿膝盖肿胀化脓，情景凄惨。

陆万美震惊：惊百！不能再拖了！我去告诉常师长！

徐惊百一把抓住陆万美。

陆万美诧异。

徐惊百笑着摇头。

陆万美热泪盈眶：你……

徐惊百半玩笑说：国难当头，我不能当逃兵啊！

陆万美满怀崇敬：惊百，我都听说了，你们组织抗日义勇宣传队，自觉到抗战第一线宣传抗日道理，启发抗战觉悟，组织抗战工作，不拿国家军饷，不要军阶官职，只要能参加宣传鼓动抗战，了不起！了不起啊！

徐惊百：你们不是也一样吗？

陆万美笑：对！我们是恩来先生组织的！

徐惊百也笑：我们是常将军嘉许并组织的！

两个人欣慰，会心而笑。这些坚持抗战的知识青年无从知晓常恩多“特别共产党员”的身份，但他们坚信，常恩多是个爱国的抗日将领。陆万美由此想到，他和抗敌演剧第六队从西到东、从南到北，如今来到常将军领导的111师，他们可谓“到家了”。他打算向鲁苏战区提出申请，演剧第六队就留在111师不走了！这话刚对徐惊百说，徐惊百就高兴得欲高声呐喊。

两个人克制兴奋安静下来，细听枪炮声已稀疏远去，又见王维平走近常恩多：师长，孙团附带二营把鬼子向南引去了！

常恩多命部队就地休息。两天后，孙立基、阎普带队伍跑了回来。众人好奇他们的经历，纷纷上前询问。

常恩多也关切问：仰田，把小鬼子甩开了？

孙立基高兴报告：甩开了！

阎普绘声绘色道：鬼子大队以为咬上了师部，紧紧追了我们两天。孙团附带我们一直向南绕、绕、绕！直到把小鬼子绕晕了，我们就乘机又绕回来了！

众人高兴笑起来。孙立基问：师长，下一步咱们怎么办？

陆万美和众人谁也没有想到常恩多竟回答说：回高家柳沟！

队伍立即向山谷深处运动。

陆万美追上常恩多：常将军！咱们再回去，那还不叫小鬼子包了饺子？

常恩多宽慰说：敌人绝想不到你敢回头。他正分作几股向旁的方向搜索你去，你正好回去了，也可以安安稳稳驻扎下来！

陆万美依然百思不得其解，一脸的疑惑。

常恩多胸有成竹地说：你算得比他低一招不行，高两招也不行，就得恰恰高一招，才行！

队伍又跑了几个时辰，忽然停滞在阴森的丛林中。陆万美看到几个谍报跑回来报告：前面十来里，就要遭遇敌人！

常恩多：王参谋，有多少人？

王铁权：日军加伪军，大约有500多人，山炮两门！

龙光也说：山下面有个村庄，村里的百姓已经跑光了！

常恩多查看地图，在地图上找到了村庄的位置。

常恩多：敌人已经“扫荡”过这里？

王铁权：是的，刚过去！

常恩多：今晚，咱们就在这个小村宿营！

陆万美更是惊诧万分。

进到村里，部队正在吃饭休息，陆万美说出了自己的担忧：师长，你真是胆识过人啊！你就不担心敌人再打回来？

常恩多笑了笑，没有直接回答，而是说：这一次，敌人是三股合围我们，没有成功。下一个月，他一定又改变战术，又要生出新的花招来围剿我们！

陆万美：那您用什么办法对付他们？

常恩多：我还得用别的办法，让他围不上，得机会还要狠狠揍他一下！即使不能全要了他们的命，扒他一层皮、咬下他几块肉，叫他难受而死、疼痛而死！

陆万美：常将军！来111师之前，我们曾去了很多军和师。其他军师指挥部的情况，不是隐蔽埋伏得连地图都丢尽了，就是在山区里与敌人互不相犯，夯基筑房，建造起西洋式的屋宇，接来打着长卷、抹着口红、穿绸缎旗袍的阔太太。常将军，来到您领导下的111师，我看到的是自信、胜利和战斗！

常恩多欣慰：你知道，我们的自信、胜利和战斗，是从哪里来的吗？

陆万美疑惑凝望。

常恩多：——枪杆子、勇气，还有头脑！

陆万美：——枪杆子、勇气，还有头脑！常将军，您说得太好了，我要把它编到戏里去！

孙立基：老弟！今天真正能为国家民族出点力，我们死了也是值得的！只要你们大家将来能享到幸福，要我们今天一个个为杀鬼子赴汤蹈火、流血丢命，也是心甘情愿的！

陆万美满怀崇敬，连连点头。

就这样，陆万美刚到111师，就经历了由常恩多领导的反“扫荡”的斗争，并深切了解了这位爱国将领的抗战风范。

不久，就传来了徐惊百病情恶化的噩耗。

七、徐惊百再难坚持

徐惊百的右腿终于重疾恶化，举步维艰。部队休息时，常恩多走到他身边：惊百兄弟，怎么样了？

徐惊百笑：师长，没事！

正在处理伤口的周军医说：师长，不能再耽搁了！

常恩多看了看伤处：叫他们买的药买来了吗？

周军医：已经用上了，可效果不明显。战事频繁，劳累过度，医疗条件不好，这都成问题啊！

常恩多对徐惊百：惊百兄弟，把你先转移到山里留守处，你就不用这么劳累，等时机合适的时候再转到大城市治疗，你看好不好？

徐惊百：师长，我能坚持！

常恩多坚定道：不要再耽搁了，鬼子一走，你就转移！

见徐惊百依依不舍，常恩多又说：你舍不得离开，我们也不舍得你走。等你把腿上的病养好了再回来，我们等你！

徐惊百终于同意先转到山里后方去医治。

这天，形势稍微安定，他坐在桌前提笔给在重庆的老师、著名美学家宗白华教授写信。

白华老师：

三年前在空袭的恐怖下南京一别，几同隔世。天南地北，云山依然；而世变鼎沸，身家飘零，山陬月路之顷，时深孺慕。想来母校西迁之后老师大概也随之入川，特抽暇向老师问好，并祈示教。

事变之顷，学校遭炸后，我即束装回里（南通）。适逢祖父逝世，感痛之余，纠合友好十数人请缨于驻军×××师，蒙师座嘉允，组织宣传队随军工作。京沪沦陷后，与各方旧好，音讯俱绝。三年来，我军在苏鲁皖沦陷区中活动，屡建功勋，1938 年秋有皖北定远之旅，配合武汉会战，其屡经兵灾，瘟疫流行，昔之名镇，今为蓬蒿，瓦砾荒墟，而无人迹。军行极难，病废载途，在喜山、张八岭一带，爬山越水，昼夜急行。至今思之，犹觉豪趣盎然。

1939 年初春，由苏北转移鲁南，我等随军跋涉，夜行百里，冲破敌封锁线数重。时淫雨为灾，洪涝浸途，严寒夜行泽中。士兵尚有诗文，谓：“我们成了海军陆战队了！”旅中未见天日才凡十余日，自腰以下，沾泥半冻，未尚干也。途中随军学生，努力团结部队工作，体虽惫而精神到慰。初，士兵对于学生均以“书生”目之，经此二旅，吾辈与士兵同甘共苦之精神始得广大下层信任。吾辈亦感觉军人忍耐劳苦之精神，实集人性最崇高伟大的精神之大成。后方艺术家欲描摹一现实的军人，实非经过此艰苦洗练，不能为功，而我辈之从军生活亦与一艺术品之创造过程相似，从最苦的物质生活中体验最崇高的精神陶养，使苦乐之间，在吾人心中得到莫大的和谐安谧之美。此等境界殆始吾人遗忘人间一切痛苦纠葛，而自辟一个平和完满的天地，最终得近于希腊风的阿波罗精神者也。

抵鲁以后，我等致力于部队改造之工作，集中力量，在此山陬海隅文化荒芜之游击区中，提倡文化娱乐工作。经一年努力，士兵中能文者多投稿报章，文艺家络出。彼等描绘之戎马生涯乃夫子自道，在真实中现稚拙之美，与吾人鉴赏阿塔米拉（Aitamitra）窟注炭绘之感受相近。近数月中，戏剧亦甚盛行，每营士兵均组织一个剧团，自编、自导、自演。采用幕表制及街头演出方式，间亦造舞台，公演话剧。若干“明星”演剧尤良，深得同人之叹赏。士兵自编之剧不下数十。每当良辰佳节，黄昏后明炬高举，音乐飘扬，或在河崖，或倚山坡，军民丛聚常有数千人，作通宵之和。此种盛事，在大后方恐亦不屡见也。今在部队中，小则一营，大则一团，视为经常业务而进行，对军民之教育濡染，实具宏效。

1939 年夏以来，经敌不断“扫荡”，形迹靡定，我等乃在战争中创设各种训练学校。现已办竣数期。教学生活，均极简单有趣，所谓课堂，即就行军中、休止中之林荫小场借用。师生感情至为融洽，“军队学化”之口号已逐渐由理想而见诸现实。

经数年来之整理建设，我师战斗力量方兴未艾。计在苏北历次战役，敌我伤亡比率，均在敌5我1上下。在徐州战役中（参加台儿庄会战），战斗力大增，屡建殊勋。来鲁以后，采用运动战术，屡次会歼敌军，俘虏极多。兹将山东游击战中本师各次战役成绩（敌我比例）列表如左：

	战役	敌伤亡	我伤亡	俘敌
a	九里坡之役	5	1	
b	王家庄之役	6	1	3
c	土山之役	2.5	1	敌全覆没
d	黄山前之役	9	1	敌全覆没，指挥官自杀。

我师根据地在苏鲁边境山地中，即古莒国封地，地形嵯峨转折至奇。昔之股匪，多巢窟于此，遗墟累累，令人忆及《水浒》中义士之踪迹，无限雄深。民众诚朴可爱，而贫苦不胜，目日常所食，地瓜干与煎饼数张。倘在南国，饲养禽牲之杂粮，在此均为珍肴看。彼等度此勤苦生崖，莫不甘之如饴，且罄其所有，为抗日之需。战争在人民生活中恰如一必须课程，即妇孺当之，亦无恐可言；轰炸之下，耕织如常。

别校三载，渐入壮年，遥想京中昔日繁华，大有"雕栏玉砌应犹在"之感。后方建设，想当猛晋，惜不见耳。游击区中风物如画，一种壮美，当亦为后方同胞不能想象。爰为撷述一二，以供长昔。戎马生涯中形迹倥偬，传驿颇难，想旧年交游今则飘散四方，互不知其存亡，清夜来梦，亦莞尔也。悲鸿师行踪何方？系想滋深。昔日学友，想亦多在行伍中耳。此祝康乐。

徐惊百（荃）上。5月5日

（此信，后刊登于1940年7月8日的《时事新报·学灯》，即渝版93期。）

这一回的反"扫荡"后，徐惊百即被转移到111师山区后方留守处。

第十六章

老蒋的法宝：畏敌者升官

一、全凭缪军长高兴

在缪澄流把持下，665团几乎没有主动打过日本鬼子。4月间，仅奉命去破坏陇海路。那次，刘祖荫跟在三营队伍里从驻地出发后，一连几天夜行军，接近陇海路时，圩子里狗咬、枪响，吓得陶营长三天三宿没闭眼。陶营长对刘祖荫说：带兵官真难啊！一帮新兵，真有个好歹咋办啊！

刘祖荫跟着前卫连到了铁路边，远远听见轰隆轰隆的机车声，就见一道耀眼的光柱照射过来。他们迅速伏在草丛中，不敢动作。铁甲车终于过去，众官兵才蜂拥而上，撬的撬、扒的扒，破坏起铁路来。刘祖荫将带来的瓦解日军的传单四处抛撒，还趴下身摸了摸冰冷的钢轨。

官兵破坏了一段铁路后，即跑步向北撤了。

进入5月，日寇又来“扫荡”，缪澄流六神无主，在111师三个团保驾下，从临沭拉到郯城、码头，又拉回来。鬼子追，他就跑，追急眼了，就派兵顶一阵，然后再跑。要走要停，全凭缪军长高兴。

这天，缪军长又扎进一个村庄不走了。可据报，鬼子距村庄只有几里地远！

惶惶不安的队伍，都在翘首期待军长的动身。

管松涛火急火燎追上正在询问敌情的团长董瀚卿：团长！鬼子正向我处开来，只有几里地了！为什么我们还按兵不动？

董瀚卿有些烦躁：军长有军机大事！

见众人都围拢来打听动身的时间，董瀚卿转身训斥众人：不要打听那么多，继续警戒！

待董瀚卿离去，刘祖荫走近管松涛：管团附！军长为什么还不走？这鬼子都……

管松涛气呼呼道：鬼子就是屎，这屎堵屁眼，可上面不下令，咱就不能拉！懂了吗？

刘祖荫神色抑郁，点了点头。

李承仲心怀叵测，看了一眼管松涛。从李承仲的眼神里，刘祖荫捕捉到不祥之兆。

对于管松涛的身份，刘祖荫猜测得八九不离十。管松涛也似乎知道刘祖荫是中共党员，因此两人单独在一起时，他从不避讳自己的政治主张。一次，管松涛告诉刘祖荫他看过苏联的《第一个五年计划》，这让刘祖荫激动不已。管松涛说：看完了我就想，那有多好啊，中国什么时候能像苏联那样，也有第一个五年计划、第二个五年计划……第十个五年计划！

刘祖荫的思绪被一阵吵吵声拉回到现实。

夏登科气呼呼的叫嚷声传来：每次都这样，每次都这样！直到鬼子汉奸逼到屁眼上了，才撒腿跑一阵。没二里地，又叫人家追上，唉！

官兵们已焦躁不安，沸腾的议论渐渐声高。

管松涛走去：嚷嚷什么？666团的两个排在前面监视呢！

突然，不远处传来激烈的枪声，刘祖荫和众人闻声震惊。

村里一户富裕人家内。

提水壶的士兵紧张等候着，随时准备军长渴了赶紧上前伺候；拿苍蝇拍的士兵眼睛都瞪出了血，他盯住屋子里上下飞舞的苍蝇，并不时忽然扑冲上去打死一个……

缪澄流十分陶醉地躺在床上抽大烟。缭绕烟雾下，他的脸色由黄渐渐变白，由白又渐渐变红，而翠花、朴炳珊、董瀚卿、李光烈等站在炕边，怀揣焦急等候着。

徐春圃心怀叵测，目光里流露出阴狠和得意。

缪澄流：春圃啊，徐州方面的联络工作，你还要加紧啊！

徐春圃：军长，放心吧，我这次去就把电台落实好，回来就向您报告！

已经败在徐春圃手中的翠花，只好硬着头皮求助于朴炳珊。她把朴炳珊拉到屋角：朴副军长！你劝劝阿流，日本人的枪子可不长眼啊！万一……

朴炳珊神情冰冷，口气也硬邦邦道：是枪子，都不长眼。

翠花悲声而泣。

董瀚卿上前相劝：朴副军长，您赶紧劝劝军长，再不走，就真成人家枪靶子了！

朴炳珊哀叹一声，走近缪澄流：军长，快马回报，日军已逼近我部，666团的两个排和他们接上火了。而且，伤亡重大！

缪澄流睁开眼睛：是么？

隐隐约约传来枪炮声。翠花就势上前：你听啊！都打到眼跟前了！再不走，就死路一条了！

缪澄流又吸一口，吐出烟圈。

朴炳珊、董瀚卿、翠花都焦急等候。缪澄流终于放下了大烟枪。董瀚卿松了一口气。朴炳珊转身叮嘱李光烈：快传！军长要动身了！

李光烈转身走向屋门。

李光烈站到门口，高声叫喊：陈连长，快传下去，军长要动身了！

警卫连陈连长一路跑步，高喊而去：军长过完大烟瘾了！军长要动身了！军长过完大烟瘾了！军长要动身了！

警戒官兵牵马的牵马，背行李的背行李，准备随时出发，村子里一时忙乱一团。

就在缪军长吞烟吐雾的时候，为阻击日军，666团两个排的数十官兵英勇杀敌，牺牲在了阵地上。

既是行军，也不那么轻松。

刚过完大烟瘾的缪军长，有时愿意坐轿，有时高兴骑马。这似乎并无差别的举动，叫前面的保卫部队——665团几乎不知所措。

"军长上轿了！"

一声呐喊，665团官兵就得快跑，刘祖荫就听到马驮子晃得山响，人跑得上气不接下气。有的官兵跑不动了，稍有迟缓，后面抬轿的轿夫迈不开腿了，前面的部队就要挨骂遭训。

"军长上马了！"

又一声呐喊，665团官兵又得赶快放慢脚步，因为军长在马背上悠哉游哉，部队也得顺从来，不能拉开距离，否则又是一顿训斥。

这样连跑带颠地躲避了鬼子的围剿，缪军长又会大烟瘾上扬。遇有情况，官兵们放连哨也是家常便饭，有时趴在山头上一趴一天，刘祖荫身边就没有一个不骂缪澄流是"大混蛋"的。

接下来发生的故事同样令人发指。刘祖荫用他犀利的笔记述道：

> 情况缓和一些，军部安下家来，缪澄流不知怎么高兴了，要给665团训话。这消息传来后，部队可忙坏了。那时天气热了，穿单军装，但经过五月反"扫荡"，军装不是破烂，就是褪了色。所有连队都下命令一定要缝洗干净，还买来颜料，染成草绿色。偏偏天公作难，一连下了几天雨，洗了的、染了的干不了，这可急坏了当官的，有的连用火烤，有的舍不得柴草费，竟把军衣平铺在门板上，让当兵地睡在上面，用人体的温度烘干湿军装。讲话那天，天放晴了，部队早早起床，先是连长训一通，要大家挺起腰板，走好步伐，军长讲话时要精神，不要咳嗽，免得惹军长不高兴。匆忙吃点饭，部队就出发了，来到军部门外的一个打麦场上，部队列好队，营长讲话，又要注意、小心，不然的话，回来给严办不可。董团长也讲了话，又叮咛一番，弄得部队紧张得很。等了一小时，仍不见动静。忽然，从圩子里出来一个人，一打听，原来军长还没过够烟瘾，什么时候来，很难说。部队这才解散休息。刚休息了一会儿，忽然又集合部队，听说军长下床了，马上要来了，当官的紧张起来，又训了一通。一道道金牌陆续传达到："军长吃完饭了！""军长过完瘾了！""军长到了圩子门了！"军部的特务营派了警戒，军部的参谋穿梭般跑来跑去，然后出来了一队手枪兵，前呼后拥地来到了广场。这才看清缪澄流大块头，一脸烟气，手拄文明棍，穿一套蓝卡几军服。旁边还有提茶的，拿蝇拂子的。当兵的个个瞪眼立正，团长做了报告词，缪澄流大摇大摆地在空地中心立住。由于紧张过分，不少人喉咙痒了，总想咳嗽，拼命压

住，但仍有憋不住的，咳嗽之声时起时落，急得当官的直用圆眼瞪人。缪澄流摇摇头，开始讲话了，东拉西扯，根本没讲团结抗战，却讲八路军游而不击，破坏抗战，“双十二”事变，东北军吃了大亏；又讲我军长怎么怎么的，你们要服从我军长的命令，听我的话，准有好处，你们这一阵很辛苦，我军长开赏，赏给你们每连一头猪。拉拉杂杂，说个没完。这时骄阳如火，晒得一个个战士眼睛直冒火星子，由于劳累、紧张、饿肚，不少人支持不住，扑通一个，又扑通一个，中暑晕倒一二十人。身边夏登科脸色变白，忽然一屁股就坐在了地上。我也感到难以忍耐，汗如雨下，两眼金花闪闪，硬咬牙挺住，好歹熬到缪军长讲话完了。归来途中，不少人骂街：“缪澄流把人整苦了！”“每连赏一头猪，还不是羊毛出在羊身上，他明明扣的是我们的饷，却说要奖赏我们！没有天理了！”

二、“武装调停”

田野里青纱帐起来后，八路军活动频繁，四处出击，国民党县政府、地方部队与之摩擦也就更加多起来。

这天，董汉卿差人把刘祖荫找去。刘祖荫到后，看到管松涛也在场。

董汉卿说：赣榆县与八路军东进支队打起来了，吃了亏，到军部去告状，军长命令我们要助赣榆县一臂之力。你要以57军代表的身份去和东进支队谈判，名义上是调解争端，实际要压他们让步。你就对他们讲，如不听从，57军不能不管，叫他们考虑后果！

刘祖荫看了一眼管松涛。

管松涛微笑着说：你去吧！你去，团长和我都放心。

管松涛一语双关，可刘祖荫十分作难。要他这个共产党员去向八路军施压，他觉得对不起共产党，但又不能不去。他硬着头皮答应了。

刘祖荫要走时，董汉卿又说：张副官随同你一起去！

两个人到了东进支队一大队，见到王政委。

张副官向王政委介绍：这是我们团的刘政训员！

“政训员”，就等同于“国民党特务”。王政委立即警觉起来。刘祖荫看到了他脸上的憎恶和反感。王政委与刘祖荫只作了敷衍了事的寒暄后，就把笑脸转向了张副官。显然，刘祖荫成了他的主要打击对象，而张副官则是他的争取对象。

刘祖荫作开场发言：董团长派我来传个口信，他对你们和赣榆县的摩擦甚为不安，希望双方以抗战大局为重，忍让为上。

王政委义正词严道：忍让也是有限度的！赣榆县政府敌视八路军，不仅不给给养，还抓我们的人，杀我们的干部，我们已经忍无可忍了！

刘祖荫重复了一遍开头的话，又说：要互相谅解嘛，打起来总归不好。

张副官终于坐不住了，“噌”地一下站起来，高声并严厉地把董汉卿“施加压力”等一番话说了出来。

王政委立即反击，两个人唇枪舌剑，争得面红耳赤，倒显得首席代表刘祖荫钝口拙腮、讷语少言了。

吵了一阵后，刘祖荫和张副官告别王政委。返回的路上，张副官埋怨刘祖荫太软弱，而刘祖荫则大大地夸奖张副官“有经验，会办事”。回到团部，刘祖荫向管松涛如实汇报，管松涛不置可否。

过了几天，刘祖荫就听说赣榆县和东进支队又打起来了，赣榆县以有57军做后盾而气焰嚣张，管松涛派去的小部队仅作壁上观，东进支队打得赣榆县丢盔弃甲，狼狈逃窜。刘祖荫闻讯不胜欢欣。

赣榆县吃了大亏，周围的国民党政权也都胆战心惊，蠢蠢欲动。这天，管松涛把刘祖荫叫去：东海县的一个区要组织反共联防，明天召开联防大会，要57军派代表参加。派别人去不合适，劳你的大驾吧，你去一趟！

刘祖荫心领神会：好吧，我去！

第二天，刘祖荫正要动身，李承仲追上：刘同志，我跟你一起去！

刘祖荫愣了一下：好啊，走吧！

刘祖荫和李承仲走到小响，进了区政府，却见到了一番热闹景象。

只见一群男人围着一个40出头、白白胖胖的中年男人。中年男人两手端一张包香烟的锡纸，锡纸上面是白粉，下面是个大烟灯。他来回熏着闻，一个劲地嗅鼻子，锡纸上的白粉瞬间就不见了。

听说57军的代表到了，白胖男人赶紧起身招呼。原来，这个男人正是区长。几乎过了晌午，几十个乡长、保长，或是乡保长的代表才陆续到齐。他们中有几个人很神气，穿着长袍，斜挂匣子枪，一脸的豪情和霸气。

防共联合会议开始后，区长大讲时局不稳，八路军打过来，大户人家就没法安身，因此赶紧组织联防，不让八路军打过来等等。又讲：57军体察民情，鼓励各县各区各乡反共联防，今天特派代表参加成立大会，给我们撑腰，你们就不要怕了，有钱的赶紧出钱，有枪的出枪，有人的出人，一村遭难，十村支援！

区长刚过了大烟瘾，豪气冲天又絮絮叨叨地说了半天。接下来，轮到57军代表讲话。

刘祖荫没有理会区长的陈词滥调，先是讲了武汉会战以来全国各战场的战况，又讲抗战建国纲领，再讲蒋委员长批驳汪精卫反共投降的声明，最后郑重告诫大家要树立抗战到底的信心，不要当汉奸、卖国贼，卖国投降是绝没有好下场的！

区长坐不住了。他一直期待刘祖荫发表“大力支援”的相关讲话，结果等到最后，刘祖荫一句没说。众人的掌声响起来，他甚至连拍巴掌的心思也没有了。

刘祖荫这么一搅和，不少乡长、保长泄了气。散会时，一个乡长对刘祖荫说：什么联防，变着法子要钱就是了。官长，你讲得好！

在宋迪玺这些真特务眼中，刘祖荫这个假政训员“很幼稚”。其实，他们的认识一点没错。刘祖荫不注意隐蔽自己，尤其部队在郯城附近驻扎时，为了要书报，他和郯城民主政府的一个同志认识。这个同志主管县青联会，大家叫他“靳团长”。一次召开群众大会，靳团长邀请刘祖荫出席讲话，刘祖荫毫不推辞，站到台上讲团结抗战，讲反对汪精卫卖国投降等等。

不料，5月10日《大众日报》头版头条刊登了此事。文章标题是《郯城军民军政团结一致坚持抗战联欢大会盛大热烈》，文中称：

> 继有57军代表致恳切之讲话，略谓：57军、八路军是最亲密的友军，今后当共同团结，粉碎任何挑拨离间，亲密团结，争取抗战胜利！

天气渐渐热起来的时候，宋迪玺升任57军政治部主任。他派人到665团，通知刘祖荫到驻东盘的军部去一趟。

一见刘祖荫，宋迪玺就问：我交给你的任务怎么样了？

刘祖荫眨巴两只眼睛，不知所云。

宋迪玺：就是，我叫你注意的八路兵运工作啊！——665团有没有人通八路！

刘祖荫恍然，回答道：哦！没有！没发现有人通八路！

宋迪玺疑虑重重：没有？

刘祖荫坚定道：真的没有！

宋迪玺拍着桌子上报纸：我可听说，八路的《大众日报》随处可见，你们可都是看到过的？

刘祖荫看清桌上的是张《大众日报》，不以为然道：哦！我们住在郯城、码头一带，那里八路军很多，老百姓家里都有《大众日报》，一些人随手看看是有的，但通八路，绝没有！

宋迪玺拿起报纸。刘祖荫看清了头版头条，暗吃一惊。

宋迪玺读报：“继有57军代表致恳切之讲话：57军、八路军是最亲密的友军，今后当共同团结，粉碎任何挑拨离间，亲密团结，争取抗战胜利！”

刘祖荫擦了把冷汗。

宋迪玺愤怒问道：是谁去参加会议了，敢这么大放厥词，啊？

刘祖荫忽然明白，宋迪玺此时并不清楚是谁“敢这么大放厥词”。他镇定了一下情绪：报告宋主任！111师、112师的部队来来往往，没听说665团有什么人参加八路军召开的群众大会！

宋迪玺略一思忖，把报纸扔到一边：好吧，以后看八路的报纸要注意，看多了是会中毒的！

刘祖荫松一口气：是！

宋迪玺又问：董团长和管团附怎么样啊？他们有没有亲共的言行？

刘祖荫：我跟董团长接触很少。

宋迪玺：那么，管团附呢？

刘祖荫：管团附常见面，他什么事都管，为人老实、忠厚，没听到什么不好的言论。

宋迪玺很信任地说：你要注意，听到什么，就赶快给我报告！

刘祖荫：是！

刘祖荫离开宋迪玺，忽然想：会不会是李承仲打了小报告！

三、“不愿相信他别藏祸心！”

665 团驻郯城时，缪澄流曾指示管松涛带部队前往“武装调停”，把东进支队压向码头去。管松涛非但没有压东进支队，反而以 57 军声威压郯城县长阎丽天让步。事后，阎丽天在缪澄流面前大发牢骚：管团附来调解，每次都是县府方面吃亏！

自那以后，缪澄流便调 661 团前往调停。可是，他对 661 团团长张绍骞也十分不满意。这天，缪澄流在随从陪同下，来到 661 团训话。

缪澄流满脸通红，气势汹汹：张绍骞，你就是个熊头！

张绍骞冷汗淋漓，浑身颤抖。

缪澄流：你带的 661 团，就是一团狗熊！我要怎么说你们才能明白，啊？我派你们去郯城保护阎丽天县长，那就是抗战！懂吗？

团附李鸿德及众人神情抑郁，面面相觑。

缪澄流：算了，你不要当这个团长了！支援阎县长的事情由李团附领着去办！去办吧！

缪澄流率随从们扬长而去，张绍骞终于轰然倒地。

张绍骞大病了一场，气息虚弱，不能起床。

661 团接到军部下达的去郯城板泉崖支援阎丽天的命令，李鸿德被叫到张绍骞面前。他们都是东北讲武堂第七期的，同为常恩多的学生。

张绍骞：军长撤掉我，就是因为我没有听他的话去打八路！

李鸿德：我知道，团长！

张绍骞：那个阎县长专打八路，要我们保护他，就是要我们去打八路！

张绍骞急剧咳嗽。

李鸿德：团长，我知道该怎么做。

张绍骞：日军对我们不是“扫荡”，就是围剿。我们死在抗日的战场上，光荣，可要是死在打八路上……

李鸿德安慰下张团长，就去和驻在团里的战时服务团的队员王英才商量对策。

王英才也是111工委发展的最后一批党员中的一个。对于李鸿德“武装调停”的态度，他不摸底。

王英才：李团附！咱们打不打八路军？

李鸿德：咱们决不能保护阎丽天作恶！

王英才松了一口气，高兴说：那我们到毛河西跟八路军联系，怎么样？

李鸿德：好啊，你赶快派人去办！

是夜，在一个村庄里，八路军来了三位代表与李鸿德、王英才相见。

八路军代表说：我们连夜赶到友军，是代表八路军东进纵队梁兴初司令员。有什么话，你们就说吧！

李鸿德说：我们先表态！军里命令我们来打你们，帮助阎丽天作恶，我们商量了一下，决不能这么干！咱们商量个办法，以对付阎丽天！

会谈气氛一下子热烈而友好起来。经过一番议论，李鸿德做总结性发言，说：经过双方商谈，共达成三点协议：第一，互通情报，互相联系，互相学习；第二，东北军来时，八路军退回毛河西，东北军离开后，八路军爱怎么打就怎么打；第三，若双方遭遇，就都先向天上开枪，以免遭受不必要的损失。

八路军代表很满意，和王英才、李鸿德热情握手后离开了。

在莒南板泉崖的武装调停，就是按照这次会谈的方案进行的。当李鸿德领着661团一部赶到时，八路军东进支队撤过公路，隐蔽在丛林中。李鸿德、王英才率部越过公路，返回营地，八路军再回到原地，继续迎接阎丽天部队攻打……

回到营地后，李鸿德看到几头肥猪、肥羊等物资摆了一地，官兵们正围住这些慰劳品热烈议论。部队已有好几个月没有吃到肉了。

王英才上前问：李团附，这些都是阎丽天派人送来的，咱们收还是不收？

李鸿德：全部收下，不吃白不吃！把东西发到连队，这一回，战士们也有好东西改善生活了！

忽然，一个战士跑近：李团附！军长又来电，要我们……

李鸿德、王英才都很紧张：要我们干什么？

战士：要我们赶到南堰子崖，剿共！

1940年7月7日，是全国抗战三周年纪念日。缪澄流在视察665团后，发表了激愤的讲话。

他说：啊，今天是7月7号，抗战三周年。所以嘛，我必须说说抗战。抗战，就是我们根本不应该对日作战！中国的敌人是共产党！中国还将剿共，攘外必先安内嘛！汪精卫不是汉奸，而是另一种方式救国！中国的事，全坏在张学良身上！要不是张学良和杨虎城两人闹出个“双十二”，共产党早就被消灭了！

想到自己和部队总是被鬼子撵得到处跑，他很委屈地说：我们之所以被日本人撵得到处乱跑，热乎饭吃不上，热炕头也睡不上，罪魁祸首就是——张学良和共产党！

今后，我要你们干什么，你们都要老老实实服从命令，要绝对服从，说一不二，决不要胡思乱想，更不能议论纷纷！听我的话，做我的人，准有好处！做部下的不需要知道的事情，最好不要打听，不要议论，军人以服从命令为天职嘛！都听到了吗？

那些日子，在几个团的军人大会上，缪澄流将此番言论昭告天下。

全师官兵屡次到常恩多面前请求回师，不愿再受缪澄流的蛮横压制和无理调遣。每遇此情，常恩多总是耐心说服他们，要他们服从大局，坚持抗战。这天，管松涛、彭景文、关靖寰、李鸿德、张绍骞灰头土脸，神情沮丧，再次接受常恩多训斥。

常恩多在几个人面前来回踱步，忽然停住，语气沉重道：你们在说什么？请求带部队回师？你们以为自己是谁？啊！队伍是你们个人的吗？是我常恩多私人的吗？

众人似乎都明白这些道理，可委屈的热泪还是纷纷落下。

常恩多缓和了语气，动情道：队伍是咱三千万东北父老兄弟姐妹的，是咱正受苦受难、又不能参加抗战的张副司令的！

每提到张学良，常恩多就热泪婆娑。他强忍住悲愤：咱们要带好部队，争取有一天打回老家去，也好对得起为了抗战把自个送进虎口的张副司令！也好对得起眼巴巴把两眼都快盼瞎的东北亲人们！

众人难过，有的人哭出了声：师长！师长！我们无力再继续听从缪大混蛋的指挥啊！

常恩多对部属，也是对自己说：我们要有毅力，要为了国家坚韧不屈。只要有一分打鬼子的希望，只要大方向不错，大家就必须死而不乱！回去吧！以后再不要说这样的话了。

众人缄默，未动。

常恩多苦口婆心：军长也许是为他那口嗜好所累，又耐不住目前的苦难，久战生怠，发些牢骚，以消解胸中积闷。无论如何，我都不愿相信他别藏祸心！那样，不但毁灭他本人的前途，也将毁灭了我们全民的抗战大业，更将辜负了张副司令对我们的希望！都回去吧，掌握好部队，鼓舞士气，教育官兵，坚持抗战！要官兵们相信，终有一天，我们是能够打回老家去的！

送走了众人，常恩多极度疲惫，心情悲凉。

王维平走近说：师长！据报，沈鸿烈的部队在好几十个县又和八路军打起来了！

常恩多愤怒：这些败类！他们想的是什么好心思啊？就诚心让鬼子高兴笑掉大牙吗？

王维平：自从周恩来和叶剑英代表中共，向国民党提出“六月提案”，以图全面解决两党关系。几天前，国民党答复了中共，提出了另一个方案。实际上拒绝了中共的“六月提案”。

常恩多哀伤：自今年4月，汪逆在南京公开成立政府，各地敌伪遍设伪军伪党，公开号召投降日寇、共同反共。反共，即灭我中华啊！现在的中国，如果没有共产党，还有哪一个党能够担当起挽救中国之重任？还有哪一个党、哪一个军队，能够拯救中华民族出苦海？

四、111 师工委：坚持，还是撤退？

这天，陆万美忧虑山东日益严酷的抗战形势，心里烦闷，走进师部见常恩多。也巧，王维平也在。

陆万美说：自去年9月，德国法西斯闪击波兰成功，法西斯接连在欧洲战场节节得逞，已相继占领了荷兰、比利时、卢森堡和法国。

王维平：日本军国主义会以为他们向东南亚扩张的大好时代来了！

陆万美：因此，我估计，日军进一步的侵略战争会更加猖獗！师长，你预计山东的情况会怎么样？

常恩多不假思索：蒋介石积极反共，而消极抗日，山东不会太平啦！

王维平：师长，据可靠情报，缪澄流和沈鸿烈、秦启荣、韩德勤、李守维与敌伪密切来往，似乎在酝酿什么阴谋。

常恩多听到缪澄流和这几个汉奸的名字，气就不打一处来：他们几个在一起，能有什么好事！

陆万美：师长，如果蒋介石下令打八路军，你怎么办？

王维平目光忧虑，看向常恩多。

常恩多忧心如焚：真的闹起来，下命令要打，我们究竟得怎么办呢？怎么办？

王维平难过。

陆万美：你们会打八路军吗？

常恩多沉了一下，忽然悲愤道：真就不怕亡国灭种吗？胡干起来，对得住三年多来那些抗战流血牺牲的将士吗？好，他们要胡干，就让他们胡干吧！我是不愿再打内战的！

王维平热泪盈眶。

陆万美：假如被监视打呢？

常恩多：假如被监视着，一定要打，那么我们也有十年打内战的经验——枪向上放！

陆万美欣慰。

常恩多忧虑深重。

王维平若有所思。

王维平焦虑的是常恩多的安全。在王维平心中，常恩多就是111师，就是一支坚持抗战、坚定做八路军友军的军队！他的安全至关重要！可刘万胜还没有回来，他和张苏平等师部的这些共产党员虽然都在他身边，但毕竟不能时刻守卫他、保护他，他身边需要放一个王维平绝对放心的共产党员做警卫！

王维平把他在机枪连发展的共产党员张德福叫到了面前。

王维平说：张德福同志！我想调你去手枪队当排长，你看好不好？

张德福诧异：王秘书，我在机枪连挺好的，干嘛要挪窝啊？

王维平：你去手枪队的主要任务是加强手枪队的力量，保护好常师长。

一听是为了保护师长，张德福立即坚定说：好，我去！

王维平欣慰，叮嘱道：要注意团结官兵，广泛交朋友。你的另一个重要任务，就是多注意陶参谋长安插他的人进手枪队。

张德福机警道：我明白了，王秘书！

王维平对张德福工作的调整，再及时不过。张德福在后来的危机中建立了卓越功勋，也正是这一次的工作调整奠定的基础。

可突如其来的形势，却叫王维平和111师工委的几个人都惊愕不已。

1940年7月20日，中共中央军委再电中共中央山东分局。这次电文还是与4月被捕叛变的东北军工委书记项乃光有关系。上一次电文，是说项乃光对东北军中的整个党组织都了解，须通知51军、57军同志准备一切可能来到的打击。而这一次的电文就更加令人焦虑：

（一）51军、57军党的组织项乃光过去所知道者，一定会完全供出。

（二）中央最近完全确定不在友军中发展党的组织，只扩大交朋友的工作，不允许任何部门对此决定有修改和保留，原有党员若不撤出，即一律停止组织生活，这决定使我在某些小部分虽略受损失，但在争取更多的友军团结抗战中是有利的。

（三）估计到东北军内因实行此决定会有很多党员退出，可能使该军极大削弱，因此应事先和于学忠谈判说明我们的本意不是瓦解他，要求他不要误会和留难。

（四）对不退出友军而停止组织生活的党员，必须详细说明这一决定的意义。要他们耐心地诚恳地在友军中工作，不要引起他们对党的反感，而要使他们更增加对党的信任。

中央相关的精神从中共中央山东分局传达到111师工委，几个人感到措手不及。早在当年2月，谷牧领导的112师工委就已经撤出。现在，他们该怎么办呢？是坚持，还是撤退？

此时，全国抗战已经进入空前的困难时期，随之而来的将是空前的投降危机。中共中央估计，抗战三年了，抗日阵营内部可能要发生一次大分化、大瓦解。也就是说，抗战到了最艰难困苦的时期，为了争取二百万友军继续抗战，建立中国共产党的信誉，因此做出了上述决定。

三位工委的同志聚到一起，他们心情压抑分析形势。

张苏平说：同志们！111师的情况有所不同！

这也正是王维平和曹健华迫切想说的。

王维平说：对，这里有常师长！常师长是爱国将领，始终拥护张学良将军的抗战主张！

曹健华：他坚持抗战，坚决反对投降，坚决要带111师打回老家去！

王维平：更重要的，这里还有我们！

张苏平：我们不能做旁观者，不能只看着常师长带官兵千辛万苦坚持抗战！

曹健华：对！我们要继续工作，为111师坚持抗战尽一份力！我们这不算是违背上级指示吧？

张苏平坚定说：不能算！

王维平赞同：对！不能算！

曹健华：我们就这么干了！

三个人战友热泪涌上眼窝，激动地拥抱在一起。他们异口同声发出了一个声音：坚持，而不是撤退！

五、缪澄流顺风顺水

1940年夏，蒋介石赏识缪澄流的德才，嘉奖他在抗战中的作为，不仅委任他遥领热河省主席，还任命他为“鲁南游击区十七县总指挥”，并晋升他为上将。——缪澄流要风得风、要雨得雨，可谓官运亨通啦！

缪澄流的事业顺风顺水，登峰造极，达到他人生前所未有的高峰。

这天，为了庆祝缪澄流荣升，在57军军部驻地——临沭东盘段山子举行了盛大的庆贺活动，在声声爆竹、阵阵唢呐声中，缪澄流佩戴上将军衔，神采飞扬，在翠花、徐春圃、朴炳珊、宋迪玺等陪同下，迎接着穿红戴绿的众县长、众司令和涂脂抹粉的女人们。

众人或手提或怀抱大礼走近缪军长，异口同声说着恭维话，几乎是齐声高呼：恭喜啊！祝贺啊！缪主席！缪总指挥！

缪澄流高兴得大嘴咧到了耳朵根：张大司令！王大司令！许大司令！刘大司令！荀大司令！赵大司令！所有的大司令！老弟在这里谢了！

张司令抢先说：缪大主席，恭喜您遥领热河省主席，并晋升上将，弟兄们打心眼里高兴啊！恭喜啦！

王司令：还有呢！统领鲁南临沂、郯城、费县、峄县、泗水、邹县、莒县、日照、赣榆、东海……等等、等等，十七个县的游击总指挥啊！

众人高兴大笑。

缪澄流：同喜、同贺啊！将来咱们共同对付共产党，就更加名正言顺了！哈哈哈哈哈哈哈！

众人附和着，吐沫星子欢蹦乱跳在天空。

缪澄流：今天的大会就是召集十七县的头头脑脑，共商反共大计，共谋生存之道啊！

沈鸿烈喜气洋洋走近，宁春霖紧跟在后面，手中提一个大礼包。

沈鸿烈喊：缪大主席！恭喜你又升官发财了！

缪澄流：哈哈哈哈哈！沈主席，我算是参透了，那人要是顺风顺水啊，鬼都挡不住啊！

沈鸿烈：谁说不是呢！老哥我真是羡慕死你啊！你看，你这么的年轻，又这么能干、智慧，才40出头，就上将了！

众人开心笑。

沈鸿烈：我看啊，缪主席将来接替何部长，当个军委会的军政部长不成问题啊！

缪澄流故作姿态摆了摆手。

沈鸿烈：那最差，也得是个陆军总司令吧！哈哈哈哈哈！

众人激动，附和“是啊、是啊”，并开怀大笑。

缪澄流郑重其事说：我缪某有今天，一是幸得委员长的厚爱，再就是仰仗沈主席和各位大司令的高抬、支持，使我鲁南游击形势一天天好转。今后，我们还要精诚团结、携手并肩，共同防共、限共、反共啊！

众人意会，连连赞同。

缪澄流会心狂笑：沈主席，有没有八路军、新四军新的情报啊？

在众人放声的浪笑声中，缪澄流把前来庆贺的众人迎进了饭馆大厅。

席间。

沈鸿烈说：缪主席啊！我还是那句话：宁亡于日，不亡于共！日可以不抗，但共不可以不打！

缪澄流得意道：现在，只要咱们不打日军，日军就不打咱们。要不，咱们怎么能在这里吃喝玩乐啊？

众人边喝酒，边高兴笑。最高兴的要数缪澄流身边的徐春圃。

缪澄流看了一眼徐春圃，意味深长道：日本人早就把八路视为是他们的死敌喽！

宋迪玺很权威地说：其实，对于我们，日军并不可怕，可怕的是共产党！

沈鸿烈举杯走过来：宋大主任，本主席还未祝贺你荣升57军政治部主任、挂少将军衔呢，得罪、得罪啊！

宋迪玺谦逊笑笑，继续前面话题：这一点，委员长早就看透了，要不，怎么有“攘外必先安内”这一高瞻远瞩的政治理论呢！

沈鸿烈坚定说：言之有理、言之有理啊！

李光烈匆忙走近，焦急在人群中寻找什么。

缪澄流抱住徐春圃正在敬酒。李光烈欲言又止，转身叫住朴炳珊：朴副军长！

两个人走到了门外，李光烈把刚发生的一个情况报告后，朴炳珊意识到事情的严重，匆忙回到缪澄流身边。

朴炳珊：军长！有个小情况要向您报告！

缪澄流：哎！沈主席不是外人，说吧，什么情况？

朴炳珊迟疑不决。

沈鸿烈虚伪地问：那我们就回避一下？

缪澄流拉住沈鸿烈：沈主席是我们的父母官，咱们有事不能瞒着父母官嘛！

众人高兴笑起来。

朴炳珊：好吧！军长，333 旅 666 团一营二连连长王明德、机枪连连长郝继贤率部队投降了李亚藩！

沈鸿烈诧异。

缪澄流震惊、愤怒：他娘的！竟敢自作主张想脱离老子的领导，有那么便宜吗？宋主任！

宋迪玺走近：军长！

缪澄流：叫司法处立案查处，定他们个临阵脱逃罪！还有，叛变投敌罪！

宋迪玺：是！军长！

缪澄流：朴副军长！

朴炳珊：军长！

缪澄流：撤掉 666 团一营营长职务！还有，撤掉 666 团刘晋武团长职务！坚决查办，决不宽恕！

朴炳珊：是！

缪澄流：还有，派人去把两个叛逃的连，连人带枪给我抓捕归案！

朴炳珊：是！军长！

沈鸿烈：缪军长！消消气，消消气嘛！依我看啊，这不一定是件坏事呢！

缪澄流诧异。

朴炳珊不解。

沈鸿烈意味深长：这也许，真的是一件好事呢？

第十七章

危在旦夕

一、叛徒的交易

乍闻666团两个连携枪投了李亚藩，缪澄流心里十分生气，但转念一想，这正是他联络李亚藩极好的借口啊！于是，他释然了，立即派李光烈再赴桃林镇。

这天，缪澄流、朴炳珊、宋迪玺等刚打完麻将，就躺到炕上点起烟灯吞云吐雾。李光烈忙前忙后伺候着几个人。

缪澄流欣喜地告诉众人：李参谋刚从李亚藩那儿回来啊！

李光烈冲几个人笑了笑。

缪澄流：现在，咱们就算是正式和日本人拉上手了！我们和他们互不侵犯、共同防共，两边都有达成协议的迫切愿望啊！以后，秋季大“扫荡”，咱们就不用疲于奔命，到处躲藏，也就再不会有成建制携枪逃跑的事情了！

宋迪玺、朴炳珊连连点头。

朴炳珊：那李参谋就接着谈嘛！

李光烈垂手炕前，面露失意：副军长！我的职务太低了，人家不愿意再跟我继续谈了！

宋迪玺吐了一口烟圈，略带嘲讽地说：李参谋想升官了！

缪澄流腾出嘴：事成之后，自然升你的官，直接升上校！

李光烈：不是！是他们提出要一个带兵的正团、上校，直接对话。

缪澄流：那就派一个正团、上校、带兵的，去跟他们对接！

朴炳珊十分舒服后，问：那派谁去呢？

宋迪玺：我看331旅唐君尧——唐旅长合适！

几个人看缪澄流，等他作决定。

缪澄流：他去阜阳领饷，就要回来了。我来跟他谈。

宋迪玺还没有过完瘾，就被他手下人叫了出去。

走到门外，宋迪玺有些不高兴：什么事啊？非这么急！

手下人得意在宋迪玺耳边耳语什么。宋迪玺没听清，又问：谁来投降？八路军谁来投降了？

手下人又说：八路军山东纵队一支队参谋长王玉章投降！

宋迪玺一口气没上来，亢奋得差点背过气去。甚至来不及告别缪澄流和朴炳珊，他拔腿返回政治部，对王玉章进行突审。

王玉章和王维平是东北大学同学，当年在学生运动中他积极追随进步青年，后参加了八路军。但因经受不住艰苦的抗战生活，他跑到57军，企图以向国民党告密而换取自己的享乐生活。

王玉章弓着水蛇腰，一脸的谦卑坐在椅子上。

由于激动，宋迪玺的脸都歪了：王玉章，你是来投降的？

王玉章：是！我是来……投诚的。

宋迪玺：好！我向天发誓，保证你的生命安全！那么，你有什么见面礼给我？快说！

王玉章：贵军的111师里有共产党，不止一个、两个！

宋迪玺惊恐，上前一把抓住王玉章：他们是谁？藏在我111师里的共产党到底是谁？

王玉章：你们要提防333旅旅长万毅。

宋迪玺：万毅！

王玉章：他到过北平，我在东北大学见过他。

宋迪玺：还有谁？

王玉章：还有111师师长常恩多……

宋迪玺如雷轰顶，如果真如王玉章所说，连111师师长常恩多都是共产党员，他这个前111师政训处主任，现57军政治部主任就该遭殃了！

不料，王玉章又说：不、不是！是常恩多的秘书——王振乾！

宋迪玺同样感到震惊：王秘书——王维平?!

生怕宋迪玺不相信，王玉章强调说：他过去叫王振乾！在大学的时候，他可是学生运动领袖，被政府通缉，还进过政府的监狱，是个极其危险的人物！可后来，不知道怎么就进了东北军，还干上了师长秘书，我看他就是共产党！

宋迪玺：你是共产党员吗？

王玉章：不是。

宋迪玺：那你怎么知道他们都是共产党？

王玉章：我敢保证，他们就是共产党！

宋迪玺：你说的可有证据？

王玉章：我不会看错！万毅、王维平，他们一文一武，挟持常恩多通八路！

宋迪玺恼怒：111师还有谁是共产党？还有没有了？啊，还有吗？

王玉章：还有，常恩多的译电参谋——赵志刚！

宋迪玺：赵志刚？

王玉章：赵志刚到过沂蒙山，形迹十分可疑！

宋迪玺既惊又喜，有些不知所措。

宋迪玺连夜报告重庆，同时汇报给缪澄流。终于，他等来了何应钦的指示。

宋迪玺第一时间把电报送到缪澄流手上：军长，何部长回电了！

朴炳珊问：何长官什么指示？

缪澄流把目光从电报上移开：何部长指示迅速查清案情！

宋迪玺：怎么查？

缪澄流：万毅手握兵权，暂勿惊动。

宋迪玺：暂勿惊动？

缪澄流：王维平、赵志刚可能是共产党，须多加提防！

宋迪玺：怎么提防？就这么看着他们自由来往？

缪澄流：不！——抓！

二、密令

1940年7月30日，常恩多率领111师师部和身边仅有的一个营，刚粉碎了日军的一次“扫荡”，就接到缪澄流的急电。电报命令常恩多火速率部赶到临沭县东、西盘村一带与缪会晤。

正值大雨滂沱，遍地泥泞，常恩多率部连夜越过日莒公路南下。

第二天一早，部队进入一片树林，常恩多看望正休息的官兵，陶景奎走近，不阴不阳说：师长，张正钫跟你是同学吧！

走在常恩多身边的张苏平有所警觉。

常恩多回答道：是啊！怎么了？

陶景奎：那你们一定很熟、很近喽？

常恩多：那还用问！当然很熟悉！

陶景奎：可我听说，张正钫当了共产党了！

张苏平终于听清了陶景奎话里的意思，不禁诧异。

常恩多警惕：胡说！谁这么口无遮拦，胡说八道！

陶景奎得意：还有一个人，也值得怀疑。

常恩多：谁？

陶景奎：他的来路就很说不清楚。而且，对敌情是了如指掌，传递之快令人惊讶。

常恩多：你说的谁啊？

陶景奎：倒是，在鬼子大“扫荡”中，他帮了我们不少忙。可要是他的来路本身就是个谜的话，那他的功劳也就大大地打折扣喽！

常恩多有些恼怒：你到底指谁？

陶景奎：反正，我干脆怀疑，他就是个不折不扣的八路！

张苏平闻声色变。

常恩多：陶参谋长！这出来干革命的都是为了找个饭碗。咱可不能只顾自己享福，捞资本，而损害别人，那就缺了大德了！

陶景奎不屑一顾。

常恩多的目光与张苏平的目光相遇。在张苏平的眼神里，常恩多读懂了他的担忧和暗示。

常恩多转向陶景奎：别闲扯了，你明说，谁？

陶景奎的目光阴险转去，最后落在了一个人身上。那个人，就是龙光！

常恩多顺陶景奎目光看去，他看到了龙光，不禁暗惊。

张苏平看到了常恩多的焦虑，他向他暗暗摇了摇头。

常恩多没有理会陶景奎，向前走去。

王维平跟上来：师长，军长急调咱们靠近军部，有什么紧急情况吧？

常恩多面露忧愁，遥望远天：但愿他是为了和我共商抗战大计。

31日，常恩多在张德福等警卫下，赶到临沭东盘段山子57军军部。才见缪澄流，就听他劈头问：有个叫王维平的，是你的秘书吧？

常恩多：是啊！他怎么了？

缪澄流：你们那儿还有一个叫赵志刚的，你知道吧？

常恩多察觉到不祥，故作糊涂：赵志刚？不知道。

缪澄流：你回去查查，如有叫赵志刚的，把他和王维平一起给我押军部来！

常恩多：为什么？

站在一旁的宋迪玺说道：因为，王维平和赵志刚都是共产党！

常恩多愤然：不可能！

缪澄流吐了个烟圈：怎么不可能！他们是共产党派来策反你的！

常恩多震惊，他不知道缪澄流这话从哪儿来的。

缪澄流：别大惊小怪，实话对你说，山东纵队有个叫王玉章的八路参谋长，投降我们了，他告发的他们！何部长来电，命你亲自逮捕他们，并把他们押送到军部来！

常恩多快速想着对策，可他一时找不到好的办法。正迟疑不决，就听缪澄流又说：常师长，你要听明白哦，是亲自逮捕，并押送给我！你去办吧！

常恩多思忖了一下：王玉章是个什么人啊？他说什么就是什么？你们这么相信他？他难道不会为了报私仇、泄私愤，诬告王维平和赵志刚？

缪澄流：他怎么没有诬告我啊？他们两个人是不是共产党，不是你说了算的。共产党狡猾得很，不会告诉你真话的。

常恩多欲言。

缪澄流又说：好了，不要再说了！我现在密令你，马上回去把他们两个人给我押送来，不能死掉，更不能跑掉，我要亲自审讯！

三、常恩多走投无路

常恩多回到莒县福兰官庄的111师师部，就把自己关在房内，再不出来。

徐文斌十分不安，在门前焦躁徘徊。

王维平走近：徐文斌，师长回来了？

徐文斌：王秘书，回来了！

王维平欲进，被徐文斌拦住：王秘书！

王维平站住：怎么了？

徐文斌：师长从军部回来，好像很不高兴。

王维平略一迟疑，再次欲进。

徐文斌：不知道师长是不是跟军长吵架了。

王维平迟疑了一下，终于没有进去。

王维平看了看天色，说：师长也许是累了，我再来！

屋子里，常恩多狠狠地抽烟、吐雾，并把烟蒂扔在地上，然后踏上一只脚狠狠碾碎搓烂，然后就眼含热泪，焦躁地继续踱步。他走了一圈又一圈，终于把烟抽完，把雾吐净，伸手再取烟，就发现烟盒已经空了。他高声疾呼：刘万胜！刘万胜！

门外传进徐文斌的声音：在！在！

徐文斌推开门走进：师长！我在！

常恩多恍惚了一下：哦，烟！烟！

徐文斌随手从身上掏出一包烟，撕开递上。

常恩多点燃狠狠猛抽起来。

徐文斌察言观色，不安又小心地问：师长，又想刘副官了？

常恩多失神盯住徐文斌，看了半天，终于什么话也没有说。

徐文斌：师长！怎么了？你脸色很不好。

常恩多：啊，不！你先出去吧！

常恩多在地上转了半夜，终于累了躺倒床上，不禁又想起周恩来写给他的信：主动在我，命运自决，光明在望，后会有期！

常恩多喃喃重复着：……光明在望，后会有期！光明在望，后会有期！

他翻身下床，对自己说：反了吧？反了！坚决反了！可是，郭子化同志在他入党时千叮咛、万嘱咐说的话，又响起在耳边，那几句誓词更是如雷一般震荡在他的胸中。“遵守党的纪律，不怕困难，不怕牺牲，为共产主义事业奋斗到底！”他迟疑了，没有党的指示，他不能擅自行动！再者，时机远还未到啊！可是不反，难道把自己的同志送进虎口狼窝？不！不！不……

常恩多不知道该怎么办。

天终于亮了，王维平快步走近师部，张德福迎上：王秘书，这么早？

王维平：师长一夜没睡吗？

张德福点了点头。

王维平十分震惊，他不知道常恩多遇到了什么样的麻烦。

忽然，门被打开，常恩多站在门口：王秘书！你来一下！

王维平跑进师部，看到遍地的烟蒂，十分诧异。他心里的疑问还没来得及提出，就听常恩多说：维平，咱们干了吧！

王维平震惊：师长！

常恩多：这回，再也挨不过去了！

王维平焦虑问：师长，到底发生了什么事？

常恩多：缪大混蛋昨天跟我讲，山东纵队有个叫王玉章的八路叛变了！

王维平：王玉章？

常恩多：你们认识？

王维平：认识，我和他是东北大学的同班同学。他功课不好，作风不端，品质也恶劣，是个小混混。抗战爆发后，他跟随一批学生参加了八路军。咱们住大于庄时，我们在大街上遇到了，他就到师部看我。怎么了？

常恩多：王玉章叛变，向缪大混蛋告发你和赵志刚，出卖了你们，说你们是共产党派来的，来劝我通八路。何应钦给缪大混蛋拍发电报，让我把你们扣起来，押送军部！

王维平镇定了一下情绪，说：师长，别急！

常恩多：情况很紧急！我想了一夜，没有更好的办法。要么，咱们干了吧！

王维平：不！不到时候啊，师长！

常恩多难过：维平啊，那你收拾一下，你赶紧走，马上离开111师，回八路军那边去！

王维平凝望常恩多，看到了常恩多焦急而炽热的目光。

王维平沉静思索：师长，你不必过度为我担心。

常恩多：怎么？

王维平：据我所知，王玉章还没有加入共产党，他自然不很清楚党内的事情。他怀疑我和赵志刚是共产党员，只是猜测。我与山东纵队素无来往，他更无真凭实据。

常恩多：不！我不能把你们送到军部，眼睁睁看着你们遭毒手！走吧，快走！

王维平感动：不！我不能走！

常恩多：为什么？

王维平：我走了，缪大混蛋会怀疑是你放跑的。那样，就连累你了！

常恩多：维平啊！我已经这把年纪了，宁可牺牲我这老没用的，也要拼死保存住你们青年！

王维平热泪滚落：不！师长，我不走，纵然我个人冒点风险，又算得了什么！

常恩多感动，斩钉截铁：咱们干了吧！干了！把队伍拉到八路那边去，我早就不想在这里受窝囊气了！

王维平焦急：不！师长，还不能起事！

常恩多黯然：是，是不是时候，可怎么办？我们还能怎么办？维平啊！我怎么能把你送进虎口啊！

王维平：师长！你不必为我担心，王玉章只是捕风捉影，没有真凭实据，不堪一击。在这场斗争中，我们要巧妙周旋，利用敌人的漏洞，主动出击！

常恩多连连点头。

王维平：你把我送到军部去！

常恩多：不行！去了有危险！

王维平提醒：不去，同样有危险啊！

常恩多：我知道，缪大混蛋是一箭双雕——不送你去，他就有理由免掉我这个师长。

王维平：所以，你不能受牵连，你不能丢掉111师！111师这么多兄弟，不能没有你啊！

常恩多迟疑不决。

王维平：我去，是有危险，干革命就得冒点危险！师长！你把我送去吧！一来，我可以摸摸他们的底细，二来可以争取时间，做好充分准备，待机而行！

常恩多：待机而行？

王维平坚定地点头。

常恩多：我担心你的安全啊！

王维平：关键问题是你要抓住部队。军部周围的各团都是咱111师的队伍，并非他缪澄流的。必要时，谁能调动就对谁有利。因此，危险不危险，也得从这方面考虑！

常恩多焦躁踱步，忽然猛地甩掉烟蒂：你既然坚持要我把你送去，好吧，依你的想法办！

王维平欣慰。

常恩多深情说：我一定对得起你！我常某人到什么时候绝不装孬种！你放心吧，我的决心下定了，缪大混蛋若敢把你押送总部，我就派人断路硬抢。你若有个三长两短，我绝饶不了他们！

两个人都很激动，热泪盈眶。常恩多紧紧握住王维平的双手：保重！保重啊！

王维平宽慰说：师长，放心吧！

四、王维平临危不乱

走出师部后，王维平来到张苏平住处，把他拉进了房间。

张苏平：发生了什么事？

王维平：王玉章叛变了，我和赵志刚同志已经被怀疑。我马上去军部，接受缪澄流的审查。

张苏平震惊。

王维平：你把这里的情况，立即报告中共中央山东分局，报告朱瑞书记，并请示下一步的指示！

张苏平：我马上想办法与分局联系。

王维平：我的意见是，可能暴露和已经暴露的同志立即转移回去！还有，曹健华同志在地方养病，要通知他提高警惕。

张苏平：你放心，可我担心你和志刚同志的安全啊！

王维平：苏平同志，我不在的时候，你接替我的秘书工作，在师长身边多操心。

张苏平重重地点头：你放心吧！

王维平：有的同志已经引起敌人注意，必须立即撤出。

之后，王维平赶到战地工作队和抗敌演剧第六队交代工作，张苏平则首先找到龙光，交代说：龙光同志，王维平和赵志刚同志已经引起缪澄流怀疑，马上要被押往军部接受审查！

龙光十分诧异。

张苏平：你马上去找中共中央山东分局，向朱瑞书记报告这里的情况，并报告他，我们立即撤出一批党员和一批可能引起怀疑的先进青年。

龙光着急：那这边的抗战工作？

张苏平：一部分同志留下，继续坚持。哦，你回去后，就不要再回来了。

龙光关切问：苏平同志，那你呢？你也撤吗？

张苏平：不，我不能走！

龙光：我能跟常师长打个招呼吗？

张苏平难过，点了点头。

几乎是同时，常恩多派徐文斌把赵志刚找到了师部。

常恩多把王玉章叛变说了一遍。

赵志刚：我到中共中央山东分局和滨海地委时，见过这个人！

常恩多：志刚，你跑了算了！

赵志刚：我跑了，对师长不好！我去军部！

常恩多：不能去！你去了危险啊！

赵志刚：不怕，师长！我能想出办法对付他们！我打过官司，心里有数！别担心我，我一定没事的！

常恩多紧紧握住赵志刚双手：志刚，你可千万要保重啊！

赵志刚：师长，你也保重！

赵志刚离开师部，就去找张苏平报告情况。

常恩多正忧心如焚，忽然看到龙光焦急走进：龙队长！

龙光：师长，我是来……告别的！

常恩多难过：我想到了。对，你马上走，免得有人找你麻烦。

龙光热泪涌上眼窝：师长，我舍不得走啊！

常恩多：我也舍不得你们这些年轻人啊！

龙光：师长，你要保重！

常恩多：我会的，为了抗战，为了和这帮坏蛋斗争，我也要保重！

龙光笑：我还记得在西安时，我们的相遇。

常恩多：我就更忘不了了！感谢你为我们111师做了这么多工作，感谢你和同志们来帮助我们东北军一起抗战！

龙光：抗战是咱们共同的事业！

常恩多：说得好啊！你们这些坚持抗战的青年，才是我们中国未来的希望啊！

龙光：常师长！后会有期！

常恩多：后会有期！回去后，一定代我向115师的两位首长问候！

龙光：好！师长！我走了！

龙光流着泪恋恋不舍地走了。

常恩多刚送走龙光，就见张苏平匆匆忙忙走进。

张苏平：师长！

常恩多：张参谋，我正要找你呢！我担心他们两个凶多吉少啊！

张苏平：师长，别担心，王维平和赵志刚能应付。

常恩多神情稍有放松：可我还是担心他们啊！

张苏平：王玉章不了解实情，应该没有把柄。

常恩多：你也多注意军部动向，万一不测，我就派兵包围军部，抢也要把他们抢回来！

张苏平连连点头。

常恩多喊来王铁权，交代他24小时密切注意桃林镇方向的动态。

次日，王维平、赵志刚告别常恩多，在张德福率领的一队手枪兵保护下，被送往军部。

五、刘副官归来

就在王维平和赵志刚被送走的当日，刘万胜风尘仆仆回到了莒县福兰官庄111师师部。

刘万胜又黑又瘦，兴冲冲走在街上。

徐文斌看到了他，激动跑步迎上：刘副官！真的是你啊！

刘万胜高兴地把徐文斌抱住：徐文斌！是我啊，不认识了？

徐文斌笑：认识！认识！快，师长早想你回来呢！

刘万胜：真的？

徐文斌：当然是真的！师长这两个晚上都没怎么睡，今早起也很不高兴。

刘万胜：师长为啥不高兴？

徐文斌说不清楚，忽然想到王维平和赵志刚被手枪队送走了，就说：你问师长吧！

刘万胜看到了前面不远处的常恩多，快步跑去：师长！师长！我是刘万胜！

常恩多回转身，看清刘万胜，不禁喜出望外：刘万胜，真的是你！你怎么才到！

刘万胜脸上挂泪，笑了：师长！你都好吧？

常恩多凝望刘万胜，心疼道：你瘦了，黑了，一路上辛苦了！

刘万胜傻笑了一会儿，想到什么：王秘书和张参谋他们去哪儿啊？

常恩多脸色骤变：先不说他们，说说你，你咋这么瘦呢？

刘万胜：一路上蹚水蹚的！

刘万胜简要报告路上的事情，说话间两个人就进了师部。

刘万胜从包里掏出一摞《新华日报》和毛泽东、周恩来等有关讲话的单行本。

常恩多兴奋：你从哪儿弄到的？

刘万胜：在四川买的！

常恩多爱不释手：太好了！真是及时雨啊！万胜，还是你了解我的心思！

刘万胜高兴笑：我就知道，这些都是你最想要的。

常恩多：万胜，快跟我说说后方的事情！

刘万胜：你的朋友阎宝航，在重庆东北救亡总会当总干事长了！

常恩多：太好了！还有吗？

刘万胜：你的同学张正钫在四川收容东北军军官呢！

常恩多喜出望外：真的？好！好啊！

看到师长终于笑了，徐文斌高兴把一杯水递到刘万胜手上。

常恩多对刘万胜：你把这件事情告诉陶参谋长，他正怀疑我呢！

刘万胜诧异：他敢怀疑师长？

常恩多：他们说张正钫早就当了共产党了。

刘万胜若有所思。

常恩多：你见到陶参谋长，不要说是我叫你回来的，就说四川实在没饭吃，回来找老首长吃碗饭。

刘万胜：是！

常恩多：将来咱们的事，坏事就坏在姓陶的身上！司令部、手枪队、特务连那边都有很多事情等你来查清楚呢！

刘万胜：师长，放心吧，您不便出面的事情，我来办！

常恩多：你回来，真是太好了！来，坐下，慢慢跟我说！

刘万胜坐到常恩多身边：哦！唐君尧——唐旅长在安徽阜阳娶了个小老婆。

常恩多震惊：他也敢娶小老婆！

刘万胜：他说，带个女人影响不了行军打仗！

常恩多：那孙焕彩——孙团长呢？

刘万胜神情抑郁：孙团长虽然对八路借船和帮助渡河很感激，但他曾公开说：只要缪军长打八路，他就跟着干！

常恩多：是狗总改不了吃屎！不用管他，他干他的，咱们干咱们的！哎，我那老烧火的和小丫头育平怎么样？都好吧？

刘万胜：都好！嫂夫人很惦记你啊，要你注意身体，不要太累。

常恩多连连点头。

刘万胜：小育平什么都会说了，也长得好高了。

常恩多追问：多高了？

刘万胜站起身在腰间比划：有这么高、这么高！

常恩多也站起身比划：这么高吗？

刘万胜：是啊！就这么高！

常恩多感慨：长这么高了！长高了，长大了！

刘万胜恍然记起什么：哟！我差点忘记！

常恩多：什么？

刘万胜：照片啊！——嫂子给了我一张照片，我差点忘记！

刘万胜掏出照片，递给常恩多。

常恩多凝望照片，热泪盈眶：真是长大了、长大了！

刘万胜：我临走，她拉住我，非要跟着我来，不带她，还哭了！

常恩多难过：我也想她们啊！

刘万胜迟疑了一下：师长！

常恩多：什么？

刘万胜欲言又止：算了，不说了！

常恩多：说吧！

刘万胜：我看到咱们东北军的家属，饥寒交迫、穷困潦倒，牺牲弟兄们的家属，有的没有钱买粮，就……就靠卖淫换钱度日……

热泪滚出常恩多的眼眶。

刘万胜哭：师长，她们需要帮助！

常恩多克制住悲伤：我知道，我一定想办法！

刘万胜点了点头。

常恩多抹掉眼泪：不说她们了！万胜，说说你！你回来了，就是暂时还没有名额啊！

刘万胜深受感动：别提了，现在不同以前了，怎么都行啊！

常恩多：好！好！现在你不要想当官了，尤其是不要想当大官，官当得越大，造孽也就越深。将来有一天，能真正替老百姓多做点事情，才是正经的啊！

刘万胜激动：是！师长，我懂了！

徐文斌走进：师长，刘晋武——刘团长求见！

常恩多：快叫他进来！

常恩多对刘万胜：你先去休息，有时间咱们再唠！

刘万胜走出后，刘晋武进门就哭：师长！卑职遇到难了！

六、缪澄流紧锣密鼓

刘晋武报告的正是666团两个连挟械投降李亚藩的事情。

没听完刘晋武的报告，常恩多痛心疾首：两个连携枪投敌?！刘晋武，你失职啊！我平时怎么告诫你的，啊？你是一团之长，是长官，要教育官兵反对投降，坚持抗战！咱们要对得起张副司令，要对得起东北父老！要弟兄们相信，终有一天咱们是能打回老家去的！

刘晋武跟随常恩多多年，是常恩多一手提拔重用才当上的团长。刘晋武想到这里就惭愧万分，泪流满面。他“扑通”一声跪倒在地：师长，卑职对不起您！对不起你这么多年来的提拔、重用！卑职该死啊！

常恩多沉痛思索片刻，终于心生恻隐：起来吧！

刘晋武站起身。

常恩多：如此下去，我抗日力量就成了他李亚藩投降日寇的资本！此风绝不可长！

刘晋武哭：师长！是卑职没有尽职，没有看好门户啊！

常恩多：我知道，这也不能全怪你，是李亚藩那个汉奸把我的两个连勾走了魂儿！造孽！这些人迟早是会遭雷劈的！

刘晋武：师长，我唯一担心的是缪军长会真的撤换我啊！王旅长——王肇治就是被他看不上眼撤换的，我再……

常恩多关切问：万旅长呢？这件事情影响到他了吗？

刘晋武：万旅长一听到两个连跑了，就带了一个营去追，没有追上。军长明确说不追究他，只撤换我和营长。营长已经撤了，我……

常恩多：你的事，我去找军长说！

刘晋武感激：谢谢师长！

常恩多：有件事情，你马上回去找唐旅长和孙团长说，然后要他们去找缪军长！

刘晋武：师长，什么事啊？

常恩多：王秘书和赵参谋被缪军长叫军部去了。有人跟他们有仇，就在军长面前胡说八道。你知道的，他们跟随我多年了，不能叫人把他们冤枉了。你去叫唐旅长和孙团长，在军长面前帮王秘书和赵参谋说情，叫他们快些回来。

刘晋武：是！放心吧，师长，我一定叫他们去说！

入夜，常恩多和张苏平还在焦急等待前往军部探听情况的刘万胜。

刘万胜终于推开房门走了进来：师长！张参谋！

常恩多上前焦急问：怎么样了？

刘万胜：王秘书和赵参谋都被押在军部警卫一连，分开押的，门外有岗。

常恩多：还听到了什么？

刘万胜：缪大混蛋召开了鲁南十七县防共、反共、剿共协调会，还把我们刚从阜阳运回来的成千上万的枪支弹药，都发给了十七县的县长、司令，叫他们去打八路军。还有，我听说咱们师的子弹、枪支补给，已经被分掉了！

常恩多十分震惊：这个混蛋、流氓，他到底要干什么？

张苏平：师长，缪澄流积极响应蒋介石反共、剿共的指示，对八路军，他要有大动作了！

刘万胜：哦！缪澄流在会上说，他已经联络好了山东的沈鸿烈、秦启荣，江苏的韩德勤、李守维，他们南北联合，要在鲁南、苏北同时清洗共产党和消灭八路军、新四军，向蒋委员长报功，向重庆总部报喜！

常恩多：张秘书，对于这个上司，我彻底失望了。

刘万胜：缪澄流还说，“我们不仅要打八路，还要清理出我们内部的八路，抓到一个杀一个，决不手软！”

常恩多：我了解他，他还会干出更龌龊的事情！只是，我们不知道，他究竟还会干什么！

刘万胜想到什么：师长，我还听说，李光烈又奉缪澄流的密令，去往桃林镇了。

常恩多、张苏平震惊。

常恩多：不对啊，桃林与我防区相距只有几十里，像这样子频繁的信使往返，恐怕会引起更多的意外事件！

在临沭东盘的段山子57军军部，缪澄流正考察能够代表他前往桃林镇与日本人谈判的最佳人选。这个人必定是他的心腹，还要有军权，至少是个团长，还得能说会道，随机应变。总之，可以说，非忠诚、勇猛、善辩之人才，不能担当此大任！

孙焕彩率领662团刚从阜阳取军饷回来，就来到缪澄流跟前报到。他毕恭毕敬站在一旁，一直等缪澄流烧完香、拜完神，才满脸堆笑上前说：军长！我刚一回来，马上就向您报到了！

缪澄流上下打量了一遍孙焕彩，似乎在思考什么：很好！很好啊！黑了，瘦了，辛苦了！

孙焕彩：为军长效力，不辛苦！

缪澄流：坐吧！跟我说说路上还顺利吧！

孙焕彩：报告军长，不顺啊！

缪澄流：怎么，小鬼子又捣乱了？

孙焕彩：小鬼子捣乱，天气也不给脸！

缪澄流：天气？

孙焕彩：连日阴雨，河水陡涨，皂河与骆马湖连成了一片汪洋，渡河的船只他妈的被伪军全抢夺了。我没辙了，只好派人到八路军陇海支队借了六条大船。

缪澄流有些不悦，盯了孙焕彩一眼。

孙焕彩：人家八路还真够哥们儿，不仅借船给我们，还派向导带路，一直把我们送过了运河，直到陇海路！

缪澄流很不满地拉着长腔：是吗？你好像很得意啊！

孙焕彩有些疑惑，赶紧说：不、不是……

缪澄流坐稳，悠闲地端杯喝茶：孙团长，你难道没有发现军部门外又多了块牌子吗？

孙焕彩胆战心惊，有些迷惑：是的，卑职发现了。

缪澄流问："鲁南十七县游击总指挥部"，是干什么的啊？

孙焕彩：干……

缪澄流正色道：是专门打八路的！

孙焕彩恍然大悟：军长要打八路，我坚决拥护！

缪澄流释然。

孙焕彩见风转舵：不打不行啊，要不，咱们连到阜阳领饷的路都让八路给占了！

缪澄流转脸笑了。对于他的这些下级军官，他心里是有数的。除了111师师长常恩多死脑筋、不敷衍，其他的人他是手拿把掐地完全能掌控于手掌心中的！连日来，他焦急等候带队去阜阳领饷的331旅旅长唐君尧回来，终于等回来，他决定先吹吹风，到了用得着的时候，他再相托大事。

孙焕彩刚走，唐君尧就到了。

唐君尧由衷感慨：军长，现在的形势跟从前大不相同啊！

缪澄流：是啊！这次去阜阳领饷，你们一走就是半年。回来后，要尽快了解情况，紧跟上形势啊！

唐君尧：是！

缪澄流直截了当：我看中你了，你要准备接受一项秘密使命！

唐君尧不解，有些激动：秘密使命？

缪澄流很知己道：是的！

唐君尧：军长，能透露点，是什么秘密使命吗？

缪澄流：你先休息几天，我手头有件棘手的事情要办。到时候，自然会告诉你。

唐君尧：是！军长，我一定不辱使命，一定办得漂亮，让您高兴、舒心！

缪澄流想到什么：好啊！哎！我怎么听说，你又娶了个小老婆？漂亮不？是不是特有味儿？

两个男人会心浪笑。

到了夜晚，军部里烟雾缭绕，麻将声起。绰号“麻将官”的宋迪玺，每晚必到，每到必赌。缪澄流、朴炳珊等一个个更是喜不自禁、气贯长虹。

缪澄流：要成就我们的大事，仅仅把常恩多的三个团、又两个营抓在我手中，还远远不够！

宋迪玺略一思忖：军长！我看撤了他师长一职，算了！

缪澄流为难：没有理由啊！

朴炳珊：何况，他作战勇敢，111 师及 333 旅，那在重庆总部都是挂了号的英勇善战、战功赫赫的部队！撤职，不合适！

缪澄流犹豫不决。

宋迪玺兴奋：111 师战时工作团和从重庆来的那个抗敌演剧第六队，就有共产党啊！

缪澄流转向龚晓清：龚主任，你怎么看？

龚晓清是新任 111 师政治部主任。他说：军长！我完全同意宋主任意见！

缪澄流疑虑：用共产党打倒常恩多？——可我 57 军怎么会打进来这么多共党？

朴炳珊有些为难。

宋迪玺：军长！还记得我的一个政训员被人打死吗？那时候，我就怀疑 333 旅有共产党。现在，王玉章明明白白告诉了我们，111 师就有共产党，王维平和赵志刚都是，可能还有更多！军长，咱们可不能掉以轻心啊！

站在一旁候旨的侯小鲁赶紧说：111 师的那个什么义勇宣传队，哦，现在叫战时工作团，他们只听王维平的，从来不听我们的。而常恩多，也只听王维平的，也从不听我们的！

宋迪玺：军长！我在 111 师的时候，那个宣传队就像是共产党的政治部，他们宣传抗日，教唱八路抗日歌曲，讲的也都是八路统战的那一套。我们就是因为没有把柄，所以才没有动他们。

缪澄流：那么，现在你们有把柄了？

宋迪玺：王维平就是把柄啊！

龚晓清：对！王维平是他们的领导！

侯小鲁：只要把王维平是共产党落实了，那些人是不是共产党就一清二楚了！

缪澄流迟疑。

宋迪玺：不瞒军长，这正是战区政治部周主任的意思！

缪澄流：周主任的意见？

宋迪玺：正是！

缪澄流：好！我亲自审问王维平！

宋迪玺、龚晓清、侯小鲁得意地相互看了一眼。

宋迪玺：军长！高明！只要王维平是共产党，那常恩多也跑不了！

缪澄流得意。朴炳珊有些尴尬。

宋迪玺：那这两个宣传队的人？

缪澄流：先调军部，监视起来！

龚晓清激动：是！

缪澄流：还要叫常恩多派人把他们送过来！

七、悲壮的撤退

莒县福兰官庄一间民房里，张苏平、邹强、孙卜菁、李倩、王丕争等人在开会。

张苏平说：同志们！王维平和赵志刚同志已被押到军部，接受缪澄流审讯。

众人诧异而紧张。

张苏平：缪澄流、宋迪玺他们接着就会整战地服务团！形势对我们非常不利，工委决定，先撤出一批同志。惊百骨痨复发，现在每日高烧不退。邹强同志！

邹强：苏平同志，你说！

张苏平：他们早就怀疑你和惊百是共产党员。现在，你带几个同志以护送惊百由连云港转江苏治病为由，撤出111师！

邹强：是！

张苏平：王丕争同志！

王丕争：苏平同志，我们听从工委指示！

张苏平：你带李茜、王冠宇、黄毅等一起撤出。

王丕争：好！

张苏平：通知王政、黄鹏等一批进步青年，一并撤走！

孙卜菁：是！

张苏平：一部分同志告长假，一部分同志请病假，总之，留下的一定要保证安全。

众人暗暗吸了口凉气。

最后，张苏平把留下同志的代号交代下去。

在服务团宿舍，刘祖荫终于等到了散会的邹强：邹大哥！终于又见到你们了！我太高兴了！

邹强见左右没有人，连忙说：小刘，有紧急情况！

刘祖荫紧张问：怎么了？

邹强：由于叛徒告密，王维平和赵志刚被缪澄流扣押。组织上决定，在东北军中的党员全部撤退!

刘祖荫大惊失色：啊！怎么是这样？

邹强：鉴于你身份灰色，支部研究，由你做掩护，最后一批撤。你有什么意见吗？

刘祖荫坚定道：我服从组织决定！

邹强：那就好！小刘，记住，你的代号：亥！

刘祖荫：是“申酉戌亥”的亥吗？

邹强：对，就是“最后一个撤”的意思！

刘祖荫：最后一个撤退！

邹强：记住了？

刘祖荫：记住了！我的代号：亥！

邹强：撤出后，你去找八路军山东纵队九支队的刘司令！

刘祖荫：是！

邹强：小刘，今后你要更加注意安全，要保护好自己。

刘祖荫难过欲哭：邹大哥！

邹强难过：相信我们很快就能相见！

邹强把刘祖荫紧紧抱住。

刘祖荫眼泪流淌：大哥，你和惊百大哥是我人生的启蒙老师，是我的良师益友！我今生都不会忘掉你们！

邹强：我也不会忘记你啊！小刘，保重自己，再见了！

刘祖荫：再见，大哥！

望着邹强渐渐远去的背影，刘祖荫忽然心怀悲伤，自语道：最后一个撤，代号：亥！

面对日趋复杂多变的抗战形势，常恩多忧心忡忡。他一面留心观察缪澄流解决两个连投敌事件的态度和处置结果，一面不得不焦虑全师官兵未来的命运。他想，他要有一个坚持抗战、挽救危局的办法，关键时刻，哪怕牺牲他个人的功名利禄甚至生命，他也要保住111师，保住57军，保证缪澄流军长和祖国的利益站在一起！

可是，就在他还没有想出什么好计策时，张苏平通知他，111师从八路军那边过来的同志及可能暴露的共产党员全部撤出去。

常恩多舍不得他们离开，但不得不催促他们快些离开。当天夜晚，凝望着邹强、李倩、王丕争、王政等二十几个青年，常恩多热泪盈眶：走吧！走吧！相信有一天，我们还能在一起打鬼子、抗战！现在形势不好，你们还是走了好，走吧！

邹强走上前，热泪淌出眼窝：师长！我们走了，你要保重！

常恩多连连点着头，催促众人离去。

邹强、李倩、王丕争、王政等纷纷向常恩多敬礼，随后连夜撤出111师。

徐惊百在这一次的撤退后离开了111师，于当年10月，辗转经连云港、青岛等地，往上海就医。身体虽在沪滨，但心仍系救亡前线，徐惊百不能忘怀那些“灿烂的，有血有肉，有天真感情的日子”，他常给远在鲁南的同事写信，邮寄进步书刊，鼓励他们继续战斗。

在上海，他的右腿做了高位截肢手术，但病情仍无好转。由于经济不胜负担，不久就易地南通，继续治疗。

在离开上海时，与党失去联系的他在病员留言簿上，写下了一段告诉党组织的话：

> 我在沪医治疾患已久，因经济困难，无法继续在沪治疗，即日返回南通，如有亲友来找我，请至江苏南通城胡家园九号。

常恩多还没有走出因那些好同志的离去而带来的失落和困惑，又接到了军部命令：战时服务团和抗敌演剧第六队到军部报到，参加整训！此去凶多吉少，这是谁都知道的。可不去，又能怎么办呢？

孙卜菁、陈瘦秋、孙学仁、刘祖荫、秦霜、陆万美神色凝重，悄然走进了师部。

张苏平：师长，他们来了。

常恩多：你们愿意去吗？

孙卜菁：师长！凭良心，我们没一个愿意去的！但又非去不可，我们不能让师长为难！

常恩多很感动。

陈瘦秋：我们不怕他们！宣传抗战、组织抗战，不是蒋委员长动员令里明确提出的吗？

常恩多：可是……

秦霜：师长，他们没有我们的把柄，不能怎样我们！

陆万美：我们可是重庆总部派来的，不怕他们！

张苏平上前劝道：师长，放心吧，他们会有办法对付缪澄流和宋迪玺的！

常恩多略一思忖：好，我派人护送大家去！大家记住了，东北军广大的官兵是愿意抗日的，我们是爱国的，我们就想有一天能打回老家去！

孙卜菁、秦霜、陆万美等连连点头。

常恩多：所以，你们到了军部后，有机会就宣传抗战，以赢得身边的人对你们的同情和支持！

就这样，在一队卫兵护送下，两个宣传队的人员孙卜菁、陈瘦秋、孙学仁、刘祖荫、吕梦林等，秦霜、陆万美等数十队员背简单行李，告别了常恩多，离开了111师师部驻地。

等待他们的会是什么？

等待111师的会是什么？

等待常恩多的又将是什么？

第十八章

剑拔弩张

一、交锋

王维平被押进东盘段山子军部警卫一连后，缪澄流很快审讯了他。

王维平刚走进军部，缪澄流笑脸相迎递上茶水：来，王秘书，喝水！

从这个小小举动中，王维平捕捉到缪澄流最致命弱点：他并没有确凿证据证明他王维平就是共产党！

王维平接过水杯，脸上露出不易被人察觉的得意笑容：谢谢军长！

两个人坐定，缪澄流说：王秘书啊，今天的审问，是想澄清一件事。这件事嘛，很重要，又很棘手。

王维平故作糊涂：什么事，请军长明示！

缪澄流：你和八路军一个叫王玉章的认识吧？

王维平：王玉章？何止认识，我们还很熟呢！

缪澄流兴奋：哦？怎么个熟法？

王维平：当年在东北大学，我俩是同班同学啊！军长，一个班才几十个人，这样的缘分可是不多啊！

缪澄流：他后来当的可是八路啊！

王维平：知道！我们住在大于庄的时候，他就来看过我，还跟我……

缪澄流兴奋：还、还什么？跟你干什么？你大胆说！谁也别怕，说啊！

王维平十分委屈：他还跟我借钱呢！

这是一路上，王维平冥思苦想想出来的对策。

缪澄流闻声失望：借钱？

王维平：借一千大洋啊！我没借给他，后来……

缪澄流：咋样了？

王维平：他骂我守财奴，我骂他小人！“守财奴”？我一个月挣几个大子？我还有老娘要养啊，我还没娶媳妇呢……不守财，谁给我？他给吗？

缪澄流极其失望，坐在椅子上，又苦思苦想了片刻，忽然问：王玉章告发你就是共产党！你怎么说？

王维平满脸委屈：军长，我怎么能是共产党？你看我像吗？

缪澄流坚持：可王玉章说你是！

王维平：哦，借钱没借到，就诬告我是共产党，就要借军长的手除掉我，这是强盗逻辑嘛！这跟抢钱有什么两样？他以为我给常师长当秘书就捞得多，发了财了。你知道的，常师长跟和尚差不了多少，我跟着师长，哪有那么多好处！

缪澄流迷惑，眨巴两只肿眼泡琢磨了半天，也没有想出什么回击的话来。

王维平越说越来劲：我还真没说错，王玉章就是个小人！要是人人都这样，跟人借钱，不借就告人家是共产党，那还有王法没有？

缪澄流克制住恼怒，琢磨了一会儿，又问：你不是共产党，那你跑到我57军111师干什么来了？

王维平满腹的委屈：我是辽宁沈阳祝家镇上高士屯村的人，日本鬼子侵占了我的家乡，我无家可归！我一向敬仰张副司令、于军长——哦，于总司令那时是军长，也一向敬仰缪军长和常师长坚决抗日的主张和行动，天天盼着能打回老家去。我到东北军工作以来，一直竭尽全力做有利于抗战的事，别的什么也没做。说我“通共”，实在冤枉！

缪澄流：你说得很好听，你到111师难道就一点也不为自己？

王维平：当然也为自己——为有口饭吃！可我怎么也想不到遇到王玉章这样的小人，血口喷人，还八路呢，什么东西！

缪澄流：你到我的111师，真的不是共产党派来的？

王维平：军长，真的不是！不为了一口饭，谁扛枪拼命啊？整天累死累活的，还要提防小人算计，我真是倒霉透了！我怎么会碰到这样一个无赖、流氓……

缪澄流有些失望，沮丧叹息一声：押走！押走！

入夜，凝望窗外皎洁的月光，王维平心情悲愤。想到自己1937年奉命秘密来到111师，在坚持抗战的常师长身边工作已有三年余，耳闻目睹常恩多的艰难，亲身经历111师抗战，又亲自见证了缪澄流消极抗战、积极反共的丑恶行径，他为祖国哭泣，为人民哭泣，为东北军哭泣！

王维平伏案以“肖尔”的笔名写下《狱中诗》：

白山划破初晓，
黑水泛着洪涛，
九月长城秋光潦倒，
十年满洲锋火燃烧！

十年来，
在关外，
奴才们，挂起了归顺的狗头牌，
奴隶们，清算着民族的生死债！

那所谓“王道乐土”、“新天地”，
“日满支”、“东亚新秩序”，
“大东亚共荣圈”，
“八紘一宇”……
无非是：警察署，宪兵队，
　　　　浪人、下女，
　　　　神社、烟馆，膏药旗……
无非是：出荷、配给，
　　　　协和服、文化米。
　　　　“万人坑”中摆宴席，
　　　　高丽纸糊了个溥仪皇帝！
无非是：刺刀尖上插具僵尸“木乃伊”，
　　　　顶天立地的荒淫无耻！

赵志刚被押进军部受审时，远没有受到王维平那样的待遇。缪澄流没有给他端茶递水，而是坐在桌子前，目光阴冷地盯住赵志刚：姓名！

赵志刚：赵志刚！

缪澄流：职务！

赵志刚：111 师译电员。

缪澄流：老实说吧，你是怎么参军的？参军前在哪儿当差啊？

赵志刚：日本人占了北平，我教书教不下去了，又不甘心当亡国奴，听说 57 军抗日，就报名参军了！

缪澄流眨巴了几下眼睛：你认识那小子吗？

赵志刚捕捉到缪澄流的失误——他没有告诉赵志刚“那小子”是谁，可见他对“那小子”也失去了耐心！

赵志刚：不认识！

缪澄流张口结舌：那……那小子也不是什么好东西！借钱借不到，就诬告人家，哪儿有这样的人啊！真是岂有此理！

赵志刚暗暗松了一口气，他为自己判断正确感到高兴。

缪澄流：你每个月拿多少薪金啊？

赵志刚：50 多块。

缪澄流：好吧，先发你一个月的薪水，你在特务连住下，我考查考查你再说！

赵志刚两腿一并，声高八度：军长！请你考查，如查出问题，把我拉出去枪毙，毫无怨言！

经历了一次提审后，王维平被缪澄流放在一旁，再不理会。看押松懈了，就有很多熟悉的不熟悉的来看望王维平。王维平顺势把警卫连当成了课堂，整天和老兵、新兵们混在一起，绘声绘色讲述缪军长审讯他的经过。

王维平：军长说，王玉章告发你就是共产党，你有什么话说？我说，军长，我怎么能是共产党？我像吗？

他转身问身边的老兵：你们说，我像吗？

老兵们摇头大笑。

王维平继续：军长说，可王玉章说你是！

众人都很紧张。

一个叫周老铁的老兵着急问：那后来呢？

王维平：我说了，哦！借钱没借到，就诬告我是共产党，就要借军长的手杀我。这不是强盗是什么？明抢啊！

众人愤怒：就是强盗！这跟抢钱没两样嘛，还八路呢！啥八路？八路的叛徒！

王维平指手画脚：我就骂，王玉章你个小人！什么八路，八路是你这样吗？老子被小人算计了！

周老铁：就是嘛！借钱借不到，就告人家是共产党，那还有王法没有？

王维平：咱是来抗日的，抗日是咱东北军的根本！咱丢掉了家乡，妻离子散，有家不能回，老爹老娘现在还不知是死是活！现在，到山东了，倒要受小人的气，这过得去吗？

众人气愤，齐声喊：过不去！过不去！

王维平：我一个人力气小，是打不回老家去的。但咱东北军人多啊，只要咱东北军团结一心，共同抗日，坚决反对投降，打倒汪精卫，终有一天咱们能痛痛快快打回老家去，去收复咱们手里丢掉的土地，去实现张副司令的志愿！

在王维平做抗日宣传的时候，老兵周老铁神情悲伤，悄悄离开了。正说话间，王维平忽然看见周老铁手捧张学良戎装照，正放声悲哭。

莒县福兰官庄111师师部，刘万胜兴高采烈向常恩多、张苏平报告军部的情况。

刘万胜说：师长，王秘书把关他的警卫连当成了他的大课堂，那讲得头头是道啊！

常恩多焦虑：很好！可缪大混蛋到现在还没有放他们出来啊！

张苏平：据说，缪澄流给了赵参谋一个月的薪金，要他住在警卫连接受考查。

常恩多：不行，还是要加紧争取他们回来，在军部毕竟还是危险啊！

常恩多对刘万胜：我叫你去见他们几个，见了没有？

刘万胜：见了，刘团长、唐旅长都表示一定找缪军长说情。

张苏平释然。

常恩多：这就好，这就好！演出队那些人怎么样了？

刘万胜：哦，他们暂时没事，虽然门外有岗，但他们可以自由出入。他们还常到王秘书和张参谋住的地方串门呢！

张苏平放下心来：他们暂时没有危险，就好。

忽然，电话铃声骤然响起。常恩多拿起电话：是我！军长！

刘万胜、张苏平闻声一愣。

缪澄流在电话里问：你认为王维平这个人到底怎么样啊？啊！

常恩多坚定说：军长，这个人爱国，工作很努力，知识很渊博，他跟了我好几年了，从没有发现不轨的行为啊！

电话那头的缪澄流沉了一下，又说：那好吧！

没等常恩多说话，电话里传来忙音。

刘万胜：师长，姓缪的是不是要放回王秘书了？

常恩多忧郁：谁知那个缪大混蛋，还会制造出什么事端来呢！

二、黑云压顶

夜深人静时分，王维平精神抑郁坐在炕上沉思默想。他不知道自己什么时间能出去，不知道荒唐而昏庸的缪澄流还会干出什么勾当来。正思虑间，他听到门外有人说话。旋即，周老铁端两块西瓜走了进来。

周老铁把西瓜放下：王秘书，吃吧！

周老铁是个地地道道的老兵了，这一年他整 40 岁。因为无家可归，又无亲可投，他就一直在部队里当士兵，从一个风华正茂的青年直当到今天满脸胡茬、满头的白发。

正值暑夏，王维平看到西瓜，心情一下子好起来：周大哥，哪弄的？

周老铁狡黠一笑：从给军长的那份里允出来的！

王维平：谢谢周大哥！你也吃！

周老铁拿了块小的。王维平把大块的换到周老铁手上：吃吧！

周老铁高兴地咬了一口。

王维平问：外面有什么情况？

周老铁：你们师 331 旅唐旅长，又被军长召见呢！

王维平一惊：现在吗？

周老铁：是的，刚进去！

军部里，缪澄流和唐君尧也正在吃西瓜。

缪澄流：唐旅长，还记得那天，我跟你说有件重要的事情要托付你办吗？

唐君尧抹掉嘴上的水渍：军长，记得！我一直在等呢！

缪澄流：好啊！666 团跑到日伪那边去的两个连，人家答应交还我们。只是，日本方面提出要我们带兵的团级军官去交涉，我想到了你。

唐君尧有些受宠若惊，起立道：感谢军长信任！

缪澄流：我当然信任你！所以，有些心里话要跟你说啊！坐！

唐君尧坐下。

缪澄流：咱们抗战有三年了，可并没有表现出什么可以和日本人抗衡的力量啊！

唐君尧有些沮丧：是啊！是啊！

缪澄流：月月的被日军追着打，加上秋春的两次大“扫荡”，我们经历了太多的艰苦。一年多了，今天才算在这东盘一带扎下来，但不知道下一次围剿，我们还能藏到哪里去！

唐君尧唉声叹气。

缪澄流：你听明白我的意思了吗？

唐君尧点头，又茫然摇头。

缪澄流：现在，经李亚藩牵线，日本人有意要和我们商谈，一是把那两个连送还我们，二就是在大“扫荡”中，我们和他们互不侵犯、共同防共！你作为我的全权代表，去跟日本人谈判、签字，怎么样？

唐君尧有些恐惧，作为中国军人，他知道这是叛国的行为。

缪澄流：这就是我要交给你的秘密使命！

唐君尧迟疑再三：军长，李亚藩是汉奸，这叫上面知道，是不是……

缪澄流：上面？哪个上面？最高的应该是委员长了吧？

唐君尧点了点头。

缪澄流：你知道的，反共、剿共就是委员长下的令！

唐君尧连连点头。

缪澄流：还有！据我所知，委员长、重庆总部的人，也都各找各的路子、门道，都在和日本人联络呢！

唐君尧：真的？

缪澄流：委员长也需要寻找一条和日本人和谈的路啊！本军长只有把57军带上康庄大道的责任，而不是自欺欺人、自取灭亡。

唐君尧犹豫不决。

缪澄流察觉到唐君尧的迟疑：唐旅长，你这个旅长当得有年头了吧？是不是也该动一动了？

唐君尧恍然大悟：感谢军长栽培！卑职感谢军长重用！

缪澄流装腔作势：你如果把这件事情办好了，那111师师长职位……啊？

唐君尧终于明白了缪军长的用意，他满怀激动和感激：我去！我坚决去！

缪澄流满意笑了。

第二天，周老铁跑进：王秘书！

王维平从炕上爬起来：周大哥！什么事？

周老铁：外面都传你们331旅唐旅长要当111师师长了！

王维平暗吃一惊：怎么回事？

周老铁：唐旅长最近总是进进出出军长的房子，连他刚娶的小老婆也在外面跟人这么说呢!

王维平焦虑想：唐君尧当111师师长，那常师长干什么去？缪澄流在这个时候换将，居心何在？无论将发生什么事情，他都应该尽早叫常师长掌握这个情况，以应对不测！

想到这儿，王维平说：周大哥，你帮我去找个人，把这个消息告诉他，好吗？

周老铁很义气：你是好人，我一定帮你！

周老铁借了辆自行车匆匆骑往莒县的福兰官庄。到了111师师部驻地，他把王维平交代的事情如实转告刘万胜。刘万胜送走周老铁，跑进师部报告了常恩多。

张苏平焦急万分：怎么办？师长！

常恩多：别慌！姓缪的就是要撤换我，暂时还没有理由！

刘万胜：那也不能等他把您撤掉了，再想办法啊！

常恩多：是要想个办法，一是要他马上放了王维平和赵志刚，二就是要试探他是不是真的要撤换我；如果是真的，咱们也不能等死！

张苏平：师长！缪大混蛋审了王维平一次，就放在那儿不理了。现在又传出唐君尧可能替代您当师长，这不是好兆头啊！

刘万胜：真要是那样，咱们就反了吧！

常恩多：不能！还不是时候！

刘万胜：那也不能干等着，叫缪大混蛋把咱们的枪都下了吧！

常恩多忧心如焚。

张苏平制止刘万胜。

刘万胜缄口。

常恩多陷入沉思：先是李亚藩去当了汉奸，后来就发生了666团两个连投敌，接着风闻缪大混蛋的服务参谋李光烈频繁进出李亚藩驻扎的桃林镇。现在，不仅抓了我的秘书和参谋不放，还要撤换我这个111师师长，这究竟为什么？缪大混蛋究竟要干什么？

张苏平、刘万胜愁苦满面。

常恩多思虑片刻：以不变，应万变！

张苏平、刘万胜不解。

刘万胜：师长，你有主意了？

常恩多：他要撤换我，我先托病密请长假，看看他的态度。如果他准了，咱们再做打算！这件事情要绝对保密，万不可影响士气！

刘万胜、张苏平：是！

三、化险为夷

随着时间推移，军部警卫连也成了王维平、赵志刚会客的地方。这天，孙卜菁、陈瘦秋、孙学仁、吕梦林、刘祖荫、秦霜、陆万美等数十人来看望王维平和赵志刚。众人一见面，就激动拥抱。

赵志刚：瘦秋，你可是又瘦了！

众人笑。

陈瘦秋认真地摸了摸自己的脸：是吗？

陈瘦秋面色很白，微胖，平时演戏扮个老汉只需画画额头、眼角，他性情开朗，因此平时大家爱跟他开玩笑。

孙学仁：他啊，心宽体胖，吃得香、睡得着！

陈瘦秋压低声音：是凤凰，还是乌鸦，张嘴就知道！缪大混蛋是个什么东西，全军没有不知道的！所以，我不担心。

刘祖荫坐在一旁，一直憨厚笑。

秦霜：哎！反"扫荡"的时候，刘祖荫跟在团里一直跟在缪大混蛋身边。小刘，你跟大家说说，缪大混蛋怎么个混蛋法！

众人把注意力转向刘祖荫。

刘祖荫绘声绘色道：小鬼子都已经逼近我们了，可缪大混蛋就是不转移。后来，我们才知道，缪大混蛋还没过足大烟瘾。那次，担任掩护任务的两个排官兵都牺牲了！

陆万美：这个十足的混蛋！

众人十分愤怒。

王维平：我听到一些情况，缪澄流用鲁东南的土特产资助敌人，从日寇那儿换回来的大烟土、海洛因，来毒化我山东百姓！

陆万美愤怒：怎么回事？

赵志刚说：缪澄流指使干榆县县长朱耐周把守拓汪。江苏东海专员朴焕珊、临沂县县长阎丽天，收集当地土特产由朱耐周负责交换，换回来的毒品和洋货就在军部所在地的东盘集市上销售。

孙卜菁恍然大悟：难怪东盘成了繁华闹市！我看，在其他大都市买不到的东西，在这里全有！

孙学仁：这个混蛋！这里已经变成三教九流的集中地了！

王维平：军部现在既是赌博场，又是贩毒馆。缪大混蛋不仅自己贪图享受，腐化堕落，还放纵部下吸毒、赌博、娶小老婆！

赵志刚：白天12点以前，他从不起床，黑夜12点以后，他也从不睡觉，和副军长、专员什么的，还有县长抽大烟、胡言乱语。

王维平：现在，那些县长要见他，只要提包大烟土就好使。而当部下的去军部见他，比登天还难！

孙卜菁、陈瘦秋、孙学仁、刘祖荫、秦霜、陆万美、吕梦林等都愤恨不已。

深夜，军部里，军长和副军长正在抽大烟。

缪澄流：常恩多密呈假签，说身体不适，要请病假。你说我是批，还是不批啊？

朴炳珊：常恩多请病假？——那还不是跟你怄气！

缪澄流：是啊！我扣了他的秘书、参谋，他气不顺嘛！

朴炳珊：那两个人，你查清楚了？

缪澄流：查清楚了。

朴炳珊：查清楚了，要么杀，要么放。老关着，不是事！

缪澄流若有所思。

副官走进：军长！于文清科长求见！

缪澄流：于文清，他有什么事？

副官不置可否。

缪澄流：叫他进来吧！

时任鲁南游击区总指挥部参谋处科长的于文清，在得到批准后走进了军部。

缪澄流：于科长，有事啊？

于文清：军长！我来，是想为王维平——王秘书求情。

缪澄流：哦！为什么？

于文清：因为，我了解他。他就是个穷学生，到咱57军，就是因为咱抗日，他也有了碗饭吃。那个叫什么王玉章的，说白了就是个混吃混喝的主。在八路那边混不下去了，就来投靠我们！投靠就投靠吧，两手空空怕咱们不要他就胡说八道，不就是因为王维平没借钱给他吗？什么人啊！

缪澄流：这些，我都知道了！

于文清：我知道，军长心明眼亮，早就识破了王玉章的把戏！

缪澄流挥了挥手。

于文清：军长、副军长，我想说的话也说了。军长，那我先走了！

缪澄流"哼"了一声。于文清走出后，缪澄流忽然很感慨：这小子，口才不错！

第二天下午，王维平被召到缪澄流面前。缪澄流笑容可掬：王秘书，你难得有空来军部啊！这次来军部，大家都认识了，很好嘛！

王维平神情严肃，快速揣摩缪澄流的意图。

缪澄流忽然破口大骂：王玉章这个王八蛋，老子被他糊弄了！真不是个东西，陷害好人，缺他妈的大德了！

王维平抓住战机：军长！你终于明白了？

缪澄流：委屈你了，现在没事了，你可以回师部了！

王维平：真的？

缪澄流：当然是真的。

王维平：军长！你这次押我到军部来，不明不白的，糊里糊涂关了这么久，出去见人也不好交代。

缪澄流迟疑不决。

王维平得寸进尺：常师长的为人你不是不知道，我这样说不清道不明地回去，还怎么有脸去见师长和弟兄们！常师长问起我来，我怎么回答？

缪澄流挥了挥手：这个你放心，由军部发个电报过去，让常师长在师里解释一下。

王维平再次紧逼：这件事军部差不多人人皆知，影响可不算小呢！

缪澄流思忖了片刻：既然这样，临走和军部的人再辞辞行，一块吃顿便饭好了！

王维平高兴：谢谢军长！

缪澄流喊：李参谋！

李光烈走进：军长！

缪澄流：拿出一百块钱交给于文清，就说王秘书请客。

李光烈应着离开。

缪澄流：怎么样，王秘书，这样总行了吧？

王维平高兴应道：军长！行！

王维平回到师部，常恩多从外面赶回来。看到王维平，他上前一把抓住：没事了？真的没事了？

王维平：师长，没事了！

常恩多：好！没事了就好，没事就好啊！已经做好了一切应变的准备，我是准备随时同缪大混蛋拼的！

王维平：不必怕他们。这次斗争胜利，靠的是主动。我们利用矛盾造舆论，扩大了统一战线，是他们无理、无据、无力，搬起石头砸了自己的脚！

常恩多：说得好啊！你是怎么回来的？

王维平：是刘团长和孙团长派人护送回来的！我听说，他们，还有唐旅长都在缪大混蛋面前说了我的好话。

常恩多欣慰：这就对了。

刘万胜高兴叫道：王秘书！

王维平：刘副官，你总算回来了！

刘万胜笑。

常恩多拿起电报稿：外号可不是瞎起的，缪澄流这个“土皇帝”真是个名副其实的“大混蛋”！

众人乐。

常恩多：马上召全师校以上军官，到师部开会！

刘万胜：是！

常恩多：我要把缪大混蛋的电报公之于众，照本宣科，为王秘书解除误会！

众人高兴。

常恩多：维平，赵志刚不要紧吧？

王维平：临走，我去看了赵志刚，他还好，和警卫连陈连长住在一起。总之，还在被监视审查。

常恩多忧郁深重。他知道，王维平被释放回来，并不是事情的结束，而也许正是事情的开始！

在新形势面前，111 师工委及时召开会议，研究新的应对策略。

张苏平首先提出：这一次，维平同志有惊无险，安全回师；志刚同志虽还滞留军部，但暂时没有生命危险。鉴于形势变化，我认为，我们应立即停止从 111 师撤退党员的工作。

曹健华：我同意，新形势下，我们大有可为，就这样撤退实在可惜啊！

王维平：我建议，请分局领导派人来联系，我们当面把这里的情况报告分局！

作为中共中央山东分局特使，于克化装成老百姓，在警卫员保护下来到莒县福兰官庄。

张苏平、王维平、曹健华在一间民房里会见了他。

于克说：分局领导很是为你们的安全焦虑啊！得知王维平同志已经脱险，这才稍微安心些。我来，就是向你们工委传达分局的指示，鉴于王维平同志已经引起敌人注意，马上撤离 111 师。

几个人都很焦急。张苏平先说：于克同志！形势已经发生变化，我们工委研究，取消撤退党员的工作，未来得及撤出的党员继续留在 111 师，帮助常师长坚持抗战！

于克迟疑，这与他带来的分局指示是不相符的。

王维平说：这一次与缪澄流直面接触，我对这个 57 军军长有了更深刻的认识。这个人就是个十足的混蛋，他是什么事情都干得出来的！111 师和 112 师，他最畏惧的是常师长。111 师共 2 个旅 4 个团 12 个营的建制。一个营在四川，两个营往返去阜阳运饷。缪澄流调了 8 个营当他的卫队，只给常师长留了一个营指挥。

于克很震惊。

曹健华：于克同志，新形势下，我们大有可为啊！而常师长也需要我们的帮助。现在撤退，实在不是时候啊！

张苏平：于克同志，取消撤退计划是我们工委做出的决定。请你向分局领导报告。

于克迟疑了一下，终于回答说：好吧，我就这样报告！

几个人松了一口气。

王维平又报告说：常师长剑拔弩张，尚未解除内部戒严。

于克说：我来时，朱瑞同志嘱咐我："到 111 师后，可以让王维平同志告诉常师长，就说分局的代表来了。常师长如果要和你见，就见，向他转达分局的问候，告诉他不要着急，将来抗日形势的发展骑马都赶不上，并征求一下他还有什么想法、问题和要求；常师长如果感到见面不方便，就不要见。"

王维平："将来抗日形势的发展连骑马都赶不上"，何所指啊？

于克：我也不知道。

王维平若有所思。

111 师师部里，常恩多热情上前，紧紧握住于克的手：我非常欢迎分局代表的到来啊，非常盼望能与分局领导会面，但始终找不到机会啊！

于克说：常师长！分局领导要我转达他们对常师长的敬重和问候，您要保重身体啊！

常恩多：请你转告分局领导，111 师有常恩多在，和共产党、八路军合作抗日，没有问题！

于克：分局领导对 111 师广大官兵的爱国行动和进步主张深为钦佩，深为赞扬啊！

王维平给于克送上茶水。

于克和常恩多正在热烈交谈，忽然，传来了刘万胜的声音：陶参谋长！你找师长？

常恩多、于克和王维平都暗吃一惊，不容多想，他们就看见陶景奎背着手走进来。刘万胜紧跟在后面。

陶景奎走进屋，用阴冷的目光盯住于克：师长，这位是……

于克警惕地站起身。

常恩多大大方方道：这位是八路军的代表于先生，来我师交换敌人情报，商量关于如何配合反“扫荡”的问题。

王维平暗松了一口气。

于克：这位是……

常恩多：于先生，我来给你介绍一下！这位是我师参谋长——陶景奎将军！

于克礼貌点头：陶参谋长好！

陶景奎敷衍：好、好！

几个人落座。

于克见势已不能继续刚才的话题，就延续常恩多两军合作的话题说：常师长，陶参谋长！近日敌人各个据点都在增兵，看形势敌人即将要进行大“扫荡”。我军徐向前司令员派我前来与贵军联系，希望能与贵军交换敌人的情报，互相配合作战，粉碎敌人的大“扫荡”！

常恩多：好啊！我们商量一下，啊！

于克连连点头。

陶景奎阴险干笑。

常恩多看了眼怀表，说：陶参谋长，备饭吧！我们不能叫八路同志饿肚子嘛，对吧？

王维平、于克笑了。

陶景奎艰涩地干笑了两声。

四、孤注一掷

深夜，段山子笼罩在一片清风凉意之中。可在军部里，缪澄流却十分焦躁。他神色阴郁，站在地图前凝望桃林、东盘及临沂等点，有些疑虑。

唐君尧声音不高，在报告他最新的部署：军长！我已把662团调到离军部只有三里地的井家沟待命。

缪澄流“哼”了一声。

唐君尧迟疑了一下，小心翼翼又说：但是，从保密方面考虑，我认为孙焕彩团不宜参与此事。

缪澄流警觉：为什么？

唐君尧察言观色：662团是常师长的老底子，他就是从662团发起的。我想，如果662团前去桃林，肯定要泄密。不然，军长还是另找合适人选吧！

缪澄流略一思忖：对！对！你提醒得好！

唐君尧暗暗松了一口气。

缪澄流又说：我再考虑考虑，必须派一个信得过的团长去！

当夜，665团团长董瀚卿被叫到军部，副军长朴炳珊也在座。

缪澄流：董团长，本军长对你如何啊？

董瀚卿两腿一并，声音洪亮：军长对我恩重如山。卑职此生将以军长为唯一领袖，而毕生忠心追随！

缪澄流很是满意：如果，我有件事情需要你去办呢？

董瀚卿：我将赴汤蹈火、万死不辞！

缪澄流高兴：好、好！我信得过你啊！来！

两个人坐下。董瀚卿额头已冒出点点冷汗。

缪澄流两眼盯在董瀚卿的脸上：我需要你去一趟——桃林镇！

董瀚卿有些惊慌：桃林镇？我的任务？

缪澄流：去见李亚藩，一是向他要回我们跑到他那儿去的两个连，二就是和日本人商量，在他们“扫荡”的时候，网开一面，不要打我们，而只打八路。

董瀚卿冷汗淋漓，他非常清楚，这是投降日军的汉奸行为。

朴炳珊注意到董瀚卿的异常：怎么，董团长，你热吗？

董瀚卿连忙否认：啊，不……不热！

朴炳珊：要完成这种任务，见到日方时，态度须要和蔼，谈话时须要慢声细语，心平气和，这样才能应对合适。对于所提事项，必须先说项目，再谈细则……

董瀚卿畏难：卑职口笨舌拙，不大会说话，这样的事……

缪澄流心生疑团，目光凶狠盯住董瀚卿。

董瀚卿惊慌失措，站了起来：军长，我是怕我口齿不灵，误了军长的大事，就是想请军长再派一个人做我的谈判助手，最好能言善辩，能说服对方，多为我方争取利益！

缪澄流和朴炳珊相互看了一眼，不约而同地点了点头。

缪澄流松了一口气：对，你说得对。你认为谁合适呢？

是夜，鲁南游击区总指挥部参谋处的上校科长于文清被召进朴炳珊家，听候军长、副军长训令。

于文清是由于缪澄流嫌他“不会带兵”而调离部队，放在这个指挥部机关的。现在，忽然深夜召见他，他诚惶诚恐，不知道等候自己的将是一次什么样的调遣。

于文清刚在屋子里站定，朴炳珊就把屋子里外的勤务兵全轰了出去。

意识到自己即将聆训的一定是一件最高机密的任务，于文清不禁胆战心惊、忐忑不安。

朴炳珊和气道：于科长，坐啊！

于文清小心坐下。

缪澄流：于科长，我要委任你一项重任！派你去桃林镇向李亚藩要回那两个连，再就是和日本人谈判！

于文清警惕：和日本人谈判！

缪澄流：这事已由少校李光烈接洽妥切，双方各派代表商谈，此项代表非有胆有识者不能胜任！我已思之再三，非你不可了！

于文清站了起来：军长！

缪澄流：不要推辞！如推辞，我就当你要背叛我了！

于文清心里十分痛苦，他第一意识：这是叛国行径！可是，生命及荣誉都掌握在他人手中的他嘴上只能先应承下来。他说：是！军长！

朴炳珊把几张纸递上：这里是与日本人会谈的详细原则，照实抄录！

于文清顺从地接过几页纸，坐在桌子前抄录。他的眼里满是即将与日本人谈判的条款，而他的心里却堆积了满腹的仇恨和怒火。从这些条款里，他断定，缪澄流和朴炳珊是要投靠日寇了，而他及这支军队与日军有不共戴天的仇和恨，他怎么能背叛祖宗、背叛人民、背叛祖国去充当叛国者的谈判代表呢？

直到抄写完，于文清也没有想出一个更好的应对办法。他收起钢笔，看到缪澄流向朴炳珊使了个眼色，朴炳珊拿走几页纸，随即打着火，把它们烧掉了。

刚才还是缪朴投敌的铁证，顷刻间已灰飞烟灭，于文清惊得直冒冷汗。于文清蓦然醒悟：缪军长、朴副军长太阴险毒辣，他们要投降日军，一旦败露，他们可把责任推卸得一干二净，因为，于文清之前看到的那几页纸——唯一的证据已在火中化为乌有了！

于文清镇定了一下情绪：军长！副军长！焕章（于文清字）才疏学浅，能力不济，不能完成这样重要的事情，请另选高明！

缪澄流执意道：不要再推辞了，选你，我们也是费尽了脑筋的！

朴炳珊：于科长，军长和我是信任你的，你放心大胆去做，一切由军长和我承担。不就是商量一些事情嘛，没什么的，不要害怕！

缪澄流黑脸一拉：就这样定了，就你去！我已派董团长带一营兵力随你前往，明早八点再来见我！

第二天，董瀚卿、于文清、李光烈被叫到军部，缪澄流和朴炳珊向他们几个部署前往桃林镇的任务。

缪澄流煞有介事做出发前的动员：我们抗战虽说有三年了，可是并没有表现什么力量，这次敌人集中大量兵力作敌后“扫荡”，同时八路军又随时有袭击我的危险。我们处于这种情况之下，可谓进退两难！据李光烈这些日子几次交涉，日军有将两连交还于我的意思，同时与我达成了局部妥协。

董瀚卿凝神倾听，于文清则脸色阴沉。

缪澄流：你们去，再谈，倘若要求我方加入南京政府，你们可说：我们信任皇军，而不信任汪精卫。所以，不妨对日本人提出两点：一、互不侵犯；二、共同防共！

于文清心里在流血。

缪澄流继续说：即是“互不侵犯”，那就是表面仍是敌对关系，但实际、也就是暗地里，我们已经和日军联合、携手了。日方不能在我防区里再设伪组织，不得妨碍我后方部队一切运输。双方现有驻兵的据点不撤兵，如上峰命令有军事行动，互相通告，如我军奉命破坏公路，我们事先通知日方，日方“扫荡”时也事先通知我方。关于共同防共一层，因共产主义乃我日双方之敌，日方有积极剿灭之必要！如日方剿灭共产党，我们要大力配合！

五、中国人的良心

是夜，大雨滂沱，雷电交加。于文清思前想后，决定抛弃眼前的一切利益，在第二天去桃林镇的路上逃跑，然后去北平隐居起来，从此远离这奸诈而龌龊的官场。合衣躺到炕上，他怎么也睡不着。他想起自己这一走，还不知道什么时候能与挚友万毅见面。他决定把自己的去向告诉万毅。他爬起身，冒雨打马去往西盘333旅旅部。

于文清浑身淋漓，精神极度痛苦闯进333旅旅部，万毅见状十分惊讶：焕章！这么晚了，你怎么来了？

于文清非常难过：顷波啊，我是来向你道别的！

万毅：怎么了？发生了什么事？

见于文清痛苦难言，万毅意识到什么：焕章！

于文清一直在摇头。

万毅：还记得30年我从东北讲武堂九期毕业，被分到20旅第20团任少校团附，你就在团里当营长吗？那时候起，我们就是最亲的兄弟！

于文清泪流满面，连连点头。

万毅：我们四个一起拜把子，认兄弟！你是老二，我是老四，你是我的二哥！

于文清激动，一把抓住了万毅：我都记得、记得！

万毅："九·一八"事变后，不叫你带兵了，你自暴自弃，但是……

万毅指了指自己的脑袋：你这里，不糊涂啊！

于文清忍住哀伤：顼波，我……我就是来向你……告别的！

万毅追问：因为什么？到底因为什么？

于文清沉了一下：告诉你一个消息，缪澄流要投敌！我来看你，一是告别，二是不放心。你想什么我知道，人家想什么你不知道，提防点，别吃亏了！

没等万毅说话，于文清转身欲走。

万毅伸开双臂拦住：焕章！你的话，我没听明白！

于文清：我们相处这么多年，我一声不吭走了，你会怪我。现在，我该说的话说了，保重，兄弟，再见了！

万毅抱住于文清：焕章，你要去哪儿啊？

于文清：实话对你说，把你大嫂带上，到大后方去。大后方如果找不到事干，就回老家当顺民，也不干那种事啊！

万毅再次抱住于文清：焕章！你告诉我，究竟发生了什么事？

当夜，在莒县福兰官庄一间祠堂里，常恩多在王维平、刘万胜等陪同下，看望从北面逃难来的乡亲。房里屋外、檐下墙角到处都是衣着破烂的乡亲。

常恩多走近众人：乡亲们，你们受苦了！

一个白胡子长者上前说：长官啊，谢谢你们收留啊！好歹有碗饭吃，有个地方能睡个囫囵觉啊！

常恩多：鬼子又要"扫荡"了，你们去哪儿呢？

长者：不知道啊！逃一天，算一天吧！

常恩多：你们是从临朐过来的？

几个乡亲连连点头：是啊！是啊！

常恩多心情悲哀：小鬼子不来"扫荡"，你们的生活是不是好过一些？

长者悲叹一声：长官啊！过去吃糠咽菜，我们还能吃上。现在，连糠菜也吃不上了！

常恩多和跟随他的几个人都十分诧异。

常恩多：沈鸿烈的省府不是扎在临朐吗？

长者：沈鸿烈的县长、司令们，对我们老百姓压榨剥削，苛捐杂税，无所不包啊！沈鸿烈来后，就印什么民生券，那就是明抢啊！俺们一个村跑了十之八九，没跑的不是死就是病了！

一个干瘦的中年男人接话说：活不下去了，所以只能跑了！

常恩多难过，叮嘱刘万胜：明天多发给老乡些窝头！

众老乡起身：谢谢了！谢谢长官！

常恩多起身欲走，忽然一个人拉住了他。他回过身，看到一个小脚老太太正用炽热的目光凝望他。

常恩多上前安抚道：大娘，您受苦了！等打败了小鬼子，日子就好过了！

这个小脚老太太，正是石坑村的张奶奶！自1939年夏他和乡亲们目睹了张石头等111师官兵英勇杀鬼子的场面，她一直在找111师，她想把她看到地告诉他们。常恩多的到来，使她喜出望外：长官，你们是111师的？

常恩多：是啊！您老是……

张奶奶：666团可是你们师的？

常恩多：是，是我们111师的。

张奶奶：那你是……

刘万胜上前：老人家，这是我们111师常师长！

张奶奶拉住常恩多的手：没想到，老太婆我还能见到打鬼子的大师长！

常恩多：大娘，您有什么话要跟我说吗？

张奶奶的孙子上前说：奶奶是想告诉你们，那一仗你们有个射击手死了，我们亲眼看到他死的！

常恩多：哪一仗，怎么回事？

张奶奶激动地向常恩多和众人讲述666团在莒南县石坑村的那一仗。在那一仗中，张石头没有跟上撤退的大部队而身陷绝境，他威武不屈，直到把最后的子弹打出去，直到把面前的敌人刺死，他自己也牺牲在四面包围的日军之中……

张奶奶哭诉道：俺今天终于见到你们，并把那不知名的英雄告诉你们！

常恩多热泪盈眶：大娘！你放心，我们东北军111师是坚决抗日，坚决打小鬼子的！

小脚老太泪流满面：大娘信、信啊！

常恩多：为了收复被日本鬼子霸占的国土，为了老乡们能有一个安定、幸福的家园，为了给那些死难的弟兄们报仇，我们111师无论多么困难，都要坚持抗战，坚决把日本鬼子打出中国去！

张奶奶和她的孙子，及所有的乡亲都激动地拍起巴掌。

安抚下众人，常恩多正要离开，忽然那个白胡子长者走近常恩多：长官，有句话，俺不知当问不当问。

常恩多：老乡，你说！

长者：俺们在来的路上，遇到鬼子、汉奸，他们在叫：只打八路，不打东北军。

这又是怎么回事呢?

常恩多、王维平暗吃一惊，不约而同看了对方一眼。

常恩多：有这种事!

长者：俺就纳闷，小鬼子不打东北军，难道东北军和小鬼子有约定不成?

常恩多震惊。

看到面前的长官骤然变色，长者有些懊悔：长官，俺是不是多嘴了!

常恩多愤怒，转身对众人：老乡们，刚才这位老乡说的事，你们也都听到了?

众乡亲回答：俺们也都听到了，都听到了！就是这么说的!

常恩多痛苦思索：难道，真的……有什么约定?

临沭西盘333旅旅部，于文清痛苦告诉万毅：就是，当汉奸的协议!

万毅大惊失色。

于文清：顷波啊，咱们东北军跟日本人有国仇家恨啊，我——东北军的上校军官，竟然要去当叛徒、汉奸！我死去的祖宗八代都要从坟墓里爬出来骂我、咒我啊！所以，我……我要走了！我什么都不要，也不当这个汉奸!

万毅略一思忖：不！你不能走！不但不走，还要服从缪大混蛋的调遣，去跟他们谈判!

于文清：缪大混蛋死心塌地当汉奸，我怎能跟他走！谈判搞成了毁了全军，对不起东北三千万父老兄弟姐妹，更对不起抗战牺牲的将士。我……我岂不成了万人唾骂的千古罪人!

万毅耐心道：焕章！你坚决不当汉奸，是个有民族气节的好汉哪！可现在，需要你去，你去把事情弄清楚!

于文清坚定道：抗战，缪不重用我，他要当汉奸了，倒重用起我来了！不，我不去!

万毅：你若不去，缪大混蛋会派别人去跟日本人谈判，这还不如你去!

于文清痛苦，他的本意是来告别的，听到的却是万毅劝他去谈判!

见于文清执意不去桃林，万毅进一步解释说：任务既已强加给你，何不来个将计就计！我看你还是去，通过参加谈判，摸清全部底细，抓住真凭实据，我们再研究对策。不然，我们叫人家卖了，还蒙在鼓里呢!

于文清依然迟疑不决。

万毅又说：相信我们会有办法，你去把事情弄清楚，然后报告我。这对于国家和团体都有好处!

于文清苦思苦想，没有其他办法，只好坚定说：啊！我去！不入虎穴，焉得虎子!

万毅鼓励的目光看向于文清。

于文清：可是……将来，谁给我证明?

万毅：我给你证明!

于文清：这可不是闹着玩的，我不能当汉奸啊！

万毅：相信我，二哥！

于文清：咱俩可得一言为定。你如不作证，兄弟我汉奸的皮就得披一辈子了！

万毅：你放心，我一定作证！

于文清紧紧拥抱万毅：好兄弟，二哥就靠你了！

第二天一早，于文清、董瀚卿骑在马上，662团2营官兵匆忙跟随，一行人前往苏北桃林镇左庄。于文清神情抑郁，问董汉卿：李光烈呢？

董瀚卿：先走了，在桃林镇等我们。

不明真相的官兵们一路上哼唱着抗战歌曲，却不知自己正护卫长官前去与日军和谈！

往常，过陇海路时，官兵们像防贼一样小心翼翼、摸黑猫腰。可这一次，竟大摇大摆如过无人之境。更叫他们纳闷的是，到了江苏赣榆县桃林镇左庄，他们竟宿营在汉奸据点一旁。见董团长和于科长换了便衣出去，夏登科、屠排长等人更是疑惑不解。

夏登科问：咱们怎么到汉奸李亚藩的地盘上来了？

屠排长：是啊，怎么回儿事？竟然会有这样的事情！

夏登科：抗战三年，抗来抗去，和汉奸上了一条炕了！真他妈窝囊！

六、暗度陈仓

前去与李亚藩和日军接洽的一行人出发后，缪澄流立即成立了暗杀队。

警卫连陈连长任队长，他把数十人带进军部后，向缪澄流报告：报告军长！暗杀队集合完毕，请长官检阅！

缪澄流在朴炳珊、宋迪玺陪同下，开始检阅队伍。

缪澄流站定：好！很好！弟兄们！你们都是我缪澄流选拔出来的精英，是英勇善战的斗士！暗杀队、暗杀队，你们要做的事情只有一件，那就是——暗杀！

众人神色有些迷惑。

缪澄流：我确定的铲除目标，无论官衔大小，你们只要执行，不必问为什么！绝对服从是你们的天职，我下令要你们做什么，你们只要去做就好，听到了吗？

陈连长高声答应：听到了！

众人有些迟疑，回答的声音很小。

缪澄流又问：听到了吗？

众人齐声应答：听到了！

宋迪玺情绪昂扬，带头鼓起掌来。

朴炳珊、陈队长等众人热烈鼓掌。

陈连长精神亢奋，振臂高呼：服从、服从，坚决服从！

众人踏起步来，并齐声高呼：服从、服从！坚决服从……

看着暗杀队员们一个个精神抖擞，满耳充斥着他们“服从、坚决服从”的呼喊，缪澄流、朴炳珊、宋迪玺都满意笑了。对于他们联手日军的诡计，几个人都十分满意。用缪澄流的话说，他们借要回叛逃的两个连，而达到与日军妥协和睦的目的，真正实践的是“明修栈道，暗度陈仓”的妙计。

现在，为57军和山东17个县府投降日军的一切事宜都已准备妥善，他们安下心来单等前往桃林的谈判代表们回来。

江苏桃林镇马家窝铺，街里街外，伪“兴亚建国军”戒备森严。

在李亚藩司令部里，日侵略军鹫津兵团的代表大尉参谋辛修三，及汉奸李亚藩的军事顾问新容幸雄，还有李亚藩，正和于文清、董汉卿展开谈判。

开始的气氛是极其紧张的。

辛修三气焰嚣张说：大日本帝国是战无不胜、攻无不克的！这在以往的战争中，已经得到了验证！

李亚藩肩扛上将军衔，神情颇为得意。于文清、董瀚卿则面露怒容。

辛修三：我知道你们不服气。但别忘记你们中国那句谚语：蚍蜉撼大树，自不量力！强大的日本帝国，是永远打不败的！放下武器，是你们唯一的出路！只要你们归顺，大日本帝国猛烈的炮火将绕过你们，将顾惜你们的生命，怎么样？

新容幸雄也用一种狂妄和得意的眼神盯在两个人脸上。

董瀚卿冷汗淋漓，于文清则眼睛喷火。

于文清说：为了我们的国家，为了中华民族抵御外辱，我们早已准备牺牲！

董瀚卿壮了壮胆说：对！你们来打，我们接着，并不在乎！

李亚藩欲劝，被辛修三制止。

辛修三：我们欣赏有实力的对手！在谈判之前，你们要接受我们两个条件！

于文清：什么条件？

辛修三：一、脱离重庆政府；二、将重庆政府文件公布，重庆下达的军事命令及时报告我方！

于文清克制愤怒，问道：请问，你们能脱离东京政府吗？你们能否公布本国的文电？

董瀚卿赞赏的目光看向于文清。

新容幸雄忽然愤然站起，气势汹汹骂道：混蛋！你们来这里，是来投降的，没资格跟我们讨价还价！

辛修三拉了拉新容幸雄，新容幸雄坐下。

辛修三：那好，这两点暂时先放下。我们正在修筑台潍铁路，你方不得妨害、阻挠、破坏！

于文清和董瀚卿交换了一个眼色后，说：这不在我们现有的防区，我们不能答复。

辛修三叹息了一声：那好，现在开始商谈你们所要提的第一项。

于文清：一、在互不侵犯的条件下，甲，地区问题。我们要求在我们现有十七县的防区内，不许再增设伪组织。

辛修三：地域太大，我方须请示候旨。再者，你防区内共党太多，这些人都是我们要剿灭的对象，我现在不能答复你。

于文清：你们所建立的维持会多半是土匪顽劣，危害百姓，贻害地方，得不到民众的拥护，我方决不赞成再设伪政府！

辛修三和新容幸雄把头凑在一起，小声嘀咕什么。

李亚藩目光热切，来回注意辛修三和新容幸雄。

于文清和董瀚卿相互鼓励地看了一眼。

辛修三：那好，现在，我们指定一个区域，东迄黑林、欢墩埠，西达相公庄，南至马陵山、羽山，北至大店、十字路，这一区域，为你们自治区域。下一次谈判，你方必须绘制军事地图，交付我方！

于文清迟疑了一下：这个问题就这样吧。

辛修三：好！现在谈驻兵问题。你我双方各不撤兵，并规定各种联络暗号，以免发生误会。

就这样，经过一番交涉，双方商定：

（一）互不侵犯

即57军和日方表面仍然敌对，实际携手。双方现有驻兵据点均不撤兵，如上峰命令有军事行动时，互相通告。如57军奉命破坏公路，事先通知日方。日方“扫荡”时，也事先通知57军。为防止误会，并规定了联络方法：

（1）日方希望57军在徐州设立联络站，用兴亚建国军名义，以便掩护；

（2）57军部队遭遇日方飞机时，以白布铺在地上，用阿拉伯字母“7”作标示；

（3）同日方部队遭遇时，57军用国民党党旗下缀白布左右招展，加以识别；

（4）在57军设立联络站，日方可借给电台一部，并互相规定密码。

（二）共同防共

日方提出：在57军防区所潜伏的共党，由57军自行剿灭，彼此在军事上保留行动自由的权力，双方可以互不指挥。

日方声明：此项协定只限57军范围，不包括地方游击队。

以上条件磋商结果，均系密案，规定双方不得公布。日方如果公布，57军即予以作废，不予承认。今日谈判各项，将来双方不能继续履行时，应事先予以通知。

辛修三兴冲冲拍了一下誊写好的协议：很好，那就签字吧！

于文清：今日之谈判，为口头讨论。

董瀚卿紧张盯住辛修三。

李亚藩和新容幸雄也看向辛修三。

辛修三克制了一下不满：那好，我们定期再谈！

于文清：这要等我们回军请示，再定期决定！

辛修三用不容置疑的口吻说：下次再谈，望带绘制好的军事地图和联络密码本来！

于文清：此事事关军事机密，我在这里不能答复。

辛修三有些失落：那好吧，今天就这样！

谈判结束，几个伪“兴亚建国军”的士兵抬进来两个大纸箱，随后倾倒在桌子上一大堆东西。于文清注意到这些东西有太阳牌啤酒、毛巾、肥皂、牙粉、饼干、武侠小说等等。

辛修三说：你们在山里都很疲劳，也很艰苦，这一点物品，是我们的慰劳品，你们拿去。

李亚藩见于文清、董瀚卿无所表示，就无耻笑答：太君送的，你们一定要收下！谢谢太君！

辛修三很慷慨道：一点小意思啦！

于文清、董瀚卿无言以对。

在桃林镇马家窝铺的谈判，直到深夜才告结束。

是夜，在临沭东盘段山子57军军部里，几支大烟枪也正烧得旺盛。缪澄流、朴炳珊、宋迪玺边胡侃神聊，边舒展着身体躺在炕上一口接一口地抽着鸦片烟。

缪澄流吐了一口烟圈：我估计，李光烈、董团长、于科长他们明天就能回来！

朴炳珊：明天？明天可是“九·一八”啊！

宋迪玺：不错，在“九·一八”这天，庆贺我们和日本人达成和平协议，这也是抗战，是另一种方式抗日嘛！啊！

几个人无耻地狂笑起来。

宋迪玺想到了接下来他要做的最重要的事情：军长！我总感觉111师常恩多是个阻碍。要不，先叫暗杀队干掉他！

缪澄流阴险地转动了几下眼珠子，不置可否。

第十九章

“九・二二”锄奸

一、常恩多洞烛缪奸

深夜，在莒县福兰官庄111师师部，常恩多吸着烟，俯首地图前研究什么。

王维平走近：师长，夜深了，休息吧！

常恩多：维平啊，李光烈又去桃林镇了，这是个不祥之兆啊！

王维平：师长，你担心……

常恩多：是啊！我担心，这个缪大混蛋要投降日寇！可我又不想把我的这个上司，想得这么卑鄙、龌龊！

王维平担心问：师长，他如果真的投敌呢?

常恩多一拳砸在地图上：无论是谁，坚决铲除！

王维平欣慰，倒了杯热水递上。

常恩多：明天又是“九・一八”纪念日了！“九・一八”，对于每一个东北人来说，就是耻辱日、血泪日、仇恨日！每一个东北军的军人，都要在这一天反省我们抗战的信心，激励我们抗日的斗志！我常恩多想自己以度官长，想必缪军长也应该如我等一样！所以，明天我要去军部，一是看望官兵，鼓励抗战斗志，再就是我要看看缪大混蛋是不是真的有什么阴谋诡计！

王维平：师长，我跟你去！

常恩多：不！你在家守着，代我处理公务。

王维平：我去交代警卫！

常恩多：你去把刘副官、王宗芳和张德福叫来！

王维平：是！

不一会儿，三个人走进师部：师长！

常恩多看了一眼众人，说：明天，我要去见缪军长，向他询问我递的假签是否批准事宜。你们几个带20个弟兄，随我一起去！

三个人：是！

常恩多：你们要把子弹带得足足的，我估计会有一场恶战啊！

刘万胜：师长，放心，我们挑最棒的弟兄一起去！

王宗芳、张德福：师长，放心吧！一切听您的！

从福兰官庄到东盘的军部大约有70余里地，第二天一早，常恩多在卫队的护卫下，扬鞭催马向军部而去。

几乎是同时，于文清、李光烈、董瀚卿和665团2营官兵，在返回军部的路上。

于文清、李光烈和董瀚卿骑在马上，2营官兵步行走着，他们手上拿着毛巾、啤酒、牙刷等物品，一脸的迷惑和茫然。

一个老兵悲叹一声：哪儿来的慰问品啊？打鬼子还打出慰问品来了！

小黄说：往常去破陇海路，那都是悄悄地出村，悄悄地过路。这一回可好，大摇大摆，还驻扎在汉奸的据点旁，真是奇怪！

夏登科：为什么和敌人对垒血拼了几年之后，反而受他来慰劳呢？

屠排长：连长，还记得常师长跟咱们说过的话吧？

夏登科：当然记得！师长说：有的人，你别看他说的中国话，穿的中国衣，吃的中国饭，他却不做中国事！这些人，我们坚决反对！

夏登科忽然恍然大悟：哎哟！不会是要咱们当汉奸吧？

顿时响起官兵一片怒骂声：

狗才当汉奸！孙子才当汉奸！

抗战三年，他妈的又和小鬼子上一条船了，做梦！

老子就是死了也决不当汉奸！

坐在马上的于文清、李光烈、董瀚卿各怀心事，缄口无语。

临近中午时，一行人走到了莲子坡。他们脖子上挂的新毛巾和手中的物品引起同师官兵注意。

666团3营官兵迎上：你们这么多东西，怎么我们没有啊？

665团2营战士们纷纷说：这是日本人慰劳的！

这一下可炸了锅，东北军背井离乡进行抗日，抗来抗去现在投降鬼子了，这不是背叛祖宗、出卖东北父老兄弟吗？666团这些人就指责到桃林去的人当了汉奸，而2营官兵则竭力为自己辩护。当嘴上功夫干不过对方时，拳头便挥了过去……不一会儿，双方就打成了一锅粥。

望着夏登科、屠排长等人脸上流着血，嘴上还在辩白：谁要当汉奸了？谁是汉奸……于文清心怀悲哀和苦涩，悄然走开了。

常恩多在刘万胜等陪同下，终于到达东盘段山子。来到军部，他被缪澄流的副官拦住。副官说：军长还没有起床 要等一个时辰后才能起来。

常恩多看了看天色，太阳正行中央。无奈，他只得先住下。刘万胜在东盘外租了一处民房，是个小四合院加两间草房。一行人把马栓上，喂上草料。常恩多招呼刘万胜说：先张罗吃饭，吃完饭我去见军长，你去665团转转，看有没有什么新情况！要多长几个心眼，机灵点！

缪澄流起床后，听说前去桃林镇的特使和665团2营回来了，十分高兴。忽然，他又听说回来的官兵因为带回日军的慰问品，而与其他部队打了起来，他心里非常焦虑。他担心如此下去，后面还不知会发生事情。

正值“九·一八”纪念日，缪澄流临时布置要在部队面前训话、讲演，他要压一压胆敢反对他的那些人的气焰。于是，刚吃了饭，缪澄流在朴炳珊、宋迪玺等前呼后拥下站到了村中央的土台上。台下是已经集合完毕的665团官兵。

每年到了这一天，失去家园的东北军官兵心情都格外悲愤和压抑，有良心的军人都在心里检讨自己抗战的决心和勇气，而这一年是他们抛弃家乡整九年纪念日，充盈在每一个人胸中的愤慨，是言语无法表述的。

缪澄流站定后，先是看了一眼众人，清了清嗓子后开始训话：今天是“九·一八”纪念日，我们不得不在这一天痛定思痛，反思很多问题。

忽然，缪澄流话锋一转，说：抗战打到今天，归咎其因，国民政府根本不该听信共产党挑拨，对日本作战！

众官兵闻声哗然。

缪澄流继续说：中国的敌人是共产党，是“赤匪”！中国还是应该剿匪，先安内而后攘外！

众官兵的议论声嘈杂而纷乱。

宋迪玺声嘶力竭呼喊道：安静！都安静！

众人渐渐息声。

缪澄流：我听到了一些反映，你们中有的人说三道四、胡说八道，成何体统！你们做部下的，不必知道的事情，顶好是别打听、别问！听命令就好了！我叫你们打，打谁，怎么打，你们听我的就好了，不必知道为什么！做部下的就是服从，服从是你们的天职！听到没有？

官兵一片茫然、惊诧。

宋迪玺追问了一句：都听到没有？

众人回应：听到了！

缪澄流有些恼火：散会！

之后，在军部，缪澄流听取了于文清、李光烈的汇报。

缪澄流显然十分满意，脸上露出灿烂的笑容：互不撤兵，及保障后方运输线的安全，嗯！对于谈判结果，我很满意。双方都不撤兵，这就算我们尽了牵制敌人兵力的目的嘛！

对于缪澄流的无耻，于文清心生厌恶，可脸上还要露出和蔼的笑容。他说：日方还提出叫我们送军事地图及密码电本，我没有答复。

缪澄流：你做得对！这件事情尚需研究。因为，在这片防地里，并未把我军112师包括在内啊！

于文清恍然大悟，心中更加憎恶。

缪澄流：已经谈到这等程度了，我看择时你们不妨再去谈谈！

于文清高度警惕和紧张起来：军长……

缪澄流察觉，劝慰道：不要害怕。委员长那儿我去电解释，就说我派你们两个人去桃林镇与李亚藩接洽，是为了要回携枪投敌的那两个连——怎么样？

李光烈振奋，连声说：军长，好极了！这样好！

于文清黯然失色，心想：继续下去，自己汉奸的下场是逃脱不了了！

副官匆忙走进，在缪澄流耳边说什么。缪澄流挥了一下手，副官走出去了。

缪澄流说：你们俩先下去，一会儿再来细谈！

于文清、李光烈起身欲走，常恩多匆匆走进。两个人站住敬礼：常师长！

常恩多还了礼。于文清迟疑了一下，并注意常恩多，他渴望能把掌握的事情告诉他。可此时，他不能！

缪澄流盯住两个人：你们去吧！

于文清满怀遗憾转身离去。

常恩多没太在意，径直走进：军长！

缪澄流：常师长，来了？坐！

常恩多坐下：军长！我老了，身体有病，想退休彻底休息，你就放了吧！

缪澄流：你的请假签没批啊！如养病，可以去赣榆县朱县长那儿，那里安静，物资还丰富，有好吃好喝的，啊！

常恩多看出缪澄流轻易不敢免去自己师长一职，但他似乎有意要把他支到赣榆县去。他借机坚定道：感谢军长好意！不准假，我也不去赣榆县养病了。

两个人正在说话时，一个参谋持电报焦急走近：报告军长！临沂、莒县、大店等据点的鬼子，在大量增兵！

常恩多一惊，敌情来得如此之快，似乎超过了他的预期。他说：军长，我担心日军袭击，我现在就回师里去！

缪澄流却不慌不忙接过电报，并放在了一边。

李光烈闻讯跟了进来，似乎有话要说，但被缪澄流制止了。

常恩多诧异，还没有想明白是怎么回事，就听缪澄流说：他们那是打八路的。他若来了，咱们躲一躲就是，不要紧的！

见常恩多满脸狐疑，缪澄流又说：放心，据老百姓讲，鬼子说的，我们是来给你们打八路的，你们不要慌张。再说，鬼子对咱们57军实在是很客气啊！

常恩多断定：缪澄流与日方一定已密谋什么条款，可究竟到了哪一步，他还把握不住。他庆幸这一趟来东盘，真是太及时不过了。

缪澄流起身说：啊！常师长，咱们到朴副军长家坐坐？

常恩多暗暗惊讶，看了一眼几个人，不便问什么只好跟随缪澄流走出军部，来到了东盘圩外东北角小庄里的朴炳珊家。

把常恩多送到，交给了朴炳珊，缪澄流就离开回军部去了。

朴炳珊和小老婆开始热情地张罗吃饭。

常恩多心神不安，也只好笑着留下吃饭。

二、紧急部署

傍晚时分，于文清策马赶到西盘333旅旅部，向万毅报告他去桃林与日军谈判的前前后后。

听罢实情，万毅感慨：事情严重啊！

于文清很痛苦，说：姓缪的还要我去谈。如果再派我去，我就乘机溜走，决不当汉奸！

见万毅似乎有话要说，于文清又说：我一个人是不行的。我无权、无勇、无能为力，只能把底细告诉你们！必须迅速予以制止！否则，全军、国家和民族的抗战事业，都将遭受巨大损失啊！顷波，你看怎么惩治这个卖国的汉奸？

万毅坚定道：事不宜迟，我马上去报告常师长！

于文清：顷波！常师长已经到军部了，好像住在东盘外面。

万毅：二哥，放心吧！

送走了于文清，万毅带上警卫员打马奔向军部。不一刻，他们来到东盘外常恩多临时驻地的草房小院里。这时候，月亮已经升起，月光把小院里外照得通明。

张德福迎上：万旅长！你怎么来了？

万毅焦急问：师长呢？

张德福：去见军长了，到现在还没有回来！

万毅诧异：还没有回来？

在东盘段山子57军军部，为扫除最后的障碍——战时服务团和抗敌演剧第六队，缪澄流把宋迪玺叫了来。

宋迪玺：军长，现在唯一的障碍就是两个宣传队啊！

缪澄流迟疑不决：是啊！宣传队、宣传队！他们整天宣传的就是抗日，是不大可能跟随咱们向日军妥协的……怎么办呢？

宋迪玺：说白了吧，他们就是共党埋进咱们57军的定时炸弹！他们平时说的、做的，全是八路那一套！哦，就连在台上唱的歌、演的戏，也都是从八路军那边学来的！

缪澄流冥思苦想，终于想出了一招：那个抗敌演剧第六队从哪儿来，就叫他们回哪儿去，我57军不伺候！

宋迪玺：那战时服务团呢？

缪澄流：他们来我57军前，不是北京、上海的大学生，就是江浙一带的左倾青年，受共党流毒深，理论水平还高，能说会唱。咱们说，是说不过他们的！

宋迪玺：周主任也是这么说的！

缪澄流：周主任什么意思？

宋迪玺：周主任的意思，是把他们全部调战区总部集训！

缪澄流：集训？

宋迪玺：就是——关进集中营！

缪澄流：好！这样，就不会有人给咱们捣乱了！

深夜时分，常恩多告别朴炳珊，终于返回东盘外的草房。张德福迎上，悄声说：师长！万旅长等你多时了！

常恩多一惊，快步走进房门：万顷波吗？顷波！

油灯下，万毅起身迎上：师长！

常恩多一把抓住万毅：你可来了！

刘万胜忙倒茶递上。

常恩多：顷波，咱们有半年多没见了吧？

万毅焦虑：师长，不要谈别的了，有些紧要事情要报告你！

常恩多对刘万胜、张德福等说：你们先出去，注意警戒！

几个人应了走出去。

万毅说：师长，鲁南游击区总指挥部上校科长于文清，今天从桃林镇南的北琴口回来，向我说：他同665团董团长在9月12日那天晚上，在朴副军长家里，缪军长给他们命令去领前个时期跑到李亚藩那儿去的两个连，并与鬼子商订条约！

常恩多震惊。他终于找到了事情的根源。

万毅继续说：9月13日，董团长带665团2营，还有于文清、李光烈一同去北琴口。14日，在马家窝铺见了日本鹫津兵团代表大尉参谋辛修三，与李亚藩顾问新容幸雄等，订妥了互不侵犯、共同防共的两条件。于文清回来报告军长，军长说下回还要去订细则。师长，这是投降当汉奸啊！

常恩多快速思索，坚定说：顷波，我相信你的报告，也就是相信你的人格！

万毅：师长！怎么办呢？

常恩多万分愤怒：不！决不能穿黄马褂！

明白了常恩多的心意，万毅异常激动：师长！

常恩多：对于这一背叛国家、背叛民族的罪行，我们一定要想办法阻止它！你们觉得怎么办好？

万毅：对！汉奸不能当！我们唯一的希望，就是师长领着我们反对这一罪行，把部队集结起来，找于总司令打官司！全师官兵没有一个愿做汉奸的！

常恩多沉了一下：好！只要大家不愿意当汉奸，坚决不跟着缪大混蛋卖国求荣，我更有办法！不然，就是剩我一个人，也得和这个汉奸干到底！

此时，两个人彼此并不知道对方的政治面貌，却都把自己的性命交到了对方手里——是团结抗战、反对投降使他们志同道合、肝胆相托！

常恩多继续说：目前，掌握部队要紧，明天我到你那里去，再作具体决定！

万毅：是！

常恩多：抗战好几年了，缪大混蛋还想穿黄马褂，投敌人，真是找死！我们一定要锄掉他！

万毅信心倍增：师长，你部署吧，弟兄都听你指挥！

常恩多：缪澄流定于9月21日移防，我们可以在行军途中将他捉住！

万毅赞同：这个方案好！

两个人又商量了一些行动细则，不觉时间已过午夜，常恩多看了一眼表：已过夜半，你先回去，我恐怕缪大混蛋左右的人生疑。明天，我到你那里去，再详细研究。

万毅：师长，你要当心，我担心你被姓缪的扣压。

常恩多：他还不敢！

万毅：据我所知，他已经成立了暗杀队，好几十人，都是他的亲信！

常恩多安抚道：你放心走吧！有你们在，他绝不敢！

常恩多和万毅紧紧握手，他们把信赖和责任传递到了对方的手中。

两人走出草房小门，常恩多看到一轮圆月悬挂中天，不禁感慨：这大好的河山，决不能落在日寇和汉奸的手中！

常恩多再次握紧万毅的手：注意安全！

万毅：放心吧，师长！

万毅和警卫员飞身上马，打马而去。

常恩多返身进屋，刘万胜跟进。

常恩多：刘万胜，今天夜里不要睡觉，注意让手枪兵把院子警戒好。天亮后，咱们到万旅长那里去。

刘万胜：师长，我听说董团长、于科长他们带队伍到桃林镇和日军搞协定，刚回来。

常恩多警觉、惊异：你咋知道？

刘万胜：我听他们下面的人说的，还带回来啤酒、汽水、香烟、毛巾、牙刷、牙粉等很多东西。好些人骂：打鬼子三年，现在倒要小鬼子的慰问了！

常恩多舒了一口气：好！你知道了更好，可不要跟旁人说！

刘万胜坚定点头。

常恩多热泪盈眶：咱们决不穿黄马褂！官可以不当，命也可以不要，这个汉奸一定要铲除掉！咱们得对得起三千万东北父老，得对得起为了打日本而死掉的弟兄！

刘万胜：师长，我听你的，弟兄们全都听你的！

常恩多：明天早晨出圩子门，我去井家沟662团找孙焕彩。你到西盘刘晋武团，摸摸刘团长的态度，然后到333旅找我们！

刘万胜：是！

刘万胜转身来到王宗芳、张德福等手枪兵前交代任务：今晚上不要睡觉，注意警戒！谁来叫门都别开，实在叫，就打！

一夜无话。

第二天一早，常恩多在卫队护卫下，上马离开了驻地。出了东盘，常恩多带一队手枪兵顺大路而去，刘万胜带一名卫兵拐上了另一条路，去往666团。刚到666团团部外，刘万胜飞身下马：刘团长！刘团长！

刘晋武闻声边穿衣服，边焦急跑出：啊呀！刘副官，昨天我就知道你们和常师长到军部来了！我是一夜没睡好觉啊！

刘万胜问道：咋回事啊？

刘晋武没有直说，把刘万胜让进屋子后问：师长还不知道吗？

刘万胜故作不知：知道什么？

刘晋武心情焦虑：我听说军长派董团长、于科长带队伍到了桃林镇，去和日军搞协定了。回来的人说是要"共同防共"打八路！昨晚，我翻来覆去地想：军长要投降，师长要抗日，这两个人水火不相容啊！师长反对军长，那还不是杀头的事？

刘万胜察言观色：刘团长，你咋想的？

刘晋武坚定道：不是当着你的面说，咱到啥时候都听师长的！我想见见师长，行不行？

刘万胜：行！走，跟我去见师长！

刘晋武心绪安定了些，紧跟刘万胜走出。

在临沭井家沟村外，闻讯迎来的662团团长孙焕彩等到了常恩多一行。

孙焕彩：师长！终于把您等来了！

到了团部，常恩多首先召集营以上的军官开会。此时对于锄奸，他仍需严格保密。因此，他只能再次重复那些抗战的大道理。

常恩多满怀悲愤说：我要重申的，还是抗战的大道理！那就是，中国人不打中国人！我们是东北军，是被日本鬼子赶进关内的，这血海深仇啥时也不能忘记！家乡的三千万父老还在眼巴巴期盼我们打回去，我们就是牺牲也要拯救水深火热中的同胞，要给死难的弟兄们报仇雪恨！大家都不要糊涂，要振作精神，要坚持抗战！决不当汉奸！大家都记住了——坚决不能当汉奸！

孙焕彩首先站起身表示：我们记住了，师长！

孙立基、阎普等营以上军官也纷纷起立表示：坚持抗战！决不当汉奸！

待众人离开，常恩多问孙焕彩：孙团长，你怎么想的？

孙焕彩：我坚决跟师长走！我也不想当汉奸！

常恩多放下心来：那就好！我决心锄奸，你听万旅长的指挥。怎么抓缪澄流，你们研究，但注意不要打死他，留作人证！

孙焕彩：是！

常恩多信任地凝望孙焕彩，手指自己的头：我这个头，就交给你了！

孙焕彩感动：师长，你放心，从32年起我就跟着你……啥时候，我都是你的兵！

常恩多欣慰，信任地拍了拍孙焕彩的肩膀：我走了！

常恩多离开662团后，就匆忙赶到西盘的333旅旅部，对万毅交代说：有情况，你可以指挥孙焕彩，我已对他作了交代。

万毅：师长，把捉缪澄流的任务就交给我吧！

常恩多：好！得手后，赶快告诉我，我发动全师共同行动！

两个人正在悄声商谈具体的方案，刘晋武匆匆走进：师长！旅长！我来了！

常恩多：刘团长！刘副官都跟你说了？

之前，刘晋武正为缪澄流要撤他的团长而焦头烂额。此时，师长、旅长领着反缪，他正巴不得呢！他态度坚决说：无论什么时候，我刘晋武都听师长和旅长的，你们就吩咐吧！

三、投敌者做最后"清扫"

在临沭东盘段山子57军政治部里，宋迪玺奉缪军长之命，做投敌叛国前的最后"大扫除"部署。

宋迪玺：陈连长，那个赵志刚在你监视下，表现怎么样啊？

陈连长：赵参谋能吃能睡，白天跟我一锅开伙，晚上跟我睡一大炕。天黑了，就睡觉，白天嘛偶尔去一趟街上买点吃的。

宋迪玺：他都说些什么啊？

陈连长：没什么不好的言论。

宋迪玺：他不着急回111师吗？

陈连长：急啊，哪能不急！可他说，军长要考察他一个月，还发了他一月饷呢！

宋迪玺停顿了一下，说：陈连长，交给你个新任务！

陈连长：宋主任，暗杀谁？你交给我！一刀一个，保证干巴利落脆！

宋迪玺有些不满：把111师的战时服务团和那个抗敌演剧第六队，押送到战区交给周复主任！

陈连长有些不以为然：就这个啊！

宋迪玺气恼，狠拍了一下桌子：这不是个轻松的事！

陈连长闻声色变。

宋迪玺：这些人都是死心塌地跟共产党走的人！你们路上要给我看严了，不许一个人跑掉！

陈连长：是！什么时间行动？

宋迪玺：21日，军部转移的那一天行动！

陈连长：是！

陈连长疑惑：主任，既是交给周主任，他们干嘛要跑啊？

宋迪玺：告诉你，名义上是送他们去集训，实际是要把他们关进集中营！

陈连长恍然大悟，高兴：原来是这样！

宋迪玺：注意保密啊！

陈连长高声表示：放心吧，宋主任！

陈连长回到驻地，和房东的老板娘调了一阵情，就上炕和赵志刚一起就餐。

赵志刚在军部已被软禁月余，他早就想回师里去了。这天，他拿出一瓶酒，想套套陈连长的底：陈连长，这是我今天上街买的，咱们来几口？

陈连长有些眼馋：算了，我下午还要部署任务呢！

赵志刚：不就是军部向黑林移防吗？跟着走就是了！

陈连长不舍：是！——也不是！

赵志刚有所警觉，边倒酒边说：那还能有什么军机大事交给你这个警卫连长啊！

陈连长欲言又止：宋主任说，这是机密，不能告诉任何人！

赵志刚把酒递给陈连长：喝两盅，影响不了你的军机大事！

陈连长迟疑了一下，狠狠心：那好，就喝两盅！

几杯酒下肚，陈连长就有些醉意：告诉你，你不许告诉别人！刚成立的暗杀队，宋主任叫我当了暗杀队队长！

赵志刚心里“咯噔”了一声，嘴上不以为然道：暗杀队长？这是什么好差事啊！

陈连长有些炫耀说：还有呢！21号转移那天，他要我押送战时服务团和演剧第六队去战区总部，交给政治部周主任！

赵志刚警惕起来，漫不经心道：那也是好事啊！战区的周主任和那些大员们一定是想看戏了！

陈连长不屑：屁！是周主任要把这些人关进集中营！

赵志刚暗吃一惊。

是夜，看着陈连长进了老板娘的屋子，赵志刚很想溜出去，把得到的情报报告两个宣传队的同志们。可是，他担心陈连长返回找不到他，反会误了大事，便耐住性子躺倒炕上。果然，不一会儿陈连长就回来了。

陈连长见赵志刚躺在炕上，也躺到一边睡了起来。

听着陈连长如雷的鼾声，赵志刚心烦意乱，辗转反侧。

东盘一片民房前，宋迪玺在给两个宣传队下达命令。孙卜菁、陈瘦秋、孙学仁、刘祖荫、吕梦林、秦霜、陆万美等数十人站立候旨。

宋迪玺说：明天，战区要向黑林镇转移！你们就不要跟随行动了，我已经派警卫连陈连长带兵保护你们，把你们送到战区去！

众人诧异而疑惑，纷纷问为什么。

小院外，赵志刚走近，察觉不对，迅速隐蔽在土墙后。

宋迪玺继续说：我要大家知道，我们是为了大家好！

孙卜菁喊：我们跟随111师，就为了宣传抗战！

孙学仁和众人一起喊：我们哪儿也不去！不去！

宋迪玺：我都知道！去战区也是为了宣传抗战嘛！就是集训，集训完了，你们还回来，怎么样？我保证！

宋迪玺终于离开，赵志刚随后跑进小院：同志们，宋迪玺是要把大家送到战区集中营啊！不能去！

众人惊愕：原来是这样！

孙卜菁上前说：放心吧，志刚！

赵志刚：一定要商量出个好办法！不能让他们发现我到这里来过，我马上回去！

众人忧心如焚：赵参谋，你保重啊！再见！

赵志刚匆忙离去了，众人忧心如焚。

孙卜菁：我们怎么办呢？

陆万美：你们不能去！

陈瘦秋：他们用心险恶啊！

刘祖荫：不去，他们能答应吗？

孙学仁：是啊！

秦霜：不答应，也不能去啊！

众人十分焦虑。

秦霜：我们是重庆总部派来的，周复不敢对我们怎么样！可你们不同，周复很可能对你们下毒手啊！

陈瘦秋义愤填膺：决不叫他的阴谋得逞！

刘祖荫也说：我们决不离开111师！

陆万美：可宋主任明天就要动手了啊！

忽然，孙卜菁想到什么：同志们，我有个主意！我们就在明天他们送我们去战区的路上，找机会逃脱，向八路军防地撤退！

众人兴奋起来：是个办法好！

四、突变

在临沭西盘一片树林中，万毅指示地图向孙焕彩交代任务：已经接到军部命令，333旅归建，你们662团作军部警卫部队，归军直接指挥。军部预定在明天移防黑林镇。咱们捉缪的计划，要重新调整。

孙焕彩：万旅长，师长交代我听你的指挥！我也不想当汉奸啊，坚决不能当！

万毅重重拍了拍孙焕彩的肩膀：咱们现在商定，部队移防时活捉缪澄流！

孙焕彩表示：我同意！

万毅：军部跟随333旅行动，捉缪就由我指挥！如果军部跟随662团行动，则由你指挥！

孙焕彩：是！如果军部跟随我团行动，活捉缪澄流的行动则由我指挥！

万毅叮嘱：孙团长，此事要绝对保密，只可对靠得住的同志讲这些！

孙焕彩心怀叵测，心里说：我才不是你靠得住的同志！只是常师长的决心已下，为了师长我不能泄露出去。

万毅伸出手：孙团长！回去就准备，明天活捉缪澄流！

孙焕彩紧紧握住万毅的手：是！明天活捉缪澄流！

21日在众人的焦虑等待中终于来了。一切都安排妥当，就等军部转移。可恰在此时，万毅被缪澄流叫进军部。

缪澄流说：万旅长，今天把你叫来，是要告诉你，原定于今天移防黑林镇的行动推迟了！

万毅暗吃一惊，他不知道是不是常师长的锄奸计划已被姓缪的侦知。正忧心如焚，却忽听缪澄流又说：战区参谋长王静轩和军统委员贺元，参谋处的张佩文、高仁绂，在112师334旅旅长荣子恒护送下，从阜阳返回路过咱们57军军部。我这个东道主，可不能无理啊！所以，我要为他们摆宴洗尘，并于今晚在小丁家庄剧场请他们看戏！

万毅暗暗松了一口气。

回到旅部，万毅用电台联络师部，向常恩多报告了情况。

常恩多指示万毅：就改在今晚戏台子下，活捉汉奸缪澄流！捉缪和解决军部的战斗，由你具体指挥；解决师部和331旅的汉奸，由我亲自解决！

西盘333旅旅部，万毅迎来了112师667团他的老部下们的造访。这些人中有1营营长韩子嘉、连长姜素峰等。

众人见了老领导，都十分高兴，寒暄了一阵后，众人告别。

当房间里只有韩子嘉、姜素峰时，万毅把缪澄流通敌叛国的罪行通告了他们。两个人都阴了脸色，怒不可遏。

万毅情真语切说：缪大混蛋通敌，我们不能让他把我们出卖给日本人！我和常师长商议，决定今晚动手！

韩子嘉诧异，姜素峰则十分激动：太好了！

万毅说：如果缪大混蛋逃走，请你们做内应！

韩子嘉、姜素峰连连点头。

万毅：抓住缪澄流，把他交给于总司令，告诉那些汉奸卖国贼，咱们57军将士决不投降，决不当汉奸！

韩子嘉、姜素峰都纷纷表示：对！决不当汉奸！

韩子嘉被房外的人叫走了，姜素峰则迟疑着走在后面。

忽然，不安的情绪袭上万毅心头。他一把拉住姜素峰：素峰，营长韩子嘉是否可靠？

姜素峰认真道：不可靠！

姜素峰系中共地下党员。令人遗憾的是，此时万毅和姜素峰都不知道对方的政治面貌。万毅对姜素峰的话也没有太在意。

这却为后来的行动留下了无力弥补的遗憾。

五、诀别

对于锄奸能否成功，常恩多无法预料。他做好了牺牲的准备，他要不惜一切，为国家为民族铲除缪澄流这个卖国求荣的汉奸！同时，他还要尽可能地减少损失，保留住抗战力量。因此，在最后的结局没有到来之前，他尽可能地对他们保守机密，这也包括他最信赖的王维平、张苏平、刘万胜等人。

傍晚时分，常恩多走向王维平的住处。

自抗敌演剧第六队党的关系转到111师工委后，演剧六队党支部直接受工委领导。由于情况紧急，秦霜在演出队准备晚上节目时，瞧机会打马跑回了福兰官庄，向王维平报告两个宣传队的情况。

王维平心情沉重说：周复、宋迪玺他们用心险恶啊！他们把你们都调出111师，是想孤立111师的抗日力量，以帮助缪澄流牢牢控制111师！

秦霜：是！战时服务团的同志们，准备在被押解的路上找机会逃脱，向八路军防地转移！

王维平：我看可以，你们也要注意安全啊！

秦霜：放心吧，维平同志！

两个人正说着，常恩多破门而入：王秘书！

王维平、秦霜喜出望外：师长！快进来！

看到秦霜也在，常恩多十分高兴：秦队长也在，太好了，咱们唠唠！

常恩多破例和几个人唠起家常，这在王维平看来已是非常之事。说到兴致处，常恩多神情严肃从口袋里掏出老婆王树军和小女儿的合影递给王维平。王维平看后递给了秦霜。

秦霜问：师长，这是您的爱人和女儿？

常恩多：啥爱人，俺老家叫“老烧火的”。

秦霜笑了。

常恩多没有笑，神情凝重说：军人就是披血衣衫的。我若不幸牺牲，身后别无牵挂，“老烧火的”不用管，只是这个丫头交给你们了，请你们一定帮我把她教养成人。

王维平诧异，这个“你们”指的是“工委”，可常师长为什么说这样的话，他一时没想明白。他问：师长，你今天怎么了？

常恩多望着王维平：你们答应我！

王维平和秦霜相会看了一眼。秦霜脸色骤变，王维平郑重点了点头。

常恩多重重地松了一口气：好了，我没事，我先回师部了，你们聊着。

离开了王维平和秦霜，常恩多开始部署任务。他把孙立基叫到福兰官庄村外。

常恩多说：仰田啊，缪澄流要出卖集体，要出卖我们血拼了三年的抗战成果，我们能答应吗？

孙立基气愤：师长，不答应！坚决不答应！你下命令吧，我孙立基今生跟定你抗战到底了！

常恩多：好啊！我要你现在去三界首！

孙立基：去331旅旅部？

常恩多：对！唐君尧早知此事，可他知情不报，罪不可赦！你到三界首后，带上赵开云那个连，去把唐君尧叫到师部来！

孙立基：是！

常恩多：你要与我保持密切联系！一路上注意安全！

孙立基：放心吧，师长！我走了！

孙立基挥了挥手，警卫牵马跟了过来。

孙立基向常恩多敬礼后，两人飞身上马，扬长而去。

六、万旅长初战告捷

21日下午时分，在西盘333旅旅部，万毅为抓捕665团团长董瀚卿专门设计了一个鸿门宴。他把警戒和抓捕任务交给了旅特务队队长、中共党员刘准。刘准受命后布置兵力，悄然无声地把旅部周围包围得严严实实。

部署完毕，万毅给董瀚卿打电话：董团长吗？孙团长去阜阳回来过路我这里，咱们一起坐坐。海参我可都泡上了，你、焕章都请来！我请客！

665团团部，董瀚卿对着电话满口答应：好啊！旅长，我说话就到！

放下电话，董瀚卿拿起军衣兴奋走出。进到旅部，他果然看到一桌子好吃好喝的已经准备就绪，其中还真有万旅长告知的海参！董瀚卿没有做任何多想，与万毅、于文清和孙焕彩先后就座，众人拿起筷子、举杯相祝，饱餐起来。

说话间酒足饭饱，董瀚卿起身要走：旅长，这顿饭真不赖，酒也足了，饭也饱了，我也该走了！

于文清、孙焕彩和万毅目光阴冷，相互看了一眼。

万毅忽然怒喝一声：慢着！

刘准带特务队的高粱、黄豆豆等持枪冲进，枪口对准了董瀚卿和于文清，并迅速下了两个人的手枪。

董瀚卿大惊失色：旅长！

万毅：我现在宣布，对投敌、通敌的董瀚卿、于文清实施软禁，并交代通敌罪行！

董瀚卿诧异而恐惧地看向于文清。

于文清神情抑郁，如实相告：董团长，在去桃林镇前，我就向旅长报告了缪军长和朴副军长的企图！

董瀚卿懊恼不已。

孙焕彩颇为得意：董团长，没想到吧？

董瀚卿心虚：旅长，我……我也是迫不得已啊！我不想去的……

万毅：你没有向我或是师长报告，就按通敌论处！

董瀚卿冷汗淋漓。

万毅：现在，在于科长监督下，你要老老实实写通敌经过！

董瀚卿瘫软下来：是、是！旅长！

万毅拿起电话，找到665团团附管松涛：管团附！董团长在旅部有重要事情，暂时不能回去，你要掌握好部队！不能出半点差错！

听到电话那头管松涛坚定的回答后，万毅为初战告捷而兴奋不已。他首先召集特务队官兵开会，他问众人：缪澄流要咱们当汉奸，干不干？

众人很激动，也很愤恨：不干！坚决不干！

万毅：缪澄流要出卖我们，咱们能干吗？

众人声音咆哮：不干！坚决不干！

高粱带头喊道：把缪澄流抓起来！

队员们一致呐喊：抓起来！抓起来！

万毅信心百倍：好！弟兄们！今晚咱们就行动，活捉缪澄流，捣毁他的军部！

随后，万毅召集662团团长孙焕彩、666团团长刘晋武一起商量。他们商量了两个方案后，然后派人去西盘的西山沟把666团3营营长彭景文叫到旅部。

万毅先是把缪澄流奉蒋介石之命与徐州日军代表谈判说了一通，又把常师长决定坚决锄奸讲了一遍。之后，孙焕彩说：万旅长概括锄奸办法有两条，一条是把部队拉走，军部甩一边，到于总部打官司；另一条是武力解决！

彭景文早已气得要骂人：打官司，扯那干什么！蒋介石密令缪澄流投敌，既有密令，明摆着是输官司！锄奸是正义的，抓住缪澄流、董汉卿，还有665团2营得了不少鬼子的东西，毛巾、肥皂大家都知道的，人证物证俱在，蒋介石知道了也没办法！

孙焕彩：说得也对。可谁去抓呢？

彭景文：我去！

孙焕彩：能行？

彭景文信心十足：一个营还收拾不了他？

万毅担心：台下有112师韩子嘉的一个营，你到台下抓缪岂不和韩营打起来？

众人沉思默想，企图想出一个更好的办法来。

万毅想：这一次的锄奸如果有112师的部队参加，那政治意义、社会影响将会更好、更大。他随即叫来通信员陈茂盛：去小丁家庄，把667团的韩子嘉营长找来！

通信员应着跑出去了。

过了两袋烟功夫，韩子嘉情绪激动跑进：旅长，有什么指示尽管吩咐！

万毅说：找你来，就为了商量一起锄奸的事情！

韩子嘉脸色绯红，情绪很激动。听完万毅简单讲述了一遍缪澄流通敌叛国的罪行，他态度十分坚决：旅长，我坚决支持锄奸！姓缪的已是整个57军的祸害，我们112师不能袖手旁观！我带1营既然赶上了，就不能不管！

万毅很欣慰，韩子嘉曾在他手下当过连长，思想一贯进步。他望了一眼彭景文，问：谁带人去捉缪逆等人？

彭景文站起：我带人把缪逆逮捕归案，予以军法制裁！

韩子嘉迟疑了一下，说：旅长，我们营正在台下看戏。彭营长去会场捉人，可能引起误会，发生冲突，造成流血事件，还是……

万毅和众人注意韩子嘉。

韩子嘉继续说：还是我和彭营长一起完成这个任务吧！我负责剧场捉缪，彭营长负责解决东盘军部！

万毅权衡了一下：我看可以！

彭景文：我们得协同，一个动，一个不动，打草惊蛇；我们行动比你慢，布置齐了你再干，打红黄绿三色信号弹，接着打枪，扔手榴弹，同时动手！

万毅略一思忖：以彭营长为主，将军部包围后，立即发出红、黄、绿三发信号弹，韩营长即可在戏台下动手，抓住缪逆等人！

韩子嘉松了一口气：是！保证完成任务！

韩子嘉犹豫着：万旅长，我空口无凭，不知道跟我的兵说了，他们信不信我！

万毅：你的意思？

韩子嘉：为了取信全营官兵，你给我写个逮捕缪澄流的手令，我拿它好去跟官兵们说！

彭景文、孙焕彩、刘晋武相互看了一眼。

彭景文不满道：干革命，还要签押盖章？

万毅欣然：好！我现在就给你写！

韩子嘉脸上露出不易被人察觉的得意笑容。

万毅随手从笔记本上撕下一页，挥笔疾书：

> 57军军长缪澄流，通敌有据，着667团1营长韩子嘉逮捕归案法办！
>
> 万毅。九月二十一日

万毅签名后，取出印章盖上了自己的名字。

七、无力挽回的失误

小丁家庄剧场，几盏汽灯通明，一曲悲歌凄凉。

台上。战时服务团的孙卜菁、陈瘦秋、刘祖荫、吕梦林、孙学仁等在高唱《松花江上》：

> 我的家在东北的松花江上，
> 那里有森林、煤矿，
> 还有那漫山遍野的大豆高粱。
> 九一八、九一八，
> 从那个悲惨的时候，
> 脱离了我的家乡，
> 离开了衰老的爹娘，
> 流浪、流浪，整日夹在关内流浪……

“九·一八”纪念日刚过，台下数千111师和112师的官兵泪流满面，悲声痛哭。

前排，缪澄流、宋迪玺和战区总部参谋长王静轩、军统委员贺元等，及112师334旅旅长荣子恒，则兴致勃勃在议论什么。

对于即将到来的锄奸行动，他们一无所知。他们一个个颐指气使、得意忘形，边欢笑着，边听着悲惨的流亡歌曲。

西山沟一片树林中，全副武装的3营官兵队伍前，刘晋武在做动员。

他说：缪澄流妥协，认日本鬼子做干爹，出卖东北军，常师长命令我们锄奸，解决军部，然后到总部打官司，我们不会带红帽子！

队伍里鸦雀无声。

彭景文急了，喝问：同意不同意？

众人立刻回应：同意！同意！

刘晋武：缪现在已不是军长，当汉奸，我们就不客气，就坚决反他！彭营长，布置任务吧！

彭景文招呼四个连长到身边，把一张手绘的地图铺在地上。

手电光下，彭景文指示地图，向连长们交代任务：机枪三连包围东盘西面；八连左接机枪三连，从南面延伸到东门；七连从东门开始，一直包围北面，右与机枪三连衔接；九连为预备队，并向南门小丁家庄方向实施警戒。

四个连长先后点头。

彭景文：营指挥所设于南门外。三颗信号弹腾空后，即展开破圩攻击，逐户挨门严加搜查，不准跑掉一个人！所有缴获之人马枪械物资，暂由各连保管。听明白了吗？

四个连长齐声：明白了！

彭景文大手一挥：出发！

四个连长带领四支队伍先后出发，隐没在夜色里。

小丁家庄剧场舞台上，吕梦林报幕：下一个节目，小话剧《打倒汉奸汪精卫》！

台下的缪澄流、宋迪玺闻声有些不自在。

韩子嘉从一旁走进会场，坐在前排的空位子上。他迟疑不决，把手伸进口袋，拿出万毅的手令，又停住了动作。

韩子嘉的身边就是荣子恒。他看了一眼荣子恒，发现他正和另一边的军官谈笑风生，兴高采烈。

韩子嘉神色不安遥望夜空，他在内心与另一个自己搏斗、拼争。

东盘圩门外，3营的四个连已到达指定位置。

彭景文看了一下表，对传令兵说：打三发信号弹！

顿时，红、黄、绿三发信号弹腾空而起。

彭景文等了片刻，没有等到回音，对身边官兵说：按照预定计划冲击！不要放过任何一个人！

众官兵分头冲去……

临沭东盘外的树林中，凝望徐徐而落的三颗信号弹，万毅焦躁踱步。

迟迟没有等到韩子嘉行动的万毅预感了事情的严重。他紧攥拳头，连连呼喊：怎么回事？韩子嘉，为什么不动手？韩子嘉……

小丁家庄剧场上空，三发信号弹徐徐而落。

缪澄流、宋迪玺、王静轩、贺元等人丝毫没有察觉异常，边看打倒大汉奸的戏，边继续谈笑风生。

台上，“汪精卫”头戴纸糊的帽子，帽子上写着“汉奸汪精卫”，在“人民”的声讨中跪地求饶，不停地颤抖、痛哭。

前台一侧的韩子嘉冷汗淋漓。他终于掏出万毅手令，交给了身边的荣子恒。

荣子恒接过，有些不悦：啊，什么东西？给我干什么？

韩子嘉示意看纸条。

荣子恒借台上的灯光看纸条，不禁大惊失色。他起身走到缪澄流身边耳语了几句，然后把万毅的手令交给了缪澄流。

缪澄流看罢手令，惊恐万状，突然站起，浑身发抖却挪不动双腿。

荣子恒上前：军长！军长！

缪澄流惶恐流泪：是我的失误！

荣子恒：军长！

缪澄流：——看戏前，我、我没有烧香拜神啊！

荣子恒焦躁：什么时候了，还惦记这个！军长！赶紧走吧，再不走就没命了！

缪澄流的身体前倾：走、走！

荣子恒见状架起缪澄流胳膊连拖带拽就走。

王静轩问：怎么了！不看演出了？

荣子恒连忙招呼王静轩等：都走了！赶紧的！赶紧走！

韩子嘉振作精神，举枪打灭了几盏汽灯，带部队掩护缪澄流等紧急撤退。

不远处，传来了激烈的枪声。舞台上下不知道发生了什么事情，顿时乱作了一团。

缪澄流等在荣子恒保护下离开了座位，韩子嘉火速集合全营出发。

离开小丁家到达杨庄，枪声已经沉寂。缪澄流及几个高官气喘吁吁、心神慌乱，于是，众人停歇休息。

担负警卫的667团1营几个连长凑近商议，2连长刘振林、3连长李宝树都赞成扣押缪澄流，1连连长姜素峰与张翼商量。因白天时，姜素峰和张翼一起去了333旅旅部，对于111师的锄奸计划，他们是知道的。

张翼，667团1营中国共产党的负责人。

张翼犹豫不决：一无党的指示，二不知道万毅在什么地方，扣缪后我们去往何处？到哪里找万毅？

张翼又悄声告诉姜素峰：中共中央山东分局有指示，57军两个师的秘密党员全部撤出，仅土生土长的留下，你要提高警惕！

两个人研究的结果：暂不动手！

之后，韩子嘉率1营掩护缪澄流等西逃，到达郯城宋家汪，667团团长金克才率部赶来迎接。

姜素峰顿时痛叹：彻底失去捉缪机会矣！

八、东盘锄奸

时间回到彭景文营打出那三发信号弹之前。

666团3营驻地西盘，距军部所在地东盘二里多路，离演戏的小丁家庄三里之遥，三个地方呈三角形。部署完毕后，营长彭景文率部急速前进，很快就抵达了57军军部东盘。

晚上9时，各连进入预定阵地。

圩子外东北角的小庄里，朴炳珊正在居住的屋子里抽大烟。屋子里乌烟瘴气，门外一匹肥马已喂饱了草料，正等候他过足瘾后去看戏。孰料，他正腾云驾雾时，被忽然闯进的666团3营7连官兵用枪顶住。

东盘的圩子门紧闭着，负责冲击的连队跑近时遇到军部特务连的一个排长抵抗，排长当场被打死。特务排见是666团的官兵，就不再抵抗，冲击的部队就直截了当冲进了圩子门。

这两声枪响后，小丁家庄戏台子那边就灭了灯火。冲进东盘的部队开始挨门逐户搜索。当搜到缪澄流的住处时，缪自然不在，他的小老婆翠花躲藏在缪平时烧香磕头的案几下，早被吓得浑身颤抖、不敢喘息。

听到渐渐跑近的脚步声，翠花紧闭眼睛，本能地扣动小手枪扳机，向外射击。哪知打了半晌却听不到枪响，细察才发现她忘记打开手枪保险了。

一队官兵冲进，吓得翠花连忙把枪扔了出去。

士兵喊：出来！

翠花战战兢兢爬出来，头顶到几案，那三位尊神就摇摇晃晃跌下案来，摔在了地上。

冲进来的官兵先把翠花押了起来，然后各取所需，有的拿了缪澄流没顾及戴的手表，有的披上翠花的毛茸茸的氅子，有的顺手取了缪澄流的烟枪，总之，没有空手的。

翠花没有等到他的“阿流”解救他，临出门前看了看地上的几位尊神。诸神们东倒西歪冷眼注视着这一切，并没有要帮助她的意思。翠花哀叹一声，眼泪流淌下来。她不知道等待自己的将是什么样的悲惨结局。

警卫连陈连长驻地，当第一次枪响后，赵志刚非常惊异：枪声？怎么回事？

赵志刚不知道发生了什么事，只见陈连长慌忙穿衣。

陈连长：不知道啊！咋回事？日本人打来了？

赵志刚：你搞清楚情况再出去！

陈连长边穿衣服、拿枪，边向外跑：我是暗杀队队长，我要保护缪军长！军长指不定正叫我呢！

赵志刚无奈，穿上衣服跟在陈连长身后向门外走。谁知，陈连长刚跑出门，一颗流弹飞来击中了陈连长胸部。陈连长应声倒地，当即身亡。

赵志刚诧异，望着陈连长的尸体，心里感慨：谁说子弹不长眼睛！

正好有士兵纷纷跑近，赵志刚一把拉住一个惶惶的士兵：怎么回事？

士兵答：万毅叛变了！

赵志刚暗吃一惊：万毅是坚决抗日的，“万毅叛变”就是“万毅革命”了！

虽然还不知道具体情况，但这已经使赵志刚激动不已，他向军部跑去。士兵吼他：跑不出去了，整个军部都被围死了！

一阵枪声逼近，“噼噼啪啪”的枪声越来越近。赵志刚边躲避着流弹，边向前摸去。

赵志刚终于跑进了缪澄流的住处。只见屋子里乱七八糟，缪澄流天天参拜的三位神仙已躺倒地上，浑身是土。到处都是已被翻过的迹象，他不肯就这样空手而归，于是在乱糟糟的地上找寻什么。

终于，赵志刚在零乱的纸堆里找到了一本密码本。封面上写：与委员长联络密码

赵志刚把密码本揣进口袋，匆忙跑出。

此时，孙焕彩率662团已将军部包围。彭景文把抓获的朴副军长等人交给了孙焕彩，就带人直奔小丁家庄。

戏台上下漆黑一团，河道里早已是灯熄人散。彭景文得知缪澄流、王静轩等在韩子嘉营保护下已仓皇逃窜，气得火冒三丈。彭景文不敢迟疑，将情况立即报告了万毅。

万毅指示：马上追击！

彭景文率部顶着夜色，向沂水方向追赶而去。追了一夜，直到翌日黎明，一队人马追到了沭河边的夏庄。

恰在此时，几个老乡正从河对岸过来。

彭景文问老乡：看到有支队伍过河吧？

老乡答：五六百人，过去几个时辰了！

河对岸就是112师防地，望着滔滔的河水，望着茫茫的对岸，彭景文欲哭无泪。

九、三界首的秘密行动

三界首位于莒南县十字路南20多华里的地方。天黑时分，孙立基赶到了三界首662团5连，和连长赵开云碰面后，即把队伍拉出三界首南门，西行至杨庄附近布置好警戒，官兵就在一片松林中待命。

到了晚上9时，孙立基开始动员。他说：万恶的缪澄流出卖民族，投敌叛国当汉奸，与徐州的鹫津师团订立了“互不侵犯、共同防共”的秘密协定。常师长、万旅长大义凛然，决心锄奸，活捉缪澄流及其通敌卖国的亲信！我来的目的，就是和你们一起完成锄奸的任务！

赵开云首先表示：孙团附，我们坚决抗战到底！反对妥协投降！服从命令听指挥，完成锄奸任务！

众官兵都非常气愤，纷纷表示：坚决抗战到底！反对妥协投降！

孙立基对众人又说：这一次锄奸任务重大，要严加保密，遇到情况要保持冷静，不慌不乱，有条不紊地完成任务！

众人都意识到事情的重要，连连应道：是！明白了！

孙立基单独交代赵开云说：我的指挥部设在西门外，为避免唐君尧生疑，我不能跟随你进镇子了！不过，你放心，我会和师长保持随时的联系！

赵开云：孙团附，放心吧！我一定让唐君尧去师部！

孙立基信任地紧紧握了握赵开云的手，赵开云带队伍跑去。

331 旅旅部就设在三界首西门里开明地主刘家大院里，旅长唐君尧和老婆们住在大院内的小院里。为了避免引起警卫的怀疑，赵开云仅带了两名警卫走近。

大院门外的岗哨拦住了赵开云。

赵开云：我有紧急军情报告唐旅长！

哨兵认出赵开云，放赵开云进入大门。赵开云进到后院，举手敲窗户：旅长！旅长！

唐君尧显然已经睡下，声音有些懒散：赵连长？什么事啊？

赵开云：报告旅长，莒县敌人已出动，正向三界首方向进犯！

屋子里一阵响动后，唐君尧边穿衣，边开门走出：你说什么？

赵开云报告：旅长，敌人正向三界首进犯……

正说话间，房间里传出急促的电话铃声。唐君尧返回屋，拿起电话：师长？是我，唐君尧！现在去师部开会？好的，我马上动身！是！是！

赵开云暗暗松了一口气。

唐君尧匆忙走出：赵连长，我现在到师部去开会，你先回连里，等我的命令！

看到唐君尧带几个卫兵飞身上马扬长而去，赵开云一挥手，几队官兵跑近，把庄园内外警戒起来。有军官不知道发生了什么事情，走出房门询问。赵开云告诉众人：敌人从莒县出动，旅长去师部开会，五连奉命前来负责警卫，请大家放心休息吧！

几个军官安下心来，返身回去休息。

孙立基悄然走来。

赵开云跑近：孙团附，唐君尧已经向师部去了！

孙立基说：我看到了，已向师长报告！

赵开云：旅部内外也已经警戒起来，没有发生火并！

孙立基赞道：很好！

听到孙立基报告唐君尧带着他的几名保镖已经奔师部而来，常恩多舒了一口气。

唐君尧的几名保镖都是土匪出身，武功和枪法都很是了得，这是众所周知的事情。为了万无一失，常恩多开始部署张德福、王宗芳抓捕唐君尧。

至此，以防备锄奸失败，保护有限的进步力量，常恩多没有把锄奸计划告诉王维平和刘万胜。

十、不眠之夜

王宗芳站在常恩多面前：师长！

常恩多：王宗芳，缪澄流叫我们穿黄马褂，你穿不穿？

平时只知道服从常恩多的王宗芳，眨了眨眼睛疑惑问：啥是黄马褂？

常恩多：就是当汉奸，你怎么办？

王宗芳：你说怎么办，就怎么办！

常恩多：我已叫唐君尧来师部，来了由你们解除他的武装。就说缪澄流当汉奸与他有关，可别让他跑了！

王宗芳：要死的，还是要活的？

常恩多：他身边的四个保镖可都是土匪！你们别叫他跑了就行！

王宗芳响亮应了一声跑去了。

刘万胜被叫到常恩多面前。

常恩多：刘万胜，为了整个民族的抗战大业，为了拯救受尽日军蹂躏的父老姐妹，为了捍卫弟兄们在炮火中用血肉换得的一点光荣，我不能不拼此一身，誓锄这伙卖国贼奸邪了！

刘万胜神情严肃：师长，就是死，我跟你一起去！

常恩多：我和万旅长已布置好锄奸方案，东盘村那边由他指挥，这边我打电话把知情不报的相关人叫到师部。我已告诉特务连，等他们一到圩子门，就把他们的枪缴下喽。唐旅长就先押到你那儿！

刘万胜：是！

圩子墙下，四野寂静，渐渐驶近的马蹄声格外清脆。当看清正是唐君尧带四名保镖骑马跑近后，王宗芳一挥手，张德福等人就扑了上去。

唐君尧和保镖们欲反抗，无数枪口已指向他们。

几个警卫被王宗芳的兵下了枪。

唐君尧喝问：你们干什么？干什么……

刘万胜走近：唐旅长！

唐君尧：刘副官，你们这是……

刘万胜：我宣布常师长命令：对于在缪澄流通敌谈判中知情不报的唐君尧给予逮捕！

唐君尧：这……刘副官，冤枉！冤枉啊！

刘万胜：把唐君尧押特务连监禁起来！

王宗芳、张德福：走！

唐君尧沮丧走去。

随后，王维平和陶景奎被叫进师部。

陶景奎很紧张：师长，发生了什么事？外面这么多岗？

常恩多豪迈道：参谋长！王秘书！半夜把你们叫来，是要告诉你们，我和万旅长带兵铲除汉奸，活捉缪澄流！

两个人都有些惊讶。王维平是惊喜，陶景奎神色里隐含了恐惧。

常恩多：实际情况是这样，缪澄流派董瀚卿和鲁南游击区总指挥部科长于文清，与日军鹫津师团代表辛修三，和汉奸李亚藩的顾问新容幸雄谈判，签订“互不侵犯、共同防共”的卖国协定，证据确凿，罪不容诛！我和万旅长率全师官兵反对投降，坚决锄掉这个汉奸！唐君尧和661团团长关士栋知情不报，我已下令逮捕他们！

王维平：师长，估计政治形势怎么样？

常恩多猛然拍了一下桌子：我姓常的拼这百十斤血肉，杀敌锄奸，忠党爱国，老百姓一定会赞成、拥护的！我看他们能把我怎么样！

王维平、陶景奎各怀心事看了一眼。

常恩多：日期定在9月22日，我们要师出有名，得有个由头！

王维平略一思忖：发扬光大当年张副司令的兵谏精神，时值杀敌锄奸，可以叫“锄奸运动”！

常恩多：好！就叫“九·二二”锄奸运动！

陶景奎附和：我看行！

常恩多：好！参谋长，王秘书，现在我们起草向全国的锄奸通电！

王维平、陶景奎取出纸笔，准备记录。

常恩多：缪奸与敌妥协，人证俱在。为了坚持抗战，分清敌友，不为敌伪造谣，混淆是非，影响抗战前途，本师长肩负东北父老兄弟姐妹委托，率东北健儿抗战到最后胜利，打回东北老家去！出于个人义愤和所部拥护，仗义锄奸。尤望全国各族同胞、抗战志士，口诛笔伐卖国投敌汉奸缪澄流！111师师长常恩多，旅长万毅，团长孙焕彩、孙维嵩、刘晋武、张绍骞，9月22日！

十一、缪澄流亡命鲁南

自仓皇逃离小丁家庄河滩，缪澄流来不及去救他的小老婆，更无力组织反击，只好听从荣子恒的建议仓皇逃向沂河西岸的112师防地。

自此，缪澄流开始了他人生中最黑暗、最恐怖，也是最无奈的亡命之旅。

连续奔跑了数个小时后，缪澄流再也跑不动。在众人连架带拖下，他才勉强没有掉队。

终于渡过了沂河，一行人还是没敢歇脚，又继续狂奔数十里，估计111师的追兵再不敢追击了，他们才在一片树林中停下脚步，喘息不止。

刚把气喘允，缪澄流借贺元的电台给蒋介石发电：

委员长均鉴：

111师333旅旅长万毅被中共策动，马（21日）晚捣毁军部。我带必要人员随荣旅长到112师防区，两师完整，别无损失。缪澄流。

荣子恒心情郁闷说：军长，刚收到霍师长回电，他不同意您去112师师部，要您……直接去战区总部。

缪澄流心灰意冷，悲凉的眼泪唰地流了下来：我对不起两位师长，理应面见于总司令当面请罪！

王静轩、高仁绂都注意看向缪澄流，心情复杂。

宋迪玺上前埋怨：军长，现在不是检讨的时候，咱们怎么办吧？

缪澄流叹息一声：还能怎么办？去——战区总部！

当即，缪澄流用荣旅电台给常恩多发电报：

获三兄：

万毅污我投敌，事属子虚，至于派于、董二人进入桃林镇与伪据点交涉，事曾有因，全为要回万毅逃去该据点的两个连。弟与兄共事多年，半生戎马，饱尝风霜，弟迳赴战区投案，望兄掌握所部，勿再发生枝节，幸甚！

弟：缪澄流 佳马亥于行进途中

就这样，被常恩多、万毅领导的锄奸运动打跑的缪澄流，在逃离111师、进入到112师防地又未被霍守义师长接纳后，不得不和随行人员继续向北面的战区总部走去。

前面将会是什么样的命运在等待他，缪澄流不得而知。但有一点他坚信：致命的错误，就在于看戏前他没有烧香拜神呦！

十二、常恩多通电全国

福兰官庄111师师部，常恩多接到张苏平报告：师长，收到缪澄流发给蒋介石的电报！

常恩多惊诧：到底叫这个混蛋逃跑了！

常恩多接过电报，看后非常气愤：真是无耻，无耻之极！恶人先告状，千古不变的真理啊！

张苏平：还有，这一封电报是他发给师长的！

常恩多：哦？看看他有脸要跟我说什么！

常恩多读罢电报愤然而起：真是恬不知耻啊！

电话铃声骤然响起。

王铁权接电话后交给常恩多：师长，万旅长电话！

常恩多接过电话：万旅长吗？情况怎么样？

电话里传来了万毅沉痛的声音：师长！我……我最信任的667团营长韩子嘉背叛了我们，出卖了我们，把姓缪的解救走了！

常恩多对着电话：顷波，我知道了，别难过！师部这边已把刘旅长、关团长逮起来了！军部那边缪逆的帮凶呢？那些人怎么样？抓到没有？

电话里，万毅报告：师长！除了缪澄流和宋迪玺，副军长朴炳珊、女特务徐春圃、李光烈，还有董汉卿等十数名缪逆的从犯全部抓到！彭营长率部正在追赶缪澄流的路上，所有人犯已交给孙团长看押！

常恩多：很好！缪澄流跑了，但他投敌叛国的罪证跑不掉！你带部队立即向师部靠拢，我们要做好应对蒋介石讨伐的准备，还要到战区总部跟姓缪的打官司！

放下电话，常恩多告诉陶景奎和王维平：副军长朴炳珊、女特务徐春圃、李光烈，还有董汉卿等十数名缪逆的从犯，333旅已全部抓到！

陶景奎松了一口气：有这些人在，也够用的了！

王维平：师长！我们不能被动啊！

常恩多坚定信心：对！立即明码通电全国，111师锄奸，于1940年9月22日，铲除汉奸缪澄流！我们要告知全国一切政党、一切爱国的社会团体、爱国同胞，我常恩多出于个人义愤和所部拥护，仗义锄奸。尤望全国各族同胞，抗战志士，口诛笔伐卖国投敌汉奸缪澄流！

张苏平：是！

常恩多对王维平说：给蒋介石发电！

王维平记录。

常恩多：委员长蒋：前57军军长缪澄流安逸享乐，卖主权，求苟安一时，密派亲信上校董瀚卿、上校附员于文清与赣榆县敌据点桃林镇鹫津师团签订“互不侵犯，共同防共”条约，引起该团长带去的第2营官兵的反感。并大肆宣扬，不打鬼子是委员长指示他这样做的。一再查问该一营官兵确有其事。职素悉蒋委员长抗战救国伟大决策，决不容许造谣诬蔑，有玷钧誉！仗义锄奸，人证俱在，用特电请委员长通缉缪奸归案法办，以利抗战而肃纪纲，职本忠勇爱国之忱，仗义执言，非敢有所于冀也！职：常恩多。9月22日。

第二十章

打鬼子咋就这样难

一、不能不说的前提暨日本诱降蒋介石的“桐工作”

1940年，法西斯德国军队以“闪电战”袭击西北欧连连得手，这极大地刺激了日本帝国主义夺取太平洋地区的侵略野心。近卫文麿以第二次组阁为契机，及时调整了日国策，确定了新的战略企图：“以建设东亚新秩序为基本目标”，“迅速解决中国事变”，“有可能向南洋方面发展”。日本统帅部则狂妄地认为：“当前正是南进的天赐良机”。

日本帝国主义欲向南推进，就必须尽早结束侵华战争。因此，他根据蒋介石政府消极抗日的状况，采取了以政治诱降为主、军事打击为辅的方针，妄图迫使其屈服投降。

“桐工作”就是日本对蒋介石政权进行诱降工作的代号。

1939年12月中旬，日本参谋本部派驻香港的特务机关长，公开身份为日本驻香港武官的铃木卓尔中佐，与一个叫“宋子良”的人约见，被“宋子良”拒绝。

“宋子良”应为宋子文之弟，而此时在香港被日特务机关长约见的这个人，实际是冒名顶替的假货。他的真实身份是国民党蓝衣社叫“曾广”的特务！

到了下旬，铃木卓尔忽然接到“宋子良”的请求，于是，铃木卓尔与“宋子良”于12月27日进行了第一次会见。日本通过“宋子良”最初的拒绝到后来的积极要求会见，判断出重庆政府的意向和态度。之后，于1940年1月22日、2月3日，铃木卓尔和“宋子良”又会谈两次。

三次会谈后，2月5日夜，“宋子良”由香港出发到重庆。7日，蒋介石召开国防会议研究日本提出的条款，9日，“宋子良”将会议结果带回香港，10日就与铃木卓尔进行了再次会谈。

“宋子良”声称，在此次重庆的国防会议上，和平论调已经抬头，并告知三件事：

一、重庆政府决定派出代表或蒋介石最亲信的人物。

二、并使上述代表于日本代表到达日期之前抵达。

三、第一次会议必须在香港进行。第二次以后则可在河内或马尼拉举行。

今井武夫是中国派遣军总部主管情报及政务课长，是“桐工作”具体策划的主要成员。闻知铃木卓尔与“宋子良”已进行了四次会谈，他迫不及待于14日到达香港，当天下午4时就与重庆代表“宋子良”、张治平进行了会见。

会见中，“宋子良”传达说，重庆方面将派出携有蒋介石委任状且与日本方面代表有同等地位、身份的代表。并宣称，宋美龄已达香港，对此次会见寄予极大的期望。最后，双方一致同意下述事项：

一、在派遣正式代表之前，首先在香港召开日、华双方圆桌会议，经过讨论做出决定。参加会议的人员，双方各三人，即除本日出席人员之外双方各增加1人。翻译人员由日本方面担任，在上述人员之外，另行准备一名。

二、日本方面是否派出代表或派遣参加上述讨论的人员，应火速回答。

三、如召开圆桌会议，可在2月底前后举行，并应迅速得出结论，急速任命正式代表签约。

2月21日，日军参谋总长载仁亲王致中国派遣军总司令官西尾寿造的“大陆指令第661号”《对桐工作的指示》称：

中国派遣军应按附件“桐工作指导纲要”进行私人会谈，在进行会谈之际，希特别注意下列各点：

一、本会谈在表面应始终作为派遣军总司令部的谋略而进行。

二、在确定新中央政府成立日期之后开始会谈，特别应注意按既定方针建立新中央政权的根本不能使之动摇。

三、鉴于微妙的内外形势，参加整个会谈过程的人员应绝对避免对其成功表示焦虑或流露出我方迫切期望其成功的态度。

因此，应根据情况做好随时均可中断会谈的思想准备。

四、鉴于对派遣军总司令部内外影响的重大，应充分注意不得给人以正在商议停战协议的印象，并须在防谍上做到万无一失。

附件：桐工作指导纲要

第一、方针

一、日、华在协商处理事变时，可同意中国方面的提案，借此引诱重庆参加乃至进行分化离间工作。

第二、纲要

二、各自分别派遣所需的筹备委员前往香港，召开圆桌会议，以探听重庆方面的真意。为此，我方的条件如另件所示。

三、上述日、华间的会谈，应选择适当时机，取得汪精卫的谅解。

四、以汪精卫为中心建立新中央政府的工作，与上述日、华谈判的成败无关，可按预定计划进行。

五、如在圆桌会议上日、华双方的主张达成一致，应立即派遣正式代表。

另件：

一、重庆政府应保持放弃抗日容共政策。

二、重庆政府应保证与汪精卫派等适当合作，重新建立中央政府，或与中央政府合作。

三、重庆政府应保证上述新中央政府按照下列调整日、华新关系的原则，正式调整日、华邦交。

调整日、华新关系的原则（略）

命令中的“中央政府”，即被日本扶持的汪精卫伪政权。

1940年3月，日本派出今井武夫大佐、臼井茂树大佐（日本参谋本部第八课长）为正式代表，铃木卓尔中佐为列席代表，重庆政府派出了陈超霖（重庆行营参谋处副处长）、章友三（原驻德大使馆参事，现最高国防会议秘书主任）、“宋子良”为正式代表，张汉年（陆军少将、蒋侍从次长、香港特使）为预备代表，张治平为联络员，从3月7日到10日连续四天进行了四次会谈，会谈中并及时请示蒋介石，以达成一致。

在《日本中国派遣军总司令部综合的“桐工作”圆桌会议的经过概要》中，日本的文件是这样记载的：

……

第七、第三次会谈

三月九日晚9时开始。

日本方面将前两天会谈的结果进行文字修改整理后，交给了中国方面。

就上次保留的关于承认满洲国问题的意见提出质询。

对此，中国方面的意见如下：

满洲问题已成事实，如今并无干涉之意向，特别是蒋介石对表示承认毫无异议。但当前予以承认，则将在国际上失去信义，影响借款，因此，拟采取缄默态度，亦即事实上等于承认，容在日后逐步正式承认，故提议留待日、华正式代表会议上解决。

我方表示，此系我方至关重要的问题，有明确的必要。如对我方的主要方针不予承认，则正式代表会议即不能召开。中国方面约定明夜回到重庆，明确传达日本方面的意图，一俟得到指示即作答复。（约需四天光景）

日方代表表示，十二日必须暂行回国汇报，因此，不能容许中国方面更多的拖延时日。关于正式代表，须待此问题答复后始可决定。会谈于晚11时半结束。

中国方面声称，日本方面修正的会谈记录，经讨论后，到明晚再提出意见。

第八、备忘录的决定

中国方面于昨九日夜就日本方面写成的备忘录，似已进行彻夜研究，于三月十日正午送来中国方面的修正方案。

其主要不同点如下：

第一条将“中国承认满洲国”修改为“中国以承认满洲国为原则（恢复和平后）”。

第七条将“停战协定签订后，国民政府与汪精卫派等进行适当的合作，重新组成新政府”改为“停战协定签订后，国民政府与汪精卫派等合作，但日本不得干涉中国内政”。

由于对其他各条款做了相当修改，而日本方面复对所改各处再进行修改，制定相应的方案，通过张治平得悉中国方面亦大致无异议。

到了6月，应重庆国民党方面代表“宋子良”、章友三请求，与日方代表的“第二次预备会议”在澳门举行，从4日到6日连续会谈了三次，就承认“满洲国”，缔结防共协定，日本在内蒙、华北等地驻军，中国与苏联作战，国民政府与汪精卫联合等事项进行了详细的商议。其间，宋美龄又赶到澳门直接指导会谈。

澳门会谈结束，日本中国派遣军总司令部于1940年7月12日制定了《关于桐工作巨头会谈的计划》，后又经日、蒋双方代表反复协商会谈的保障事项，因此，于7月23日，双方交换《日本代表约定日本中国派遣军总参谋长板垣征四郎与蒋介石会谈的备忘录》：

下记日、华代表关于进行停战会谈事，系分别遵照板垣总参谋长及蒋委员长意旨，并互相确认各自上司有关进行会谈的亲笔证件后，约定事项如下：

一、时间：八月初旬

二、地点：长沙

三、方法：板垣征四郎及蒋介石商谈日、华停战问题。

代表　铃木卓尔印

代表　宋士杰印

昭和十五年七月二十三日

宋士杰，即“宋子良”。

今井武夫于7月下旬回东京汇报。近卫文麿热心听取，并急切盼望成功。于是，在经过一段时间的考虑后，他提笔给蒋介石写信：

蒋介石阁下：

闻悉过去半年多来，阁下委派的代表与板垣中将的代表于香港就日、华两国间的问题交换意见的结果，近期阁下将与板垣中将会见。

余深信此次会谈，定可奠定调整两国邦交之基础。

近卫文麿

昭和十五年八月二十二日

在国际国内复杂的形势下，中国共产党领导的八路军根据整个战局需要及华北战场的实际情况，除了反击日军的“扫荡”外，还必须进行积极主动的战役反攻。因此，八路军总部调集了105个团，在华北发动了以破袭正太铁路为重点的大规模战略性进攻战，史称“百团大战”。

9月5日，“百团大战”进行半个月，日本驻香港特务机关长铃木卓尔提出：建议停止“桐工作”。

> 美国远东政策的加强，英国大使重庆之行，以及苏联、中共情势趋于活跃等，致使处于紧急关头的蒋介石举棋不定。值此板、蒋会谈之际，莫如主动暂停此项工作。

10月4日，日军参谋总长向中国派遣军总参谋长下达了关于中止“桐工作”的指示：

> 参谋总长致（中国派遣军）总参谋长：
>
> 政府计划在十月份内与重庆进行直接交涉的措施，如无成功的可能，打算通过德国为居间斡旋，继续促进和平。
>
> 对此，军方已决定与政府的此计划进行协作，决定中止影响此项工作的谋略。为此，希中国派遣军总司令部亦根据此项意旨，停止进行和平工作。

在日军参谋总长载仁亲王的幕后操纵下，从1939年底到1940年7、8月间，日蒋一直在进行秘密“和谈”，最严重的是进行了两轮香港会谈和一次澳门会谈，几乎促成板垣征四郎与蒋介石的“巨头会谈”。与此同时，日本还试图实现“蒋汪合流”，以解决“中国事变”。

因此，在这样的大形势和大背景下，发生了缪澄流之流的投敌叛国，一点也不奇怪了！

二、常恩多“要抹掉蒋介石的笼头”

常恩多彻夜未眠，亲自召集师部的众军官，向他们讲明缪澄流投降日寇、通敌卖国的全部过程。继而，他郑重宣布：我的锄奸主张是忠党爱国，杀敌锄奸，团结抗战，坚持民主，打回老家去！

众军官都十分振奋，纷纷表明他们支持锄奸的态度。

常恩多又说：缪澄流他离开抗战，出卖祖国，我们毫不迟疑地铲除他！要知道这条神圣而光明的抗战大道，是由中华民族英勇儿女们的艰苦奋斗和流血牺牲所筑成的，谁也不能离开，要是离开，那一定会遭到全国大众的斥责。汪精卫和李亚藩就是很好的例子！

这些东北人民的子弟，流落他乡近十年，在打鬼子的道路上又总是遭遇到姓蒋的阻拦，心里早就憋着一股火了。他们再三表示就是牺牲在抗日的战场上，也不愿意做汉奸卖国贼！

常恩多送走最后一批军官，已是22日清晨。他走出门外，初升的太阳照在他的脸上、身上，他信心倍增。他要带111师抗战到底，打回老家去！他要尽他的全力扭转山东日益伪化的抗战局势，拯救人民出水火！他要做一个名垂青史的中华民族的好儿子，不使子孙后代被日寇奴役！他要带愿意抗战的东北子弟投奔八路军，痛痛快快地杀日寇、灭东洋！

机关的士兵，包括常年在常恩多身边服务的随从徐文斌，炊事员刘树林，马夫马玉林，警卫员何凤舞、王洪才，通信员等都被召集起来。对于已经发生的锄奸运动，他们并不十分清楚。

常恩多走到他们面前，语重心长说：缪澄流贪生怕死、贪图享乐，同敌伪妥协，勾勾搭搭，葬送了民族利益，出卖抗战的果实，是中华民族的败类！我和万旅长率官兵已经开展锄奸运动，缪澄流被打跑，他的同谋们也被我们捉了起来！

这些耳濡目染常恩多坚持抗战的士兵齐声欢呼起来：师长！好啊！好啊！我们支持！

常恩多看了一眼士兵们：弟兄们！你们背井离乡，与日寇血拼三年多了，哪一个愿意披上“黄马褂”？

士兵们纷纷表示：不愿意！不愿意！

万毅带333旅旅部和666团首先归建，661团也在代团长李鸿德率领下归建。战地工作队和抗敌演剧第六队的队员们也回到了111师，逃过一劫。

当部队回到福兰官庄，锣鼓喧天，鞭炮齐鸣，喜庆和欢欣的气氛比过年还要浓烈。

常恩多紧紧抓住了万毅的双手：顷波啊！向全国的通电已经发出去了，今后无论形势怎么变化，我们都要坚持抗战，反对投降，决不动摇！

万毅坚定表示：师长，放心吧，我们决不背叛祖国！

两个人都很激动，热泪盈眶。

万毅懊恼：师长，我没有做好，信任了不该信任的人……

常恩多：现在不是检讨的时候，先归拢部队！

万毅报告说：我旅666团已经到齐，665团董团长已被我派人看押，我已经通知管松涛团附带部队向师部集结靠拢！

常恩多心神不安：管松涛？——董瀚卿可是他的恩人啊！

提到这一点，万毅也不禁忧心忡忡。

在热闹的欢呼声中，官兵们早已拥抱到了一起。脱离缪大混蛋的控制，他们感到了从未有的解放之感。

孙卜菁、陈瘦秋、孙学仁、刘祖荫、陆万美、秦霜、吕梦林等把常恩多团团围住。

常恩多一把拉住陆万美的手动情说：万美，这一次，你们重新回来，就用不着再走了！111 师的弟兄们舍不得你们啊，让我们在一起共同战斗吧！

陆万美激动：师长，我们一定跟着你抗日救国！

常恩多连连点头，热泪盈眶。

陈瘦秋说：师长，我们坚决拥护你和万旅长的锄奸运动！

常恩多：好啊！

刘祖荫：师长，你们赶跑缪澄流太及时了，我们差点就被他们送进集中营啊！

常恩多称赞道：小伙子，高兴了？——你总是这么精神！

常恩多站到高处，对官兵振臂喊道：弟兄们！日寇吞我山河，烧我村庄，杀我同胞，淫我姐妹，与我中华民族之仇恨不共戴天！可缪澄流贪生怕死，认敌为友，哪里还有一点中国人的骨气！哪里还配做中华民族的子孙！

望了一眼愤愤不平的官兵，常恩多又说：人身上生了浓疱疮，一定得动刀把它剜掉！我们的团体出了汉奸，也得坚决地铲除，一点不能爱惜！我们是东北军，要时刻牢记张副司令抗日救国的八大主张，坚持抗战，打回老家去！

众官兵的喊声响彻云霄：

反对投降卖国！严惩汉奸缪澄流！

坚决不当汉奸！不做亡国奴！

誓与日本侵略军血战到底！

赵志刚从军部赶回福兰官庄，兴奋跑进师部。他看到官兵们进进出出都十分忙碌，心情无比激动。他正要寻找师长，忽然被人叫住，回头一看，正是常恩多。

常恩多惊喜：赵志刚！你回来了？

赵志刚：师长，我都知道了，把缪大混蛋赶跑了，太好了！

常恩多把赵志刚拉到一边：志刚，你别在这儿转悠了，快去找中共中央山东分局，把这里的情况向朱书记报告！

赵志刚恍然大悟：是！师长，我担心……

常恩多边向屋子里走，边说：放心吧，我们是正义的锄奸事业，他们不敢怎么样我！

进到屋子里，常恩多说：志刚！你找到朱瑞书记，你就对他说，常恩多要一鼓作气，抹掉蒋介石的笼头，另起炉灶！你懂我的意思吗？

赵志刚听懂了常恩多的话：师长，我懂！

常恩多：我要痛痛快快地杀敌，理直气壮地抗日！而不是现在这样，抗日的，憋气、不得志；打内战、杀八路、祸害百姓的，倒气焰嚣张、名正言顺！——你懂我的心吗？

赵志刚不禁热泪盈眶：师长，我懂、懂啊！我一定把你的想法如实报告分局！

在王维平的住处，111师工委正在开会。

王维平精神振奋，说：常师长和万旅长锄奸，事先咱们工委不知道，也不可能有更多的作为。现在，咱们一是要坚决支持锄奸，支持常师长和万旅长的革命行动，二就是积极争取友军的声援，准备迎击国民党和顽固派的讨伐！

张苏平：鲁苏战区的沈鸿烈、韩德勤、张步云、石友三、秦启荣等等，多少国民党高官都投降了日寇，不打日本人，却专与八路军、新四军作对。他们杀害我们多少同志和人民群众？掠夺了多少群众的财富，制造的无人区已经能连成片了！缪澄流又投降日军，不仅仅给111师、112师广大官兵带来耻辱，更给山东和华北乃至全国的抗战带来损失和灾难！在这样残酷的形势下，常师长和万旅长发动锄奸运动，是何等的英明和及时！这不仅仅赶走了投降派，也捣毁了反动派在山东的总指挥部！

曹健华激动：我也是很振奋、很激动啊！常师长和万旅长真是做了一件伟大的事啊！这件事必将载入中国革命的史册！

王维平：同志们！事不宜迟，我建议赵志刚同志速回分局，向首长汇报，并请示下一步的指示！

张苏平：好的，我同意！

曹健华：同意！

王维平：日本正积极诱降，亲日派加紧包围和压迫国民党当局，蒋介石消极抗日，而积极反共，我认为目前我们的中心任务是反对投降，反对内战，在广大官兵中揭露日本诱降的阴谋，痛斥亲日派、顽固派投降、反共的无耻谎言和卑鄙伎俩！

张苏平：对，组织战时服务团和抗敌演剧第六队，在官兵中和人民群众中广泛开展宣传锄奸的正义性和必要性。

曹健华：这个主意好！乡镇集市，都可以是我们宣传的舞台！

开完会，工委即通知赵志刚返回中共中央山东分局驻地，汇报锄奸情况。同时，两个宣传队的队员也纷纷去到集镇和农村，宣传锄奸的意义，宣告缪逆投敌的罪行。一时间，锄奸胜利的喜讯传遍了十乡百里。

在鲁南山区某村的中共中央山东分局驻地，赵志刚连夜向八路军第一纵队司令员徐向前，八路军第一纵队政委、中共中央山东分局书记朱瑞和中共中央山东分局统战部长谷牧汇报常恩多、万毅率部锄奸的全过程。

赵志刚说：徐司令员、朱书记、谷部长，基本情况就是这样。

徐向前眼含热泪：老常不容易啊！在那么复杂、艰辛的环境下，要面对那么多投降、反动的上司，既要打鬼子、反"扫荡"，还要防备上司投敌、卖国，这不仅仅需要勇敢，更需要智慧和胆识啊！

朱瑞说：老常是好样的！

赵志刚：常师长这一回要当八路，是下了狠心了。他说，要彻底抹掉蒋介石的笼头，要当八路，要痛痛快快地打鬼子、锄汉奸！要……

朱瑞：志刚同志，你先去休息。具体情况，我们都清楚了。我们商量一下。

谷牧说：你就不要再回111师了，留下另分配工作！

赵志刚迟疑。

徐向前：再回去，有危险啊！就回来吧！

赵志刚心绪复杂：是！

赵志刚想到什么，掏出密码本递上：这是缪澄流与蒋介石联络的密码本，我从军部找到的！

赵志刚服从命令，再没有回111师。

于克匆忙走进：徐司令员！朱书记！谷部长！

徐向前：于克同志，你作为我们的全权代表，立即去111师面见常师长！

于克：去见常恩多师长？

朱瑞：对！你去跟他说，111师的锄奸运动意义重大，111师的政治立场，对外应保持57军的名义番号，拥护于总司令坚持团结，坚持反对军部和缪澄流通敌叛国罪恶，反对分裂，拥护三大政策！

于克匆忙记录。

徐向前：必须立即宣布以上方针，并迅速将缪澄流等投敌叛国的罪状，写成材料上报国民政府、于学忠；必须不放松地在全军中，从干部到士兵揭发缪之罪恶；必须把缪澄流一贯反共、反人民、反八路、反民主、剥削腐化联系起来，作全军上下拥护合作、拥护统一战线前进的武器。

于克：是！

徐向前：还有，常恩多同志提出脱离蒋介石领导。你跟他说，现在还没到时候。党要他继续留在国民党军队阵营，这也是党交给他的任务。

于克感动，连连点头。

朱瑞：你去准备一下，马上去111师！

于克：是！

于克离开后，徐向前布置道：部队最近要有所行动，要坚决支持常恩多同志的锄奸运动！

朱瑞遥望远方：老常同志，党交给你的任务艰巨了些啊！

谷牧深有感触：是啊！

朱瑞：我们应立即给毛主席、朱总司令，并北方局、集总、党中央发电，报告111师在常恩多领导下，已奋力锄奸！

三、血泪电

1940年9月23日，于学忠给常恩多发来电报：

据缪军长电报，你师万毅在东盘闹事，实属不幸，还将事实真相速即报来。

锄奸当夜，常恩多在给蒋介石发去电报的同时，也给于学忠和112师师长霍守义发报，希望111师的锄奸运动得到他们的支持和响应。可是，他们都没有回音，更没有表态支持。常恩多心里非常气恼，气他们没有是非。这时候接到了于学忠要材料的电报，常恩多很是气愤。

当天，一封血泪密电发往战区总部。

总司令于：

奉悉，多年关系，一切隐情，早为职及全体官兵所尽知。丑事实不愿出自本军，为抗战计，为全军官兵人格计，实有不能不出此一途者。详情愿为钧座道之：

一、缪某为人，腐化贪污，不讲情理，拥兵自卫，指挥无方，本师三个团拱卫军已年余；余团则长期来往于鲁南阜阳之间取弹药，挟职常集住一地，不能派遣游击！

二、自到鲁南，未曾提过抗战精神，只以军人服从命令为口头语，游击计划，抗敌目标，应付方策，现已年余并未提及。自军部前副官长李亚藩投敌，在郯城东赤岸镇设伪组织后，即秘密信使往来，究谈何事不得而知。至8月间，本师666团机一步二两连被李亚藩勾逃后，即派服务少校李光烈，假交两连归还之便，进行一切勾结事宜。于本月14日派本师665团团长董瀚卿及鲁南总指挥部上校参谋课长于文清及李光烈三人（均系亲信）带兵一营，假去带在逃两连为名，赴牛山车站以北马家窝铺，与敌鹫津师团代表大尉参谋辛修三、顾问新容幸雄及汉奸李亚藩谈判妥协条件：(1)互不侵犯，内容表面敌对，实际携手；(2)共同防共，详细内容已由于文清密报，董瀚卿亲供，一切文件正拟呈报。

三、只因其平素行为似有通敌之嫌，恐一旦投敌后，则身败名裂，我故托病辞职，于本月18日往谒，陈谈辞职未允外，仍未谈及抗战一切。适值临沂莒县大店各点敌人增加，即请急速回师，缪即以不在乎态度徐云："那是打八路的，他若来啦，咱们躲躲不要紧。"正指划地图间，其参谋处长徐鸿恩报告："据百姓说，鬼子说的，我们是给你们打八路啊，你们不要慌张。再说，鬼子实在与我们57军很客气！"又此次敌人"扫荡"军部及职师驻地，虽与敌驻相距十多公里，并未遭攻击，证据诸以上各项，确系订立条约。

四、乃于养日徇万旅长、孙团长、刘团长及官兵愤慨情形之请，职遂主持正义允与脱离缪之关系，听钧座直接指挥，服从领袖，效忠党国，决不沾染汉奸色彩。662团、666团和665团在东盘军部捉缪未遂，即行先后归师。

五、军部各直属队已大部派员来师，请求主持正义，听候指挥。现在除缪随送钧座部王参谋长之霍师韩营向沭河以西逃去，现正派队追寻中。

六、事先除将沾缪嫌疑者扣师外，其余官兵漠不欢腾。

七、来电所示各节，竭力遵照。

八、除文件一二日内整理完毕即派人送呈钧阅，并请派员来师，切实查对。如有荒谬，甘愿断头，静候钧座处理，决不做乱臣贼子，遗臭万年！区区苦衷，天人共鉴！血泪电！

职常恩多敬叩

沂水圈里，战区总部的临时驻地，于学忠收到了常恩多的“血泪电”。

看罢电报，于学忠很激动。他重复着电报最后几句话：如有荒谬，甘愿断头！决不做乱臣贼子，遗臭万年！

于学忠热泪涌上眼窝：老常莽撞了！

没有等郭维城说话，周复怒气冲冲走进：于总司令！常恩多、万毅造反，他们捣毁了57军军部，你知道吧？

于学忠：知道，缪军长通敌，常师长率部反了他。

周复：没这么简单吧？一定有共党作祟，没准他们中的哪一个就是共产党！我要报告委员长，把常恩多和万毅撤职，送交重庆总部审判、枪毙！

于学忠气恼：鲁苏战区，我是总司令！这是我战区的事情，我会向委员长报告，还轮不到你指手画脚！

周复恼羞成怒，欲说未说，气冲冲甩手走出。

周复的亲信白处长紧跟而出：主任，就这样……偃旗息鼓了？

周复很不服气：屁！老子来鲁苏战区干什么的？就是监视他于学忠、抓共产党的！这么多战区司令，委员长最不放心的就是他于学忠。这一点，姓于的比我清楚！

白处长：那现在，我们怎么办？

周复：想怎么办，就怎么办！——回去给委员长发报，这一回一定要撤掉常恩多，枪毙万毅，把111师的实权真正掌握在我们的手上！还有，全面封锁111师发动东盘事件的消息，把你的人撒出去，再集合起地方那些我们掌握的人，只要他们敢出来宣传、扩散，就……

周复做了个抹脖子的动作。

白处长激动，心领神会。

周复的离开，并没有把烦恼带走。相反，郭维城更加着急了。他催促道：于总司令，你要赶快决断啊！

于学忠迟疑不决。

郭维城：不能等姓蒋的把常师长撤了，再想办法挽救。那时候，就保不住了！

于学忠伤心：东北军里，改弦易辙、背叛逃离，这样的人比比皆是，已经没有几个人忠于张副司令了！获三不一样，他还保留着难得的忠诚啊！

郭维城：是啊！东北军已经被姓蒋的肢解得四分五裂了，再失去111师师长的职位，有一天张副司令回来，你没法跟他交代啊！

于学忠：郭处长，还记得前几天我派你去接的我的那个同乡吗？

郭维城想起往事：温树德？——中国旧海军舰队司令！记得！

于学忠：他来看望我，我们一起商量抗战策略。我和他的看法是一致的。我们商量的结果，有三点共同的主张：一是，日本侵略者就是要灭亡中国，以便他来当东亚盟主；二是，蒋介石在日本人面前像是得了软骨病，而对内则并吞异己，残害忠良，我们要反蒋到底；三是，我有四个正规师和赵保元的暂编第十师。抗战胜利后，东北的地盘不能让蒋介石占去，要利用手中的军事力量，就近从海上、陆上赶紧抢占东北地盘，把东北的地盘交给张副司令，决不能交给蒋介石。至于张副司令怎么办，我们就不管了。相信他会有办法对付蒋介石的，这也算我对张副司令有个交代！

郭维城感动，连连点头：总司令！那111师常师长……

于学忠仰天长叹：老常啊，你给我于学忠出了个难题啊！

四、沈鸿烈儿皇梦灭

沈鸿烈要做日寇儿皇帝的计划虽然遭到于学忠、常恩多的坚决反对和抵制，但他在缪澄流、石友三等那儿得到了有力的赞同和支持，他一面大肆收编地方武装，收罗山东的匪徒和反共顽固派充当他当汉奸的羽翼，一面积极联络山西的阎锡山和河北的鹿钟麟，企图成立由山东、河北、山西三个小“国家”组成的投降日本的“华北联邦”。由此，山东省的县长、专员们争先恐后投降日寇，有的公开叛变为虎作伥，配合日寇进攻八路军抗日根据地，有的与日寇暗来明往当敌为友，欺压百姓。他们不仅攻击八路军的队伍，杀害八路军干部，还对八路军、共产党人的家属实行残酷的活埋、砍头、点天灯等酷刑，残暴镇压抗日力量。他们强行使用民生券，横征暴敛，掠夺人民财富，致使辖区里的人民过去吃糠咽菜的地方此时连糠菜也吃不上，造成了东至临朐寺头、西到蒙阴鲁村东西百余里的民众饥寒交迫，最终制造了鲁南无人区。而一旦把这一区域的人民剥夺残暴得所剩无几后，他们又转移到稍微富裕的地区继续反共和掳掠人民。

就在沈鸿烈以为他建立“山东独立国”的梦想即将实现时，他的武装力量的支柱57军军长缪澄流却遭到师长常恩多的坚决反对和无情铲除。这好比连根拔了他投降日寇必须倚靠的大树，他怒不可遏，急忙跑到51军军部，要联手牟中珩制裁常恩多。

牟中珩也知道了常恩多锄奸的事情，对于沈鸿烈的到来，他保持了十分的警惕。果然，沈鸿烈怒气冲冲说：常恩多是共产党！他把缪军长赶下台了，我来是要与你联名通电，讨伐常恩多！这还了得，师长反军长，这就是犯上作乱，是抗上，是目无法纪、军纪，是以卵击石，是不仁不义！他想学张学良吗？张学良现在还被委员长关押呢，他也想自取灭亡吗？我们来灭他！

牟中珩几次想打断沈鸿烈，可沈鸿烈穷凶极恶，根本不容他插话。终于等到沈鸿烈喘口气，牟中珩说：缪军长与日军联络，并签订什么投降协定，这违背了国家利益，违背了民族大义。常师长反他、抓他，那是出于义愤，出于公心！我跟你想的不一样，我不会参加你的什么讨伐！

牟中珩的话，无疑是给沈鸿烈兜头泼了一盆冷水。沈鸿烈恼羞成怒，一拍桌子站了起来，厉声吼叫道：现在，什么国家不国家，民族不民族！我们首先要求的是要能在山东站住脚！站住脚！你懂吗？

沈鸿烈的怒吼令牟中珩气愤：沈主席，你再叫我也不会参加你讨伐常恩多的军事行动！111 师可是鲁苏战区的队伍，我听于总司令的！

沈鸿烈无计可施，憋了片刻，咬牙切齿威胁说：我要你明白，我要你的于总司令明白，只要我在山东，你们才能在这里站住脚！我若不在山东，你们谁也站不住！哼，你知道吧？南京政府的军政部长鲍文樾，那是我的学生，我要干什么都好办，包括你们和你们的于总司令，必须要听我的，明白了吗？啊！

牟中珩转过头去，不再理睬沈鸿烈。

沈鸿烈撂了一句：你不参加，也没关系！讨伐常恩多，我自己干！

五、伏笔

111 师师部，常恩多正和王维平商量下一步的行动。

常恩多说：我已命万旅长，速将于文清的检举书和董瀚卿的交代材料，并他们本人一并送到师里来。并传令 662 团孙焕彩，速将朴炳珊、徐春圃、李光烈、徐鸿恩等参与通敌的同案犯送到师部，准备总部来人调查时，我们就人证物证俱在了！

王维平迟疑了一下：师长，我很担心。

常恩多：什么？

王维平：为什么孙焕彩那边，迟迟没有动静？

常恩多警觉：你是说……

王维平：我就是担心。

常恩多忧心忡忡：是啊！缪大混蛋、宋迪玺已经逃跑了，如果孙焕彩把朴炳珊、李光烈、徐春圃等再放跑，那我们人证就几乎要失去了！

王维平：师长！

常恩多：我再催！我就不信，会有那么多的人想要当汉奸！

常恩多拿起电话：孙团长吗？为什么迟迟不把他们逮捕送来？

电话里传来孙焕彩的声音：师长，不是我不动手，是不好动手啊！朴副军长，还有八大处、特务营，他们都迟迟不缴械啊！

常恩多对着电话吼道：我告诉你，万旅长手上交给你们的可都是锄奸运动中的要犯！要是跑了一个人，我拿你孙焕彩是问！

孙焕彩在那头连说：是！是！

常恩多气恼放下电话。

此时的孙焕彩已经暴露其背叛常恩多的丑恶嘴脸。但常恩多看他是自己一手提拔起来的人，料定他不敢怎么样，因此对他继续信任和重用。这就为后来发生的一系列的恶果埋下伏笔。

665团也还没有归来。常恩多万分焦虑，管松涛之所以能在111师落脚，除了当年常恩多欣赏他的炮兵专业技术外，董汉卿功不可没。如今，他的恩人被常恩多、万毅抓了，他还能带部队回来吗？

这天黄昏，站在福兰官庄的村头，常恩多神情焦虑向远处遥望。

大路上，只有几个农民走来，没有队伍。常恩多很失望，问王维平：王秘书，管松涛可靠吗？

王维平坚定说：师长，可靠！

常恩多忧心如焚：他是炮兵，当年可是奔董瀚卿才来到111师的！他跟我、跟111师都没有历史渊源关系。现在，他的团长被扣押了，他万一……

远远的大路尽头，尘土渐渐腾起。俄顷，管松涛带部队雄赳赳、气昂昂出现在尘土的背景中。

眼尖的刘万胜、徐文斌喊了起来：师长！来了！来了！

王维平高兴笑了。

常恩多激动，看了王维平一眼。

管松涛看到常恩多，带队伍跑步而来。

管松涛跑近，敬礼报告：报告师长，管松涛率665团归建！

常恩多热泪盈眶，快步走近，一把抱起正敬礼的管松涛：你们终于来了！终于来了！

管松涛激动喊：师长，我们坚决支持锄奸！你放心吧！

常恩多放下管松涛，连连点头：我放心了！我终于放心了！

跟随常恩多来迎接的人们也都十分感动。

常恩多郑重写下命令：任命管松涛代理665团团长！

665团回来了，可到了锄奸后的第三天，孙焕彩也没有下令缴朴炳珊他们的枪！

常恩多怒不可遏，打电话质问：孙团长，你那里究竟怎么回事啊？三天了，你围而不攻，难道要任朴炳珊拖延下去？我命令你，立即缴他们的械，把所有人押到师部来！你跟大家讲，我们只惩处那几个跟随缪澄流投敌叛国的人，其他的人与此事没有关系！我告诉你，如果锄奸成果在你手上丢掉，我就撤了你的职！

常恩多气愤放下了电话。

凝望地图上的“东盘”，常恩多十分恼怒。

刘万胜走近递上水杯：师长，先别生气。

常恩多：这个孙焕彩，围而不攻，任朴炳珊等要犯苟延残喘，迟迟不交枪械。

常恩多想到什么：哎，万胜，你跟他们团的营长们熟，赶紧给他们写信，告诉他们战区于总司令今天来电嘉奖我们锄奸行动！

刘万胜应着，就到一边写信去了。他先后给孙立基团附、一营潘明山营长、二营阎普营长、三营林学骞营长各写了一封信。信中写道：

兄，告诉你一个好消息，今天我在译电室张殿元处，看见战区于总司令来电报，嘉奖我们的锄奸行动！弟万胜9月24日晚。

刘万胜写好信，走出师部招呼师长随从上士张伯威，要他当晚骑马把信送往662团。

9月25日中午时分，刘万胜被门外的一阵响声惊动，他拔出枪冲了出去。

到了小院外，他看到孙焕彩率662团官兵已经赶到。孙立基、阎普等都在队伍里。

常恩多走出了房门。

孙焕彩跑步上前：报告师长，朴炳珊夫妻、徐春圃、李光烈、徐鸿恩，还有缪澄流的小老婆等参与通敌的同案犯，都已押送到师部！其他人员、武器装备完好无损！军部的很多人知道真相后，都要留在咱们111师呢！

常恩多高兴：这太好了！人呢？

孙焕彩：我已经押他们去特务连，关起来了！

刘万胜、王维平上前与孙立基、阎普等激动握手。

孙立基：刘副官，我们看了你的信，就催促团长立即动手。朴炳珊开始还想死扛，我们一硬，他就乖乖投降了！这不，天亮前结束了战斗，我们就赶回师来了！

王维平不解：什么信啊？

阎普：刘副官给我们一人写了一封信，我们深受鼓舞……怎么，他没跟你说？

刘副官有些得意笑了。

常恩多也有些诧异：没想到，咱们的刘万胜脑筋和咱们差不多了，这回锄奸他还派上了用场！

王维平感慨：是啊！我也是很惊讶，可以说是喜出望外啊！

常恩多忽然站住，他想起刘万胜虽是“副官”，其实还名不正言不顺呢。

王维平：师长，怎么了？

常恩多：我想，该给他恢复名誉了！

王维平高兴：那就恢复他的副官！

常恩多：中尉副官！

王维平：好，我来起草命令。

几分钟后，师部机关的数十名官兵集合在院子里，王维平宣布了师长签署的刘万胜为师部中尉副官的命令。

刘万胜有些吃惊，忽然醒悟，激动地站到队伍前。

命令宣布后，刘万胜向常恩多郑重敬礼。

跟随常恩多多年的刘万胜，自那次说错了话被常恩多免职后已经成熟起来，也必然在后来111师命运的生死关头建立功勋。

六、坚守

9月25日，常恩多收到了蒋介石训斥的电报：

> 山东省完全敌后作战，为防止异党破坏政权，影响抗战，曾经制定总体战，党政军一元化，将山东划为三个游击区，即津浦铁路以西划归鲁西游击区，以沈鸿烈为鲁西游击指挥官；津浦路以东，沂蒙公路东西之线为界，此线南，划归鲁南游击区，以缪澄流为鲁南游击指挥官；此线以北为鲁东游击区，以51军军长牟中珩为指挥官，早已明令该战区司令于学忠，划分呈报有案。该师长不识大体，意气用事，虽云忠党爱国，难辞犯上误国之咎……

常恩多很气愤，一把将电报攥成团塞进了口袋。

此前，缪澄流除了牢牢掌控111师四个团（662团2营除外），还在东盘周围十几个村庄集合了大小几十个司令、县长等地方武装。“九·二二”锄奸，捣毁了缪澄流的57军军部，鲁南游击总指挥部也不复存在。失去了缪澄流这个靠山，那些要打内战的反动势力受到沉重打击，也纷纷作鸟兽散。这就是蒋介石训斥常恩多“犯上误国”的根本原因。

锄奸东盘，捣毁了57军军部，赶跑了缪澄流和那些铁心反共的大小汉奸，等待常恩多的是撤职查办、武力讨伐，及一切不能预知的后果。这一切，常恩多都不怕。这天，他最焦虑也是最担心的事情，还是到来了！

在一间民房里，常恩多等到了中共中央山东分局的特别代表于克同志。

于克紧紧握住了常恩多的双手：常师长！徐向前司令员、朱瑞书记向您问好！他们要您保重身体！

常恩多热切说：于克同志，我想一鼓作气，抹掉蒋介石的笼头，带着111师跟着共产党走，向前同志和朱瑞同志有什么指示吗？

于克沉了一下，回答说：他们不同意。

常恩多脸色骤变，心情沉重：不同意？

于克：是的！朱书记说，为使反投降更有力，使国共关系不受挫折，而回到统一战线上来，使更多的友军团结到我党周围，使顽固派更无所挑拨，使统一战线变成为广大军民的目标，使51军和112师更趋于团结抗战，他们都希望常将军放弃这一念头啊！

常恩多非常难过。东盘锄奸，不仅挽救了整个山东的抗战局面，更使57军数万官兵免遭当汉奸的噩运。既已锄奸，他便可借机率部脱离蒋介石的指挥大棒，投奔八路军，他要痛痛快快地打鬼子，他要每天都高高兴兴地奔波在抗日战场上……可是，这个愿望，他还无法实现。

常恩多的心在哭泣，他强忍眼泪没有掉下来：好！我听朱书记和向前同志的！

于克很感动：常将军！谢谢你！我在朱书记发给党中央的电报中看到，他这一意见，实际上是使111师成为我党军队、成为八路军的外围军。并说，这对于山东局面好转是有决定意义的！

常恩多坚定道：只要对革命事业有益，对山东乃至全国的抗战有益，我常恩多听共产党的！

于克紧紧握住常恩多的手：向前同志还说，要你继续留在国民党军队阵营，这也是党交给你的任务。

热泪终于夺眶而出，常恩多说：请转告徐向前司令员和朱瑞书记，我常恩多一定完成党交给的任务！

为了使广大人民群众了解锄奸真相，常恩多日夜操劳，伏案疾书，写出《“九·二二”锄奸运动前前后后》：

……

2

溯自抗战军兴，我全部官兵，确遵国策，服从领袖，奋身杀敌，慷慨赴战，历经苏北皖北临台各次战役，尸陈苏鲁，血染江淮，其中虽负伤亦不退，临死而犹高呼祖国永生之壮烈事迹，俱足辉煌我国民革命之光荣战史；及至抗战二期，又复处在敌后，赖我军民合作，得以确保鲁南，发动游击，我官兵均知对于抗战建国应负之重大责任，矢忠矢勇，以血肉换得战果，以决心争取胜利！屡经王家庄、黄山前、九里坡等大小40余战，虽未能荡尽倭氛，总算是打出个局面。倘无缪澄流之制阻，自信能以更多战绩，呈献于我全国同胞之前。谨将三年缪对抗战之所言所行摘述如下：

1937年秋季，本师在河南周口改编未竣，“七·七”事变即行发生。7月末，奉命出发。8月下旬以扼守南通，戒严长江下游北岸各县，防敌登陆之任务，开抵南通、靖江、海门、启东一带。彼时我以作战任务为主。缪则着眼敷衍公令，迨至上海撤退，本师即奉令转进靖江。江阴失守后，又奉令转进扬州。扬州一战，缪是指挥无方，配备失当，在内心是牺牲小部，保持力量，例如令本师在扬州城南仅4公里余之一片平地作战，而不令占领施家桥一带之良好地形，待敌占领施家桥后，仅令我带两营，其余部队归他掌握，而结果反冤枉地牺牲了我许多壮烈战士，接着南京撤退，遂又奉令转进至高、宝、两淮一带。

1938年春，临沂吃紧，本师奉令派333旅前往参加台儿庄之役，该旅又奉命扼守东西马甸，掩护大兵团撤退，两次战果，颇表成绩，但其伤亡均已甚重。余以该旅两团之英勇抗敌美风，须予保持，应就原有建制，加以补充，缪则意不出此，强制裁减营号，致使浴血而载誉归来之军士，竟以额限而降级，至经其自行募补之新兵营编入该旅后，虽屡经整顿，延至年余，始能担当任务。以上就是缪在抗战初期的情形。

自徐州撤退，后方交通中断，缪对抗战计划抗战教育，更是一层也谈不到。是年9月，大武汉吃紧，委座曾经电调缪速率本军赶往策应，官兵闻讯，义愤填膺，咸愿达成光荣任务，驰赴戎机！按当时公意，本应取道睢宁，即经南徐州越津浦路直奔安徽阜阳，以打击敌之侧背……。当时在宿迁马陵花园里，有于参谋长等在座，我向缪提出我们这个意见，他摇头表示不同意。我回来与人谈，他们要我再去力求。我次晨再去，缪未起床，由于参谋长用电话向我代陈，他在电话里说："照原计划，没有别的办法。"直至敌已进抵固始罗山，又复假词缺款，前后苟延一月有余，至后选路线，余虽一再报告，缪仍有意绕道，通过蒋坝、嘉山一带病区，致部队行抵该区时，官兵因遭疾病而不能动作者，已十有六七。迨至嘉山过铁路，开抵定远后，不数日武汉即行放弃，综合驻皖时间，我部只虚攻合肥一次。数月之久，经千里跋涉，尤其是在全国一致呼喊保卫大武汉之口号下，缪只仅允许我们抗战官兵，做到虚攻一次合肥。

以后本军在合肥西北老人仓一带，盘桓20余日。有一次，我到军部去见缪，总以为他会引咎自责，另知绳勉！对于当前局势，或有积极作法，就便还可以提供一些意见，哪想他的生活，比以前更加堕落，他的思想也比以前更加昏迷，在闲谈之际，曾以极端不满之态度，以非常抱怨之口吻说："你们看，就凭中国这般老百姓，这样无知无识，怎么能够打鬼子呢？我看委员长是被那些穿大褂的（党政界）包围啦！尽听他们胡说，他也就信！"当时我就觉得这话若让官兵听着，很能沮丧士气，但是他平素说话，一向就不许旁人辩驳，心里虽然是着急，也只好听着。

是年初冬，部队又开回苏北淮阴、宿迁、沭阳一带，他就和他在徐海警备司令任内所联络的李实甫（现已投敌）过往很密，李在当时常往来于上海东海之间，形迹可疑。

1939年1月，因鲁南防务空虚，余奉命率三个团兵力开来填防，缪则仍留苏北。3月下旬，敌以一个联队兵力，夺取清江，"扫荡"沭阳、宿迁、灌云、东海一带，缪当时拥有五个团兵力，竟以指挥错乱，弄得七零八落，在困顿万分之际，不求振作挽救危局，反就商于当时的军部副官处长李亚藩，请为设计，携款逃命上海。经李告已走不出去，复作20余日之徘徊，始打消原意。

到鲁南之后，所率各部，损失奇重，仅331旅所属之661团，尚称完整。但喘息不久，又值敌伪大肆"扫荡"鲁南，缪就更加惶恐起来，把困难看得无法克服。本来经过这次大"扫荡"，敌伪虽然夺去了鲁南仅存的几个县城，控制了几条主要的交通线，不过若按全般情形说，我们是胜利了，我们粉碎了敌伪的整个

“扫荡”计划，达到了消耗战的目的，造成了光荣的战果，增多了宝贵的经验，使敌伪的伤亡损失数倍于我。但是缪不顾这些，反而对于鲁南抗战，以及全国抗战前途，完全失掉信心，从此什么训练部队，组织民众，他全不管了，一味是拥兵自卫，力图个人安全。本师的四个团，三个给他当卫队，另一个团带两营人经常往来取饷运弹。师部虽然带着其余小部，但一年以来，仍然利用一切可能时机，与敌伪周旋，达成任务，即在极端困难情形下，亦竭力坚持，从未提及部队之多寡，盖余深膺战至最后一人一枪，犹须奋斗之旨，初犹欲以一己之赤诚，感动长官，冀其重整精神，积极图强也！

三年以来，余为争取抗战建国复土还乡之大愿，任人摆布，受人掣肘，甚至毫无施展之余地，但以大愿所趋，每以展望远景而自娱，故能容忍克己，委曲求全，冀以托庇最高领袖，以及全国同胞之精诚感昭，使缪慑于民族正气，知所警惕！则余与全师官兵，虽在万难之中，亦能多尽一分责任，多安一分心愿！

关于缪之为人，及其多年事迹，诚有令人不愿道与不屑道者：他之贪污腐化，乖戾反复，十数年来，不仅为其家人朋友长官部下所深知，及其所处社会凡与他相识的，莫不知之！和他共过事的人，都知道比他高了不行，比他低了也不行，比他软了他嫌无用，比他硬了他要剪除，必也不高、不低、不软、不硬，才暂时可以充当他的称心好奴才！他那么作威作福，颐指气使的，结果他的左右，自然是乌烟瘴气，一塌糊涂，对于抗战意义，救亡的责任，和怎样统帅三军，教育部署，组织民众，三年以来，以我与他在职位上的亲密关系，尚未闻有所表示，亦可想见一斑了！他平素起床会客办公的时间，经常是在中午以后，入夜时烟灯摆上，则啸聚一些地痞流氓贪官污吏，横吹乱捧，大谈怪力乱神，相法命运。对于革命先烈和救亡分子，他是胡说八道，妄加菲薄，对于利己的事，他便不顾别人的人格和别人的权益，什么国啦民啦，他更不管那一套了。人家正派人受尽了他的一切不合理的待遇，真是不敢怒也不敢言！三年之久，全体官兵有目共睹，他的抗战态度除非在上峰命令不得已的时候，或是敌人找上门来的情况下，不得不用一部分招架牺牲外，他是能混就混，靡有整个计划的。大家本来都可另寻抗战工作一走了事，全师官兵，有的屡次向我请求回师，不愿再受横蛮压制，和非理驱策！我都曾分别训示他们，要他们更有毅力，为国坚忍，只若有一分打鬼子的指望，只要大的方向不错，大家必须死而不乱。后来，他的论调更加不同了，悲观失望的情绪也越发表面化起来，常说：中国怎么不能打啦，怎么打不过啦，汪精卫不是汉奸，是另一个方法救国啦！我还希望他是单纯的为嗜好所累，耐不过目前的苦难，久战生怠，发发牢骚，以消积闷，我决不想象他的别藏祸心，因为那不但是毁灭了他本人的前途，也将毁灭了我们全民的抗战大业，更将辜负了我们十年来复土还乡的心愿，当时我便决定了我自己的态度，一方面鼓励部下，坚持抗战，一方面宽慰长官，积极领导。我自知责任重大，我想以自己数十年处世的诚信，来感动他，哪想他丝毫也未觉得，仍是弄他自己那一套。

3

自从缪觉得抗战无味，山区生活痛苦，他的斗志便日益消沉，直到李逆亚藩当了汉奸，住在桃林镇，专门做瓦解我军的工作，以后他更是每况愈下了！若说李逆是他派去的，那未免武断。不过李之去年由军去职，并未发表理由，仅见开缺命令。而李又系与朴副军长去年赴阜阳取饷时同行，最初说是回后方，后来竟同朴之夫人同去上海，住法租界，大肆活动，消息传来，令人担心，迨至朴妇归来时，李逆已就伪"兴亚建国军"鲁苏地区总司令。本年8月中旬，忽接缪电，令我星夜带领直属队及一切驴马驮子，越过日莒公路，赶来东盘一带会晤。虽是阴雨连绵，亦不避泥泞，奉令赶到，原以为磋商什么抗战大计，或可相机推诚，会晤之后，并未闻谈到正事，还是那么闲扯一套。当我亲眼看见那种荒淫无度的情形，心里不由得感痛起来，觉得一切都不像是抗战的派头。以后我便率部驻在军的附近，慢慢听到军中传出消息，说缪曾暗派其亲信服务少校李光烈，密赴桃林镇，与李逆传书递简，究为何事？外人无从探息。官兵以其平素言行判断，不免惶惑，存在疑虑。不久以后，忽接由缪指挥年余之666团报告：谓该团郝、王两连公然携械投敌，当时我非常吃惊，觉得情形不对，此风绝不可长。经详询结果，始知系受李逆勾引，背景并不简单，我又深思苦虑一番，觉得如此下去，要不好了，那些日子，我便昼夜考虑有效的对策，以巩固自己抗战力量。忽然军里又传来消息，说是李光烈又奉缪的密令，遄返桃林镇去了。听到这个消息之后，我更觉得不对，本来桃林镇与我防区相距只有几十里，像这样子的信使往返，恐怕会引起更多的意外事件。

从这时开始，我便留心观察缪对解决这个事件的态度和基本原则，我也不得不留心到大的方向问题和我全体官兵未来的命运。同时，我也觉得自己应该有个坚持抗战挽救危局的办法。经过很久的焦思慎虑，我便决定了宁可牺牲自己的功名利禄，以去职表示消极的心愿，促缪猛省，感动他发现天良，为国家为自身珍重前程。如果他以反省所得，积极抗战，余虽去职，亦可以其功业而自娱。以余多年贻于缪之观感及三年生死与共之情谊，余自信但凭精诚，亦有济于时艰，至少也可以使知人心之向背，而勒马悬崖，遂于9月初秘密手缮签呈，托病恳请长假，盖恐消息传出，影响士气，或为不明余之苦心者，以为师长唯恐累及己身，舍弃部下而自行引退也！

4

自假签密呈之后，十余日不见回示。余当虑及缪或别生疑念，若然则与余之初衷完全相背，因假"九·一八"九周年纪念日，赴军面陈一切。连年以来，每值此纪念日，余于默念之时，心情特别沉痛激昂，今年此日，余之感触尤多，以己之心度他人之腹，想象缪或亦有同感，正好藉以激发其良知良能。

是日午刻，余判断缪已起床，即策马驶至东盘，与缪会晤，谈话未久，缪将余导入朴宅，旋即回去，乃与朴闲谈旧话，不觉夜半。余以不及与缪畅谈，怅然返回寓所休息。

我一进屋，没想到半年未得见面的万旅长，正在屋内等我，未说几句话，他就说："师长，不要谈别的啦！有件紧要事情来报告你，鲁南游击总指挥部上校参谋课长于文清，今天从桃林南的北琴口回来，向我说，同董团长在12日那天晚上，在朴副军长家里，有缪有朴有朴妇，和他们二人会谈，缪给他们命令，去领前月跑到李亚藩那里去的666团的两连人，并与鬼子商定条约。"最初他一面说，我一面想，越听越觉得严重，越想越有因果，对于万旅长的为人，我们虽然相处不久，但是我觉得他的人格很高尚，意志很坚决，确是一个正派人。因此，我相信他说的话都是实情，我便细心往下听："13日，董团长带他那团的第2营，还有于本人和李光烈一同去北琴口，14日那天，在马家窝铺见的日本鹫津兵团代表大尉参谋辛修三，与李逆亚藩顾问新容幸雄，订妥了互不侵犯，共同防共的两条件，回来报告军长。说是下回还要去定细则，这是投降要当汉奸啦！如何处理？"话到此处，我的脑海里如受炸弹一般，嗡一下子沉默多时，前思后想，有几个问题，萦绕其间：

第一、缪干了这个无耻的事，在他个人，人格扫地事小，影响鲁南士气民气及整个抗战事大，见笑国际，贻羞人民，玷污了革命大业，为日本帝国主义增加了新生力量，举世弱小，抽一口凉气。

第二、出卖了苦斗三年在炮火下牺牲了的以及仍在奋斗的同志用血肉胆识所换得的一点光荣。

第三、玷污了我们往日长官同志所遗留下来的历史光辉。

第四、断送了东北3 000万同胞用血汗所铸成的为求解放而千辛万苦奋斗多年的部队，致使望眼欲穿、血泪淋淋、受尽了暴力压榨与铁蹄蹂躏的那些父老兄弟诸姑姊妹，痛心失望！

第五、后方所有东北救亡团体、救亡同志、眷属妇孺等，又何颜以见国人！

第六、连年以来，我东北流亡同乡，漂泊关内，甚有为生计所迫，而沦为娼盗乞丐者。但每一提及抗战建国复土还乡，没有不兴奋鼓舞，涕泪纵横，均愿为国效忠，誓争最后胜利。继闻国府明令发表缪主政热河，更使充满希望，以为光明不远，殷殷切盼，系于一身。今缪竟倒行逆施，殊甚令人心寒。

想起这些问题，使我不能不下最大决心，不顾一切，拼此一身，誓除奸邪，以正纲纪，以维正义。当时我即徐问万旅长："你们觉得怎么办好呢?"他说："师长能带我们到总部打官司就行，全师官兵没有一个愿做汉奸的！"

我听到这话，不禁喜痛交加，眼泪几将夺眶而出，喜的是随我多年苦斗三载的官长弟兄们，虽离开年余，热血仍然沸腾。痛的是这些主持正义的健者，在缪逆及群丑下，受尽了淫威胁迫，不合理的牺牲断送，牛马般的驱策。继在喜痛交迫之下，又想我何人斯，能得到大家同情，只有服从众意，加强我的锄奸决心，增大我锄奸胆力，遂与万旅长草草决定了锄奸办法与步骤；彼时已夜过半矣，又怕缪之左右知而生疑，当嘱万旅长速去，不必再来见我，候我回师经过该旅时再行从长计议。万临去又一再告诉我小心，恐我被扣，或遭暗算（时缪已组暗杀队）。我当以不致如此，“有你们在，他绝不敢”的话以宽其心。

万去后，我竟夜未眠，想了以往缪的言论态度及把持部队，任宵小胡乱处理问题，随意排除我抗战阵容内的忠良将士，想来想去，不觉天明。好吧！赶快脱此天罗地网，好与我那亲爱同情的一些人们相见，详计锄奸工作。

综合以上锄奸运动之前前后后，仅以十二万分之热诚，陈述于我各级长官各抗战友军各救亡同志以及全国父老兄弟诸姑姊妹之前。

本人与案内各员，均系多年旧识，在一个团体里生长起来，谓为同学同事长官部属则可，并非同道同德。十数年来，缪之为人，我固知之，我的为人，缪亦知之，尤其余耿直性格，古板态度，生活朴素无奢望，此情缪更深知。缪若激发天良，反省以往，当知余推心抚膺，默然忍痛无怨无忧积年如一。所望何者？而今故乡庐墓，已陷暴敌，东北同胞，方沦地狱，千百烈士，尸骨未寒，孤儿寡母，形影犹在，缪竟背义妄行，负恩邦家，余抚今追昔，能不痛心!?

缪今所行，出卖民族，出卖团体，置国家纲纪于不顾，影响抗战大业，玷污革命历史，毁灭断送我血拼三年之光荣。似此何以应付非常时期，领导军民？官府出丑事小，军民受罪事大；惟冀各级长官全国同胞舆论文化各界，共本爱人爱物之心，除此奸邪，以固国本，以儆效尤，而利抗战，此其一。

自汪逆登台后，敌以华制华之政治阴谋，愈演愈烈，汉奸败类，或现或隐，汪逆走狗，满布各地，尤其在游击区域，更假各种名衔，窃取合法地位，勾结一般悲观失望头脑昏庸自利自饱之徒，密谋妥协投降之勾当；且也明奸易防，暗奸难见，抗战阵容，必须整顿，希注意焉！此其二。

本师此次众意锄奸，乃血拼三年打出来的进步，唯有在委员长蒋、总司令于领导指挥下，服从命令，信仰主义，忠党爱国，杀敌锄奸，益加振奋，艰苦卓绝，倭寇不除，奸邪不尽，共誓奋斗白头，以主正义，以固阵容，决不辜负领袖之所教，全民之所托，此其三。

尚望全国同胞，抗战友军，武装同志，多年故旧，幸勿以豆萁相煎视之，则本人幸甚，全体官兵幸甚。

这些文件复印出来后，被分发到两个宣传队员的手中。就在他们要下乡散发时，邹强和几个撤出的宣传队员忽然又回来了。

大家欢呼拥抱，喜出望外。

陈瘦秋说：邹强！我们以为你们再不回来了！

刘祖荫最高兴：邹强大哥，你可回来了！

孙卜菁问：你们是怎么回来的？

邹强兴致勃勃说：我们都听说常师长领着111师锄奸了，我们坚决要求回来啊！

陆万美：邹强，你们已经走到哪儿了？

邹强委屈：我们到了八路军的九支队，虽然客客气气的管吃管住，可还是被刘司令关了整整四天禁闭啊！

众人听罢都乐了。

孙学仁问：那你们每天都干什么啊？

邹强：每天就只有写审查材料，快闷死了！

众人幸灾乐祸。

邹强：这回好了，我们可以痛痛快快跟着常师长打鬼子、锄汉奸了！

众人激动欢呼。

七、缪澄流是真混蛋

25日，缪澄流在荣子恒的保护下，终于抵达沂水的圈里鲁苏战区总部驻地。

于学忠临时租住的地主家里，缪澄流灰头土脸，神情沮丧埋着头坐在桌前。

于学忠来来回回地踱步，忽然停住气愤问：你是中国军队的军长，还是他日本人的军长？

缪澄流冷汗淋漓：总司令，万毅是共产党啊，常恩多是同情者！万毅闹事，可以理解，可常恩多历来老实巴交，真是看不出来啊，阎王爷白给我披了张人皮。我怎么就没看出他来呢！东盘闹事，就是共产党策划的……

于学忠：你做出叛国通敌的事情，辜负了委员长对你的期望，你给中国人丢脸，给中国军队丢脸，还要诬告别人！你还有没有良心？

缪澄流委屈哭：总司令啊……

于学忠：你能怪常师长、万旅长他们反了你吗？

缪澄流痛苦，忽然点头又摇头。

于学忠：错误在你！罪行在你！你要向他们承认你的错误、罪行！否则，这一关你是过不去了！

缪澄流：承认了我的罪行，是不是就不追究我了？

于学忠：你说呢？

缪澄流抓住最后一根稻草：我……我发认罪电报，我向常师长、万旅长认罪！

缪澄流一副落泊相，到电讯室给常恩多发电报，乞求饶恕。电报称：

常师长、万旅长同鉴：

鄙人向敌伪接洽，确有谈判，详询董、于，便是实际。鄙人与两兄患难有年，罪戾之深，愧悔难禁。昨已专电总座，自投请罪。两兄赤心抗战，自能力顾全局，但能使鄙人减少一分罪过者，希两兄竭力为之。鄙人感幸多矣！将来完成抗战，贵部定有无限光荣，鄙人仰首青云，戎马半生，饱尝风味，言出肺腑，特电奉闻，诸希鉴谅。

缪澄流有（25日）未手启

缪澄流的悔罪电报传到莒县福兰官庄111师师部，常恩多和万毅等读罢电报，不胜欣慰。缪澄流送到他们手中的电报，是缪澄流投敌叛国的最有力证据。之后，王维平向机关官兵宣读电报，官兵们欢呼雀跃，不胜欢喜。

常恩多：真是大言不惭，不以为耻，反以为荣！抄写数份，广为散发，要让全师每一个官兵都知道此电！

在沂水圈里战区总部政治部驻地，周复正怒不可遏、大发雷霆。

周复说：缪大军长！缪主席！缪总指挥！你傻了还是疯了？啊！你把你当汉奸的把柄，亲手交到人家手里了！

缪澄流非常委屈：我……我确实……

周复恨铁不成钢：你确实是天底下头号大傻瓜、大混蛋！

缪澄流委屈地哭出了声：我负荆请罪，亲自向委员长请罪，向军委会请罪……

看着缪澄流的丑陋嘴脸，周复十分失望：行了！留着检讨，你亲自去对委员长说吧！

缪澄流：就是万毅通共，常恩多同情共党，我才到今天这个地步！

周复：你这一跑，丢掉的不仅仅是57军军部，还有鲁南十七县游击总指挥部！那些个县长、司令们，都害怕111师乘机捣毁他们的老窝，都作鸟兽散了！

缪澄流沉痛：常恩多、万毅……他们身上，都长了反骨！

周复：对！西安事变的影响太大、太深，他们至今都想仿效张学良，想做出震惊中外的事情！可这一回，他们错了！

沈鸿烈匆匆走进，高声喊道：我支持开源老弟！老弟！大哥看望你来了！

缪澄流见到救星一般，抓住沈鸿烈的衣服终于放声大哭：沈主席啊，我现在连个家也没了！小老婆和干女儿都没来得及带啊……

周复恨铁不成钢，不住地撇嘴。

沈鸿烈安抚缪澄流说："共同防共"怎么了！我就和日本人"共同防共"！开源老弟！别怕，我支持你！我已经给委员长去电，一是撤了常恩多，二就是我要亲自带大部队讨伐111师，对那些不安分的人给予严正警告！

缪澄流：谢谢啊！谢谢！

沈鸿烈：别伤心了，我来就是接你到我那里去住！临朐南面的吕匣店子，虽说是山区，条件差些，但好歹能落个脚啊！

缪澄流感激，连连点头。

周复叫上沈鸿烈，两个人直奔于学忠驻地。

郭维城走进于学忠办公室：总司令，蒋委员长又来电了。

于学忠心情复杂：还是要撤销常师长的职务？

郭维城：是的！这一次，态度更加强硬。

于学忠叹息一声：对于坚持抗日的东北军将领，他不斩尽杀绝，不甘心啊！

郭维城：如果111师也像沈鸿烈、韩德勤、张步云、石友三和秦启荣的部队一样，只反共打内战，而不抗日，那山东，乃至中国抗日的力量都将是个很大的损失。缪澄流投敌，那些没来得及投降和正准备投降日寇的将军们，就会争先恐后……

于学忠打断郭维城，坚定说：不！决不能！不能撤换常恩多！

正在这时，周复和沈鸿烈气焰嚣张走了进来。

警卫营长侯宜禄匆忙跟进，欲言，被于学忠拦住。

周复、沈鸿烈毫不客气，径直坐下。

周复：于总司令，我和沈副总司令来，是要求你严惩常恩多，撤销他们的职务，并送交重庆总部军委会法办！

于学忠"哦"了一声。

沈鸿烈：我要亲自带兵马去围剿111师！我要……我要讨伐常恩多！

周复：于总司令，你听到没有？啊！如果做部下的，不过是个师长、旅长，找个理由就把军部给端了，那这军队、国家还要法律干什么？那还不天下大乱！

于学忠缄默不语。

周复：总司令！如果这一次你不严惩常恩多和万毅，那我敢肯定，要不了多久，就有人敢捣毁你的战区总部！

周复并无先知先觉的本领，撂下此话只是威胁。这却叫于学忠暗吃一惊。郭维城和侯宜禄各怀心事，没动声色。此时的所有人，还难以预料今后将发生什么！

沈鸿烈不咸不淡道：于总司令！以往咱们在很多事情上有分歧，都算我不恭，你大人大量，别跟我计较。但这一回，你必须听我的，听我们的！

于学忠不慌不忙站起来：事情都没调查清楚，你们一个个的着急撤职、讨伐，你们这是干什么？讨伐？讨谁啊？111师是我战区的一个正规师！——你们要讨伐我吗？

沈鸿烈和周复张口结舌。

于学忠缓和了一下口气说：你们可以有自己的意见，但我是战区总司令！

沈鸿烈退了一步：好吧！总司令，你给个痛快话，你打算怎么处置常恩多和万毅？

周复目光如炬紧紧盯住于学忠。

于学忠：怎么处置，要等到调查以后再说。事情都没有搞清楚，现在说什么都太早！

25如夜，常恩多给于学忠发电称：

总司令于：

缪澄流9月22日在逃往总部途中，利用贺元电台拍给委员长和职电报中供认，与敌人交往不以为耻，还理直气壮地说，迳奔总部投案，这是何等狂妄。职师官兵义愤沸腾，难以遏制，纷纷要求处理汉奸缪澄流，以平民愤，而安人心。职常恩多代表全师官兵意愿，直陈不讳，恳请示遵。

9月25日亥

常恩多没有收到于学忠表态支持锄奸的回电，不久就接到了如下电文：

佳有亥电悉：

该师和军部经过东盘事件，没有大变动。军部直属各大单位既在你师附近暂住，要妥加照应。至于朴副军长、唐旅长、董团长、于文清等人一俟总部派员到你师接管把他们送回总部，由该师派队护送。

于学忠　佳有沂参

莒县福兰官庄111师师部，万毅匆忙走进：师长！你找我?

常恩多压制着胸中不平：于总司令来电，对我们锄奸不提支持，反倒要我们把所有证人送交战区总部!

万毅：师长，不能送啊！都送去了，咱们说话就没有分量了！

常恩多：是啊，我正为难呢！不送，恐怕顶不住啊！

王维平：于总司令就要派人来调查了。

万毅：调查，咱们不怕！但不能就这样把人证都带走！就是带走，也要他们留下物证和供词！

常恩多眼睛一亮：这个办法好！现在就要他们写出书证，以备将来他们反咬一口。

万毅：好，我就去布置！

外面传进嘈杂的人声。

众人诧异，向外走去。

八、老百姓欢天喜地

“九·二二”锄奸的光辉事迹像温暖的春风，很快吹遍了鲁苏大地，几乎家喻户晓、有口皆碑。八路军、游击队、地方抗日人民政府以及各界爱国人士闻讯后，都纷纷从远道赶来慰问。

滨海专区谢辉专员带慰问队伍来了！

日照县刘县长带慰问队伍来了！

……

整个九月下旬，慰问的队伍就像赶庙会一样，每天从四面八方涌向111师，男的、女的、老的、少的、推车的、挑担的、提篮的、背筐的……一队队、一行行，比肩继踵，络绎不绝。

“群众是真正的英雄!”饥肠辘辘的鲁南老百姓，以自己高度的爱国热忱和难能可贵的鱼水情谊，深深地教育了111师的广大爱国官兵，使他们认识到“九·二二”锄奸的伟大行动，不仅仅是111师官兵们自己的夙愿，而且也是整个中华民族的伟大心声，认识到111师这支小小的部队，联系着亿万抗日军民的力量。有些冲锋陷阵、与敌人刺刀见红的硬汉子流着激动的热泪发誓：“宁肯粉身碎骨，也决不背叛苦难的同胞！”

这段满含深情的文字，是刘万胜写下的。

这天，日照县刘县长带着长长的队伍赶来慰问111师。

常恩多激动上前与刘县长紧紧握手：谢谢！谢谢乡亲们！

刘县长说：常将军啊，我们的老百姓对于抗日的111师，那是无比的爱戴和支持啊！老百姓省下要果腹的粮食，来慰问111师，就是支援抗日啊！

常恩多激动，跳上大车，振臂说道：111师的弟兄们！这年头兵连祸结、内忧外患，哪里还有老百姓的安生？逢到荒时暴月，青黄不接，有多少人家煮树叶，有多少人家吃草根，又有多少人家卖儿卖女啊！

老乡中，很多人都流下热泪。

常恩多继续说：今天，他们自己饿着肚子，却拿出救命的粮食，送给我们111师的官兵！因为什么？就因为，我们抗战打鬼子！就因为，我们反对投降铲除了缪澄流！就因为，我们跟他们、跟这些饥寒交迫的老百姓是一家人啊！

众乡亲感动，连连呼应：是啊！是啊！

常恩多：老百姓吃穿两难，还一心支援我们打鬼子，这是多么伟大的精神，多么高尚的群众！乡亲们，我代表111师官兵谢谢你们了！

常恩多向众乡亲鞠躬行礼。

众乡亲在喊：使不得！使不得啊！

常恩多：弟兄们！我们每一个人都要好好想一想，世界上哪一个民族比我们中华民族更苦难、更坚强、更可爱？谁要丧尽一个中国人的良心，想去穿“黄马褂”，去当亡国奴，谁就是我们全民族的敌人！他就要遭到全民共讨、全军共伐！

刘县长感慨万千：说得好啊！

众乡亲鼓掌、欢呼：拥护抗日的111师！拥护常将军！

孙立基泪流满面，振臂高呼：就是粉身碎骨，我们也决不背叛苦难的同胞！

众官兵响应：决不背叛苦难的同胞！

刘万胜带头高喊：坚持抗战，打回老家去！

众官兵：坚持抗战，打回老家去！

九、老蒋要撤职严办

沂水圈里鲁苏战区总部，郭维城匆忙走进于学忠办公室：总司令！

于学忠招呼道：维城啊，我看派高仁绂处长带个助手，去111师调查东盘事件吧！

郭维城焦急递上电报：这个问题等等再说，您先看看这个！

于学忠接过电报看了一眼，愤怒道：蒋介石还是坚持要撤掉常恩多？难道他不知道，逼人太甚，也是会把111师逼上梁山的！

郭维城：是！

于学忠：看来，姓蒋的被张副司令的西安事变吓怕了，一听到“锄奸”，就以为是东北军“兵谏”重演！

郭维城：这也是他至今不释放张副司令的根本原因啊！

于学忠略一思忖：立即发报！

郭维城匆匆记录。

于学忠：委员长均鉴：如果执意撤换常师长，恐怕会推111师向“左”转，这既不利于山东抗战，也不利于华北，乃至全国的抗日大局！请蒋委员长、军委会审慎。于学忠！

郭维城暗暗松了一口气：还有，重庆军委会的处置预案！

于学忠头痛，扬了一下手：你念吧，我听着。

郭维城念道：一、综合各方面来电参证其他情报，事变原因可归纳为五点：（1）缪、常素有积怨；（2）万毅思想左倾；（3）薪饷积压日久；（4）缪密向敌伪工作；（5）中共或加策动。二、善后办法：甲、治标。目前急电于学忠就近核办，并以委座名义对常师告诫，以安军心。乙、治本。将来57军之人事宜责成于学忠彻底调整。国民党军委会。

于学忠深深叹息一声。

郭维城：总司令，如果在常师长和霍师长两个人中，选择57军军长，您用谁？

于学忠：获三是难得的常胜将军啊，又坚持着张副司令的抗战主张，难得啊！可我现在还敢用他当57军军长吗？就是我敢用，姓蒋的能批准吗？这一回，我能把他的师长职位保住，就烧高香了！

郭维城欲言。

于学忠忽然改换话题，说：常恩多、万毅发动东盘事件，哦，如果将来调查核实是锄奸，那咱们今后就叫它“锄奸行动”！

郭维城高兴：是！哦，我听说，方圆数十里的穷苦百姓自发地给111师送粮食、送物资，支持锄奸，推小车、挑扁担的队伍排出去好几里地呢！

于学忠感动：共产党为什么能发展啊？人家凭什么从大刀、长矛，发展到今天的八路军、新四军？就是因为，他们一直都得到中国老百姓的支持！他们从一建党，就把自己定位在为老百姓谋幸福上，真是有远见卓识啊！常获三现在也得到了老百姓的支持，可见他在学习人家八路军，这没什么不好。可到底是不合时宜啊！

于学忠看到桌子上的电报：老百姓支持，可蒋介石要撤职法办，投降派要讨伐！我想：日本鬼子也不会闲着！

第二十一章

不屈不挠

一、任重

连日，日寇的飞机不断飞抵111师驻地轰炸，在扔下炸弹的同时，还扔下了很多反动的宣传品。

这天，两架飞机扔下了数枚炸弹后，就逃离了。

福兰官庄爆炸声此起彼伏，房屋倒塌，并有群众受伤。官兵们冲上街帮助老乡收拾残局，有的展开救死扶伤……

常恩多正慰问老乡，刘万胜抓一把传单跑近：师长！小鬼子撒的传单！

常恩多接过看了一眼，说：鬼子快被气疯了！看来，我们这一刀是捅进日寇的心脏了！

刘万胜请示：那这些东西？

常恩多：收集起来，烧掉！

刘万胜应了一声，边收集边跑去。

王宗芳环顾纷杂的左右，说：师长，小鬼子的飞机还会来，师部是不是立即转移？

常恩多圆睁两眼：转移？不，我就在这里等着！我等着他狗日的来炸，等那个沈鸿烈来讨伐！我倒要看看，我们铲除了一个投敌叛国的缪澄流，都是谁在着急、上火，谁着急上火，谁就是姓缪的幕后支持和主使！

王宗芳忧心忡忡，恍然大悟。

管松涛跑近：师长！抓住了两个来665团劝降的汉奸！他们四处造谣惑众，挑拨离间，被我们逮起来了！

常恩多一惊：好！走！

房子里，夏登科连里的几个兵正在看押一男一女。这对男女蹲在地上，脚边是一大包钱币。

常恩多在管松涛等陪同下走近。

常恩多盯了一眼男女：你们从哪儿来啊？

男女目光里有胆怯，更有傲慢。

常恩多：说吧，是谁派你们来我665团做策反的？

男女神情阴冷，不屑一顾。

常恩多：还很顽固，不想要命了？

片刻，男人忽然哭了起来：长官，我说、我说！我们是李总司令……不、不、不，是汉奸李亚藩派来贵部搞策反的。

常恩多惊愕，问女人：他说的当真？

女人故作镇静：他说的当真，你敢怎么样？

常恩多转身对管松涛：管团附，留下笔录，在你们团开公审大会，枪毙！

管松涛两腿一并：是！

女人闻声瘫倒地上，男人悲哀大哭起来。

这两个汉奸特务，在665团公审后被就地枪毙了。

常恩多回到师部，王维平把于学忠刚发来的电报递上。

常恩多接过电报，只见上写：

常师长：

本部派参谋处长高仁绂、高参张佩文二人，拟于29日前往。

于学忠

常恩多翻来覆去又看了看，气恼将电报拍在桌子上：整个电文中，对锄奸的事只字不提，反倒要派人前来调查。我看指望于学忠这双破鞋，反倒扎脚！

王维平劝道：师长，你别着急！

常恩多不仅对蒋介石失望，对于学忠，他也是彻底失望了。他一把抓住了王维平的臂膀，动情说：维平，干脆一不做，二不休！趁现在部队士气旺盛，拉出去和友军一起干吧！

王维平热泪盈眶，摇头、叹息。

常恩多用哀求的口气说：除了痛痛快快地打鬼子、锄汉奸，还能把国特们统统清除出去！维平啊！

王维平：师长，目前条件还不成熟，还不到公开干的时候，我们要等待时机！

常恩多难过：等、等，我要等到什么时间？

王维平耐心说：师长！现在最要紧的是争取于学忠和112师师长霍守义中立，不能树敌太多，还是接受调查为宜。

常恩多无奈叹息：接受调查？

王维平：对！但是，对派来的人应予以考虑！

常恩多：哦？说说你的想法！

王维平：若按张学良团结抗战的主张深谈，你指名邀郭维城来师为好。

常恩多若有所思：对！对！请郭维城来师调查！

鲁南八路军驻地。

于克匆忙走近：徐司令员，朱书记，谷部长，你们找我？

徐向前、朱瑞、谷牧微笑相迎。

谷牧：于克同志，你还要去趟111师啊！

于克愉快接受任务：好的！

朱瑞递上电报：你先看看中央的电报！

于克接过电报，看到落款上写“毛、朱、王”，说：中央的最高统帅很重视啊！

徐向前说：是啊！毛主席、朱总司令和王稼祥的意见，是要我们表面中立，而实际赞助、支持111师！如遇敌伪攻击东北军，八路军应公开援助！如遇一部分东北军攻击111师，八路军应援助抗日的111师，调停或隔开火线，但不使八路军与东北军对立。

于克读电报：不要把原缪澄流的东北军改编为八路军……一切反投降部队仍属东北军一部。——我记住了！

朱瑞叮嘱道：中央已经估计到于学忠在蒋介石的命令下，可能宣布常师为叛逆，并进行讨伐。常师应积极影响于学忠，勿以叛逆罪名呈报蒋，最好由于学忠设法妥协了事，以便巩固部队。

于克带着中共中央和中共中央山东分局的指示，再次来到111师驻地面见常恩多。

于克说：中央指示，应准备对付一切可能的讨伐，不要惧怕讨伐。

常恩多：于克同志，你回去告诉徐司令员、朱书记，叫他们放心，我常恩多做好了反讨伐的军事准备！

于克：中央的意见是争取迅速掌握全军，建议在可能情况下，立即谋取代理军长职权。

王维平振奋：代理军长职权！

常恩多：我锄奸不为当官升军长，我就想当八路啊……

于克：常将军，我知道，徐司令员知道，朱书记也知道。但是现在，如果你不争取谋求57军军长职权，那霍守义就很可能趁火打劫当这个军长啊！

王维平报告说：111师锄奸后，常师长给霍守义去电报，通报缪澄流通敌，他迟迟不表态。一接到蒋介石的电报，他马上发报过来，表示反对锄奸！这样的人要是当了57军军长，我看比姓缪的好不到哪去！

常恩多：江阴一战，一开始他就离开了部队，致使整个112师群龙无首，最后一败涂地！他当军长，我不服，官兵们也不能服啊！

于克：是啊！那就只有你来争取当这个军长！——这也是分局的期望啊！

常恩多、王维平闻声忧虑深重。

于克又说：目前，抗战总的形势是日本积极诱降，亲日派阴谋家和内战挑拨者加紧包围和压迫国民党当局，以引起分裂，互相火并，发动内战，进而实现投降。

常恩多：对，他们现在就是这么干的！

于克：我们一贯坚持反投降反内战反分裂，现在更是如此。我们过去对顽固派斗争的火力，现在要转移到亲日派与内战挑拨者身上；只要亲日派、内战挑拨者被击破，顽固派要投降就困难了！

常恩多：对，组织官兵揭露缪澄流和那些投降派的无耻罪行，要让那些想当汉奸的人狗咬尿泡——空欢喜！

王维平、于克振奋。

二、总部来人

1940年9月30日，战区总部政务处长郭维城、作战处长高仁绂、参谋处长张佩文等到达111师驻地。第二天即10月1日上午，常恩多召开全师军官大会。

常恩多首先讲话。他说：今天，我们在这里召开全师军官大会，为的就是欢迎总部调查委员会的郭处长、高处长和张高参！于总司令关怀本师官兵，特派三位委员星夜兼程，来我师慰劳和指导，本人代表全师官兵致以热忱的谢意！

掌声中，郭维城、高仁绂和张佩文起身向军官们致意。

常恩多继续说：三位委员！弟兄们！大家一定都知道王曲军官学校张副司令的那次演讲——《中国的出路唯有抗日》！我和在座的很多军官都是亲耳聆听过的。张副司令说：东北是日本从我们的手里，用武力夺去的，还要用我们的力量夺回来！东北军具有先天的抗日优秀性能！东北军要站在抗日战线的第一线，唯有牺牲是属于我们东北军的！他还说：你们认为我的路对，请你们坚决地随我来；你们发现我的决心动摇，请你们把我打死；假如我中途被敌人杀死，请你们还要继续我的意志向前进！张副司令和杨主任领导发动的西安事变，向全中国提出了抗日的八项主张，促成了今天联共抗日的大好局面，让我们东北军看到了打回老家去的希望！可是，抗战已经三年余，张副司令在哪里？他在哪儿？他还在被囚禁、被关押，失去自由，何谈抗战？何谈杀敌立功？谈何打回老家去啊！

常恩多满腔的悲愤无处宣泄，说到这里，他失声哭了。在座的军官们无不动容。

众军官跟着哭，他们呼喊：

坚决打回老家去！

我们要委员长释放张副司令！

我们要跟随张副司令抗战！

在众人激愤的情绪感染下，郭维城和高仁绂、张佩文眼窝都热了。

常恩多接着说：然而，张副司令的壮志尚未实现，我们也远还没有望到东北老家的土地，我们的军长缪澄流就全然忘记了张副司令提拔他重用他，把一个军的兵权交给他的信任，就迫不及待地已经穿上黄马褂，投敌叛国了！我们为什么要锄奸？为什么要打掉军部，铲除缪澄流？我说三点！

常恩多继续说：缪之所行，出卖了民族，出卖了团体，置国家纲纪于不顾，影响抗战大业，玷污革命历史，毁灭我血拼三年的光荣！如他这样，何以应付更加艰苦的抗战、领导军民？所以，我们不但坚决铲除，还寄希望于各级长官、各界文化团体、全国同胞，以爱国爱民之心，大张舆论，锄此汉奸，以固国本，以儆效尤，而利抗战！此其一也！

常恩多继续说：自汪逆登台，敌人“以华治华”的政治阴谋变本加厉。汉奸败类活动猖獗，搞分裂破坏，汪逆走狗遍布各地，尤其在游击区域，他们假各种名衔，窃取合法地位，勾结一切悲观失望、自利自饱之徒，密谋妥协投降之勾当。俗话说：明枪易躲，暗箭难防啊。投降阵容必须整饬！此其二也！

常恩多继续说：本师此次众意锄奸，乃保持血拼三年之局面，惟望在蒋委员长、于总司令的领导指挥下，服从命令，信仰主义，忠党爱国，杀敌锄奸，消灭倭寇，除尽奸邪，奋斗白头，以固阵容，决不负领袖之所教诲，全民之所重托！此其三也！

众军官全体起立，热泪流淌，热烈鼓掌。

郭维城带头起身鼓掌。高仁绂和张佩文也激动地鼓起掌来。

掌声停息后，常恩多又说：惟望各位委员，勿以豆萁相煎视之，在本师深入调查，了解民意，掌握军心，如实上达，则本人和全体官兵欣慰！

接下来，高仁绂站起身说：本人代表于总司令慰问贵师官兵，并带来了参谋长王静轩、秘书长周达夫给常师长的亲笔信。

常恩多闻声色变。这两封信，他事先已经看过，但要想阻止在此场面宣读，恐怕不妥当。

说吧，高仁绂掏出一封信，解释说：周达夫是张副司令秘书长，王静轩参谋长原是东北讲武堂的教育长、你们常师长的老师。我先念周达夫给常师长的信。

高仁绂念信：获三师长吾兄：今就高处长去贵师之便，略叙东北同乡别情。弟追随汉公多年，深知他培养军事指挥员苦心孤诣。兄与缪开源同受汉公栽培，期望兄等率部恢复失地，打回老家去，拯救水深火热中的东北父老兄弟姐妹。任重道远，向往必有坎坷，在这种险路上前进确有艰苦，意志不坚者，容易犯错误、走岔道，开源即其一也。古人云：君子之过，如日月之蚀，人见之甚明，其改也，人皆仰之。兄之义举，谏之及时，使其迷途未远，知今是而昨非，亲向于总司令请罪。于总司令本着张汉公德意，对缪未追法律责任，嘱弟写此信对兄说项。弟以东北同乡之谊，同是张汉公部下，知无不言，言无不尽，区区之忱，尚希谅察。弟：达夫。

众军官脸上露出茫然。常恩多气恼站起：周达夫的信没有是非！

张佩文欲发言。

常恩多又说：好了，两位委员，不要说了。此乃关系到救国与叛国的大事，恕我不能因私废公，不能因为一个是张副司令的秘书长，一个是我的老师，我就可以是非颠倒、忠奸不辨、香臭混淆！也望两位立场应该泾渭分明。若带兵的军官都像周秘书长、王参谋长信上写的那样，没有是非，恐怕上行下效，缪种流传，后患无穷，还怎么谈得上打回老家去，拯救水深火热中的父老兄弟姐妹?!

高仁绂和张佩文面红耳赤、张口结舌。

孙立基站起：请各位委员允许我们控诉缪澄流入鲁以来的各项罪行！

彭景文、李鸿德等纷纷站起：对！我们要控诉！我们要控诉！

看到军官们义愤填膺，几个委员经过商量允许军官们控诉。

于是，军官们一个接一个站起来，向调查委员会的总部大员控诉缪澄流投敌叛国的罪行。

经过归纳，调查委员会最终归纳为以下几点：

一、缪澄流用鲁东南特产资敌，换回来的大烟土、海洛因卖给了苏北、鲁南老百姓，毒害我百姓。缪澄流指使干榆县县长朱耐周把守拓汪，江苏东海专员朴焕珊、临沂县长阎丽天，收集当地土特产由朱负责交换，换回来的毒品和洋货，就在缪澄流军部所在地的东盘集上销售。缪的军部既是赌博馆，又是贩毒馆。缪澄流贪图享乐，自己腐化堕落，还放纵下级吸毒、赌博、娶小老婆！白天，12点前，他从不起床，黑夜12点以后，他也从不睡觉，摆上烟灯和一些不三不四的人抽大烟、胡说八道！

二、缪澄流投降日寇，认贼作父，出卖中华民族，与敌签订“互不侵犯、共同防共”的条约。他把持111师三个团当卫队，当两个连在李亚藩勾引下叛变时，他完全有能力用武力将两连夺回，但他不仅没有，反而派人密向汉奸乞求，并以此与日军发生关系。抗战以来，他遭遇到日军能藏就藏，能跑就跑，惧怕与日军作战，在本军的绰号是“大混蛋”。锄奸后，官兵欢庆，齐声赞颂：幸亏常师长、万旅长领导锄奸，否则被姓缪的卖了当了“小混蛋”，就愧对祖宗了！

三、缪澄流不爱部队爱县队，整天与那些“司令”、“县长”们乌烟瘴气、大谈鬼神，当部下的见他，比县长们、大烟鬼们见他还难！部队用血汗和生命从阜阳运回的弹药，还没有分到部队就被他送给了“司令”、“县长”打八路游击队去了。送给临沂县长阎丽天、郯城县长柴子敬的子弹成千上万。士兵每月只有4.08元薪金，不够买两双袜子，可领一趟弹药往返四个月甚至半年，士兵连续跑了三趟了，有的连鞋袜也没得穿，衣服更是破烂不堪。在士兵眼中，缪澄流看他们如看仇人，而士兵们看缪澄流也像看敌人。

四、缪澄流贪污腐化、作威作福。他每月要111师2 000个空额，而且扣押官兵薪金少则三个月，多则半年。目前又三四月没发薪金。缪澄流无论做什么，都要过完大烟瘾再说，就是鬼子“扫荡”，他宁肯无谓地牺牲官兵生命，也要过完了瘾再走。请神拜佛，就更是家常便饭，仗打不打得赢，不是看指挥员的谋略、部队的勇敢，而是看神仙怎么说的，看请来的大仙预料到没有。他任用亲信，看不顺眼的就撤职换班，661团团长就是因为长得不魁梧，被他撤职了。而就在他与日军签订投降协议时期，他正要撤换常恩多，而提拔他的讲武堂五期同学，又死心塌地追随他的唐君尧当师长。

到了晚上，常恩多自掏腰包安排人陪高仁绂、张佩文打麻将，自己才得以抽身单独和郭维城相聚。两个人这次相会距上次邂逅淮阴又是两年。刚坐稳，他们就热烈地议论起来。

郭维城说：缪澄流跑到总部后，大肆宣扬万毅是共产党，你是共产党的同情者，这次事件就是共产党策划的。

常恩多：恶人先告状，此话一点不假啊！那于总司令什么态度？

郭维城：于总司令听了，嗤之以鼻。

常恩多欣慰。

郭维城：对于你们这次行动，于总没有责难。不过，于总已请示蒋委员长，将57军的番号撤销，把两个师归战区总司令直接指挥，各在原防区活动。

常恩多心痛：于总司令完全可以更有作为的！

郭维城：于总司令信仰张副司令的主张，但又不想靠近共产党。他不满蒋介石，但在蒋的威压下，为了保住现有的权势和地位，又不得不委曲求全。他对东北军的老部下遭到排挤深为痛惜，可又无能为力。总之，他左右为难啊！

常恩多：所以，他对蒋介石含含糊糊，支吾搪塞，对下则得过且过，不予追究？

郭维城：于总对张副司令是忠诚的，经常念叨。

常恩多沉了一下，说：咱们东北军丢了家乡，流落关内，被人出卖，有奶便是娘，就像是一条任人驱使的狗，今儿叫你咬这个，明儿又要你打那个，东撞西咬！

郭维城唉声叹气。

常恩多狠狠甩掉烟蒂，愤怒站了起来：咱东北人，都是没有骨气的孬种吗？这次事件，没有万顷波，我一个人也是干不了的！于文清有骨气，不做汉奸，他敢告诉顷波；顷波也是好样的，不怕担风险，敢于接受这个任务！我算当初没有认错人！

郭维城：是啊！何止是东北人，中国人再也不能继续当亡国奴了！

常恩多压低声音，信任相告：最近，我想和友军一起干了！

常恩多用手比划出“八”字。

郭维城眼睛一亮，精神振奋：获三兄！

常恩多：那样，不光能痛痛快快地杀鬼子汉奸，还可以把那些坏家伙清除出去！

郭维城激动：你的这个想法、看法，我完全赞成、完全支持啊！

常恩多高兴：你能支持我，我太高兴了！不瞒你老弟，我连名字都想好了！

郭维城：叫什么名字？

常恩多：东北抗日挺进军！——怎么样？

郭维城：好啊！现在看来，不争这口气，不走这一步，张副司令是不可能获释了！

常恩多想到什么，忽然脸色骤变：但有人劝我说，条件不成熟，切不可盲动，要等待时机。

郭维城：是要考虑一个合适的时机啊！

常恩多：如果逼我太甚，我就不顾那么多了。我决不会把111师给顽固派留下！

郭维城：缪澄流投敌通奸，是受国民党特务周复指使的。而周复又是受蒋介石指挥的，所以……

常恩多：所以，缪澄流投敌叛国，直接指挥者是蒋介石！

郭维城：对！这也正是蒋介石一整套瓦解东北军、反共反人民，而对敌投降的阴谋。

常恩多：我们不能背叛东北父老乡亲和全国的老百姓，不能背叛张副司令团结抗战的方针。这一次锄奸是被逼无奈。如果今后再出现这种败类，我常恩多依然毫不留情，还要坚决锄掉他！

郭维城：不要只考虑到合理斗争，还要看到内部的变化、敌人的反扑，和难以预料的挫折……

两个志同道合的东北军人一直畅谈到深夜。

是夜，常恩多给蒋介石发报：

最近缪军长派董团长、于科长等与鹫津、汉奸李亚藩接洽，划分防区，互不侵犯，共同防共，业有成果。此事群情汹涌，职决忠党爱国……

三、孙焕彩总部投周复

总部大员要带走缪案人犯和军直属队，四个团长要求先法办缪澄流，再上缴案犯，双方争执不下。王维平向常恩多建议，按照有理有节的原则，可带走案犯，但需按法律手续，录供存档。

随之，由谁带部队送案犯去总部，就成了一件迫在眉睫的事情。

对于111师的锄奸，陶景奎一直心不甘情不愿，虽然事后他不能不参与一些文字的起草工作，但他的靠山——宋迪玺也被锄奸运动一起打跑了，他在CC组织里也就失去了直接的领导。刚送走总部来人，他便把孙焕彩和刘晋武叫到自己住处，招待他们抽大烟。

屋子里烟雾弥漫，炕上的三个男人每人手持一根烟枪正在腾云驾雾。

陶景奎心怀叵测道：你们两个，在今天这样重要的历史时刻，可不要糊涂啊！

孙焕彩和刘晋武一下子精神起来。

孙焕才：参谋长，有什么体己的话，你就对我们兄弟俩说。

刘晋武也连忙表态：是啊，咱弟兄几个不是外人，参谋长更是我们的主心骨啊！

陶景奎从两个人的眼睛里看出了十二分的真诚，于是忧心忡忡道：有一个人，可能会毁掉我们111师啊！

孙焕彩颇为敏感，道：不用参谋长明说，我就知道他是谁！

刘晋武吐了口烟圈：连傻瓜都知道——万毅！他杀鬼子有名声，戴红帽子也是名声在外啊！

陶景奎：告诉你们一个绝密消息！

刘晋武、孙焕彩不约一振：绝密？

陶景奎：周复主任可是一直想办他呢！——他也是蒋委员长的一块心病啊！

孙焕彩：那不如，这一次往战区送案犯，干脆就叫他带队去。到了战区，他自然就落进周主任手里了。

刘晋武早就觊觎333旅旅长一职，不禁心花怒放：对！趁他还没有醒过来，干脆……

刘晋武做了一个砍头的动作。

陶景奎有些意外，他甚至不敢相信常恩多信任的两个好学生、好部下，就这样轻而易举地上了他的船。他阴险笑了：好！明天咱们分头向师长建议……

一个陷害万毅旅长的阴谋在大烟圈的吞吐之间就这样出笼了。

之后，几个人找到常恩多，异口同声提出由万旅长率队将被扣押的相关案犯送往总部。

常恩多一听就火了，制止几个人道：你们不要再说了！让顷波送朴炳珊、董瀚卿、唐君尧等人去战区，那不是把他往火坑里送吗？缪澄流就在那里，而且正张着血盆大口，等着他去呢！

见阴谋瞬间就被常恩多戳穿，孙焕彩、刘晋武和陶景奎脸色都很难看，几个人相互看了一眼，张了张嘴，再无声息。

常恩多：都别说了！孙团长，你去！

陶景奎期望的后果没有出现，心里十分失落。刘晋武闻声有些嫉妒，他既不想自己去送，也不愿意孙焕彩去送。虽然尚不能预料接下来会发生什么事情，但他就是不愿意看到常恩多太信任孙焕彩，因为那样就意味着他将失去升官的机会。

孙焕彩却兴高采烈，在得到了常恩多面授机宜之后，他带着部队护送一行人上路了。

孙焕彩一路上对涉案的朴炳珊、董瀚卿等百般讨好，以期得到他们的谅解和宽恕。到了沂水圈里战区总部，在第一时间他被于学忠召见。

于学忠说：你们师长来的电报，我都看了。对于缪澄流的事先放一边，以后再说。当前要办的是两师恢复军的问题。霍师长和你们师长年资相当，一个军长，一个副军长，各兼一师长！

孙焕彩：我来时，常师长命我向于总司令面报：他既不想当军长，更不愿当副军长，尤其是本师官兵对霍师长不信任。

于学忠惊讶：哦？

孙焕彩：原因是抗战开始，沪淞战役时，霍师长自作主张退出战场，致使112师全师溃乱。其次是这次，他对荣旅长保护缪澄流，对锄奸态度暧昧，坐山观虎斗。这两件事情证明这个人道德品质不行。

于学忠不悦：还有吗？

孙焕彩：我们师长提出希望早日法办缪奸，撤销荣子恒旅长职务，监视少校营长韩子嘉，以肃国法军纪，杜绝投敌汉奸的后路，请于总司令下决心，勿贻后悔！

于学忠：我知道了。你们师八九两个月的经费、冬服费，已经用飞机送到总部，你这次可以带回去。至于57军的事情，以后我电复你们师长。你告诉他安心整理队伍，防备敌人窜犯。你今晚就可利用夜间通过台潍路。早一天回去，免得师长惦念。

孙焕彩：是！

孙焕彩刚离开于学忠办公室，就跟上政治部白处长兴冲冲地向周复驻地走去。

忽然，孙焕彩看到不远处缪澄流、徐春圃、宋迪玺，还有朴炳珊等人正谈笑风生。原来，缪澄流、宋迪玺在总部不仅有充分的活动自由，还被周复等奉为上宾，就是他刚送来的朴炳珊等人，一到总部就获得了自由，而并未被追究任何责任。

看到孙焕彩诧异和惊恐的表情，白处长得意地催促道：孙团长，你不是要见周主任吗？

孙焕彩诚惶诚恐跟着继续往前走。缪澄流等人也都看了孙焕彩。徐春圃得意忘形挽住缪澄流的胳膊，神气活现地迎了上来。

还有几步远的时候，缪澄流站住了，他用仇恨和无奈的目光盯住孙焕彩。

孙焕彩心惊肉跳，迟疑了一下跑上前敬礼：缪……军长！

缪澄流：孙焕彩！啊？孙团长！我当是谁呢！

孙焕彩：是！您贵体还好吧？

缪澄流：好啊！我、我们都好得很呢！你都看到了，回去告诉常恩多、万毅，就说，我们到了战区，于总司令、周主任，还有各位大员，都对我们这些汉奸好得很呢！

孙焕彩疑惧，他担心等待自己的也许正是周复的惩罚。

白处长满脸的不屑：孙团长，走哇！

孙焕彩跟在白处长身后，魂不守舍地走进了周复办公驻地。

看到周复，孙焕彩慌忙上前敬礼：周主任，您好！

周复一脸微笑：孙团长，你好啊！路上辛苦了！

看到了周复的微笑，孙焕彩放下心来，激动表示：卑职为党国效力，不辛苦！

周复赞赏道：很好！很好！坐吧！

白处长端上茶水。

周复：把一行客人安全送到，你立了头功啊！

孙焕彩：客……客人？啊，对！

周复：在你们常师长那儿，他们是汉奸、叛国投敌者，而在总部，在我周复这儿，他们都是客人、贵人！

孙焕彩惊诧，张开的大口半天没合上。

周复：怎么，你没有想到？

白处长：孙团长，不瞒你，宋迪玺和那个你们叫她女特务的徐春圃，周主任还要重用呢！

孙焕彩震惊：重用？

周复意味深长道：是啊！如果你是我的人，你也将得到重用！

孙焕彩迷惑不解：您的人？

周复：确切说，是委员长的人！

周复诡秘地又问：我的话，你听懂了吗？

孙焕彩点了点头，又摇头：我本来就是党国的人嘛！

周复一双阴冷的目光盯住孙焕彩：加入复兴社！

孙焕彩张皇失措、大汗淋漓。

周复：怎么，你很热吗？

孙焕彩：热……啊，不！是、是激动、激动！

白处长：孙团长，你还没有答复周主任呢！

孙焕彩暗下决心：周主任，我……我想成为您的人！——要办什么手续吗？

周复高兴：不！不需要办任何手续！从此时开始，你已经是我的人了！

孙焕彩感激得热泪横流。他忐忑不安地以为周复会责备他、惩罚他，万没有想到的是，周复把他视为知己，不仅没有惩罚他，反把他纳入他的特务组织里，这真是他做梦也想不到的喜事。

不久，缪澄流去阜阳，投奔了胡宗南，当上西北游击干部训练班主任。宋迪玺和徐春圃均得到周复重用和提拔，并专肆瓦解破坏战区进步力量的阴谋活动。

四、“难逃犯上误国之咎”

孙焕彩兴致勃勃回到111师驻地，把于学忠的话转达后，又把缪澄流、朴炳珊和董瀚卿等人得到总部优待的情况报告了常恩多。常恩多很是气愤：真的是没有是非曲直了！真是一丘之貉！

孙焕彩不虚此行，没过多久，他就被鲁苏战区总部任命为111师331旅旅长，晋升少将，填补了唐君尧的空缺。在常恩多主持下，其他的人事也有一些变动：孙立基升任662团团长，孙维嵩任661团团长，彭景文任666团团附，彭景文原来的666团

3 营营长一职由赵开云升任，张邵骞任 665 团团长，管松涛晋中校军衔，继任 665 团团附。

军官大会上，常恩多在宣布完命令后，语重心长地对众军官说：弟兄们！咱们锄奸胜利了，但要准备与敌、顽进行更加残酷的斗争！为了提高战斗力，我们还要继续整肃部队！八九俩月的军饷已经领回来了，和之前缪澄流扣发的几个月军饷一起发放！我再强调一次，要全部、足额、立即发下去，任何一级不许克扣、不许滞留。过去克扣、滞留的也一并发到下面，发到每一个士兵的手上！听明白了吗？

众军官声音不是很大，回答说：听明白了！

常恩多不满，提高声音又问一句：听明白了吗？

这一回，众军官声音响亮答：听明白了！

常恩多满怀感情说：士兵们不容易啊！打鬼子，他们要冲锋在前，而平时拿饷，他们不过才拿四块钱，他们的年纪跟咱们儿子的年纪一样！我们当军官的摸着心窝问问自己，我们对他们怎么样？我们对他们好吗？我们爱护他们吗？我们对得起他们家里的大人吗？他们家里的大人是谁，不就是我们整天挂嘴上的父老兄弟姐妹吗？

望了一眼众人，常恩多强调说：这个问题一定要重视！要重视！记住了吗？

众军官高声答道：记住了！

常恩多缓和了一下口气：还有，我们当军官的，要带头、努力、下狠力气杜绝抽大烟、赌博的现象！这个问题已经迫在眉睫了！啊，弟兄们！明白我的意思吗？

众军官似懂非懂，面面相觑。

常恩多意气风发：既是锄奸胜利，就要有个胜利的样子啊！要让所有官兵都看到、体会到我们的胜利！所以，那些个兵痞子要抓、要惩罚！

众人：是！

紧接着，常恩多和王维平研究下一步工作。

常恩多说：维平啊，我想再建教导队，就叫“干部训练队”！

王维平激动：这个办法好啊，这对于我们迅速地培养抗日的干部力量，很有成效！

常恩多：那好！迅速地建立三个队！从部队中选拔抗战坚决的军官，组成第一队。选拔穷苦出身的军士，为第二队。到地方上招收爱国的青年学生，为第三队！规模要大，400 人不多！

王维平：是！

常恩多：干训队的地点放到莒南县的大毛墩，就由你来确定教员和组织者，要抗战的，要绝对可靠的！

王维平兴奋：是！

常恩多激情澎湃，看了一眼屋角的刘万胜，有些神秘道：维平啊！我有个想法。

王维平小声：师长，什么想法？

常恩多：我正在部署，把在万县、奉节的几百口家属和一个营兵力，全部转移到山东来！

王维平兴奋：真的？

刘万胜偷听到，激动扑到跟前：师长！这是真的？

常恩多高兴点头。

刘万胜热泪盈眶：太好了！真是太好了！111 师的老娘们儿们，可以少受罪了！

王维平眼含热泪笑了。

忽然，张苏平神情抑郁，匆忙走进：师长，蒋介石电讯！

常恩多和王维平、刘万胜等都暗吃一惊。

常恩多接过电报，看了一眼，忽然愤怒地把电报一把扣在桌子上。

王维平上前拿起电报，只见电报上写道：

急。于总司令转 111 师常师长恩多，养（22 日）丑电悉。密，该师无故发生，时在“九·一八”纪念稍后，还念敌伪宰割下之东北同胞，感痛万分。所幸事态日渐缩小，尚能挽救，否则辗转演变，将不知伊于胡底。虽云忠党爱国，亦难免犯上误国之咎。如官兵细加深思，当恍然昨日之非，一切善后，务（依）于总司令指示办理。环境复杂，更不宜横生枝节。该师远在敌后，物质补给困难，当所难免，希本革命军人之精神，忍而拼战胜一切。须知整个国军莫不含辛茹苦，为国家奋斗也。仰即传谕所属，恪守纪律，服从命令为要。

中正真（11 日）令。10 月 11 日下午 3 时

刘万胜拿过电报：“虽云忠党爱国，亦难免犯上误国之咎！”——这是什么意思？

常恩多悲愤：什么意思？就是说，我常恩多锄奸，虽然是忠党爱国，但对于他、他们，也还是要背负“犯上误国”的罪名！

刘万胜：这是什么逻辑！

常恩多：这是流氓逻辑！这是混蛋逻辑！这是卖国贼的逻辑！

张苏平：师长，你不要太生气。姓蒋的为反共投敌的缪澄流开脱，也是情理之中的事情。

常恩多稍微平息愤怒：对！不理他！咱们干咱们的！

王维平：师长！我想，我们应该用军事斗争的胜利，保证锄奸斗争的胜利！

常恩多：对！我估计，得知蒋介石对我们 111 师锄奸后的态度，那些投降派、汉奸，还有日本鬼子都会闻风而动。我们好好谋划一下，一定要巩固锄奸的胜利，要狠狠打击日本侵略者！

王维平、张苏平感动。

在王维平住地，工委立即召开会议，研究对策。

王维平说：我们应立即报告分局！这一新的情况，可能会给 111 师带来灾难。

张苏平：我们还要向常师长建议，集中一切力量，争取军事斗争的胜利，以巩固锄奸斗争的胜利！

王维平：对！坚持抗战，反对投降；坚持团结，反对分裂；坚持进步，反对倒退，是111师始终和友军站在抗日战线上的基础！

曹健华：要提醒师长，对内加强团结，对外提高警惕，防止再发生意志薄弱者叛变投敌。

张苏平：还要继续改善官兵关系，改善连队生活，减轻群众负担。

王维平：好的，工委的意见，我去传达到师长，联系分局的事情，你们来做！

张苏平、曹健华连连点头。

在陶景奎住处，几个人也没有闲着。桌子上摆了很多钱，孙焕彩、刘晋武、陶景奎和孙维嵩边打麻将，边在议论白天的事情。

孙焕彩："虽云忠党爱国，亦难免犯上误国之咎！"——委员长的训斥不是第一次发来，却比上一次更加严厉了！

刘晋武：听到电文，我心里都被刀扎了一样！

陶景奎很权威地说：委员长并不希望我们锄奸，而是高兴看到我们反共。——无论我们以什么方式反共，即便是投敌叛国，他也是赞赏、嘉奖的！

孙维嵩连连点头：是啊！是啊！我们毕竟是国军嘛！可今后怎么办呢？

孙焕彩：怎么办？不能这么傻乎乎地干了，要多长几个心眼！

陶景奎很高兴，用赞赏的口气说：孙旅长去了一趟战区总部，果然收获很多啊！

刘晋武心里不痛快，脸上也就多少带出些来。他不咸不淡道：是啊！还说把那个姓万的送到总部叫周主任收拾，我看是你就憋了劲自己要去，没准儿巴结上周主任了，是不是？

刘晋武话里夹枪带棒，可孙焕彩并不计较。胜者为王嘛！他现在怎么说也是少将了，别人说什么他才不在乎！倒是刘晋武嘴里酸溜溜的味儿提醒了他。他说：提到姓万的，我倒要告诉你们一件事！万毅把一个兵虱子给毙了，这事闹得动静不小。好些人现在对他是敢怒不敢言，就等机会呢！

刘晋武：啥机会？有师长给他当家，能咋样他？

陶景奎领悟到了孙焕彩话里的深意：你刘晋武当旅长的机会啊！

刘晋武没有想明白，见几个人不阴不阳冲他坏笑，似乎想明白了什么，又似乎什么也没想明白。

五、陈瘦秋血洒黑林

蒋介石斥责常恩多的电报到达后，战时服务团和抗敌演剧第六队的队员们义愤填膺。他们继续深入驻地周边村镇宣传锄奸，动员群众参军抗日。

11 月 18 日，战时服务团的陈瘦秋和抗敌演剧第六队的舒焚奉命来到江苏赣榆县黑林镇城头集宣传锄奸，并组织召集青年学生当兵抗战。

两个人中午到了城头集。走在街头，一个商人打扮的男人跟陈瘦秋打招呼。

“商人”走过去，陈瘦秋悄声告诉舒焚：他姓周，是 111 师的便衣侦探！

两个人先找了家小旅店住下，然后上街找个块干净地方停下来。陈瘦秋打了一套太极拳，两个人就高唱抗战歌曲。当围观的群众多起来后，他们开始宣传 111 师锄奸的意义，并动员有志青年报名参军。最后，他们告诉大家，愿意参军抗日的青年可到小旅店登记。

下午，舒焚留在旅店接待前来报名当兵的青年，陈瘦秋到群众家里宣传锄奸。4 时左右，已有二三十名青年前来报名。舒焚正高兴，周便衣忽然跑进：老陈被特务抓走了！你快离开这里！

舒焚心情沉痛：瘦秋在哪里？又是被什么人抓走的？

周便衣：我也不知道！

两个人分析了情况后，周便衣要去了解情况。临走，他叮嘱舒焚不要继续住在这里。由于不断有青年来报名参军，舒焚没有马上离开。

晚上 7 点多钟，周便衣匆匆赶到旅店，告诉舒焚没有了解到新情况，并再次催促马上离开。随后，两个人住进了一个周便衣熟悉的老乡家中。到了 20 日凌晨，周便衣神色沉痛从外面回来，带给舒焚一个噩耗：陈瘦秋同志牺牲了！

舒焚心如刀割：瘦秋同志怎么牺牲的？被什么人害的？

周便衣说：我还没有查清楚。但那天晚上咱俩离开小旅店后，有几个陌生人去敲你住的房门，我估计他们不是好人，一定是找你的！

舒焚连夜返回，并在天亮前赶回 111 师驻地。他把陈瘦秋牺牲的消息报告了宣传队领导后，常恩多和王维平闻知，即派宋景龙带领一队人马立即赶往城头集与周便衣汇合，寻找陈瘦秋的遗体，调查事情真相，捉拿凶手。

经过调查，陈瘦秋在那天离开旅店后，就被国民党顽固派赣榆县县长董毓佩手下的保安队李凤和部绑架到了大黄墩村。面对反动派的毒刑拷打，陈瘦秋大义凛然，坚贞不屈，最后，被反动派勒死在村西南大桥下。

宋景龙带人在桥下的河滩上挖出了陈瘦秋的遗体。

陈瘦秋遗体被运回师部后，官兵们看到他身上伤痕累累、血迹斑斑，无不悲痛欲绝。

陈瘦秋原名陈广裕，原籍安徽巢县，后住南通唐家闸，1913 年 11 月 17 日生于南通，他在上海接受了革命思想教育，经常宣传“劳工神圣”、“反对帝国主义侵略中国”等革命道理，曾是上海卡尔登剧团成员，常与赵丹、顾尔已等同台演出。在南通参加抗日义勇宣传队后，积极跟随 111 师南征北战，宣传鼓动抗战，为抗战做出了重要贡献。他的牺牲，令常恩多和 111 师官兵痛心不已。

为悼念陈瘦秋同志，常恩多主持隆重的追悼大会。大会现场，醒目的横幅上书写着“革命烈士陈瘦秋永垂不朽”，陈瘦秋的遗像挂在会场中央，白纸扎的花圈摆放在遗像两旁。

常恩多率众官兵鞠躬致哀。

常恩多悲愤说：为了宣传抗战和宣传锄奸，陈瘦秋同志献出了他年仅30岁的生命。他没有死在鬼子的炮火硝烟里，却死在了破坏抗战的那些国民党顽固派、那些汉奸的手中，这不能不令我们这些有良知的中国军人心痛、心寒！这说明了什么？说明那些汉奸、反动派害怕我们锄奸，害怕我们抗日，我们111师要想打回老家去，就必须坚持抗战、坚决抗日，坚决铲除那些汉奸、流氓！全体官兵要缉拿主凶要犯归案法办，严惩地方上一切汉奸余孽、匪徒丑类，为陈瘦秋烈士讨还血债！

之后，万毅、王维平、陆万美、周丕炎发表讲话，痛斥汉奸顽固派的残暴行径，鼓励官兵坚持抗战。舒焚满怀悲愤，陈述了陈瘦秋在黑林遇害的经过，顿时，会场上响起一片口号声：

狠狠打击日寇、汉奸，把抗战进行到底！

坚决制止国民党顽固派破坏抗战的罪恶行径，为死难的烈士报仇雪恨！

陈瘦秋烈士安葬于莒县李家桑院西南薛家黄所，并立墓碑，孙卜菁撰写了碑文。全国解放后，陈瘦秋烈士迁葬于莒南县大山公社石场河西烈士陵园。

六、噩运当头

地图前，常恩多、万毅、王维平、孙立基等在研究作战方案。

常恩多指示地图说：日寇盘踞着大店、碑廓两座重镇，不仅封锁了鲁南、苏北的交通干线，更骚扰、威胁着这一大片地区抗日军民生命财产的安全。我打算，分东西两线同时向日伪发起攻势，拔掉这两个钉子！

万毅、王维平、孙立基都表示赞同。

常恩多继续：顷波，西线由你指挥！

万毅：是！

王铁权等几个参谋在匆忙记录。

常恩多对万毅说：你率333旅首先攻击大店，可能的情况，策反里面的伪军起义！这样既可避免我们不必要的损失，也可加强我们的抗日力量！

万毅：是！

常恩多：攻克大店之后，你挥师北上，包围茶棚据点，围点打援！战场可放在白土沟、多水店子一带！

万毅：是！

常恩多：我亲自指挥331旅向东线进攻，直取碑廓！攻下碑廓后，我们就进逼涛雒、日照！

万毅：这样很好！这样一定能给驻扎在这几个地方的日伪，以致命打击！

常恩多：对！我们要解放这几个城镇，把我们驻地左右的日寇、汉奸清除出去，腾出一片蓝天还给人民！此战关系重大，影响深远，教育官兵务必齐心协力，坚决彻底歼灭这两镇的敌人！

万毅和几个旅团军官正在研究作战方案，张苏平手持电报神色压抑走近。他迟疑了一下：师长，你过来一下。

常恩多跟随张苏平到了屋角：张参谋，什么事？

张苏平：驻四川留守处的张营长来电报告，自蒋介石训斥电报发布后，驻万县、奉节的111师家属子女也受到歧视，中央军家属用官价买粮，而111师家属却必须以市价购买，价钱高出好几倍。有工作的丢了工作，有病没钱治，死活没人管，生活已十分窘困。

常恩多忽然感觉身体不适。他手按胸口，用力压抑着欲冲决而出的怒火。

张苏平焦虑：师长！

常恩多按压住胸口：继续！继续！

张苏平迟疑了一下，继续说：有的中下级军官的家属，白天被人找去玩，夜里被人逼着睡，供……供中央军大老爷们日夜取乐。她们……她们已经被逼得以卖淫为生了！

常恩多热泪盈眶，脸庞扭曲。他感到一种前所未有的疼痛欲撕裂他的胸膛。他笨拙地掏出手帕捂在嘴上。连咳了几声，拿开手帕，他看到的竟是鲜血！

张苏平看到了血，惊呼：师长！

常恩多喝住：站在那儿别动！

张苏平回到刚才站立的位置：师长！

常恩多压低声音说：不要声张！

张苏平咬紧牙关：是，师长！

常恩多：我知道了，你去吧！

常恩多回到众人面前，继续研究作战方案……

待把军官们送走，周军医给常恩多听完肺音，说：不打紧，是太累的，还有就是焦虑致使气滞。我先给你打一针，然后坚持吃药！

王维平担心问：周处长，真的不要紧？

常恩多起身后制止道：王秘书！

周军医：师长，注意休息！

张苏平：师长，东西两线的战斗，你就不要去了！

常恩多：那不行！

刘万胜难过哭。

常恩多：万胜，我还没死，你哭什么？

刘万胜：师长，你可不能倒下啊！你要是有个三长两短，那111师可就大祸临头了！

常恩多：你说得对，我不能倒下！王秘书！

王维平：师长！我在！

常恩多：教导队组织得怎么样了？

王维平：干一队选送的都是坚决抗战的年青军官。

常恩多：好！

王维平：干二队培养的是各团思想进步、作战勇敢、坚持抗战的军士。

常恩多：很好！

王维平：干三队招收的是一百多地方青年，他们积极要求到111师参军抗日，是我们的新生力量。有很多年青人前途远大啊！

常恩多：太好了！111师大有希望！

常恩多沉思了一下：张参谋！传我的命令，命令张营长立即组织在四川的111师家属子女，分三批向山东转移！每个连保护一批，晓宿夜行，在通过敌人封锁线时，力争得到八路军游击队的保护，以避免损失！

周军医、刘万胜感激涕零：谢谢师长！

张苏平：是！我马上就去发报！

常恩多：还有，我生病的事仅限你们几个知道。现在，稳固军心要紧！

众人连连点头。

王维平：师长，打碑廓……

常恩多：不要说了！

众人悲伤凝望常恩多。

常恩多：大家放心，打不回老家去，我常恩多是不会死的！

七、东攻西击

东攻碑廓，常恩多亲自指挥331旅两个团。在连续炮击碑廓城后，孙立基带领662团两个营展开攻击，城里的日军大部被歼，余部四散逃亡。敌在突围时，一名指挥官被打死，662团缴获大批弹药、物资。敌军逃窜涛雒，常恩多指挥331旅进逼涛雒，敌我对峙。661团团附李鸿德派战时服务团徐振宇带了200发子弹去外围联络八路军游击队。经过战时服务团刘用贤、徐泽生的秘密工作，驻涛雒伪军小队长丁华明率部共30余人起义，带来轻机枪1挺，活捉日军1名，为锄奸运动又添光彩。其后，661团一直与游击队保持联系和友好关系。

自1939年7月，日寇侵占大店并建立据点，便经常四处“扫荡”，烧杀抢掠，危害四方。之后，八路军游击队多次袭击大店之敌，但终因其兵强马壮未能驱逐。

此次，111师西击大店，万毅站在山头亲自指挥。

1940年11月17日，665团担任主攻。攻击之夜月光皎洁，狗吠连天。没打一阵，伪区长庄某率伪区中队起义，队伍全部拉出了小镇。日军一小队据守炮楼，攻击了一夜没有攻破。因两架敌机赶来增援，665团遂撤出战斗。两天后，日寇突围北逃，665团趁势收复大店。战时服务团和抗敌演剧第六队组织演出，当地群众送猪送粮慰问部队，军民欢欣鼓舞，抗战情绪空前激昂。

紧接着，万毅奉命指挥666团攻打茶棚伪据点。莒县县城的日军出城增援，在多水店子遭665团伏击。665团共击毁敌汽车3辆，毙敌甚多，缴获重机枪1挺，及大量弹药。这次战斗得到八路军地方部队有力配合，战斗结束后，333旅将缴获的枪支弹药送给了参战的八路军。

这三次战斗，共歼敌600余人，并有力地打击了日寇的嚣张气焰。

111师攻克了日寇占领的重要据点大店和碑廓后，常恩多命令部队立即从两个重镇撤出，并把地盘让给共产党、八路军发展抗日根据地，以此断绝了国民党顽固派企图乘隙建立反动政权的妄想。

碑廓和大店的收复，是常恩多领导的111师锄奸运动的延伸和继续，它使抗日根据地向东西方向拓宽了百余里，上百个村庄的20余万人民群众获得了解放。

111师的战况不时地报到战区总部，于学忠闻讯十分振奋。他电令嘉奖常恩多和111师，还将111师突出战况及时上报。年底，于学忠综合111师的战况再报国民党军事委员会，请求给予常师嘉奖。电报在具报了突出功绩后，称：

> 查该师连次攻敌，迭克要点，除电复嘉勉外，谨请赐予嘉奖，以资鼓励。

国民党中央非但没有采纳于学忠请求的“电复嘉勉”，“谨请赐予嘉奖”，反而加紧了对常恩多的打击。就在鲁南人民欢天喜地，常恩多指挥部队准备扩大战果时，国民党军政部部长何应钦发来电报，撤销57军建制，并再次指责常恩多“犯上误国”，还假惺惺宣布“免于处分”。

这是抗日战争中，继1937年11月松江之战，撤销了67军番号后又一次东北军军一级番号被撤销；常恩多是继“西安事变”张学良遭惩处后的第二个含冤的东北军将军！

57军成立于1933年，撤销于1940年，前后七年。全国抗战初期，该军参加了三大战役，战绩冠于战区，被列为全国“善战部队”之一。这样一支屡建奇功的部队，就这样被蒋介石颠倒功罪，一笔勾销了！

这天，在莒县李家桑院陶景奎住房里，孙焕彩和陶景奎跪在佛像前，虔诚地烧香拜佛。完事后，陶景奎感慨道：孙旅长，有人管你叫“佛爷”，还真是没错啊！

孙焕彩起身后，笑问：参谋长！师长是不是病了？他的脸色怎么跟这烟雾一样，是黑的！

陶景奎眨巴着眼睛：我正琢磨这件事呢！他们几个似乎都在瞒着我们，那个王秘书肯定知道，还有他的那个刘副官！

孙焕彩：说到王秘书，我就恨得牙根痒痒！就是他，在师长面前说我的坏话，挑拨我和师长的关系！

陶景奎：那还不是因为你对军部围而不打，姓常的着急，怕你反水！

孙焕彩十分懊恼：不瞒参谋长，我现在真的后悔参与了锄奸。

陶景奎哀叹一声：是啊！我也是悔啊，可没有后悔药吃。

孙焕彩小心翼翼问：那咱们今后怎么办？

陶景奎：今后，凡事咱们听战区周主任的。——听周主任的，就是听委员长的！

孙焕彩：是啊！咱们下一步怎么办？

陶景奎：你闻出点什么没有？

孙焕彩：什么？

陶景奎：反共啊！

孙焕彩恍然大悟。

两个人心怀叵测，相视而笑。

恰在此时，57 军被撤销建制的消息传到了他们耳中。

孙焕彩气冲冲走进师部：师长！我听说 57 军被撤了？你怎么不告诉我呢？

没等常恩多说话，孙焕彩又问：为什么要撤销 57 军？你问问军政部，问问委员长啊！

常恩多一直在咳嗽，王维平很不高兴上前说：孙旅长，电报才接到，师长也是刚知道。

孙焕彩恼怒：你谁啊？就一个破少校，我一个少将旅长跟师长讲话，哪有你插话的份！

一旁的张苏平注意到孙焕彩的不满，不禁双眉紧锁。

常恩多止住咳嗽，愠怒道：秘书怎么了？什么岗位也是人干的，没有贵贱之分！你没事就回去吧！

孙焕彩不服气：师长！我对王秘书就是有意见！如果不是他挑唆咱俩的关系，你现在哪能是事儿都瞒着我？

常恩多喝问：谁挑唆谁？

王维平欲拦，没拦住，常恩多又说：你给我说清楚！

孙焕彩：说清楚也没关系！就是锄奸之后，我包围军部的时候，难道王秘书没在你面前说我的坏话？

常恩多质问：用王秘书说吗？你看我常恩多是傻子？你围住军部三天不打，你当时怎么想的？能告诉我吗？

孙焕彩张口结舌，终于没说出个所以然来。

常恩多又问：你是不是想给那几个投敌的汉奸留条后路？也给你自己留条后路？

孙焕彩连忙解释：不……不是……

常恩多：不是什么？不是，为什么围了三天不打？你说得圆吗？

孙焕彩有些慌张。

常恩多：行了，孙旅长，我没有追究你的责任，你反倒要怪别人，做人要摸摸良心！

孙焕彩气急败坏，向常恩多敬了个礼离去。

王维平上前宽慰：师长，不要跟他生气。

常恩多提醒说：维平啊，你要注意安全了！

王维平若有所思点了点头。

常恩多又说：天塌不下来！天不早了，你们几个去休息吧。

待众人离开，夜已深沉。常恩多挺着虚弱的身体走到屋外。晦暗的夜色里，寒风凄厉，枯枝摇曳。回想起西安事变后张学良被拘押，东北军连遭蒋介石压制缩减，常恩多心情悲愤，恸问苍天：东北军就这样一个军、一个军地被蒋介石撤销建制！就这样被姓蒋的分化瓦解，最后吃掉吗？张副司令，你在哪里？你在哪里啊……今生今世，我们还能再见吗？汉奸祸国，可以逍遥法网之外；锄奸救国，反受多方不情压抑！姓蒋的，难道投降有理，锄奸有罪吗?!

常恩多一阵急促的咳嗽，一口鲜血喷涌而出。鲜血染红了他面前的天空。

刘万胜、王维平和徐文斌悲痛扑上，搀住了常恩多。他们呼唤：师长！师长啊……

常恩多悲叹一声：庆父不死，鲁难未已啊！

王维平、刘万胜悲愤：师长！

八、112 师姜素峰起义

1940 年 9 月 22 日，常恩多率部锄奸后，给 112 师师长霍守义发去亲译电报，告知缪澄流出卖东北军与日军订立“互不侵犯，共同防共”协定，全师已奋起锄奸，要求 112 师积极响应。

霍守义当即把参谋长李寓春叫到身边，他担心在军部担任护送任务的 334 旅旅长荣子恒已经陷了进去。经过深思，他当即回电：

> 如缪军长真投敌，坚决反对，同意常师长锄奸。但要当心受别人利用，以免东北军回不了老家。

霍守义态度模糊的电报刚发出去，就接到蒋介石十万火急的电报：

常师锄奸，以下犯上，应知西安事变，前鉴不远，应多思索，不要再有越轨行动。如何处理，已告于总司令就近处理。

霍守义十分庆幸，对李寓春说：常获三干冒失了！幸亏没表态支持，否则会受牵连的。

缪澄流在荣子恒护送下进入112师防区后，霍守义把李寓春叫到跟前说，缪这个人平时作威作福，克扣军饷，把我们坑苦了，活该常获三、万顷波这么对付他！我们不能像常获三那样把他捉拿归案，也不能像过去那样隆重接待，要不即不离。

之后，李寓春出面接待了缪澄流，而霍守义躲开了没见。荣子恒向霍守义报告了锄奸当晚他所见到的情况，并鼓动说：缪澄流当不了军长了，师长你资格老，军长准是你的了！

缪澄流惶惶不安，在112师住了三天，后在荣子恒护送下去往战区。

9月21日前后，中共112师工委统一布置撤退，时间正好与111师的锄奸相重叠。霍守义接到各部队报告大批青年不辞而别，不禁胆战心惊，他判断这些青年思想新、不满现实，可能投奔八路军，也可能投奔万毅，就下令各部队加强警戒，掌握好部队。

霍守义对672团团长刘震远很不放心，就解除了他团长的职务，并把他软禁了起来。

667团团长金克才害怕进步力量抬头，与政训员毕士俊联手压制团宣传队。宣传队于一夜之间撤出，奔向抗日根据地，金克才和毕士俊十分恐惧，便对过去万毅信任的军官及与宣传队关系密切的连队进行监视，1连连长姜素峰便是他们防备的重要人物。

东盘锄奸后，韩子嘉率1营到达宋家汪时，中共112师工委委员王翀派交通员小刘通知姜素峰：有机会把队伍拉出去，联络地点是重坊，八路军115师东进支队留守处就在那里。但姜素锋一直没有找到机会。

姜素锋平时关心爱护士兵，自己的军饷几乎全部用在士兵身上，没鞋的给买鞋，生病的给抓药，连队上下和睦、官兵同心。他从此抓紧做排长、班长和军士的工作，揭露缪澄流反共、韩子嘉为虎作伥、金克才迫害进步分子的罪行，并通报大家不久就会迫害到自己头上。众人十分气愤，一致表示坚决打鬼子，决不做亡国奴。他挑选可靠士兵组织便衣班，名义上侦察敌情，实际上侦察拉队伍出去的路线、地形和八路军防地。他派人到重坊找王翀，又到毛河东找万毅，但都没有联系上。

不料，金克才先动手了。

金克才先是把1连的进步分子，如赵青林、孟冲、王焕章等调走，然后插进来一些他的人。

11月25日，驻扎在临沂矿坑的3连连长李宝恕与韩子嘉矛盾加剧。李宝恕借掩护全团征粮为机与敌伪据点联络上，准备率3连投降日寇。3连班长宋树仁、刘福庆坚决反对投降，暗中联系了王忠义等五位班长，乘连长聚众赌博，偷出了全连6挺机枪，把3连两个排拉了出来。

3连两个排起义，韩子嘉慌了手脚，第二天，他给姜素锋打电话，要姜素锋马上到营部开会，语气中透出慌乱和紧张。

姜素锋有所警惕，用试探的口吻问：洗完澡去，行不行？

韩子嘉在那头连说：不行！不行！不行！

姜素锋心怀忐忑带上通信员赶往营部。

行至半路，姜素锋迎面遇到了2连连长刘振林。

姜素锋问：你们这是上哪儿去？

刘振林说：我们来换防，你们不知道？

姜素锋忙点头。随后，他看到了跟在队尾的原1连上士孟冲。

姜素锋跟上孟冲：孟冲，怎么回事？

孟冲小声告诉姜素锋：营部的寨子里戒严了，要抓你！

姜素锋感激地拍了拍孟冲的肩膀，见2连队伍已经远去，立即从小路赶回连队。召集起坚决抗日的进步分子，姜素锋宣布要带队伍去找老团长万毅。众人坚决拥护，并立即行动。把韩子嘉的几个心腹监管起来后，队伍连夜通过了土顽王洪九的封锁线，他们沿途得到抗日民主政府和八路军游击队的掩护，先是赶到临沂大仲庄，再折向迷龙汪，到达庄坞。在抗日民主政府派出向导的引导下，越过沂河，终于在12月3日到达大店，找到万毅。

头一天，3连班长宋树仁、刘福庆等两个排东渡毛河已到达大店。恰在此时，672团团长刘震远脱险，只身也来到了大店。

万毅赶到驻莒县李家桑院的师部，把刘震远、姜素峰率1连、3连几个班长等投奔333旅的情报报告常恩多。常恩多一听，激情豪迈：他们为什么投奔我们来？不就是因为我们锄奸吗？收下！全部收下！

万毅激动而欣慰：是！全部收下！

常恩多又问：他们现在人在哪儿呢？

万毅：我把刘团长带来了！

常恩多催促：快请进！快！

万毅把刘震远领进。刘震远上前一步庄重敬礼：常师长！常将军！

常恩多迎上，握住刘震远的手：刘团长，欢迎你们来啊！欢迎！

刘震远激动，热泪盈眶：师长，你们锄奸胜利了，霍师长害怕了，他竟以无稽之嫌夺了我的兵权！师里那些积极抗战的人也被怀疑是共产党，韩子嘉把缪大混蛋送到战区回来就对姜素峰他们动手了。姜素峰把队伍拉出来了，我也逃了出来，就奔您这儿来了！

常恩多感慨万千：老霍有时候缺乏是非曲直的辨别能力啊！没有关系，你来我111师，是来抗战的，我给你兵权！

刘震远忙说：师长，只要能打鬼子，没有兵权也成啊！

常恩多坚定道：不！你是个带兵的官，怎么能没有兵权！

常恩多略一思忖，又说：你们看这样好不好？就在333旅成立个补充团，你还当团长！

万毅赞成道：成啊！

刘震远担心说：师长，那些国民党特务会向于总司令报告，于总司令会责难您的！

常恩多毫不犹豫：不怕！

刘震远满怀感激：师长！蒋介石和何应钦都来电斥责您，在这样严酷的形势下，您还收留我，我……

常恩多情真意切道：刘震远，你是谁啊？你是57军一个坚持抗日的团长！我们都是张副司令的部下，我们东北军血拼了三年的抗日历史，不能被缪澄流的投降给抹杀了！只要坚持抗日，总有一天我们能打回老家去！抗战是我们东北军义不容辞的责任，什么时候我们都不能忘记老家还有三千万同胞，在巴望我们回去呢！

万毅热泪盈眶，强忍泪水。

刘震远终于哭出了声：师长，我刘震远何德何能，您不惧国民党特务，不惧上司可能非难，这样肝胆相照、慰勉有加……师长，我刘震远从此改名“刘杰”，杰出的杰！我跟定您抗日到底，誓死打回老家去！

常恩多连说着：好！好啊！好啊！

刘震远：你放心吧，师长，我刘杰赴汤蹈火、披肝沥胆，也要报效祖国、与日寇血战到死！

常恩多欣慰：好啊！这也正是我想说的！

常恩多已十分疲惫，倚靠在被子上，继续说：这也是我们每一个有良知的东北军人，要这样去做的！

从此，刘震远改名刘杰，姜素峰改名江潮。112师起义过来的这些官兵编为333旅补充团3营，刘杰为团长，江潮为3营营长。不几日，于学忠发电严厉斥责常恩多接收刘杰、江潮等人。不得已，刘杰带3营离开111师到临沭县活动。

从此，于学忠再也管不着刘杰这支部队，而他们正好可以独立自主地在敌后打游击。这就为日后那些坚决抗日，又无处可去的受迫害官兵提供了一个最终的也是最好的归宿！

这便是威震滨海南部海陵一带的57军独立旅前身。

九、难关

何应钦的命令到达时，刘祖荫正在665团工作。

张绍骞集合了部队，宣读重庆军政部的命令：常恩多犯上误国，免于追究；撤销

57 军番号，111 师、112 师分别由战区直接指挥。

读完了电报，张绍骞解释说：免于追究就是算了，一件公案了结了！

人们发呆、惊愕发问：怎么，投敌有功，锄奸倒有罪吗？

官兵中顿时分化瓦解，有的人义愤填膺激愤提出要与国民党决裂，有的人沉默悲观甚至动摇了，也有的大放厥词攻击锄奸、后悔上当受骗了。刘祖荫听到曾跟他一起去八路军东进支队谈判的张副官大骂锄奸运动，说是上了共产党的当。

刘祖荫感觉不能任这种歪风邪气任意滋长，就和张烙把张副官告到了张绍骞那儿，要求严惩。张绍骞 一面表示惊讶，一面又作解释，要刘祖荫和张烙放心，他一定严惩。后来，张绍骞没动张副官一根毫毛。

这天傍晚，刘祖荫伏案用笔记录下“九·二二”锄奸后的情况：

> “九·二二”锄奸后，有几件很得人心的事：不压饷，经济公开。师部补发了被缪澄流扣压的几个月的薪饷，大家很高兴。过去有些军官因年资问题，往往是军阶是上尉的官长，却领中尉甚至少尉的饷，现在是什么官，就领什么饷。再就是不准贪污，不准吃空名子。通信连连长赵某，由于吃空名子，被万旅长查实撤了职，大家一致叫好。万毅旅长还雷厉风行取缔了专靠赌博赚当兵血汗钱的兵痞。9 连有一著名的兵虱子，万旅长亲自到团开大会，宣布他的罪行，执行枪决。对这件事大多数人是拥护的，因为不少人受过兵虱子的害。但也有一些人摇头，感到“过激”了。9 连连长怕得要死，发誓诅咒，万旅长原谅了他。

333 旅 666 团团长刘晋武，在蒋介石训斥常恩多的电报到达后，也后悔参与了锄奸。他的言论不久就传到了旅部。

于文清忧心忡忡说：顷波，我听到一些关于刘团长不太好的反映。

万毅：焕章，说说看，什么反映？

于文清：锄奸后，不许他吃那么多空额了，他很是有意见。

万毅：过去，便宜占惯了，现在不让他占，自然不舒服。何况，他还要养大小俩老婆！

于文清：他还说，“看人家 112 师，不锄奸不反缪军长，什么都不缺，军饷、粮草、枪弹及时补充，人强马壮。看看咱们 111 师，又是几个月不关饷了，弹药粮食也不给补充，锄奸干什么用！”

万毅很是气愤：真是个混蛋！不是那时候了，姓缪的要撤他职，吓得他找师长、找我，表态坚决锄奸，坚决反投降。现在，姓缪的走了，他倒要向后转了！

于文清：委员长的电报，在部队引起很大的不平。有些官兵动摇了，后悔参加了锄奸，而有的官兵则非常担心 111 师未来的前途。

万毅坚定道：你告诉那些官兵，只要坚持抗战，111 师就一定大有前途！

于文清赞同：是啊！

看到万毅愁眉紧锁，于文清又问：顷波，你担心什么？

万毅忧心如焚：我担心师长的身体啊！

陆万美、邹强等也是很为常恩多身体担忧。这天，他们再次看望常恩多：师长，你可一定要保重身体啊！

常恩多宽慰道：不要紧，我没事的。

邹强：我们听说了，都很难过。

常恩多笑了笑，说：铲除汉奸缪澄流，这是我平生44岁以来，唯一重大的事件！蒋介石的几封训斥电报，打不倒我。

陆万美：您只有好好的，才能带领111师继续抗战啊！

常恩多：拼着我这百十斤血肉的身躯，我也要为正义，为抗战，向汉奸叛逆，向自私自利的党派，奋斗到白头！

陆万美：师长，我们想的，和你想的是一样的！

邹强：可现在，您要多休息啊！

常恩多对两个人说：东北军打回老家去的这一点根儿，我得保持住！我不能把它交到那些坏东西手里。我不会倒下的，我还能坚持战斗！

邹强、陆万美眼含热泪，心情悲伤。

常恩多：放心吧，一个蒋介石反对，一个何应钦训斥，可我们有山东人民的支援，有全国人民的支持，有共产党八路军的支持，我们不怕！

邹强坚定道：还有我们的支持！

陆万美：对！我们永远都站在您抗战的一边！永远！

常恩多感激，紧紧握住了两个人的手。

日寇"扫荡"再次遭到失败，退缩回几个据点后局势暂时趋于平静，111师官兵在较安定的环境下迎来了1941年元旦。

元旦，是新一年的第一天。在李家桑院，唢呐声声，锣鼓阵阵，笑语喧天，秧歌起舞。秧歌队、高跷队在锣鼓喇叭声中，沿李家桑院及附近的几个村庄欢快地扭着跳着，乡亲们为赶跑了投敌的57军军长而欣喜若狂，为111师刚取得的反"扫荡"胜利而欢欣鼓舞。战时服务团也走上街头，宣传锄奸后的胜利；抗敌演剧第六队也搭起戏台，准备演出抗日的节目。人们运用各种形式宣传反"扫荡"的胜利，并准备迎接更加残酷的斗争。

在111师军官大会上，常恩多慷慨激昂说：今天，在庆贺大店和碑廓的胜利中，我们迎来了抗日战争最艰苦的年份——1941年！

忽然，常恩多感觉胸口疼痛，他强忍咳嗽：我们还要准备迎接更加艰苦的环境，迎接更艰难的斗争！日本鬼子也已经到了最艰难的时期，就看谁坚持到最后，坚持到抗日的胜利……

常恩多再难抑制胸部的疼痛，连声咳嗽起来。

就在刘万胜万分焦虑时，常恩多一口鲜血喷射而出，洒在了土台上。台下众军官惊骇失色，不约而同呼喊道：师长！师长！师长……

土台一旁的陶景奎、孙焕彩也很惊讶，他们交换了一个阴险的眼色。

刘万胜上前为常恩多擦嘴角鲜血，被常恩多猛然推开。

常恩多强撑身体，继续说：弟兄们！我们都是中华民族的子孙……要有中华民族的骨气……坚持抗战，团结友军，爱护百姓，是我们东北军打回老家去的唯一的道路……不消灭日本强盗，我死不瞑目！

常恩多极度疲惫，终于在王维平、刘万胜和众军官的呼唤声里，倒了下去……

第二十二章

恶浪扑来

一、常恩多大权旁落

常恩多终于劳愤成疴，肺结核病发作，吐血不止，不能理事。由于副师长刘宗颜在日莒公路以北组织后勤工作，111 师的日常工作只能交由陶参谋长代行代拆。

几天后，发生了骇人听闻、震惊中外的“皖南事变”。新四军军部及所属部队九千余人奉命北移，行至皖南泾县茂林地区时，突遭国民党约八万人的包围袭击。激战七昼夜，终因弹尽粮绝，只有两千人突围，大部壮烈牺牲，军长叶挺与国民党军谈判时被扣，副军长项英遇害。1 月 17 日，下令“立即解决江南新四军”的蒋介石反诬新四军“叛变”，并宣布撤销新四军番号。这便是千古奇冤的“皖南事变”。

111 师工委的几个人闻讯极其愤怒和悲伤。

王维平：同志们！蒋介石又发动第二次反共高潮了。皖南，七千多新四军啊，就这么被国民党反动派杀害了！

曹健华：这笔血债，我们要记在蒋介石的头上！

王维平：蒋介石，这是帮日本人灭我中华啊！

张苏平：今天，电台李政宣台长告诉我一个新情况，蒋介石、何应钦连续来了几封电报，责令 111 师剿灭日莒公路以南的八路军。

曹健华：东北军走到十字路口了！——打八路，他们就违背了张学良将军联共抗日的原则；不打，他们又抗拒了蒋介石的命令。但依目前形势看，常师长病重，不能理事，111 师很可能会走向反面，我们不得不防啊！

王维平：常师长的身体，短时间里可能好不了了，111 师雪上加霜啊！

张苏平：我们要立即把 111 师的情况报告分局，已经引起敌人注意的党员要坚决撤离。再就是，请示把万毅党的关系转到 111 师工委来。这样，有利于展开工作，也有利于保护万旅长！

曹健华、王维平表示同意。

莒县李家桑院 111 师师部里，陶景奎手持电报向常恩多报告：师长，军政部来电，命我们攻打日莒公路以南的八路军。

常恩多愤怒欲言，不料连声咳嗽起来。

自宋迪玺发展陶景奎加入CC组织，陶景奎早已是国特分子。眼见常恩多丧失工作能力，他梦想早日替代常恩多坐上师长宝座，暗地里加紧了与孙焕彩、刘晋武等人的联系，并开始着手对左倾分子展开打击。陶景奎此次是来试探常恩多对于打八路的态度。

陶景奎又说：师长！如果不打八路，国民政府就要停发我们的军饷。那样，我们岂不是要挨饿？这么多弟兄……

常恩多猛一扬手，满脸怒气：我不管！你看着办！中国的老百姓不会让我们饿死的！

陶景奎闻声色变，见常恩多连声咳嗽，知道他内心里的态度，连忙退了出去。

陶景奎回到驻地还没坐稳，111师政治部主任龚晓清和军法处长侯小鲁就气汹汹走进。

见陶景奎一脸沮丧，龚晓清猜出八九分：怎么？姓常的不叫你打八路，你就不打了？

陶景奎转脸堆笑：打……当然打！只是现在，还摸不到八路驻扎在哪儿，等我派兵侦察清楚再说。

龚晓清：这还差不多！告诉你，周主任来电，要我全力监督111师攻打八路！

侯小鲁：对！不打是不可能的！都在打嘛，我们111师不打，就显得我们落后了！

陶景奎信心十足道：这是自然！请转告周主任，我一定会尽快全力攻打八路军！

龚晓清高兴：好！还有一事，周主任要我转告你，必须坚决彻底地清除掉隐藏在111师里的共党分子！

陶景奎：坚决、彻底？

龚晓清：对！一个也不留！

陶景奎有些迟疑：一个也不留！——可……谁是呢？共产党脑袋上也没写字。

龚晓清：那些个平日高喊“抗战到底”、“铲除汉奸”、要“团结友军抗日”的，我看都像是共产党！

陶景奎试探地问：那不是连常师长也算在其中了？

龚晓清：那是因为，他身边有王秘书——王维平！

陶景奎：对、对！王维平左倾得厉害！

龚晓清：还要注意一个人！

陶景奎：谁？

龚晓清：——万毅！

自去了一趟总部靠上周复，孙焕彩在常恩多面前更加口是心非、两面三刀了。他常跪在佛像前，虔诚地三拜九叩，人送外号“佛爷”。他自1933年便跟随常恩多，自诩是常师长的老部下，口头常挂“忠诚不贰”，而实际早已背信弃义、貌合神离。常恩多态度鲜明反对内战，他却常与三两知己妄谈陕北袭击红军的得意之战；常恩多看重万毅、王维平，他背地里大肆攻击万毅和王维平等进步分子。常恩多听到一些关于孙焕彩的闲话，派人把他叫到床边。

常恩多脸色难看躺在床上，苦口婆心对孙焕彩说：景尧（孙焕彩字），你不要跟他们跑，不要吵着打八路军。八路军帮助我们不少，我们要记住人家恩情才是。东北军不能做忘恩负义的事情！

孙焕彩轻佻地笑了笑：老师长，你好好养病，别再操心了！

常恩多：你是我的老部下，是我一手提拔起来的，你要听我的！

孙焕彩闷头不吭声。常恩多焦虑，连声咳嗽起来。

刘万胜心疼急忙上前护理。

孙焕彩见状，转而信誓旦旦说：是！他们谁都可以不听您的，而我孙焕彩一定要听您的！我是您一手拉扯起来的，你放心！

常恩多渐渐平静下来。刘万胜收拾起沾满血迹的毛巾走出去。

孙焕彩眼珠一转，劝道：师长，干八路有什么好啊？他们的手榴弹一炸两瓣，根本就没有杀伤力。武器装备比我们的捷克造，那差太远了！

常恩多脸色难看。

孙焕彩继续说：国民政府也不给他们发枪支弹药，就更不发军饷，看他们吃的穿的，跟叫花子有什么两样，还打日本，成不了什么气候！

常恩多连声咳嗽。

徐文斌忙上前照顾：师长！

孙焕彩：干八路那份苦，你受不了；做部下的拖儿带女，就更受不了！所以……所以，你还是不要管这些事了！

常恩多着急：这是政治！是中国的……未来……未来！

常恩多咳嗽不止，又大口吐起血来。

孙焕彩有些惊慌，他怕传染上，连忙起身躲开：师长，我还有事，我先走了。我改天再来看望你！

常恩多继续咳嗽。

孙焕彩慌忙走出了师部。

在师部外面，刘万胜与孙焕彩迎面相遇。

孙焕彩自语道：中将师长这个官不小了，还想着政治干啥？真是自讨苦吃！

刘万胜闻声诧异。

在背叛老师长常恩多的路上，孙焕彩没有止步，离开师部后，他就走进了陶景奎的住处。他们要商量一个秘密抓捕共党的名单。

陶景奎恶狠狠道：第一个人是万毅！

孙焕彩积极响应：对！万毅有八路作风，与八路来往密切。在他333旅，他就信任小青年，不喜欢咱们这样的老行武！

陶景奎态度坚定：——万毅肯定是共产党！绝对没跑！

孙焕彩：还有，据刘晋武说，万毅在连队里抓兵虱子，反贪污腐化，搞得人心惶惶，带兵的官都不想跟他干了！

陶景奎：这样下去，有万毅在，111 师准没得好！由他胡来，咱们非戴“红帽子”不可！——写上！

孙焕彩郑重在“名单”上写下“万毅”。孙焕彩忽然忧心忡忡：可，他手上有兵啊！

陶景奎闻声有些恐惧：不可盲动！等等，等等再说！

孙焕彩：好！先放放就先放放！

陶景奎略一思忖：这件事情一定要做得稳妥。

孙焕彩把“万毅”名字圈住：那，咱们第一个要抓的……

陶景奎眼珠转了转：——王维平！

孙焕彩在名单上写下“王维平”三个字。

陶景奎激动起来，催促道：下一个，是刘副官！

孙焕彩写下“刘万胜”。

孙焕彩迟疑不决：刘副官天天在常恩多身边。我担心抓了他，很可能会引起常恩多的怀疑。

陶景奎有些畏惧：那……那就先把他放一边！

孙焕彩把“刘万胜”也圈了起来。

陶景奎气势汹汹：接下来——张苏平、曹健华，那个警卫排长张德福！还有电台那个李政宣台长夫妻俩……还有，战地工作队、抗敌演剧第六队全体！全体！

陶景奎和孙焕彩正在进行的阴谋，常恩多不知道，万毅不知道，111 师工委的几个人也不知道。

这天黄昏，在村里的小巷，王维平神情焦虑正快步走着，突然被冲上来的一个人拉到了一旁……

二、王维平一命悬丝

王维平回头一看，拉他的人不是别人，却是张苏平。

张苏平看了看左右，见没人急忙说：维平，我有急事找你！

看到张苏平一脸的紧张，王维平问：出了什么事？

张苏平说：接到分局转来的周副主席指示，命令你立即撤出 111 师！

王维平惊诧：现在？

张苏平：对！马上！

王维平伤心：常师长病重，我不能在这时候离开他！

张苏平一把抓住了王维平的衣服：情况紧急，你不能再犹豫了！

王维平迟疑：我还没有完成任务……

张苏平提醒道：你忘了，上次缪澄流就怀疑你是共产党！

王维平难过：我走了，师长怎么办？我的工作怎么办？

张苏平凝望王维平：交给我！相信我！

王维平热泪横流：可……我还没有请示师长呢！

张苏平难过。

在陶景奎住处，龚晓清在审查逮捕共党的名单。

陶景奎：今天晚上，我们就秘密抓捕王维平！

孙焕彩：对！上一次，缪军长就抓住过他，不过叫他逃脱了。这一回，一定要把共党的死罪给他定实了，叫他永远翻不了案！

龚晓清：今天晚上的抓捕，就由侯处长带人去执行！

一旁的侯小鲁很是激动：是！

陶景奎：龚主任，你看还有什么可以补充的？

龚晓清：这一回，决不能放过那两个宣传队！

侯小鲁：对！我早就说过他们里面有共产党！这一次一定要抓住他们！

陶景奎：你看这样好不好？把他们全部送到战区去，叫周主任收拾他们。

孙焕彩：对！谁是共党，谁不是，周主任火眼金睛，一眼就能看透，一个也跑不掉！

龚晓清十分骄傲：那是！周主任是谁啊？他可是复兴社十三太保之一，委员长最信任的人！

陶景奎：那逮捕王维平……

侯小鲁：我马上就行动！

紧接着，龚晓清和侯小鲁来到通信队，亲自挑选了一队强壮的官兵，并要他们把枪弹带齐。

龚晓清巡视了一遍十几个人的队伍：知道我们为什么不用手枪队的人，而用你们通信队的人吗？

众人都很茫然，连连摇头。

龚晓清：因为他们基本上是常师长的人！

众人都有些疑惑不解。

侯小鲁提醒说：你们都给我听清楚了，今晚的行动要绝对保密！

通信连长问：龚主任，今晚上什么秘密行动啊？

龚晓清：今晚上，侯处长带你们秘密抓捕一个共党分子！你们都要听侯处长指挥！

连长一听，立即表示：是！

侯小鲁看了一下手表，时间尚早，就谄笑问：龚主任，时间尚早，先喝一杯？

龚晓清愉快应道：好啊！

侯小鲁对连长喊：所有人不许出屋子，等候我的命令！

常恩多面朝墙壁，听完王维平报告要离开111师，他没有回身。

常恩多已经习惯王维平在他身边的工作和生活，他忽然要离开，今后抗战中有要事商量，他又找谁呢？

常恩多久久地沉浸在痛苦中不能自拔。王维平感觉得到了师长的不舍和痛苦，他不知所措。

忽然，常恩多哽咽问：维平，真的要走吗？

王维平热泪盈眶。

常恩多又问：一定要走吗？

王维平热泪流淌下来：师长！

常恩多叹息了一声转过身，疲惫至极，痛苦万分：都走了，不要我了，不帮我了！

王维平难过地扑到床边，哭了：师长……

王维平回到住处，悲愤地对张苏平和曹健华说：不！我不能走！

张苏平把电报递上：维平同志！你冷静点！你自己看看！

王维平接过电报，看到上写：……为保存力量，通知王维平迅速撤离111师，进入抗日根据地。

王维平依依不舍，满怀遗憾：我真想帮常师长把111师拉出去！拉到八路军根据地去！

张苏平上前开导说：维平同志，你要冷静！现在还不是时候！常师长病重，大权已经旁落，而陶景奎、孙焕彩又加紧了他们的反动行动。何况，现在拉队伍，我们师出无名啊！

曹健华：苏平同志的分析是对的！你马上撤离，只要你走掉了，他们就没有办法。

王维平：我实在不忍心现在离开他啊！他需要我，需要我们！

曹健华：你走了，还有我们呢！

王维平悲愤难抑：就这样走掉，我像个逃兵啊！

张苏平：维平！第二次反共高潮会比第一次更猛烈、更凶残！陶景奎和孙焕彩他们不是孤立的，他们的背后是周复、沈鸿烈、韩德勤和重庆的何应钦，而这些人的总后台就是蒋介石！111师靠近山东抗日根据地，具有良好的团结抗日的基础。今后，我们进行合法斗争的机会越来越少。为了积蓄力量，保护干部，你必须马上离开！

曹健华：如果你不走，这一回就很可能遭他们的毒手！你必须马上走！

王维平激动：可是，你们同样也很危险啊！

张苏平：你放心，我一贯是个沉默寡言的人，他们抓不到我的把柄。

王维平仍不放心：常师长需要我们的帮助啊！我们不能都走了！

张苏平：我们不都走，——我留下！

曹健华感动：苏平同志！

王维平满怀期待凝望张苏平：苏平！

张苏平郑重道：我向党保证：常在、张在！

三个生死战友热泪流淌，紧紧拥抱在一起。

王维平眼含热泪推开了师部的门，准备和常恩多作最后的告别。

刘万胜拦住了王维平：王秘书，师长刚睡……

忽然传来了常恩多虚弱的声音：是维平吗？

王维平走近：师长，是我！

常恩多深情凝望王维平：都准备好了吗？几点动身？路上要小心！

王维平难过，热泪滑下，强展笑颜：师长，我是来向您……告别的！

昏暗的油灯下，常恩多点了点头，眼里有泪光闪烁：我知道。

刘万胜在一旁暗自饮泣。

王维平：师长，你养病要紧，要格外当心身体。等你病好了，能够工作了，我还回来！

常恩多转过脸，眼泪默默流出。

王维平难过：看现在的处境，我还是走了好，免得你看到他们折腾我，加重你的病情。

常恩多难过，没有回话。

王维平：我走后，由曹健华接替我的工作。

常恩多挣扎坐起身，王维平忙上前扶住常恩多。

常恩多从枕下摸出两张自己的军装照：一张是给你的，另一张请你送给我没见过面的，但是倾心的朋友，做个纪念吧！

常恩多连声咳嗽起来。

王维平激动：请师长多保重，我们还会再见面的！

常恩多紧紧攥住王维平的手：等我病好了，再找这群混蛋算账！病若是好不了，我就一锤子砸碎它，决不给中华民族留下一条孽根。我相信，有骨气的汉子，自会另起炉灶，自会寻找到一条救中国、也救自己的光明大路！

王维平泪流满面：师长！

常恩多：将来，你要告诉我儿子常克他们，我是为什么死的！

王维平热泪横流：常将军！你要保重，抗战需要你啊！

王维平手捧常恩多照片，走出了师部。站在夜色里，他深情凝望：常将军，再见了！我会把你的心意转达给徐向前同志！您一定要保重！终有一天，我们还会再见面的！

侯小鲁吃饱喝足醉醺醺地回到了通信队，对着横七竖八躺倒一炕的官兵喊道：开始行动！开始抓捕！

连长赶忙喊众人：起来了！起来了！抓枪，走了！

众人抓枪，跳下炕，列队。

侯小鲁郑重其事喊道：出发！

众人跟随连长鱼贯而出。

在侯小鲁指挥下，众人扑向王维平的住处。不一刻，就包围了房前屋后。然而，屋里屋外地搜索了一遍，没有找到王维平。

侯小鲁十分震惊：难道姓王的听到风声先跑了？

连长跑近：报告，王秘书的东西好像也收拾了！

侯小鲁气急败坏：他妈的，到底叫他又跑了！

三、错失良机

送走王维平，刘万胜回到师部。悄悄推开门，他看到常恩多正趴在床头咳嗽，不觉眼前一片黑暗。老师长已病入膏肓，而王秘书连夜逃奔民主抗日根据地，蒋介石连连下令攻打八路军，接下来会发生什么事情，他一无所知；111 师将去往何处，他看不到光明；老师长还能好起来吗，他没有把握……刘万胜再难抑制悲愤和哀痛，蹲在角落里，饮声哭泣。

常恩多听到刘万胜的哭声，止住咳嗽：哭什么？男子汉大丈夫，要拿出小子骨气来！

刘万胜走近：师长！

常恩多：就是剩下一个人，也要干下去！革命不是孤立的，懂吗？

刘万胜眼含热泪，连连点头。自那次，因为在人前说错了话，他被常师长编余，回四川后方又亲历国民党嫡系部队欺辱东北军家属，他心里多了许多思考、机警和智慧。他明白常恩多的心思，他坚定信念：一定要保住常师长！保住了师长，就保住了 111 师！

661 团团长孙维嵩奉命前去阜阳领军饷，临走，常恩多躺在床上交代工作。

常恩多说：孙团长，你这一次去阜阳领饷，另外还有两个重要任务要你完成！

孙维嵩：师长，你交代吧！

常恩多：一是，把四川万县、奉节的数百口我们 111 师的家属、孩子，护送回山东。

孙维嵩：是！

常恩多：他们已离开四川，正在去阜阳的路上。

孙维嵩：是！

常恩多：曹秘书！

曹健华走近：师长，我已经办妥了！

常恩多：我叫曹秘书给你们661团战时服务团的曹成镒，送去了几百本“九·二二”锄奸的小册子。你们带到大后方去散发，要把我们锄奸的真相告知天下，告知所有坚持抗战的仁人志士！

孙维嵩：是！请师长放心，我一定都办好！

常恩多：路上出现什么异常情况，及时与我联系！

孙维嵩：是！师长！

常恩多：走吧，路上小心！

孙维嵩起身：师长，你保重身体！我走了！

陶景奎和孙焕彩没有抓住王维平，十分懊恼，也更坚信111师里有共产党。他们要加快肃清共产党的步伐，首先面临的是常恩多这个障碍。经过一番密谋，他们决定把常恩多送走。

这天，几个人走进师部。常恩多脸色灰暗，刚吃过药正躺在躺椅上休息。

陶景奎说：师长，我们几个商量了一下，想派一个营送您去后方山区休养，你看如何？

常恩多严词拒绝：不去！我不去！

孙焕彩上前说：师长，去山里静养，有什么不好？

刘晋武附和：是啊！山里空气新鲜，又可以躲避日军的袭扰，您可以放松心情啊！

陶景奎：师长，我们再也想不出更好的办法了。你就去吧！

刘晋武：师长，陶参谋长和孙旅长可以说用心良苦啊！你就……

常恩多打断刘晋武的话：是用心良苦！不过，你们就死心吧，我哪儿也不去！

孙焕彩：师长！你怎么能这么不爱惜自己呢！

常恩多：实话告诉你们，我姓常的就是死也要死在111师！

孙焕彩和陶景奎交换了一个眼色。

孙焕彩：师长！

常恩多：你们出去吧。

几个人很不高兴，起身离开。

赶不走常恩多，几个人下令通信连以“保卫师部”名义把师部里外围了个结实。

张德福察觉异常，先是把自己门前通信连的卫兵赶走，走到师部，见通信连的人也守在师部门外，更加气恼。

张德福上前喝问：谁叫你们来的？

通信连一个排长回话：是陶参谋长叫我们来保卫师部！

王宗芳赶到，扯开嗓门喊：胡扯！师部有我们保卫，要你们来干什么？滚蛋！

张德福吼道：赶紧滚开！都滚！

通信连的官兵有些迟疑。

王宗芳摸枪：再不滚，老子动粗了！

张德福一气之下拔出手枪：滚开！再不滚老子杀人了！

通信排长带众人跑开了。

王宗芳不解：张排长，怎么回事啊？

张德福：陶参谋长想要老师长离开，老师长不走，他就要把老师长围困起来，要师长变成瞎子、聋子！今后，咱们要多长个心眼啊！

陶景奎、孙焕彩二计不成，再次变换花招。

这天，刘万胜被军医处周处长叫到跟前。

刘万胜：周处长！你找我，什么事啊？

周处长似乎有些心虚：是这样啊，为了使师长能静心养病，以后凡是来找师长的人，你都一律挡回去！

刘万胜：挡回去？

周处长：哦，要是他们实在要见师长，你就把他们的名字登记起来，然后……

刘万胜有所警惕：周处长，你这是谁的意思？

周处长迟疑了一下：是……是陶参谋长要我这么对你说的。

刘万胜和王宗芳、张德福把他们知道的事情告诉了常恩多，常恩多沉默了半天。他的身体愈加糟糕，咳嗽不止，吐血不止。

常恩多：——陶景奎！他们要干什么呢？

刘万胜：周处长还交代给您收发新闻的司书宋景龙，今后不要把不好的消息告诉您。这也是陶景奎干的！

常恩多胸口一阵剧痛，他的脸被痛苦扭曲了：他们这是要大权独揽啊！他们赶不走我，就封锁外界的消息，就撤换我的警卫！

张德福：老师长！你放心，王秘书把我调到手枪队，就是要保卫您的安全！今后，我亲自布置您的警卫，决不让别人插手！

常恩多感激，咳嗽点着头。

王宗芳：师长，有我们几个在，他们不敢动您！

常恩多止住咳嗽：动我，他们还没生出那个胆！刘副官！

刘万胜：师长！

常恩多：今后无论什么事情，该报告我的，你一样不能少！

可还没等刘万胜回答，常恩多又剧烈咳嗽起来。刘万胜赶紧说：是！放心吧，师长！

常恩多：要提高警惕。但只要有我在111师一天，我料他们不敢胡来！

王维平离开后，曹健华接任了秘书工作。曹健华听到一些孙焕彩、刘晋武背着师长搞阴谋的说法，经过一番思考，他向常恩多建议把这两个人撤换掉。

听了曹健华的建议，常恩多一惊：撤了他们？

曹健华：对！把兵权交到您信得过的人手中！

常恩多咳嗽起来，迟疑不决。

曹健华：师长，他们已经不听您的了！

常恩多：曹秘书，不要担心，孙旅长和刘团长不敢不听我的！他们跟随我多年，又都是我提拔重用的，他们不敢违背我！

曹健华欲言。

常恩多说：现在形势复杂，我又病重不能理事，在这时候撤换主官，部队会乱。这是带兵的大忌！

常恩多对孙焕彩和刘晋武没有动手，一是这时候他们还没有完全暴露反动的本性，二就是常恩多相信被他一手提拔使用的他们不敢走得太远。

不料，这却失去了最后的机会。

四、阴差阳错

陶景奎主持111师工作后，向全师发布了一道“加强戒备，防止袭扰”的命令，意在彻底隔开111师和共产党八路军的联系。孙焕彩、刘晋武成为他得力的左臂右膀后，333旅旅长万毅更加孤立。331旅661团团长孙维嵩去阜阳领饷路过大店，没到旅部看望万毅，却直接去了666团和刘晋武抽大烟、狗扯羊皮密谈了一宿。

万毅听说后，找到666团少校团附朱家鼎询问究竟。万毅问：他们谈了一夜，都谈些什么？

朱家鼎说：一句话，将军自己走了最好！

这引起万毅警惕。他只身来到李家桑院师部，说明情况后，向常恩多面辞333旅旅长职务。

听到万毅说他也要离开111师，常恩多非常难过。他热切挽留说：顼波，你不能走！我病重不能理事，你再一走，333旅就要交给别人，111师的情况将更加糟糕啊！

万毅：师长，我担心他们会对我下手啊！

常恩多：你现在的处境是有些危险，但只要我在111师，我料他们不敢把你怎么样。我们要提高警惕，今后不是我叫你，你不要来师里。

万毅犹豫：师长，他们会扣押我的！

常恩多：你放心，我不坐他们的四轮车。扣起你来，我想他们不敢。他们还要我不？怎么说，你都不能离开现职。你离开了，对我师抗战的前途不利啊！

万毅：师长！要不把我调附员，到你身边走动！

常恩多：不行！你不能没有兵权！你一定要掌握好333旅！

万毅：师长！

常恩多：对这件事情，我没有什么难处，你安心干吧！

权衡左右，万毅坚定留下的信心：那好吧，我听你的！

常恩多：那次送朴炳珊、董瀚卿他们去总部，孙焕彩、陶景奎和刘晋武先前要我派你去。

万毅：他们是想哄我去总部，然后把我扣起来！

常恩多：对！我把他们挡了回去！你要心中有数，你连夜回去，掌握好部队。

万毅：是！师长，你保重身体！

曹健华关于撤换孙焕彩和刘晋武的建议没有被常恩多接纳，为了避免更大损失，他和张苏平商量，决定请示分局，要分局立即派一个领导同志来面谈。由于日军正在向抗日民主根据地进攻，分局正在转移中，他们没能及时联系上。

恰在此时，万毅被陶景奎叫到了李家桑院参加军事会议。

陶景奎已坚定打八路的决心，见常师长反对，他决定绕开常恩多，直接指挥两个旅长攻打八路。这天，把孙焕彩和万毅召到师部后，他拿出一封电报：孙旅长、万旅长！这是蒋委员长发给咱们111师的第三封攻打八路军的命令，你们都看看！

孙焕彩接过看后，递给了万毅。万毅看了看电报，没动声色。

陶景奎：两位旅长，表个态度吧！

孙焕彩看向万毅。万毅神情凝重。

孙焕彩气焰嚣张：我坚决执行委员长的命令！不就是攻打八路嘛，没什么难的！

万毅忽然站起：打鬼子、锄汉奸，我万毅赴汤蹈火，万死不辞！打八路军，残害自己的同胞，我姓万的一枪不发！

孙焕彩：再不打八路，111师就要断饷了！

万毅：断饷也不打！

孙焕彩针锋相对：只有执行委员长的命令，111师才有前途！

万毅：111师打八路，只有日本鬼子最高兴！那是帮鬼子，是当汉奸！

孙焕彩恼怒：你……

看到孙、万面红耳赤针锋相对，陶景奎暗自得意，他等的就是这个结果。他眼珠一转，突然大笑起来，笑罢，说：好、好、好！我看这件事情能拖则拖，二位不要伤了和气，以后咱们慢慢商量！

万毅抬腿欲走。孙焕彩也起身要离开，陶景奎用眼神暗示孙焕彩什么。孙焕彩会意，留了下来。

万毅离开后，陶景奎故作姿态说：孙旅长，你看这事怎么办呢？一股肠子两下拧，再要违抗委员长的命令，你我将来可都有杀头之罪啊！

孙焕彩紧张起来：参谋长，你说怎么办吧！

陶景奎心怀叵测：万旅长和咱们是两股道上跑的车，我拿他算是没办法，就全靠老兄你了！

孙焕彩略一思忖，拍着桌子咬牙切齿道：量小非君子，无毒不丈夫！

陶景奎惊喜：哦！你有主意了？

孙焕彩狡黠而得意说：扣万升刘，皆大欢喜！

陶景奎：对！这样既除了万毅，又在333旅旅长的交椅上安插上了咱们的人！

得到了陶景奎的赞许，孙焕彩心里激动，自告奋勇道：这事儿就交给我了！

陶景奎：好！孙旅长不愧为行伍出身！一言既出，驷马难追！事成之后，我陶某一定电告委员长、于总司令，给你请功！

张苏平和电台台长李政宣（中共党员）终于与中共中央山东分局联系上，得到的答复是：今夜派江华前往面谈。接到电报后，曹健华一副农民打扮，肩背褡裢，匆匆去往约定的村庄。

可就在这天的白天，刘晋武和已倒向陶、孙的665团团长张绍骞到常恩多面前状告万毅。

常恩多神色不悦，躺在躺椅上。

刘晋武说：师长，我们333旅的两个团长一齐来告万旅长，那也是思前想后、左右为难啊！但为了111师，为难，我们也要来啊！

常恩多背过身去。

刘晋武暗中捅了捅张绍骞。张绍骞赶紧说：师长！你不要有偏心，你耐心听我们说几句！

常恩多耐下性子：好！你说！你们说！

张绍骞：师长，"九·二二"锄奸，万旅长就不该给韩子嘉下手令，以至于放跑了缪澄流！他还训练小青年，放到我们的连队当他的耳目，做他的奸细！

刘晋武：他袒护共产党的民主政府，他们不给部队给养柴草，我就抓了县长，他知道后非逼我给放掉！

张绍骞：不瞒师长，我团里好几个连长都要请假离队了！

常恩多惊异：为什么？

刘晋武再次捅张绍骞，鼓励他继续说。

张绍骞说：他们都说，如果万旅长还在333旅当旅长，他们……他们就拉队伍投奔日伪据点！

常恩多愤怒：混账逻辑！

还没有说完，常恩多连续咳嗽起来。

刘万胜冲进：师长！

常恩多把刘万胜的手拨到一边，对刘晋武和张绍骞说：你们是长官，有义务教育部下。部下对万旅长不满意，你们也跟着起哄？也不辨是非吗？

张绍骞张口结舌，刘晋武脸色难看。

常恩多耐心道：你们不要只看万旅长的不是，万旅长的长处你们都要学着点。他跟日军作战的谋略，你们谁比得过他？

张绍骞、刘晋武心虚，相互看了一眼。

常恩多：你们也都有不是，但为什么还当着团长？就是我能看到你们的长处。你们的心胸要开阔些，也就不会这样跟万旅长计较了。

张绍骞：师长！

常恩多：回去吧，你们要继续维护万旅长的威信，教育部下服从长官，不要胡扯些鸡头狗草的事情！

张绍骞：师长，我们说的可都是实话啊！

常恩多：你们跟万毅都是兄弟，我希望你们兄弟间相处和睦、友好，再不要闹意见，叫别人看笑话。

张绍骞欲言，被刘晋武拦住。

刘晋武：师长，你的劝说我们可以听，但心里很不服气！

常恩多挥了挥手，张绍骞、刘晋武起身离开。

见两个人离去，刘万胜关切问：师长，他们来告万旅长，什么意思？

常恩多：都是兄弟，他们嫉妒我对顷波的信任和重用。他们的心眼小了！

当天，331旅旅部所在地柞墩村，孙焕彩催促陶景奎道：陶参谋长！撤万升刘，就这样定了！

陶景奎心里十分高兴，可表面故作担心道：师长是不会同意的。

孙焕彩：你现在护理师长，有权处理紧急事情啊！

陶景奎试探道：万一，师长怪罪怎么办？

孙焕彩：我完全承担！

陶景奎暗自得意：好！一不做，二不休！刘晋武——刘团长还没有回去吧？

孙焕彩心领神会：我明白了！

陶景奎把一杯酒送到孙焕彩手上：祝我们马到成功！

孙焕彩得意忘形：马到成功！——陶参谋长，不要忘记你的许诺哟！

陶景奎会心而笑。

当日黄昏。

刘晋武从师部返回，在333旅旅部外跳下马，问万毅的警卫员李福海：旅长回来了吗？

李福海：回来了，在屋里呢！

万毅闻声迎出：是刘团长？进来说！

刘晋武：不了，旅长，团里好多事，我得去处理。师部叫我通知你，要你明天一早赶到师部去开会！

万毅诧异：什么事啊？我今天刚回来！

刘晋武眼神游移：啊！参谋长召集防务会议，说是要重新划分防区。

于文清诧异，也走出旅部：旅长刚回来，防区刚划分完，怎么又要划分？

刘晋武：陶参谋长要我转告的，说是有敌情，要重新划分！

万毅未加思索：好，我知道了！

刘晋武：旅长，我走了！

听说万毅第二天又要去师部，于文清及万毅身边的秘书和警卫队长刘准都坚决反对。

张秘书：旅长，你刚从师部回来，有事为什么不一次说完呢？

刘准：是啊！旅长，我也是感到很蹊跷，这样频繁地叫你跑来跑去，不正常啊！

万毅迟疑不决：是不正常，可是……

于文清：他们最近可没少编造你的坏话，捣你的阴鬼！谁知道这一次，他们又会搞出什么新花样呢？

张秘书：旅长，你要防备他们才是啊！

万毅十分不屑：他们谁敢把我怎么样？

彭景文和杜荣民闻讯闯进旅部，力劝万毅不要去师部。

彭景文说：旅长！我们听说你刚回来，师部又通知你开会，这是真的吗？

得到肯定答复后，彭景文急了：旅长，你才从师部回来，有啥急事明天还要去？通知开会为啥不发电报？如果有敌情，等明天再开会还赶趟吗？

杜荣民也说：旅长，我看这里面有文章，不如叫别人替你去！

于文清：顷波，你听我们大家的劝吧，别去！或是，我替你去！

张秘书：是啊！派个副职去也是正常的！

彭景文：旅长！我担心，有人对你心存不轨啊！

万毅犹豫，他们说的都有道理，可要是真的有敌情需重新部署防区，他这个旅长不去岂不要误大事！他忽略了常恩多的那一句："我们要提高警惕，今后不是我叫你，你不要来师里！"他只清楚地记住了常师长说的这句话："你放心，我不坐他们的四轮车。扣起你来，我想他们不敢。他们还要我不？"

万毅坚定说：有常师长在，我谅他们不敢！

彭景文忧心如焚：旅长！你听我们一句不行吗？

万毅坦荡道：我万毅光明磊落，从不惧怕什么人背后捣鬼！大家放心，他们不能把我怎么样！你们大家多加提防就是了！

当日夜晚。

曹健华在约定的村庄与中共中央山东分局派来的山东八路军纵队政治部主任江华见面。

曹健华劈头就说：没有时间寒暄了！从各种症候看，反动派就要动手了。目前，万毅的处境十分危险，我们工委请求中共中央山东分局将万毅同志党的关系转到111

师工委来，以便研究对策，给予反击！

江华：好的，我马上联系！

他们立即用江华带来的电台与中共中央山东分局联系。可是，分局在转移中，他们联系了一夜，也没能联系上。

天亮后，曹健华满怀了遗憾：我必须回去了！我出来的时间太长了！

江华：非常抱歉，我没能与分局联系上！

曹健华：万毅怎么办？万一……他遇到麻烦怎么办？

江华：我只能向你传达上级的指示：暴露的党员立即撤出，土生土长的继续坚持。其他问题，我真的无权指示。

曹健华神情抑郁：那好吧，我们坚决执行上级指示！我走了！

莒南大店333旅旅部门前，万毅和张秘书、警卫员李福海，及一班长高粱和警卫队一班战士纷纷上马，准备动身前往师部。

万毅打马欲走，刘准追了上来：旅长，我跟你去吧！

万毅勒紧马缰：我带一个班就够了，你们好好看家！

于文清跑出：旅长！顷波……

万毅打马欲走：于副旅长，我去去就回！

于文清喊了声“你保重”。话音未落，万毅等人马已扬长而去。

彭景文、杜荣民气喘吁吁追赶跑近：旅长！旅长！别去啊，不能去……

凝望飞扬的尘土和远去的马队，彭景文、杜荣民懊恼无比，他们不知道万旅长此一去还能不能回来。

五、“二·一七”反革命事件

这一天是1941年2月17日。

在陶景奎住地，万毅和孙焕彩与陶景奎开完会，就走出了房门。

万毅的卫队在村里的另一处民房里休息。万毅正欲去那里汇合卫队，然后连夜赶回几十里地外的大店旅部。忽然，孙焕彩叫住了他。

孙焕彩笑脸说：顷波！今天刘副师长从老君堂来前方，请你一起到我那里吃顿便饭！

万毅迟疑了一下。

孙焕彩：赏个光嘛！

陶景奎笑着催促：去吧，去吧！我还有事，就不参加了！

万毅略一思忖，欣然答应：好吧！

一行人骑马来到了几里地外的331旅旅部驻地——柞墩村。

吃完了饭，孙焕彩走向里屋：万旅长，我们到里屋说话，我有事跟你谈！

孙焕彩径直走进里屋。万毅毫无戒备跟进，一支黑洞洞的枪口突然顶住了他的头。

万毅喝问：孙旅长，你们要干什么？

孙焕彩：万毅！从今天起，你不能再当旅长了，交出手枪，听候处理！

孙焕彩的副官上前下了万毅的手枪。

万毅：这是谁决定的？

孙焕彩色厉内荏：这……你就没有必要问了！

万毅：为什么？

孙焕彩：你在大店换上便衣，夜里私自到八路军五旅梁兴初那里去开会，是要干什么？

万毅心里“咯噔”了一声。

孙焕彩：我告诉你，我们已经报总部了！

万毅回击道：你血口喷人！咱们一起去见常师长！

孙焕彩得意：常师长病得很重，他活不了多久了！

万毅厉声：你们想怎么样？

孙焕彩递上纸笔：你自己写个因病调附员的条呈，我们给你上报总部！

副官威胁性地晃了晃手里的枪。

万毅略一思忖，伏案写下一行字。

孙焕彩拿过万毅的条呈，按捺不住喜悦，对副官说：押走！

万毅被孙焕彩的副官押到了隔壁监禁起来。

孙焕彩立即赶回师部陶景奎处，把万毅的条呈送到了陶景奎面前。陶景奎和龚晓清、侯小鲁正等得心急火燎，看到万毅亲笔“请调附员”的条呈，几个人欣喜若狂，举杯相庆。

陶景奎搬掉了他反共、打八路的一座障碍，不禁狂喜：太好了！我马上报周复主任！

孙焕彩提醒说：当然还有总部于总司令！

几个人歹毒狂妄地会心笑了。

陶景奎转身对参谋说：立即给于总司令发报：万毅因病，请调附员！

参谋发报去了，几个人按捺不住狂喜又欢呼了一阵。

孙焕彩更是意气风发：这回，他们的戏该收场了，现在轮到咱们上台演演了！

陶景奎、孙焕彩紧急部署接下来的事情，龚晓清和侯小鲁也开始对111师的进步力量发起攻击。

曹健华匆忙赶回师部，把和江华见面及与分局联系一夜未联系上的情况通报张苏平。

最后，曹健华说：江华同志转达中共中央山东分局的指示，已经暴露的党员立即撤出，土生土长的继续工作！

张苏平焦虑：我想，我们要做好充分准备，防备反动派的进攻。

曹健华：对！立即销毁密码本，把咱们的电台也销毁掉！

张苏平心疼：这……

曹健华：现在不是心疼的时候！

张苏平：好吧，我马上叫李台长，毁电台！

曹健华：要快啊！

张苏平：好！

曹健华：我现在去两个宣传队，要他们一定把八路军的宣传品销毁掉！你这边的事办完后，马上去通知工兵营翟仲禹和其他同志！

张苏平：好的！

曹健华欲走。张苏平一把抓住了他：健华同志，注意安全！

曹健华：你也保重！

曹健华匆忙离去。

张苏平怅然，心情抑郁，111 师也许再也没有了过去那样的团结八路军坚持抗战的局面，111 师能走多远现在还难以预料，但他坚信，只要常师长在一天，111 师就不至于完全滑到反共反人民的道路上去。张苏平从抽屉里翻出密码本，眼含热泪划着火柴点燃了。

密码本在火中燃烧，最后化为了灰烬。

李政宣走进，十分诧异：张参谋，你……

张苏平：老李，你来得正好，快把咱们的电台毁掉！

李政宣迟疑不决。

张苏平催促：快点！

李政宣从柜子里搬出电台，从墙脚拿起一块砖，举起的手却停在了半空。毁掉了电台，他们与上级就彻底失去了联系！

张苏平一把拉住李政宣：来不及了！

张苏平抱起电台，跑出房门，扔向猪圈粪池……

张苏平找到了工兵营的翟仲禹：翟仲禹同志，可能会发生突然情况！记住，万一情况恶化，你到山东纵队二旅，找旅长、政委接关系！

翟仲禹重复：找山纵二旅旅长、政委接关系！

张苏平：对！

翟仲禹：那你呢？

张苏平：不要担心我。保重！再见！

翟仲禹依依不舍：你也保重！苏平同志！

张苏平匆匆离去。

当天，曹健华、张苏平、李政宣夫妻、翟仲禹、彭景文等人，及战地工作队和抗敌演剧第六队的队员们都被分别监禁了起来。

黄昏时分。

侯小鲁带了一队官兵冲进万毅卫队住的临时小院。

张秘书闻声走出：你们要干什么？

侯小鲁晃了晃手里的枪：你是谁？

张秘书：我是万旅长的秘书，什么事？

侯小鲁挥了挥枪，上来两个兵缴了张秘书的枪。

警卫员李福海拔枪跑出，侯小鲁的枪已对准了他。李福海被缴械后，眼睁睁地看着高粱等人也被缴了械。

张秘书问：我们旅长呢？

侯小鲁得意忘形：万旅长被扣了，他回不去了！统统押走！

李福海跟在高粱等人身后被押往小院门外。

刚出院门，李福海乘乱夺了一匹马，飞身上马，打马而去……

第二十三章

苦　战

一、以血相应

2月17日。夜。

天很晚了，勤务兵跑回师部对关靖寰说：万旅长让孙焕彩扣起来了！

关靖寰诧异：你怎么知道？

勤务兵说：我从副官处听来的！

王铁权随后跑进：关二哥！孙焕彩把万旅长扣起来了！

关靖寰断定师长肯定不知道此事！他起身欲去告诉常恩多，不料被工兵营长穆占熬拦住。

穆占熬：参谋长让你去把抗演六队的枪给缴了！

关靖寰：还有副官处呢，哪就需要我去！

穆占熬：不行，参谋长一定让你去！

关靖寰无奈，一面带了两个人去缴了抗敌演剧第六队的枪，一面去找张苏平，把陶景奎、孙焕彩扣万旅长及对两个演出队下手的事紧急通报了他。

转到常师长住处，关靖寰要把万旅长被扣的事报告师长，却被刘万胜拦住。

刘万胜：不行！不行！一听这消息，弄不好一口痰上不来就憋死了！

关靖寰焦虑：那怎么办啊？

刘万胜：怎么办？就看他们到底怎么办吧！

关靖寰离开后，刘万胜核实了万毅确实被孙焕彩扣押的事情，又听说陶景奎、龚晓清指挥人把战时服务团和抗敌演剧第六队的人给缴械关押了，还听到张苏平、曹健华、李政宣夫妻及工兵营翟仲禹等人都被抓了，他飞速跑回师部小院。

回到小院，听到常恩多剧烈的咳嗽声，刘万胜犹豫了，不禁在小院里转起磨来：要不要报告师长呢？报告他，加重他的病情怎么办？不报告，万一陶景奎、孙焕彩狗急跳墙，对常师长采取行动怎么办？

刘万胜犹豫了很久，终于走进屋子，却看到徐文斌正在照顾常恩多喝粥。他收住脚步。

常恩多注意到刘万胜：刘副官，有事？

刘万胜：师长！没事，您先吃饭！

徐文斌：师长，饭凉了！

常恩多推开饭碗：什么事？

刘万胜迟疑：师长……

常恩多意识到什么，焦虑万分：出了什么事？快说！

刘万胜：万旅长来开会，被陶景奎、孙焕彩他们扣了！

常恩多惊异：什么？

刘万胜赶紧劝慰：师长，别急……

常恩多：你详细说！

刘万胜：我听师部的人议论，说万旅长自己写了请病假调附员的条子，然后，陶参谋长就答应了。

常恩多：调附员？

沉了一下，常恩多又痛苦问：我病了，万旅长还来开什么会？

刘万胜：是陶参谋长召集的。

常恩多：他不会派人来吗？

刘万胜：师长，您不可太伤心，身体要紧！等您把身体养好，再恢复他旅长职务不迟！

常恩多：把小院警戒好，不要出去……

此时的常恩多，以为万毅真的是已经调附员，他担心的是被扣押起来的曹健华、张苏平等和两个宣传队的人。

第二天一早，陶景奎派人把孙焕彩叫到了师部。

孙焕彩兴冲冲问：陶参谋长，有好消息了？

陶景奎扬了扬手中的电报：于总司令回电了，同意我们报的万毅调附员，要他到山里去修养！

孙焕彩振奋，拿起电报看了一眼：哦！这么快！

陶景奎：是啊，这件事，你做得太漂亮了！我一定实现诺言，给蒋委员长发报，给你请功！

孙焕彩得意忘形：太感谢了！参谋长，只要有我孙焕彩升官的日子，我一定报答您！

陶景奎故作姿态挥了挥手。

孙焕彩：那什么时间送万毅进五莲山老君堂？

陶景奎：我已经把他交给刘副师长，一早就带走了！

孙焕彩得意：这么快？可别叫他跑喽！

陶景奎：跑不了！——我把他的生死和警卫他的军官连在一起了！

孙焕彩松了一口气：这样就万无一失了！

陶景奎：可我担心，常师长会责怪我们啊！

孙焕彩：不怕！

陶景奎：哦？

孙焕彩：如果他敢怪罪我们，我手上还有两个团呢！而他，就只有一个手枪排！

常恩多住处，刘万胜在里外加了哨。

虽经半宿思虑，常恩多仍没有想出一个好办法来。天亮后，他极度疲惫躺在椅上问刘万胜：警戒都放了吗？

刘万胜：放了，院外的岗哨又加了一道。

常恩多悲愤，热泪顺眼角滑下：万旅长知道我病了，就不该来开会！不该……是我不该生病，不该生……

常恩多剧烈的咳嗽之后，弹出一口浓浓的鲜血。

徐文斌悲伤地连忙收拾，刘万胜说：师长！你不要着急，他们对外说万旅长自请病假。我想，他一时不会有生命危险。

常恩多自责：我该答应他离开才好，也免得他现在遭罪！

刘万胜：师长，您不可太伤心，身体要紧！等您把身体养好，再解决这些问题不迟。

常恩多：只要有我在，我相信，他们还不敢动万顷波一指头！

常恩多忽然又大声咳嗽……

刘万胜：师长，万旅长他会知道的！你安心、安心！

常恩多平息了咳嗽，忧心如焚：他们这么一闹，下面那些目光短浅的人，也会跟着倒啊！

二、逃

由于从师部驻地竹睦到333旅旅部驻地大店有45公里山路，且又是夜晚，因此当李福海汗流浃背、跌跌撞撞骑马逃回旅部时，已是第二天的凌晨。

李福海欲进院门，忽然收住了脚步。他听到了刘晋武的声音。他爬上墙头朝院里张望，看到刘准、黄豆豆等数十官兵在荷枪实弹的官兵监视下，正被收缴武器。副旅长于文清脸色铁青站在一旁。

刘晋武大言不惭地说：虽然还没有下命令，但从今天开始，我就行使333旅旅长职责了！

刘晋武转而气汹汹说：下你们的枪，是为了保证我333旅的安全！实话告诉你们，我已经扣押了军士队队长彭景文、副队长杜荣民！刘杰团长带出去的那个补充团也要招回来，接受审查！对于你们所有人，我们都要严格审查！审查过了，你们还是你们。要是审出来谁是共产党，那可就不客气了，就只有死路一条！你们喝酒、打牌、抽大烟都随便，就是不准出门，听到了吗？

刘晋武训完了话，荷枪实弹的官兵收缴起武器，跟上他扬长而去。

众人还在惶惶不安时，李福海神情悲哀走进了旅部。在刘准等人一再追问下，李福海把万毅被扣、卫队的一个班被缴械的事情告诉了大家。顿时，小院里哀叹声一片：怎么办？我们怎么办？

于文清斟酌再三：刘队长，你们跑吧！看来，他们也会对你们下毒手的！

李福海也说：队长，反了吧！我们投八路去！

众人都期待凝望刘准。

刘准思前想后，说：不！我们不能投八路，那样，对万旅长不利！

于文清想到什么：你们去找刘杰——去补充团投刘团长！他们在马陵山一带活动！

刘准恍然大悟：对！那样他们便不能对万旅长怎样！谢谢于副旅长！谢谢！

于文清又说：你们告诉刘团长，千万不可再回来，回来就难免遭难啊！快走吧，再不走，就晚了！

刘准和李福海、黄豆豆等众队员向于文清敬礼告别后，毅然离开了333旅。

送走了众人，于文清泪眼模糊。他遥望远方，默默祈祷：顷波，保重啊！

刘准率李福海、黄豆豆和数十官兵逃离333旅后，来到了一片丛林。

刘准把李福海拉到一边：你带弟兄们去马陵山找补充团刘团长。告诉他，111师已是陶景奎和孙焕彩的天下，叫他们无论如何不要回来！我去找分局，报告情况！

李福海：不！刘队长，还是我去找分局！

刘准：不！

李福海：大哥！你介绍我加入共产党，我还没有为党做一件事情！你就让我去吧！

刘准信任地重重拍了拍李福海肩膀：那好！保重，兄弟！

李福海：你们也保重！

刘准牵过一匹马，李福海接过缰绳，飞身上马：我会到马陵山去找你们！队长，再见！

刘准：再见！

李福海打马而去，寻找中共中央山东分局首长去了。

刘准招呼众人奔马陵山而去。

三、迎接，还是离去

自“九·二二”锄奸后，刘祖荫和几个宣传队员一直在665团工作。针对陶景奎、孙焕彩、刘晋武、龚晓清等散布锄奸失败的言论，他编的顺口溜在官兵中广为流传。

这天，刘祖荫和夏登科、屠排长几个人在大声背诵：

乌鸦嘴巴呱呱呱，
谣言变成牡丹花。
鬼子造，汉奸造，
缪逆爪牙也在造。
莫信它，莫信它，
谁信谁是大傻瓜！

管松涛饶有兴趣走近：小刘，你们在说什么呢？

夏登科连忙报告：管团附，我们在背小刘写的顺口溜呢！

几个人乐。

管松涛感慨道：小刘的文章可是一流啊！

众人附和，刘祖荫谦逊笑了。

管松涛叹息一声：这要是在好年月，小刘一定能当一个大文人、大作家！

刘祖荫：管团附，你在笑话我？

管松涛：没有啊！我说的是真心话。来，我找你谈点事！

两个人走到一边。刘祖荫问：管团附，怎么风头忽然变了？

管松涛神情严肃，机警地注意四周。

刘祖荫："九·二二"锄奸后，部队不压饷，经济公开，大家都很高兴！万旅长还枪毙了一个兵痞子，大家也都很支持。我们都说现在才像真正打鬼子的军队了，怎么现在……

管松涛：常师长被气病了，已经不能理事，师部的工作由陶参谋长代行代拆。

刘祖荫大惊失色：啊！万旅长什么态度？

管松涛：万旅长坚决挺住。但是，师长秘书王维平告长假走了。

刘祖荫十分震惊，又听管松涛意味深长说：我知道你小子！你随时都可能发生危险，小心些！

这事说起来已过去了一段时间。

2 月 18 日这天，刘祖荫被通知到团部开会。他到晚了，进去时只见军官们已经坐稳，张绍骞正在训话。人群中的管松涛看见了他，向他招手。刘祖荫走进小教室，坐在了管松涛身边。

张绍骞继续说：现在，有两条路摆在我们面前！一条是靠国民党，一条是投八路！八路军太穷，当了八路，谁给我们发军饷？大后方还有上百家子老婆孩子，谁养活？不行，咱们还得靠中央！万旅长太红了，他还当旅长，中央不信任我们，对 111 师不利！所以，陶参谋长和孙旅长他们劝万旅长不要干了，去山里养病，万旅长同意了！——万旅长就不回来了！

刘祖荫诧异，小声问管松涛：万旅长病了？

管松涛没有回答，只是冷冷笑了笑。

张绍骞：大家都要服从领导，加强戒备，注意掌握部队，不要出什么乱子！散会！

众人起身散去。

刘祖荫想跟管松涛再聊聊，不料，张绍骞喊他：刘祖荫，你等一下走！

管松涛警惕盯了一眼刘祖荫。

刘祖荫茫然应了一声，却见张绍骞已向他走来。

张绍骞走近说：小刘啊，陶参谋长交代，服务团的人全部回师集中。大几十里地呢，你们几个料理料理，就回去吧！

刘祖荫看了一眼已走到门口的管松涛：我们能停两天再走吗？

张绍骞迟疑了一下：好吧，你们自己决定，团里就不派人送你们了！

刘祖荫毫无戒备：好吧！

出了团部，刘祖荫在一片树林中追上了管松涛。

刘祖荫：管团附，万旅长真的去养病了吗？

管松涛左右看了看，说：什么养病！万旅长被他们扣起来了！

刘祖荫震惊：那……今后怎么办？

管松涛一拳砸在树上：逼上梁山了！无路可走了！

刘祖荫感觉到管松涛似乎已下定决心，他欲言又止。因为，他看到张绍骞已经追来。

张绍骞边走边喊：管团附啊，我正找你呢！

管松涛和刘祖荫强作笑颜：张团长！

张绍骞十分真诚地对管松涛说：不管上面发生了什么事，咱们俩都要一起干下去！

管松涛目光坚毅：抗日可以，打中国人不干！

张绍骞自嘲地笑了笑：当然，我也没想打自己人啊！哦，师里来电报，要你去战区总部集训学习，先赶到师里集中！

管松涛和刘祖荫都暗暗吃了一惊。

张绍骞又说：学习完了，还回来！我有事，先走了！

看到张绍骞走远了，刘祖荫说：团附，我们服务团的人就要回师部了，我是来向你告别的。

管松涛深情凝望刘祖荫，似乎有千言万语要说。终于，他把想说不能说的话吞了回去，只重重拍了拍刘祖荫的肩膀：好兄弟！好好保护自己！我们会再见的！

刘祖荫热泪盈眶：管大哥！你也要保护好自己！

两个人道了别，就分头准备去往师部。刘祖荫和几个队员走上的是一条生死难卜的囚禁之路，而管松涛选择了逃离！

管松涛找到亲信——担架排长周自孚：如果要扣我，扣万毅时就会扣我。现在调我去于总部学习，要不要去报到？

周自孚略一思忖：团附，不必冒这个险！你中校团附的缺，早就有人盯上了！

管松涛：有道理，我还是撤走！你待几天听听反映，走时把你排里的两个班长带上，到南古庄找临沭民主县政府白涛县长。他会知道我的下落的！

第二天，管松涛骑着他的杂色马，带着勤务兵、马夫向师部而去。三天后，陶景奎打来电话，向张绍骞要管松涛，张绍骞这才知道管松涛并没有去竹睦。

张绍骞找到周自孚质问：管团附没到师部报到，你听说了没有？

周自孚回话：听说了！

张绍骞：那天晚上，我去管团附那儿，看到你也在，你和他在说什么？

周自孚：我从师部受训刚回来，管团附要我好好干，说团长待我很好！

张绍骞没问出什么，只好放下不再追究。

隔天，周自孚带上两个班长跑了。不久，一个叫“侯希奎”的排长率一排人全副武装也跑了，一个叫“别成浩”的班长带一班人全副武装也逃离665团。这些人先后到达马陵山，投奔了刘杰领导的补充团。

张绍骞闻知手下官兵纷纷逃离都奔了补充团，他这才慌了手脚，逢人便说：最叫我伤脑筋的就是那个管麻子（管松涛）！

四、几人欢喜几人忧

常恩多脸色灰暗，躺在躺椅上。孙焕彩和陶景奎坐在常恩多面前。

这是万毅被送走后的第三天。

陶景奎首先把于学忠对万毅“调附员”的电报批示呈上：师长，于总司令已经批准万旅长调附员，这是总司令的批复电报。

常恩多看了一眼电报，脸色难看：万顷波人呢？

孙焕彩有些愧疚：师长，我们背着您把万旅长扣了！

常恩多忍痛，问：他……现在，在哪儿？

陶景奎：我们让刘副师长带他去五莲山老君堂了。

常恩多忍了片刻：那里乱得很，他安全吗？

孙焕彩：由刘副师长陪着，不会有事。

常恩多咳嗽起来。

孙焕彩：那里空气还好，他没事还可以打打小牌、喝酒散心，不会有事的。

常恩多：你们的眼光应该看得远一些，不要为眼前的小利小惠而迷惑了心窍！

陶景奎心怀叵测，鼓励孙焕彩说话。

孙焕彩：师长，您的话，我们听不懂。

常恩多：算了！你们都是万顷波的兄弟，不能伤了他。

陶景奎：师长，我们没伤他，是他主动请病假调附员的。

孙焕彩：我们也是觉得，他不再适合在333旅当旅长。

生米已成熟饭，常恩多还能说什么！他思忖片刻，说：好吧，由刘晋武接任333旅旅长，666团团长遗缺由关靖寰接任！

孙焕彩和陶景奎相互看了一眼，心中十分高兴：好吧，我们听师长的！

由于管松涛离任，665团团附位置空缺，常恩多任命师部王铁权担任665团团附。

刘晋武如愿以偿，当上了333旅旅长。他先是加强了对团附兼军士队队长彭景文及团附兼副队长杜荣民的看管，要他们深刻反省，然后把军士队集合起来训话。

这天，齐刷刷的年青军士站了一片。刘晋武肩戴少将军衔，趾高气扬说：今天，本旅长亲自接管军士队了！大家都看到了，本人已当上333旅旅长，晋少将了！实话对你们说，军士队队长彭景文和副队长杜荣民平时思想左倾，说什么“中国人不打中国人”，已经被我关起来审查了！

望了一圈年轻的军士们，刘晋武劈头问：我要问你们一句：中国人打不打中国人？

刘晋武希望听到“打”，他更自信军士们不敢违背他的意志，即使心中不甘嘴上也得回答：打！

可是，居然没有一个人回答。终于，他看到一个学员摇晃了一下头。他怒不可遏：怎么，不爱听吗？我讲的不是马克思、牛克思的，是吗？你们这群“小八路”羔子……

那个摇头的学员只是在躲避一只虫子的叮咬，这却招来刘晋武破口大骂。从此，这群青年都沾上了“思想不正”的嫌疑，并被暗中监视。

没多久，刘晋武亲自召集一批青年，由他亲自训练。这天上课，他在黑板上先是画了一梯子，后在梯子下面写上“部队”两字，在梯子上面写下了一个“官”字，然后问军士们：上面这个字认识吗？

军士们回答：认识！

刘晋武明知故问：这是个什么字啊？

军士们答：——官！

刘晋武十分高兴：对了！要当官一定要爬梯子，你们在连下，要想升官得通过连长、营长、团长，才能到达我旅长这里。现在用不着了，上了军士队，你们一脚就垮到旅部门口了，升官就便当了！你们跟上我姓刘的，就一定要听我的话，跟我走，总不会有错！都记住喽！

军士们个个精神振奋：报告旅长，记住啦！

刘晋武和孙焕彩平起平坐了，凑到一起时也免不了交换经验。这天，刘晋武抚摸肩章，骄傲地说：肩头上扛上这一颗金星，还就觉得给劲儿！真他妈添彩！

孙焕彩叹息一声：接下来要打共产党八路军，也不好干啊！那些个喝了点墨水的，咱恐怕要不动啊！

刘晋武：咱们哥们儿要不了知识分子，还要不了混蛋吗？

孙焕彩得意：对！二哥！用龙不如用狗，呼龙下雨，他不理你；唤狗咬人，他敢不咬！

常恩多病情日渐严重，孙焕彩、刘晋武、陶景奎等也愈加肆无忌惮，111 师在黑暗的统治下挨着最苦难的日子……

五、绝食斗争

“二·一七”反革命事件发生后，各团都接到了陶景奎发出的电报：战时服务团的人员全部到师部集中。

662 团团长孙立基把电报交给孙卜菁，并向他简要通报了万毅旅长被扣的经过，要他和孙学仁回师部时注意安全，不派人送。

孙卜菁和孙学仁连夜把没有来得及烧毁的进步书籍埋在了马庄住处。第二天，虽不知横在前面的将是什么，但坚信“抗战无罪”的他们毅然返回师部。不料，雨后坑现，他们掩埋的书籍被房东挖出交给了孙立基。孙立基将所有书籍全部烧毁处理了。

刘祖荫带的小组离开 665 团，回到师部驻地竹睦后，即被陶景奎派的人扣押。由于哨兵没有检查，他们得以带进两只手枪。这是战时服务团唯一的武器。

这时候，刘祖荫才知道万毅被孙焕彩、陶景奎扣押后，师部张苏平、曹健华等也被扣押，抗敌演剧第六队和战时服务团也同时被扣押。

这天，常恩多的新闻司书宋景龙趁看管不严，进到曹健华和张苏平等被关押的地方看望他们。

宋景龙，1920 生，安徽明光县人，1938 年 111 师在明光作战时，入伍参军，进入 662 团当文书。第二年调师部，在王维平领导下的新闻室工作。

宋景龙取出一张报纸，塞给曹健华：这是抗演六队要我给你们的。

曹健华一看，上有抗敌演剧第六队的联络暗语。暗语是写在报纸边角上的一行拉丁文字母。曹健华看后明白，抗演六队的同志们想通过秘密散发传单的形式，向广大官兵和当地群众揭露陶景奎之流的反革命阴谋。曹健华和张苏平分析形势，认为当前敌人嚣张得势，革命暂时处于危险的低谷，采取这样的斗争方法是不利的。曹健华立即销毁了报纸，让宋景龙用暗号向抗演六队转达他的意思：打消此念头，考虑新方法。

由于事先有所准备，战时服务团和抗敌演剧第六队住处及携带行李，在陶景奎和政治部的非法搜查后，均没有查出违禁物品。这样，便引起了 111 师官兵的强烈不满。陶景奎和龚晓清经过一番密谋，决定把两个宣传队押送战区交给周复处置。

这一阴谋被宋景龙得知，他利用合法身份再次进出几个关押人的地方，把消息传递给了两个宣传队和曹健华、张苏平等人。

闻知陶景奎和国特们的阴谋，曹健华、张苏平商议，敌人尚未抓到两个宣传队的证据，抗敌演剧第六队是以国民党中央军事委员会名义派到鲁苏战区演出的，总部政治部的国特不敢对他们加害，而战时服务团则是111师的，与总部没有关系，周复迫害服务团会毫无顾忌。因此，战时服务团决不能离开111师，必须就地坚持斗争。

抗敌演剧第六队也作了同样的分析。这天，女队员蒋敏陪同陆万美疏通岗哨后来到战时服务团被禁的小院。两个队的领导研究约定，一旦发生情况，以歌声通知对方。

战时服务团按照工委指示，成立了党员和进步分子联合的七人领导小组，他们是周丕炎、邹强（331旅带队）、孙卜菁（662团带队）、王英才（661团带队），刘祖荫（665团带队）、王悟民（666团带队）等。小组开会，发动群众，向陶景奎抗议乱命，并部署应急措施，刘祖荫交代665团小组人员在紧急情况下，掩护全队撤退。

第二天，师政治部一个政训员来战时服务团通知：你们收拾一下，吃完饭就送你们去总部！

周丕炎当即代表全体团员提出抗议：我们是111师的服务团，我们不去总部！请你转告陶参谋长：我们哪儿也不去，要死就死在111师！

我们哪儿也不去！不去！团员们用抗议声赶走了国特。

不一会儿，外号“穆大鼻子”的工兵营一连连长穆占鳌领着官兵气势汹汹闯进。穆连长叫嚷道：不要吵嚷了！你们谁敢不走，把你们捆起来，两个架一个也要把你们架走！早晚都要走的，早就早好！架走！

穆大鼻子把任务交给了一个排长。排长见穆大鼻子走出小院，转身对众团员说：你们千万不要离开，路上要害你们呢！

众人震惊。

邹强大喊：我们不走！坚决不走！要死就死在111师！

孙卜菁、刘祖荫、孙学仁、吕梦林等数十战时服务团员：不走！不走！就是死也不走！

众人纷纷嚷嚷：对！告诉陶参谋长，告诉孙旅长，服务团的团员就是死也不离开111师！

当即，战时服务团以集体名义给陶景奎写信：

陶参谋长：

我们是爱国青年，为了抗日救国，支援东北军打回老家去，收复壮丽河山，才背井离乡来111师。几年来，我们跟着111师官兵共同战斗，一不拿薪饷，二不授官衔，一心为的是打败侵略者，我们究竟犯了什么错？如果你们信不着我们，我们可以解散，回家去耕地，让我们到战区总部去干什么？我们坚决不去！

陶景奎收到了战时服务团的信，又听说如不答应就开始绝食。他感到了麻烦。

陶景奎毫不示弱，将信甩到一边：不理他们！饿他们三天，我看他们能吓唬住谁！

龚晓清胸有成竹，说：一定有共党分子！一定有共党分子作祟！否则不会这么顽固！

孙焕彩赞同：没错！可怎么才能找出共党分子？他们在111师影响太大，公开下手我们恐怕是要吃亏。

陶景奎略一思索：分而治之！先把抗演第六队的人押往战区总部！派一个骑兵连押送，别叫他们半道上跑了！

孙焕彩问：那战时服务团呢？

陶景奎：只要把抗演第六队的人押走，后面的事情就好办了！

孙焕彩明白什么，阴险地笑了。

龚晓清、侯小鲁振奋精神：是！我们立即去办！

2月24日，在骑兵连的押送下，陆万美、秦霜和抗敌演剧第六队的全体队员就要上路了。

按照事先约定，他们被押走时要以高唱《抗演六队队歌》，向战时服务团的同志们告别。一走出被关押的小院，陆万美、秦霜便带头高唱队歌。

队歌由陆万美作词、殊兵作曲，歌中唱道：

我们带了救亡的火种，
走遍了祖国广大的城乡、山林，
冒着急雨、狂雪、霜冰，
不怕暗夜、风沙、泥泞，
我们从敌人屠刀下冲出，
痛尝够亡国的残害耻辱。
遍身被同胞的热血染红，
满怀牺牲决心和最大的愤怒……

歌声传进战时服务团被拘押的小院，服务团的团员们立即唱起了高尔基的《囚徒歌》，向与他们共同宣传抗战的同志们告别：

太阳出来又落山啊，
监狱永远是黑暗。
……
冲破黑暗，勇敢地战斗！
向前！向前！

抗敌演剧第六队用歌声向战友们告别，向病中的常师长告别，向村里的乡亲们告别。村里乡亲们涌上街道，眼含热泪，依依不舍把他们送出了村庄。

此时六队有队员20名：陆万美、秦霜、吴德钟、章烙、李露平、张叔友、舒焚、吉凯、王洁语、林曦、王冰、吴广甲、华文超，杨可常、盛励，女队员有：张葳、张育品、蒋敏、贺蕻、杨辛。

他们被押到了战区总部后，周复即把“勾结八路，宣传赤化，瓦解部队，煽惑兵变”的罪名，加在了抗敌演剧第六队的头上。周恩来在重庆得知此事，展开积极营救。不久，由军委会政治部电令周复：将抗敌演剧第六队就地解散。

周复不敢违令，只好命令抗敌演剧第六队全体立即解散回家，严令：绝对不许经过八路军防区。这些宣传队员后辗转进入八路军、新四军队伍，继续抗战工作。

在战时服务团被拘押的小院里，领导小组决定：开展绝食斗争！

在陈瘦秋烈士的遗像前，孙卜菁声泪俱下作了动员，众队员一直同意以绝食方式，拒绝前往鲁苏战区。坐探李承仲、杨毅安难违众怒陷入孤立。

面对陈瘦秋烈士遗像，邹强高声朗诵文天祥的《正气歌》：

> 天地有正气，杂色赋流形。
>
> 下则为河岳，上则为日星。
>
> 于人曰“浩然”，沛乎塞苍冥！

刘祖荫宣读他代表全队写的《致陶景奎书》：

> 吾人生而为111师抗日救亡，死而为东北父老尽忠守节，参谋长之良知可泯，部属之意志难移。人之将死，其言也善，永别矣！

晚上，刘祖荫和几个665团的队员商量，如果他们被强行押走，就在适当的地点干掉哨兵，掩护全体队员逃跑。李福炎自告奋勇摸岗哨，其他人也做了分工。

之后，所有队员睡卧在地铺上，以节省体力消耗，准备长期斗争。

信转到了陶景奎手中后，战时服务团开始绝食的消息也传遍111师师部。陶景奎看罢信，把信一掌拍在桌上，气急败坏道：死几个也不怕！叫他们绝食！我看着！

消息传到了常恩多耳中，他抑制愤怒：什么？他们……怎么敢！

刘万胜赶紧说：师长，您保重身体！不要着急！

常恩多：你去，去找孙立基，叫他招呼几个人，去找孙焕彩，就说，服务团的学生娃娃，是我常恩多招来的。如果……如果他们有个长短，我就是做鬼也饶不了他！饶不了他们……

刘万胜连说带劝，跑出了师部。

在柞墩331旅旅部，孙立基把一包烟土放在桌上：孙旅长，这可是上好的烟土，我好不容易才弄到手的！知道你好这口，这不来孝敬您了！

孙焕彩高兴：还是你小子有良心，没忘记我怎么帮你！

孙立基：那是！

孙焕彩心怀叵测：我就是羡慕你啊！

孙立基小心问：羡慕我什么？

孙焕彩：师长就喜欢你，不喜欢我。

孙立基：谁说啊！不喜欢你，还叫你当了旅长？

孙焕彩不屑：他叫我当的？要不是我去总部周主任……

孙焕彩忽然停止，说了句：算了，不说了！

孙立基：我听说陶参谋长要送战时服务团的人去总部，他们不去，已经开始绝食了？

孙焕彩：是有这么档子事！

孙立基：别把事情闹大，免得师长秋后算账！

孙焕彩一惊：算账？

孙立基：你是常师长的人，我才这么说。——你想啊，那些学生是常师长招来的，在咱们眼皮子底下长大。人家抛家舍业图啥？——不图名、不为利。可现在，有人非逼他们去总部！不去也就算了，真要是闹出人命来，影响太坏不说，常师长也绝饶不了他！

孙焕彩心虚：师长都知道了？

孙立基：何止知道，师长十分震怒！

孙焕彩暗惊。

孙立基：我身边就有好些人在骂，说是服务团的人真要有个三长两短，他们都不服气。见好就收吧，啊！

孙焕彩有些走神：啊？

陶景奎死抗着，对战时服务团的绝食行动视而不见。他心里硬气得很，在战区总部他有周主任撑腰，在重庆他有蒋委员长支持，难道他还怕几个学生娃不吃饭？真是怪哉！

可常恩多再也等不下去了。这天晚上，常恩多问刘万胜：万胜啊，那些学生饿了几天了？

刘万胜：师长，两天了。

常恩多：不能再饿了，要给他们送吃的！

刘万胜：我听守他们的弟兄说，陶景奎不答应他们的要求，他们就不吃饭！

常恩多热泪盈眶：他们……受苦了！

刘万胜：师长，他们个个是好样的！

常恩多满怀深情说：如果在那边，他们不会遭今天这样的罪，他们会愉快地打鬼子、杀汉奸！这也就是我为什么总想去那边的原因，你懂吗？

刘万胜热泪掉下来：师长，我懂！懂啊！

常恩多欣慰：你总算长大了！

刘万胜：师长，我刘万胜是您教育大的。

常恩多：他们才是中华民族未来的希望，不能叫他们再受罪了。一旦他们脱险，就叫他们离开111师。

刘万胜：离开?

常恩多：他们是自由的，放他们飞走，过他们自由幸福的生活!

刘万胜：师长，我一定想法转告他们!

常恩多：万胜，你再去找人，帮帮他们!快去!

随后，刘万胜、关靖寰、孙立基、李鸿德等七八个校官，围住陶景奎七嘴八舌。

关靖寰：参谋长，弟兄们都要求释放服务团的人，他们为咱111师抗战做得够多了!

刘万胜：他们什么都不要，只要为咱们服务，咱们不能这样待人家啊!

孙立基：是啊，他们绝食已经引起部队不小的骚动了，好些人开始骂娘了!

李鸿德：他们没有功劳，也有苦劳啊!你们不能这样待他们!

孙立基：我们不能卸磨杀驴啊!真要是出了人命，恐怕军心不稳啊!大家伙都闹起来怎么办?

陶景奎脸色难看。

关靖寰：送战区总部有什么意义?他们是奔111师来的，咱要是不用人家，就送人家回家，也不至于叫人家把命丢在这里啊!

陶景奎：好了，都回去吧，让我再想想!

关靖寰：参谋长，要是死两个人，将来师长过问，你怎么回答?

陶景奎很不耐烦：行了!都走吧!让我再想想!

战时服务团绝食三天两夜后，陶景奎无奈宣布：服务团不送总部了。

六、“常在，张在!”

2月17日，陶景奎在师部同时下手时，师部勤务兵吴桂群受曹健华之托，通知交通刘用贤迅速返回中共中央山东分局报告“二·一七”事变情况。中共中央山东分局得悉后，急报中央。2月24日，中共中央书记处发电指示：

（甲）请将常师中我们组织此次遭受破坏详情查明电告。

（乙）望设法调查万毅及其他被扣同志及进步分子的下落，并尽力设法营救他们。

（丙）将常师中还有的组织调查清楚，将已暴露的同志及进步分子紧急撤退，并收容他们到我军工作。

在111师，国特们仍不死心，他们把他们认为基本可以排除共产党嫌疑的人关在一起，仍限制自由，而把审查重点放在了“七人领导小组”上。他们把七个人分开关押，并分别进行审查甄别，企图分化瓦解并从中找出共产党员来。

这天傍晚，龚晓清要亲自审问孙卜菁。孙卜菁被一个挺着刺刀的卫兵押到了政治部。龚晓清摆出一副叛徒的嘴脸说：1927年大革命的时候，我就参加了共产党！大革命失败了，我就参加到国民党里来了，现在不是干得很好吗？

孙卜菁面无表情。

龚晓清又说：可以这样讲，查找共产党我最有经验！毫不吹嘘地说，谁是共产党，我一眼就能看出来！比如，王维平就是共产党！我没有说错吧？

孙卜菁说：我不知道。

龚晓清：如果你能告诉我在战时服务团谁是共产党，我可以给你一个少校！怎么样？

孙卜菁睁大眼睛：少校？

龚晓清郑重点头：对！少校！

孙卜菁：当然好！可是，我就是个南通的爱国青年，跟上111师是来抗战救国的，没想要当什么少校！至于王维平，我只知道他是常师长的秘书，别的什么也不知道。

孙卜菁翻来倒去就这几句，龚晓清什么也没得到，最后气急败坏把孙卜菁关到了特务连。孙卜菁到了特务连，得到官兵的优待，尽管不能走出小院，但官兵们愿意听他讲抗战形势，摆东北军的前途，他乘机做起宣传抗战的工作来。忽然一天午后，孙卜菁隔着院墙听到外面一阵躁动，他就听到了常师长连咳带喘的声音：我早就对你们说过，不要把朋友当敌人……

一个士兵兴冲冲跑进小院，告诉孙卜菁：刚才常师长出来巡视，听说你被押在这里很是生气！

第二天，孙卜菁回到了战时服务团队员中间。

这天，刘祖荫被陶景奎叫去下围棋。

陶景奎容光焕发、心怀叵测，而刘祖荫则蓬头垢面、神情抑郁。棋盘上似乎公平的黑白对弈，涌动的却是两个人心灵深处难以平覆的惊涛骇浪。

陶景奎放下一子：我听说，你还是大户人家出来的少爷？

刘祖荫心绪复杂，迟疑了一下摆进一子：当年，我祖父创办了镇江、南京、苏州三地的海关。我的三个伯父和我父亲也都干了一辈子海关。

陶景奎惊讶：哦！那你家里可是个富裕大户啊！

刘祖荫：如果没有日本鬼子侵略中国，我们家现在还过着富裕的生活，我现在也会在大学念书呢！

陶景奎脸色骤变：啊！是，是啊！

刘祖荫：参谋长！我们可算得上是棋友了。你今天叫我来，不单是为了下棋吧？

陶景奎：是啊！你们绝食三天，一定有共产党领导。你告诉我，战时服务团里谁是共产党！

陶景奎别有用心地提了几个人的名字。

刘祖荫不慌不忙说：他们真要是共产党，就肯定去参加八军，而不会到东北军里来了。

陶景奎：你这么肯定？

刘祖荫：我就是这么想的！

陶景奎：哦？

刘祖荫：你想啊，他们真要是共产党，在这里多提心吊胆啊。那要是去了八路那边，那是共产党的天下，那才叫如鱼得水呢！

望着刘祖荫一副憨厚的模样，陶景奎十分自信道：小刘啊！别人是不是共产党我不敢确定，但是我敢肯定——你一定不是！

刘祖荫和陶景奎各怀心事，都哈哈大笑起来。

下到高兴时，陶景奎盯住刘祖荫，亲切问：小刘啊，你给我做耳目，好不好啊？

刘祖荫：好啊！这个我行！

陶景奎得意：你文章更行！今后有什么文稿要整理，我就叫你了！

刘祖荫：没问题！

陶景奎心疼：看看你这一身，都臭了！这样吧，在我这里洗洗，吃顿饱饭再回去。

刘祖荫故作姿态：这样不好。

陶景奎警惕：嗯？

刘祖荫：他们会怀疑我的！

陶景奎恍然大悟：对！对！对！

刘祖荫脸上露出不易被人察觉的得意笑容。

两个多月过去，陶景奎、孙焕彩、龚晓清等没有查出共产党，在111师官兵强烈要求下，不得不解除了战时服务团的监禁。陶景奎宣布解散服务团，并说：愿意留在师里继续工作的，表示欢迎；愿意回家的只要不去当八路，我们可以护送出境！

曹健华、张苏平、李政宣夫妻和翟仲禹等人也都因没有查出任何问题而被释放。翟仲禹仍回工兵营，不久就请假回家，被中共中央山东分局派进57军独立旅（即刘杰率领的111师333旅补充团）。李政宣夫妻调后方老君堂工作，曹健华回331旅，张苏平调干部教导二队教书。

经过曹健华、张苏平研究认为：战时服务团里南通来的四位同志因在部队时间较长，已引起国民党特务注意，全部撤走；从淮阴、沭阳及山东等地来的人多数可以留下，作为火种继续工作。当时，经历了生死磨难的人们都想尽早离开，经过党支部的说服动员，最终只留下7人。他们是：中共秘密党员刘祖荫，及他的妻子吕梦林，服务团宣传队员李福炎、孙学仁、徐振宇、徐泽生、郑冷。

而此时，刘祖荫还在被关押着。

曹健华虽然回到了331旅，但已不能再继续工作。按照党组织部署，他向孙焕彩递了请假条子。孙焕彩立即批了假，并故作姿态摆了晚宴要欢送。席间，孙焕彩说：我知道，你没啥。若是那个王肖尔——就王维平那小子在，我非活埋了他不可！

曹健华故作不解：孙旅长，为啥啊？

孙焕彩：为啥？赶跑缪军长那回，他在师长跟前说我的坏话，师长后来就不相信我了！——我早认定，他就是共产党！

曹健华欣慰笑了。

孙焕彩：可还是叫那小子跑了，太便宜他了！吃菜！

曹健华边吃，说：谢谢旅长！

孙焕彩：你在家好好休养，哪儿也别去，想回来了再来找我！

曹健华：是！

天正下雨，孙焕彩望了一眼门外：下雨了，你明天再走吧！

曹健华警惕：谢谢旅长，这点小雨挡不住我回家的路。

离开孙焕彩后，曹健华赶到干二队与张苏平作最后的告别。按照上级指示，仍由张苏平与常恩多直接联系，所以，张苏平必须克服一切困难留下工作。

凝望曹健华依依不舍的热泪，回想身边过去那些同志大多都已离开，张苏平心情悲凉。他坚强地笑着说：健华同志，你放心走吧！还是那句话：常在，张在！

曹健华：苏平同志，你要更加小心谨慎，防备安插在你身边的特务、坏蛋！

张苏平：我会小心。我身边安插不止一两个特务。邹强他们已经被放出来了，按照上级指示，分成陆路和水路返回家乡或是进入八路军、新四军部队。战时服务团，现在只有刘祖荫同志还在被关押。

曹健华：只有他一个人？

张苏平：是的。

曹健华：敌人怀疑他了？

张苏平：不知道，敌人似乎还在考察他。

曹健华悲伤：我们大部分人都走了，你们少数个别人留下，今后的工作就更难了。

张苏平：你放心！再难再险，我也一定对党忠贞不二，坚持到底，请组织放心！

曹健华热泪盈眶：我们还会再见的！如果情况恶化，你要随时撤出！

张苏平：不！永远是那句话，常师长在111师一天，我张苏平就坚持一天！

曹健华热泪盈眶，一把将张苏平抱住：苏平同志，你一定要保重！

两个人告别后，曹健华冒雨赶路，走出十几里后改走小道，并请了当地一位老乡做向导，连夜爬过圣宫山，找到八路军山东纵队九支队，安然脱险。

七、险象环生

常恩多一口鲜血喷涌，又昏了过去。周军医刚给他打完针，正在收拾器皿，见状神色慌张：师长！师长！

刘万胜发现了抓在周军医手心里的两个小药瓶，满脸狐疑：周处长！你用了多少药？

周军医支支吾吾：我……我是想……

看到昏迷不醒的常恩多，徐文斌震惊：周军医，你……你暗害师长！

刘万胜一把抓住了周军医：周军医！你加大了剂量，你要谋杀师长吗？

周军医心虚、难过：不……不是……

刘万胜：你为什么给师长打两瓶药？你刚打，师长就昏死过去！你说，谁叫你干的？

周军医心惊胆战：我……

刘万胜怒吼：王排长！

王宗芳、张德福等闻讯跑进：师长！师长！

刘万胜：把周军医抓起来！

王宗芳、张德福上前一把摁住了周军医。周军医满脸懊悔，神色张皇。

常恩多一阵猛烈的咳嗽后，又吐了一大口鲜血醒了过来。众人扑到床前，呼喊"师长"。常恩多看清被摁住的周军医，立刻就明白发生了什么事。他挥了挥手：放了他……

刘万胜诧异：师长！

常恩多坚持：放掉他！

王宗芳、张德福松开了周军医。周军医惭愧走到常恩多身边，轻声呼唤：师长！

常恩多：你跟我多年，我们像兄弟一样了解。

周军医羞愧连连点头。

常恩多：我知道你不会暗害我，对吗？

周军医热泪盈眶，连连点头。

常恩多：你下去休息吧。

刘万胜欲言，周军医慌忙收拾起药箱，快步离开。

刘万胜招呼张德福：跟上他！

常恩多闻声制止：不要……

刘万胜：师长！

常恩多：要相信他！他不会暗害我……

走到门外的周军医闻声泪下。

周军医转身把一包钱送还给陶景奎，说：参谋长，我不能收！

陶景奎一下子就明白是怎么回事。他愤怒问：你后悔了！

周军医热泪滚下：是的！良心在骂我、在剜我的心！

陶景奎欲掏枪：良心？你就不怕我……

周军医抹掉眼泪：不怕！我只是个军医，大不了，我回老家开个小诊所，糊口度日！

陶景奎歇斯底里喊道：不！你不能后悔！不能……

周军医忽然给陶景奎跪下：参谋长，你放过师长吧！他已经是将死之人了！他没有几天命可活了！他吐血越来越厉害、越来越多，你放过他吧！我求求你了！

王维平离开后，紧接着是张苏平、曹健华等被捕，常恩多身边没了倾诉苦闷的人，病情愈加严重，吐血的次数越来越多，与中共中央山东分局又断绝了通讯联系，他的心情苦闷到了极点。挨到4月中旬，天气渐渐暖起来，刘万胜搬躺椅放在院里，然后搀扶他晒太阳。

刘万胜：师长，今天的阳光特别暖和！

阳光照在常恩多脸上，他尽情享受着：是啊！我好久没有见到阳光了！

常恩多坐到躺椅上，刘万胜把灰毯盖在常恩多身上。

常恩多：春天已经到来，天一日日暖和起来，我也一定会好起来的！

徐文斌：是的，师长！你一定会好起来的！

常恩多：万胜，那些中国的希望，现在怎么样了？

刘万胜：大部分被放出来了，只有刘祖荫还在被关押。张参谋被放到干部教导队教书。电台李台长几个人被送到老君堂去了。

常恩多：曹秘书呢？他为什么不回来？

刘万胜：陶景奎不让他回来，他回柞墩331旅了。

常恩多：其他人呢？

刘万胜：彭景文和杜荣民被抓，但很快就被他们放了，他们说彭团附两人思想复杂，当不了八路。我后来就听说665团管松涛管团附跑到补充团去了。补充团对外称57军独立旅，刘杰当旅长，管松涛当了独立团团长！

常恩多欣慰：很好！只要坚持打鬼子，他们去哪儿我都高兴！

刘万胜：工兵营的翟仲禹他们几个人被放出来后，就请假走了。

常恩多：走吧，免得他们想起来，又去折磨他们。

刘万胜：我还听说，这之前我和张德福也上了他们抓捕的黑名单。

常恩多气愤：他们为什么不来抓！

刘万胜：我在您身边走动，他们没敢动，怕你发现。张德福被关靖寰和几个军官保下来，才没有被他们抓走！

常恩多此时才忽然意识到事情的严重性——陶景奎、孙焕彩连他身边的人都要抓，难道“万毅请病假调附员”也是一个诈？

常恩多问刘万胜：你听到万旅长什么消息没有？

刘万胜：我今天到译电员张殿元处，探听到万旅长的一个消息。

常恩多：快说。

刘万胜：陶参谋长给总部发电报，要把万旅长从少将调为上校附员了。

常恩多恼怒：上校附员？

常恩多很是气愤，可见两个月前，陶景奎、孙焕彩向他报告万毅调附员的事情只是他们密谋出来的策略——万毅被他们罢官软禁了！可此时的他还能做什么？他两眼发愣，冲刘万胜吼道：你不要等下完了雨，再来送蓑衣！

刘万胜忙上前安抚，见常恩多稍微平息了情绪后，委屈地小声说：他们当时扣押万旅长，我事先怎么会知道！坏蛋们不是也想扣起我来吗？

常恩多恼恨骂道：那几个人，真是两只势利眼，一片小人心哪！

刘万胜知道师长心里有多痛恨陶景奎、孙焕彩他们，可他更知道他们有蒋介石支持，有周复撑腰，病入膏肓的常师长现在只能是维持现状了。

恰在此时，周军医背药箱走进：师长，今天感觉怎么样了？

刘万胜、徐文斌目光如炬，盯住周军医。自那天的事情发生后，他们多了十分的警惕。

看到常师长身边的人这么看自己，周军医打了个寒战。他静了静心走近常恩多，开始准备打针。

常恩多还沉浸在刚才愤懑的情绪中，接着说：没有气节的人，一遇到威逼利诱，他就要屈服，甚至为眼前的小便宜，什么伤天害理不知耻的勾当，他都能干得出来。结果呢？他并没有好下场，眼皮太浅了，可怜可叹，又令人可恼啊！

周军医闻声满脸羞愧，刘万胜、徐文斌会心相互看了一眼。

周军医稳住慌乱的情绪，一语双关道：师长，您放心！在111师，尤其在您病重期间，并不是每一个人都丧失掉了良心！

刘万胜反问：周军医说的可都是内心的话？

周军医信誓旦旦：是内心的——是良心话！

刘万胜：那就好！那我们就看周军医的行动了！

常恩多紧闭双眼，不动声色：你们在说什么？

周军医：师长，我和万胜兄弟在讨论良心。

常恩多：人是要有良心，尤其在今天严酷的抗战形势下。我这几天琢磨了几句话。

周军医：什么话？

常恩多：门外青松墙内花，花笑青松不如它。待到冬日严霜至，只见青松不见花！

周军医热泪盈眶：师长，我记住了！

常恩多欣慰，用虚弱的声音说：我们是东北军人，打回老家去，是我们义不容辞的职责！而我们回家的路还很长、很远，只有坚持，才能打回去啊！

周军医热泪滚落：师长，我都记下了！您就放心吧！

周军医离开后，陶景奎拿着地图来请示常恩多。

陶景奎：师长，鉴于我师跟周边八路的摩擦不断发生，我打算将师部、331 旅和 333 旅向东移防至甲子山区！——师部移至纸坊，331 旅驻刘家东山，333 旅驻魏家潘店！您看如何？

常恩多仔细查看地图，手指划过日莒公路和临日公路。

陶景奎又说：大店的物资和车马也移至师部驻地。

常恩多抬起头，欣然允诺：好啊，我看可以！

陶景奎有些诧异：您同意了？

常恩多：我同意！

显然，来之前，陶景奎以为常恩多会坚决反对。他惊喜道：谢谢师长支持！

这天，官兵们在往马车上搬运东西，院子里一片忙碌。常恩多坐在院子里，心情舒畅看着官兵忙碌。

刘万胜匆忙跑进，见状十分不解：师长，为什么要移防呢？

常恩多有些不悦，没理刘万胜。

刘万胜：当时咱们打下这些重镇多不容易！现在，为什么要放弃这些好地方，而把部队调进荒山里去呢？

常恩多有些怨气：你总是不动脑子！好好想想，咱们占着茅坑不拉屎，还不让人家发展抗日的力量？

刘万胜眨了眨眼睛，忽然眼睛一亮：师长，我明白了！

常恩多问：明白什么？

刘万胜压低声音说：111 师开进甲子山区，把原来的平原地区及一些交通重镇全部让给八路军、游击队，使抗日根据地得以发展！

常恩多嗔怪道：你啊，凡事都要动动脑子，多问几个为什么。

八、摩擦与反摩擦

111 师东开时，当地的一些不愿抗日的地主、豪绅为了躲避八路军和抗日民众的惩处，也跟随部队东移。尤其是大店附近的反动地主，他们紧紧追随 333 旅新任旅长刘晋武住进了魏家潘店，并整日与刘晋武抽大烟、打麻将，讨论打八路的秘事。

一天，几个地主给驻纸坊的常恩多送来了杏核雕刻的小人、小马等玩物，以供他玩赏。常恩多看到东西，脸色阴冷，对刘万胜说：你去把陶景奎叫来！

陶景奎刚在屋里站稳，常恩多厉色说：我们是部队，是打鬼子的，不是那些财主的租界地、安乐窝！叫他们滚蛋，叫他们去找他们的沈主席！赶紧派人告诉刘晋武，给我都赶走！

陶景奎应着离去。

在1940年3月22日，八路军第一纵队司令员徐向前、政委朱瑞致电于学忠：

于总司令钧鉴：

111师驻大店一月来态度忽行恶转，到处捉拿我地方干部、残害我催给养或个别外出人员，破坏民主民众组织，制造反共反八路舆论。一月以来，我被害人员不下十数人……并该部在各处对我修筑工事，断绝行人，扬言子弹运来后即开始向我进攻，态度空前恶化。我鲁南各部与57军毗邻相处，素称友好，近迭据报告，各地工作时遭破坏，或系地方又有流痞假借名义，挑拨关系，乃近据各方材料，111师反共反八路似出有计划之行动，似此如不速予制止，则恐不幸事件将会继续发生。除已饬115师、山纵×旅××支队各部与111师交涉谈判，争取恢复旧好，并于迫不得已时，出之严正自卫处理。希望于总司令电令该部，愿及团结抗战大局及东北军之光荣历史，勿被地方顽固势力包围利用，走向分裂倒退末路。希望总司令速予紧急处理！

孙焕彩、陶景奎等死心塌地要反共到底，在瓦解驻黄墩的八路军独立营朱信斋部后，杀害八路军干部和地方干部20余人、逮捕多人。

4月14日，八路军北上讨伐叛徒朱信斋匪部。行动前，八路军山东纵队2旅致函111师，告知讨逆义举。陶景奎、孙焕彩竟以“武装调停”为名，命令665团2营向浮棚山一线八路军发起攻击。山纵2旅自卫还击，2营全线溃败，4连长夏登科战死，屠排长等被俘，损失人枪数十。

夏登科冤死在打八路上，死前，他对屠排长说：我一直都想牺牲在抗日战场上。那样，老子就是死，也是烈士，也是……抗日英雄！可现在，老子……不值！老子……死不瞑目啊！

山纵2旅以团结抗战大局为重，掩埋了死难的111师官兵，为伤员疗伤，并退还被俘人员，再次致函111师：

迅为制止其部队，不再发生类似事件。并希望331旅孙焕彩旅长能悬崖勒马，立即停止向八路军进攻行为，共同携手杀敌，而团结抗战。

孙焕彩毫无悔改之意，4月25日，集中331旅主力，突然袭击了驻沟洼的日照民主政府。保卫县政府的仅有一个新兵连，由于仓促应战，新兵连大部被俘或伤亡。661团进攻圣宫山，被山纵2旅6团击溃。又攻击东、西辛兴，6团反击后，661团败退回朱娄。

这天，日照县民主政府县长刘洪若在数名游击队员保护下，来到111师师部驻地纸坊要见常恩多，被陶景奎、孙焕彩挡住。

刘县长说：你们走开！我要面见常师长！

陶景奎喊：常师长病了，他不见任何人！

刘县长：我今天一定要见到常师长，我现在就要见常师长！

孙焕彩声高气盛：你见不到他，他也不会见你！现在的111师，由陶参谋长说了算！

刘县长继续喊：常将军！常师长！我们的关系一直很好，111师为什么忽然变脸，为什么打我们八路军日照县政府？为什么？

陶景奎：因为你们不给我们粮草！

刘县长义正词严：自从常师长生病，你们111师除了专和八路搞摩擦，你们打过鬼子吗？

陶景奎、孙焕彩张口结舌。

刘县长：你们不再打鬼子，而是把枪口对准了八路军，对准了老百姓！你们抢夺老百姓的口粮，杀害老百姓的耕牛，拉老百姓去为你们修建碉堡，难道你们现在还指望老百姓像以往那样拥护你们、爱戴你们吗？还希望老百姓像以前那样千里迢迢给你们送吃的喝的，而他们自己却忍饥挨饿吗？

陶景奎、孙焕彩、张绍骞等神情抑郁。

刘县长伤心说：不可能了！不会再有了！

陶景奎凶相毕露：那……我们就接着打！

刘县长：好吧，那我们也就不客气了——我们奉陪到底！

常恩多躺在小院里的躺椅上，凝望蓝天白云心潮难平。

徐文斌把已经没了毛的毛毯盖在常恩多腿上，关切问：师长，今天感觉怎样？

常恩多：载我有大地，覆我有青天，饱餐新空气，总在日月间。病魔纵似虎，岂能撼泰山！

徐文斌微笑，说：师长就是泰山，是111师的泰山！

常恩多心情焦虑：我要赶紧好啊！

徐文斌安慰：就快了！

刘万胜走近：小徐，师长今天情况怎么样？

徐文斌小声说：好一点。

常恩多看到刘万胜：万胜！外面有什么情况，快告诉我！

刘万胜走近：师长，这些日子，陶参谋长和孙旅长他们带队伍去攻打八路军，打死人家不少人，咱们也死伤了不少。昨天日照县抗日政府的刘县长来见您。

常恩多：刘县长人呢？

刘万胜：陶参谋长说啥也不让见。

常恩多：刘县长一定怨我们了。

刘万胜：刘县长说，咱们关系一向挺好，怎么说翻脸就翻脸，派兵来打他们！陶参谋长说，打他们是因为他们不给粮草。

常恩多脸色骤变：走，把藤椅给我抬屋里去！

徐文斌、刘万胜连忙上前抬起躺椅回到屋里。

常恩多：你继续说！

刘万胜：陶参谋长、孙旅长他们还拉拢朱信斋，致使八路军日照独立营叛变，杀害独立营干部及黄墩地方干部28人，200多人被逮捕！

常恩多愤恨不已。

刘万胜：八路军从大局出发，把被俘的111师官兵放回后，陶参谋长恩将仇报，调集重兵袭击日照民主政府驻地沟洼，日照县刘县长这才到这里要见您！

常恩多：恶有恶报！迟早会报！

刘万胜：陶景奎和孙焕彩最近关系很密切，陶景奎还把自己的小手枪送给了孙旅长！

常恩多：等我病好了，一块跟他们算账！

话没说完，常恩多急剧咳嗽起来。

刘万胜：师长，你不要急。

常恩多：你去通知他们，明天都来见我，我要警告他们：邪不可张，恶不可做！

刘万胜：是！

宋景龙被刘万胜找进师部。看到常恩多骨瘦如柴，他哭了：师长，你要保重啊！

常恩多爱抚道：孩子气，眼泪解决什么问题！

宋景龙坚强地擦掉眼泪，凝望常恩多：师长！

常恩多：景龙，这些日子没有见到你，还在收发新闻吗？我写的锄奸的小册子还有多少？

宋景龙：还有十几本。

常恩多：你赶快想办法给重庆“东北救亡总会”的阎宝航寄去。这年头投降有功，抗日有罪！我们要让全国同胞知道，要让那些汉奸、国特们知道，我们在这里都干些什么，我们想要干什么！

宋景龙：师长放心，我马上去办！

常恩多咳嗽起来，忽然又吐起血来。

刘万胜赶忙上前：师长。

常恩多：景龙，你每个星期都要来向我报战况，遇有重大新闻可以随时来报。

宋景龙：是！

张苏平被释放后，时刻被陶景奎安插的特务监视着，虽然离常恩多只有咫尺，可他不得不时时小心、处处谨慎。

这天，在莒南的一个集市上，他甩掉了特务的跟踪，在菜摊前找到了刘万胜。

看到张苏平，刘万胜喜出望外：张参谋！是你！

张苏平把刘万胜拉到街角，焦急说：告诉我，师长现在怎么样了？他还好吗？

听到最亲近的人关切询问常师长的病情，刘万胜伤心哭起来：师长……师长情况不好，吐了好多次血，而且一次比一次厉害……

张苏平难过：别难过！代我问他好！

刘万胜止住悲伤：张参谋，你现在怎么样了？

张苏平一直注意左右：我在当教员，身边有陶景奎的人，不便去看他。

刘万胜：战时服务团的人大部分都走了，你打算走吗？缺路费的话，可告诉我啊！

张苏平摇头：不，我不走！只要师长在一天，我就跟他在111师干一天！

刘万胜热泪涌上眼窝。

张苏平：你转告师长，要他一定保重！我找机会去看望他，我该走了！

张苏平匆忙离去，汇进了人流中。

刘万胜深情望去，默默祈祷张苏平平安无事。

陶景奎听说孙焕彩把曹健华放跑了，气得大骂：姓孙的整个一个大混蛋！这么重要的人物怎么可以放掉呢！

侯小鲁说：龚主任也是这么说的！

陶景奎恼羞成怒：失误啊，绝对失误！

侯小鲁哀叹一声：现在刘祖荫还在被关着呢，放还是不放？

陶景奎气急败坏：这还用问吗？连曹健华这样的人都被放跑了，难道要一个大财阀的儿子来承担他们共产党的责任？

刘祖荫身体虚弱，头发齐肩，蓬头垢面，坐在阳光下凝望蓝天。天空中，一只鹰正展翅翱翔，它时而俯冲，时而跃升，白色的翅膀在灿烂的阳光下闪烁耀眼的光芒。已经入夏，可他还裹着棉衣。环顾空无一人的小院，一阵强烈的孤独感袭上心头。他无比想念那些已经离开的战友——徐惊百、邹强，怀念那些可以痛痛快快打鬼子的日子……不知道怎么的，邹强的声音又回响在他耳边：鉴于你身份灰色，支部研究由你做掩护，最后一批撤……记住，你的代号：亥！

刘祖荫心怀悲伤，心里重复道：我的代号：亥！亥……

忽然，一个人的声音传来：嗨！嗨！嗨！

刘祖荫以为是在呼唤他的代号，不禁紧张起来。他抬头看去，只见一个哨兵面无表情走过来：刘祖荫！参谋长说了，你可以走了，快去政治部报到！

刘祖荫安下神来，自语道：算起来，我被关了整整一百天啦！

经过再三考察，龚小清认为在战时服务团里有几个人还是值得他们信任的；再者，有些岗位需要这些文化青年留下继续服务，如干部教导队需要教员，师《阵中日报》需要编辑、记者和刻钢板的人才等等，于是，张苏平、吕梦林等几个人进了干部教导队，李复炎留在了参谋处画地图，刘祖荫则被留在了师政治部。

刘祖荫先到了师参谋处领到“准尉”的委任状，然后去见龚小清。

龚小清很自信地说：刘祖荫，我告诉你，你们刚成立什么宣传队的时候，我一眼就看出你们当中谁是共产党！那个邹强，还有徐惊百肯定是共产党！我说得没错吧？

刘祖荫木讷道：我不知道。

龚小清：你别害怕，我知道你不是共产党，所以才把你留下。

刘祖荫暗暗松了一口气。

龚小清又说：我们给其他人的都是准尉，给你个中尉，你看怎么样？

刘祖荫不知龚小清葫芦里装的什么药，没有吭声。

龚小清继续说：凡是在政治部工作的都要上报重庆总政治部，我们要是报你宣传队的人，那重庆肯定不批。所以，我们给你编了个衔头——665团政治指导员中尉助干，国民党特别党员，怎么样？你看，重庆已经批复了！

刘祖荫庆幸自己有了留在111师的“合法”身份。可随后他就发现，他并没有获得完全的自由——他在一个姓陈的少校秘书监视下生活和工作。这个陈秘书与他同吃同住，为填补陈顾及不上的时间空白，甚至还派了一个勤务兵24小时监视他。

刘祖荫失去了行动自由，甚至不能和妻子吕梦林一起生活。终于，机会来了——陶景奎把一篇文稿交给刘祖荫修改并润色。刘祖荫修改后亲自交还陶景奎。

陶景奎看完文稿，很是赞赏：很好！我很满意！不瞒你小刘，在山东只有两个人能整理我的东西，一个是山东省府的才子，另一个就是你了！

高兴之余，陶景奎和刘祖荫不免又摆局布阵、黑白博弈。其实，每一次刘祖荫被陶景奎邀请下棋都很痛苦。在棋艺上，刘祖荫高陶景奎一筹，但如果输给他，他便瞧不起，但如果赢他太多，他心里又不舒服。于是，每一次下棋，刘祖荫都要绞尽脑汁如何只赢陶景奎三两个子。

果然，几局棋下来，陶景奎异常高兴。他慷慨地邀请刘祖荫留下吃饭。这个消息不胫而走，政治部的那些人自然看在眼中，而刘祖荫的威信就这样渐渐提高，地位也巩固起来。

陶景奎并不是笨蛋。这天，他把刘祖荫叫到住处，说：小刘啊，八路军到处散发传单，说111师反动，打八路军，我们也写，也到处散发！这个任务就交给你了。你回去写，写出来报我审查，然后散发出去！

刘祖荫当然知道这是陶景奎在考验自己。他如果不写，势必引起怀疑，可如果写，他这个共产党员不是拿刀扎自己的心窝吗？

折腾了一夜，刘祖荫一个字也没写出来。

第二天，吕梦林来看望他，刘祖荫把陶景奎派给自己的差事说了一遍。不料，吕梦林说：你给他瞎写不得了！

细琢磨，刘祖荫觉得有理，就决定结合西安事变、“九·二二”锄奸，来反思现在两军的关系。于是，文章的基调出来了：西安事变后，东北军和红军的关系很好嘛，怎么现在僵了呢等等。

刘祖荫自觉政治部及陶景奎在文章中挑不出毛病，就交差了。

不料，又一天，陶景奎把刘祖荫找去，指着刘祖荫的文章说：西安事变是劫持蒋委员长，你怎么能扯上东北军和红军关系好呢？这完全是两码事嘛！

陶景奎的神色虽然严厉，但语气里满是恨铁不成钢的怨尤。刘祖荫终于躲过一难。不久，监视他的陈秘书搬了出去，刘祖荫乘胜追击，借故挥舞起棍棒把政治部派来的勤务兵也打跑了。

刘祖荫终于获得了自由，继续主编《阵中日报》，而“665 团政治指导员中尉助干”一职，他后来也未到过职。这天，他和吕梦林到 665 团驻地魏家潘店看望张绍骞，发觉张绍骞一脸的沮丧，满腹的苦闷。

张绍骞把刘祖荫拉到没人的地方，愁眉紧锁说：夏登科牺牲，真是太不值啊！

刘祖荫说：是啊，他一直想牺牲在抗日的战场上，可惜死在了打八路的战斗中。

张绍骞：那些死伤的官兵真是太可惜了！

刘祖荫：是啊！

张绍骞：哎，你知道师长近来身体怎么样了？

刘祖荫：病情有所好转，估计秋天可能病愈。

张绍骞：那太好了！

张绍骞哀叹了一声：你看看现在成什么样子？不打鬼子，成天打八路，三天两头派部队下乡抢粮食、抢牛羊，抢得老百姓哭天嚎地，骂我们是汉奸、强盗。这日子，什么时候是头！

刘祖荫劝慰道：等老师长的病好了，会有办法的！

张绍骞：管松涛跑到独立旅去了，你听说了吧？

刘祖荫：我也是后来听说的。

张绍骞：他不该跑，我从来没有害他的意思啊！

见刘祖荫不语，张绍骞又说：小刘，我害怕啊！

刘祖荫：你怕什么？

张绍骞：我怕他把我的人，都拉到他们独立旅去啊！

刘祖荫：希望寄托在老师长身上！现在处境困难，就要坚持，坚持到老师长病好。他会有主意的！

张绍骞迟疑了一下，最后还是坚定地点了点头。

陶景奎、孙焕彩、刘晋武一个个脸色难看，站在常恩多面前。

常恩多恼怒：你们为什么去打八路？为什么打八路的日照县政府？

陶景奎、孙焕彩、刘晋武各怀心思，沉默不语。

常恩多：你们忘记了，在我们 111 师刚进入鲁南的时候，是谁组织老百姓浩浩荡荡来欢迎我们、慰问我们？在我们打鬼子、锄汉奸取得胜利后，是谁组织农民兄弟，把他们的口粮送来给我们吃？——是共产党、八路军啊，是抗日民主政府！

陶景奎、孙焕彩、刘晋武心里不服气，脸上露出不屑。

常恩多痛心：你们几个，不是都信佛吗？你孙焕彩的大号还叫佛爷！佛经上是怎么说的？“是故善果从善因生；是故恶果从恶因生！”你们不会比我更陌生吧？

孙焕彩、刘晋武很不服气。

陶景奎：师长，是因为他们不给我们粮草！我们总得吃粮，马也得吃草啊！

常恩多止住咳嗽：我们跟八路军过不去，实际是和我们自己过不去，你们不懂吗？我们到阜阳取弹药，哪一次不是得到了八路的帮助才顺利通过去啊！

几个人闻声色变。

常恩多：我手上，就有661团孙维嵩刚发来的电报！刘副官，你给他们念念！

刘万胜拿起电报念道：“八路军游击小组带路，地方乡区组织严密，帮助封锁宿营位置，放哨监视敌人汽车开往方向，尤其是帮助我团通过铁路，垫平两侧6道壕沟，每道宽5米，深3米，使我团顺利通过陇海、津浦两铁路，没受到敌人截击，安全到达阜阳，真正意外！”

陶景奎、刘晋武心怀忐忑：师长！

孙焕彩一副满不在乎神情。

常恩多：你们都听到了吧？听到了吧！

几个人：听到了。

常恩多：你们到处树敌，坑人害已，部队就要毁了。以后，营以上部队出去，都要向我报告！

陶景奎、孙焕彩和刘晋武还没有走出小院门，就传来常恩多剧烈的咳嗽声。陶景奎哀叹一声：怎么办？

孙焕彩：什么怎么办？——照打！

刘晋武：那师长怪罪怎么办？

陶景奎心怀叵测看孙焕彩。

孙焕彩：好办！我问你们，是听蒋委员长的，还是听他——一个快死的师长的？

陶景奎：这不是明摆的嘛！

刘晋武干笑：当然是听最高统帅的！

几个人得意忘形地笑着，离开了师部。

常恩多紧盯着几个人的背影愤愤不平，咳嗽声迭起。

刘万胜连说：师长，你不要跟他们生气、不要生气！

徐文斌：师长，你的身体刚刚见好啊！

常恩多压制内心的愤懑：万胜，去叫宋景龙把张苏平找来，快去！

看到已经瘦得只有一把骨头的常恩多，张苏平悲伤地哭了：师长，你病成这样了！

常恩多：我没事，别难过。你都还好吧？

张苏平努力压抑哀伤：还好。他们叫我教书去了，师长好好养病，一切事，我们来应付！

常恩多会心而笑，连连点头：留得青山在，不怕没柴烧！

张苏平热泪滚落，点了点头。

常恩多：要教育训练官兵坚持抗战，要培养他们抗战必胜的信心！

张苏平：放心吧，师长，我们正按照您制定的方针去做。

常恩多：我叫你来，是想跟你说，咱们不打了，你派人去和八路军讲和！

张苏平为难：派谁去呢？

常恩多被问住，那几个将军没一个听他话的，他犹豫了：是啊！派谁去合适呢？

张苏平：谈成了，他们听不听您的？

一股悲哀的情绪冲上胸怀，常恩多难过。

张苏平安抚道：师长养病要紧。我们知道，不是你要打的！

常恩多感激又无奈地握住张苏平的手，用力握了又握。

入夜，常恩多躺在躺椅上，月色照在他的脸上、身上。他悲愤吟道：

> 明月良宵里，静卧草房间。
> 沉思既往事，阵阵痛心酸。
> 谁识征夫意，共整旧河山！

陶景奎、孙焕彩、刘晋武背着常恩多，驱使111师官兵打八路、害百姓，不仅使自己的驻防区域越来越小，最终不得不龟缩进一些碉堡圈里，更导致连吃穿都十分困难。陶、孙、刘便变本加厉派出小股部队四处派捐、派税、派役，派不出去就敲诈抢夺，同时，还印刷111师流通券，对周边百姓巧取豪夺。

这天晚上，刘祖荫痛心111师的现实，伏案写道：

> 甲子山下，秀丽的二三月春光来到了。
>
> 院里的月季花开得火样红，小姑娘懒得摘一朵鲜花插在发辫上，匆忙地提着篮子到野地里挖了点野菜，拿回家来冲饥；树上的蝉声开始叫了，野孩子们却懒得到树根下挖个小洞，取出蝉的幼虫来，而是慌忙地追着爷爷跑到苹柳树下，攀弯了树枝，摘下一连串兔子脸的苹柳种子，一提筐一提筐地拎回来，磨碎了摊煎饼吃。街上的官太太早着上夹衫，娉婷逗俏了，但是，年青的媳妇子却无力地坐在锅屋里，他们已经好几天都揭不开锅了。
>
> 春荒了，老百姓的肚直饿得吱吱叫。
>
> 但是灾难陪伴着饥荒一齐来到了，办公的人一家家地逼迫着：
>
> “大婶在家吗？队伍上又来摧给养了，卖地卖房子，也得缴上那二百斤谷子！”
>
> “你们家×百元的招待费，送慢了可不行啊！”

"队伍上要鞋子了，你们家做两双吧！"

"你们家还不快缴吗？庄长被夏副官抓住了，吊了三天梁头啦！"

饿得只剩一把骨头的老百姓，还得重重地被他们吸尽最后的一滴血。最头疼的是：

"快啊，快啊，队伍上要工修炮楼了，你家大哥快去啊！"

老乡们哪敢不听话，匆忙地捎上几张绿煎饼，是地瓜秧苇柳种子掺着推的，没劲地扛着锹，一去三天不回头，急坏了好几天揭不开锅的大嫂和婶子们。

老乡们扛着百十斤重的大石头，一块块地朝山上抬，偶尔走得慢一点，大腿上就飞来雨点般的枪托，一屁股就栽倒在地上，接着来的是肮脏的恶骂："妈的，饭吃到哪里去了？"老乡们哀求道："老总，俺好几天没吃饭了，实在没力气！""操你奶奶的，干嘛翻穿皮马褂，装他妈的相，死了也要抬，叫我亲老子也不行，这是上边的命令！"就这样劳累到天黑，小麻绳一拴，像猪似地拴在黑屋子里，天明了再卖那个死力气。

有时，圩子墙头上扑地掉下来一个老乡，他眼前一阵黑，嘴里淌着白沫死了，旁边围上一圈人，眼泪簌簌地掉下来："可怜，他三天没吃饭了，哪能干这样累的活啊！"

像秦始皇修万里长城一样终究在老乡们的眼泪上，修好了几十座圩墙，几百个碉堡，却象征着黑暗和倒退！

碉堡内外，很多人在摇头、叹气。

忽然，一个吊死鬼般的反共将军——孙焕彩，带着一队人马钻出了圩墙，越过碉堡线，向中国老百姓吹起冲锋号，兵士蜂拥地冲进庄子，牲口跟着在后边呐喊，挨家都搜到了，一看见粮食就扒，一扒就扒个干净，连衣服鞋子也扒了去。

老大娘干号着，哀求着："老总，行行好，给俺留点麦种吧！"话音未完，迎面飞来一根木棍，一棒就将大娘打倒了！一个人凶猛地冲上来，一麻袋粮食驮在了驴背上。

在那边，一个老总按住一个老乡剥鞋子。

"求求你，俺这双鞋子昨天才上的脚，整整七块钱，庄户人的钱不容易啊！"

老总一手推倒那位老乡，气愤愤地说："反了！老子鞋子还没有穿上呢，你倒穿上了！"

老乡累得直喘气，面前抛来一双破鞋子，还抛来一阵辱骂："妈的，几乎闪了老子的手，行行好，赏你一双鞋子穿！"

那位老大娘也气喘吁吁地追过来了，扶着墙哭道："老天爷啊！你家就没有七十岁的娘老子吗？……"

唉！这就是孙焕彩的得意杰作——"武装催征给养"。有时，他们就和八路军接上火，孙焕彩挺起两道吊眼眉，声嘶力竭地叫道："干，土八路还怕什么的！"专爱躲在后方保险的国特龚晓清，间或也提着盒子枪上前观战，抖抖地说："捉他几个活的！"

负伤的战士下来了，脸上满是血，伤心地说：“打鬼子没有挂彩，打中国人倒挂彩了，好冤枉啊！”

战士们满身尘土地回来了，叹了一口气：“哪一粒麦子上没有咱们的血，抢来了给他们卖，给他们快活！”

他们终究立下了赫赫战功——浮棚山、扁山、鹊山、劳坡、辛兴……等地都流了自家人的血，丢了机枪，还丢了炮，死了官，更死了很多的兵。

甲子山里、甲子山外的老百姓齐声叹息道：

“常师长问事的时候111师不是这个样子，现在换了个陶参谋长，什么都变了！”

一时间，甲子山区流传这样的歌谣：

老师长，把令传，又打鬼子又锄奸，

参谋长，掌大权，甲子山是鬼门关！

第二十四章

孤臣孽子

一、对汉奸只有一种态度

1941年6月，德国法西斯吞并了欧洲十几个国家后，腾出手来在从北冰洋到黑海的3200余公里的战线上对苏联发起了进攻，世界反法西斯战争进入关键而艰苦的时期。日本法西斯在中国战场掀起疯狂的攻击，5月9日，日军出动80架飞机轰炸重庆，27日，中条山战役结束，中国军队损失7万多。到了本月5日，日军轰炸机夜袭重庆，较场口大隧道发生窒息惨案，导致市民死伤约3万余人。当月，汪精卫赴日朝拜，乞求日本主子的援助。日本为尽快展开太平洋战争，向南扩张，在其游说活动下，德国、意大利、罗马尼亚、斯洛伐克、克罗地亚、西班牙、匈牙利、保加利亚于7月初承认汪伪政权。自此，汪伪国民政府追随日本加入德意日法西斯阵线。

汪伪政权的高官们闻讯后忘乎所以、弹冠相庆，更加紧了对国民党政权和军队的瓦解诱降活动。那些贪生怕死、贪污腐化的高官和将军们，经不起抗战的艰苦生活考验，一时间“降官如毛，降将如潮”，中国的抗日战争形势更加恶劣、更加严峻。

南京汪伪政权也一直关注着常恩多和111师。

关于蒋介石对“九·二二”锄奸的态度，关于陶景奎掌权后制造的恐怖气氛，关于111师目前艰难而尴尬的处境，关于常恩多病重期间忧心如焚的思虑，凡此种种，他们掌握得一清二楚。汪精卫感觉有机可乘，便展开了一项诱降的秘密计划。他指令其伪军政部长鲍文樾写信并附照片，由副部长于春阁携带，前往111师驻地，企图劝常恩多参加“南京政府的和平运动”，交换条件是山东的伪政权统归常恩多接管。

于春阁，字明甲，是常恩多的同乡、同学。他赶到赣榆县，首先找到了汉奸李亚藩。他不知道常恩多对此事将持什么态度，不敢贸然前去，于是写信给刘万胜以求得帮助，并希望常恩多派刘万胜副官前来联络。他把两封信交给了两个小汉奸，小汉奸化装后进入111师驻地，由当地人把信转给了刘万胜。

刘万胜接到汪伪诱降的信，不敢迟疑立即报告常恩多。

站在常恩多面前，刘万胜迟疑了一下说：师长，我收到你的同乡、同学于文阁转给您的信。

常恩多警惕：于明甲？他不是在南京汪逆政权里当汉奸吗？

刘万胜：正是。他受汪精卫和鲍文樾的委托，前来……与你联系！

常恩多：与我联系？——怎么联系？

刘万胜：他派来的两个人在不远的北泉头村等候，信是托老乡送来的。

刘万胜递上信件。常恩多看了一眼信后，忽然狠狠把信甩向刘万胜。刘万胜猝不及防，吓了一跳。

常恩多拍案而起：拿去看看！有人请我们参加南京政权了！

刘万胜从地上捡拾起信件，只见上写：

获三将军，将才难得，身处逆境，受人挟制，致使英雄无用武之地……现今世界，大势已成定局，良禽择木而栖，良将择主而事。如能加入南京政府的和平运动，汪主席定以山东政府的军政大权统归常师长掌管……望派刘副官万胜前来洽谈！静候！

刘万胜诧异：这……

常恩多满含讽刺：你看明白了吗？于明甲请你当谈判的全权代表，你去不去啊？

刘万胜黑着脸：我干啥去！

常恩多欣慰：你不去？你不去，是好小子！

刘万胜坚定道：不去！

常恩多：去把陶参谋长给我叫来！

陶景奎到后，常恩多指了指鲍文樾的信：陶参谋长，南京汪逆请我们参加“和平运动”，出价还不低呢！

陶景奎心怀叵测，念信：如能加入南京政府的和平运动，汪主席定以山东政府的军政大权统归常师长掌管……

常恩多恼恨：我不要山东政府，我要鲍文樾和于明甲这些忘记祖宗的王八蛋的脑袋！

陶景奎暗惊。

常恩多：陶参谋长，马上派人到北泉头村，把那两个送信的汉奸崽子抓来，杀一个，留一个回去报丧，让他告诉鲍文樾和于明甲，这就是我常恩多的态度！

陶景奎小心翼翼应着执行去了。

当天，陶景奎派出的谍报人员赶到北泉头村，抓住了两个送信的汉奸，杀了一个，命另一个回去报丧。于春阁闻讯吓得再不敢耽搁，仓皇滚回了南京。

二、“我死了，你们再走！”

“二·一七”事件后，陶景奎、孙焕彩、刘晋武、龚晓清等没有停止对进步势力的迫害，反而变本加厉加快了脚步。在侯小鲁的军法处里，经常传出鞭打声和被抓的先进官兵及抗日群众的惨叫声。

万毅的警卫员李福海再次返回时被捕，在军法处经历了严刑拷打后英勇牺牲。一个马夫遛马时在不知情的情况下对陶景奎出言不逊，也被枪毙了。666团排长胡铁男，被人告密说他对万毅被扣不满，刘晋武捏造罪名“煽动军心”而被军法处杀害……

忽然一天，盛传331旅661团司务长宋穆成要刺杀“佛爷”孙焕彩。于是，宋穆成被名正言顺地押进军法处，并被打了个皮开肉绽。杀人要有武器，他们首先要问出手枪埋在哪儿了。抵不住残暴的烤打，宋穆成乱咬了一通，侯小鲁自然没能找到那把虚设的杀孙手枪。于是，侯小鲁开始诱供：你是不是忘记了，藏在你们李团附那里了吧？

宋穆成始才明白，原来诬陷他杀害孙焕彩的目的在于陷害李鸿德！宋穆成刚明白缘由，就听侯小鲁高声吼道：今天，你不供出你们团附李鸿德，就别想站着出去！

宋穆成：我没有刺杀孙旅长……李团附也没有指使我……

侯小鲁咆哮如雷：给我灌辣椒水、压杠子、上大挂！

在一阵剧烈的疼痛之后，宋穆成终于昏死过去……

侯小鲁一挥手，打手把写好的文书递上。侯小鲁拿起宋穆成的食指，在文书上划了个“十”字。

宋穆成被扔到一边。

侯小鲁吹了吹文书上的血迹，得意地离开了。

莒南刘家东山331旅旅部，勤务兵正在给孙焕彩刮胡子。

侯小鲁兴高采烈匆忙走进：报告孙旅长！

孙焕彩：怎么样？侯处长！

侯小鲁递上文书：宋穆成——招了！

孙焕彩看了一眼文书，意味深长道：果然是李鸿德指使他要刺杀我，我没有说错！

侯小鲁：铁证如山！这一回，李鸿德死定了！

孙焕彩激动：锄掉李鸿德，常师长和万毅的爪牙就又除去一个！侯处长，你是知道的，参谋长是从来不会被提为师长的！所以，总有一天，111师是我的！

侯小鲁高兴：卑职愿为孙旅长，啊不，卑职愿为孙师长鞍前马后效命！

孙焕彩笑罢，信任地拍了拍侯小鲁肩膀：我信得过你，去执行吧！

侯小鲁离开后，勤务兵欲继续刮脸，刮脸刀伸到了孙焕彩脸旁。孙焕彩阴冷着脸接过刀。勤务兵吓得直哆嗦：旅长！

孙焕彩恶狠狠道：师长，对不住了！不顺从我的，我要把他们一个个都剔除出111师！

莒南竹睦111师军法处的小牢房里，宋穆成从昏迷中醒来，得知自己的手指在那张坦白书上画了押，痛悔不已。半夜时分，他在地上找到半张破纸和一截铅笔头痛苦写道：实在挺刑不过，所讲均非事实！

宋穆成终于等到了一个他信得过的弟兄接班。他把纸条递上：兄弟，麻烦你交给我们李团附——李鸿德！

纸条于早上传到了李鸿德手上。李鸿德打开纸团，看了看一行字，有些莫名其妙：这是什么？还没有等李鸿德想明白，旅部传来命令，叫校官们去开会。李鸿德把纸团塞进口袋，跟上几个军官走进了旅部。

才进旅部，几把枪对准了李鸿德。

李鸿德被人带进了军法处。一阵逼问烤打，李鸿德浑身是伤。

侯小鲁：宋穆成刺杀老佛爷，你就是他背后指使，对不对？

李鸿德：不对！

侯小鲁拿出按有宋穆成血印的文书：这可是他的亲笔供词！

李鸿德：就拿这玩意儿陷害我？

侯小鲁：你还想抵赖吗？你赖不掉了！

李鸿德：我要见孙旅长！即使是枪毙我，也要让我说几句话！

侯小鲁：好！有种！

孙焕彩走进，坐在椅子上。李鸿德抬起头来，看清孙焕彩。

孙焕彩：李鸿德，你和万毅是什么关系？

李鸿德恍然大悟，抓他原来是要除掉万毅的亲信。

李鸿德：不能说没关系！他当团长，我是营长。我说没关系，你不信，我也屈心。人是有感情的，怎能说没关系？——有关系！

侯小鲁得意。

孙焕彩：好！有关系就好！他有八路嫌疑，所以，我怀疑你也通共！

李鸿德：万旅长现在只是嫌疑犯，你们还没有真凭实据。若扯到他是“八路嫌疑”，别说没有依据，就是有跟我也瓜葛不着！父子俩也不见得就一个心眼呢！

侯小鲁恼羞成怒：你还嘴硬！

孙焕彩：宋穆成要暗杀我，而你就是他的上级，你们在为万毅报仇，对吗？

李鸿德：我不明白你在说什么！

侯小鲁：这里是宋穆成的供词，你还想抵赖？

李鸿德：宋穆成的供词，就能相信吗？

孙焕彩：宋穆成的供词，当然可信！

李鸿德：那宋穆成的亲笔信，可信不可信？

孙焕彩、侯小鲁疑惑。

孙焕彩：当然更可信！

李鸿德掏出纸团，递上。

孙焕彩展开纸团，翻来覆去看了好几遍。

李鸿德：信上写得清清楚楚，他是屈打成招的！旅长，我和宋穆成没有暗杀你，更没有什么为万旅长报仇之说！旅长，你要为我们主持公道！

侯小鲁不仅尴尬，而且恼怒。孙焕彩眼见他一手导演的好戏就要被搅黄，不禁暴跳如雷：铁证如山，你还想抵赖！

孙焕彩起身欲走，李鸿德说：我要求师里组织军法会审，让大家都明白案情真相！

孙焕彩强忍愤恨，虚情假意说：我跟参谋长商量商量！

侯小鲁抑郁跟出：旅长，怎么办？

孙焕彩：李鸿德行刺长官，呈请枪决！——就这么呈报鲁苏战区于总司令！

虽然此事遭到了关靖寰团长等一批进步军官的坚决抵制，但孙焕彩还是向战区总部报请“枪决李鸿德”。不几天，总部回文：“李鸿德撤差免职”。

李鸿德保住了性命，却丢掉了官差。孙焕彩多少得到些许安慰，陶景奎精神抖擞拿着电报去见常恩多。

看到总部的回文，常恩多气愤难平。面对既成的事实，他厉声说道：呈报处决李鸿德，你们有什么真凭实据？屁的依据也没有！随随便便就把一个人踢蹬了，那怎么行！不行！

陶景奎：那……

常恩多：你看看，你陶参谋长都干了些啥！以后连长以上的人事问题，还是由我亲自管！

陶景奎脸色骤变：这……

常恩多：你走吧！

陶景奎不悦离开。

常恩多又咳嗽起来。

刘万胜：师长，别急！于总司令没有批准他们处决李团附，只是免了他的现职。你千万别急！

常恩多：万胜啊，他们这是想要干什么啊？他们已经把那些优秀的学生们都赶走了，难道把我师里的年青人都赶跑了，他们才善罢甘休吗？

形势越来越严峻，进步的人站不住脚了，过去说过公道话的也整日战战兢兢，很多年青军官大气不敢出，人人自危。于是，请假的呈文飞雪一般报到了陶景奎处。陶景奎终于达到了“不战而屈人之兵”的境界。于是在最短的时间里，他把这些请假条全部递到了常恩多面前。

常恩多看罢，恼恨地对刘万胜说：这些坏小子啊！等我病好了，一定和他们算账！

遵照常恩多嘱咐，刘万胜把几十个请假的军官找了来。

年青的军官们神情抑郁，闷头不响站在常恩多床前。

常恩多恳切挽留说：你们不要走，我病好了走也好，我死了走也好，别在我不死不活的时候走！事情还是要有人办的，好人走光了哪行啊！

年青的军官们听了常恩多的话，看着常恩多瘦弱的身体和艰难的喘息，都不禁愧疚难抑，悲声而泣。

又一天，杜荣民来到师部要见常恩多。刘万胜通报后，常恩多说：他一定有事，快叫他进来！

杜荣民快步走进，看到常恩多瘦得只有一把骨头，他哭了：师长！

常恩多：快来坐，坐到我身边来！

杜荣民坐下：师长，我是来……告别的！

常恩多惊讶：你要去哪儿？

杜荣民：我……我害怕！

常恩多：害怕什么？

杜荣民：现在，111 师不是您主事的时候了，我们很多人随时有被抓、被杀的危险，就像李鸿德、宋穆成！

常恩多难过。

杜荣民：我们都怕陶参谋长、孙旅长和刘旅长的陷害，我实在不想待下去了！

常恩多悲伤：那你打算去哪儿啊？

杜荣民：我哥哥来看我，我想跟他一起回家！

常恩多从床边摸出 200 块钱：这里是 200 块钱，先把你哥哥打发回家，省得受连累。

杜荣民：师长！

常恩多：你不要走！我的身体病了，但良心没有病，脑筋也没有糊涂。

杜荣民：师长！

常恩多：你实在要走，就等我死了再走，别在我不死不活的时候走！

杜荣民哭：师长！

常恩多："九·二二"锄奸时有人说你是缪澄流的亲戚，吃过他的燕窝，就免了你的职，对你不信任，后来他们检讨了。

杜荣民：师长，我没有计较。

常恩多：抗战的事业，总是要有人来干的。好人都走光了，谁来干呢？如果要走，就等我死了再走，现在不要走。

杜荣民抹掉眼泪：师长！我不走了！

常恩多：这就好、这就好啊！

杜荣民和一旁站立的刘万胜、徐文斌都热泪盈眶。

隔了两天，333 旅少校附员朱光烈找到刘万胜：刘副官！陶参谋长和刘旅长调我去朱信斋部任职，我坚决不去！朱信斋这个老东西很反动，前些日子把八路军派去的人都杀了，我哪能跟着他去干那些伤天害理的事情！我想跟师长说说！

刘万胜：我去向师长报告，你等我。

刘万胜走进屋，刚向常恩多报告完，常恩多有些不耐烦：这些日子来找我的，你都让他们进来！

刘万胜连忙应着。

常恩多吃力地说：你们年轻人是111师的希望，我就是豁掉老命，也要保住他们！快叫他进来！

刘万胜把朱光烈叫进来，看着热诚招呼的常恩多，热泪夺眶而出。

刘万胜转身走到了屋外，心里感慨：师长啊，为了保住这些年轻人，你连命都不要了！

过了片刻，朱光烈脸上洋溢着喜悦从屋子里走出：这下好了，师长不让我去了！

刘万胜也为他高兴：你安心了？

朱光烈：是的！我还回去工作！

常恩多再次把陶景奎、孙焕彩、刘晋武叫到床前。他很不满意地说：一些年轻人现在连大气都不敢出了，你们还老是压制他们。照这样下去，人心都让你们闹散了！你们究竟安的什么心？你们想干什么啊？啊！

几个人脸色阴暗，心怀叵测。看见常恩多大口喘息，连声咳嗽，几个人很是得意。

常恩多止住咳嗽：今后，连以上干部的事情，我亲自管，你们不用插手！

几个人脸色难看。孙焕彩用鼓励的目光看向陶景奎。

陶景奎说：师长，有件事情要向你报告。

常恩多：什么事？

陶景奎：遵照重庆总部指示，我们已经把万旅长押送战区军事监狱！

常恩多震惊：什么？为什么事先不向我报告？为什么？

孙焕彩虚情假意说：我们担心你的身体受不住啊！你一天比一天严重，总是吐血，我们也是为你好啊！

常恩多：万顷波受折磨，我有责任。我一定请求于总司令释放万旅长回师！

刘晋武：师长，事已至此，你还是忘掉万旅长吧！

常恩多恼恨：万旅长在总部关押，是在给汉奸缪澄流出气，是本师的损失，不可挽回的损失！

几个人很不服气。

常恩多：你们……走吧！

几个人走出后，常恩多一把抓住刘万胜：给于总司令发报，常恩多坚决要求释放万毅，本人愿以性命、荣誉及一切为万顷波担保……

常恩多猛烈咳嗽。

刘万胜连忙说：师长，我这就去发！

常恩多热泪横流：顷波啊！我常获三无能，叫你受苦了！

常恩多一口鲜血喷出，昏了过去。

刘万胜：师长！师长……

徐文斌哭：师长！你醒醒！你醒醒啊……

三、郭维城婉拒蒋介石

国民党战地党政会议将于1941年4月15日在重庆开幕。3月初，鲁苏战区接到通知，于学忠把参会任务交给了少将处长郭维城，同时委以他秘密使命：代表于学忠联系东北军在重庆的元老，探询有关营救张学良的事宜。

此时，郭维城的另一重要身份是代理东北军总部秘书长。

郭维城很想通过这次机会能为解救张副司令做些切实的努力，但心中不免担忧：他是张学良的机要秘书，又是目前东北军总部张学良唯一的亲信，他担心去重庆后会被蒋介石当作人质。为防不测，他疏散了家眷，毅然踏上西去的旅途。

从鲁南到重庆要通过敌占区和黄泛区。郭维城化装成商人，由便衣侦察掩护，辗转一个多月才来到陪都重庆。而此时，战地党政会议已近尾声。

由于郭维城不仅代表鲁苏战区，还代表东北军一个方面，19日会议结束后，蒋介石在国民党军事委员会专门召见郭维城。

历经一个多月的艰苦跋涉，郭维城脸上略带沧桑和倦意。可只有29岁的他，一米八多的大个子，肩上扛着少将肩牌，两眼炯炯有神，进入会客厅后，叫蒋介石不禁大惊。

蒋介石感慨，张学良好命，自己身边怎么就没有这样的人才哪！蒋介石热情招呼郭维城在他对面就座，并目不转睛地打量着眼前这个神采奕奕的青年。蒋介石的眼睛里流露出极为赏识的神情。他先是询问鲁苏战区的情况及东北军内部的动向，后关切地问起郭维城的家眷。

郭维城告诉蒋介石，家眷也在山东，并感谢委员长关怀。

蒋介石满怀期望，说：郭将军年轻有为，在重庆一定会有更大发展。来重庆工作吧，我委你以重任！重庆很安全啊，把家眷一起接来，在这里可以安心军务，不像山东整日的提心吊胆！

郭维城婉转地谢绝，说：感谢委员长关怀，维城愿重返鲁苏前线，为挽救民族危亡战死在疆场！

蒋介石不好强行滞留，只好鼓励他返回鲁苏战区继续赴命。

郭维城奔波于东北军各位元老面前，在重庆不觉三个多月过去，张学良将军依然没有丝毫音讯，众元老对于日后东北军的前途也无任何良策，郭维城怀着满腹惆怅离开了山城，返回山东抗日前线。

1941 年盛夏，郭维城返回鲁南圈里战区总部，向于学忠报告在重庆与众元老商讨解救张副司令的情况后，于学忠很是焦虑。

于学忠哀叹了一声：抗战正处于最残酷时期，蒋介石还不敢杀害张副司令。我们要竭力维护东北军，也好等张副司令出来的那一天，我对他有个交代。

郭维城焦虑问：我听说常师长病得很重，是真的吗？

于学忠满怀了愧疚：东盘锄奸，重庆总部对常师长的处置是不公平的！

郭维城：常师长率部锄奸，不惟得到中央的嘉勉，但却落得“难逃犯上误国之咎”的苛责，实在是颠倒是非、混淆黑白。常师长似海的深冤，无处申诉啊！

于学忠：常获三是为了东北军不被汉奸拖入反共、反人民的泥潭，才兵谏东盘。而我却无力保护他，还要执行重庆总部的斥责命令。我对不起常获三啊！

郭维城安慰说：常师长会明白你的心意的。

于学忠想到什么：哦，万毅已被 111 师押送到了战区，我把他关在增山后监狱了。

郭维城大惊失色：万旅长被押送到了战区？

于学忠：是啊！我想先把他保护起来，看看再说。

郭维城：年初的时候，111 师陶参谋长报来万毅有“八路嫌疑”，至今也没有证据啊！

于学忠：是啊！常获三来电具保，要我释放万毅。可重庆总部命我看好他，不能跑掉，我能怎么办呢？

四、于学忠遇刺

初秋，临朐吕匣店子山东省府。

沈鸿烈听宁春霖报告常恩多病重难愈，不禁喜上眉梢：什么！常恩多病重？太好了！他一死，于学忠就失去了一只臂膀！

宁春霖阴森森地说：于学忠再一死，鲁苏战区总司令就是您的了！到那时候，您想建立山东独立国，不是随心所欲、顺风顺水了吗？

沈鸿烈激动得两眼发光：太是时候了！老子等得太久了，再也等不及了！

宁春霖：我已经把他带来了！

沈鸿烈：好！叫他进来！不，请他进来！

宁春霖说的“他”不是别人，正是因为江潮两个连起义而被于学忠撤职的 112 师 667 团 1 营营长韩子嘉。此时，韩子嘉正在总部参加集训，沈鸿烈看上他，是要派他去完成一项绝密任务。

一桌丰盛的饭菜前，沈鸿烈终于等来了韩子嘉：韩营长！你受委屈了！请！

韩子嘉看到饭菜，有些受宠若惊：沈主席有什么指示，尽管吩咐！

沈鸿烈很客气：韩营长请坐！

韩子嘉站在那儿，有些不知所措。

宁春霖：韩营长，坐吧，这可是沈主席专为你设的宴！

韩子嘉诚惶诚恐坐下：谢谢沈主席！

宁春霖倒上酒。

沈鸿烈端起酒杯，说：今天请韩营长来，是想商讨我与韩营长联手除掉于学忠一事！

韩子嘉没有意外，愤怒道：就是他，不分青红皂白撤了我的职，我现在连军饷也没了！老子跟他姓于的不共戴天！

沈鸿烈向宁春霖使了个眼色。宁春霖忙递上了一个皮包：这是沈主席给你的抚慰金！

看到一大包的钱，韩子嘉有些惊异：这么多？

沈鸿烈：只要韩营长把于学忠锄掉，大把的金钱还在等着韩营长呢！

韩子嘉沉吟：缪军长也被赶下台了，我韩子嘉也无主可投了！

沈鸿烈得意扬扬，又听韩子嘉坚定说：一不做二不休，卑职从现在起一切听从沈主席调遣，赴汤蹈火，在所不辞！

沈鸿烈似乎已经看到于学忠倒在了血泊中，他狂笑起来：好！干杯！

宁春霖：来！韩营长，干杯！

韩子嘉与二人碰杯后，狠狠地一饮而尽。

韩子嘉受领沈鸿烈的命令后，便开始寻找机会暗杀于学忠。可经过一段日子的侦察，他发现于学忠身边的警卫十分严密，只要于学忠离开办公的小院，警卫营长侯宜禄几乎步步紧跟，他难以下手。可随着时间的推移，他不能不加快刺杀的步伐，一是害怕夜长梦多，万一暴露他很可能被枪毙；二就是他迟迟不动手，也难逃沈鸿烈的追杀。韩子嘉知道，自己已被绑上了一辆只有向前冲锋的战车，他没有退路了！

这天，他终于等来了机会。他打听到于学忠第二天上午要来干部训练团上课。他沿着于学忠办公地到干训团的路线排练了好些遍，终于确定于学忠必然走的一条大街。于是第二天，韩子嘉选择了一处民房拐弯处，隐蔽了下来。

远远的，韩子嘉终于看到了于学忠。于学忠在郭维城陪同下正渐渐走来。侯宜禄和警卫营官兵紧紧跟随在于学忠和郭维城的身边。

一行人离韩子嘉隐藏的屋角越来越近。

韩子嘉用目测估算着于学忠渐渐走近的距离。终于，于学忠进入了他奋力一投的50米的手榴弹投掷区域。韩子嘉面露凶狠和得意，拧开手榴弹的保险盖，拉掉弹弦，奋力将手榴弹投了出去。

手榴弹在40余米的地方爆炸了。一片烟尘中，韩子嘉看到于学忠和一行人匍匐地上。他看清了，趴在地上的于学忠已经受伤，因为他身边的人都很紧张地忙乱起来。来不及弄清楚后面的情况，韩子嘉掉头就跑。

按照事前沈鸿烈规定的路线，韩子嘉拼命向八路军抗日根据地跑去。他穿山越岭，终于于当日黄昏进入根据地，安全脱身。

紧接着，战区总部所在地区盛传“八路军指使韩子嘉刺杀于总司令”的谣言。于学忠陷入了困惑。由于卧倒及时，于学忠只是右臂受伤，没有伤到筋骨，但他的精神受到了极大的创伤。算起来，这是他自遭受日寇三次暗杀之后的第四次了。

这天，侯宜禄把在外面听到的谣传报告于学忠。

于学忠很是恼火：扯淡！八路能叫韩子嘉来杀我？

侯宜禄很委屈：外面是这样说的，说是共产党指使韩子嘉来刺杀您！

于学忠心里没了底，转身问郭维城：郭处长，你信吗？

郭维城说：总司令，我不信！

郭维城欲言，于学忠有些迟疑问：难道，八路对我这个战区总司令没有及时制止摩擦而恼怒，才杀我？

侯宜禄神色黯然。

郭维城说：总司令，韩子嘉跑进八路军防地，这里面一定有文章！

于学忠心情压抑，说：我忽然倍感疲惫，你全权处理韩子嘉谋杀本总司令一案吧！

郭维城：是！

于学忠忽然气愤道：抓住凶手，严惩不贷！

郭维城坚定说：是！

忽然，于学忠身体晃了晃险些摔倒。郭维城连忙上前搀扶：于总司令！总司令！

于学忠：我没事。

郭维城摸到于学忠的手：你病了？你的伤口发炎了！侯营长，快去喊医生！

侯宜禄应着跑了出去。

于学忠心里发虚，难过地问郭维城：维城啊！你说，共产党真的……会杀我吗？

秋冬时分，八路军把韩子嘉交给了鲁苏战区审判。他们把从韩子嘉身上搜到的沈鸿烈的刺杀命令一并交给了于总部。

经过山东省高等法院的审讯，韩子嘉交代了沈鸿烈命他刺杀于学忠，并逃往八路军防地的整个事件经过。为置于学忠于死地，沈鸿烈费尽心机，他如此安排，既把暗杀事件转嫁给了八路军，又可让韩子嘉逃避军法追究，可谓一箭双雕。

自遭暗杀后，于学忠一直重病卧床。听完郭维城的审讯报告，他十分震惊：原来是这样！为了扫清他们卖国求荣路上的阻碍，居然买通我的部下，暗杀我这个战区总司令……

郭维城：总司令！

于学忠痛心：他们在做日本人做不到的事情，他们是汉奸——日本侵略者的走狗！

郭维城连忙相劝：总司令，不要动气。

于学忠满怀愧疚：之前，我还真以为是共产党八路军怪罪我没有制止属下搞摩擦，而要暗害我啊！

郭维城欣慰：总司令，现在看来，沈鸿烈是要置您于死地而后快啊！

于学忠强支撑起身体：只要我于学忠不死，抗日是铁心了！把材料收齐，如实上报！向蒋委员长和军政部报！我倒要看看，对于这样的汉奸行径，蒋委员长和军政部如何处置！

不久，在沂水圈里的战区总部，公开举行审判大会。

会上，省法院副院长当众宣布：判处暗杀战区总司令的112师667团1营营长韩子嘉死刑！立即执行！

侯宜禄一挥手，几个警卫架起韩子嘉就走。

在官兵一片“打倒汉奸、反对投降、坚持抗战”的口号声中，罪恶的韩子嘉被枪决了。

不久，蒋介石将沈鸿烈调离山东，任命其为国民党中央政府农林部长。

临朐吕匣店子，轿车等在路上。

沈鸿烈醉意熏天，在宁春霖及山东省府的高官和豪绅们护送下走近。

沈鸿烈停住脚步，环顾了一圈，见所有人都哭丧着脸，就豪气冲天地吼道：干嘛跟死了老子娘似的？都高兴些，笑起来！笑！

高官们和豪绅们悲伤着强作欢颜。

沈鸿烈狂妄说：他于学忠并没有把我怎么样嘛！我只是调离，调到中央政府当农林部长，不是去重庆赴死！

宁春霖喊：对啊！大家高兴些，高兴些！

众高官、豪绅们情绪昂扬起来，众人高声阔论：

山东，还是沈主席的山东！

我们不会追随他于学忠的！

沈鸿烈凶相毕露：我沈鸿烈虽然离开了山东，但我决不会轻易放过山东！

众人惊喜，凝望沈鸿烈。

沈鸿烈：吴化文和张步云，就是我放在山东的两颗定时炸弹！我要叫他于学忠白天吃不下饭，晚上睡不着觉，只要想起我，他就要做噩梦！

众人激动，忽然高兴地欢呼起来。沈鸿烈挥了挥手，众人安静下来。

沈鸿烈又说：不瞒诸位，我沈鸿烈怎么敢把山东送给日本人？怎么敢联合日本人打共产党八路军？没有上峰的指示，我敢吗？没有委员长的亲授机宜，我敢吗？

众高官和豪绅恍然大悟，连连点头。

沈鸿烈：所以，大家放心！我沈鸿烈就是走了，他于学忠也休想在山东立足扎根！山东，还是我沈鸿烈的山东！

众人鼓掌庆贺。

沈鸿烈把宁春霖叫到身边，意味深长道：宁处长，吴化文和张步云两师的事情，你要抓紧办。

宁春霖心领神会：请沈主席放心，我已经有很大突破！

沈鸿烈：早一天投靠日本人，我们的力量就早一天壮大。

宁春霖：是！卑职明白！

沈鸿烈：你亲自去见日军驻华北总司令……

宁春霖连连点头。

沈鸿烈又说：事成之后，日本方面和南京政权一定会把山东的军队交给吴化文，我保你当上他吴化文的参谋长，怎么样！

宁春霖感恩戴德，激动得连眼泪都出来了。如若不是众人在侧，他一定要跪倒叩拜。沈鸿烈体味到他心里的感激，信任地连拍了几下他的肩膀：年轻人，好好干，前途无量！

叮嘱完了宁春霖，沈鸿烈转身对众人说：于学忠为什么赖在我的山东，我料定他不投共产党，也会投日本人，他总要为自己找个靠山啊！

在宁春霖和众高官、豪绅连声附和和恭维中，沈鸿烈穷凶极恶吼道：于学忠！不把你和你的人马赶出山东，我沈鸿烈誓不为人！

五、陈绍先“智守”险关

进入8月，鲁南的夏粮大都收割完毕，陶景奎下令665团（欠1营）推进至大店地区，武装催征夏粮。665团原防地柳沟一带则交给了666团中校团附彭景文率3营和1营一部前往接替，以掩护665团行动。

彭景文率部到达指定指点后，把指挥部设在了李家鸡山，其西侧是鹊山，为此次军事行动的制高点，地理位置十分重要。

鹊山东挨李家鸡山，西距大店20余里，南北各有一条可通骡马的土路，为665团输送夏粮返回的必经之地。鹊山高约200余米，从东北向西南延伸300余米，顶部约200余米的平坦区域有石墙围绕。向西缓缓延伸千余米，才达山底。此山三面陡峭达75度，不易攀登，惟西面坡度仅有20度左右，整个形状成一不完整的马蹄形。在鹊山以少数兵力占领东北角，以主力控制石墙内，日可集中火力封锁西面缓坡，夜派出游动哨可提前发现敌情，并及时处置，是一处易守难攻的重要险地。

彭景文把鹊山的守御交给了7连连长陈绍先。

陈绍先接受任务后，内心十分矛盾。身为连长，守住阵地、确保665团后路畅通是天职，可他又是中共秘密党员，怎么能带兵打八路军呢？打，进攻的八路军势必伤亡惨重；不打，他的政治面貌立刻暴露，难逃杀身之祸……他想到了跑。可他跑掉了，后面还会有人接替他的任务同样给八路带来危害。忽然，他想到自己是跟随万毅一起来333旅的，万一他跑了，很有可能连累在押的万毅！他拿定主意：在此关键时刻决不当逃兵，他要“智守”鹊山！

占领鹊山后，陈绍先发现鹊山北面、东北面有八路军区中队和民兵袭扰抢粮的665团，他借此调整部署，将主力控制在东北面，而将极其重要的西面仅放了一个排。

这个排的排长姓谢，是刘晋武派到7连监视陈绍先的。他自恃后台硬，工作从来马虎懈怠。这天上午，陈绍先到李家鸡山指挥部汇报工作，对兵力部署避而未谈，下午回到阵地在望远镜里看到西面三公里处的高地上有许多人活动，他判定可能是八路军侦察地形，布置任务。他没有向彭景文报告，也没有对谢排长做特别交代，就回连部去了。

盛夏的夜晚，酷暑难奈。谢排长仅在石墙内放了警戒，就和众官兵纳凉去了。

夜深人静时分，八路军山东纵队5团的一个连沿西面缓坡悄然摸近，一顿手榴弹，谢排长和一个排的士兵一枪未放就被赶出了石墙。7连主力也跟着奔下山来，顿时，军衣、军帽、弹药、手榴弹丢得漫山遍野。

鹊山一失，李家鸡山失去屏障，处于八路军火力控制之下，彭景文不得不下令全营撤退。665团断了后路，没等完成任务就慌忙绕道返回原防地了。

就这样，经过陶景奎、刘晋武等一番精心组织的武装征粮，被陈绍先“智破”了！

接下来，陈绍先可就倒霉了。

陶景奎、刘晋武得知情况后，大发雷霆，一定要以“放弃阵地，不战而逃”的罪名惩治陈绍先。

幸运的是，这样的战斗不得人心，666团团长关靖寰、中校团附彭景文、3营营长赵开云等都坚决反对。最终，陈绍先被撤职，但未遭严办，躲过一劫。

六、“恨未到辽东！”

自1937年全国抗战开始，至1941年9月，在四余年的抗战中，111师牺牲5 000多官兵。为纪念烈士，铭记先烈的遗志，常恩多主持修建忠烈祠。

忠烈祠建在朱芦乡石场村西龟山东麓，原天齐庙故址上，占地7.5亩，建有烈士公墓，安葬了1 300多名烈士。常恩多为忠烈祠亲笔题写：忠烈祠，并为碑额题字：民族正气。

安葬的1 300多名烈士中，有很多是东北籍官兵。此后，八路军阵亡将士也埋在这里，他们生前与东北军将士并肩作战，死后仍不分离。常恩多并为每个阵亡的东北军将士树一石碑，希望有朝一日他们能回到东北老家去。

又过了些日子，在莒南纸坊师部小院里，常恩多躺在躺椅上，凝望远天，神情哀伤。感受着迎面扑来的萧瑟秋风，满眼是飘零的枯叶败草，常恩多心潮难平，苦不堪言。

刘万胜叹息一声：师长，万旅长老是押着，怎么办?

常恩多：只要我还有一口气，那些坏小子就不敢怎么样!

刘万胜忧心忡忡。

常恩多：我可以死，但万旅长不能死！他必须活着！他活着，才能实现张副司令的八大主张，才能延续东北军的生命，完成东北军的使命，才能打回老家去啊!

刘万胜连忙上前劝解：师长，你不要难过，万旅长会没事的!

一直企图合法斗争赢得万毅自由的常恩多，这时候不得不准备采用非法斗争。他想到了张苏平。

常恩多：去帮我找张苏平！快去……

刘万胜连忙应着去找张苏平。

张苏平躲过特务的跟随，来到常恩多面前：师长，你还好吧?

常恩多：不说我了。张参谋，我都听说了，学员队抗日的情绪很高，这很好，我们东北军后继有人了!

张苏平：师长，我还会继续努力工作。

常恩多：我想叫你去一趟圈里，亲自去战区总部找于总司令。你告诉他，万毅是抗日将军，是东北军难得的军事人才，张副司令对他也十分信任。不要再关押了，叫他看在我的老脸上释放他。

张苏平迟疑：如果……如果您的话，他听不进呢?

常恩多：听不进……你带上张德福，他和于总司令警卫营的侯营长，当年都是张副司令的警卫。你们要找到万毅被押的地方，看好周围环境。如果文的要不出万顷波，咱们就——武的抢!

张苏平明白了常恩多的心意，坚定说：师长放心，我一定办好。

常恩多：你见于总司令之前，先去见郭处长。

张苏平赶到沂水圈里鲁苏战区总部后，即和张德福分头行动。他首先找到郭维城打听万毅被押的地方。

郭维城说：万毅被押送到战区，就被关进了设在增山后的军事监狱。

张苏平：增山后?

郭维城：我也曾征询于总司令意见。常师长的话他不是不信，而是，他还不敢违抗重庆总部的命令。

张苏平：常师长愿以身家性命相保，换取万旅长出来。

郭维城：对于东北军的抗日将领，于总司令是爱惜的。一会儿，你见到他，多说说万旅长带兵抗日的事情。

张苏平心领神会：明白了!

在郭维城引导下，张苏平看望正卧病在床的于学忠。自9月遭到沈鸿烈派遣的刺客暗杀，于学忠就又气又恨地病倒了。此时，他正抱病休养。

郭维城报告说：总司令，常师长派张参谋来看您了！

张苏平敬了个军礼后说：总司令，你保重身体！我都听说了……

于学忠打断张苏平：常师长身体怎么样了？我也很惦记他啊！

张苏平难过：常师长不太好，又连续吐了几次血。

于学忠：你回去带我问候他，要他一定要保重自己，不要跟那些小人生气。还有，敌情稍有缓和，我就越过日莒公路去看望他！

张苏平：是，我一定带到。

郭维城：总司令，常师长交代张参谋一定向您介绍万旅长的情况。

张苏平欲言。

于学忠：万旅长是重庆军政部交办的要犯，不是想放就能放出去的。

郭维城鼓励的目光看向张苏平。

张苏平说：总司令，常师长一定要我对您说，万毅旅长是东北军的将才，他坚决抗日，不仅令敌胆寒，也叫汉奸们害怕。

于学忠面露为难。

张苏平：将来东北军要打回老家去，他是不能缺少的将才。

看到于学忠眼睛里流露出赞同，张苏平又说：常师长愿用自己的中将军阶和他的身家性命，为万旅长担保。他热切希望您释放万旅长！

于学忠：你回去告诉常师长，我不会杀抗战将领，永远不会做亲者痛、仇者快的事情。

张苏平：可是……

于学忠：去吧，去吧！

郭维城拉了张苏平一把。

张苏平起身：总司令，您保重！

于学忠挥了挥手，张苏平跟随郭维城走出房间。

张德福到总部后，即找到侯宜禄营长喝酒。

张德福殷切说：大哥，你要帮帮我，帮我就是帮我们师长啊！

侯宜禄豪爽说：那没得说！常师长领导锄奸，我们心里痛快得很哪！这叫我们仿佛又回到了36年底的西安城啊！那时候，张副司令领着我们捉蒋，逼将抗日，多带劲！

张德福伤感：可常师长没得到嘉奖，反被斥责，57军也解散了。

侯宜禄：唉！这就是老蒋的道理——投降有功，抗日有罪！

张德福：现在，我们师长又被气病了。

侯宜禄：老天不公道啊！

张德福：大哥！师长的病迟早是会好的，抗战胜利也是早晚的事情！

侯宜禄：这我信！咱们也一定能打回老家去！

两个人碰杯喝酒。

张德福小心看了看房门，见没有人走动，小声说：大哥，你把增山后军事监狱周围环境给我画张图！

侯宜禄狠狠心：拿纸笔来！

张德福从身边包里取出纸笔。侯宜禄边画边讲解：这里及其周边，有四个团的兵力，最近的在这地……

张苏平是以带着干训队的演出队去战区演出为名，而去执行此次秘密任务的。演出队回到莒南，张苏平即赶到纸坊111师师部向常恩多汇报情况。他把侯宜禄画的地图交给常恩多，说：师长！这是张德福从侯宜禄营长那里得到的增山后监狱的地图。

常恩多接过，认真端详，神情黯然：交给我吧，你别管了。

张苏平心怀歉意：我没能说服于总司令。

常恩多：他现在不听我的。但我相信，他不会杀掉万顷波的。

张苏平：郭处长也是这样保证的。

常恩多关切问：干二、三队的形势怎么样？

张苏平：干二、三队的队长很反动，三队副队长周谷性是进步的。在这两队担任教员的徐振宇、吕梦林、孙学仁、李复炎都是战时服务团的团员，思想进步，工作也十分有力。学员大多数也在我党的教育和影响下，积极坚持抗战。

常恩多欣慰，从手边拿起《阵中日报》赞赏道：刘祖荫他们几个，把这张小报办得很好，上面经常发一些抗日救亡的小评论，写得有理有据。这样的文章，鼓舞人心！

张苏平高兴：师长！你宽宽心，只要您用得着，这些人是革命的力量，都会追随您的！

常恩多信任地说：我知道。111师非要来第二次革命不可了！

张苏平：王秘书和曹秘书离开时，我都向他们保证，只要您在一天，我张苏平就坚守111师一天！

常恩多满怀感激：我知道，刘副官都告诉我了。谢谢你，谢谢！

张苏平：师长，于总司令要你保重身体，敌情稍有缓和，他就来纸坊看望您。

张苏平走后，细细查看增山后监狱地图，常恩多犹豫不决。于学忠不理睬他的请求，而增山后周围有四个团的兵力；因病重他已失去工作能力，陶景奎、孙焕彩和刘晋武把万毅送进监狱，他如强行动作，他们必定竭力阻挠。那时，他非但救不出万毅，还辜负了党交给他长期潜伏、积蓄力量、等待时机的期望，他要把111师带入革命阵营的理想也将化为泡影。常恩多陷入了两难境地。

常恩多艰难爬起，走向墙边。他从墙上摘下指挥刀，拔掉刀鞘。凝望闪烁着寒光的宝刀，他心潮澎湃：抗战呕心血，为的是争取民族解放，平等自由。四十年来复何求？回首思往事，肝胆欲碎。而今后，策马渡悬崖，拔剑还要削倭头！

看到常恩多挥舞战刀，刘万胜和徐文斌心疼地扑了上来：师长！

常恩多一个趔趄险些跌倒，终于在刘万胜、徐文斌搀扶下躺倒在床上。

入夜，雷声轰轰，电光霍霍。疾风猎猎，暴雨腾腾。

常恩多忽然惊醒坐起。凝望窗外疾风暴雨，他强撑起身体走到了门前，打开了房门。

常恩多高声吟诵：

夜半睡朦胧，忽闻雷雨声。

狂风如怒吼，好像赴敌兵。

惊我还乡梦，恨未到辽东！

狂风疾雨扑来，常恩多强撑身体，岿然不动，大声疾呼：恨未到辽东啊！恨未到辽东哇……

七、经危蹈险，不易其节！

在陶景奎、孙焕彩、刘晋武等一面大肆挥霍公款，请客送礼，巴结总部的高官以求继续高升发财，一面派出鹰犬四处搜捕“八路密探”、“共党嫌疑”，对内则进行监视、密捕和杀害的白色恐怖之下，留在111师的共产党人只能各自为战。

张苏平在干二队教书的同时，并兼任莒日联中校长职务，同时，他还教授几个班的数学课。战时服务团留下来的几个人开始时被分在四个小单位工作，为了便于监视和控制，除了在国民党政治部的三人未动外，陶景奎把其他人都调到了干三队当教员。

自“二·一七”反革命事件发生不久，111师工委负责人张苏平就与上级失去了联系，但他尽己所能，默默地继续做党的工作。111师干训队二、三队，是在“九·二二”锄奸后从部队挑选的进步士兵和从地方招收的抗日爱国青年。政治教育课程中的《大众哲学》、《社会科学概论》和抗日民族统一战线，过去可以公开讲，此时他们穿插在其他课程里不失时机地讲授给学员听，以焕发激励学员的抗战信心。干三队定期的时事述评和语文课被严密监堂，队长薛玉堂每课必到，并向陶景奎和国特们汇报。

即使是在这样残酷的环境下，刘祖荫和郑冷依然在政治部站稳了脚。他们俩编印的《阵中日报》，像当年抗日义勇宣传队编印的《烽火报》一样，继续向111师官兵宣传抗战的消息，激励官兵艰苦奋斗的精神，只是，表述的方式更需智慧。刘祖荫不时地写一些时事评论，供官兵分析国内外反法西斯战争形势做参考。

到了1941年底，刘祖荫写的一系列《日寇北进，还是南进》的小评论，在官兵中引起强烈反响。国特们及顽固派希望日寇北进打苏联，因为此时苏军正节节败退，而德国法西斯步步进逼，他们巴望着社会主义苏联失败、惨败。而刘祖荫的评论则从几个方面分析日寇极有可能南进。他一论再论反复强调正义在苏联人民一边，苏联必胜，希特勒必败。

果然，到了12月8日，日军偷袭珍珠港，发动太平洋战争，并对英美宣战。

并没有丝毫战略情报的刘祖荫，凭借坚定的抗战信念和苏联必胜的信心，他断定日军必然南侵，这不能不说是一次奇迹！

孙学仁、徐振宇、吕梦林、周谷性、李福炎他们对于学员的影响也正在逐步扩大，在学员中结交了很多朋友。由于干三队课程不多，几位教官商议后，又竭力说服队长，组织起学员大唱抗日救亡歌曲，活跃部队生活，鼓舞了士气，把干三队实际办成了宣传队。

张苏平正是利用干三队到战区总部演剧的机会，到总部与郭维城联系，并了解到万毅被关押的准确位置。

常恩多对恢复健康、重新工作一直充满了信心。可是，他的病情不见好转，相反却越来越重。他心急如焚、焦虑万分。1941年11月14日，他在笔记本上写道：

> 余为除压迫，争真理，博取人类自由，哪想所处环境日非，不见成绩，精力已将尽，不能工作，令人焦急！

在接下来的日子里，回想蒋介石及其统治阶级的腐败无能，他写道：

> 扶持封建，以为爪牙，犹想成功，千古安有是理？
>
> 台上利己者遍布，欲求民族解放，断无是理！
>
> 汉奸祸国，可以逍遥法网之外，锄奸救国，反受多方无情压抑！
>
> 台上贪污满布，包而不办，党人结党营私，施政先求利己，扶持古董，压抑青年，教育力求奴隶化，假公造就一群爪牙。
>
> 恶势力不去，欲求民族解放，断无是理。文化是超过时代的一条光明导线，到现在呢，时代是已经紧跟着这条导线向前发展着，那本图谋自己发财的经济，亦快成废物了！

1942年元旦前夕，111师在四川的家属和孩子们历经千辛万苦，终于抵达鲁南。

当女人们和孩子们一个个面容憔悴、衣衫褴褛、疲惫不堪走来时，111师的军官们都诧异了、心酸了。两个队伍会合后，终于找到亲人的女人们和孩子们扑进自己男人或是父亲的怀里，哭啊，打啊，直到累得瘫倒地上。军官们开始还咬牙硬挺着，后来就搂紧老婆孩子哭成泪人一团了。那些死了丈夫的寡妇们，没了父亲的孩子们，则站在一旁眼里噙满泪花，愣愣地怔怔地注视着眼前的男人们和女人们。

常恩多的妻子王树军手牵小育平，在人群中寻找丈夫常恩多。可她找啊望啊，却没有看到常恩多。正在期盼时，刘万胜忽然拉住了她。

小育平这年刚六岁。看到了刘万胜，她相信她和妈妈已经找到了爸爸。她松开妈妈的手，跑在了刘万胜的前面，她呼喊着“爸爸、爸爸、爸爸”，向师部的小院跑去。

在刘万胜指引下，小育平欢快地呼喊着跑进了小院栅栏门。

常恩多听到了女儿的呼唤，急切地叫徐文斌搀扶他颤巍巍迎出房门。看到了跑进小院的女儿，他高兴呼唤：育平吗？爸爸的宝贝！

看到常恩多，小育平忽然刹住脚步。脸色铁黑、骨瘦如柴的常恩多仿佛一阵微风也能吹倒。小育平诧异：这是爸爸吗？

常恩多伸出双臂：来啊！平儿！叫爸……抱抱！

育平没动，陌生地凝望常恩多。

常恩多：我是你……爸爸啊！

育平惊恐，忽然放声大哭。

常妻和刘万胜跑近时，小育平泪如雨下，哭声正高。看到病入膏肓的常恩多，王树军掩面而泣。小育平转身扑进妈妈怀里，悲声依旧。

常恩多热泪盈眶：平儿！平儿她妈！你们终于回来了！

王树军忽然想到一句老话：小孩子见谁就哭，谁就离死亡不远了！

王树军脸色骤变，举手狠狠打向女儿：不许哭！不许哭！不要哭！你给妈闭嘴！不要哭……

育平的哭声在继续。她小小的年纪哪里知道那句老话，她更不懂得一贯喜爱自己的妈妈怎么忽然变了脸，并举手打她。

常恩多咳嗽着制止妻子：你不要打女儿，她还小，不懂事……

王树军终于停住了手，凝望常恩多，悲声而泣：他爸！你……你咋成这个样子了？

常恩多疲惫地靠在躺椅上，妻子的手被他紧紧攥住并放在胸前。

王树军：我们好几百人分成了三拨，白天歇，夜晚走，不知道跑过了多少条被日本人占的公路、铁路，也不知道趟了多少河，死了好几个弟兄，终于走到了山东！

常恩多：我们这些男人无能，叫你们娘们儿和孩子们受罪了。

王树军伤心：可俺不明白，你咋就病成这样？

常恩多安慰说：我没事，你们来了，我就放心了。你带好咱闺女。

王树军连连点头：儿子都很好，他最近给你来信没有？

常恩多：我很久没有收到他的信了，也不知道他现在是不是还在延安。

王树军难过，轻声饮泣。

常恩多安抚道：你们来了就好，来了，一切都好办了！

王树军为常恩多盖好毯子：俺懂。你在干大事，俺和闺女不拖累你。

常恩多宽慰地拍了拍王树军的手：放心吧，我要干一件大事、大事！

常恩多在等待时机，他要用武力把万毅解救出来，然后把111师的军权交给他，然后把队伍拉到八路军那边去，这便是他今生最后的“大事”！

可是，还没有等到常恩多完成他的“大事”，刘祖荫遭政治部国特们的嫉妒，在政治部度日如年。他暗自打算离开111师，恰在此时，张苏平找到他。两个人避开众人视线，来到了村外树林中。

聊了一阵工作，张苏平说：小刘，你在政治部的岗位很重要，一定要坚持下去。

刘祖荫感觉张苏平知道他的政治身份，可他仅凭感觉猜测张苏平可能是共产党员，并不知道他是共产党在111师里的领导人。

刘祖荫不敢贸然发问，只是支支吾吾应了两声。

张苏平又说：刘祖荫同志，你前个阶段的工作我都看到了，很好！我能理解你的不容易，你一定要保护好自己。

刘祖荫有些迷惘地看着张苏平。他努力体味着张苏平的暗示，感觉张苏平似乎非常明确地知道他的政治身份。

张苏平看出刘祖荫的疑虑，亲切唤道：亥！亥！

刘祖荫下意识应了一声：嗨！

见有人走进树林，张苏平信任地拍了拍刘祖荫的肩膀：记住我的话，亥！

张苏平向树林外走去。

刘祖荫恍然大悟——“亥”是他的代号，是最后一个撤离的中共秘密党员的代号！

刘祖荫跑了几步，眼含热泪凝望渐渐远去的张苏平背影。张苏平停住脚步，回眸微笑。刘祖荫热泪盈眶，在心里呼喊：张苏平同志！我终于找到党了！我找到了！

第二十五章

情势陡转

一、跳出包围圈

1942年2月5日，日军12军19个大队2万余人开始“扫荡”临朐、博山以南地区。位于鲁中腹地徐庄、圈里的战区总部开始准备转移。

增山后监狱里关押着两个人，一是万毅，一是八路军联络参谋龙光。这天夜晚，万毅听到几个人闯进监狱进了隔壁的牢房，龙光欲喊未喊就被捂上嘴拖了出去。第二天，于总部转移，万毅被特务4连押着，他发现同牢的龙光不见了，而龙光的皮大衣却穿在一个副班长身上。休息时有人问龙光的去向，副班长说：别问了，昨晚捅死了！

7日，于学忠迟迟没有等到前来救援的51军，便亲率总部机关由日莒公路以北向日莒公路以南的甲子山区突围。8日，于总部被日军包围于台（台儿庄）潍（潍坊）路北的园河村一带，急得一些平日里只顾贪污腐化的官员们惊慌失措、进退两难。入夜，于学忠仅率骑兵连突围成功，而总部机关在参谋长王静轩带领下仍停留在小村庄里，不知所措。午夜后，万毅见部队迟迟不动，十分焦虑，便询问4连长金万普：金连长，我们为什么不前进了？

金连长歪戴帽子，有些不屑：万旅长，你现在就是个囚犯，跟着跑就是了，瞎操啥心啊！

万毅强忍焦躁：我们在这里，难道等天亮当俘虏吗？

在金连长押送下，万毅来到王静轩面前。王静轩曾任东北讲武堂的总队长，和万毅有师生之谊，他对万毅倒还和气。

万毅问：老师，我们老在这里等什么？还不快走？

王静轩：情况不明，等情报呢！

万毅：不能再等了，乘天黑快点冲过台潍路。否则，我们很可能被日军包了饺子！

王静轩迟疑：可台潍路上，到处是日军的封锁部队啊！

万毅坚定判断：偌长的一条台潍路，鬼子不会摆满的！

王静轩眼睛一亮，递上地图：你详细说说！

万毅在地图上指划，说：贴着汀沟，奔小窑方向穿过去。这段路是反动会道门万仙会的地盘，他们的头子——大汉奸于经武就住在小窑，鬼子不会到这里来！

王静轩犹豫不决：万仙会的人打我们怎么办？

“万仙会”是日寇、汉奸和国民党顽固派卵翼下的一个反动迷信组织，它的总头目是莒县汀沟的大地主、大汉奸于经武。他们借群众中的封建迷信思想，采取“吃拥饭”、“滚雪球”的办法，强迫群众武力袭击过往的抗日部队。

万毅信心十足：万仙会力量有限，咱们大队通过，他们轻易不敢阻拦！

王静轩：可是，我们没有向导啊！

万毅：这一带地形我熟悉。如信得过，我领4连在前面带路！

王静轩坚定信心：好！你带特务4连在前面，总部机关紧跟在后，通过台潍路，南下甲子山！

就这样，除了队尾有一点损失外，战区总部机关安全通过台潍路，继续南下甲子山区，特务团率2营，包括万毅驻于家风台一带。

终于和总部机关汇合时，米团长见到了于学忠。

于学忠终于松了一口气：米团长，你们总算跳出了包围圈，可喜可贺啊！

米团长：总司令，多亏了万毅旅长跟在总部机关。否则，我们就被敌人包圆儿两次了！

站在一旁的郭维城闻声欣喜。

于学忠说：万毅对这一带地形熟悉，有作战经验，有情况，你多找他研究。

米团长迟疑：可他有共党嫌疑啊！

于学忠挥了挥手：什么共产党，我看他不像！

米团长：是！

米团长汇报完情况要离开，郭维城追上。他从身上摘下手枪套：米团长！鬼子的“扫荡”来得凶猛啊，我想把这把手枪给万毅用，你看没问题吧？

米团长接过枪套，拔出手枪摆弄，连声说：没问题！没问题！

米团长趁郭维城不备，把手枪撞针取掉，揣进了口袋。

由于反“扫荡”形势残酷，郭维城希望这把手枪能帮万毅自卫。他跟随米团长来到万毅休息的地方。

米团长递上手枪套：万旅长，这把枪是郭处长给你自卫的，你拿着吧！

万毅接过枪：谢谢郭处长！

郭维城走上前：怎么样，生活上有什么困难，可以跟我讲。

米团长：于总司令说了，万毅不可能是共产党，他还叫我遇事找你商量呢。

万毅先是对米团长笑了笑，然后对郭维城说：没什么困难，吃得饱，睡得香。你代我谢谢于总司令！

郭维城：好的！

万毅把枪套背在身上，后来在一次擦枪中，才发现撞针已被取掉。

突围成功后，战区总部安全到达甲子山区111师防地，驻扎在被称作“一溜采”的地方。一溜采，即张家采、宋家采、李家采、刘家采和张家石汪，于学忠的驻地距111师师部驻地纸坊仅四五里地。万毅继续被特务团看押，留在日莒公路以北。自此，特务团改善了对万毅的态度和伙食，看守也不那么紧了。

战区总部进驻111师防地的第二天下午，于学忠在郭维城陪同下，前来纸坊探望病中的常恩多。

看到常恩多瘦骨嶙峋、面容铁黑，于学忠和郭维城眼窝都热了。

于学忠关切问：常师长，你还好吧？你瘦得不成样子了！

郭维城：获三兄，总司令惦记你，总部刚在李家彩落脚，他就带我来看你了！

常恩多满怀感激：谢谢！我不足为惜。总司令可知道张副司令现在的情况？他什么时间能被释放出来？

于学忠神情黯然：去年，我派郭处长去重庆和东北军元老商议解救张副司令事宜，难啊！目前，张副司令仍被关押，毫无被放的消息。

常恩多：老蒋官报私仇，违反“双十二”协定，至今不释放张副司令，还听他谈什么抗日救国？我作为一名东北军人，为实现张副司令的主张，自然是责无旁贷。不然，我怎么对得起还在狱中的张副司令？怎能有脸活着回去见东北父老？

说着，常恩多热泪已滚滚而落。于学忠、郭维城闻之悲伤。

常恩多：我一定要为张副司令团结抗战主张奋斗到底！

于学忠热泪也流下来：我深知你的一切，我们是一致的！你放心吧！

常恩多：万毅……他还好吧？他现在被押在哪里？

于学忠：他还好。他现在被押在总部的临时监狱。

常恩多：万毅至今被押，我有责任。万毅是东盘锄奸的功臣，怎么能这样对待他呢？

于学忠：你先别急，慢慢来！

常恩多：我拿我这个师长保万毅出来，不行吗？

于学忠难过：还不行！

郭维城、常恩多悲哀。

于学忠满怀真诚：常师长，“九·二二”锄奸后，我对你的处置不公，很觉得对不起你啊！

常恩多：我知道，那不是你的本意，那是老蒋的意思，不怨你。

于学忠：你好好养病，愿早日康复。你肩负着111师抗战的大业啊，111师不能没有你啊！

郭维城：常师长，你保重，我们走了！

常恩多恋恋不舍：就走吗？

于学忠：公务太多了。总部刚来，好些事情呢！

郭维城面露悲伤，他是愿意再和常恩多多坐一会儿的。

常恩多：那好吧，我就不送总司令了！郭处长！

郭维城：获三兄！

常恩多：住得近了，你可要多来看我！

郭维城理解了常恩多话里的意思：是，我有时间就来看望您！

于学忠和郭维城离开后，刘万胜关切地上前给常恩多掖军毯。

常恩多说：这些年来，人情冷暖，世态炎凉，我看得多了。于学忠这个老顽固，是不是想来沾部队？

刘万胜若有所思。

2月中旬的春节前夕，日军分东西两路袭击进入甲子山区的于总部。

这天天寒地冻，大雪飘飞。事先，111师参谋处已得到敌伪据点增兵的情报，刘晋武也下达了“谨防敌袭”的手令。可派出的侦察分队没走多远，就被大风雪刮了回来。夜深人静时分，日军宫下第13旅团一部偷袭总部，从333旅防地穿过，碉堡里的哨兵听到了大道上踏雪行进的沙沙声，可跑出来喝问，只听雪啸不见人影。日军已插向桂山脚下的忠烈祠。

拂晓，日军进攻师部驻地纸坊西门、石场南门，与工兵营接上火。陶景奎的住处被日军前哨袭击，吓得他连滚带爬跳窗户逃出后仓皇跑进了常恩多住的小院：师长……不好了，鬼子进村了！

常恩多：不要慌！什么情况？

陶景奎：鬼子袭击我们来了，把我的哨兵都摸了！

常恩多：坚决冲出去，死也不能当俘虏！你赶快指挥部队从东门突围！

陶景奎浑身哆嗦：可是，他们人多……

常恩多对左右：我亲自指挥！抬上我，走！

刘万胜、徐文斌和几个士兵用军毯、灰被把常恩多包裹好，抬起藤椅冲进风雪中。

纸坊村里，人喊马嘶，部队有些混乱。

张德福、王宗芳等紧紧护卫在常恩多前后。

常恩多坐在藤椅上：叫骑兵连火速迎敌！

刘万胜大喊：骑兵连火速迎敌！

骑兵连长跑近：报告师长，骑兵连还没有准备好！

常恩多对王宗芳：叫工兵营上去，一定要挡住敌人！

王宗芳跑去了。

常恩多很是气恼：枪声响了半天了，你骑兵连竟然还没有准备好，要你们干什么？传达我的命令，撤掉张连长骑兵连职务，副连长升任连长！

骑兵连长敬礼后，懊恼地离去了。

激烈的枪声传来，张德福跑近：师长，咱们撤吧，工兵营和敌人接上火了！

常恩多：撤！通知部队到刘家东山集结，掩护于总部转移！

接着，常恩多躺在躺椅上，在刘家东山集合部队，掩护战区总部转移。待日军东路部队赶到，战区总部和 111 师已跳出敌人包围圈。

111 师进入莒南北泉头村，大街上的院墙上到处涂写着“打倒奸匪”的大幅标语。常恩多看到标语，十分恼怒：他妈的！和八路打仗就够丢脸的了，还写在墙上，真不知羞耻！叫参谋长过来！

刘万胜跑去，把陶景奎叫到常恩多面前。

常恩多指着标语，气恼地说：眼前放着日本强盗不杀，放着头号大汉奸汪精卫不锄，而专门打坚决抗战的朋友，岂有此理！

陶景奎脸色难看。

常恩多：叫人把它给我抹掉！

陶景奎很不情愿应着。不一会儿，几个参谋提着盛满白灰的水桶，用刷沾灰涂抹在墙上，标语渐渐被覆盖。

陶景奎望了一眼疲惫躺倒藤椅上的常恩多，迟疑不决说：师长，前面就是八路军的防地了，我们怎么办？

常恩多：怎么办？我们不打鬼子，而专打八路，现在还有脸去求人家吗？

陶景奎知道常恩多在责怪他，但他心里并不服气。

忽然，孙立基跑近：师长！八路军二旅的景政委来看您了！

常恩多惊喜，艰难撑起身体。陶景奎警惕而恐惧地望去。

景政委在三两个警卫人员护卫下走近：常师长！常将军！

常恩多伸出手：景政委！你好！

景政委：常将军，你好！

常恩多：我们又见面了！太好了！

景政委：常将军，我们很怀念和 111 师并肩杀敌的那些岁月啊！

常恩多热泪盈眶：我也是、我也是啊！

景政委真诚道：但愿那些摩擦不会再发生了。

常恩多：不会、不会了！只要我姓常的在一天，就不会！

常恩多目光如炬，瞪了一眼陶景奎。陶景奎胆怯把目光移开了。

景政委感激：无论是八路军，还是东北军，我们只有团结抗战，才能取得抗日的最后胜利啊！

常恩多：我也是这么想的！

景政委：我听说你病了，现在身体好一些吗？

常恩多：尚无大碍。不说我，先说说你，你来就为看我？

景政委：不！我来，是想请贵军暂到我八路军防区休整。

陶景奎深感不安。他担心的是八路军会不会趁火打劫。

常恩多喜出望外：你来，是请我们到八路军防地休整？

景政委真诚道：是的！我们得到战区总部和111师遭到日军奔袭的消息，很是焦虑，已命令一些部队向边缘地区转移，空出的防区让给总部和111师休整。

孙立基热泪盈眶，他想：这就是常师长一直梦寐以求要参加的队伍！这就是我日思夜想要加入的部队！可，什么时候才能梦想成真呢？

孙立基抹掉眼泪，看到远远近近的官兵一个个也都热泪盈眶，又想：如果常师长要干八路，111师定会大有人追随的！

常恩多激动地握住了景政委的手：谢谢！谢谢！我们去！我们去！

常恩多硬挺起身体：大家都看到了！我们打人家八路军，可八军路在我们111师危难的时候，却主动让出地盘给我们休整！大家都是有良心的中国军人，再不要打友军，八路军是我们东北军永远的朋友！

二、尽心竭力

尽管111师在反“扫荡”中得到八路军无私的帮助，但陶景奎和国特们并不买账。这天，陶景奎和龚晓清终于找到了报仇的机会。

在日照县刘县长亲自动员和带领下，一些乡亲推车、挑担，把他们从自己口中省下的粮食、白菜、大葱等物资给111师送来了。在送粮队伍中，一辆小车格外引人注目——车上捆着两头乱蹬四脚、连声哀号的肥猪。

这一次的慰劳队伍，虽远远不及111师刚入鲁和锄奸胜利后的慰问规模，但对于一年多来热衷搞摩擦、专心打八路的111师，这已是可望而不可即的了。665团团长张绍骞、团附王铁权面带愧疚，代表官兵接受了乡亲们的馈赠。

刘县长：张团长，王团附，收下吧！东西虽不多，但都是乡亲们的心意啊！

王铁权：不瞒您啊，刘县长，我们已经很久没有看见猪跑了！

刘县长：给官兵们改善改善生活，也是我们日照老百姓的心愿啊！

张绍骞满怀了愧疚：可是，我们之前干了很多对不起乡亲的事情，我们……

刘县长大度道：张团长！不愉快的事情过去了，只要今后111师坚持抗战打鬼子、锄汉奸，我们日照县抗日政府和老百姓，还是一如既往地支援你们、拥护你们啊！

张绍骞上前一步紧紧握住了刘县长的双手。

官兵们看到了猪，兴高采烈地忙活着卸车，不亦乐乎。

陶景奎在龚晓清、侯小鲁等国特们簇拥下，气势汹汹走近。

陶景奎喊着就来了：怎么回事怎么回事？啊！乱哄哄的成什么样子！

龚晓清煞有介事：在军营里又吵又闹的，你们想干什么？

众官兵像避瘟疫一样，迅速让开一条路。陶景奎、龚晓清、侯小鲁等走近刘县长。

陶景奎脸色骤变：是刘县长啊！你来又要找什么麻烦啊？

刘县长欲言，张绍骞满脸堆笑，连忙迎上：啊！参谋长，刘县长是来给弟兄们送礼的。

侯小鲁：礼？什么礼啊？

龚晓清又踢又踹：就这些破破烂烂的东西，也算得上是礼？

张绍骞、王铁权和官兵面露不平。

刘县长走上前，义正词严说：陶参谋长！龚主任！东西不多，也算不上好。但这些东西，却都是老百姓的口粮和家里唯一的东西了！

陶景奎和龚晓清、侯小鲁面露不屑。

张绍骞：不！虽然不是什么精贵东西，可都是我们现在急需的，我们没有啊！

龚晓清、侯小鲁脸色骤变。

龚晓清：这恰恰是共产党、八路军拉拢我东北军的阴谋和伎俩！那句话是怎么说的？

侯小鲁赶紧接话：吃人家的嘴软，拿人家的手软！

龚晓清：对！今天你们吃了人家了，拿了人家的了，明天战场上还打不打？

陶景奎乘势大发雷霆：张团长，我命令你们，就是饿死，也不能要八路军刘县长的东西！

众官兵在压抑了片刻的愤怒之后，不得不在龚晓清、陶景奎的淫威下缄默息声。王铁权走近张绍骞：团长，把猪留下！

几个军官也走上前，小声说：团长，把猪留下吧！

张绍骞转向陶景奎等：参谋长！龚主任！就听你们的，其他东西我们不要，但这两头猪，我们要留下！

龚晓清两眼一瞪，露出一副凶相：张团长，你敢！

陶景奎用命令的口吻说：张团长，所有东西一概退回！

张绍骞畏难：那猪……

侯小鲁立刻就打断了张绍骞：猪什么猪！

在王铁权的带领下，官兵们声援张绍骞，纷纷嚷嚷：

参谋长，我们有好久没有吃到猪肉了！

是啊，就把猪留下吧！

把猪留下！把猪留下！

侯小鲁忽然掏出手枪：想造反吗？都后退！后退！

张绍骞挥了挥手，示意众人后退。王铁权和众官兵后退了几步。

见状，陶景奎盯住板车上正“嗷嗷”大叫的肥猪，阴阳怪气道：这猪能吃吗？这猪明明有毒啊！听听、听听！啊，这猪叫得多惨，听起来就有毒！

刘县长心里十分难过，乡亲们也愤愤不平上前理论，被刘县长拦住。王铁权和张绍骞脸上都布满了悲伤。只见陶景奎转身对刘县长说：拉走！都拉走！我们不要！

龚晓清和侯小鲁等国特们更是嚣张，上蹿下跳：拉走！全拉走！

张绍骞无奈：刘县长，都拉回去吧！

刘县长迟疑了一下：好吧！

就这样，乡亲们挑上担、推起车掉转方向，一步步离去。

张绍骞、王铁权哀叹一声，无助地望去。

刘县长忽然站住脚，满怀信心回转身说：张团长！王团附！111师的弟兄们！只要你们坚持抗战，坚持打鬼子、锄汉奸，我们八路军就永远是你们的友军！日照县人民就还来慰问你们，还来犒劳你们！

在张绍骞、王铁权和官兵们盈盈的泪光中，刘县长和乡亲们渐渐走远了……

心情苦闷的张绍骞找到师长常恩多诉说事情的经过。

常恩多躺在藤椅上，很是气愤：简直胡说八道！那猪不是在叫吗，怎么就有毒呢？

张绍骞：是啊！我们都听到猪叫，看到那猪活蹦乱跳的！可陶参谋长硬说有毒，不让我们要。师长，我很苦闷，不知道今后该怎么干！

常恩多坚定说：怎么干？——坚持抗战，直到打回老家去！

张绍骞精神抑郁，心情悲伤：可是，老师，回老家的路太远了、太长了，我看不到啊！

张绍骞，1909年生，辽宁辽阳人，字佩武，东北讲武堂七期毕业，是常恩多的学生。抗战开始头几年，他还能满怀信心坚决抗战，可自“九·二二”锄奸后，常恩多和111师没有得到国民政府嘉奖，反而受到蒋介石及重庆总部斥责，57军又被取消建制，尤其自1941年以来，111师一面应付日军“扫荡”，一面掉转枪口攻击帮助自己的八路军和老百姓，他陷入了痛苦的迷惘之中。他不知道这样下去东北军还能不能打回老家去，东北军还能不能等到打回老家去的那一天。

常恩多安抚道：佩武，别灰心啊！回老家的路无论多远、多长，我们都要走啊！我们是东北三千万父老用血汗钱养大的军队，他们还在受苦，还在眼巴巴盼望我们回去，我们不能叫亲人们失望啊！

张绍骞充满了怀念，说：师长，“九·二二”锄奸后，部队士气很高，和友军的关系也很好，我们还并肩打过一些大仗、小仗。那时候，弟兄们都说，111师现在真的是一支抗日的部队啦！

常恩多神情痛苦：是啊！

张绍骞：可是现在，我们不打鬼子，鬼子却奔袭几十里地攻击我们；我们专打八路，人家八路却不计前嫌，把根据地让给我们，使我们能够休整，还组织老百姓慰劳我们，我们却说人家的东西有毒拒绝接收……我不知道，我们到底在干什么？我们的出路在哪里？师长，你告诉我，你训导我！

常恩多：佩武啊，你能想这些事情，好啊！

张绍骞：师长，官兵们在私底下都说，111必然有第二次革命，否则，否则死路一条啊！

常恩多暗惊，他不知道自己的心事是不是已被他的学生——张绍骞洞察。张绍骞忧心忡忡又说：师长，我还能等到吗？

常恩多深情地凝望张绍骞，坚定地点了点头：111师只有坚持抗战，才有出路。我们只有继续打鬼子，团结友军，才有打回老家去的那一天！

张绍骞郑重点头，哀伤地哭求道：师长，你要赶紧好起来！你好起来了，111师才有希望、才有前途啊！

常恩多连连点头。

111师政治部反“扫荡”时，住到了街上村。可突然发生的一件事情，使刘祖荫措手不及，甚至陷入死亡困境。

部队住下后，姓陈的秘书好奇而无知，摆弄挂在墙上的土炮。不料，土炮走火，轰然一声，老乡家的土墙被炸开了个大洞。可为了掩盖蠢行，龚小清在调查事件后竟编造谎言，说八路军暗探袭击111师，企图谋刺长官！

当时，郑冷正好在现场，就把这件事情揭穿了。这下又引起了龚小清和政治部特务们的嫉恨——他们以“疏散”为借口，把郑冷和刘祖荫送到了莒县龚小清一个关系人家中监视居住。

刘祖荫感觉到政治部特务们对他们的仇恨，决定趁机离开111师。可就在他策划好逃离路线准备离开时，不意又患上了重感冒，高烧不退。房东请来了村里的土郎中给刘祖荫诊治。郎中摸了摸脉搏，说：准备后事吧！

鬼子撤走后，111师和战区总部回到了原防地。常恩多躺在藤椅上，被抬着绕道去看望干二队和三队学员，刘万胜、王宗芳等寸步不离地守护在左右。

这天早晨，大雾弥漫，十几步外不见人影。队伍正在前进，忽然从前方传来隐隐约约的说笑声和马嘶声。

走在队伍前面的王宗芳连忙掏出手枪：卧倒，准备射击！

手枪兵们如临大敌，十分紧张，纷纷寻找隐蔽射击的位置。

常恩多被惊醒，挣扎欠起身：不准打！你想打谁？

说笑声越来越近，原来前面开过来的是八路军搞生产的驮盐队！

王宗芳松了一口气：师长，你咋知道是友军呢？

常恩多：用心想。

王宗芳仔细琢磨，终于想明白：此地就是抗日民主根据地啊，如此愉快的队伍肯定是八路军啦！他满脸通红：师长，我想明白了！

常恩多在手枪兵保护下，来到一片树林中看望干二、三队的学员们。

学员们正在休息，散布了一片。张苏平、孙学仁、吕梦林、周谷性等战时服务团的团员们看到了常恩多，喜出望外。但经历了“二·一七”事件，他们学会了在大庭广众之下掩饰内心的感情。

队长薛玉堂匆忙迎去。

常恩多问：这次转移，干部训练队有学员掉队吗？

薛队长：还好，都跟上来了，没有损失。

常恩多的藤椅没有停止，继续走到学员们休息的地方。众学员忙起立，并向常恩多敬礼。张苏平、孙学仁、吕梦林等纷纷向常恩多敬礼。

常恩多环视众人，缓缓举起手还礼。

张苏平及教员和学员的眼泪就都掉了下来。众人深情凝望着常恩多，一旁的陶景奎见状心生嫉恨。他忽然想起孙焕彩曾对他说过的那句话：干三队的都是八路崽子！他想：常恩多和干二、三队感情深厚，这与他同情共产党不无联系！可同情毕竟不是参与，他陶景奎不能把他怎么样。想到此时，他不免更加失落和遗憾。

常恩多对薛队长说：按照现有条件，你们要把这些学员培养好，管理好，不要误人子弟，不要忘记我们办训练班的目的！

薛队长连忙说：是！是！请师长放心！

常恩多看向张苏平、孙学仁等男女教员：你们辛苦了！

张苏平：师长保重！

孙学仁、吕梦林都热泪盈眶：师长，你保重！

常恩多：我没事！

常恩多转向陶景奎：陶参谋长！不是还有军官名额吗？给他们安排了没有？

陶景奎小心说：给安排了！

常恩多转向张苏平、孙学仁等：你们做了好多抗战的组织工作，111 师要永远记住，我常恩多永远记住！好好工作，教育好这些青年，他们是祖国的希望和未来！

张苏平、孙学仁、吕梦林等齐刷刷向常恩多敬礼：是！师长！

陶景奎总是能在行使职权中，找回他在其他事情上的心理失衡。

111 师返回莒南纸坊后，不少掉队的士兵陆续回来。这天，骑兵连的一个士兵因为走错了路，误入八路军根据地，鬼子撤走后，八路军连人带枪把他送了回来。临走，当地老乡还送给他一双新鞋。这本是八路军对 111 师的友善，然而，在陶景奎看来，却是对他权利的挑衅。他诬蔑这个士兵投奔八路，命人把他五花大绑了起来，并要军法处审判枪毙。

陶景奎要借此事刹一刹 111 师里那些要团结友军的官兵的威风，他倒要看看还有谁再敢和八路来往。此事很快被常恩多闻知，他派人把陶景奎找来，及时制止，并痛心叹息：你看看你干的这些事！我们怎能把兄弟当坏人，又怎能把朋友当敌人？岂有此理！立刻把人放了，今后不许再有这样的事情！

陶景奎很不服气地应了一声。

常恩多又说：不要光想着跟八路军搞摩擦，不干正经事，结果总部刚到我们 111 师驻地，“老将”就被鬼子将了！究竟是什么原因？要追查到底，不管是谁，该罚的罚，该撤的撤！

会议接连开了好几天，布防在外围的333旅旅长刘晋武慌了手脚。他感到罪责重大，为了掩人耳目，向上交差，他很快就撤掉了666团一营营长。也有人提出疑问：这一次小鬼子偷袭总部差点成功，会不会就是刘晋武通敌所为？此话北非空穴来风，一是刘晋武的叔丈人富双英此时就在南京伪政府里做高官，二就是刘晋武抗战消极，并不时流露出汉奸言论。

躺在老乡家的炕上，昏迷的时候，刘祖荫什么事情都不知道；清醒的时候，他又急又恨；他急不能立刻脱离111师，奔赴他向往很久的自己人的队伍，他恨自己在这关键而绝好的脱逃时机竟然躺倒了！

可无论刘祖荫怎么配合郎中治病，灌下多少又苦又涩的中药，他的病就是不见好。这天，他又昏迷过去。

一觉醒来，刘祖荫发现自己已经被抬回了111师。原来，见他久病不愈，郑冷怕他死掉，就匆忙和几个老乡把他抬了回来。

刘祖荫错失了一次逃离的机会，便暗自盘算：只有张口请假了。他病情稍好，还没来得及张口，就被叫到操场上听候周复训话。

周复站在111师政治部队伍面前，破口大骂共产党，并气势汹汹要肃清共产党，要严管部队，决不能让一个共产党混进111师！

听完周复训话，刘祖荫感到政治空气更加沉闷，又听人说，政治部印刷报纸的机器在反“扫荡”中丢失了，他更坚定信心：立即请假，离开111师！

刘祖荫和徐泽生相约一起去请假，两个人来到陶景奎处。听说徐泽生和刘祖荫都要回家，陶景奎只是象征性地挽留了一下，然后就答应了。

刘祖荫喜出望外。临走前，他到张苏平处告别。

张苏平一听刘祖荫要走，脸色骤变：你怎么能走呢？好不容易保留下这么一点点力量，我们怎么能自动离开？

刘祖荫：政治部他们容不下我了，我一天也待不下去了！

张苏平很伤心：你走了，把我一个人扔在这儿吗？

刘祖荫：我如果不走，龚小清他们随时随地会找我麻烦，会要我的命！

张苏平见劝不住刘祖荫，就说：你实在要走，就到常师长那儿挂个号，不要背着他走！

刘祖荫来到纸坊师部小院。看到常恩多艰难地呼吸，咳嗽已成干咳，刘祖荫哭了：师长，你要保重啊！

常恩多：刘祖荫，你来了？

刘祖荫：师长，我是来告别的。

常恩多诧异：怎么，你也要走？

刘祖荫：师长，龚小清他们……

从刘祖荫脸上的热泪，常恩多已知道发生了什么。他坚定地说：你不能走，留下吧，还有很多大事等待你去做！政治部不给你饭吃，师部要你！别走了，到学校去教书，好不好？

刘祖荫：师长，他们会找你麻烦的。

常恩多：我已是快死的人了，不怕。去教书吧，教育我们的孩子们坚持抗日。我们这辈子打不跑小鬼子，他们接着打！

刘祖荫惭愧：师长，你放心，我听你的！我不走了！

常恩多欣慰：好啊，你去找张苏平，去吧。

就这样，刘祖荫来到老君祠的莒日联中，又找到了张苏平。张苏平见常师长留住了刘祖荫，无比欣慰。他安排刘祖荫担任语文和英语的教学，又说：师长非常器重战时服务团的青年，你要明白师长的苦心。

刘祖荫：我懂。

张苏平提醒说：虽然学校不是政治部，但这里同样有危险。你要心中有数。师长病危，111 师的形势随时都可能发生突然变化，要敏感，要有准备。

三、冒死抗命

常恩多紧闭双目，躺在躺椅上。面对日趋残酷的抗战形势，想到自己被病魔折磨久难痊愈，他心中无比悲苦，喟然感慨：余为除压迫、求真理，争取人类自由，与恶势力奋斗，以至积闷积劳，愤慨而咳血。所处环境日非，不见成绩；精力已将尽，不能工作；心事未了，病已如此不治，使我对民族解放的工作，不能再行努力，令人焦虑，抱憾实深啊！

热泪悄然滑下常恩多的脸庞。自王维平离开，张苏平虽近在咫尺却难以相见，他心中太多的疑问无人释解，胸中太多的苦闷无处倾诉，“心事”何时能实现，又依仗谁来实现，这一系列的焦虑如泰山一般压得他不能喘息。常恩多正忧心如焚，忽然传来了刘万胜兴奋的声音：师长，郭处长看你来了！

常恩多睁开眼睛，目光里闪烁激动的光芒。他欲强撑病体，被郭维城拦住：获三兄，你身体怎么样？

常恩多：不说我，总部有损失吗？

郭维城：有，不是很大。

待郭维城坐定，常恩多问：万顷波可误会我？

郭维城：没有。

常恩多：我这里兄弟闹家务，叫顷波受这样的屈！拿我这个中将师长也保他不出来吗？

郭维城摇头：保不出来。

常恩多热泪盈眶：维城啊，抓顷波我不知道啊，是孙焕彩和陶景奎他们背着我干的！

郭维城：我知道！

常恩多：我早晚，会叫他知道我的心意！

郭维城：现在世界法西斯势力很猖狂，国内和咱们周围的环境都很恶劣，反动派一面大肆攻击八路军，迫害进步人士；一面唆使顽固势力投敌，搞“曲线救国”。在这样的风头下，没有办法保顷波出来。

常恩多：等秋后，我的病好了，再做主张！

常恩多气急而咳起来。

郭维城心疼：获三兄，我改日再来吧？

常恩多难过：你，怕我……传染你吗？

郭维城：不！

常恩多：我们必须谈啊！有些问题，我们不能不谈！宁愿累点，我要跟你谈！

郭维城重又坐下：获三兄，你说！

常恩多：维城啊，你过去是张副司令的秘书，后来又做了于总司令的秘书主任，你最了解东北军历史，最了解张副司令，也了解于总司令。你说，东北军的出路在哪里？中国的出路在哪里？

郭维城心里非常难过。常恩多焦虑的问题，也正是他焦虑的事情。

常恩多：蒋介石要“曲线救国”，汪精卫干脆公开投敌，张副司令被囚禁没了自由，而于学忠莫衷一是，什么也不敢做。东北军还能依靠谁？谁能带我们打回老家去？

郭维城伤感：获三兄！

常恩多：维城啊，我们必须揭露蒋介石独裁专制的真面目，为中国人民除掉这个独夫民贼！东北军十年中所受的孤臣孽子的教训，难道还不够吗？难道还不令人痛心吗？

郭维城难过：获三兄，我想的跟你想的是一样的！你打算怎么做？

常恩多：我宁肯一拳头把这个部队打碎，也休想让它替蒋介石打内战卖命！

郭维城若有所思。

常恩多已极度疲惫：我们东北军人，必须高举民族统一抗战的大旗，才能复土还乡。我的决心是下定了，只要我的病好了，哪怕只剩下我一个人，也要提着小棍走向光明！

明白了常恩多的“心事”后，郭维城不禁潸然泪下。他答应今后不定期常来探望常恩多，以共商大事，常恩多这才恋恋不舍地放他离去。

3 月的鲁南，寒意料峭。郭维城回到李家彩鲁苏战区总部，竟意外收到重庆总部国民党政治部主任张治中的电报：

奉总裁谕，万毅通敌叛国，着即就地秘密枪决，具报！

看罢电文，郭维城惊呆了，看来周复他们搞的阴谋诡计见奇效了！他决意要倾全力保住万毅！可怎么保呢？不向于总司令报告，于总司令迟早会知道；向他报告，之后会发生什么事情他没有把握。

郭维城把电报送到于学忠手中，于学忠扫了一眼就拍在了桌子上，然后紧皱眉头，默不作声，烦躁地踱起步来。

郭维城上前一步，说：万毅是个抗战有功的青年将领，在57军乃至整个东北军影响很大。就是要杀他，也应采取公开审讯的办法，秘密处决何以服人呢？

于学忠停住脚步：你去调查”九·二二”锄奸，万毅不是没有通敌之嫌吗？怎么突然让秘密枪决呢？

郭维城：是的！万毅确无通敌之嫌，倒是有功之臣！杀了他，于抗战不利。总司令，无论如何都不能杀万毅啊！

于学忠痛苦摇头，进退两难：为什么？

郭维城：第一、委员长所以要命令秘密处决万毅，说明他非常清楚，这件事于公理正义所不容；第二、张汉卿将军素来喜欢万毅作战勇敢，将来一旦获释，总司令该做何交代；第三、万毅屡建战功，在广大官兵中享有盛名，秘密杀害万毅，军心难平。

于学忠凝望郭维城：还有第四吗？

郭维城坚定道：有！第四，万毅是常师长部下，常师长在病床上，曾含泪对我说，扣万毅他压根不知道。咱们现在他的防区里，如果要杀万毅，不征求他的意见不合适。

于学忠忧虑不决：抓万毅，常师长不知道？

郭维城：不知道！总司令，我什么时候对您都说实话！

于学忠：我信、信！

郭维城：总司令！常师长的为人和魄力，你是清楚的。打鬼子、锄汉奸，常师长最坚决！现在，总部在他的地盘上，咱们还要依赖于他，还是听听他的意见为好啊！

于学忠：好吧，叫王参谋长去见常师长！

郭维城匆忙回到住处，草草写道：

> 上峰要处决万毅，我难以顶住，请您死保！郭维城。

郭维城把信交给刘鸿宾：你马上去纸坊，把这个亲手交给常师长，要快！

刘鸿宾应着飞身上马，打马疾奔而去。

转眼信交到了常恩多手上。看完信，他叮嘱刘万胜说：去把它烧掉，别叫旁人看见！

刘万胜疑惑点了点头，拿过信走出。烧信的时候，刘万胜好奇地掏出信，认出“处决万毅，郭维城”几个字，他大惊失色，慌忙划着火柴把信点着了。

当天，总部参谋长王静轩来到常恩多住处，刘万胜刚报告完，常恩多脸色骤变：无论大鬼、小鬼总是要进门的。有请！

王静轩话没说完，常恩多强撑起身体怒吼道：这不是处决万毅！这是镇压每一个杀敌锄奸有功的人！

王静轩连忙相劝：常师长，息怒！

常恩多：万毅是我的部下，他没有罪！要杀，就先杀我常恩多！你告诉于总司令，要杀万毅，就先解散我111师！万毅没有罪、没有罪……

常恩多剧烈地咳嗽起来。

王静轩畏难：常师长，我能理解你，于总司令也能理解。可处决万毅是重庆总政治部的命令，于总司令也不好违抗啊！

常恩多：那就先杀了我常恩多，我才能对得起这一万多的部下！

王静轩不知所措。

常恩多：请参谋长转告于总司令，如果总司令一定要这么干，就说我常恩多不怕丢官，也不怕掉脑袋！

常恩多没有明说他将要干什么，但王静轩有些害怕了。“九·二二”锄奸，常恩多率部赶走了军长，捣毁了军部，当时他也是胆战心惊被姓缪的裹挟而去的；常恩多敢说敢做，接下来还会发生什么事，谁又能预料得到！正迟疑不决，就听常恩多又说：请你一定如实转告！

王静轩慌忙起身：好吧！那我回去如实向总司令报告！

在李家彩周复住处，陶景奎和孙焕彩听说万毅即将被秘密枪毙，不禁心花怒放、喜笑颜开。

孙焕彩：真的吗？是真的要杀万毅了？

周复得意扬扬点了点头。

陶景奎：我说了嘛，你还不信！

孙焕彩半嗔半怨道：信、信！委员长啊，怎么现在才想起来杀万毅呢！

周复意味深长，阴险而笑：那些被你们锄掉的汉奸，像缪军长、沈主席等等，都是吃素的吗？当然，我们战区政治部也不是摆设啊！

陶景奎、孙焕彩恍然大悟：那是、那是啊！

周复：现在，你们两个的心里舒服多了吧？

陶景奎：舒服！太舒服了！

孙焕彩：何止舒服，简直是狂喜啊！

周复：万毅一死，常恩多再病故，111就是你们俩的了！

陶景奎、孙焕彩都想当师长，因此各怀鬼胎，没有反应。

周复盯了一眼两个人，有些诧异：怎么，你们不高兴？

陶景奎、孙焕彩心怀叵测，相互看了对方一眼，还是没有回答。

陶景奎：周主任，我听你的！

孙焕彩也赶紧跟上：周主任，我一定跟你走！

周复挥了挥手，他并不关心陶、孙谁当师长，他关心的是眼前的事情。他像是对自己说，又像是对身边的空气说：万毅，这一回你死定了！

听完王静轩的汇报，知道了常恩多的态度，于学忠犹豫不决。

郭维城上前说：总司令，我看咱们不能弄得里外不够人啊！

于学忠：你说，怎么办吧！

郭维城：我看，莫不如来个顺水推舟，干脆做个人情，保下万毅！

于学忠：保下万毅？

郭维城：将来张副司令、常师长，都会称赞总司令舍己救人的美德，万毅本人也将永远对总司令感恩戴德！总司令，这是一举数得的事啊！

于学忠下定决心，猛然转回身：好吧！回委员长电，秘密处决，不能执行，我要军法会审！

郭维城忧心忡忡：是！

郭维城匆忙写了几笔，念道：委座，来电悉。查万毅在抗战期间作战勇敢，杀敌锄奸，屡立功勋，并无通敌之嫌，所令碍难执行！

于学忠一挥手：发吧！

郭维城把电报发出去后，担心常恩多惦记立即写信派刘鸿宾送去。

常恩多收到信，知道万毅暂时被保住了性命，心中终于松了一口气。可接下来会发生什么事情，他难以预料。他把刘万胜叫到身边说：万胜，今后，你要多想办法，勤打听万旅长的消息，随时向我报告，再不要雨后送蓑衣了。

刘万胜：是！

常恩多：我病了，死活都一样，到时候就是舍出命，也得让万旅长活着！他活着对抗战有利，对打回东北老家去有利啊！

刘万胜：师长，我懂！

常恩多从枕下取出笔记本，在上面艰难地写道：

一息尚存天假我，
百年事业待羁臣！

见状，刘万胜、徐文斌无声地哭了。

四、纸坊密谈

自上一次郭维城来访，常恩多把心底最机密的打算告知，他就一直期盼他再来。郭维城心有灵犀，没多久他再次来到纸坊。两个人相见，少了客套的寒暄，多了对彼此的仰赖和依靠。

他们谈得最多的还是山东乃至全国的抗战形势。

自蒋介石掀起第二次反共高潮，山东的东北军也相继卷了进去，在111师反共摩擦愈演愈烈时，51军更是变本加厉。1941年4月，鲁南顽军王洪九在113师337团支持下，向抗日根据地的四边联地区（临沂、郯城、费县、峄县之间）大举进攻，对抗日人民群众进行残酷的烧杀抢掠，于九里山一带活埋地方干部、群众70余人，掠夺大批抗日枪支。沈鸿烈、秦启荣等顽军，在51军114师配合下，也多次进攻鲁中抗日根据地。9月，51军配合顽军大举进攻沂蒙根据地。10月，留守费县的112师334旅和114师342旅683团相配合，突然袭击了驻扎银厂的中共鲁南区委机关，区党委书记赵镈等人不幸被捕。342旅旅长发电给51军军长牟中珩，请示如何处理。牟中珩没有上报战区于学忠总司令，回电：就地枪决。赵镈书记以下20余人被杀害。这就是震惊中外的“银厂惨案”。

沈鸿烈贿买韩子嘉刺杀于学忠失败，而被于学忠告到重庆总部后，蒋介石不得不调沈鸿烈离开山东。于是，沈鸿烈力荐51军军长牟中珩接替其职务。1941年8月，国民党政府准其所请，山东省政府主席由牟中珩继任。牟中珩一手掌兵权，一手握政权，竟忘乎所以，只派军部副官长代他去省府接任，而他自己则忙于撤官换将。他首先把114师师长换成了他的亲信。于学忠为此免去了牟中珩军长职务，51军军长由周毓英继任。

日军为逼迫于学忠妥协，对沂蒙山区发动多次“扫荡”，并派汉奸、于学忠的同乡班茂波当说客，以华北地盘作交换条件，劝于学忠投降日军。于学忠非常气愤，立即派人把他赶走了。

郭维城忧心忡忡，对常恩多说：蒋介石三番五次给于总司令来电，严厉责怪他反共消极，限期他出击八路军，并将战果具报。于总司令很痛苦，迫于蒋介石的压力，他不得不一方面敷衍重庆，一方面仍按兵不动。

常恩多：蒋介石再三逼迫于总司令反共，东北军和八路军的统战局面难以维持，最后将必然兵戎相见！为人民、为东北军着想，我们都不能把111师交给蒋介石打内战！

郭维城：看来，也只有一条路可走了！

常恩多颤抖的手一把抓住郭维城：咱们起义吧，参加八路军！

郭维城意志坚定：起义，投奔共产党！

两个志同道合的兄弟把手紧紧握在了一起。

郭维城：起义后，部队还叫111师吗？

常恩多：不，我们就叫“东北抗日挺进军”，你看可好？

郭维城：好！就叫“东北抗日挺进军”！

常恩多：好兄弟！我现在是不行，等我病好了，等到秋后，我身体好一些，咱们就动手！

郭维城：获三兄，就是赴汤蹈火，我郭维城万死不辞！你快些好起来吧，我等你！

常恩多想到什么：我还要请示组织！

郭维城暗喜：组织？获三兄！

郭维城猜想到常恩多一定是共产党员，可他没有继续问下去，他知道那是违反纪律的。

常恩多点了点头，意味深长道：老弟，你可别把我作一般人对待。

郭维城会心而笑，也寓意深长说：获三兄，你也不要拿我作一般人对待哦！

常恩多欣慰，他似乎早已料想到郭维城特别的身份，所以才这么信赖他。他说：老弟，你出身名门望族，怎么也和我们穷人一样要革命呢？

郭维城坚定道：信仰！是共产党信仰的召唤！为了一个崭新的中国，一个民主的国家，一个强盛的中华民族！

常恩多：我们的理想是一致的。老弟，你的进步思想从何而来啊？

郭维城：我在东北大学附中读书时，和几位同学创办进步刊物《冰花》，被中共满洲省委书记刘少奇同志发现，他派人找到我们，组织我们学习马列主义。1932 年，我参加左翼作家联盟，考入复旦大学后先是加入了共青团，第二年转为中共党员。

常恩多感慨相告：在西安时，我就看你不一般！我果然没有看错啊！

提起郭维城的出身，还得从他的先祖说起。

郭维城，1912 年出生于辽宁省义县，满族，满姓“富查哈拉”。先人原在东北，清初时随清军入关，隶京内务府镶黄旗，后以战功升正红旗。全国统一后，又被派到辽宁义县驻防。从任义州佐领的一世郭云汉算起，到郭维城已是第十四世了。

郭维城的伯父郭恩海行伍出身，历任营长，京奉铁路津榆段守备司令，三、四方面军团司令部副官处长，三、四方面军守备司令。他虽身为旧军队的将领，但他对旧军队的各种陋习、官场上的庸俗作风深恶痛绝。他治军有方，对部队管教严格，从不摆官架子，能体谅民间的疾苦，不许自己所管的部队欺压百姓，因此他在家乡名望很高。

郭恩海长期追随张学良，深得张学良的器重。1928 年 6 月张作霖被炸身亡，张学良秘密潜回沈阳。日军重兵压境，虎视眈眈，且东北上层内部各种矛盾也十分激烈，整个东北危机四伏。21 日，张学良就职第二天就委任原三、四方面军守备司令郭恩海为东北陆军警备总司令，担任一切警备，兼任京奉路警备任务。郭恩海受命于危难之际、非常之时，不辱使命，采取各种措施打击了日本人的嚣张气焰，为东北的社会治安稳定做出重要贡献。作为东北军的爱国将领，他被授予陆军中将。“九·一八”事变后东北军入关，他对国民党的不抵抗政策和东北军的溃败而痛心疾首，毅然愤怒辞去任职，转向天津经商。在此期间，他同于学忠、李杜、杜重远等东北名人、抗日将领，坚决反对蒋介石“攘外必先安内”的政策，力主抗日，为抗日奔走呼号，对在中国共产党领导下迅速掀起的抗日救国浪潮坚决拥护，并深受鼓舞。

日军入侵华北以后，随着平津的失守，国民党的一些军政要员纷纷投降日本帝国主义，当时东北军的抗日将领都是日本人的眼中钉。他的把兄弟、原与他共事过的铁路局长一再动员他出山，到日本人那里去做高官，为日伪效力，并以恐怖手段相逼，都遭到他严词拒绝和痛斥。最后，在一次多人聚会的酒楼中，他痛斥了这个汉奸之后，以刀割袍，表示与汉奸断绝把兄弟之名分，以示自己抗日的决心，因此他遭到日本侵略者的嫉恨。于学忠到山东抗战，他赶赴鲁南，坚决要求参加抗战。由于他年事已高，于学忠担心他经不起敌后游击战的艰辛和劳苦，婉言谢绝了。从此，他便常冒危险，穿越数道封锁线给于总部送来西药，再从山东带出中药，以资于总部抗战。天津英租界被日本人占领后，郭恩海和众多东北抗日名流、将领遭到日本人通缉。郭恩海在躲避日本人追杀时染上伤寒，因未得到及时有效的救治而去世，年仅57岁。

郭维城的父亲郭恩波，当过奉天省立第四师范学校校长，后来通过文官考试，先后任黑龙江（现吉林省）镇东县和敦化县县长。民国是通过考试选拔县长，无论在学识上还是人品上，要求都是非常严格的。郭恩波任民国县长期间，经常深入民间，调查百姓疾苦，解决困难，受到百姓拥护。他广行善政，兴办实业，发展经济，例如鼓励创办电灯公司等。“九·一八”事变发生，他回到家乡经商务农，再不为官。

郭维城1934年获得法学学士学位。这中间，他两次被捕入狱，又两次被组织营救出来。毕业时，因敌人第三次抓他，组织通知他紧急逃离上海，并可自谋公开职业。于是，在东北大学秘书长王卓然力荐下，他进入东北军，具体负责东北军青训班和西北临时军委会宣传工作，并负责给张学良摘译英文报纸杂志。当时因东北失守，张学良身负“不抵抗将军”的罪名，心里一直愤懑抑郁。于是，郭维城经常陪他打网球下围棋，缓解他烦躁的心情。张学良常与郭维城谈古论今，抒发他对故土、对家乡父老的怀念。说到愤慨处，张学良把“九·一八”事变发生前后及蒋介石数次电报命令他不许抵抗等详情仔仔细细告诉郭维城。事变那夜，日军袭击北大营，蒋介石电命张学良：“绝对不准抵抗”，“把枪收起来、仓库上锁，全部检查后交给日军”；“即使日军勒令缴械，占入营房，均可听其自便”等等，结果是日军没费什么气力就占领沈阳，不到五个月就占领了整个东北三省……郭维城深知张学良内心的苦痛，痛恨蒋介石专制卖国的行径，发誓一有机会就在媒体上揭露蒋介石的罪行。张学良非常喜爱郭维城，他及夫人都称呼郭维城“大个子”，并任命他做机要秘书。

西安事变发生，郭维城被连夜接进总指挥部，草拟捉蒋新闻稿、宣传提纲，向全国同胞、向全世界发布新闻。之后，郭维城奉命接收国民党《西京日报》，将其改为《解放日报》，并主管《解放日报》和广播电台，还特请美国著名记者史沫特莱帮助进行国际宣传。

张学良被蒋介石扣押后，赵绮霞（即赵四小姐）担心张学良与中共中央来往的密电落到蒋介石手里，急忙找郭维城商量对策。她请郭维城将密电、密码本以及她与张学良之间来往的情书都烧毁了。1937年，郭维城任东北军学兵队代主任、东北军总部办公厅科长，并组织创办《时事特刊》和“长虹剧社”，宣传抗日。

郭维城把在西安事变前后重要的机密文件装了两个皮包；并把蒋介石在西安事变后亲笔写的遗嘱及蒋的一些重要电报手稿，如有关历次对日本重要交涉的指示，承认广田三原则的指示等等，也装了两个皮箱。他曾设想把这些珍贵的历史资料带走，可侍卫长张学孟不允。以后，张学良的弟弟、共产党员张学思曾到河南郾城再次向张学孟索要，也未能拿到。1939年，周复一到山东即代表蒋介石追查那些文件，被于学忠挡回去后，蒋介石继而亲自发报向郭维城追寻，郭维城回电搪塞了他。

“七·七”事变后，郭维城随于学忠参加了淮河、台儿庄、武汉等战役。在武汉，他曾找到东北救亡总会周恩来领导的共产党外围组织负责人高崇民、阎宝航、刘澜波等人，要求去延安，回到革命队伍中。几位领导转来周恩来的意见：东北军领导机关当年在张学良身边的亲信就只剩下郭维城一人，硕果仅存，是很难得的联系人。就这样，他继续留在东北军于学忠身边工作。

一晃就是几年。

到了抗战最艰苦的1942年，郭维城与党组织已失去联系数年，在常恩多欲带111师投奔八路军的危难时刻，他决定协助常恩多起事，并回到共产党阵营，继续抗战。

两个人的话题从目前抗战形势，到共同的理想信念，又回到111师起义。

常恩多说：起义前，务必要把万顷波解救出来。他有威望、有号召力，把部队交给他指挥，起义就更有把握。

郭维城点了点头：如果文的解救不出来，就动武的！

两个人商定，起义时不碰51军，把反动的许黑子、张历元收拾了，省府印票子的厂子一起划拉了，不仅锄了奸，还能缴获一批武器，一举两得。

常恩多告知郭维城，关键时刻，张苏平、刘祖荫和刘万胜可信任和重用。

五、不合时宜的撤退命令

1942年6月，徐泽生几次告假不成，后与刘祖荫商议，准备以去济南报考山东政治学院为借口，脱离111师。

这天，徐泽生找到政治部主任龚晓清告知自己报考政治学院的打算。

龚晓清黑着脸，说：又来请假，不行！

徐泽生：不是请假，是投考山东政治学院，学习三四年，成绩好出来当专员，差的也能当个县长什么的。只要出来，我一定不辜负你的培养！

龚晓清想了想，答应了。徐泽生谦虚地请龚晓清和总部的宋迪玺主任各写一封推荐信，以佐证自己坚决报考的决心。第二天，两封信拿到手，龚晓清还给了他50元钱，徐泽生提了个小包袱就上路了。出了111师防区，徐泽生撕了推荐信就回家了。又隔了几天，他等到十几个人便一起去往驻扎在黑林一带的中共中央山东分局。刚到分局驻地，一个挎枪的兵被派在他身边，整天跟着他。后意外遇到了谷牧，他才被“彻底解放”。

谷牧说：这里熟人很多，张弘就在这里！

见徐泽生一脸茫然，谷牧又说：张弘就是王维平啊！

徐泽生喜出望外。第二天，徐泽生见到了王维平。王维平炒了俩鸡蛋，拿出一盒纸烟招待了徐泽生。徐泽生把111师的情况汇报后，王维平要他向曹健华报告。就这样，徐泽生又行了四五十里路，找到曹健华。

曹健华，此时已叫华诚一，在抗敌自卫军当政治部部长。

一见面，曹健华就问：就你一个人？

徐泽生：可不就我一个人，王维平要我来的。

曹健华问：里面还有多少人？

徐泽生：没有几个人了，有张苏平、刘祖荫，还有其他几个人。

曹健华：他们能否展开工作？

徐泽生：他们被当作人质留下，工作很困难哪！

徐泽生把111师里的情况详细汇报后，又住了几天，曹健华给了他几十斤麦票，说：你回去，给他们讲讲国内外形势，告诉他们今年打败希特勒，明年就打败日本！但是目前白色恐怖严重，他们随时会遭反动派抓捕、杀害，组织很关心他们的安全啊！

徐泽生：请放心，我一定找到他们！我的任务——

曹健华：叫他们——立即撤退！

徐泽生有些诧异：撤退？

曹健华：对，撤退！你转告张苏平同志，就说是组织决定，叫他和尚留在111师的党员全部撤退！

徐泽生：是！

曹健华：还有，也很重要——营救万毅同志！

徐泽生大大方方回到了111师驻地，对政治部主任龚晓清称，鬼子"扫荡"挡住了去济南的路，他不得不回来。然后，他先找到刘祖荫，把曹健华的指示传达后，刘祖荫沉住气没吭气。他又找到张苏平。张苏平听后很激动，这是自"二·一七"事件后与党失去联系一年多第一次联系上。

张苏平热泪盈眶：一年多了，我们就像离开娘的孩子，心里没着没落啊！

徐泽生说：纵队徐司令员、朱政委，还有谷部长，都很担心你和同志们的安全！

张苏平：我们会注意安全。这一年多来，我们的工作虽然受到重创，但依然坚持，还团结了一批年青军官、军士！党有什么指示，你快说！

徐泽生：好，那我就开门见山了！上级党组织指示，立即联系万毅同志，展开营救工作！

张苏平沉思：联系万毅可以，但立即展开营救非常困难。

徐泽生着急：能不能想想办法啊？

张苏平：自从战区总部转移到111师防区，战区监狱设在什么地方还没有弄清。监狱周围的地理环境和兵力部署，就更不明了。

徐泽生有些急躁：那赶紧弄清啊……

看到张苏平脸色不悦，徐泽生忽然意识到自己情绪不对，放慢了语速说：——赶紧摸清情况，好动手啊！

张苏平忍住委屈：情况你也是清楚的，日军袭击 111 师，我们刚安定下来，战区也是刚稳定，至于监狱安扎在哪儿，我们不能明着打听，只能暗地里打听。你给我点时间。

徐泽生：没有时间了！

张苏平：怎么？

徐泽生：曹健华同志派我来，就是命令你们：立即撤退！

张苏平惊异：立即撤退！？

徐泽生：对，撤退！

张苏平：马上？

徐泽生：马上！

张苏平沉思瞬间，坚定道：不！

徐泽生诧异：怎么了？

张苏平：不！现在还不是撤退的时候！

徐泽生：为什么？

张苏平：因为，常师长还在。

徐泽生惊异：难道，你要违抗命令？

第二十六章

迫在眉睫

一、一息尚存

这天，常恩多刚咳完血，涨红的脸庞渐渐恢复了灰暗的颜色，急促的呼吸也渐渐平复，他叫刘万胜去把彭景文找了来。

彭景文，字理武，1905年2月出生于辽宁抚顺大陈洲村，父亲是个中医大夫。彭景文读过私塾，放过牛，后来跟父亲学习中医，十几岁到抚顺中药铺当学徒。1922年参加东北军，毕业于东北讲武堂第十一期。西安事变前，彭景文在112师657团当连长，周口整编后被编到111师。他参加了保卫扬州、袭击临淮关小蚌埠、血战台儿庄等等战役，尤其"九·二二"锄奸，他带部队捣毁57军军部，不辱使命。历经战火和生死考验的常恩多，对彭景文寄予了更多的希望。

彭景文刚进到屋里，常恩多亲切招呼他坐：理武啊，今天叫你来，是想跟你聊聊。

彭景文关切问：师长，你身体好些吗？

常恩多：还是老样子，不死不活的。好了，不谈这个。

彭景文难过：师长，你可一定要保重啊！

常恩多：那一口，还在抽吗？

常恩多指的是鸦片烟。

彭景文有些难为情：有时有会儿，少多了。

常恩多：戒掉它！

彭景文：不容易……是！

常恩多：上次锄奸，万旅长对你不信任，为啥？不就是……因为，你抽那口吗？

彭景文：是！我懂。

常恩多：你懂，就好！我怕你误事啊！

彭景文：我一定戒！你放心！

常恩多："九·一八"事变，小日本炮轰我沈阳北大营后，由于我们奉行蒋介石退让、不抵抗的命令，丢了东北；依靠"国联"，又失去华北；而后，失去的就是半壁江山啊……当前的情况你们都知道，国民党不打鬼子，专打八路。中国人自相残杀，流自己人的血。如此下去，国家的命运，111师的前途，不堪设想啊！靠国民党中央军，行吗？

彭景文心情沉重：不行！

常恩多又说：我们都是东北人，不能忘记三千万东北骨肉同胞啊！我们都是中国人，要为子孙后代着想，决不能让他们戴上亡国奴的帽子，决不能让他们给外国人当牛做马！

彭景文明白了师长的苦心，他热泪盈眶：师长，我记下了！

常恩多继续说：如果去当汉奸，那就和蒋介石、汪精卫一样，成为千古罪人，万世遭人唾骂、唾弃！

常恩多连声咳嗽。

彭景文十分心疼：师长，我记住了，牢牢记住了！你休息，我……我先走了！

常恩多：不！你不能走，咱们还得谈下去！

彭景文又坐下。

常恩多平静了心情，又说：我们是东北父老养大的，枪是东北同胞用血汗钱买的，为什么不去收复东北，反掉转枪口打抗日的中国人？

彭景文：师长，我们都很不愿意，可是……

常恩多：我们有万把人，又有万把枪，我们怕谁？

彭景文满怀希望：师长，你领我们干吧！我们都跟着你，赴汤蹈火，就是粉身碎骨，也跟定你了！师长！

常恩多：我们不能把枪杆子交给那帮坏蛋，听人摆布。我们不能，给人家当狗！

彭景文：师长，我明白你的心思！

常恩多：我们不能再上当了，有小子骨头的要寻条正路，也不枉东北父老拉扯我们一场。

彭景文热泪纵横：师长！你交代吧，我不怕死！

常恩多招手，彭景文紧贴常恩多头边。

常恩多说：共产党是中华民族唯一的希望，是我们打回老家去……唯一的靠山啊！

彭景文：师长！你放心，我、我们好些军官，都会追随您，直到打回老家去！

早几年，彭景文就买来毛泽东的《论持久战》和《抗日战争游击战问题》，以及《大众哲学》、《社会发展史》等著作研读，从中汲取抗战必胜的力量，坚定打回老家去的信心。111 师办军士队，他和邹强在一起，邹强讲抗战、团结和进步，他讲操典和唯物辩证法，深得常恩多信任。军官家属们从四川回到山东，把东北军家属深受国民党中央军迫害的情况公之于众，他对蒋介石国民党彻底失去了信心。从关靖寰老母亲口中，他得知：在万县，一个东北军排长的薪金寄回去不够买半升米，东北军所有的家属全都变卖完了家产，也难以糊口；中央军到 57 军家属驻地找女人，从 13 岁到 25 岁的女的，没一个不被糟蹋的；军官牺牲了，老婆改嫁，条件是只能带母亲过去，孩子就扔掉了没人管……

彭景文离开师部，回去就联络杜荣民，两个人约定：只要有时机，两个人各带一个营投奔共产党，去当八路军！

常恩多的病情一天天恶化，生命垂危。111 师爱国的官兵预感到不久将失去他们尊敬的师长，有人甚至当面责骂医务处长医术不高。但参谋长陶景奎、副师长刘宗颜、旅长孙焕彩和刘晋武等几个想当师长的将军却激动不已、摩拳擦掌。为争夺师长宝座，他们各显神通，使出了浑身解数。

大权在握的陶景奎，在师部驻地三五天地请客摆宴、唱大戏，招待总部的要员们。他把抢来的钱物和官兵从阜阳取回的大量手枪子弹当作礼品送给总部大员。同时，对于常恩多身边的官兵，他施以小恩小惠，以图笼络人心。

这天，陶景奎掏出 100 元流通币，虚情假意地对刘万胜说：刘副官！师长病了，我看把你忙得够呛啊！你家属来了，你也照顾不上，我很过意不去啊，这点钱拿去先安家吧！

陶景奎又说：你回去的时候给手枪排牵几头羊去，要他们改善改善生活。

刘万胜故作惊喜道：那我不是顺手牵羊了吗？

陶景奎笑罢，直截了当问：刘副官，师长有没有确定接班人选啊？

刘万胜故作不懂：你是说……

陶景奎：就是，他老人家百年之后，111 师的师长是谁啊！他定了没有啊？

刘万胜明知故问：参谋长，你希望师长叫谁当啊？

陶景奎：刘副官，你可要想仔细啊，师长还能有别人吗？——我参谋长是理所当然的啊！

回到师部，刘万胜把陶景奎的话如实告诉常恩多。常恩多一听就来气：他理所当然，狗屁！

刘万胜：他再三打听你把师长的位置给了谁。

常恩多：你咋说的？

刘万胜：我说，反正师长不会叫我当师长，所以也不会找我商量。

常恩多赞赏说：软中带硬，长心眼了！

刘万胜高兴：师长，我还在学习。

常恩多欣慰：要加紧啊！

刘万胜若有所思：是！

孙焕彩对着泥胎的小佛爷不知道磕了多少个头、许了多少个愿，每一次他必虔诚祈祷老佛爷保佑自己“黄袍加身”。可是，就在常恩多生命濒危、必定接班人之际，很不凑巧的是他要带两个营去阜阳领取军饷和弹药了。这极不合时宜的差事很令他恼火，但他又不敢违命不去，7 月的一天，临出发前，他急急火火地来师部与常恩多告别。

孙焕彩：师长！我是来向您告别的！我早去早回，免得你着急啊！

常恩多：这一次去阜阳领饷，一定要注意安全。

孙焕彩急不可耐，问：师长，你这身体一天不如一天，这身后的事，您老人家想过没有啊？

常恩多故作不解：身后何事？

孙焕彩：您看，我跟随您这么些年了，没功劳有苦劳。何况，功劳还是大大的。您说，我当111师师长怎么样啊？您说话啊！

常恩多紧闭双眼：这件事，现在说，是不是早了点？

孙焕彩恍然，喜出望外：啊……早了点，是早了点！那就过几个月，等我从阜阳回来再说，好不好？

常恩多郑重其事：好！

孙焕彩：咱们一言为定！

常恩多：一言为定！

副师长刘宗颜虽然无能，但也毫不示弱，他走的是总部国特周复的路子。他每次从山区后方来前线，总是发疯一般四处散布：我是副师长，接替师长顺理成章！师长不给我当，我就不干了！

驻魏家潘店的333旅旅长刘晋武，早对111师师长的位置垂涎三尺。这天，他来到师部，对陶景奎嘻嘻哈哈了一阵，然后试探地说：师长还有旁人吗？参谋长您是十拿九稳啊！

转身，刘晋武对心腹说：陶景奎还想当师长，自古以来就没有参谋长升师长的规矩！

紧接着，刘晋武害怕师长的位置被别人抢走，他闯进师部，厚颜无耻地说：师长，您老人家百年之后，总得有继承人啊！我刘晋武不才，但对您忠心耿耿啊！只要您老家人说句话，他们谁敢不服？哪个敢不听？

常恩多盯住刘晋武，摇了摇头说：这事难啊！推荐你……

刘晋武热切期待。

常恩多：你年资不够。

刘晋武黯然失色。

常恩多：推荐管后勤的刘副师长，你们不拥护。

刘晋武不屑一顾。

常恩多：推荐陶参谋长……

刘晋武很不服气：从来没这规矩！——哪有参谋长当师长的！

常恩多：推荐孙焕彩旅长，他又去阜阳领饷了。

刘晋武心怀愤恨：说来说去，你就看上万毅了呗！可他有共党嫌疑，正被关押呢，你指望不上他了！

常恩多脸色难看。

刘晋武：师长，你说怎么办？

常恩多：我看看再说！

刘晋武在常恩多面前碰了钉子，但并不死心。他乘同为旅长的孙焕彩出差之机，伙同副官处主任及军法处处长侯小鲁等导演了一出“拥刘”丑剧。首先，由侯小鲁执笔给于学忠写信保举刘晋武晋升师长，然后召集孙立基、张绍骞、关靖寰几个团长签字。几个团长见满篇都是赞美刘晋武的辞藻，自然明白了用意。大家不肯签字，最后张绍骞表态：谁当师长都一样！

侯小鲁抓住“证据”，以团长们“通过”为由上报总部。

转眼，1942 年 7 月 7 日不期而至。

这个日子是抗战五周年纪念日，常恩多自觉将不久于人世，他满怀郁愤在本子上写下《遗嘱》：

一、欲求民族解放，除打倒侵略者外，尚须铲除国内封建余毒。此毒之组织系利用财阀，构成军阀，专为自私，它是不能谋求民族独立、民权自主、民生幸福的。要认清楚是必消灭它，抗战胜利全在乎此。

二、希“九·二二”锄奸精神贯彻到底！

三、余病已呈不治，实不愿徒作消耗者。

常恩多　七·七

早饭后，刘万胜走进小草房，看到常恩多一动不动地坐着凝望窗外。他轻声呼唤：师长！

常恩多转过身来，刘万胜看到他脸上满是泪痕，不禁潸然泪下。他想安慰几句，却听常恩多说：抗战五年了，恨我没有死在杀敌的战场上，如今却要倒在这病床上，眼睁睁地看着坏蛋们作孽、同胞们流血，真是活受罪啊！看来，我是等不到抗战胜利、打回东北老家去那一天了。在九泉之下，我也难以瞑目啊！

闻声，刘万胜和徐文斌热泪流淌下来。

常恩多把遗嘱交给刘万胜：我死之后，你把遗嘱交给万毅，万毅倘若回不来，就交给郭维城，向全体官兵公布。

刘万胜快速浏览后，说：师长，你一句没提嫂子和孩子，一句没提您的家人啊！

常恩多：万胜，你以后做事要多动脑子，要看清楚人。

刘万胜连连点头，哭着答应。

常恩多：你不要悲观，我不会轻易死的，不能……便宜了那帮坏蛋！

刘万胜、徐文斌：师长！

二、万毅受审

1942 年 7 月中旬，蒋介石又发来电报催促：

万毅通敌叛国，确有实据，着即秘密枪决，否则以违令治罪！蒋中正。

面对蒋介石的再次电令，于学忠紧皱眉头，愁苦难解。

郭维城走进：总司令，周复从重庆匆忙赶回来了！

于学忠恼怒：他是赶回来监斩万毅的！

郭维城：他去重庆，也是为了叫万毅死，去告你的状。

于学忠：你说得很对！

郭维城：现在怎么办，他就在门外！

郭维城话音未落，周复已气势汹汹走进：于总司令！蒋委员长秘密枪决万毅的第二次电令，想必你已经收到了！

于学忠冷冰冰道：收到了！

周复十分傲慢说：我之所以匆匆赶回来，就是为了监督总司令处决万毅！总司令，你打算什么时间动手啊？

周复从没把于学忠放在眼里，为了监视于学忠，在国共合作良好的时期，每次八路军方面来人联络，他必藏于内室亲自监听，以防备于学忠“通共”。于学忠遭韩子嘉暗杀负伤，连伤带气病倒，周复幸灾乐祸。他们同住一个村，常常月余不通信息，更无往来。此时，为了监斩万毅，他不辞辛苦从重庆匆忙赶回，可见蒋介石险恶的用心。想到此，于学忠就义愤填膺。

于学忠问：处决万毅？我不知道他犯下什么罪行！

周复恼怒：万毅不仅锄奸不对，就是在西安事件中，他也是积极支持者！蒋委员长命令尽快秘密杀了他！

于学忠斜了一眼周复，脸色铁青：不，我不能秘密处决他！

郭维城十分焦虑，他担心万毅此次凶多吉少。没等他细想，只见周复惨白的脸上已呈现怒色。

周复狂妄问：于总司令！你是国民党员，总裁谕，为何不服从？

于学忠：我一生，从没有秘密处决过任何人。万毅杀敌锄奸有功，而无罪。如果有罪，明正典刑，为什么要秘密枪决？

周复耐住性子：万毅是东北军的少壮军官，在西安事变中是有罪的！

于学忠：我不知道什么东北军、西北军，我们是国军！西安事变有什么罪？如说他有罪，你拿出证据来！

周复被噎，忽然恶狠狠道：他是共产党！

于学忠怒火中烧：他是我的旅长！

郭维城热泪盈眶。两年前为保住常恩多师长职务，于学忠也是坚决抗命。这一回，为保住万毅性命，于总司令可谓尽力而为了。

周复咬牙切齿：你……你拒不执行委座命令，就是不忠于总裁，不忠于党国！

于学忠举起杯子扔了出去：你给老子滚出去！滚！滚！滚！

周复震惊，有些胆怯，转身欲走。

于学忠怒吼道：要枪毙万毅，你撤了我的职好了！

周复站住，迟疑片刻狠狠道：那好，就明正典刑！

周复愤恨走了，于学忠颓然坐在椅子上。郭维城心情沉重，上前说：总司令，维城不才，想提个问题。

于学忠：说吧！

郭维城：无论从陆路，还是水路，山东都是我东北军打回老家去的根据地。十年来，蒋介石不要东北，只把东北军作为打内战的工具，我们不是建制师被打掉，就是建制军被取消，东北军已快被国民党一口口吃光了！继续下去，我们连打回东北老家的资本都丢了，总司令！

于学忠有些悲伤，抬头望着郭维城：维城啊，你想说什么？

郭维城：我想说，总司令何不趁着我们在敌后，国民党鞭长莫及，您领导东北军和八路军团结抗战，实现张副司令和三千万东北父老的心愿？

于学忠痛苦犹豫。

郭维城：总司令若高举义旗，坚持统一战线，那就跟共产党的朱德总司令齐名了！

郭维城热切凝望。

于学忠缓缓站起身，走到桌前从抽屉里取出一张三四十人的老少合影，热泪盈眶说：老母亲八十多岁了，她在苦难中把我养大，我终生难以报答她的养育之恩！现在，她老人家和老少数十口子都在姓蒋的手里攥着，我……我不能丢下他们不管啊！

郭维城面露同情和无奈：总司令！

于学忠热泪流淌：还有，张副司令还在姓蒋的手里，我不能不考虑他的安全啊！

由于于学忠坚决反对秘密处决万毅，蒋介石不得不下令将万毅交军法处进行会审。7月下旬，万毅从莒日公路北转到莒南张家石汪监狱，在军法副分监李文元主审、师部军法处长侯小鲁参加下，一连过了二堂。

8月2日，万毅被第三次审讯，这也是落实定案的最后程序。

李文元：万毅！你听好了，今天可是最后一次审判你！

李文元向侯小鲁使了个眼色。侯小鲁读道：经查，万毅犯有以下三条罪状：一、通敌；二、“双十二”事件从犯；三、有奸党嫌疑！

李文元：罪证确凿，罪不可赦！万毅，你还有什么话可说？

万毅说：鄙人万毅，蒙张汉卿将军一手栽培，方成就一名堂堂的东北军人。近几年来，有幸跟随常获三师长杀敌锄奸，共赴国难，转战鲁、苏、皖，出生入死，浴血奋战，使汉奸闻风丧胆，使鬼子闻之披靡！我部所到之处，山河为之增荣，同胞为之庆幸！我无愧于伟大祖国，我无愧于中华民族，何以通敌？何以叛国？至于“西安兵谏”促成举国抗战，中外已有定论。鄙人当时不过是一名无足轻重的团长，岂能参与大事，涉及功过？

李文元张口结舌。

万毅又说：于总司令当年已是人所共仰的军长、省府主席，也曾一力辅佐张汉卿将军。于总司令尚不曾落得个“从犯”罪名，我一个团长何谈“从犯”？

李文元恼羞成怒，猛然拍响桌子：你是奸党嫌疑！

万毅忽然大笑：有何证据？

李文元：八路军到处张贴标语，为你喊冤叫屈，这还不是证据？

万毅：无稽之谈！我乃东北军军官，时刻以东北军三千万父老兄弟姐妹为念，立志遵从张汉卿将军的教诲，抗日救国，披甲还乡，与共产党、八路军井水不犯河水。至于他们张贴标语，那无非是统战宣传，与我何干？

侯小鲁叫嚣起来：万毅！你不要得意，要杀你很容易！

万毅站起身：不必啰唆！欲杀万毅，何需罗织罪名？

就这样，万毅又被押回了监狱。

三、生死相托

眼见常师长病情恶化，张苏平焦虑万分。这天，他来到李家彩找到郭维城。

张苏平说：郭处长，常师长病情恶化，已多次出现昏迷，恐有不测！一旦常师长病故，大权旁落，111 师很可能彻底掉入打内战的深渊。这对于山东，对于八路军，后果将不堪设想啊！

郭维城：张参谋，我也是着急啊！我曾试探过于总司令，他很矛盾，也很犹豫。看来，我们指望不上他了。

张苏平：郭处长，我对你一直都很敬佩和信赖。不仅仅因为你曾经追随张学良将军，更因为，经历了千难万险之后，你依然忠诚于他的八项抗日主张！对于 111 师，你要拿定主意，不要叫它落进那些投降派的手里。

郭维城：谢谢你对我的信任！我一定尽力而为！

张苏平：你要尽快采取措施，否则就晚了！

对于郭维城的特别信任和期待，张苏平是冒着极大风险的。离开总部，回到石场，他又找到了刘祖荫。

张苏平：师长病危，111 师的形势很可能会有一个突然变化，你心里要有数，要敏感，要有准备。

刘祖荫：我知道了。

张苏平：还有，告诉宣传队的几个同志，要多长几个心眼，准备应对更加残酷的形势。

刘祖荫：是！我身边团结了一些青年，他们对目前 111 师的状况很不满意，都怀念锄奸后打鬼子的那些日子。

张苏平特别交代说：保护好自己。

刘祖荫点了点头。

之后，张苏平紧急找到张德福：德福同志！没有时间闲聊了，我开门见山了。

张德福注意四周：张书记，您说！

张苏平：我刚从孙立基团长那儿出来，他告诉我，师长病危，111 师上层军官矛盾加剧，随时可能发生突然事变。“二·一七”反动事件的教训，我们不能忘记啊！

张德福：张书记，你说怎么干吧，我听你指挥！

张苏平：我估计，最近常师长可能有重大行动，你要很好地掌握部队，保护好师长的安全！

张德福：是！

张苏平满怀信任：当年调你到特务连，就是为了保护常师长。现在，任务不变，只是情况更加复杂，你责任重大，要多长几个心眼！

张德福：你放心吧！有我在，就有师长在！

常恩多感觉自己来日不多，就叫刘万胜把郭维城叫到身边。

郭维城热泪盈眶坐在床前后，常恩多说：老弟，我不行了，等不到秋后了，你一定要带 111 师完成起义！

郭维城：师长，你放心吧！

常恩多已听说万毅再次受审的事情，他忧心如焚说：一定要万毅活着，他活着对抗战有利。

郭维城安慰道：我已布置，紧要时抢他出来！

常恩多神情坚定：叫刘副官！

刘万胜被叫到跟前后，常恩多说：万胜，你跟随我多少年了？

刘万胜：师长，19 年！

常恩多感慨：19 年，真快啊！

刘万胜：师长，有什么事你就交代吧！19 年来，您像父亲一样待我、教我，才有万胜的今天。

常恩多：万胜，我打算把部队交给郭处长，合适的时候举事起义，投奔八路军！你看怎么样？

刘万胜激动：投奔八路军？好啊！师长，37 年初你不是就想去当红军吗？这回好了！

常恩多：你务必紧密配合郭处长，保证起义成功！

刘万胜：师长，我一定听您的话，保证起义成功！

常恩多欣慰：维城啊，张苏平很机灵，关键时刻可以重用。我再对你说说其他干部……

1942 年 8 月 2 日。

不能进食已一周的常恩多被医生宣布不治，并停止用药。孙立基、彭景文、关靖寰、赵开云、于文清、王铁权、杜荣民、阎普等军官悲伤落泪，为 111 师的未来焦心灼肺。刘晋武、陶景奎等却得意忘形，各怀鬼胎。

在妻儿的呼唤下，常恩多从昏迷中醒来。常妻王树军悲伤哭道：她爸啊！

常恩多对妻子说：你带闺女去后院吧，我没事。

王树军：你要活着，好好活！你不是，还要干大事吗？

常恩多感激地握紧妻子的手：育平她妈，你放心，我还能……干大事！

王树军带育平依依不舍地离开。

常恩多把刘万胜叫到身边，说：去，叫郭处长，马上来。我，等不到秋后了！

刘万胜擦干眼泪：是！我马上去！

孙立基悲伤走进，喊了声“师长”就扑到床前。他不能想象111师如果没有了常师长，将会是个什么样。

常恩多安慰道：仰田，别难过……

孙立基哭了：师长！

常恩多微笑着问：咱们，早就想当红军，对吧？

孙立基泪流满面，连连点头：师长！

常恩多：现在，是时候了！

孙立基眼睛一亮：师长，你领我们干吧，我们都跟你走！

常恩多：咱们这支队伍，不能落在坏人手里，不能打内战。我死之前，要组织部队起义……

中午时分。

郭维城打马狂奔来到纸坊。匆匆走进小草房，他惊呆了。

常恩多躺在床上已奄奄一息，一看见郭维城，他就哭了。可是，他只是嘴动，不能成声，且泪已流干，仅有的两颗热泪好久才从眼角慢慢滑下。

郭维城几步奔到床边，呆呆立着，止不住热泪滚滚，几乎要放声大哭。

郭维城压抑住悲痛，说：获三兄，你安心吧！

郭维城的意思是“你安心地死去吧”。

半晌，常恩多拼尽全力，说：来不及请示组织了！如果不能把部队拉回到共产党一边，我死不瞑目……

郭维城坚定说：我们还有办法，也有决心！有信心！

常恩多：我们最后，干一下吧！

郭维城：是的！我们绝不甘心，我们最后要干一下！

常恩多：起义由你负责！逮捕坏蛋们，把部队拉到解放区去！

郭维城：我们的计划不会落空，咱们马上行动！今晚我就通知万毅！

常恩多欣慰，热泪终于落下。他伸出手，刘万胜拿来本子和笔，放到常恩多面前。

常恩多艰难地歪歪斜斜写下：

务要追随郭维城，贯彻张汉公主张，以达到杀敌锄奸之大欲，本师官兵须知。常恩多。八·二。

郭维城接过常恩多手令：获三兄，你放心吧！

常恩多把用了多年的派克金笔递上：我用不着它了，送给你，作个纪念！

郭维城接过笔，热泪流淌。

郭维城接过遗嘱，深知自己肩上的重任。然而，对于111师，他又是那么的陌生。111师在国特们的操纵下进行反共教育已日久月深，打八路军的战斗也进行了无数次，有些军官的腐化堕落更是变本加厉，这样一支部队能听他的调遣参加起义吗？然而，郭维城同时也深知，在这支部队里也不乏忠贞远见之士，他们深受常师长爱国思想教育，立志追随张副司令团结抗战的主张，自“二·一七”后，这样的精神一直在暗中燃烧。特别是常师长的随从副官刘万胜，他是最忠诚获三兄的。7月的一天傍晚，郭维城曾把刘万胜找到总部秘密商议起义大事。郭维城告诉刘万胜，他准备在常师长病逝后，趁吊孝之机把坏蛋们扣起来，然后刘万胜带骑兵连冲进总部把万旅长抢出来。刘万胜一直担心常师长病故后他不是被驱使去打八路，就是被捕、被杀，听到郭维城的打算，他喜出望外。他不仅表示坚决拥护，还为起义谋划出许多的办法……

想到这些，虽然预料到起义中可能遇到困难、失败甚至死亡，但郭维城对自己，也是对脱离了数年关系的共产党说：我们为了革命，为了国家民族，为了张汉公，为了常获公，可以牺牲一切，可以做最大的努力，可以作最大的冒险，宁肯与垂死的常公同命！

几乎是同时，张苏平再次接到曹健华派人送来的上级命令：现在111师的党员立即无条件撤出，并设法营救万毅。

送来指示的是刚撤出的曹成镒。他随领军饷的部队到达阜阳后，积极宣传“九·二二”锄奸真相，已引起国民党特务注意，因此从阜阳返回后，就借故撤出了。他刚回抗日根据地，就被曹健华派了回来。他和徐泽生一样先找到刘祖荫，然后找到了张苏平。

张苏平对曹成镒说：常师长已病危，111师很可能就要发生重大变故，这个时候，我怎么能撤？

曹成镒：可形势残酷，你们必须无条件马上撤出！

张苏平：既然命令我们撤出，又怎么营救万毅？

曹成镒被问住。

张苏平：你转告曹健华同志，请相信我，我以党性保证，无论任何情况下，决不叛党，就是死也决不当汉奸！

曹成镒：可组织命我一定要你们立即转移啊！

张苏平：不，我们不能走！

曹成镒恼怒：你为什么这么固执？

张苏平：常师长是爱国将军，我们共产党八路军不能失去这个忠实的朋友！

曹成镒悲伤：可你知道，如果你们还拒不撤出，将是什么后果吗?

张苏平：什么后果?

曹成镒：……撤销你们的党籍！

张苏平悲痛沉思了片刻，坚定道：请你向党转告我张苏平的报告：就是撤销党籍，我也要完成工委的决定——常在，张在！

下午，郭维城赶到石场，见到张苏平就说：常师长已生命垂危，可能将不久于人世。他把 111 师交给了我，我打算在他去世后带 111 师起义。他告诉我，你可以重用！

张苏平激动：郭处长，请相信我！我们这些年轻人一定听你指挥，跟你干！

郭维城高兴：有你支持，我踏实多了！

张苏平坚定地点了点头。

郭维城：我已告诉刘万胜，在常师长出殡的路上埋伏下部队，把陶景奎、刘晋武他们抓起来。然后，叫刘万胜带上骑兵连去解救万旅长。你看这样可行?

张苏平想了想，说：我看可行！还有，事先一定要撤换特务连连长！

郭维城：谁可担任连长一职?

张苏平：现任排长张德福，关键时可重用！

郭维城：谢谢！

张苏平：郭处长，你放心带领我们干吧，111 师的进步力量是愿意坚持抗战的！

四、郭维城探监

回到李家彩，郭维城把常恩多的遗嘱塞进家中厕所的土墙里，就苦思苦想如何通知万毅。他知道，对万毅的三审只是过场，周复很快会对万毅下手，他必须赶在他们之前把万毅救出来。

傍晚，为避开特务监视，郭维城带上妻子金西光，借口看望机要科刘科长家属去往张家石汪。

万毅和特务一营营部住的小院坐落在张家石汪西北角。走到院门口，郭维城看到万毅坐在院里，另还有一个哨兵守着。他顺口问道：崔营长在吗?

哨兵答：郭处长，营长不在！

郭维城暗自庆幸，径直走进院子：万旅长！乘凉呢！

哨兵认识郭维城，没有拦挡，站到了一旁。

郭维城和万毅闲扯了几句后，说：顷波，我刚从纸坊回来。常师长病已不治，今天医生给他停药了。

万毅震惊而痛苦，热泪盈满眼眶。

郭维城：获三兄写有遗嘱，把部队交给了我。我将坚决执行张副司令的八项主张，发丧那天举事。你要警觉点，不要误会。来人准备从西南面的小门进来！

万毅点了点头，说：周复他们对我的审讯，罗织罪名十分离奇，罪状也升格了。这是个危险的信号！

郭维城：没有于总司令点头，他们还不敢动你。

万毅迟疑：可我还是不踏实啊！

郭维城：到时我派刘副官带骑兵连接你出去，你出来后帮我掌握部队！

万毅：好吧！

郭维城：你觉得哪些军官可靠？

万毅：我已离开一年多了，很生疏了，不敢说。

郭维城：我不宜久呆，对于起事，你还有什么意见？

万毅忧心如焚：军队掌握好，解决问题；掌握不好，会出大乱子！

郭维城：为了张副司令，为了东北军的未来，粉身碎骨，在所不辞了！

万毅犹豫不决。

郭维城：你想说什么？

万毅迟疑再三：没什么。

郭维城站起身：那我走了，你要保重！

郭维城离开后，万毅彷徨犹豫：常师长一旦故去，一切将不堪设想。起义能成功吗？按郭维城的那个安排，拿不到什么东西，反而还可能搭上老本。万一不成功，必将招来杀身之祸！三十六计，跑吧！

这两天，万毅正闹腹泻，夜里反复上厕所，哨兵被闹烦了，看管便松懈许多。

夜半，万毅借去厕所之机，乘岗哨不备翻墙逃走。

是夜。

郭维城辗转反侧，彻夜难眠。接受常恩多重托，他是冒着巨大风险的。他和111师没有历史关系，1940年底奉命调查“九·二二”锄奸，他到过111师，认识一些人；1942年初，总部转移甲子山区，他又认识了一些人，但关系都不深。常恩多向他介绍的一些进步军官，多数他没有谋面，更未推心置腹交谈，一旦常师长病故，一纸遗嘱能有多大号召力，他难以推测。

金西光发现了郭维城的反常，反复询问他遇到了什么麻烦事。金西光与郭维城是大学同学，两人当年一同从东北逃亡北平，后又一起考入复旦大学，十分了解。见郭维城搪塞，金西光干脆坐了起来：我们夫妻十几年了，你遇到了什么事告诉我，我替你考虑考虑！

郭维城深知，如果起义失败，那将是掉脑袋的事情。他笑了笑：没事，睡吧，天就要亮了！

凝望妻子不安的脸庞，郭维城下定决心：起义定要成功！不然，连妻儿都要被他连累！

1942年8月3日。

天亮后，特务一营的哨兵发现万毅不见了，惊恐万状，立即报告了周复。周复暴跳如雷，立刻派特务向西、向南追赶，并打电话命陶景奎派兵在南面拦截，“一旦发现，就地正法”！

周复怒气冲冲走进总部时，于学忠正在洗脸。

周复盛气凌人道：于总司令！万毅昨晚跑了，是你派郭维城去通知的？

于学忠暗吃一惊：你胡说什么！万毅跑了？

周复狠狠将帽子甩在桌子上：我倒要看看，这一回你怎么向蒋总裁交代！

于学忠：你……

周复咄咄逼人：难道不是吗？

万毅是蒋介石密令处决的“要犯”，此时逃跑了，他作为战区总司令难逃干系。想到此，于学忠口气软下来：我没有派人去通知！

周复：看守的哨兵说昨晚上郭维城去了，半夜万毅就跑了。不是你派他去的，那就是他自己去的！你把他交给我，我来审问！

于学忠：不可能！

周复咬牙切齿：那你就自己审问！这件事情要有结果，要向重庆总部如实汇报，要向总裁负责任！

于学忠沉着脸，周复气呼呼离开了。

吃过早饭，传令兵跑来传话，说于总司令找郭维城。郭维城只穿一件衬衣匆忙去往总部。进到院子里，他见几个卫兵威严站立，手枪机头张开，十分震惊。

郭维城走进屋子：总司令！出了什么事？

于学忠猛然拍响桌子：万毅跑了，你知道不？

郭维城的心猛然一蹦，不知说什么合适。

见郭维城惊愕，于学忠：你先坐下，坐下说。

这个情况太出乎郭维城预料。可于学忠接下来的话却把他唤醒了。

于学忠说：周复说你昨晚去了，说是你通知他跑的！

郭维城冷静下来：我去看机要科长，顺便看了看他。他跑，不是我通知的。

于学忠紧盯住郭维城，有些疑惑：怎么这么巧，你去了一趟，他就跑了！

郭维城：我跟他只说了几句话。如果我让他跑，派个人悄悄告诉他还不行，还用自己送信背黑锅！

于学忠听郭维城说得有理，又问：你跟他说了些什么？

郭维城：我告诉他常师长病危，可能他害怕了。

于学忠埋怨道：这话不该说！不该说！

郭维城：可能不该说。但他是常师长部下，常师长经常问到他。常师长都病成这样，他也应该知道。

于学忠无奈，心烦意乱走到地图前：他能往哪儿跑呢？向北是朱娄，驻扎着朱信斋部；向南是纸坊、石场和刘家东山，驻着111师；向东是日照、桃林，是日伪的老窝。他只有往西跑，跑往马髻山，那里是八路军防区！他跑不远，你派骑兵追他去！

郭维城：总司令，捞一手血，何必呢？

于学忠迟疑。

郭维城：依我看，他跑了的好！

于学忠瞪向郭维城：为什么？

郭维城：不然，经过军法分监部审判，早晚还得明令你把万毅杀了，你还是无法向张副司令交代啊！他现在跑了，你无非落个失职，又不是我们放跑他的，能把你怎么样！

于学忠略一思忖：对，跑了好，不追了！那就上报，就说我没有看住万毅，他跑了！

于学忠挥了挥手：你去吧，没事了！

郭维城小心退出。

回到办公室，郭维城思忖：于学忠虽然被应付过去，但老奸巨猾的周复岂能善罢甘休！为了向蒋介石有个交代，他们肯定要揪住不放，甚至可能随时扣押他，起义随时都可能被破坏，怎么办？起义是无论如何不能再耽搁了！

郭维城没敢回家，只带了支手枪，在院里牵了匹马，飞身上马，直奔纸坊111师师部。

第二十七章

“八·三”起义

一、“是起义，也是革命!”

郭维城打马来到纸坊副官处时，总部参谋处长高仁绂也赶到了陶景奎那儿。

走进师部小院，一见到刘万胜，郭维城如实相告：刘副官！昨晚我去看万毅，告诉他师长病重，已无希望，并把咱们准备起事的打算告诉他。结果，他深夜就逃了！

刘万胜惊诧：万旅长逃了?

郭维城：是的！周复向于总司令告状，把万毅逃走的责任推到我身上，我在总部待不下去了。

刘万胜：那你现在很危险啊!

郭维城：现在，总部参谋处高处长正在陶景奎那儿，了解万旅长逃走对部队的影响，正研究要采取什么措施呢!

刘万胜：万旅长逃走，这倒更好了，我们不用担心他的安全了，我们可以大干一场了!

郭维城：刘副官，你有什么想法?

刘万胜：趁师长还活着，我们现在起义，111 师的天下就是我们的！咱们赶紧去见师长!

郭维城振奋：好！我也正想找师长想办法呢!

两个人走进常恩多住的草房。

郭维城：常师长，万毅乘昨夜看守松懈，逃走了!

常恩多闻声一惊，而后脸上露出了笑容。

郭维城：我们干不干?

常恩多气息奄奄抓住郭维城：咱们，干了吧!

郭维城：好！事不宜迟，趁早行动!

常恩多招呼刘万胜。

刘万胜走近：师长！你吩咐!

常恩多：把我的印信，拿来!

刘万胜从桌上取过印信。

常恩多：郭处长，交给你了！111 师的未来，就交给你了！

郭处长郑重接过：荻三兄，你放心吧！

常恩多：事情就这么干了！

刘万胜：师长，你安心吧！

常恩多：万胜啊，这是起义，也是革命！这是我为国家民族利益的最后一着！你跟我快二十年，这恐怕是我人生最后一次革命了，你要对得起我！

刘万胜克制悲伤，连连点头。

常恩多：干好了，大家都好；干不好，我也不当叛徒们的俘虏，你就先把我打死。你若不忍心，就把枪给我，我自己打！

刘万胜：师长，请您放心！干不好，我就和您死在一块儿！

郭维城上前抱住两个人：荻三兄，事情干不成功，我们定以身殉国！

常恩多目光坚毅，紧紧与郭维城、刘万胜握手。

常恩多：好样的，你们去干吧！

郭维城、刘万胜：是！

常恩多一直深情凝望郭维城和刘万胜，直到他们走出草屋。

徐文斌走近说：师长，多少吃点饭吧。

常恩多：文斌啊，111 师就要迎来新的生命了！

徐文斌：师长，我们也能有一次新的生命吗？

常恩多高兴：能啊！你、我，每一个 111 师的人，都将有一次新的生命！

徐文斌满怀热切期待。这个出身穷苦人家的孩子，由于守候在常恩多身边，耳濡目染，他的思想也比其他士兵更进步，对美好的未来自然也更加充满了向往。

二、刘万胜的胜利

按照既定方案，刘万胜首先找来工兵营营长王毅面见常恩多。常恩多当面交代王毅，要他一切听从刘副官指挥。王毅表示坚决听师长的，就跟随刘万胜走了出来。

刘万胜把郭维城和王毅相互介绍后，交代王毅说：把郭处长领到你的住处，要保证他的安全！他今天晚饭在你那儿吃。另外，你回去派兵把南门、东门警戒好。呆会儿，听我的电话！

刘万胜开始用师长名义给各旅、团长打电话，告诉他们说：常师长今天精神好多了，下午 5 点要给大家谈话。

电话那头的刘旅长、陶参谋长都以为师长“要交代后事”，语气里都透彻出喜悦。刘宗颜副师长恰好回前方研究工作，因住处没有电话，刘副官派了个传令兵去通知了他。

刘万胜继续着手起义的准备工作。他在纸坊村一片树林里，找到了正在组织官兵训练的张德福。

刘万胜向张德福传达了常恩多起义的决定。张德福惊喜万分，他终于等来了张苏平预料的“重大行动”。刘万胜又说：师长说，现在的特务连长思想反动，生活腐化，从今天起让你当连长，你把特务连全部掌握起来，把圩子门的西门和北门把守好，5点以前不准你连任何人出去，严防泄密！另外，再派几个战士协助手枪排做好准备，到时候把团以上军官和他们随从人员的枪下了！

几年来，张德福在特务连帮困济贫，主张正义，广交朋友，深得人心，这些刘万胜都很清楚。接受了刘副官的命令后，张德福召集班长们开会，分配任务，并给官兵分发弹药，加强武装。

刘万胜找来手枪排排长王宗芳，先是把常师长的起义决定告诉了他，然后部署他派数名手枪兵埋伏在师长住的小院里……

回到师长随从室，刘万胜召集师长身边的“亲兵”们开会，宣布了起义。这些常年跟随常恩多的警卫员、炊事员、马弁们闻声精神振奋。刘万胜给他们分了工，要他们马上检查武器，做好随时战斗的准备，并再三叮嘱：无论发生什么事，谁也不准离开岗位！要照顾好师长，保证师长的安全就是保证起义的成功！

这一天，是刘万胜一生中最长、最难熬的一天。下午5点，成了他既期盼又恐惧的时刻。

下午。

刘晋武在前，张绍骞、关靖寰在后，几个人骑在马上晃晃悠悠走来。后面跟着他们的几个警卫员。

张绍骞对关靖寰说：往常，有事都是陶参谋长给旅长打电话，今儿个是刘副官打，还叫我们几个都去，也不知是啥事！

刘晋武满面春风：佩武啊！

张绍骞闻声打马往前靠了靠。

刘晋武趾高气扬说：今天是和往常不同啊！为什么是刘副官直接给我打电话呢？

张绍骞脸色不悦。

刘晋武自顾自地说：是不是老师长病得不行了，要嘱托后事了？这师长是谁当啊，啊！你们说说，谁当？

关靖寰、张绍骞相互看了一眼，没有搭腔。他们难以忘却之前刘晋武为当师长编排的那出丑剧。可刘晋武很有信心，他继续得意地唠叨着……

师部的院门里，张德福率六名手枪兵埋伏着。

刘万胜在前面：各位长官！请吧！

陶景奎、刘宗颜、刘晋武神采奕奕走在前，关靖寰、孙立基、孙维嵩、张绍骞四位团长跟在后，一行人向院门走来。

三个少将刚进门里，刘万胜一个眼色，张德福和手枪兵站了出来：不许动！

陶景奎、刘宗颜、刘晋武大惊欲摸枪，四个团长也惊诧愣住了。

张德福晃了晃手枪：都不许动！

众人看清了手枪兵手里的枪都大张着机头，于是都停止了动作。

刘万胜上前说：各位长官！今天不比往常。今天是师长安排后事，怕你们当中没当上师长的借机闹事。为了避免意外，师长命令一律把武器交出来，然后再去见师长！

陶景奎略一迟疑，精神放松下来：好啊，我们交！交！

刘宗颜和刘晋武也交出武器，四位团长跟着也交了手枪。

刘万胜长舒一口气，庄重宣告：几位长官！常师长和总部郭处长，于今天领导我们111师起义了！

众人大惊失色，有喜的，有忧的，更有恐惧的。

刘万胜：陶参谋长、刘副师长、刘旅长，师长召见！

几个人心怀叵测，面面相觑，止步不前。

刘万胜催促：请吧！

张德福等把陶景奎、刘宗颜和刘晋武押进了常恩多住的小房。

刘万胜对四位团长说：各位团长，先请旁边的屋里休息！

三、常恩多拼尽最后一口气

陶景奎、刘宗颜、刘晋武垂手站立在小屋里。

常恩多如实相告，说：我和总部郭维城处长，率领111师起义，离开国民党，联合共产党，去找八路军共同抗战。你们几个，跟不跟我走啊？

几个人面露不屑。

刘晋武：师长，干八路太苦了，还不发军饷，弟兄们哪能受那屈啊！

陶景奎：师长，共产党、八路军，那可都是奸党、奸匪啊！

常恩多止住咳嗽，恳切道：你们不要再跟国民党走！跟着我，跟共产党走吧！

陶景奎：师长，你那是条死路啊！

刘宗颜：没吃没喝还受罪，能有啥前途呢？

刘晋武非常恐慌：师长，你放了我们，将来咱们在战场上……退避三舍，我们决不和您作对，决不……

常恩多悲愤交加：看来，我不能带你们回东北了。在这样的情况下，跟国民党走，当汉奸的路；跟共产党，前途才有光明。111师要打回老家去，不能在汉奸的路上再往前走了！

突然，不远处传来一声枪响，把陶景奎几个人吓得浑身哆嗦。

刘万胜把刘宗颜、陶景奎和刘晋武押交工兵营，叫营长王毅派兵看起来后，跑到常恩多身边报告：师长，他们三个都交工兵营看押起来了，四名团长正在等候您的召见。张德福、王宗芳他们也把他们随从的枪缴了。刚才枪响是走火，没有发生意外的事。你放心！

常恩多欣慰：好、好！不要事事都请示我，你大胆去干吧，好小子！

刘万胜郑重点了点头。这一次行动太重要、太重大了，他也是一夜没有睡，这一天他甚至忘记了吃饭。

再见郭维城，刘万胜建议说：孙立基团长是师长的老部下。师长当团长时，孙立基就是他手下的连长。他思想进步，抗战很坚决。您向师长提出来，把孙立基团长留下，协助您指挥整个部队。

郭维城采纳了刘万胜的建议。随后，四名团长被叫进师部。

可就在几个人欲进未进常师长的草屋时，刘副官站在门口说：关团长、孙团长、孙团长请进！

刘万胜没有请张绍骞进去，这使几个人尤其是张绍骞大惊失色。

张绍骞：那……我呢？

刘万胜：你留下！

张绍骞心虚问：为……为什么？

刘万胜：你自己知道！

张绍骞略一思忖，悲声朝屋里喊：师长，是我！我是张绍骞，您的学生佩武啊！我一定要参加起义！这一次，我一定决不动摇，跟您革命到底！师长！师长！

关靖寰、孙立基、孙维嵩征询的目光看刘万胜：他也一起干吧！

郭维城从屋里走出：常师长叫一起进来！

张绍骞激动，应着跟了进去。

关靖寰、孙立基、孙维嵩、张绍骞、郭维城、刘万胜围坐在常恩多身边。

常恩多奄奄一息，用尽最后的气力说：我活不长了，我不能把部队交给敌人，我和总部郭处长带领111师起义了。我们要贯彻张副司令八大主张，不打内战，和八路军团结抗战！

郭维城说：有个情况，我要通报大家。万毅于昨天晚上越狱跑了，周复和陶景奎派了很多人去追，没有追上。我估计，他现在很可能已经脱险。

众人惊喜万分。孙维嵩神色紧张。

常恩多：我们按照张汉卿将军的主张，从今以后，不再打内战。我们东北军是东北三千万父老养大的，武器是乡亲们用血汗钱买的。如果你们想当汉奸、想当卖国贼，就去找蒋介石、找汪精卫，跟他们走，那将受到全中华民族万代子孙的唾骂！

几个团长态度坚决：不！师长，我们不会！

常恩多：如果你们还没有忘记自己是中华民族的子孙，还没有忘掉受苦受难的三千万父老，还想一心打回东北老家去拯救亲人，你们就去找共产党，找毛泽东，找周恩来，就去联合八路军！我们一万多人，一万条枪，怕谁？有骨头的小子，就这么干吧！以后，一切行动听郭处长的！

几个团长坚定点头：师长，放心！我们跟定你了！

常恩多：仰田！

孙立基：师长！

常恩多：你们团住得近，你留下协助郭处长指挥部队。孙维嵩团长，张绍骞团长，关靖寰团长。

几个人答应。

常恩多：你们三个回去把部队好好掌握起来，要向弟兄们讲清楚，那几个坏蛋是我命令把他们押起来的。我不能再容忍他们干骨肉相残的坏事，不能再容忍他们把我们的弟兄往火坑里送！告诉弟兄们，抗战总有一天会胜利。到那时候，全国人民就会颂扬真正抗战的功臣，定要惩治那些出卖祖国、出卖民族的败类！我……恐怕，看不到那一天了。但是，我坚信，光明是、是属于中华民族的！

几个团长热泪盈眶，连连点头：师长，你放心！

常恩多：佩武啊！

张绍骞悲声应道：师长！

常恩多：锄奸后，你跟着那几个坏蛋做了一些坏事……

张绍骞惭愧：师长……

常恩多：这一次，你要洗心革面。

张绍骞热泪横流：师长！你放心，这一回，我跟定你了！我一定坚决抗战，坚决听从郭处长指挥，坚决把部队掌握好！

常恩多信任地笑了。他把脸转向孙维嵩：孙团长！

孙维嵩信誓旦旦：师长，您就放心吧！上刀山，下火海，咱也要跟着您往前闯啊！

孙维嵩到阜阳领军饷一去就是十七个月，据报他在阜阳吃喝嫖赌、抽大烟，还弄回个妖艳的小老婆。常恩多数次去电催促，并以撤职威胁，他才不得不返回。常恩多十分气愤，一连几天找他谈话，对他进行耐心教育和批评。孙唯恐丢掉团长职务，痛哭流涕，再三表示悔过自新。如今生死存亡关头，他能否经受得住考验？

常恩多：镇中，你说得好。那我可就看你的行动了！

孙维嵩眼珠转了几转：放心吧，师长！

常恩多对众人说：于学忠是个老军阀，虽然对抗战畏首畏尾、毫无勇气，但他善于煽动军心，取信官兵，瓦解分化部队。要派部队把总部包围，把他监管起来，不叫他行动！要把总部特务营和自动步枪连的枪都缴下来！只给他们留几支自动步枪作自卫用。

几个团长：是！

常恩多极其疲惫：你们干吧，有事多跟刘副官联系。

关靖寰、孙立基、孙维嵩、张绍骞脱帽，向常恩多鞠躬敬礼，挥泪而去。

四、争分夺秒

郭维城和几个团长又分别谈话，661 团团长孙维嵩首先返回部队，662 团团长孙立基留下帮助郭维城指挥起义。666 团团长关靖寰自告奋勇要派人去找回万毅，得到郭维城赞许。之后，关靖寰和 665 团团长张绍骞也离开纸坊，返回驻地。

郭维城用常恩多的印信，首先下令免去特务连连长王一职务，任命张德福为特务连连长。

郭维城和孙立基又着手准备包围于学忠总部和袭击作恶多端的日照李延修 16 团及厉保元部队一部。在派谁去执行这些任务时，郭维城充分信任孙立基，听从了他的建议。

孙立基建议：派 666 团团附彭景文带两个营包围于总部，派 662 团 2 营营长阎普袭击李延修和厉保元部。

刘万胜以常师长名义打电话叫来了师部八大处，即参谋处、副官处、军需处、军械处、军医处、兽医处、政训处、军法处及兵站站长的主官。九个人集合好后，刘万胜向众人宣布：众位官长，师长和总部郭处长带领咱们 111 师起义了！

众人皆惊，有的十分高兴，有的忧郁深重。

龚晓清和侯小鲁心怀恐惧，不禁面面相觑。

刘万胜又激动说：今后，我们再不打内战，我们要联合八军路抗战到底！参谋长、副师长和刘旅长已经被押起来了！

众官长长吁一口气，纷纷表示：只要打鬼子、抗日，我们坚决拥护！

忽然，两个人刺耳的声音传来，他们正是龚晓清和侯小鲁。两个人说：早就该这么干了！这么干就算对了！我们坚决拥护！

刘万胜忽然警觉起来，想到“二·一七”事件后，两个人疯狂地杀害、迫害进步官兵，他气愤地大声疾喊：来啊！把龚晓清、侯小鲁抓起来！

特务连的战士们早就恨透了这两个人，听到刘万胜的命令，上来几个人像抓小鸡一样把龚晓清、侯小鲁抓到工兵营去了。

刘万胜：众位处长，师长要见你们，请吧！

从常恩多住的小草房中出来，参谋处张主任把孙立基拉到一边，力劝他不要起义。

孙立基问：为什么？

张主任：我想，恐怕对张副司令不利！

张主任是东北讲武堂四期，与常恩多同学。孙立基警惕地盯住张主任说：我们过去就是对蒋介石太软了，所以他才这么欺人太甚！

为防意外，刘万胜部署张德福先是派人监视起参谋处，最后把从主任到参谋全部扣押了起来。

665团驻徐家柳沟，666团驻魏家潘店，中间仅隔一道山梁，约四五里地。张绍骞和关靖寰一路上几乎没有说话，都在想起义的事情。

张绍骞回到665团，向下传达起义精神不甚详细。

666团团部驻在魏家潘店村边，周围几乎没有人家。关靖寰派人把副旅长于文清找来，又把团附彭景文叫了来，然后情绪激动地对二人说：刚才我到师部开会，常师长指示我们要起义，现在已经把刘晋武和陶景奎扣起来了！师长说，他一定领着我们抗战到底，坚持打回老家去，再也不能让我们这支军队成为反共反人民的牺牲品！

关靖寰虽只有寥寥数语，但于文清和彭景文早已按捺不住激动。

于文清一拍大腿：老师长早就该这么干了！我真是太激动了！这一天为什么不早一点到啊？

彭景文热泪盈眶：这回好了，我们再也不用把血、把性命丢在打内战上了，我们可以痛痛快快地打日寇了！

关靖寰说：是啊！还有，万旅长越狱了！是2号夜间越狱的，总部派人搜查没有找到。他越狱已经一天一宿，我估计他应该已经脱险了！

于文清、彭景文激动不已：这回好了，我们再不用担心他被周复杀掉了！

关靖寰：咱们先把营长找来商量，暂时不向连长传达。

少校团附杜荣民、1营营长汤玉林，3营营长赵开云随后被叫进团部，关靖寰说：常师长领导全师起义，这是关系全师命运和前途的大事。从今天起，我们摆脱国民党长期黑暗统治，贯彻张副司令发动西安“兵谏”的八大主张，停止内战，一致对外，实现打回老家去的愿望！

赵开云激动道：这回好了，常师长锄奸主张实现，脱离国民党，联合共产党，一定能打回老家去！

汤营长说：团长，我们坚决拥护、坚决支持！

关靖寰：明天上午向全团官兵传达，要求全团官兵深明大义，统一行动，遵守纪律，如有擅自行动，以军法论处！立即扣留所有国民党政训人员，防止他们阴谋破坏！

两个营长：是！

关靖寰又打电话给不在魏家潘店驻防的2营营长赵永芳，赵营长也表示支持。

半夜时分，关靖寰把已被免职的7连长陈绍先找来。陈绍先听完关靖寰的通报，激动得半天合不拢嘴。他看到了111师的希望，看到了抗战的希望，更看到了自己的希望。

关靖寰说：万毅是2号夜间越狱的，他身体不好正在闹痢疾，当天晚上他不敢停留，一定走出了警戒线。到了白天他不敢走，应该在今天——4号的凌晨到达八路军防地马鬐山。

陈绍先连连应着就要走，关靖寰又说：你骑上马，带点干粮，带支枪。万旅长很可能逃向马鬐山附近，他被扣押前曾在那里住过。那里山坡上有个庙，我估计他天亮前可能在那里休息。你贴着山边找，他要是在暗处看到你，一定会跟你打招呼。见面后，你把师长起义的事情告诉他，就说师长和郭处长盼他回来带部队，我派你去接他，叫他速回来！

陈绍先二话没说，牵了马带上枪，飞马而去。尽管并不知道常恩多和郭维城什么政治背景，但就他们扣押反动派，决意联合八路军抗战，而在常师长生命垂危之时领导111师起义了，他就激动得掉泪。他想着尽快找到万毅，把他接回来，在万毅领导下111师的起义一定能更快更好地完成！

按照关靖寰指示的方向和路线，陈绍先策马而去。

五、张学良卫队的抉择

3日傍晚，侯宜禄从李家彩到纸坊看望张德福。到了特务连，他才听说张德福已经当连长了。

张德福闻讯赶回住处，看见侯宜禄正散漫地四处观望，他有些诧异：光中兄，你怎么这时候来了？

侯宜禄，1913年生，山东淄博市张店区王舍庄人，字光中，任于总部警卫三营营长。

侯宜禄有些不高兴，一屁股坐在了炕上：怎么，你提连长了，我不该来祝贺？

张德福连忙解释：不是这意思！光中兄，你快回去吧，我还有事呢！

侯宜禄：啥事，不能跟我讲？

见张德福迟疑不决，侯宜禄生气了：算了，咱们再不做兄弟！说罢，侯宜禄起身就走。

张德福急了，连忙拉住侯宜禄：我告诉你，你可得保密！

侯宜禄笑了：成，保密！——存在肚子里！

张德福小声相告：常师长和总部郭处长领导我们起义了！

侯宜禄脸上的笑容僵住了：啊！起义？

张德福：对！就在今天！我们已把陶景奎、刘宗颜、刘晋武，还有政训处的国民党特务都押起来了！

侯宜禄高兴：你说的是真的？

张德福：骗你是小狗！

侯宜禄激动：起义，就意味着投八路啊！

张德福豪情满怀：千真万确！这一回，常师长领导我们继续锄奸，团结八路军抗战到底！

侯宜禄：我……我能不能跟你们一起起义？

张德福高兴：怎么不能！光中兄，你能啊！能！

侯宜禄：你知道，直罗镇那一仗，我曾经被红军俘虏。我亲眼看到，人家队伍跟咱们就是不一样！人家，那才是穷人的队伍！

张德福激动：好兄弟，赶紧回去准备一下，能拉出来多少算多少！

侯宜禄热泪盈眶，重重点了点头。

当晚，侯宜禄回到李家彩三营营部，他把已经睡下的两个连长和几个排长叫起来。油灯下，他殷切注视着几个人：弟兄们！弟兄们！你们说，咱这个卫队营是打哪儿来的？

几个军官七嘴八舌说起来：

咱是张学良将军的卫队营啊！

咱们听从张副司令命令，砸抄过国民党西安党部！那叫够劲！

我们在临潼参加过捉蒋行动，逼迫国民党抗日！

侯宜禄深情道：弟兄们！这就是咱们营的光荣历史！我要告诉大家一个好消息：111 师起义了！

众军官诧异：

起义？就是革命吗？

怎么突然起义？

不奇怪，他们锄奸后过的是什么日子？那叫憋屈！

常师长不是病了吗？还怎么起义？

侯宜禄说：弟兄们！正像弟兄们说的那样，咱们营是张学良将军的卫队营，张将军对抗战有功，可至今被囚禁、被拘押，在什么地方我们都不知道！蒋介石国民党消极抗战，而积极内战，想方设法讨好小鬼子，这就是卖国，就是汉奸！我们要打回老家去，实现张副司令的八大主张，就必须像 111 师那样——起义、反蒋、抗日！弟兄们！我侯宜禄也要起义！愿意跟我走的，就给个话！不愿意的，也别坏老子的事！

众军官有些迟疑。

侯宜禄：实话说吧，张学良将军的秘书——郭维城，也是这一次起义的领导人之一！

闻讯郭将军也领导了起义，众人有些诧异：郭将军也参加领导了起义？

侯宜禄：千真万确！我刚从 111 师回来！怎么样？干还是不干，给我个痛快话！

六、不眠之夜

8 月 3 日晚 11 时。纸坊。

郭维城和孙立基遵照常恩多指示，开始向各团下达作战命令：

662 团 2 营阎普营长率部包围作恶多端的李延修和厉保元部；

662 团 3 营韩希猛营长从东面包围、监视战区总部驻地张家石汪和一溜彩（即宋家彩、张家彩、刘家彩和李家彩）；

666 团关靖寰团长派两个营从西面包围战区总部并缴下特务营和自动步枪连的轻重武器。

彭景文受领完团长关靖寰下达的任务，转身赶到河滩集合起 1、3 营，作战前动员。他说：蒋介石不怀好意，要缩编 111 师；周复这家伙不打鬼子，专门来总部监督杀万旅长，大伙说，我们能干吗？

赵开云和官兵响应，吼道：不干！不干！

彭景文又说：常师长命令我们坚决抗战，不当汉奸！包围总部，抓住周复，你们敢不敢干？

赵开云和官兵的回应更是响亮：干！坚决干！

之后，部队从魏家潘店村东出发，延着蜿蜒曲折的山路向东奔去，横跨两座大山后，从西面包围了一溜彩。

662 团 3 营也已按时到达指定位置。片刻间，总部四面的山头上、沟坎里、村头路口，到处布满了准备进攻的官兵，他们子弹上膛，单等命令发起攻击。

彭景文的指挥所设在一溜彩的西山上。居高临下，沉睡在夜幕中的总部尽收他的眼底。

午夜。

662 团阎普营也已到达指定地域。黎明前，摧毁顽军的战斗首先打响。一番激战后，李延修 16 团和厉保元的反动武装被迫缴械，从此结束了他们罪恶的生涯。

彭景文带 666 团猛冲猛打，在 662 团 3 营配合下，迅速向战区总部压缩，很快占领了张家石汪、宋家彩、张家彩、刘家彩，直逼于学忠驻地李家彩。

周复被一阵激烈的枪声惊醒。他慌忙起身，从枕下摸出手枪，趴到窗前朝外张望。当得知已被 111 师包围，周复换上便衣，飞身上马逃窜而去。彭景文率部赶到，因没有骑兵只能眼睁睁地看着周复逃走了。

那些平日不可一世的国民党特务，见“最高统帅”都逃跑了，也全没了招架之心，只好自顾保命四散而逃。聚集在甲子山区的国民党县区官员，及从大店、碑廓奔逃来的地主豪绅们，更是一个个屁滚尿流、仓皇逃奔。

到了 4 日天亮，就只剩下一个李家彩了。

郭维城给侯宜禄打电话：光中啊，111 师起义了，你什么都清楚，你找找老程，把队伍拉过来吧！

老程，即战区总部自动步枪连的连长程书麟。侯宜禄放下电话，到了李家彩叫出程书麟，两个人一拍即合，随后率于学忠卫队营两个连和自动步枪连参加起义。

追随常恩多和郭维城起义的，还有于总部的政务处、机要处、通讯大队的刘瑞华、张尊山、孙少卿等数十人，郭维城的弟弟——总部参谋郭金城也追随而来。他们带过来20多部电台。郭维城的警卫员刘洪斌原是109师的，在直罗镇一仗曾被红军俘虏，闻讯郭维城领导起义，他动员了机关一群马夫带着骡马也参加起义。

在于学忠要求下，起义部队没有缴于学忠手枪排的械，更没有进驻李家彩。

令人焦虑的是，郭维城的妻子金西光和两个孩子，被逃跑的总部官兵劫持后向北逃走了。

是夜，常恩多在不断昏迷中，又不断醒来。他明白自己已不久于人世，强撑起身体，颤抖着手用钢笔在本子上写下《致蒋介石书》：

一、掩护贪污，压榨善良，名为维持政权，其不满意者一也！

二、纵奸不办，影响抗战，其不满意者二也！

三、扶持腐化贪污之势力，摧残真正为求解放之力量，其不满意者三也！

四、任用一切自私自利之徒，办些坑害民众的勾当，偏说志能之士，做的是不合理政治，其不满意者四也！

五、训练爪牙，除摧残人类幸福，颠覆民族外，其余凡是无耻下流之士，无所不为，此不满意者五也！

以上五点，实为抗战之障碍，请专电委座，痛除恶习。否则，民族将沦于国民党领导之下，是所悲耳！

常恩多连声的咳嗽唤醒了徐文斌。他扑到床前：师长！

常恩多：起义胜利，把这个交给郭处长，叫他，发出去！

徐文斌：师长，你别担心，我们会成功的！一定会的！

常恩多坚定地点了一下头，就倒了下去……

8月4日，天亮时分。

于学忠派参谋处长、常恩多的同学张佩文（即张西光），赶到111师探听情况。张佩文见常恩多还活着，知道了起义是常恩多的部署，说了几句安慰话，就回李家彩报告去了。

张佩文走后，常恩多明知自己已不治，再三要求刘万胜派医生来给治病。他说：我要活着，我活着，就对起义胜利有保障。

身边的官兵无一不泪流满面。

常恩多已奄奄一息，见郭维城从隔壁小院跑进来，他强撑起身体说：郭处长，起义部队应该有个响亮的名字，既要团结东北军人抗战，又能剥离开姓蒋的队伍……

郭维城汇报说：师长，我们几个刚研究过，就叫“东北抗日挺进军”这个名字行吗？

常恩多眼睛一亮：正合我意！

郭维城继续报告说：李延修和厉保元部反动武装已全部缴械，总部驻地和一溜彩均被包围，除了于学忠的手枪排保留武器外，其余的全部解除了武装！

常恩多欣慰：好！

郭维城继续说：总部特务团的一个营，是张副司令原来的卫队营，也参加了咱们的起义！

常恩多惊喜叹道：到底是张副司令的卫队！

郭维城：总部政务处、机要处、通讯大队、步兵连等也都过来了！他们还带来了20几部电台！

常恩多甚慰：正义的事业，总是会吸引很多有良心的人参加，干吧！

郭维城：不好的消息是，周复和那些国特们，都跑掉了！

常恩多：没关系。你们立即叫张苏平和刘祖荫来，起草起义宣言。再就是，以日照方面的日军出动为借口，马上锄奸，立即向南移动！

常恩多的命令很明确，即：马上杀掉陶景奎、刘宗颜、刘晋武、龚晓清、侯小鲁等人，立即率部队转移到八路军滨海抗日根据地！

几个人从小草房出来，迟疑不决。

郭维城坚定说：我的意见，按照常师长的决定，马上向南转移！

孙立基和刘万胜都焦灼不安。

刘万胜：不行！我坚决不同意！师长已经一个星期不吃不喝了，部队一拉动他就完了！

孙立基担心说：师长不能死！他活一天，对111师起义就有利一天！

郭维城略一思忖：那好吧，寄希望于派出去的人今天能找到万旅长！再物色人选，立即与八路军联系，请万旅长速回师，协助我们指挥部队。

郭维城又对刘万胜说：马上派人去找张苏平、刘祖荫来！

由于缺乏革命斗争经验，组织起义的郭维城、孙立基和刘万胜，把所有的希望都寄托在万毅回来上，而没有立即执行常恩多“南移”命令，致使后来的形势愈加残酷。

4日上午。

按照关靖寰的指引，陈绍先果然在八路军驻地马髻山附近找到了万毅。

陈绍先是万毅组织里的中共地下党员，他们之间有上下级关系。

陈绍先把常恩多和郭维城领导111师起义的事情说了一遍，又说：我们关团长让我跟你联系，派我接你回去！

万毅：你回去跟你们团长说，我需要跟组织联系一下再回去。

万毅给关靖寰写信，指出有几个连长不可靠，必须拿下。陈绍先接过信，又说：常师长快不行了，部队都在等你回去指挥。

万毅：你回去吧，我要等中共中央山东分局的指示。

陈绍先无奈，稍事休息后，只好打马返回666团驻地。

七、于学忠一声叹息

8月4日上午。

郭维城要通了总部于学忠的电话：于总司令！是总司令吗？

电话那头的于学忠似乎克制着恼怒，半晌才应了一声。

郭维城继续呼喊：总司令！我是郭维城啊！

于学忠：啊，我听出来了！

郭维城：总司令！我受常师长委托，率领111师起义了！

于学忠：我知道了！

郭维城真诚劝说：总司令！您要下决心啊，要对得起张学良将军，要有所作为啊！总司令！对您，我们起义部队不会做任何的伤害，您放心！

于学忠止住悲伤，感慨万千说：我的部下，走到我前头去了！维城啊，我年纪大了，不能跟你们一起革命，但我以人格担保，决不破坏你们的革命事业！

郭维城感动：谢谢总司令！谢谢！

于学忠：维城啊，总部特务营侯营长他们也参加了你们的起义，我很高兴。我愿意把东北父老用血汗钱买的枪，交给你们，打回老家去！

郭维城：谢谢！谢谢总司令！

放下电话，郭维城拔出枪，检查手枪子弹。

刘万胜察觉出异常，警觉问：郭处长，你……

郭维城：刘副官，我想回总部一趟，再多动员出一批人，多带一批枪出来参加起义。

刘万胜一惊：不行！你走了，这里没人指挥不说，你的安全也没有保障！

郭维城把枪插回枪套：不怕，我能应付！我快去快回！

刘万胜挡住郭维城：那也不行！我坚决不同意你离开！你走了，谁来指挥起义！

担心自己说服不了郭维城，刘万胜把孙立基叫来。刘万胜：孙团长，郭处长要回总部！

孙立基一听就急了：郭处长，你这不是往火坑里钻吗？不行！

郭维城有些遗憾：好吧，我不回去了！

郭维城抬起头，仰望远天怅然若失：可惜了那些有心抗战，可还要继续被老蒋利用打八路的东北军人啦！

张苏平和刘祖荫在骑兵连一个排长护送下，通过层层警戒线，来到了指挥部。

一见面，郭维城高兴地向他们介绍万毅越狱和111师起义的经过。张苏平和刘祖荫激动不已，“九·二二”锄奸后的喜悦冲上他们的心头。来不及寒暄，就听郭维城又说：常师长推荐二位，有要事相托！

接着，郭维城向二人布置任务：

一、由刘祖荫负责起草起义通电和宣言；

二、物色人选，立即与中共中央山东分局联系，请万毅速归，协助郭维城、孙立基指挥部队；

三、撤换干二、三队队长，人选由张苏平、刘祖荫提名，并武装干二队。

张苏平、刘祖荫认真听完郭维城的指示，刘祖荫问：起草起义通电，部队用什么名称？都写哪些内容？

郭维城说：用“东北抗日挺进军”的名义。通电内容是坚持抗日，反对内战，实行孙中山革命的三民主义：联俄、联共、扶助农工，以及张学良副司令在西安事变时提出的八大主张！

之后，刘万胜向张苏平和刘祖荫通报了常师长的病情，并从手枪兵手中要了两支手枪，交给他们，叮嘱他们注意安全。

刘祖荫回到石场，起草好通电和宣言，又返回指挥部。经过郭维城修改后定稿，《东北抗日挺进军宣言》中写道：

> 一、拥护革命的三民主义，联苏、联共、扶助农工，拥护革命政府、蒋委员长抗战到底，反对国民党亲日派破坏、瓦解东北军；
>
> 二、实行抗战建国纲领，和张学良、杨虎城在西安事变时提出的八大主张；
>
> 三、反对内战，联合一切抗日部队一致对外；
>
> 四、坚持“九·二二”杀敌锄奸精神！

经过研究，郭维城最后决定，干二队队长由教官、原抗日义勇宣传队队员徐振宇担任，干三队队长由副队长周谷性担任。并马上向干二队发放武器，命他们将在石场的国民党政治部人员全部扣押。由于曹成镒传达曹健华指示后就住在刘祖荫家里，张苏平建议曹成镒立即返回中共中央山东分局报告请示，并请万毅速回部队。

当天下午。

张苏平、周谷性、吕梦林把干三队男女学员组织起来，赶到集市和周围村庄张贴《东北抗日挺进军宣言》，并向广大群众演讲，揭露陶景奎、孙焕彩之流背叛东北父老不抗日、打八路的罪行。老百姓又看到111师锄奸后的抗日景色，一个个心花怒放、兴高采烈。

可是，在他们宣传起义时，他们惊异发现，661团团长孙维嵩所部的碉堡里，官兵们的枪口正对着他们。

午后，刘祖荫向曹成镒传达起义指挥部和工委书记张苏平的指示：命曹成镒返回分局报告起义情况，并找万毅，叫万毅速回111师帮助掌握部队，并请中共中央山东分局速派八路军向纸坊靠拢，堵住甲子山北麓，支援起义的111师。刘祖荫还详细介绍了“八·三”起义的情况，特别是起义的主张和口号。

已是下午5时许，曹成镒来不及吃饭就上路了。

路经厉家寨，曹成镒发现匪首朱老六反动地主武装已被阎普营解除，不禁欣喜若狂。他忽然想到，3日那天他赶往111师传达曹健华撤退命令时，在稻草峪抗大驻地曾看到竖着的许多天线。于是，他赶往稻草峪，想用自己的代号给朱瑞发报，报告111师的起义情况。

半夜时分，曹成镒到了稻草峪。刚说明自己111师战时服务团团员的身份，抗大的周纯全校长就用怀疑和警惕的目光盯住了他：你究竟要干什么？

曹成镒：我有两个要求，一是用我的代号给朱瑞书记发个电报，二是请周校长速派人去纸坊和111师师部联系，并把抗大的部队开往坪上以北，向111师驻地靠拢，就近支援111师起义！

周校长沉了一下，说：我们没电台。

曹成镒急了：电台的天线我都看到了，怎么会没有电台？

周校长又说：我们的电台是不向分局通报的。

曹成镒能理解周校长或许是担心会泄密而拒绝他的要求，又提出说：那就请校长将我的情况马上报告分局！

周校长：情况没有得到证实，我不能随便报告。

曹成镒愤怒了：要是贻误了军机大事，你们要负完全责任！

周校长愣了一下，看了看天色：你先休息，天亮后我派通讯员骑自行车送你去中共中央山东分局。

当天下午。

刚把起义的侯宜禄、程书麟、刘瑞华及一个营接应出总部，赵开云又接到彭景文转来郭维城的命令：立即到李家彩西头押送国特头子贺元到师部。

赵开云立刻带了一个连赶到贺元住处。

看到一队荷枪实弹的官兵冲进小院，面色本来就黑的贺元脸庞立刻就变了猪肝色。

赵开云：哪位是贺元？

贺元急忙上前：贵官，我、我是！

赵开云盯了一眼面前这个40岁出头的男人：郭处长电话，请你到师部，还有大、小电台一起去！

贺元闻声色变，面带惊慌：不用了，在这里很好！

见赵开云神情不悦，贺元忙解释：请贵官谅解，我老婆刚生孩子才几天，不能搬动啊！要是受了风，那可就落病了！

赵开云走进里屋，果然看到炕上正躺着一个妇女和一个刚出生不久的婴儿。他派人找来了两副门板，又对贺元说：走吧，我会保证你老婆不受风的！

就这样，一块门板抬贺元的老婆，一块门板抬东西，贺元牵着他的狼狗跟在后面，在一个连的官兵押解下，一家人去往刘家东山。

李家彩的东面由662团3营负责戒备。营长韩希孟对孙立基阳奉阴违，趁执行任务之机，向于学忠泄露了包围于总部的兵力部署，并建议于学忠化装成农民从东面撤离，向北转移。于学忠采纳了韩希孟的建议，并于下午换了便衣，披蓑衣，戴草帽，在一名亲信陪同下，扮作拾粪的老农骗过哨兵，逃出了警戒线。

黄昏时分，于学忠自觉已逃出起义部队的追击范围，便停下脚步凭高回望。甲子山纵横交错的山峦、连绵不绝的沟壑尽收眼底，李家彩已被遮没在山岭那一头，回想起自1939年春进入山东以来艰难的抗战历程，于学忠热泪盈眶。他被夹堵在了敌、友、顽三面的围困之中，他爱国的道路走得必定比任何人都艰辛，他抗日的道路也必定比任何人都曲折；单说眼下，他这个坚决抗日的战区总司令，不就被抗日的部下们抛弃了吗？

于学忠叹息了一声，转身走去。

是夜，总部人员化整为零从东面分批撤离了李家彩。

天黑时分。

陈绍先疲惫不堪，打马返回了666团驻地。

闻讯，于文清、彭景文也快步赶来。

关靖寰焦急问：怎么样？找到万旅长了？

陈绍先：在八路军驻地，找到了。

于文清左右张望：他人呢？他没有回来？

陈绍先：他不回来，他要等中共中央山东分局的指示。

关靖寰焦急：你没有告诉他，师长快不行了，我们都在等他吗？

陈绍先：告诉了。可是，他一定要等指示。

关靖寰、于文清和彭景文都十分失望而沮丧。

看了万毅的信，关靖寰和几个人商量，如果此时把那几个连长免了，恐怕会引起恐慌。于是，他们没有动那几个连长。

八、“跟上常师长！”

8月5日早晨。

发觉部队已出现不稳定的情况，奄奄一息的常恩多要召见团营军官。

关靖寰再见郭维城，向他报告陈绍先已在马髻山附近的八路军驻地找到万毅。关靖寰说：我已和万毅联系上，他什么时间回来还不确定。因为，他现在正在和他的组织联系，联系后就返回来。

郭维城十分高兴：万毅终于脱险了，我们盼望他快些回来！

郭维城又说：于学忠虽表态不破坏我们的革命事业，但也要提防他组织力量反击我们。我这里没队伍，从你团里是不是调一点来？

关靖寰：可把2营调来，营长赵永芳是我的同学，很可靠。他的态度很坚决，几个连长也很稳定！

郭维城欣然答应。

上午9时，军官们到齐后以整齐的队伍走进草房。331旅团营长站在床的右边，333旅团营长站在床的左侧，师直各处长、营长站在常恩多正面位置。众军官脱帽向常恩多敬礼，常恩多点头答礼。

常恩多声音很低，拼尽气力说：我们是东北军，再不给国民党军阀卖命了。我们拥护张副司令“双十二”的主张，停止内战，用东北人的枪打回老家去，收复东北失地。从今天起，我们和八路军合作，咱们都是东北有骨头的汉子，说干就干，对得起东北父老，也对得起张副司令。你们要带好部队，官兵团结，上下一心，我们就这样，干到底！

很多军官流了泪。

见师长训话完毕，军官们纷纷表态：我们一定听师长的话，走起义的路，一定干到底！请师长放心！

常恩多挥了挥手，军官们离开了。

662团2营是常恩多的老部队。抗战初期，孙立基在这个营当营长，现任营长阎普是常恩多任团长时的连长。

阎普，由于貌慈面善，外号“老太太”，1898年出生于黑龙江省景星县，读过十年书，1922年参加奉军。多年来，他受常恩多、孙立基影响，为人正直，待人宽厚，抗战坚决，一心要追随常恩多打回老家去。可眼见得常师长泰山将倾，又发觉部队已出现动摇、叛变的迹象，他离开常恩多住处，就流着泪跑到干三队，找到了儿子阎庆文。他抓住儿子的肩膀，使劲摇着，哭着叮嘱：小子哎，如果发生什么情况，常师长向哪儿走，咱爷们儿就跟他向哪儿走，你小子要有主心骨，千万不能跟别人乱跑！你一定要记住，要跟着常师长！

回到2营，阎普把常恩多训话的内容如实向官兵传达，并再三告诫：这么些年来，常师长坚决打鬼子，所以带我们锄奸、赶跑了缪大混蛋，所以带我们起义，要联合八路军抗日！我们跟定了师长，跟定了团长，无论他们到哪儿，我们都跟着！

赵开云营已于头一天夜里撤回王家坑驻地。听完了常师长训话，他立即返回部队，并如实传达。他发现，尽管经过了团、营几次动员，可很多人听起他的话来依然疑惑重重。

赵开云耐心解释了好几遍，可笼罩在官兵脸上的疑云依然没有消散。

上午。常恩多又召见各连军士代表。他躺在院里凉棚下的藤椅上，虽举全力，可已气衰力竭。

常恩多断断续续地说：我们没有两份资本，既打日本人，又打八路军。如果还像今天这样，我们啥时候能打回老家去？我们还能打回老家去吗？可能，我们还没有打到渤海湾，就连111师的番号也丢掉了。咱们人是东北老百姓养大的，枪是东北老百姓花钱买的。一万多人，一万多枪，我们怕谁？我不行了，你们可别忘记东北老百姓，别忘记他们正在受苦、受难，一定要打回老家去……

众人悲伤：师长！

常恩多：有骨头的小子，就跟着郭处长干吧，要打鬼子，不打八路，不能当汉奸……

众人悲哀：师长……

常恩多：不要紧，阎王爷一时还点不到我的名。我还要带你们弟兄抗日救国，打回老家去！

入夜。

关靖寰撤换了一个不可靠的连长后，把666团2营调到了师部附近担任警戒任务。

九、背叛

孙维嵩用电台与正从阜阳返回路上的孙焕彩联系上后，便匆忙给孙立基、张绍骞、关靖寰三位团长写信。

仰田、佩武、靖寰：

吾与诸兄患难多年，今日中途分道，抱憾实深，不能不以忠言相告。诚然，吾等蒙师长多年栽培，爱如己出，确应深铭五内、永世不忘。然而，师长病将就木，精神恍惚，此举系师长错虑，还是受他人挟制？实情不得而知，此劝诸兄一也。倘若师长千秋之后，将倚何人，恐悔之晚矣！此劝诸兄二也。况且国府日益兵强马壮，又兼美、英等国扶植，前途无限；然而，匪患已使党、人灭绝之境。非吾等最终辜负师长之恩德，生死攸关，孰不自省身败名裂、家破人亡之祸？

俗云：识时务者为俊杰，望诸兄三思，迷途知返，切勿一失足成千古恨。

我等命运不能掌控在少数政治阴谋家手中。老师长已不行，我们就算最后一次对不起老师长了！

弟振中亲书

警卫员把信送走后，孙维嵩下令：全团立刻转移！

送给关靖寰的信，先到了彭景文手中。彭景文拿着信找到关靖寰，关团长看罢信气得要吐血，吼道：人呢？送信的人呢？给我扣住！

彭景文：早走了，给张团长送信去了！

关靖寰想给郭维城打电话报告此事，可拿起电话，他又放下了。

彭景文：团长，你不打算报告郭处长？

关靖寰无奈：这个电话要经过两个总机转，且信的内容不宜在电话里说，再找机会吧。

此时，孙维嵩已秘密组织661团由朱芦向日照方向移动。6日凌晨，他把661团成功拉出了111师防区。

十、罗荣桓："我们必须予以支援！"

5日中午。

曹成镒在抗大两名通讯员武装护送下，到达了中共中央山东分局所在地临沭县朱樊村。他先见到分局统战部长谷牧，刚说了几句起义的事情，就被谷牧坚决打断。

谷牧神色严肃：曹成镒同志，事关重大，我带你马上去见朱瑞书记！

朱瑞正在睡午觉，听到谷牧叫他，也不知是什么事，边穿衣边说：我来到了山东，像山东的同志学了条好经验，脱光了衣服睡觉真是舒服啊！

朱瑞看到曹成镒：小曹同志，你啥时候回来的？

谷牧着急说：曹成镒同志有紧急情况报告，是张苏平同志派他回来的，111师发生了大事！

朱瑞一惊：快坐！快说说！

曹成镒说了没几句，朱瑞又打断说：等一等！

朱瑞起身唤来通讯员：小李，去找山东军区的几位首长马上到我这儿来，有要紧事，要快！

通讯员应了一声跑去了。

片刻，罗荣桓、黎玉、肖华、江华等十几位分局和第115师、山东军区的首长陆续赶到。王维平也来了，和曹成镒招呼后，就向朱瑞报告说：华诚一（曹健华）同志马上到，正在路上。

朱瑞向大家介绍曹成镒：曹成镒同志是从111师来的，共产党员，王维平同志认识。现在由他详细介绍111师兵变的情况。

曹成镒把111师常恩多师长和战区政务处长郭维城领导111师起义的过程介绍后，又说：起义是常师长领导的，因常师长病重，委托于总部政务处长郭维城及662团孙立基暂时主持工作，并有师长的副官刘万胜协助。

王维平插话介绍了郭维城、孙立基和刘万胜的情况。

曹成镒又说：我党的两位党员张苏平和刘祖荫同志，也被招去协助工作。8月3日傍晚，常师长下令把陶景奎、刘宗颜、刘晋武、龚晓清和侯小鲁都扣押起来，现押在工兵营。

王维平着急问：孙焕彩呢?

曹成镒：孙焕彩带了两个营正在从阜阳回山东的路上，尚有二三天的路程才可到达师部，所以没能把这个坏蛋抓起来。

王维平又把这几个坏分子的情况作了简单介绍。

曹成镒把万毅越狱后的情况说了一遍，又说：常师长盼望万旅长回去主持工作，111师官兵都盼望他早日回师!

当日晚。

万毅从十字路赶到朱樊，中共中央山东分局召开紧急会议，研究对策。

罗荣桓说：当前，我党的方针是“坚持抗战，反对投降；坚持团结，反对分裂；坚持进步，反对倒退”。我们对国民党军队绝不是要去分化瓦解它，但111师的事件是蒋介石分裂倒退政策逼出来的。111师的起义是正义的，是和全国人民的抗战、团结、进步的要求相一致的。而且，在历史上，111师曾和红军、八路军有过友好关系，师长常恩多是一位坚决抗战的爱国将领，他一贯反对蒋介石政府投降日寇、反共反人民的政策。全国抗战后，他坚决要求派共产党员给他当秘书，就是坚信只有在共产党领导下东北军才能打回老家去。我党在这个师的抗战工作也有很大成绩。现在，他们为反动派所逼，自动脱离蒋介石的统治，我们必须予以支援！还要考虑到这支部队是一支旧军队，缺乏进步力量骨干，事变缺乏群众基础，加上东北军中的反动势力很大，必然要进行反扑。因此，这支部队中很可能出现混乱。

朱瑞说：无论出现什么情况，就是过来几百人，也是胜利!“九·二二”锄奸后，111师又滑向敌人一边。这一次，我们不能再失去机会了!

经研究，分局当即决定：调57军独立旅马上北开，向111师靠拢，未到达前，抗大一分校用独立旅名义向111师靠近，随时支援起义的111师。

朱瑞、罗荣桓、黎玉向万毅、王维平部署任务：立即返回111师，同起义领导人一起稳定部队。

罗荣桓还特别指出：按照我党统一战线政策，“八·三”义举的领导人最好把“八大主张”，改为“团结抗日”的口号，万毅同志回去后与大家商量。

在分析部队目前的形势时，王维平说：我估计中下层可能不好把握，但很多官兵还是坚持抗战，倾向我们的!

万毅忧虑：依我看，有解体危险。

罗荣桓说：就是过来一个团，也是胜利!

黎玉：部队立即向北靠拢，接应111师！你们两个速返回111师，掌握部队!

朱瑞坚定道：形势好，一把抓；形势不好，抓一把！我亲自靠前指挥！马上行动！

之后，朱瑞书记给华北局和中共中央发电《东北军111师事变的概况及我的意见》：

东北军111师又一次大的事变，常师长本人以临危之病体，在鲁苏战区政务部、前于学忠秘书郭维城主持推动支持下，三日将该师陶参谋长、刘师长、刘旅长扣押，四日将于总部解除武装，于（学忠）被软禁，宣布四项主张：第一、拥护三民主义、国民政府蒋委员长，反对以三民主义名义破坏东北军。第二、实行建国纲领。第三、联合一切抗日部队一致对外。第四、坚持杀敌锄奸。并改番号为"东北抗日挺进纵队"，改四个团成四个师。事起原因：第一，继续"九·二二"锄奸运动，再起改变东北军，保存东北小团体，反对破坏东北军、东北团体，以雪"九·二二"事变后遭受挫折的愤恨。第二，受敌"扫荡"威胁，对重庆接济失望，自身生存愈益困难。第三，常师长本人病深难救，陶参谋长与刘副师长争夺师长更为激烈，××国特分子大肆活动。第四，郭某从重庆回来不久，是否还有其他策动因素不清楚。此次事变有很大缺点，包括宣布四项政治主张，没有具体的政治目标，以坚持杀敌锄奸与解决于总部、软禁于（学忠）相联系是错误的，抛弃国军的番号而以组织东北挺进纵队为番号，反对大部非东北籍战士，山东战士不能团结。

此次事变出于常、郭二人，下层不服，从常师长指挥行事，没有东北军上层军官支持，多数进步青年与共产党员在"九·二二"后被……（电码不详）。万毅同志原是该旅旅长，囚禁于总部，事变前一天脱险来分局，已连续派人找万毅去帮助主持，收拾局面。我们对其内部尚缺详细报告，具体方针是使其事件不致扩大，造成东北军完全分裂、分化、对立，并设法挽救不利的情况，隐蔽地帮助掌握部队，恢复于（学忠）自由，对外赞成东北军自身团结，与一切抗日友军团结起来，反对分化、吞并东北军，破坏东北军的存在，反对挑拨离间东北军同各抗日友军的关系，拥护于总司令领导东北军抗战到底，以表示我们光明正大态度，以挽救此次事变可能遭到极不利的攻击而致全局失败。朱瑞同志、万毅同志率东北军独立旅一部分部队靠近111师以便进行工作。关于对这一事件的处理是否妥当，请中央电示。

6日早晨。

曹成镒在王家花园见到万毅。刚进屋，他看见护士正在给万毅治脚上的伤。万毅告诉他，这些伤是他越狱后翻山越岭被石头碰、荆棘划的。不一会儿，杜荣民、陈绍先带军士队赶到。见到万毅，杜荣民和万毅抱头痛哭。

万毅安慰道：这就好了，应该高兴，是我们笑的时候了！

之后，万毅、王维平、曹健华、曹成镒等跟随朱瑞，还有杜荣民带的军士队一路疾奔，当晚到达十字路。

第二十八章 奔向光明

一、血洒高家柳沟

8月6日早晨。

当发现孙维嵩带661团叛逃后，郭维城、孙立基请孙维嵩老上级、客居在111师的缪延明率骑兵连向北追赶，又派出赵开云率营沿日莒公路向沈疃方向追击。可是，由于叛军已逃出追击范围，又担心部队遭到袭击，指挥部遂派传令兵将两支队伍追了回来。

赵开云率部追出去了10公里后，接到了“停止追击，立即返回师部”的命令。

赵开云率部返回纸坊后，派出一部在纸坊北山上警戒，大部集结于山坡上休息。心里担心官兵情绪不稳，他把头一天常师长的讲话精神又向全营传达一遍，最后他反复说：大家对师长讲话有什么不明白的提出来，我来回答。

果然，在一阵沉默之后，有官兵提问：常师长病得这样，眼看不行了，如果常师长不在了，该怎么办？

赵开云说：常师长病重，是全师官兵关心的一件大事。今后师领导问题，还有万旅长领导我们打鬼子，再不然还有关团长、咱们老营长彭景文！111师后继有人，大家不要担心！

有官兵说：八路军粮不够吃，咱们要去抢粮，咱们已经抢了，八路军还能要咱们？

赵开云说：吃粮，没有问题！只要我们打鬼子，老百姓就会把粮食送上门来！

又有人提出：常师长说，脱离国民党统治，接受共产党领导，今后能否长期有可靠保证？

赵开云说：常师长说，脱离国民党接受共产党领导，确有可靠保证！“双十二”事变时，我们和八路军就是朋友，到了山东并肩抗战，有战斗友谊，不要担心，按常师长的路走，干下去！

众人不再言语，赵开云便到指挥部请示新的任务。郭维城和孙立基要赵开云抓住部队，以不变应万变，如有问题发生，就来挡一挡，要把常师长领导起义的意义向部队讲清楚，要扎根，不要风吹就倒。

赵开云自觉责任重大，意识到抓住部队是他目前的头等大事，随后回到部队。

郭维城找来张苏平，派他立即出发去寻找万毅。两个人分析了此时万毅可能会在的地方，张苏平就匆忙离开了。

张苏平回到石场，找到刘祖荫，心情沉重说：小刘，我马上出去找万旅长，你要提高警惕，照顾好石场这一摊子！

刘祖荫：张书记，我跟你去！

张苏平：不，你这里也不轻松，要警惕随时可能发生的意外事情。

刘祖荫连连点头：你放心去吧，快去快回！

石场位于纸坊南三里地，驻有师部副官处、国民党政治部、军法处、干部训练二队和三队、骑兵连。国特们都已被缴械并被押了起来，干二、三队的主要干部也撤换了，但并不意味着就万事大吉。

张苏平怀揣着不安向南去了，刘祖荫挥着手，心里盘算：甲子山北麓驻守着朱信斋顽匪，再往北过了日莒公路就是于学忠总部后方留守部队；甲子山南麓是八路军游击区，再往南是滨海区抗日根据地。如若出现不测，他就带干二、三队向南撤退！

中午时分，郭维城把孙立基、张绍骞、关靖寰三位团长召集在小院凉棚下开会。

孙立基把孙维嵩的信撕得粉碎，咬牙切齿说：这个叛徒，真是无耻！当着师长的面说得比谁都好听，才两天就变卦，地道一个人面兽心的两面派！

张绍骞有些心灰意冷：这个王八蛋带头一跑，影响太坏！幸亏师长还活着，不然就真的麻烦了！

关靖寰义愤填膺，说：像孙维嵩这号败类，大有人在！起义嘛，是革命，不可能百分之百不动摇。别说师长身体这样，就是身体好，也不可能那么平稳，都跟着走！起义，就是你死我活的斗争！我到666团时间短，刘晋武对队伍抓得紧，我不敢伸手，平时说一句进步的话，他马上就知道！说得难听，我放个屁他也知道！现在他们在押，事情说不定还会有什么变化，我也不敢保证我那个团能百分之百带出去。反正我是决心干到底了！能带出去更好，带不出去也不怕，剩我一个人也要按常师长指引的路走到底，到八路那边去！我就是这个决心，没有决心不行！

关靖寰又说：刘晋武现押在工兵营，工兵营也不一定没问题！

最后，郭维城再三交代几个团长掌握部队，就叫张绍骞和关靖寰速回驻地了。

当日下午。

彭景文在潘店遇到了刚从师部返回的张绍骞。

张绍骞从马上跳下，情绪有些低落：常师长瞎胡闹，身体都这样了，还搞什么起义！

彭景文闻声相劝：张团长，你说的什么话，这可不是瞎胡闹！

两个人坐在了路边的石堆上。

彭景文又说：你是常师长的学生，他对你恩重如山，你当661团长，被缪澄流撤了，师长又让你当了665团团长。起义是正义的事，这不是胡闹，是好闹！咱们都不能辜负了师长！

张绍骞略一思忖，站了起来：老弟，你说得对！这一回，我不会辜负师长！我回柳沟去了！

看着张绍骞打马奔向徐家柳沟，彭景文为他捏了把汗。

665团团附王铁权和团长张绍骞是同乡、同学，两个人初中毕业后十年未见，后来先后到了111师。1939年，常恩多办干训队，张绍骞任干一队队长，王铁权当干二队队长，接触很多。1941年，王铁权调665团中校团附，他们接触就更多了。团长张绍骞工作情绪不高，常有小病，王铁权除了人、钱不管外，其他工作一把抓。到665团，王铁权是肩负特殊使命的。当年，王铁权离开师部，常恩多曾谆谆教诲：你去要注意掌握部队！可是，他到665团后发现很多军官被刘晋武控制。因刘是常师长提拔的，他没有向常恩多报告。

头一天，常恩多召见各团班长以上干部训话，王铁权带队去的，当时他就在常恩多床边，心情万分悲痛。回来后，他就发现有些官兵情绪不对，在这天团长张绍骞再次被召到师部开会后，部队出现更加不安的躁动。王铁权采取了坚决措施，他下令两个营长到团部开会，并把他们软禁在了团部，又命令通信连长把团政训处国特分子关押了起来。

两个营不停来电话，要营长回去。王铁权顶着没放，直到张绍骞回来。

天黑时分，张绍骞回到团部，情绪十分高涨。

王铁权：团长，见到师长了？师长怎么说的？

张绍骞：见到了！师长说得太多了！

王铁权期待着。

张绍骞：师长说，人是东北老百姓养大的，枪是东北老百姓花钱买的，一万多人一万多条枪，怕什么？我病是不行了，你们要当汉奸，跟蒋介石、汪精卫一个样。你们不忘东北老百姓，打回老家去，找共产党、找毛泽东！

王铁权：我们不能辜负了老师长！

张绍骞连连点头：是的！是的！不能辜负！

正在这时，两个营又来电话要营长回去，且态度很强硬。王铁权把张绍骞去师部开会后的情况报告后，张绍骞说：不要紧，叫两个营长回去！

忽闻2营出现叛逃迹象的报告，张绍骞拿起马鞭就走：我去2营看看！

王铁权追出团部：团长，你不能去啊！

张绍骞解开树上缰绳：王团附，我去看看就回来！他们要是真格的拉，我也不怕！

说着，张绍骞已飞身上马。

王铁权追上：团长，兵变不认人的，你不要去啊！

张绍骞：师长说的，我们跟八路再不能打内战了！我们要打回老家去！我去劝劝弟兄们，马上就回来！

王铁权喊着“团长”，眼见张绍骞打马奔向高家柳沟。

高家柳沟。

2营已乱作一团，3营也已从魏家柳沟向这里汇集。整个村庄，乱纷纷地陷入了兵变的恐怖中。

张绍骞打马奔来，离众人还有十几步时，他跳下马喊道：弟兄们，不要动！师长有话要交代！

在一片嘈杂而愤懑的声浪中，张绍骞的声音显得微弱而缥缈，可他还是坚持喊道：弟兄们，今天这是咋了？咱们的常师长，为了打鬼子，打回东北老家去，与八路军合作，这样力量大，打鬼子容易，就是这个意思！我们跟常师长多少年了，出了多少汗，还不知道？常师长咋说，咱们就咋办！不会有错的……

王铁权对张绍骞只身去高家柳沟不放心，随后也带上兵打马追了过来。

到了高家柳沟，隔着一条河，他看到张绍骞被一群官兵围住，张绍骞正激昂地说着蒋介石如何不好，不关饷，忽然，队伍中有人站起，大骂张绍骞扣押军饷，说着已扣响了扳机。

王铁权眼睁睁看着张绍骞应枪声倒了下去。随后，本来就乱糟糟的人群哄一下散了。有人喊：走啊，向西北方向走！

于是，2营裹挟着3营，纷纷向西北方向跑去……

张绍骞身中数弹倒在血泊中。

张绍骞圆瞪着眼睛，眼巴巴望着，在他眼前，纷乱的脚步越跑越远，最后终于消失了。

大雨忽降，雨水倾泻而下，落在张绍骞的脸上、身上，落在这片被张绍骞团长的鲜血染红了的土地上……

二、焚香盟誓

6日夜10时许。

张绍骞团长牺牲后，665团2、3营即向西北方向逃走。机枪二连连长周广庆一看形势不妙，命全连原地不动。最后，待叛军走远了，他带全连投奔666团关靖寰，被关团长安排在军士队驻地。

周广庆是万毅从112师调来的。万毅被扣押后，他被刘晋武审查了很长时间，最后才官复原职。

王铁权在返回徐家柳沟后，才叫圩子门，就被从里面射出的子弹打了回来。无奈，他只好掉头前往魏家潘店投奔关靖寰和彭景文。

王铁权把张绍骞团长牺牲的前后情况详细说了一遍，关靖寰就叫他去军士队安抚周广庆连。

王铁权走后，关靖寰焦躁不安。整个部队在等万毅回来指挥，可万毅现在在哪儿、什么时间能回来，谁也不知道。661 团已叛逃，665 团走了大部，他的 666 团，他也没有把握能够都带出去，怎么办？怎么办？

关靖寰在院子里转了一圈又一圈，也终未能想出办法来。这却引起彭景文的不安和警惕，在如此严峻的情况下，如果关团长也犹豫了，那 666 团的前途不堪设想！彭景文毫不迟疑找来于文清，又叫警卫员把关靖寰母亲的铜佛像和铜香炉拿出来摆上。

看到佛像，关靖寰有些诧异：你们要干什么？

彭景文：非常时刻，我们要和你焚香盟誓！

关靖寰不以为然：有这个必要吗？

彭景文：非常必要！

于文清说：赵开云住得远，最好把其他两个营长也找来，一起发誓，坚决起义，决不当叛徒！

听到这话，关靖寰才明白了两个人的心思，坚定表示道：没有问题，我来叫！

两个营长和团平射炮连连长王乾元到齐后，六个人站成了一溜。彭景文点上香，首先跪倒在地，其他人也跪了下来。

彭景文：我彭景文，在观世音菩萨面前立誓：坚决跟常师长干到底，如有动摇，出门遇枪打死、遇炮轰死，死无葬身之地！

誓毕，彭景文连磕了三个头。

于文清、关靖寰和其他几个人也先后发誓盟愿，重申了彭景文的誓言。

仪式结束，两个营长和王连长回去带部队，关靖寰如实告诉彭景文和于文清说：两位兄弟，我关靖寰没有动摇！起义，我干定了！部队能带出去最好，带不出去，剩下我一个人也要照师长指的路走到底！不瞒你们，之前重庆要缩编 111 师，我就想过拉队伍出去单干，可干不了，现在好了，常师长领着干，名正言顺！

彭景文和于文清都松了一口气。

彭景文：团长，你早说啊，搞得我担心了半天！

关靖寰：我刚才是在想，这样下去部队要拖垮的。我们要设法尽快找到万毅，叫他赶紧回来。他不回来，过几天就不好办了，等他回来也晚了！

几个人商量后，关靖寰决定拿出刚弄到的一笔钱先分给旅部士兵，每人十块，以备急用，又决定于文清带部队再出去接万毅。

是夜，于文清接万毅没有接到，返回驻地。第二天一早，他和王铁权带上周广庆连和赵开云营的两个连再次出发去接万毅。

三、宋景龙坪上遇险

8月7日凌晨1时。

宋景龙被郭维城派的人叫到指挥部。

头一天，宋景龙曾找到张苏平，建议派可靠的人下到部队摸情况，下午，孙学仁和徐振宇打起背包要跟他去662团，后因下面出现叛逃迹象，他们没能下去。时值深夜，他被召到指挥部，知道郭处长一定有要紧事相托。

果然，才见郭维城，就听他说：这么晚了把你找来，是有紧要事情麻烦你。

宋景龙：郭处长，你就说，要我干什么？

郭维城：开始听说万毅向西跑了，后听说到了朱樊，又派人去南边，可到现在还没有他的消息。部队不能就这么等下去，你马上出发去南面寻找万旅长回来！再就是，我们需要八路军派部队挡在北面，截断叛军逃跑路线！

宋景龙二话没说，表示立即出发向南寻找和联系。

刚出门，宋景龙遇到刘万胜。一听宋景龙要出去找万毅，刘万胜急了一把抓住他：老师长信任你，这时候，你不能扔下他！

宋景龙：我出去找万毅，找到尽快回来；万毅暂时不回来，我就先回来！我们不能丢下师长，丢了师长，就是丢了事业！

刘万胜松开了宋景龙。

宋景龙抓了两颗手榴弹，拿了把手枪出发了。

天将亮时，宋景龙忽然被几个人围住。原来，他遇到了八路军抗大的游动哨。

宋景龙被带到朱梅，见到了朱校长和张雄副政委。宋景龙把自己被起义指挥部派出寻找万毅的事一说，周校长说：偌大解放区，你到哪里去找？我看还是先休息，等等看，不要进入，不难找到！

宋景龙被安排在一间土房里休息。躺在炕上，他怎么也睡不着，又爬起来找到抗大两位领导，如实相告：111师过半数的部队已叛逃，指挥部希望八路军派强有力部队向北横插，挡住叛军的退路！

两个人经过商量，回答说：军事行动需请示上级，我们不能擅自行动。

宋景龙想到临离开时郭维城、孙立基和刘万胜期盼他早日返回的殷殷目光，遂决定先回去报告与八路军联系的情况，于是说：可否先派一个人送我，和我一起回111师，也便于我们内外互通情报？

两位领导商量后，答应了宋景龙：可先派人送你回去，并请把我们的信带回去交给起义领导人！

宋景龙打开信，只见上写：

111 师常师长、总部郭处长：

贵部刘瑞华、宋景龙已来我部，贵部义举是“双十二”枪口一致对外的继续，是对日伪劝降的沉重打击。抗战以来，国民党中将师长在反共高潮中率部起义尚属先例。革命起义，无不经历迂回曲折，贵部正处于这一阶段，希贵部坚持下来，它对鲁东南影响重大……

揣上周校长和张副政委的信，宋景龙和八路军派出的董守良出发了。

天降大雨，两个人冒雨前行。到了坪上，在老百姓家雇了头毛驴继续北走，不料中了地方反动武装的埋伏，两个人都被下了枪。

几个人逼问宋景龙：常师长死了没有？快说！

宋景龙昂着头：常师长活着！活得好好的呢！

几个人气急败坏：谁派你们出来的？

见榨不出什么油水，几个人把宋景龙和董守良绑了起来，并要换掉他们的鞋。

换鞋，是土匪处死人前的小关节。宋景龙想：这回完了，回不去了，欺骗了刘副官，也再见不到老师长了！

忽听董守良用土匪的行话说：兄弟跑腿在外，哪天湿了鞋……

大雨中，从东南和西北方向忽然传来了激烈的枪声，所有的人都趴下了。

几个匪徒惊慌失措，不知远方发生了什么事。恰在此时，赶驴的老乡偷偷解了董守良身上的绳子，随后又解开了宋景龙的绑。

三个人趁乱撒腿就跑。

宋景龙在跳下一处崖头时摔伤了腿。最后，董守良和老乡借了块门板把他抬着送回了朱梅。

再见周校长和张副政委，宋景龙满怀遗憾，说：很惭愧，枪丢了！

周校长安抚道：枪丢了再弄，人没丢就行！

四、常将军最后的牵挂

起义几天来，常恩多举生命最后之力，教育官兵，安定军心，几次提出“立即锄奸，部队南移”的决策。孙维嵩率661团叛逃，张绍骞牺牲，665团大部叛变，给他病痛的身体带来了致命的打击。

8月7日，常恩多生命垂危。

徐文斌跑到隔壁小院找到刘万胜，焦急说：今天给师长喂西瓜吐西瓜，喂米汤吐米汤，只能靠打针来延续生命了！

刘万胜快步走进师长住的小院，就看见师长的几个马弁、炊事员在哭，心里忽然紧张起来：难道师长就要离开我们了吗？

刘万胜走进小屋，见常妻王树军带小育平守在常恩多身边，正在哭泣。

王树军说：他爸，你放心，这次起义，你们去哪儿，俺们老娘们跟到哪儿，绝不拖后腿！

常恩多脸上露出微笑。小育平哭着喊“爸爸、爸爸”。常恩多伸出手，抚摸小育平：闺女！

王树军见了，悲伤说：你放心，俺会把孩子们拉扯大！

常恩多笑着，说：一辈子，受罪的命。等到快要称心了，就该活不成了。

王树军哭了：他爸，你要坚持住！

刘万胜见状热泪盈眶，匆忙走近：师长！

常恩多精神一振：万旅长，有消息了？

刘万胜悲哀摇头。

常恩多：都派谁出去找了？

刘万胜：已经派出去五六批人去找了，曹成镒、张苏平、宋景龙，还有杜荣民他们都派出去了，就快回来了！

常恩多：好、好，叫他快回来，我有话跟他说。

常恩多哆嗦着伸手欲摸枕下。

刘万胜伸手在枕下摸出常恩多佩戴的小手枪。

常恩多依依不舍，抚摸手枪：这把手枪一直跟随我。万旅长回来，你交给他，就说，常恩多要他带好111师，跟着共产党，抗战到底！打回老家去！

刘万胜眼含热泪，把枪插进腰间：师长，你放心吧！我一定交给万旅长！

常恩多举起手，指墙上衣服。刘万胜走到墙边取下衣服：师长！

常恩多：里面有60块钱，送给徐文斌。

徐文斌闻声哭出了声。

常恩多：这孩子，是好孩子，不怕脏，不嫌病，我感谢他。

刘万胜难过。他知道，这是师长唯一的财产！

常恩多又说：你以后若有可能，替我关照他。

刘万胜连连点头：师长，你放心吧！我一定关照他！

常恩多又指墙上马褡子。刘万胜走到墙边摘下马褡子。马褡子里是几件较新的军装。

常恩多：万胜，我没东西送你。这是我在南通做的校呢军装和大衣。不瞒你，这是我一生里最像样的三件衣服，留给你做纪念吧。

刘万胜哭了：师长！

常恩多还想说什么，却昏迷了过去。

徐文斌给常恩多打了一针，在亲人们的呼唤下，常恩多渐渐醒来。

见周围的人都在哭，常恩多拼尽气力，说：我要咬着牙……瞪着眼……活着！我多活一天，就帮你们一天！我多活一会儿，就多帮你们一会儿！……顷波啊，你去哪儿了？为什么还不回来？快些……回来吧……

五、孙立基悲喜交加

7 日下午，军心骚动，危机四伏。

刘万胜想：只有保住常师长这根撑天大柱，起义部队才可能摆脱眼前险境。于是，他交代王宗芳：手枪兵除了站门岗外，再派两个人轮流守卫在师长身边，寸步不准离开。之后，他又交代徐文斌：严密注意医务人员打针的药品，把药瓶都保留起来，防止医务人员向师长下手！

刚回指挥部，刘万胜就看见孙立基气呼呼地在院子里来回转。原来，他刚接到 662 团中校团附潘明山电话。潘明山报告：发现一股日军正向我们袭来，部队要马上转移，请孙团长立即返回刘家东山组织部队迎击！

潘明山还规定了孙立基返回的路线，说以便派人迎接。

事不宜迟！无论敌情是真是假，孙立基都要回去掌握部队！661 团已叛逃，662 再跑掉，331 旅就真成空架子了！孙立基告别了郭维城和刘万胜，只带了个警卫员打马而去。

潘明山是孙焕彩死党，他趁团长孙立基不在，组织起 662 团团部及 2、3 营（1 营当时不在驻地）以有“敌情”为由，向东南方向转移，并带走了孙立基的妻子、女儿和弟弟。部队已离开刘家东山驻地，潘明山命令亲信：埋伏在纸坊回刘家东山的路上，打死孙立基！

从纸坊到刘家东山不过二三里地，说话就到。行至半路，孙立基忽然感觉不好：潘明山报告敌情，还规定了我返回刘家东山的路线，他是不是有什么阴谋？稍一迟疑，他喊警卫员拐上了一条小路。

还未到刘家东山，孙立基忽然发现赵家方向有部队移动迹象，再问老乡，果然证实 662 团已向赵家土山转移。孙立基愤然而起，打马追去。可他们追出去了十几里地，却见 662 团已经远去。孙立基真想找个墙头横撞过去，他连死的心都有了。不完全是因为他的妻女和弟弟生命危险，更因为他的部队眼下似乎就只有他和警卫员几个人了！

孙立基悲愤想：怎么，正义的事业也没有人追随吗？难道我平时对官兵的教育都白瞎了？

孙立基决定还是回刘家东山看看，也许那里还有几个不愿意叛逃的官兵……

怀着一线希望，孙立基和警卫员打马回到刘家东山。刚进村子，孙立基惊呆了。黑压压的官兵集合在村庄中央的场地上，阎普带 2 营没有走，他们正在村里等候孙团长！

孙立基热泪流淌，上前一把抓住了阎普：老太太，好兄弟啊！

阎普笑了：团长，你放心吧，我们跟定师长，跟定你打日本鬼子！我们不会离开的！

经点验，662团2营全营官兵，无一叛逃；2营共三个步兵连、一个机枪连和一个迫击炮排，共3门迫击炮、6挺马克沁重机枪、30多挺捷克式轻机枪、及400支捷克式步马枪和半自动步枪。

六、瞬息万变

安抚下阎普营官兵，命他们继续防守刘家东山，孙立基策马返回纸坊。

听完了孙立基的汇报，面对复杂多变的起义形势，郭维城陷入沉思。常师长生命垂危，随时可能离开；111师几个团纷纷叛变；而他们寄予重望的万毅又杳无音信；八路军部队在哪里集结，又在哪里支援起义的111师；他们还能拉出去多少部队……这一切，都是未知数。

郭维城决定不再等候万毅，立即拉部队向南转移。他和孙立基、刘万胜正在研究转移方案，忽然接到从魏家潘店传来的关靖寰的电报：傍晚时分，万毅和王维平可到达潘店！

这无疑是起义以来最激动人心的好消息。郭维城和孙立基都无比激动，刘万胜闻讯后更是高兴地一口气跑回常恩多住的小院。

刘万胜呼喊：师长！师长！万旅长有消息了！

常恩多在昏昏沉沉中振作起来：快、快说！

刘万胜：万旅长和王秘书今天晚上就能到潘店子！

常恩多干涩的眼睛里闪烁出光亮：好、好……赶紧叫万旅长、王秘书回来，越快越好！

刘万胜想到什么，说：师长，万旅长逃走后，不一定了解师部这边的情况，我是不是带骑兵排去接他们，两三个小时就能回来！

没等刘万胜说完，常恩多催促：好，你快去，叫他们赶紧来！

刘万胜点着头，依依不舍地离开了。

出发前，刘万胜依然很不放心孙立基。他总是不时地用一种忧郁的目光盯在孙立基脸上。

孙立基看出了刘万胜的担心。由于妻女和弟弟被叛军掳走，刘万胜担心孙立基最终会离开起义部队，回到叛军那边。孙立基把刘万胜一直送出小院：兄弟！放心去吧，即使出现再严重的情况，我也能挺住！咱这辈子跟定了常师长！你不要为他们母女和我弟弟担心，叛徒们不敢把他们怎么样！再说，陶景奎、刘晋武这帮家伙的小老婆们的命，不是还攥在咱们的手心里吗？

刘万胜放下心来，和郭维城、孙立基告别后，牵上常师长的乌雅马正欲出发，在院门外遇到了工兵营营长王毅。

王毅忽然跑近，拦住了去路：刘副官！我想跟你说说，咱们可不能当八路军、干共产党！

刘万胜有些焦虑：王营长，你是咋的了？师长不是说了吗，咱们是按照张副司令的八项主张，联合八路军、共产党抗日救国，打回东北老家去！你可不能听信坏人的谣言，上坏人的当！我马上去333旅接万旅长，回来咱们好好谈谈！

对于看押陶景奎、刘晋武、龚晓清等人的工兵营营长王毅的犹疑，缺乏经验的刘万胜没太在意，更没有马上报告郭维城和孙立基。他着急见到万毅和王维平，并把他们接回纸坊。

刘万胜率骑兵连排长阎根茂和全排骑兵刚出纸坊，雷声袭来，大雨将至。他回头看了一眼纸坊村，掉转马头率马队奔驰而去。

刘万胜难以预料的危机正向起义指挥部逼近！

就在7日这天中午，曹成镒、杜荣民及军士队陪同万毅冒雨到达大柳沟。

大雨滂沱，河水陡涨，隆隆的雷声夹杂着时紧时疏的枪声，不时从远处传来。众人仔细辨别，枪声是从东北方向传来的。大家担心师部的安危，万毅更是焦急万分，他不顾河水湍急打马冲进柳沟大河。刚闯进河中十几步，他就被汹涌的波浪打翻在河里。众人匆忙相救，万毅才返回岸边。等到雨歇风停，河水渐渐退去，众人才渡河继续东进。

又行了里许地，忽然从树林中冲出百余人来。他们光着脚，提着枪，身上的军装都已透湿，一个个像落汤鸡。

万毅和众人都大吃一惊，后听清了众人的欢呼声“欢迎万旅长”，才弄明白这些人是来迎接他们的。

人群跑近了，曹成镒、杜荣民、万毅等看清了665团团附王铁权。

劫后相遇，众人如见亲人般分外激动，很多官兵都流了热泪。

王铁权向万毅报告：张绍骞团长牺牲了，661团也被孙维嵩带走了……

万毅安慰了众人，又命王铁权负责收拢失散官兵，等待他回到师部后的命令，然后和众人继续向魏家潘店前进。

从纸坊师部驻地到魏家潘店，只有20多里大路。刘万胜和骑兵排不一会就到了魏家潘店村头。刚进村，忽然听到零星的枪声和嘈杂的吵嚷声。刘万胜招呼骑兵排立即下马，众人正不知所措，村里一个人向刘万胜等人招手。

刘万胜认出招呼他的人是王乾元，就带着骑兵排紧张跑近。王乾元把刘万胜等人马带进一条小巷里，告诉刘万胜说：666团一部叛变的部队正向村外拉动，我怕你们被他们裹挟走了。

果然，不一会儿，一群乱糟糟的人马向村外逃奔而去。

天色渐渐黑下来，刘万胜带人马悄悄摸进666团团部。

关靖寰和彭景文正在研究对策，忽见刘万胜进来，十分高兴。他们问了常师长的情况，又安抚刘万胜暂时等候，说万旅长马上就到。话刚说完，万毅和前去接他的众人已走进了666团团部。

众人相互通报了情况，万毅正要跟随刘万胜去师部，忽然从师部纸坊方向传来了激烈的枪声。

众人为常师长和指挥部的安全焦虑。万毅要动身，被众人拦住。

万毅先是派曹成镒返回十字路向朱瑞报告111师情况，不一刻，他带着人马也重返十字路，欲亲自向朱瑞汇报情况。

就这样，在远远近近的枪声中，在常恩多、郭维城、孙立基的期盼中，已经到达魏家潘店666团的万毅，遂又离开了魏家潘店向西而去，返回十字路。——万毅离师部纸坊更远了。

七、生死交锋

自陶景奎、刘宗颜、刘晋武和龚晓清、侯小鲁等被关押后，他们并没有闲着。陶景奎先是叫人帮他回家拿来了笔墨，说是练字，回头收买了工兵营连长穆占鳌等人，然后就用他的笔墨开始联络亲信，煽动叛逃。

闻讯几个团纷纷把队伍拉走，几个人欣喜若狂。他们决定立即逃跑，可陶景奎无法释怀对常恩多刻骨的仇恨，决定在逃离前攻击起义指挥部，把常恩多掳到手。他要把常恩多亲手交给蒋委员长，交给重庆总部军法处置。

陶景奎提醒几个人说："水蛇腰"王毅这几天对咱们也还客气，他贪生怕死，咱们要走，料他不敢阻拦！可要解决指挥部，三个人成为咱们的最大障碍——刘万胜、张德福和王宗芳！

这时候，王毅神情沮丧地从指挥部回来了。

龚晓清问：王营长，怎么样，部队都跑了，指挥部那边乱套了吧？

王毅说：告诉你们一个消息——刘万胜去魏家潘店接万毅了！

这个消息不啻晴天霹雳，众人大惊失色。这消息非同小可——万毅要是回来，还能有他们几个人的活路？

刘晋武惶恐不安：万毅要回来了，怎么办？怎么办？

王毅心情复杂，说：何止万毅，还有那个跑了的王秘书呢，他们一块回来！

事不宜迟，几个人决定趁刘万胜不在立即行动。他们先是派人去石场通知副官处长张光宗带干二、三队向北转移，然后就开始谋划如何策反常恩多的手枪排排长王宗芳。

由于张德福与王维平和张苏平关系密切，又是起义前被提拔重用的特务连连长，要策反他恐不容易。然而，王宗芳却不同——王宗芳虽跟随常恩多多年，且忠心不二，但并没有青云直上，而是一直在当个排长。几个人看到了希望。

陶景奎和刘宗颜、刘晋武商量，几个人遂派出刘宗颜的一个马弁化装成买卖人前去策反。

天正降大雨，马弁换上便衣，以王宗芳老乡的名义混进了手枪排。

王宗芳正在吃饭，看到一个人鬼鬼祟祟钻进房间，他警惕地掏出了手枪：谁？转过身来！

那人转过身来，胆战心惊喊了声：王排长！是我啊！

王宗芳认出是刘宗颜的马弁：你来干什么？

马弁慌忙掏出一封信，说：王排长，陶参谋长、刘副师长叫我给你送一封信！他们说，常师长不行了，只要你跟着他们走……

王宗芳比划起手枪：叫老子背叛师长，叫老子当叛徒？老子毙了你！

王宗芳打开了枪机。

马弁吓得半死，连忙跪地：别、别、别！咱们可是一起磕过头的兄弟！

王宗芳：老子不像你，叛徒！

马弁继续求饶：我也是受人之托，看在咱们老乡的份上，大不了，我走、走……

王宗芳喊道：滚、滚蛋！

马弁连滚带爬逃跑了。

王宗芳气愤，把枪插枪套里。又欲吃饭，他忽然很不安心，丢下饭碗跑回师部。

常恩多住的小院南面是条东西向的小街。王宗芳返回后，即向常恩多和郭维城、孙立基反映了刘宗颜马弁策反他的情况。

常恩多叮嘱说：要警惕，有坏人……

果然，张德福刚把兵力部署上房，刘晋武带工兵营就攻击而来。他们边打边冲，向特务连守卫的小院发起了猛攻。

架在房上的两挺机枪猛烈地向叛军射击，把冲进街道的官兵打了回去。可是，终于寡不敌众，在街道上的特务连官兵被强烈的火力压回进了小院。

张德福指挥官兵借助房屋、土墙等障碍全力阻击着叛军的攻击。然后，他抱上机枪跑回了常恩多的小屋。

张德福：师长，你别担心，有我们在，叛徒们进不来！

看着小院里里外外火光闪烁，听着枪声、爆炸声飞泻而来，常恩多艰难而坚定地说：好小子，别手软，架机枪，给我打！

张德福：师长，我的任务就是在这里保护你！

常恩多：去把他们打退，就是最好的保护！

看到师长焦虑的神情，张德福从身上掏出一把手枪，塞给徐文斌：徐文斌，师长交给你了，不许出这个门半步！

徐文斌连连应着。

常恩多又叮嘱：快去！

张德福又看了一眼常恩多，跑了出去。

张德福刚跑进院里，就听到墙外刘晋武的声音：给我上墙、上墙！翻进去，抓住常恩多，老子有重赏！

张德福闻声顺着木梯爬上了房顶，架好机枪冲着墙头就是一梭子。

几个士兵刚爬上墙，就被张德福机枪打落下去。

院墙外，又传来陶景奎的叫喊声：他妈的，从南门进去！攻门！给老子攻门！

草屋里，常恩多喊徐文斌。

徐文斌：师长！

常恩多：打开门！

徐文斌着急了：不！师长……

常恩多催促：快！

徐文斌迟疑了一下，打开房门。

常恩多拼尽全力，说：打！向叛徒们狠狠开火！剩一个人，也要走光明的路！谁也挡不住！

特务连的官兵坚守在房顶和院墙上，火力交织的罗网阻挡了叛徒们的攻击。

陶景奎、刘晋武、刘宗颜和龚晓清、侯小鲁等见抢不到常恩多，又怕驻扎在不远的总部侯宜禄率警卫营前来支援，因此匆匆收兵向北逃窜了。

工兵营长王毅没有跟随陶景奎等人，他怕他们秋后算账，只身逃向敌占区了。

从此，111 师一分为二：常恩多、郭维城领导起义的部队走上了为民族求解放的光明大道；向北叛逃的 111 师却走上了一条不归路，并最终被钉在了历史的耻辱柱上！

叛徒们逃离后，郭维城和孙立基从院子里走进草房：师长！陶景奎他们被打跑了！

常恩多奄奄一息，说：好……好！传令起义部队，向南、向八路军抗日根据地转移。

郭维城：是！你放心，我们马上就去办！

常恩多：不要再考虑我，我已经不重要了。部队进入抗日根据地，就安全了，快去！

郭维城、孙立基敬礼：是！师长！

八、石场险情

8月7日傍晚，大雨如注。

驻石场的副官处长张光宗召集干二队和三队的队长、副队长开会，刘洪义、徐振宇和周谷性等到齐后，张光宗郑重说：常师长率领我们起事，我们都跟常师长走！刚才指挥部通知我说附近有敌情，要我们火速转移！你们几个回去后把情况告诉大家，要他们听指挥、跟着走，不要瞎跑，以防走散了，都听明白了吧？

众人应道：明白了！

张光宗又叮嘱了几句，然后要各队长、副队长马上回去通知教员和学员，做好转移准备。

徐振宇起身要走，忽然看到张光宗向刘洪义使了个眼色，然后两个人就站到墙角嘀咕起什么，神色很是诡秘。

徐振宇转身向外走，心里不禁“咯噔”一声：难道这里面有鬼?!

徐振宇和吕梦林、孙学仁等，都是111师于1938年12月在沭阳招收的抗日义勇宣传队队员。这几年，抗战的道路虽然曲折坎坷，但徐振宇都信心百倍地跟随常师长抗战，即使是在1941年的“二·一七”白色恐怖下，他也坚信在常恩多领导下，111师的抗战是大有前途的。

也正因如此，徐振宇还是刘祖荫的党员发展工作对象。

可是，随着常恩多病情加重，111师不抗日，倒理直气壮地打起八路和老百姓来，他看不到自己在111师的前途，便于前不久坚决要去大后方学习音乐。刘祖荫得知后，曾约他到石场的南门外散步。

那是一天黄昏，天仿佛要下大雨一般的阴沉和闷热。两个人走在草地上，刘祖荫把从张苏平那里听来的国内外形势告诉徐振宇，最后坚定地对他说：抗战是一定要胜利的！今年打败希特勒，明年就打败日本！你别走了，等老师长的病好了，我们就能继续团结八路军抗战，山东及全国的抗战形势都会越来越好！

徐振宇遂打消了走的念头，渐渐安下心来继续工作。不料，时隔不久，常师长在病危中领导起义，这个消息他和干二、三队的人都是在8月4日这天上午才知道的。当时张苏平从纸坊兴冲冲返回，把常师长扣押反动派的事情一说，众人激动不已：又是我们的天下了！今后又能团结抗战了！

之后，张苏平宣布调整干二、三队队长。徐振宇考虑到自己的号召力不够，主动提出担任副队长。最终，干二队队长由刘洪义担任。在张苏平指挥下，他们武装了干二队，并立刻扣押了国民党政治部书记以上的军官。

在起义之后的几天里，他们以周谷性、徐振宇和吕梦林等为首组织了几个宣传小组，奔赴各团及集市宣传演讲。徐振宇带的小组在666团某营演讲时，就受到种种阻拦和刁难。周谷性带的小组在661团驻地朱芦集市宣传唱歌时，有人向台上打黑枪。

几天来，几个团纷纷叛逃，现在张光宗以“敌情紧迫”为由，要带部队转移，接下来将发生什么，徐振宇心里没底。

不一会儿，集合哨声响后，干二队和三队的所有人在圩子东门外集合。之后，队伍就冒雨向南转移。

可是，没走出二里地，部队就拐了个弯向北面的刘家东山方向前进了。

此刻，向南还是向北，成为起义还是叛逃的分水岭！

甲子山南麓是八路军游击区，再往南就是滨海区抗日根据地。而北麓，驻扎的正是朱信斋匪部，再往北越过日莒公路就是于总部的后方留守处。

吕梦林是个机智而心细的人，跟随部队奔跑了一阵后，她立刻意识到队伍已掉转方向向北行进，她赶上干三队队长周谷性，说：周队长，不对啊！方向不对，怎么向北走了！

周谷性判明了方向，也意识到事情的严重性。他从队尾匆忙跑到了三队队伍前，声嘶力竭地喊道：方向不对！停止前进！停止前进！

干三队的队伍停了下来。

徐振宇走在更前面的干二队队前。再往前几步，就是刘洪义、张光宗和尖兵班。吕梦林匆匆跑到了干二队的队前，高声呼喊：方向不对！方向不对……

徐振宇、刘洪义和张光宗都听到了她的呼喊。可徐振宇看到，匆匆走在前面的刘洪义和张光宗并没有停下来的意思。徐振宇恍然大悟：他们密谋的诡计，正是此时的行动啊！

只在瞬间，徐振宇就完成了从迟疑到决策的过程。他大喊了一声：二队跟我来！

徐振宇带着二队队头，向南拐了个弯，把二队又拉到返回石场的原路上。经过刘祖荫和几个人紧急商议，决定把干二、三队带回石场原驻地。就这样，干二队在徐振宇带领下，干三队在周谷性带领下，从张光宗和刘洪义叛逃的半道上又拉回到石场。而张光宗和刘洪义仅带了一个尖兵班向北叛逃了。

回到石场，雨渐渐小下来。

他们在圩子门外设了警戒哨，部队暂时休息，并等候指挥部命令。

忽然，从纸坊方向传来了激烈的枪声和手榴弹的爆炸声。之后，有人看到了被关押的侯小鲁骑马来找骑兵连连长。等了半天，他们没有看到侯小鲁从骑兵连离开，估计接下来的形势更加复杂和多变，指挥部那边的情况不明，又失去联系，刘祖荫召集徐振宇、周谷性和孙学仁立即开会。

刘祖荫说：我们不能坐以待毙，要赶快下决心：向何处去。我认为，部队只能向南拉，带到八路军防区去！

孙学仁立即表态：我坚决支持！

周谷性没有说话，只是点了点头。

徐振宇担心说：我担心拉不动，已经有少数学员表现出不轨的言行。

经过一番研究，最后决定：刘祖荫和孙学仁先行一步，与八路军取得联系，接应后续前进的干三队和二队；由于三队小青年多，先走；徐振宇带二队留下再等等，看看指挥部会不会派人来联系。

临行前，刘祖荫把刘万胜交给他的那把自卫用的手枪交给了徐振宇。

刘祖荫说：如果有不听号令的，你用它果断解决！

徐振宇从没杀过人，平时摸枪也很少。他点头应着，接过枪插进了腰间。

刘祖荫提议叫上吕梦林一起走，孙学仁同意了。三个人出了石场南门，雨过天晴，皓月当空，他们踩着泥泞向南走去。

纸坊。起义指挥部在打退了陶景奎、刘晋武等人组织的进攻后，郭维城指示张德福立即派人通知石场的干二、三队向南转移，可派出的人被暴涨的沙河拦阻在河的北岸。

此时，刘祖荫、孙学仁、吕梦林及周谷性带的三队也走了，就剩徐振宇带二队还留在石场。到了8日凌晨的两三点，一个叫张乾正的班长忽然找到徐振宇，说：队长，把队伍拉出去吧，向东走！

徐振宇的脑袋嗡地一响：向东走，什么意思？

徐振宇没敢多问，找到学兵魏绪保说：小魏，你当护兵，跟在我左右！

徐振宇定下决心立即带二队离开石场。他和李福炎商量后，决心带队伍向南走。出了东门，徐振宇派了三个徒手兵跟着张乾正向东，而他带队伍一直向南，以图甩掉姓张的。可天将亮时，队伍没走出多远，张乾正又赶上了徐振宇和队伍。

在二队的队伍里，还押着国民党政治部的特务们。张乾正似乎心里很有底，他赶上徐振宇说：徐教官，你不是想回家吗？我们凑钱送你回家，队伍交给我，我们就在这里杀富济贫，怎么样？

徐振宇明白，张乾正这是要夺他的军权，好把队伍拉走！他该怎么办？他忽然紧张得说不出话来，并感觉自己摸在枪套上的手正在发抖。

九、向南！向南！

8月8日凌晨，起义指挥部传令333旅旅部率666团一部和665团一部从潘店向坪上转移。随后，指挥部率331旅662团2营、苏鲁战区总部一部，向莒南抗日根据地转移。再次派往石场的传令兵，只找到还在原地待命的骑兵连，而干二队和三队已经离开。

王宗芳把常恩多抱上躺椅，感觉到师长瘦弱的身体仅剩一把骨头，他心疼得流下热泪：师长，你要坚持住，咱们马上就去找八路军了！

常恩多瞪着一双眼，叮嘱说：向南、向南……

王宗芳：师长，放心吧，咱们现在就向南转移，向八路军防区转移！

队伍出发了，常恩多又问：万旅长回来没有？怎么还没有回来？

王宗芳告慰道：刘副官去接了，就快回来了！

出了纸坊村，常恩多提醒王宗芳：注意，有坏蛋！

队伍出了村庄，沿大路向南前进。

到了沙河岸边，常恩多喘得厉害，王宗芳赶紧命队伍停下，徐文斌挥舞扇子不停地给常恩多扇着，以减缓师长的胸闷。

常恩多又问王宗芳：万旅长，来了吗？

王宗芳连忙凑近说：就快到了，就快到了！万旅长一定能见到你！

天亮时分。

部队在大河滩休息，郭维城骑马巡视部队。凝望数里长的起义部队，回想这些天艰难而危急的生死经历，他心潮难平。走到队尾时，他发现了叫“大眼”的旦角和京戏班的人也跟在队伍中。他想起来，起义的头几天，戏班子正在战区总部演出。他问“大眼”：你们跟着干什么？

“大眼”回答：许你们革命，就不许我们革命！

一句话，把郭维城问乐了。他笑着说：好，我们一同奔向革命的大道！

队伍向南又行了50里，来到王家坊前，进入八路军抗日根据地，郭维城心中的石头终于落了地。

郭维城向常恩多报告后，常恩多又问：万旅长、王秘书，还没有回来？

之前，郭维城已得知万毅返回十字路，可他不想让常师长失望，没有把这个消息告诉他。郭维城说：获三兄！再往前走，就见到万旅长、王秘书了，你放心吧！我们现在安全了！

常恩多微笑着，说：走，向南！

徐振宇带着干二队向南拉时并不顺利。他企图支走的张乾正又追了上来，并要他把队伍交给他去“杀富济贫”。这分明就是反对起义，要拉队伍去当土匪啊！徐振宇听后说：我考虑考虑，先吃饭、吃饭！

干二队继续走，又向南走了一个多小时，徐振宇认出脚下的路正通往坪上，就命队伍进了路旁的黑树林停下休息。

李福炎带了几个学员把国民党政治部的几个犯人押到了一旁，徐振宇开始集合队伍。这一路上，徐振宇都在心里盘算：张乾正不除，他定会破坏我把干二队向南拉，因此一定要枪毙了他！

队伍集合起来后，徐振宇喊：张乾正出来，你想让我们拉出去当土匪吗……

徐振宇还想说“我枪毙了你”，可他脸色惨白，紧张得什么也说不出来了，按在枪套上的手也在发抖。

终于，徐振宇拔出了手枪。

张乾正“扑通”一下跪倒在地：教官！我错了，饶我一次吧！

张乾正不停地给徐振宇磕头，并向左右求救：同学们，救救我！救救我……

徐振宇迟疑了，自己身为教官，杀了学生好不好？

见张乾正求饶，徐振宇心软了：入队！把枪栓卸下，跟着走！

干二队继续向南，终于走到了坪上，徐振宇看到了大部队，看到了张德福，这才放下心来。

刘祖荫和孙学仁、吕梦林走到天亮，踩着泥泞走了几十里，到了朱磨村，又饿又累，就到村子里的老房东家打听情况。房东拿出干粮给他们吃，然后就出门去了。

片刻，房东匆匆返回告诉他们：村东头过队伍，有人看到了常师长的担架！

刘祖荫连忙问：队伍长不长？

房东：长，很长！向南边去了！

刘祖荫和孙学仁、吕梦林急忙跑出村向南追赶。可一直追到了坪上，也没有追上师部的队伍，但他们看到了一帮一伙的起义队伍，接着就看到了骑兵连和干二、三队的队伍。刘祖荫和干二、三队的几个人都喜出望外，相互述说着分手后的艰难经历。

徐振宇高兴地对刘祖荫说：你给我的左轮手枪可管事了！有个姓张的学员公然威胁要当土匪，我拔出手枪，他吓得跪在地上直求饶呢！

刘祖荫和几个人一听，连忙说：还不去把他抓起来！

徐振宇返回二队欲抓张乾正，才发现张乾正已经逃跑了。

中午时分。

刘万胜跟随万毅到达十字路，将人马安排停当，他被万毅领着去见朱瑞。刘万胜向朱瑞报告了111师起义以来的情况。朱瑞问起常恩多的病情，刘万胜哽咽着说不下去。朱瑞安慰道：不要紧，我们一定把常师长的病治好！我们大家需要他，革命事业需要他！

朱瑞打电话找医生、找药品，郑重告诉相关人员，是为了抢救一位患了肺结核的革命领导同志。

朱瑞打完电话，见刘万胜还在难过，就要他去见两个熟人。刘万胜听到了熟悉的名字：王维平、管松涛！

自从王维平离开，常师长心情更加郁闷，直到他又见到了郭维城，才又开朗起来。刘万胜有一肚子的话要对王维平说啊，他急切地要见到他们！

从朱瑞房中走出，刘万胜看到了王维平和管松涛，才见面，刘万胜抑制不住悲痛，号啕大哭说：你们是没有看到啊，现在师长病得不行了，好不了啦！咱们要给师长报仇啊……

王维平和管松涛都流着泪，表示说：一定要向反动派讨还血债！

下午三四点钟，朱瑞把万毅、王维平和刘万胜叫到跟前，说：你们三个同志带队伍马上出发，到王家坊前，尽快和常师长见面。我带分局人员随后向那边靠拢！

王家坊前在十字路的正东方向二十里的地方，平时两个钟头准赶到，可此时雨后路滑，几个人和警卫连到天黑时才到达抗大驻地朱梅村。

周校长把众人迎进了屋。

万毅和王维平迫不及待地问周校长：111 师到没到王家坊前？

周校长告诉众人：晚上的时候，王家坊前附近的几个村子狗咬得厉害，估计是常师长和部队到了。我已经派人出去侦察，你们先等等。

忽然，刘万胜听到一个熟悉的声音：是常师长的刘副官来了吗？

刘万胜赶到隔壁一看，原来是被困在这里的宋景龙。宋景龙自负伤后，不得不留下养伤。把分别后的情况细说了一遍，宋景龙流着泪说：刘副官，士为知己者死！师长对我恩重如山，要死也得和师长死在一起，你带我回师吧！

刘万胜安慰了宋景龙几句，就去找万毅和王维平。他说：我带骑兵排先到王家坊前去看看，然后再来接你们！

万毅和王维平也惦记常师长的情况，就命刘万胜快去。

刘万胜带着骑兵排，借着月光向东继续前进。刘万胜急切要见到师长，他身下的乌雅马像是明白他的心思，撒开四蹄向前奔去。骑兵排的人马紧紧跟随在乌雅马后面，向东奔驰。

刘万胜在心里呼喊：师长！你一定要等我！万胜就要回来了！

下午三四点钟，起义部队到达小坊前，郭维城命令点验部队。

之后，郭维城和孙立基赶到村中央的场院，看望常恩多，并报告点验情况。

正值暑期，天气闷热，场院里有丝丝凉风徐来，常恩多躺在藤椅上，身上盖着那床小灰被。

郭维城走上前说：获三兄，我们现在安全了！

常恩多凝望郭维城：好。

孙立基心疼道：师长，你受罪了！

常恩多幸福地笑着。

郭维城沉了一下，说：师长，我们向您汇报起义人员、武器装备点验的情况！

常恩多轻轻说：说吧。

郭维城：我们带过来的部队有：师部大部，333 旅旅部，662 团、665 团、666 团各一部，总部机关及特务团各一部；官兵 2700 余人，家属 300 余人，共 3 000 余人；携步枪 1 200 余支，轻机枪 60 挺，自动步枪 30 支，手枪 200 余支，重机枪 2 挺，迫击炮 2 门，平射炮 2 门，马匹 84 匹，电台 20 余部！

常恩多欣慰地笑了。

孙立基：师长，我们终于成功了！

常恩多：是，你们……辛苦了，休息吧！

看到常恩多十分疲惫，两个人起身告别。

郭维城：师长，你先歇着，我们过会儿再来看望你！

孙立基：师长，再见！

常恩多：再见！

两个人离去。

常恩多恋恋不舍地凝望郭维城和孙立基离去，直到他们的背影消失在远处。

徐文斌走近，给常恩多掖了掖被子：师长，把您抬屋里睡吧？

常恩多：不，我要看……天。

徐文斌心里难过：师长，我再给你唱一段吧？

常恩多：好，……二十年、投胎……

徐文斌流着泪，小声清了清嗓子，唱道：

号令一声绑帐外……
他劝某投唐我不爱，
情愿一死赴阳台。
今生不能把仇解，
二十年投胎某再来。

听着徐文斌有板有眼的唱腔，常恩多想起了他得到的张学良去年写的诗：

犯上已是祸当头，
作乱原非愿所求。
心存广宇壮山河，
意挽中流助君舟，
春秋褒贬分内事，
明史鞭策固所由。
龙场愿学王明阳，
权把贵州当荆州！

常恩多想起周恩来写给他的信：“主动在我，命运自决，光明在望，后会有期！”

常恩多笑了，在这黎明即将到来之时，在中国的抗战走向胜利的途中，他把这支队伍交到了人民手里，把这支武装带上了光明的大道，他可以安心地走了。

常恩多开始与他热爱的人们告别，这些人有他深爱的老婆和儿女们，有他志同道合的长官郭松龄、张学良，有把他领上革命道路的程雪松、王再天，有批准、介绍他加入中国共产党的郭洪涛、郭子化，有代表党誓死坚守在111师的张苏平，有与他同生共死、临危挺身的郭维城，有无悔追随他的孙立基、张德福、王宗芳、关靖寰、于文清、彭景文、杜荣民、宋景龙、刘祖荫、孙学仁、徐振宇、吕梦林……

清风拂来，凝望夜空点点繁星，常恩多继续他最后的告别：

维城啊，遇到你这样肝胆相照的兄弟，是我常恩多的福，是111师的福！咱们兄弟干成了带111师起义这件大事，我常恩多今生足啦！

万胜，我不能再关照你了，今后就全靠你自己照顾自己，凡事都要多长个心眼，多想想。不过，好小子，这一回你做得不错，没有叫我失望！

维平，再见了，我们相约的事情，我和郭维城今天做了。我累了，要走了，你不要难过，我等不到你回来了……

顷波，111师就交给你了，你要带着这支队伍抗日、抗日、抗日！

弟兄们！你们一定要打回老家去！抗战到底！革命到底！奋斗到底！

常恩多幸福而安详地睡去了。

第二十九章

浴血鲁东南

一、刘万胜：把眼泪咽回肚里去！

刘万胜带着骑兵排，不到半小时就赶到了王家坊前。

村边，特务连站岗的士兵看见刘万胜，高兴地招呼：刘副官回来了？师部就住在村中央！

刘万胜回了话，进了村看见村中场院边有手枪兵站岗，藤椅上的常恩多正在场院中央休息。刘万胜走近，问手枪兵：师长睡着了？

手枪兵：是的。半小时前，军医给师长打了针，刚睡着。

看到常恩多安详地睡着，刘万胜收住了脚步。他想：一路上颠簸劳累，老师长太累了，让他多睡一会儿吧！

刘万胜转身走向师部的屋子。郭维城和孙立基闻声迎了上来：刘副官，情况怎么样？

刘万胜汇报了离开一天多的情况，郭维城和孙立基也把工兵营叛变、刘晋武指挥叛军攻打指挥部的情况告诉了他。

郭维城又说：后半夜雨停了，师长叫我们赶紧带部队转移，向南走，找八路军去，越快越好！半道上休息时，师长还打听你们到了什么地方，联络上没有。我们告诉他：到王家坊前就全见到了！师长咬了咬牙说：走吧！

刘万胜热泪盈眶，说：叫师长担心了。

郭维城眼里噙着泪，又说：场院里凉快，他现在可能睡着了。

刘万胜把万毅和王维平已到达朱梅，正在等部队去接告知后，郭维城主动说：我带人去接！反正朱梅离这儿只有七八里地路，说话间就回来了！

又叮嘱了几句后，郭维城带了几名骑兵打马而去。

8月9日。

一声鸡鸣把和衣而卧的刘万胜惊醒。他连忙起身，先去看望常恩多的爱人王树军和女儿小育平，又走到场院看望常恩多。

旭日东升，霞光万道。手枪兵身披朝霞守卫在常恩多身边。

刘万胜悄悄走近，问：老师长还没有睡醒？

手枪兵小声回话：我上岗一个多小时了，没有听到师长动静。

刘万胜悄悄走近。常恩多躺在那张破旧的藤椅上，身下垫着那床旧毛毯，身上盖的是那床小灰被，头下枕着的依然是那个小包袱。霞光照射在他的身上、脸上，他枯瘦的面容安详而宁静，嘴角还挂着微笑。

热泪涌上刘万胜的眼窝。他在心里说：师长，你把这支 3 000 人的队伍带到了解放区，带到了共产党和人民的怀抱，带到了光辉灿烂的新天地！你终于可以静静地睡了！

看到常恩多一只手放在外面，刘万胜轻轻拿起放进被子里。

忽然，刘万胜感觉不对。他又伸手在常恩多的鼻前试了试，顿时肝肠寸断——常师长已停止呼吸，永远地离开他了！

刘万胜跪在地上，悲痛欲绝：师长啊……

手枪兵闻声悲泣，也跪倒在常恩多前面：师长……

哭了几声，刘万胜猛然意识到什么，边哭边对手枪兵说：你看好师长，他的死讯先别叫人知道，我去告诉孙团长！

孙立基闻讯跑到了常恩多面前，他抱住常恩多失声痛哭：师长，师长……你把我们带进抗日根据地了，把 111 师领上光明大道了，你可以安息了！师长！可是仰田舍不得你走啊……

妻女和弟弟被叛军掳走没掉一滴眼泪的孙立基，此时哭声悲怆。

望着悲痛欲绝的孙立基，刘万胜忽然意识到什么。他止住悲伤，说：孙团长、孙团长！我们还不能声张啊！

孙立基止住哭声：对！对！我们不能叫敌人知道师长去世了！

几个人连忙把常恩多抬进屋子里，并在门外放了岗，加了哨，然后孙立基派人去通知郭维城、万毅和王维平，刘万胜则召集手枪兵、随从、马弁和伙夫开会。

当徐文斌、刘树林、马玉林、何凤舞、王洪才等到齐后，刘万胜说：弟兄们，我要告诉大家一个不好的消息——师长……走了！

众人闻声哭声一片。他们跟随在常恩多身边，无论时间长短，感受到的都是常将军对他们的关心、爱护和帮助，而不是在其他军官跟前那样动辄被打骂体罚、被侮辱甚至被枪杀……

刘万胜哭得最凶，追随常恩多十九载，常将军对他解衣推食，高谊若山，深情似海，此时将军突然逝去，他刘万胜将来还能依靠谁？

刘万胜又是常恩多身边这些亲兵的领袖，他的哭声更勾起这些警卫、随从等人员穿心挖肺般的悲痛。一时间，小屋里沉痛的气氛几乎击垮了每一个人。

哭了一阵，刘万胜止住哭，说：弟兄们，师长对我们的教育、对我们培养、对我们的好，是我们永远都不能忘记的！他用他 40 多年的经验，指出了一个正确而光明的方向——团结抗战、团结建国！我们要按照师长指的方向走下去，永远都不能背叛师长！永远都不……

众人的哭声更高。

刘万胜哭着说：我们都是师长的亲兵、近人，要听师长的话！师长要我们把眼泪咽回肚里去，千万不要声张出去！

众人忍不住的哭声抑了又抑，可还是响了起来。

刘万胜：那样，不仅涣散了官兵的心，而且传到反动派耳里，他们还会派兵来打我们……

刘万胜难抑悲愤，和众人又哭了一阵，继续说：师长虽然离开了我们，但是他已经把我们领到了光明的大道上来了，让我们跟着郭处长、万旅长、王秘书一起好好干吧！消灭鬼子、消灭汉奸，消灭一切坏蛋们，给师长报仇！

二、朱瑞悲声唤“同志”

郭维城和王维平、万毅赶到王家坊前村，向常恩多告别。

万毅扑到了常将军遗体前，悲声痛哭：师长，只差几个小时啊，就没能见上您一面，和您说上几句话啊……

王维平哭道：师长，我们回来了！维平回来了！你终于领111师走上了光明道路，可是，您却……走了！

郭维城上前沉痛道：师长！你放心走吧！我们一定继承你的遗志，带领111师跟定共产党抗战到底，杀敌锄奸，打回老家去！

8月9日上午十点钟。

朱瑞赶到了朱梅村，并派人给郭维城、孙立基、万毅、王维平等人送来指示，命郭维城、万毅等人率部队去黑龙坡，指示刘万胜带特务连、手枪排保护常将军遗体和家属前往朱梅。

刘万胜召集特务连和手枪排在场院里集合。

王树军牵着女儿走近队伍。她看到几个特务连的兵在常恩多的藤椅前大声说话，并匆匆忙忙地走了过去。

王树军忽然感觉不好，她抓住了女儿的手：育平！

小育平抬起头：妈妈，怎么了？

王树军热泪流下来：你爸爸可能不在了！

小育平哭了：妈妈，你说得不对！爸爸不是躺在椅子上吗？

队伍继续向南走。王树军拉起女儿：走吧，孩子！

小育平不谙世事，只是诧异地跟随着母亲，跟随着抬着爸爸藤椅的队伍继续走去。

朱梅村外，抗大一分校的袁参谋长把队伍迎进了村子，并把常恩多将军遗体安放在徐家祠堂里，仍然布置了岗哨。

王树军领着女儿走进了徐家祠堂。

看着常妻脸上悲伤的泪水和哭红的眼睛，刘万胜料到她已经知道常师长去世了。刘万胜哭了，陪王树军和育平来到了常将军身边。

王树军上前为丈夫掖了掖被子，悲伤地说：他爸，你太累了，放心走吧，俺会把咱闺女养大！

小育平明白了妈妈路上说的话，悲声哭喊起来：爸爸！爸爸！你醒醒，你说话啊！我是育平，看看我，爸爸！

常恩多合目而睡，神态自若而安详，对于他无比热爱的妻子、女儿，他再也看不到她们的面容，听不到她们的呼唤了。

朱瑞匆忙走进祠堂，悲痛地向常恩多鞠躬不起：同志！我们来晚了！

惊闻朱瑞喊“同志”，刘万胜诧异，抬起泪眼凝望朱瑞。

朱瑞继续哀悼，说：常恩多同志！对不起！对不起……多年来，你在最困难的环境里战斗，出色完成了党交给你的任务，你委曲求全、忍辱负重、出生入死……你永远活在人民和同志们的心中！

哀悼了常恩多，朱瑞看望王树军和小育平。他紧紧握住常妻的手说：嫂子！我们要化悲痛为力量，继承常将军的遗志，组织家属，进行抗战！

王树军点着头，说：孩子他爸没了，他的大事也就是我们的大事！

朱瑞很欣慰，又说：我们立即给延安去电，叫您儿子常克马上返回！

常妻连声道谢。

之后，刘万胜跟随朱瑞去见曹健华。一年后两个人相逢，不免又是一阵悲泣。

朱瑞安慰两人道：常师长不仅是一位了不起的民族英雄，而且也是一位无私无畏的领导同志，我们大家都要好好学习他全心全意救国救民的革命精神！继承他的遗志，抗战到底！

朱瑞又对刘万胜说：你跟随常师长近20年，更不能辜负他的教导，要时刻记住他的话，狠狠打鬼子，消灭汉奸，和大家一起革命到底！

之后，朱瑞、罗荣桓、谷牧等多次听取刘万胜、王维平、张苏平、郭维城、孙立基、万毅等关于常恩多将军的情况汇报。跟随常恩多近20年的刘万胜把他了解的常将军的出身、求学、从军和革命的经历如实报告。朱瑞、罗荣桓等中共中央山东分局领导，更加认识了一位贫苦出身、毕生追求革命、向往光明，为联共抗日鞠躬尽瘁、死而后已的国民党中将师长。

常恩多将军，1896年9月3日出生于辽宁省海城县东三台子村，1942年8月9日凌晨与世长辞，年仅46岁，身后无遗产。

三、迎战

朱瑞赶到黑龙坡看望慰问起义部队。

当天晚上，郭维城和朱瑞书记谈了一夜。

郭维城把自己的经历向朱书记作了交代。朱瑞惊叹郭维城1933年就加入中国共产党，先是在张学良身边，后在于学忠身边，默默无闻地为党做了很多极其重要、无人可比的工作，保护了一大批共产党员；尤其协同常恩多抗拒蒋介石密杀万毅，又在常恩多临终前接受重托，领导111师起义，为把111师带进人民的怀抱做出了特别巨大的贡献！更可贵的是，这些工作都是在他与党失去联系数年的情况下，冒着死亡的危险去做的。

听了郭维城的情况介绍，朱瑞紧紧握住郭维城的手说：维城同志，你为人民的解放事业立大功了！这回好了，咱们一起并肩作战，把小鬼子赶出中国去！

与党失去联系数年的郭维城，终于回到了党的怀抱，回到了革命队伍中，激动的热泪冲决他的眼眶，流了下来。转念，他为只带出一部分部队而愧疚。他说：朱书记，我们只带出来3 000人，起义不是很成功。

朱瑞激动，说：不！维城同志，别说过来3 000人，就是300人，也是一个巨大的胜利！看我军建军初期的几次起义，哪一次起义十全十美？可正是这样的起义，才建立起中国共产党自己的武装——红军、八路军、新四军，不就是这么来的吗？

郭维城欣慰，笑了：您说的有道理。起义前本来想解救出万毅，有他在，起义成功的把握更大些。可万没料到，他连夜跑了，几乎坏了大事！要是他不跑，巩固部队，我们还能带出更多！

朱瑞：万毅被押了太久，已如惊弓之鸟。他考虑你们起义搞不成功，搭上你们两个，不如只搭上你一个！

郭维城：最初，我们也是不知道起义到底能不能成功。可常师长眼看不行了，常师长不愿在他死后把111师交给坏人用来反共、投敌，因此，我们就冒死起义了！

朱瑞：干得好！起义是正义的，我们分局决定坚决支持！对于前来讨伐的叛军，我们会和你们一起反击！

郭维城：起义后，为了团结抗战，我们给111师取名叫“东北抗日挺进军”，你看合适吗？

朱瑞：这名字挺好的！不过，还叫111师，叫新111师为好。

郭维城：好的！我们服从分局指示。我的组织关系怎么接？

朱瑞：分局决定不了，我们赶快请示中央。不过，你的面貌不要太左，对统一战线有利，以争取更多的北逃官兵归队。

见郭维城面露失落，朱瑞又说：在你的关系没有明确之前，111师党对你不保守秘密。

郭维城：您放心，我们听党的！

之后，朱瑞向王维平做特别交代：在中央没有批下郭维城同志党的关系之前，111师党的工作对郭维城同志没有秘密！

于学忠从刘家彩逃出后，马不停蹄地向北奔去，一直到了五莲县街头一带才停下脚步，安营扎寨。

几天里，111师北逃部队纷纷越过日莒公路，到了日照、五莲境内，661团驻石场，662团3营驻红泥崖，665团驻大蔡，666团驻贺庄。安顿下惶惶不安的北逃部队，刘晋武赶到街头向于学忠邀功请赏。

在经历了一场兵变的惊吓之后，于学忠渐渐冷静和清醒下来。惊闻北逃的远比南去投八路的人要多，于学忠甚是欣慰。他没有任命刘晋武为111师师长，而是命刘晋武立刻杀回甲子山。

刘晋武虽没有得到于学忠"师长"的许诺，但他坚信，只要他率部打回甲子山，于学忠再无道理不把"师长"宝座交给他。于是，他带着惊魂未定的部队，乘八路军尚未集结，迅速占领了黄墩、浮棚山、纸坊、上涧等地，并大肆抽丁抓兵、抢掠财物，并补充弹药。国特们更是穷凶极恶、疯狂出动，四处造谣，大肆攻击和污蔑常恩多和郭维城领导的111师起义。

常恩多生命已逝，但他率部脱离蒋介石集团统治、与八路军团结抗战的精神不死。为了不使甲子山落入叛军之手，更为了安定起义官兵精神，中共中央山东分局调集山东军区、115师、57军独立旅等部队共5个团，反击叛军111师的进攻，夺回甲子山。

57军独立旅，正是一年多前从111师拉出去的以刘杰为团长的111师333旅补充团！

刘杰率补充团3营（当时仅有3营）离开111师后，在马陵山以东的江苏、山东两省交界处活动。那里群山连绵，峰峦叠嶂，南面就是陇海路，经济落后，土匪如毛，素有"羽山到末山，土匪万万千"之称。历代统治者，其势力到此即成强弩之末。抗战爆发，日伪顽力量均未达到，八路军也未驻扎，尚属无政府状态。

刘杰率补充团到达这一地区后，纵横捭阖，机智灵活地开展抗日统一战线工作，很快就打开了局面。

凭借57军声威，补充团3营在打击伪顽军，拔除了横沟、房家埠、石文港等伪据点后，在李埝召集十二股匪帮首领开会，刘杰、江潮晓以大义，使他们接受改编为一个大队，站到了抗日的行列里来。

在李埝、羽山站稳脚跟后，补充团乘胜推进，又拔除了五湖伪军据点，消灭了祸害人民的土匪头子尹玉琢，并争取了当地的头面人物周建章、杨凤鸣、于子滨等。

"二·一七"反动事件后，111师受压迫的进步分子纷纷投奔了补充团。首先是

333 旅刘准和特务队，护送万毅被解除武装的那个班于几天后被放出来也投奔而来。665 团团附管松涛带着几个人逃离后，也奔补充团而来。后来，经他策动，侯希奎带一个排、别成浩带一个班，均全副武装投奔了补充团。

补充团易名独立团，兵力也大为充实。3 营仍为主力，营长江潮；被收编的 12 股匪帮，改编为第 2 营，营长李开珩。国民党东海县东安区区长杨凤鸣被刘杰争取后，主动将其统领的保安队改编为 1 营，其子杨庆福任营长（后抗战中牺牲）。从 111 师工兵营撤出的翟仲禹，也被派回到独立团，当了 1 营副营长。

从补充团到独立团，兵力从 200 余人发展到了千余人。1941 年 5 月，经中共中央山东分局批准，57 军独立团扩编为 57 军独立旅，刘杰为旅长，管松涛任独立团团长。是年底，独立旅扩编为两个团，每团 5 个连，各连设政治指导员，兵力也达 2 000 余人。刘杰继任旅长，管松涛任参谋长。江潮任 1 团团长，翟仲禹任副团长（团政委），政治主任张翼。刘准任 2 团政治主任。

四、赵开云临险

8 月 10 日。

赵开云随 666 团 3 营进驻李家彩。不过，他这个营长是被叛军 3 营五花大绑着押到李家彩的。

因 3 营有战斗任务，赵开云又被转押师工兵营，由排长朱傅军看押。刚住进临时住处，赵开云被迫与妻子分开。他的妻子被押走了，据说是和孙立基、郭金城等人的妻子和亲属关押在另一处。

当日，按照于学忠指示，叛军 111 师全部窜回甲子山区，331 旅窜回纸坊刘家东山，662 团 3 营窜回柿树园，665 团窜回赵家，666 团窜回李家彩。叛军窜回甲子山区，赶筑工事，以图固守。

回想自 7 日晚被叛军劫持，赵开云就痛心疾首、不寒而栗。那天晚上，他从团里开会回营，即被几个连长下令绑了起来。那一刻，他才恍然：他的部队在王进功策动下已经叛变！

王进功，原为 3 营机枪连连长，“九 · 二二”锄奸时，因抢掠财物被万毅免职，故他对万毅一直怀恨在心。

666 团叛军连夜北逃，一直过了石沟崖到达贺庄，才停歇下来，那时已是 8 月 8 日的早晨。赵开云和妻子被关押在一间小房里。就在赵开云安慰妻子时，几个连长冲了进来，走在前面的正是王进功。

王进功气势汹汹叫嚷道：赵营长，你投八路，证据确凿！你营长是当不成了，我们几个还要告你，叫总部惩办你！

几个连长也跟着吵嚷起来，中心意思就是赵开云叫他们投八路，“罪责难逃”。

说到激愤时，王进功吐沫星子四溅。他终于等到了发泄他愤恨的时候，他说：你看，孙维嵩团长首先反对，跑到了公路北来了！你看，张团长投八路被士兵打死了吧！之前，你是常师长叫打谁你就打谁，现在常师长病得快死了，我看你还怎么投八路！实话对你说，把你的罪行材料整理好，就同你一起解送总部！

当下，王进功就安排有的连长去整理赵开云的材料，有的则组织部队深入农村抢掠粮草，准备进攻甲子山区。

……

接下来将会发生什么，赵开云难以预料。正在他一筹莫展时，朱傅军走进小屋。

早在大于庄时，赵开云曾和朱傅军在一起受训，两人关系不错。

从朱排长口中，赵开云得知了八路军山东纵队2旅和57军独立旅，为讨伐111师叛军，正进攻甲子山，并包围了刘家东山、纸坊、桑园等村庄，山纵2旅6团已紧紧包围了李家彩。

赵开云兴奋不已。看形势，他就知道常师长率111师已胜利到达八路军根据地！他盼望能早日回到那边的队伍中，他坚信：自己一定能逃出去！

果然，朱排长小声告诉赵开云：赵营长！李家彩已被八路军包围，师部正在忙于部署战斗，这里就只有刘晋武一个人，刘宗颜、陶景奎、龚晓清等那些人都在总部开会，到了下午就都回来了。你们营的连长们检举你煽动部队投奔八路，要总部严惩你。常师长搞的起义失败了，都跑光了，只抓住你一个人，于学忠翻脸不认人，恐怕要对你不客气了。

333旅上尉书记常恩祥走了进来，他悄悄说：常师长、关团长、孙团长都南去了，就剩下你一人，这笔欠债恐怕要由你来还了！

朱排长忧心忡忡：赵营长，真把你送到总部，那就有大麻烦了！

赵开云知道，要他们放了自己，在目前这种严峻的形势下，他们是不敢为的。

却听常恩祥又说：把你放师部也难办了。最好是既不送总部，也不留师部，因为现在，恐怕你凶多吉少啊！依我看，你离开才是上策！刘晋武正在忙于指挥部队应战，无暇来和你见面。

赵开云继续等待，等待命运之神帮自己逃离。

命运之神没来，刘晋武来了。

下午3时许，刘晋武惶惶不安、气势汹汹冲进了小屋，进了屋就破口大骂：赵开云！你是常师长得力的营长，你跟着常师长，今天抓这个，明天抓那个！你营的连长们检举告发你投共，要求送总部严加惩办！我告诉你，说把你送总部，就送你去总部！

赵开云没有回话。他能感觉到刘晋武的色厉内荏，他甚至从刘晋武乌黑的脸上，看出他已经连续几天日不思饭、夜不能寐了。

果然，刘晋武又说：你知不知道常师长为什么把我扣起来？他要革命、革命，我把老婆都革进去了！

刘晋武连爹带娘，又骂了一阵，再问赵开云：他们为什么把我老婆孩子拐到南边去？把革命革到了我老婆孩子身上，这叫什么革命？

赵开云不紧不慢说：你们不也把孙立基和郭金城的老婆孩子拐到了北边？你们先拐，他们后拐，没有吃亏。

刘晋武恼怒：他妈的！111 师抗战白抗了，搞得乱七八糟，现在分成了南北两条路，只好各走各的路，各行其便！我也不愿意他妈的做缺德事，送你去总部很容易，说送就送……

忽然，一个军官跑进来报告，原来八路军就要打进来了。刘晋武顾不上许多，转身对朱排长和常恩祥说：看着办吧！

刘晋武仓皇跑去，应付战事去了。赵开云不知他葫芦里装的是什么药，更不知道等待自己的将是什么。

下午 5 时。

常恩祥拿了一封信交给赵开云：赵营长，陶景奎已到黄墩，就要到这儿了，他来了可不好办，你赶紧走吧！趁着师部头头们还没回师，你拿上这封信往南去吧！离开师部便万事大吉，以后就是有事也找不到你！

赵开云接过信，看到信封上写着“常师长亲收”，心里很是感激，便说：谢谢兄弟！

常恩祥又说：老婆孩子就先不要管了！这里还有孙立基、郭金城的家属，你赶紧走吧！

赵开云不敢耽搁，把信放进口袋里就出了门。

出了院子不远，赵开云身后突然传来一个熟悉的声音：赵营长！

赵开云先是一惊，转身一看，原来是他的马夫庞学庆。庞学庆手里牵了一匹马：赵营长，你跑出来了！你要去哪儿？

赵开云：老庞，我去找常师长！

庞学庆高兴道：好啊，我跟你走！

赵开云和庞学庆一直走到了忠烈祠，四周枪声持续不断，两个人再没敢往前走，就在一个小村子里找了间小房住下来。

第二天一早，赵开云把老庞叫醒，两个人牵上马悄悄出了村子，继续向南走。他们企图趁天亮时分闯出去，可刚出一条山沟，就被一些穿军装的哨兵抓了起来。

赵开云问：你们是哪个部队的？

哨兵：我们是 57 军独立旅的！你是谁？干什么来了？

赵开云一听是“独立旅”，一下子就兴奋起来，他知道自己安全了，知道自己已经回到家了！

赵开云对哨兵说：请你带我去见你们管松涛参谋长！

哨兵见赵开云认识参谋长，就把赵开云送到了旋子岭 57 军独立旅指挥部。

赵开云见到管松涛，受到了热情接待。管松涛询问了北面叛军部署情况，又看了写给常师长的信，待赵开云吃了早饭就催促他继续向南走。赵开云告别了管松涛，赶到潘店见到了山纵2旅的参谋人员。他们在等待赵开云，一见面，参谋人员就向赵开云了解叛军部署情况。

中午时分，赵开云赶到腾家河，见到了朱瑞。

朱瑞对赵开云归队非常高兴：赵营长，你能回来，太好了！详细说说那边的情况！

赵开云简单介绍了叛军兵力部署情况后，又说：他们打回来，就为了夺取甲子山的。

朱瑞问：起义时，为什么一些部队跑了？

赵开云：主要是有坏人破坏，他们反对常师长，还有的为了升官发财，他们吃不了八路军的苦。

朱瑞沉思着"哦"了一声，又和赵开云讨论起如何争取叛军归队的事情。告别了朱瑞书记，赵开云于12日赶到朱梅村，在张绍先带领下，走进了师部，见到万毅、王维平、郭维城、孙立基、关靖寰等人。

众人自然是喜出望外，并对赵开云回来表示热烈欢迎，赵开云递上了写给常师长的信。

信是由刘晋武写给常师长的，大意是以三家的家属交换他的大、小老婆和小儿子。

赵开云又把三家的家属在那边的情况说了一遍，然后问万毅：万旅长，老师长病怎么样了？

万毅说：以后再说。先说说叛军的情况！

五、111师新生

8月12日，在朱瑞指示下，抗大分校的袁参谋长买来了一口柏木棺材。但鉴于形势复杂多变，中共中央山东分局决定对常恩多将军密不发丧。

是夜，中共中央山东分局、111师和抗大的有关领导，将常恩多将军的遗体秘密入殓。

棺材里铺的仍然是那条跟随将军多年的小灰被，盖在将军身上依然是那条已经脱了绒的旧毛毯，枕在将军头下的也还是那个小包袱。

常恩多将军毕生追求光明，廉洁奉公，为中国的抗战事业鞠躬尽瘁，死而后已，铁骨铮铮，忠诚报国，生前生活俭朴，身后也只有跟随他多年的这几件东西。

凝望将军安详的面容，凝望陪伴了将军数十年的几件物品，所有的人都哭了。

由于常克还没有赶到，跟随常将军十几年的警卫排长王宗芳代行孝子大礼。在一片哭声中，王宗芳抱起丧盆，欲摔未摔时忽然被身后冲上来的一个人夺走了丧盆。

众人看到，抢过丧盆的正是万毅。

只见，万毅悲痛欲绝，从后面冲上来夺过丧盆，将丧盆高高举起重重摔下，完成了“孝子”之礼。

常恩多将军灵柩暂厝在朱梅村东北角的一块菜院里，没有立碑。

第二天，朱瑞、罗荣桓、肖华、黎玉、王建安、江华、谷牧、梁必业等代表山东党政军各界，及广大人民群众，到111师亲切慰问，并高度赞扬和热烈欢迎111师在常恩多将军领导下的新生！

罗荣桓在接见111师校以上军官时说：常恩多师长堪称真正的民族英雄、人民的功臣。他所起的作用，特别艰巨和非常伟大，是我们一般革命同志起不到的，是不可比拟与无与伦比的！他和郭维城同志领导的“八·三”起义，爆发在世界法西斯最猖獗的年代，爆发在中国人民抗战最艰苦的岁月。它沉重地打击了国民党蒋介石顽固派，为国民党军队中爱国进步力量树立了光辉榜样！它大大鼓舞了中国人民的抗日情绪，给广大的滨海地区人民带来了光明和希望！“八·三”起义，将永远载入中国人民抗日战争的光辉史册！

经中共中央山东分局批准，111师番号不变，为区别叛军111师，起义部队叫“新111师”。常恩多继任师长，万毅、郭维城任副师长，郭维城兼政治部主任，于文清任参谋长，王维平任政治部副主任；孙立基任331旅旅长，缪延明任副旅长；关靖寰任333旅旅长，王铁权任副旅长；阎普任662团团长；杜荣民任665团团长，刘祖荫任665团指导员（政委）；彭景文任666团团长，翟仲禹任666团指导员（政委），赵开云任666团副团长；侯宜禄任独立团团长，秦霜任独立团指导员（政委）；张德福任特务营营长，刘万胜任副官处主任等。57军独立旅归新111师建制，刘杰继任旅长，管松涛任独立旅参谋长。

命令宣布后，刘万胜代表常恩多将军把小手枪交给万毅。刘万胜泪流满面，说：万旅长！这是师长的手枪。师长要我把它转交给你。他要你带好111师，要你一定要带111师走光明的路，打败日本鬼子，打回老家去！

万毅热泪横流，接过手枪，说：请常师长放心，我一定继承革命遗志，挑起千斤重担，率领全师官兵抗战到底！

8月14日夜，115师教导2旅6团、山东纵队2旅、57军独立旅1团、军分区独立团、抗大1分校冒雨赶赴指定位置，并展开攻击。

是夜，山纵2旅6团和57军独立旅1团，一举攻占了黄墩南面的蒲汪、滩井，打开了进攻甲子山的门户。教导2旅6团也攻克上涧、草岭前，歼灭朱信斋部一个连。次日拂晓，在浓雾掩护下，该团又突破三皇山和陡山河一线高地。

17日夜，参战部队开始向甲子山发起攻击，激战一夜，教导2旅6团从正面攻占360、450、560诸高地，打退叛军三次反攻，毙伤叛军300余人。57军独立旅1团从正北突破甲子山中腰地段的李家官庄及周围高地，歼灭顽军一部。之后，会同教导2旅6团向东扩大战果，与叛军反复冲杀，最后攻占了甲子山主峰南垛和北垛。

18日，顽军分路向北逃窜。参战部队当即分头展开拦阻和追击。山纵2旅6团于蒲汪截击逃跑顽军的一个营，歼其大部。教导2旅6团和57军独立旅1团追击到日莒公路边的高山头附近，与顽军激战两小时。是役，毙俘顽军1 150余人，缴轻机枪5挺，平射炮1门，其他军用物资甚多，参战部队伤亡400余人。

刘晋武和残部窜回公路以北，参战部队胜利收复甲子山区，战役遂告结束。

孙焕彩紧赶慢赶，终于在刘晋武带溃军逃向莒日路北的时候，带着662团1营和665团1营从皖北赶到了莒县境内。闻讯常师长率部起义，又听说了八路军支持起义的部队把刘晋武和北逃的111师打得落荒而逃，孙焕彩并不担心，他甚至幸灾乐祸；他唯一担忧的是111师师长的宝座。

天从人愿，就在孙焕彩以为师长的官帽飞向他人时，他接到了于学忠的亲笔信。

景尧：

我急需回西山区51军商议军情，不能等你会面。你们师这次事变，人事变动很大，师长一职，我已申请中央，由你接任。副师长刘宗颜调任总部执法总监，遗职由刘晋武升任，仍兼333旅旅长。其余参谋长以下人员由你安排。

于学忠

孙焕彩高兴得几乎晕厥过去。虽然这师长的宝座来得有点容易，但他的胸怀还是盈满了鲲鹏展翅一般的豪气，他感觉自己一飞冲天的人生从此开始了！

孙焕彩催促队伍向北奔去，匆匆忙忙赶到黄墩，他向匪首朱信斋了解情况。

朱信斋灰心丧气说：你的部队都被打垮了，都退到公路北面去了！

两个人又商议了一番共同打八路军的行动，孙焕彩就赶到日照的街头、徐家沟、黄家庄一带收容残部。孙焕彩重组111师，并论功行赏：陶景奎继任参谋长，刘晋武升任副师长，兼333旅旅长；孙维嵩升任331旅旅长，林学骞任661团团长，潘明山任662团团长；范隆槐升665团团长，张光宗升任666团团长；王进功升任666团3营营长。

孙焕彩把部队牢牢抓在手中后，就开始与朱信斋、李延修密谋打回甲子山、讨伐起义部队的军事行动。

六、毛泽东："一定要建设好这支部队！"

惊闻常恩多率111师起义，蒋介石恼羞成怒，他向身边的人吼道：娘希屁！向全国和世界通缉叛逆常恩多！

随后，国民党中央社捕风捉影，发表电讯称：万毅率111师投共！

紧接着，国民党政府以“共产党勾煽”为由，对常恩多带111师起义向共产党中央提出严正抗议。

中共中央毛泽东主席从中共中央山东分局8月6日发来的电报中，了解到东北军中将师长常恩多和鲁苏战区政务处长郭维城领导东北军111师起义的基本情况。

9月9日，毛泽东又接到山东分局发给中共中央的电报。电报中称：

> 8月3日事变起，至五日获得证实，认为“八·三”事变是正义的，应尽力支持，并鉴于该师义举，系少数进步上层激于义愤而出之冒险行动，中下层极少保证，故估计其发展下去，解体危险极大。我们先决定争取时间，抢救部队为主，由朱瑞同志偕万毅兼程靠近该师指导善后。但朱瑞同志一行到达前，该师两个团即叛变北逃，后一二日陆续逃跑，一部剩下者二千人，因局势极混乱，故被迫转移至我根据地休整。在此情况下，我部计为：迅速协助友军，整理稳定尚存部队，迅速控制山区，防止叛部卷土重来。但因部队分散及集中太慢，且对控制山区在认识上不够深刻，故叛部在整理后便于短期内乘势恢复山区。此时我方针为集中主力组织战役，彻底打击叛部，收复山区，而战役自8月10日开始，19日结束。在十天战斗中，完全将叛部击溃，确实收复山区，直逼泰（安）石（臼所）公路，并一部越过公路活动……

接到中共中央山东分局的电报后，毛泽东要叶剑英提供对东北军情况熟悉的人员名单，他要亲自接见。

这天，中央情报部领导人李克农领着解放和贾陶来到枣园晋见毛泽东。

贾陶，原为东北军51军114师342旅副旅长，在1939年春东北军挺进山东时率部起义失败，奉命撤出了51军。而解放，正是1939年冬天，被郭维城保护撤离的51军114师参谋长解如川！

解放和贾陶坐在了毛泽东面前。

毛泽东打招呼道：解放，《解放日报》的解放！

随后，毛泽东就向两人询问起111师的情况。

解放说：没问题，这个部队有党的基础，党的负责人叫王维平，外号肖尔，1938年徐州失守前我们与他有过联系。

贾陶也说：常恩多在这支部队历史悠久，西安事变前就任这个师的师长，他对蒋介石早就不抱希望，早就想把部队拉出来。

解放说：我和贾陶在西安就议论过，对常恩多印象好，他抗日反蒋很坚决，政治可靠，拥护共产党。西安事变后，他要拉队伍出来，因抗日统一战线关系，他服从组织决定，没有干。

毛泽东听得很仔细，高兴赞道：啊！是东北军的少壮派，抗日、反蒋、联共！

毛泽东又问起郭维城的情况，并告诉他们：这一回，郭维城和常恩多一起领导了起义！

解放和贾陶告诉毛泽东主席，说郭维城是东北大学的学生，原在张学良身边当秘书，归办公厅洪舫领导，后在于学忠总部任政务处长，与111师没有历史关系。

之后，毛泽东又找来李克农，进一步了解情况，并指示中共中央山东分局：“一定要建设好这支部队！”

七、血战悬崮顶

起义后不久，新111师用陶景奎的小老婆把郭维城妻子金西光从叛军手中换了回来。警卫员刘鸿宾赶着大车把金西光接回到了根据地。

经历了这一次的生死劫难，重逢后的夫妻俩婚姻出现了严重问题，他们总是不断地争吵，为了一句话、一件琐事、甚至一个表情。尽管在一起的时间并不很多，但郭维城深刻感觉到妻子对他的怨恨和不满。

这天，郭维城把妻子拉到身边，问：你对我很不满意，是因为起义吗？

金西光直言不讳：是的，就是因为起义！

郭维城真诚道：对不起，起义也许要掉脑袋，我不知道能不能成功，我不想你受牵连。

金西光：你不告诉我，就不受牵连了？我不是一样被他们抓走吗？你知道我有多担心你，我整日担惊受怕……

郭维城把妻子抱在怀里：对不起！对不起！

金西光委屈地哭了：我问了你一夜，你就是不告诉我！这么大的事情，你为什么不告诉我？你不该不告诉我！

郭维城认真问：如果我告诉了你，你会支持我吗？

金西光态度坚决：不！不支持！我非给你搅黄了，叫你起义不成！

郭维城庆幸当初没有告诉妻子。可他还是追问：为什么？

金西光：你知道！

郭维城：——你害怕我们起义失败？

金西光：是，还有！

郭维城：还有什么？

金西光：你在那边都干到少将了，好好的为什么要跑到这边来？那边要什么有什么，地位、金钱、前途！这边呢？有什么？共产党能给你什么？

郭维城心平气和道：我在那边是干得好好的，可我看不到希望！看不到抗战胜利的希望！共产党能给我希望——民族解放的希望、国家前途的希望！如果没有了理想和希望，我们活着又为了什么呢？

金西光百思不解：共产党能给你希望？共产党有什么？——一群没文化的农民！

郭维城：没有文化是因为他们被剥削和被压迫，他们没钱送孩子读书！将来他们做了主人，送孩子上中学、进大学，不就有文化了吗？

金西光：那是你的理想，是你们的理想，什么时候实现？你也不知道吧！可眼前呢？要枪没枪，要炮没炮，什么时间能打跑日本鬼子？

郭维城：没枪没炮，可这里集合的都是抗战最坚决的人民！其中也不乏战略家、文学家、科学家，也不乏有文化的人才！你也可以成为其中的一员啊！

深爱着丈夫的金西光尽管不满丈夫的“选择”，但她努力配合着丈夫的步伐，力图能够跟上，成为革命队伍中的一员。可后来发生的一件事彻底打垮了她的信心。事情是在一次反“扫荡”前，紧急召开的动员大会上，万毅事先没有招呼就请她上台讲几句。她原是上海复旦大学的高材生，现在是新111师的妇女干部，讲几句理所应当。可没有思想准备的她，站到台中央后竟然紧张得说不出一句话来。

事后，金西光心灰意冷，对丈夫说：我无能为力，我不是你，我加入不了他们，我不能继续待在这里了，我要走！

郭维城意识到妻子可能离开他，便竭力挽留：西光！咱们从东北一起跑出来，一起进了大学读书，又一起到了西安，结婚也有十年了，孩子都有四个了，我不能没有你啊！这个家不能没有你！

金西光泪眼婆娑环顾了一圈四壁空空的土坯房：维城啊，这是我们的家吗？这也算家吗？我们什么时候有过家？

郭维城被问住了。

金西光伤心道：我带着孩子们跟着你，从陕西到安徽，从大别山到鲁东南，不是越封锁线、钻山沟，就是被鬼子追着打，啥时候到头？啥时候我们能过上安宁日子？你四处奔波，我每天就都胆战心惊；鬼子一来，孩子们就要被送到乡下，被分别寄养在几个村庄的老乡家里，有的干脆就送给了人家，他们能不能活到抗战胜利，谁知道……

郭维城安抚妻子说：现在是抗战时期，生活艰苦是难免的，等把小鬼子赶走了，我保证让你和孩子们过上好日子，还有千千万万的母亲和孩子都过上好日子！

金西光叹息一声：我等不到那时候了，我不想再等了。

郭维城心情沉重，问：你要去哪儿呢？

金西光：我回东北找我父母，和他们一起过。

郭维城：你走了，我怎么办？孩子们怎么办？

金西光：你和你的希望在一起吧，我带女儿郭鄂回去，郭平给你留下……

历经反复的劝阻和挽留，郭维城最终没能留住金西光。得到组织批准后，郭维城和金西光正式离婚。

在金西光离开根据地的头一夜，郭维城和妻子、儿子抱头哭了一夜。第二天，金西光带了点钱，带着满腹的牵挂，带着郭维城的无奈和小儿子乘坐老乡的马车离开了。

1942年10月中旬，日寇放出风来，扬言要对八路军滨海根据地进行大“扫荡”。

新111师代师长万毅、副师长郭维城、参谋长于文清、政治部主任王维平紧急磋商决定：万毅、王维平带新111师主力坚持滨海斗争，郭维城和于文清率领独立团和警卫营3连掩护师机关、干校前往鲁中隐蔽。

不久，新111师接到山东军区命令：主力配合抗大上干队，坚决在板泉崖、黑林镇及柘汪一带阻击北犯之敌，独立团和警卫3连掩护师机关及辎重等，急随军区机关转移沂蒙山区。

不意，日寇声东击西，纠集了临沂、蒙阴、沂水三地兵力约12 000余人，分14路，以南墙峪为中心，构筑成直径约35公里的包围圈，在大炮、飞机和大量骑兵配合下，突然袭击。山东军区机关迅速跳出了包围圈，未受损失；鲁中军区机关穿越沂蒙公路迅速北移，也远远摆脱了敌人；惟鲁中二分区后勤部、山东军区上干队、抗大、鲁中军区青年营、新111师机关及独立团等，另还有十几个八路军区中队及民兵和群众共8 000多人，被日军合围在了包围圈中。

27日早晨，旭日东升，郭维城带部队已进入到南墙峪山区。

各区县的干部和群众，正从四面八方源源不断地向这里涌来。从他们口中，郭维城得到证实——日伪布满了山区四周，他们已遭敌“铁壁合围”!

形势紧迫，于文清和团长侯宜禄都焦急问：郭副师长，怎么办?

郭维城看到不远处就是南墙峪山区的制高点——悬崮顶，当即决定：白天坚守悬崮顶，夜间突围出去!

悬崮顶是南墙峪山区最高的孤立山头，山形东西狭长，东南北三面陡峭，只有西南面一道山梁和下面的山连接着。悬崮顶上，在一亩多地的平缓山坡上，建有圩寨和十余间砖房。这是早年当地群众为防兵乱修建的，因年久失修，圩墙和房屋都已成了半人高的残垣断壁。在山的周围，有许多人工垒起的阶梯式的石头坎子，两道石头坎子之间是小片的耕地。石头坎子上有许多老乡挖的洞穴，这是乡亲们反“扫荡”时用来隐蔽藏身的处所。

郭维城登上悬崮顶，迅速查看地形地貌。新111师官兵刚刚登顶，抗大一分校的袁仲贤副校长带着上干队，鲁中二分区后勤部张玉华政委带着警卫排也都攀登上悬崮顶。在悬崮顶上，郭维城和他们紧急碰头，决定抗大上干队到悬崮顶西南一个山头隐蔽，二分区警卫排布置在山梁西侧参加战斗，由独立团统一指挥。

新111师独立团是起义后才编成的单位，缺额严重，战斗员不足300人。但他们武器装备精良，4个连共有捷克式机枪12挺，德国造和意大利造自动步枪十余支，战士都是捷克式步枪，弹药充足，每人一袋子弹，约80到100发。由于独立团起义前是战区总部的警卫部队，他们极擅长阵地防御作战。

团长侯宜禄紧急部署，将1营1连、2连布置在顶部的圩寨内，他的指挥位置也设在这里；2营的4连、5连摆在顶部西侧的山梁上，这里没有可作掩体的地物，官兵只能伏在山梁上面对西方防守。

干校能参加战斗的不足百人，弹药很少，配合警卫营3连对南警戒；师团机关人员临时组成后备队，控制在西南山梁下面，郭维城的指挥所就设在这里。此处山坡既无工事、也无依托，官兵只能凭借凸起的石头作掩护。

各部队刚刚进入指定位置，9时许，敌军架设在东、北两面高地上的数十门山炮、野炮就开始了猛烈的轰击，步兵在炮火掩护下，也从北面和东面向悬崮顶进攻。霎时，满山遍野的鬼子打着膏药旗像乌龟一样艰难地向山顶爬来。他们边爬边喊，步枪和机枪齐向山顶射来。

血战悬崮顶的战斗，在郭维城面前撕开帷幕。

守在山顶圩寨内的1连指战员，用机枪、步枪对着进攻的敌人开火，有时还使用掷弹筒和手榴弹。约一刻钟，就把爬上来的敌人打下去了。可是，敌人又一次发动进攻，被打下去的鬼子兵又回过头来向上爬，向山顶进攻。我军坚守阵地猛烈射击，再一次把敌人打了下去，战场上枪声不断。与此同时，敌军开始从西南向我西南山梁阵地发起攻击，守在山梁上的2营4连、5连以猛烈射击还击敌人，山顶上的2连也以机枪向敌人侧击，使敌人不能靠近山梁。两处相配合，终于又把敌人打了下去。两个方向的战斗持续了一个半小时，敌人的攻势再次受挫，北面山坡上敌人丢下了大批的尸体退了下去。

约11时，从北方飞来7架飞机，在我阵地上空排成一个大圈子，对着我军阵地轮番低空轰炸和射击。每次由一架飞机俯冲下来投一两枚炸弹再拉上去，再由第二架飞机来进行同样的轰炸。这样一上一下的飞机尖叫声和炸弹爆炸声不仅使我军增加伤亡，还造成了极大的精神威胁。同时还使整个战场成为立体的了，分不清前线和后方，整个山顶都在日机控制下挨炸弹。这时，我命令每连抽出一个机枪组负责对空射击，其他人照旧在原地抗击地面进攻的敌人。这样打了半个小时，敌机终于飞走了。

12时左右，敌人再次疯狂进攻。在一阵阵炮击掩护下，敌步兵波浪式地一批一批向山顶冲击。我军固守阵地顽强射击，连续投掷手榴弹，悬崮顶上硝烟弥漫。北面阵地前敌军死尸超过百具。此时，我们的人员也不断伤亡，不仅第一线伤亡，机关干部、文工队等非战斗人员也大量伤亡，仅阵亡者已达30余人，带上山的约60匹马已全部被炸死。

敌军进攻的重点再次转到山梁西侧，敌人已冲到了我军阵地前沿，独立团2营和鲁中二分区警卫排的指战员顽强抗击，反复打退敌人进攻，从他们那里不断传来阵地吃紧的报告。我下命令："带枪的都上！"团政治处主任秦霜带少数机关人员增援到了2营阵地。我也亲自赶到那里指挥和鼓动。

阵地上，副营长毛玉光大声喊道："同志们，瞄准射击，坚持到天黑就是胜利！"官兵互相呼应，互相鼓动，非常活跃。战斗英雄、副排长杜玉怀利用最西侧阵地前面突出的小高地，非常敏捷地用各种姿势大量投出手榴弹，给予鬼子严重杀伤。

我向身边的人喊道：打得好，把手榴弹集中供给他！

敌人冲上来时，我看到他像铁人一样端起机枪向敌人猛烈扫射，把鬼子打了下去。2营长宿殿奎带着一个排紧跟着向敌人冲去。一次接一次的混战，上来一批打下去一批，最后把敌人攻势完全压制下去，迫使敌人完全放弃了进攻。而这时，在我军阵地上，最后就只剩下副排长杜玉怀、一个受伤的班长和一个战士。营长宿殿奎身边也只有一个通讯员和一个司号员。

我满怀了悲愤慰问他们。宿殿奎对我说：202首长，请你放心，我们这里还有六个人，二分区警卫排还有七八个人，不少了！我们保证不让敌人从这里攻上来！

我鼓动他说：是的！敌人好像已经改变了突击方向，你们还要警惕敌人再次攻击，相信你们一定能胜利完成任务。注意同山顶团部保持联系！

山梁西侧的阵地就这样坚守住了。

敌人把主攻方向又转回到东面阵地。在一阵疯狂的炮击后，敌人密集地冲了上来。当我带警卫赶到这里时，他们已多次打退敌人进攻。我看到郭长泰血肉模糊躺在地上，胸膛和下颚骨都被炸坏，已奄奄一息，他的捷克步枪也被炸断。小卫生员告诉我，他是三分钟前在阵地前面被炸的。

在东面阵地吃紧的同时，一部分敌军从南面的山沟里陆续冲上来。警卫3连和干校的同志们，一阵短促的反击把敌人打了下去。

这时，敌人从北、东、南三面再次压缩包围圈，北面、东面是主攻，许多敌人已经爬到了距我们最近的地坎子下面，双方说话的声音可以听得一清二楚。我们的敌工人员向敌喊话，敌人也竟喊起话来企图瓦解我们。指战员们闻声异常气愤，许多人破口大骂起来。

又6架飞机低空飞来，开始对我军阵地轮番轰炸和扫射，以配合北面和东面的进攻。

炮击比前面更加激烈，有些炮弹飞过悬崮顶，飞过我们的头顶落在了鬼子的阵营里，打了鬼子自己。在悬崮顶东南方较近的一个山头上，敌人增设了炮位和重机枪阵地，严重威胁着我们。我命令炮兵立即干掉敌人的重机枪。我们英雄的炮兵，架设起平射跑，只打了两炮，就干掉敌人两个重机枪阵地。可由于炮位暴露，我唯一的平射炮遭敌炮轰击，并被炸毁。

敌人步兵又爬上了坎子，被我们再次打退。他们爬上来一次就被我们打下去一次，敌人遭到了大量杀伤，尸横遍野。我军的伤亡也在继续增加。干校的同志们子弹快打光了，就用石头砸，“争取时间，节省子弹，坚持就是胜利！”——阵地上到处喊着这样的鼓动口号，官兵们情绪依然高涨。

随后，郭维城和于文清、侯宜禄等研究决定，突围分两路进行：一路由郭维城和于文清带领师部、师直属队及抗大上干队，由西南山坡沿悬崮顶山梁向西南方向突围；另一路由侯宜禄带独立团向东北方向突围。

此时，官兵们已打退敌人十几次冲锋，可激战仍在继续。

郭维城盼望太阳快点落山。他凝望西面天际，却感觉太阳好像被什么撑住一样，挂在天上纹丝不动。

终于，太阳西下，天也渐渐黑了下来。郭维城一面指挥独立团继续回击敌人，一面开始组织部队准备突围。他下令2营4连、5连从西南山梁悄悄撤向山顶。

激战竟日，在飞机、大炮及数千精兵的轮番攻击下，竟然没有撼动悬崮顶，日军极为震惊。此前，在与山东八路军作战中，他们从没遇到如此猛烈的还击，这不能不叫他们哀叹：一夜之间八路军竟装备了如此精良武器，战斗力也飞驰大长！开始，日军以为"铁壁合围"了山东八路军首脑机关，一个个心花怒放、气焰汹汹。可战到黄昏，当他们意识到碰到了起义的东北军111师时，一个个更胆战心惊、不敢松懈。入夜，日军构筑起层层叠叠的包围圈，企图将郭维城所部一网打尽。

——空中，日军不断发射曳光弹、信号弹，五颜六色鬼火一般不断蹿起的火蛇将山谷沟底照得透亮；地面，日军在悬崮顶四周山沟和所有山头点燃火堆，组成了方圆几十里长的大火圈；近处，他们敲锣击盆、胡喊乱嚎，如狺狺狂吠；外围，则布满巡逻的骑兵和步兵，一时间，山头、谷底人喊狗叫此起彼伏，似有千军万马汇集于悬崮顶四周及南墙峪山区。

约21时许，侯宜禄团长将部队从山顶集中到山坡的一个沟里进行整顿。看到四个连队和警卫3连基本完整，侯团长非常欣慰，他动员说：同志们！我军与十倍的敌人顽强战斗了一整天，打死很多敌人，已经为国家为人民取得初步胜利！大家要勇敢地冲出去，突出重围争取全胜！

接着，侯团长组织部队开始向东北方向突围，郭维城亲自带领三个连掩护师机关和抗大上干队向西南方向突围。

1连连长张广庆带全连作为独立团的先头部队向篝火方向前进。约22时许，在南墙峪村东一条干河滩边，他们与正面阻截的敌军相遇，当即与敌展开激烈近战，敌我双方的机枪声、喊杀声震天动地。战斗持续了十分钟时，忽然从干河对岸传来喊声：同志们，那边是鬼子，向这边冲啊！

1营营长程书麟、副营长贾少宇指挥1连大部向喊话方向冲去。团主任秦霜、指导员徐振宇等也跟着一起冲了出去。很快，他们冲出重围，脱离战场。

在激战中，团长侯宜禄中弹牺牲，同时牺牲的还有十余位指战员。

然而，独立团2营4连和5连未能冲击成功。不得已，他们退回山边，于后半夜另选一段敌军防守空隙突出了重围。

警卫3连连长吴希珍在突围中牺牲，指导员井庆明身负重伤，1排长谢朝龙接替连长重任，带领仅剩的十八名指战员冲出重围。

几经拼杀，郭维城和部队突击未能成功，被压制在距悬崮顶不远的一条大沟里。

部队进退两难，郭维城万分焦急。忽然，一位老乡找到部队，自告奋勇要带路。郭维城详细询问情况后，紧紧握了握老乡的手，命令部队跟随老乡突围。就这样，在独立团牵制敌军的掩护下，在抗日群众帮助下，这一路几乎未经战斗便越过悬崮顶以西的鞍部，经西墙峪、虎依岭、桃花峪，顺利突围成功，安全到达坦埠的北部地区。

独立团的英勇冲击，吸引了敌人的注意力，隐蔽在附近的数千群众和地方干部也趁机突出了重围。

这次反“扫荡”战斗，从坚守悬崮顶到南墙峪突围，郭维城率独立团和师机关、抗大上干队等单位取得了完全胜利。我军共伤亡100多人，共毙伤敌伪军500余人。战后，敌人原准备抢粮的十余辆汽车，也不得不全部用来运送死尸和伤兵。

这是111师进入根据地后的第一仗，东北军官兵经受住了严峻考验，为人民的解放事业贡献了他们的生命和热血。这也是郭维城继临危接受常恩多将军之命领导111师起义，为中华民族的抗战、为111师做出又一重大贡献！

战后，山东军区通令嘉奖，给郭维城荣记大功一次，血战悬崮顶也被作为反拉网胜利突围战例。

反“扫荡”胜利后，新111师召开了盛大的欢迎会，欢迎郭维城和全体官兵光荣归来。会上，为侯宜禄等为革命捐躯的烈士们沉痛致丧，亲切慰问伤病员，并向战斗英雄们庆功。

参加此役的刘万胜非常悲痛，不仅因为独立团团长侯宜禄、连长吴希珍等官兵牺牲，还因为常恩多将军的随从、后任郭维城副官的徐文斌，也在这一次战斗中牺牲了。

八、三打甲子山

孙焕彩把叛军收拢后，即勾结汉奸朱信斋、李延修，于1942年10月乘日军大举进攻八路军滨海抗日根据地之机，率4 000余人杀回甲子山区。八路军为避免两面作战，主动放弃甲子山区，孙焕彩再次控制了石场、纸坊、刘家东山一线。

孙焕彩一面捷报飞传战区总部，一面征集民夫、修筑圩寨，以图长期盘踞；继而，又大举进攻，侵占了东自崖下，西至草岭，南自竹磨，北至黄墩，纵横约五十里的甲子山区。

此时，郭维城、于文清率新111师独立团掩护机关辎重，转移到了沂蒙山区；孙立基率662团参加海陵反蚕食战役；万毅、王维平率333旅坚持滨海区的对敌斗争。

10月16日，孙焕彩率叛军突然袭击了八路军游击区的蛟山、龙头、坊前、竹墩等地，枪杀了驻龙头的八路军抗大民运工作团江风等人，逮捕地方干部22人、民兵10人，抢走粮食十余万斤，以及其他财物甚多，并烧毁民房，殴打群众，强奸妇女，无恶不作。

期间，叛军窜至黄埠子大肆抢劫，日伪军出动兵力在范家村骚扰，双方岗哨相望，相安无事。

叛军在所据之地横征暴敛，欺压百姓，民不聊生。

巨峰镇位于甲子山东侧的日照境内，每逢集市，当地百姓要花1 000多元设官席招待，稍有怠慢，必挨叛军的拳打脚踢。一天，叛军开来条子，按田亩每两银子计算，一亩田须缴纳粮食600斤、大米50斤、木柴800斤、服装费90元、鞋袜各1双、子弹8粒、棉花半斤、铜铝10斤、锅铁10斤、秫秸1斤；如拒绝，即以“私通八路”治罪，轻则罚款毒打，重则枪毙。

苦难贫穷的甲子山人民怀念常恩多，怀念常将军领导的抗日的东北军111师，而咒骂孙焕彩、陶景武、刘晋武等东北军败类，人民群众盼望八路军拯救他们出苦海。

为全面展开瓦解叛军工作，新111师抽调部分政工干部到八路军各路部队配合工作，666团指导员刘祖荫和665团1营营长王乾元等奉命来到坪上，配合滨海独立军分区工作。

刘祖荫等人的主要工作就是散发传单，以动摇叛军军心。传单依然以常恩多将军的口吻召唤叛军回来。刘祖荫还有一项工作，就是对八路军俘虏的叛军官兵进行政治教育，愿意回去的交代任务，愿意留下的就送回新111师分配。这天，他看到665团的一个俘虏十分眼熟。在审讯时，俘虏神情惶恐，引起刘祖荫注意。果然，他正是煽动2营叛变，并杀害张绍骞团长的凶手！

之后，这个凶手被就地正法。

王乾元和叛军666团3营营长王进功私交甚好。于是，王乾元写信给王进功相约见面。联系上后，两方面的人约在山纵2旅4团驻地和叛军驻地结合部会见。

入夜，月明星稀，刘祖荫和八路军官兵布置好警戒，单等王进功的到来。

相约的时间迫近，王进功果然在一队卫兵护卫下走来。王进功和王乾元见面后即称兄道弟，十分亲热，可王乾元才说要王进功拉队伍出来，王进功就翻了脸。

王进功上前一把抓住王乾元，趁势要拉王乾元叛逃。

王乾元被惊得出了一身冷汗。王乾元执意不从，王进功觉察到四周有埋伏，这才松开了王乾元。说了声“后会有期”，王乾元就匆忙撤走了。

瓦解叛军的工作渐收成效，不断有叛军的官兵拿着传单三五成群地投奔新111师和八路军。

孙焕彩接到了各旅团报告叛逃人员的情况，气得七窍出血。

这天，孙焕彩召集官兵开大会。站在土台上，他手里攥着新111师印发的传单，恨得咬牙切齿。他高声喊道：这上面的鬼话你们也信？常恩多，骨头都能打鼓了，还召唤你们去，难道要你们到鬼门关去和他会面吗？

孙焕彩更变本加厉残害人民、压制抗战力量，并横行于甲子山区。

夺回甲子山区，成为新111师和山东八路军迫在眉睫的事情！

11月，中共中央山东分局向中共中央电报请示：111师叛军乘敌向我甲子山“扫荡”，再夺我滨海甲子山区，并不断深入我中心地区抢劫财物，捕杀我工作人员，决给予反击，收复甲子山区。中共中央回复：111 师叛军如继续向我进犯，在有理有利的情况下，可予以反击。

12 月中旬，第三次甲子山讨叛战役终于打响。山东军区集中优势兵力，调集 115 师教导 2 旅、教导 6 旅、山东纵队 2 旅、抗大和军分区独立团，配合新 111 师决意收复甲子山区。数倍于顽敌的参战部队组成左、右、中及迂回四路纵队，实施穿插分割包围，以图全歼顽敌。

战前，罗荣桓亲自到新 111 师作动员，他讲了抗日战争必胜和甲子山讨叛战役的意义，指出夺回甲子山对巩固和扩大滨海抗日根据地，打通与胶东根据地的联系，发展沂蒙抗日根据地都有重大意义。最后，他指着甲子山说：这是改变滨海、山东局面的重要一仗，无论如何也要把这个钉子拔掉。同志们！这就是你们的家，要安家，就必须消灭顽军！

115 师代师长陈光到前线指挥战斗。经过察看地形和侦察，他决定用中心开花的战术，以教 5 旅从东面绕过朱芦和刘家东山，攻占孙焕彩师部驻地石场，以教导 2 旅 6 团、山东军区 2 旅 5 团和 6 团从西面攻占址坊；以新 111 师迂回占领甲子山制高点。各路部队乘夜暗隐蔽进入攻击阵地，待新 111 师占领甲子山后发出信号弹，各路遂一齐攻击，一举占领石场后，再乘乱歼灭孙焕彩部。

12 月 16 日，各参战部队均进入了进攻出发位置，教导 2 旅 6 团（人称老 6 团）首先攻占了旋子口，准备向纸坊发动进攻。

山东军区 2 旅 5 团攻占三皇山，切断了叛军向西突围的道路。

山东军区 2 旅 6 团控制了浮棚山、蒲汪等外围阵地，准备截击由北向南增援的敌人。

新 111 师由甲子山以东攻占了南北垛庄、赵家、刘家彩等村庄。

以石场为中心的孙焕彩部一夜之间遭到了四面包围，顿时一片混乱。

八路军教导 5 旅 13 团趁机直插石场，直捣孙焕彩的指挥中心。这一着对孙焕彩威胁最大，孙焕彩亲自指挥他的主力部队进行反扑，他攻上来，被 13 团反下去，往返冲击，持续的时间很长，战斗打得相当激烈。此役毙伤敌 300 余人，13 团伤亡也很大。因为攻击刘家东山的战斗受挫，受刘家东山的火力侧射，攻击石场的 13 团于天亮以前撤出战斗。

同时，5 团攻占了茅墩，歼敌一部。新 111 师又攻占了前后崖、簸箕口、北山头等阵地，击溃了朱信斋向南增援的部队，毙俘敌 200 余人。

石场东面有个山头叫樟山，把樟山打下来，居高临下，等于打开了石场的大门，13 团决心先把樟山打下来，然后再攻石场。由于樟山的工事坚固，13 团连续攻了三次，伤亡很大，没有成功。

老 6 团是善于打硬仗的一支英雄部队，但攻击纸坊的战斗亦未能奏效。

老 6 团和 13 团都是战斗力很强的红军部队，堪称山东八路军主力。部队打得很猛，但他们的火力不强，敌人的工事又很坚固，敌人在村前边缘及山头的要点上用大石条修了很多石头堡，部队不易接近，石堡不易摧毁，屡攻不克。部队打红了眼，一些连排干部脱了棉衣准备拼着命干。

恰在此时，罗荣桓和陈光快马赶到。他们了解情况后，命部队暂停攻击。

两位首长带上各团的干部抵近到距敌不到500米的小高地上察看地形。之后，调整部署，改变战法。他们指示部队继续把敌围紧，选择要点，进行土工作业，尽量逼近敌人；一面逼近敌人，一面加修工事，作好敌人反击的准备，争取在敌人反击时给以重大杀伤。有的地方要进行坑道作业，大力加强政治攻势，视情况再发起强攻。

在旋子口村打谷场上，罗荣桓对教导2旅6团的官兵说：甲子山的战略地位十分重要，不消灭顽军，对我根据地威胁太大，对新111师的巩固更成祸害！因此，我们必须拿下甲子山！我相信老6团一定能打好，一定能攻下纸坊！同志们要有顽强拼搏的精神，一天打不下，第二天再打；夜里攻不下，白天再攻！总之，一定要夺回甲子山！

刘祖荫于战前被派到教2旅6团展开工作。聆听罗荣桓的动员，他和这些老八路一样激动不已。

攻击纸坊的战役进展并不顺利，原计划第二天白天向叛军发起攻击，在天亮时忽然又改变了计划。刘祖荫跟随6团撤出战斗，在通过一片开阔地时，纸坊西山炮楼里的火力正对着他们射击。刘祖荫就听到前面的人喊“快跑”，他撒腿猛跑。子弹“嗖嗖”地在他的脚前脚后飞溅，他跑得上气不接下气，感觉嗓子眼里已经冒火了，才总算跑出了开阔地。

刘祖荫被派到了独立据点前喊话，动员叛军归队。他找好隐蔽位置，布置好警戒，正欲开喊，忽然看到一个老乡从炮楼里走出来。

刘祖荫拦住老乡：老乡，里面住的是哪一部分的？

老乡说：是111师工兵营的。

刘祖荫又问：师工兵营？谁在里面？

老乡回答：是穆大鼻子！

刘祖荫一听是穆占鳌，就动笔给他写信。信的大意是要穆认清眼前的形势，尽早回头，不要再跟着孙焕彩继续与人民为敌。

刘祖荫把信交给老乡，请他再跑一趟，把信送给穆占鳌。等了片刻，老乡从里面出来了，两手一摊说：穆大鼻子根本不理你那茬！他说了，有种就打！

刘祖荫还想努力，刚喊了两声，就从炮楼里“突突突”地射出来一排子弹。刘祖荫不再和穆占鳌啰唆，八路军的手榴弹已纷纷投进了炮楼里……

顽军张里元部800余人由日莒公路以北南援，教导5旅主力迅速进占黄墩及其西南高地阻击。张里元闻讯当即缩回日莒公路北。追击中，我军共俘敌400余人。

最后，叛军被压制在几个村庄内，内无粮草，外无援兵，军心沮丧。新111师加强了政治攻势，有的直呼姓名喊叛军官兵过来。666团副团长翟仲禹直呼班长程传芳的名字，把碉堡里工兵营一个班喊了出来。程传芳还带出来一挺机枪。见三五成群的官兵战场倒戈，孙焕彩气得发疯。29日，绝望中的孙焕彩不得不率1 000余人由张家石旺向北突围。

叛军突围，刘祖荫跟随6团乘胜追击。途中，他遇到了新111师指挥部，看见万毅正指挥部队追击叛军。万毅要刘祖荫到张苏平那里报到，协助张苏平收容、教育叛军俘虏。

此时，已俘虏的数百人被集中在一个村庄里。刘祖荫看到一些熟悉的面孔，招呼后正要离开，他忽然被一个人叫住。

刘祖荫回头一看，是姓高的医官。起义前夕，他们同住石场，关系甚好。就在刘祖荫他们拉干二、三队南下时，高医官在圩门口遇到刘祖荫。高医官曾问他们去哪儿。刘祖荫担心他破坏，就没有搭理他。此时，他们以完全不同的身份在这里相见，高医官结结实实地埋怨起刘祖荫。他说：在石场我就问你去哪儿，你就是不告诉我！你为什么不告诉我？你当时就应该带我一起走的，而不是现在，我成为你的俘虏，你看着就高兴了！

刘祖荫赶紧解释和道歉，高医官又说：常师长带你们起义后，国民党军委会下了通缉令，通缉你们几个人。最后一个人是你，悬赏法币一千元。

中尉这时每月60元法币，少校每月100元，一千元相当于一个少校十个月的军饷了！

刘祖荫知道自己在陶景奎心里就是个“富家子弟”，绝不会跟共产党跑；而在宋迪玺、龚晓清等人眼中，他这个“幼稚青年”，绝不会干出什么惊天动地的事情来。可就是这样一个“幼稚”的“富家子弟”，竟然是隐藏在他们眼皮子底下的共产党员，并跟随常恩多起义投奔八路军了！

听到自己竟然也被通缉，刘祖荫十分高兴——这是对他这个代号“亥”的共产党员的最高奖赏！

可听到悬赏自己的奖金只有1 000元法币，他还是惋惜地摸了摸头：我就值这点钱！

30日晚，叛军最后被压缩在一条山沟里人仰马翻，鬼哭狼嚎，部队丢下辎重，当官的撇下妻室儿女，夺路向北逃窜。新111师333旅的官兵乘机指名道姓地向突围叛军喊话，在军事压力配合政治攻势前，叛军很多官兵自动放下武器停止战斗。

与此同时，孙焕彩率残部从南北山口改路向东突围，在大部被消灭之后，孙焕彩率少数人逃向莒日公路以北。从此，孙焕彩叛军再无力、也无胆南窥甲子山区！

三打甲子山，新111师和八路军参战部队共毙伤俘叛军111师旅参谋主任任家麟以下2137人；缴获枪械520余支，迫击炮3门，战马30匹及大批军用物资。我军共牺牲连以下人员148人，负伤500余人。

甲子山战役的胜利，开辟了向日（照）莒（县）公路以北发展的通道，根据地迅速得到巩固和发展，使日照、诸城、莒县、莒南连成一片，并与鲁中抗日根据地相连，打开了滨海地区革命斗争的新局面。根据地人民重见天日，无不欢欣鼓舞。巍峨的甲子山，重新成为光荣的抗日根据地。

九、永远的爱国将军

转过年来，世界反法西斯战局发生了深刻变化。

1943 年 1 月 27 日，中共中央山东分局、山东军区、新 111 师及山东滨海地区县区党政军民，为常恩多将军举行隆重的发丧仪式。追悼会场，就搭设在浮厝常恩多将军遗体的朱梅村东北角的菜园里。

万毅带领官兵为常恩多将军搭起一座灵棚。灵棚两边贴着八路军山东军区送来的挽联，左联是“为国捐躯忠心耿耿”，右联是“除奸抗日铁骨铮铮”。

追悼仪式前，新 111 师政治部宣传队官兵深情歌唱由肖尔（王维平）作词、辛可作曲的《常师长纪念歌》。歌中唱道：

我们伟大的革命英雄，你在祖国的大地安眠。
人民带着崇敬的心胸悲愤地歌唱。
从侵略者的压榨下，你穿起了自卫的武装；
从军阀的混战中，你锻炼了革命的思想；
在民族生死关头，你坚持团结抗战的主张。
领导我们转战苏鲁，领导我们制裁投降，
领导我们镇压叛变，领导我们复土还乡。
你的骨骼坚硬如钢，你的神经是战斗的火焰，
你的魄力支撑着正确的方向，
你革命英雄的气概，永远在祖国的河山飞翔。
我们要踏着你的道路，像你一样的坚强，
为独立自由幸福的新中国团结向前！

白花簇拥的灵棚中央，矗立着常恩多将军的戎装照。灵棚两旁，悬挂着山东省及滨海党政军民各界代表送来的数百幅挽幛和挽联。

中共中央山东分局书记朱瑞在送的花圈上敬挽道：

获三将军
生而为英，死而为灵。

中国共产党滨海区工作委员会敬挽道：

常故师长千古

敌寇已穷蹙，胜利在望，方期勒马白山赋歌黑水。

苏鲁任奔驰，壮志未酬，遽闻星坠滨海魂归碧天。

中共中央山东分局统战部部长谷牧送的花圈敬挽道：

获三将军

坚持抗战，力主团结，谋猷端赖老成，执意国事操劳，伤及良将。

克服困难，准备反攻，努力仍须我辈，再含责任艰巨，痛失干城。

八路军115师代师长陈光、政委罗荣桓送的花圈同挽道：

常故师长千古

杀敌锄奸，功在国家，不幸仅免议处，留病体复何忍看去英才。

还乡复土，义尽东北，尤惜未克竟成，遗余恨只为托付嘱贤良。

八路军山东军区政委黎玉、副司令员王建安、政治部主任江华送的花圈敬挽道：

常故师长千古

胜利在望，团结向前，方期共渡危难，杀敌还乡慰父老。

懋功即建，壮志未酬，遽因二竖肆虐，坠星滨海恸军民。

115师参谋长陈士榘、政治部主任肖华送的花圈敬挽道：

常师长获三千古

当局不明是非，曲直莫辨，是难消除死者心头余恨。

民族维乎正义，真理常存，断然不负常公毕生精神。

常克和王宗芳身披重孝，守卫在常恩多将军遗像两旁。全副武装的手枪兵警卫在席棚两厢。新111师司政后机关和独立旅官兵站成了黑压压一片。

历经千难万险的常克，于年初终于赶到了山东。在延安，听到父亲临死前把部队拉进抗日根据地，以彻底脱离蒋介石集团的领导，他震惊了。他为父亲的死而难过，更为父亲坚决不使111师落入打内战的阵营而骄傲和自豪。目睹盛大而隆重的悼念场面，看到山东八路军和山东人民对父亲的深情怀念，常克泪流满面，他感受到了，在抗战最艰难的岁月，山东人民热爱抗战的东北军，更怀念带111师杀敌锄奸、令日寇汉奸闻风丧胆的他的父亲——常恩多将军！

朱瑞、陈光、罗荣桓、陈士榘、肖华、黎玉、江华、王建安、谷牧、梁兴初、罗华生等都来到了追悼会场。

大会开始后，朱瑞首先介绍了常恩多将军对中国人民解放事业做出的杰出贡献。最后，他说：常恩多同志是一位抗日爱国的民族英雄，我们要好好学习他一生无私无畏的革命精神，继承他的遗志，抗战到底！

之后，罗荣桓沉痛说：常恩多师长堪称真正的民族英雄、人民的功臣。他所起的作用，特别艰巨伟大，是我们一般革命同志起不到的，是不可比拟与无与伦比的！我们要继承他的革命遗志，学习他的革命精神，抗战到底，革命到底！

在悲痛的氛围里，郭维城代表陆军第111师常故师长治丧委员会宣读《悼常故师长》祭文。

郭维城热泪横流，读道：

常师长已离我们而去，留下的事业要我们完成。全体同志哀悼他的死是要实现他的遗志。我们认为：

第一，他的敌人必须消除。他的敌人就是中国人民的敌人，就是日寇汉奸，就是“结党营私，施政唯求利己”的恶势力，就是“腐化贪污、压榨善良”的坏蛋。只有消灭他的敌人，才能变不独立不自由不幸福的旧中国为三民主义的新中国！

第二，他的明确方针必须遵照。他的方针是团结抗战的方针，就是联合世界上以平等待我之民族，特别是反法西斯最坚决的苏联，就是团结全国抗日军民，各党各派，共同奋斗。他的方针是杀敌锄奸的方针，就是打倒日本军阀财阀，及其走狗汉奸投降分子，就是反对亲日派制造摩擦，挑拨内战！

第三，他的革命坚决性必须学习。他的坚决性，表现在为正义奋斗一生；表现在少年的贫苦生活中不肯低头下气，央求人家怜悯；表现在20年的部队生活中不曾对任何军阀歌功颂德，钻营感恩；表现在高级军官生活中，始终廉洁朴素，两袖清风；特别表现在对于劳动者的同情，对于军阀的仇恨，对于进步力量的扶持，对于国特分子的厌恶，对于处理汉奸败类的果断，对于镇压叛徒坏蛋的无情，对于黑暗势力的诅咒，对于光明社会的憧憬。他的坚决性表现在革命事业中，毫不存妥协屈服的念头，而是尖锐地进行斗争！

第四，他的朴素切实作风必须发扬。他的作风是最实际的作风，表现在不讲夸张，但求实效；表现在工作中的精微细密，而不是粗心大意；表现在备战中的彻底精兵简政；表现在培养干部的长期打算；表现在切实关心官兵的物质生活；表现在把事业的远大前途与奋斗的具体步骤紧密地联在一起；表现在正确地把握历史机遇，与经常地积蓄革命力量！

第五，他的反抗精神必须承继。他的精神是反抗压迫、争取解放的精神。他生长在中国最苦难的年代，他对敌人的残暴体验最深刻，感觉最敏锐，在与恶势力搏斗中，他骨骼坚硬，心如铁石；他的精神是代表着中华民族坚强不屈的战斗精神。他拼上临终以前仅有的呼吸，还作最后的一战。他一生在黑暗里奋斗，他追求光明，追求“为人类造福”。他的理想正欣欣向荣，他呕出的心血，保育了中国人民解放的鲜花，他的气概是永世不朽的！常师长是最正确最勇敢最坚定最忠实最热忱领导我们反抗敌人的伟大民族英雄，我们一定要按照他所指引的方向，团结向前！

新111师代师长万毅，宣读了以他和副师长郭维城、参谋长于文清名义代表全师官兵的祭文。

万毅泪流满面，读道：

维中华民国32年1月27日，陆军第111师代师长万毅，副师长郭维城，参谋长于文清，率全体官兵，谨具全牲之奠，恭祭于常故师长获三公之灵前！

呜呼，公逝已五阅月矣！毅等此日设奠追悼，念及公生前种种，与公所遗于毅等之重责大任，实痛切忧极，而不禁涕泣纵横，亦不知言之所出也。忆公接掌本师于陕北军次，为期不久，即值“双十二”事件发生，张汉公八大主张为公衷心所倾服，彼时公深以国是可能好转，素志可能实现为庆幸。不料张汉公被扣，“双十二”事件未能圆满结束，东北军遭受空前厄运，于是公忧时愤世，悲感交乘，旋全面抗战开始，公率全师转战苏鲁皖各地方，期痛歼倭寇，还我河山，复遭遇缪逆澄流之百计牵掣与出卖阴谋，公为大义所迫，乃断然发动“九·二二”锄奸壮举，自是公乃得以从容展布，实施抱负，一面积极打击敌伪，连克大店碑廓等据点，一面调整内部，收拢人才，培植青年，我全师官兵，此时均莫不振奋异常。孰知事更有出人意料者，公竟因积劳过甚，于当年冬染患肺病，卧床不起，公既不能问事，大权遂旁落于孙焕彩陶景奎刘晋武等宵小之手，彼孙陶刘诸竖，乃兴风作浪，勾结国特分子，发动“二·一七”逆举，相继陷害本师优秀将校，驱逐本师服务之进步青年，并掀起内战，凡此种种悖逆举动，均使公气愤填膺，病势增剧，公之病，于客岁八月一日宣布于不治，公本知必死，而犹为国家民族东北军团体作最后之一击，以旋乾转坤之魄力，发动“八·三”事件，窜彼孙陶刘诸竖，奠定团结抗战之基。以上所述，乃我公七载以来，总领本师之概略情形，夫我公以刚正果敢之性格，抱经天纬地之奇才，而竟乖舛横来，毕生未能大展鸿猷，卒于临终将重责大任付托于毅等，是毅等不能不郁结于心，而思如何以图报者也。其次公体质素强，四十岁以上之人，患肺结核，按医理言，并不至必死，是孙陶刘诸竖所予我公之刺激，实系致死原因之一。彼孙陶刘等之用心，诚足令人眦裂发指，是毅等所不能忘于怀，而思如何以弥恨者也！复次，我公一生未曾言及私事，临危之时，亦未以家事相嘱，毅等虽亦不敢以私情告慰我公，然必竭尽所能，善视公之遗族，有如己之长幼，是毅等所应尽之职责，亦全军之诚意也！呜呼哀哉，毅等之言有尽，而悲固无穷，胜利在望，毅等愿他年凯旋辽东时，再将我公忠骸，移葬祖茔，届时三军为之缟素，举国为公致哀，毅等更将凭棺一哭，以尽余痛，而慰九泉！呜呼尚飨。

新111师政治部主任王维平代表政治部宣读祭文。

王维平悲痛读道：

维中华民国32年1月27日，本师政治部全体工作人员，谨以清酒素馐之奠，致祭于常故师长之灵前！

我公诞生在灾难深重的中国，数十年来，为了中华民族的解放事业，奋斗终生，历经磨难，直到临终以前，气息奄奄的瞬间，还挣扎着作了最后的一战。你的敌人就是中国人民的敌人，就是日寇和汉奸，就是结党营私、贪污腐化、压榨善良，封建社会中的恶势力。只有消灭他们，才能变不独立不自由不幸福的旧中国，为独立自由幸福的新中国；你有明确的战斗方针，你的方针是团结抗战方针，就是联合世界上以平等待我之民族，特别是反法西斯最坚决的苏联，就是团结全国抗日军民各党各派，共同奋斗，是杀敌锄奸的方针，就是打倒日本军阀财阀，及其走狗汉奸投降分子，就是反对亲日派制造摩擦，挑拨内战。你对劳动人民有着强烈的同情，对军阀官僚有着深刻的仇恨，对进步青年则爱护与栽培，对国特分子则深恶而痛绝。你对处理汉奸败类的果断，对镇压叛徒坏蛋的无情，对黑暗势力的诅咒，对光明社会的爱慕，都说明了你的爱恨分明，与革命的坚决。你对敌人的残暴，体验得最深刻，感觉得最敏锐；在与恶势力搏斗中，在为革命事业奋斗的过程中，你骨骼坚硬，心如铁石，绝不让步，毫不妥协，你的性格是被压迫的中国人民最宝贵的性格，你的精神表现了中华民族坚强不屈的战斗精神。你有朴素切实的工作作风，表现在不讲夸张力求实效，表现在工作中的精密细致，而不是粗心大意，表现在备战中的精简工作，表现在培养干部的长期打算，表现在切实关心官兵的物质生活，表现在把事业的远大前程与奋斗的具体步骤密切地联系在一起，表现在正确把握历史时机，与经常地积蓄革命力量，你的生活朴素清廉，从不钻营徇私，凡此一切，都值得我们的继承与发扬。在你的正确领导下，终于粉碎了一切背叛与投降分子的无耻阴谋，使我们彻底地走上了团结抗战的道路。但不幸在你还来不及看到最后胜利以前，便已病逝了！你的死不仅使本师官兵失去了一个坚强的领导者，而且也是中华民族的一大损失。我们曾是你生前最钟爱与期许的青年，我们要努力向你学习，加紧修养锻炼到和你一样的坚强。我们此刻含着眼泪向你致祭，除了表示我们的悲痛外，并在你灵前宣誓：我们一定要按照你临终给我们指示的方向，教育部队，团结友军，爱护人民，力求进步，积蓄力量，准备反攻，收复东北失地，建立三民主义新中国，完成你给我们留下的伟大而艰巨的事业，实现你的遗愿，以告慰你，尚飨。

57 军独立旅旅长刘杰代表全旅宣读祭文。

刘杰痛哭失声，读道：

维中华民国 32 年 1 月 27 日，陆军第 57 军独立旅旅长刘杰，谨以清酒庶馐之奠，衔哀致诚，恭祭于常故师长获三公之灵！

呜呼痛哉，回忆公于 29 年发动“九·二二”锄奸运动之时也，杰在 112 师充任团长，竟以无稽之嫌，几遭陷害，乃只身潜报公处，公不唯不顾国特分子之诬谗，与层峰之滋疑，而对杰欣然收纳，慰勉有加，更披肝沥胆，与谋未来大计。并殷殷以贯彻张汉公主张，发扬东北军光荣历史相期勉。噫，杰何人斯，能无动于衷，而思有以相报乎？乃于翌年 2 月，奉公命组织 57 军独立旅，并蒙拨巨款相助，杰于初抵海陵县境，披荆斩棘，与敌伪匪血肉搏斗，大小约计数十百战，各级官兵，无不忠勇奋发，争先效死者，盖思所以报国家报民族，报东北军团体，与我公之厚望于万一，而聊尽孤臣孽子之一片赤心也！旋闻我公染肺结核病，卧床不起，初意我公身体素健，定可以百战无敌之勇气，战胜病魔之侵袭，故未十分在意。嗣杰复于 30 年 5 月 8 日小屯战役，头部负重伤，几濒于危，幸蒙友军医院热心治疗，得以保全。迨“八·三”事件发生，杰于病榻闻悉，益感我公之伟大，而不禁欣喜欲狂，并设想公之病或亦已渐就痊可欤！殊不意“八·三”事件，乃发动于公病宣布不治之后，公旋即于旬日内与世长辞矣，呜呼痛哉，人事诚不可测，而天理更复难明矣，奈何以公之康健竟不能寿，以公之英才竟不得展，国家失良将，团体失导师，此种不可补偿之损失，其何因何数使然也。当杰负伤垂危之时，窃思杰必不能永世，方期以未成之事业，奉还我公，孰意杰竟死里求生，而公乃生中得死矣，公所遗艰巨责任，其谁与为继也，杰兴念及此，实悲无既极。然徒悲其何益，杰唯有秉承我公遗志，追随我团体诸先进之后，拚此炮火余生，鞠躬尽瘁，以报国家报团体报我公，此心此志，永矢弗渝，公之英灵，其有以鉴察，呜呼尚飨！

最后，万毅带全体官兵庄严宣誓：

我们誓以至诚，贯彻张副司令主张，实现常故师长遗志，团结抗战，杀敌锄奸，加紧学习，力求进步，整饬纪律，爱护群众，准备反攻，驱逐日寇，收复东北失地，建立三民主义的新中国！

第一天的悼念活动结束后，万毅、郭维城、于文清、王维平带领官兵开始轮流为常恩多将军守灵。

每一次的仪式中，在阵阵悲壮的唢呐声中，全体官兵举孝哀悼，伏地恸哭，天地为之变色，日月为之动容。凛冽寒风中，当地百姓群众倾巢出动，也赶来参加吊唁。

第二天，哀悼活动继续进行。旅长孙立基率331旅官兵来到悼念会场。

凝望常恩多将军遗像，孙立基痛哭失声，他哀痛致悼：

1943年1月28日第111师第331旅旅长孙立基，率全旅忠勇官兵，谨以瓣香清酒，庶馐之祭，哀祭于故师长！

常公之灵位前曰：呜呼我公，生长于黑水白山，秀美家园，学习新式军事之严格教育，内而受帝王军阀官僚之专制压迫，外而受国际帝国主义之侵略逼胁，丧权失地，国事益不可问，公目睹种种刺激，其愤慨郁结而遂不可遏抑。迨1936年“双十二”事件发起，公坚决拥护张汉公八大主张，率兵进驻渭南，命基与三元友军联络后，汉公入都被扣，遂奉命东出潼关，开赴豫东周口待编。但公之抗日素志，未尝一刻去怀也，迨“七　七”事变兴起，公以为杀敌时期已至，乃奉命转战苏皖鲁三省，六年以来，大小百十战，杀敌盈万千，功绩为全国最。乃不意缪逆昏聩，抗战意志弗坚，失望悲观，与敌进行互不侵犯协定，公乃一怒而歼除大憝于东盘，此时不独鲁南士气民心为之振奋，即亲日分子汉奸走狗之辈，闻之亦惊魂失魄，卒以积闷积劳，竟患咯血，修养军次，以期康复。而不肖孙焕彩刘晋武陶景奎诸逆，遂乘机与国特分子勾结，拘禁本师优秀革命将校，驱斥进步青年，与抗日友军造成摩擦局面，一团漆黑，而公病益加剧亦！然公外衡国际局势之转变，内审统一战线之需要，遂决然毅然，于1942年8月3日高举义旗，命基等率队南来，与友军密切合作，孰料昊大不吊，公竟于是年8月9日逝世！呜呼痛哉，夫公以天挺秀杰之资，光明磊落之襟，其远瞩高瞻，与夫坚苦卓绝之精神，迥非流辈所及。基等方期有所秉承，完成抗战大业，还我河山，而一瞑不视，此不特基等失去明灯，抑民族革命过程中之一大损失也！呜呼伤哉，他日扶桑直捣，痛饮倭血，誓将负公骸而归葬故土，以安英灵。呜呼！呜呼，临棺一恸，血泪纵横，幽明虽隔，情感实通，伏维。尚飨！

第三天，旅长关靖寰带333旅官兵走进悼念会场。

关靖寰泪流满面，悲声哀悼：

维中华民国32年1月29日第111师第333旅旅长关靖寰，副旅长王铁权，率全旅官兵，谨以清酒庶馐之奠，致祭于故将军常公师长之灵位前！

呜呼我公，生而为英，死而为灵。当民国25年西安“双十二”事件发起，公坚决拥护张公汉卿提出之救国八大主张，时局急转直下，险恶万分，公亲率劲旅夹渭河南北而对峙，嗣后几经调停磋商，兵气消除，迨汉公入都待罪，竟被群小中伤，幽禁国门。公闻而慷慨激昂，然其团结抗日之原则，与夫解放中华民族之心理，固未尝一日去怀也！迨“七·七”事件猝发，公兴高采烈，以杀敌抗战时机已到，乃奉令由豫而苏而皖而鲁，六年之间，作战百余次，杀伤敌伪无数，造成东北军抗日光荣历史之一页。迨民国29年9月22日，缪逆澄流与敌密订互不侵犯条约，出卖国家民族利益，公即以正义相号召，歼除大憝，易如反掌。鲁南悲观失望之氛气，为之廓清，卒以积劳患咯血，卧病军次，而国特分子暗中勾结孙焕彩刘晋武陶景奎诸逆，拘禁本师革命将校，放逐进步青年，与抗日友军造成摩擦局面，公气愤填膺，而病愈呈不治矣。公盱衡世界趋势，国内战况，知非与友军团结合作绝无胜利之希望，乃决然毅然，于31年8月3日高悬义帜，与友军密切团结，完成民族革命事业。孰料大将星沉，一瞑不视，呜呼痛哉，靖寰等受我公多年教训、启示、栽培、提携，誓以最后一滴血，完成我公杀敌锄奸复土还乡之遗志，此日临棺一哭，肝肠寸断，他年直捣黄龙，凯旋公骸，公其有知，来格来享。尚飨！

当地知名人士王众音，代表人民群众悲痛宣读祭文：

维中华民国32年1月29日，众音谨以清酒庶馐之奠，致祭于常故师长之灵前！

呜呼之东北之失地未复，卢沟桥之炮火又起，倭寇初怀蚕食之念，继逞鲸吞之欲，奸淫烧杀，蹂躏荼毒。此民族难堪之浩劫，亦亙古未有之奇耻，黄炎华胄，莫不同仇敌忾，咸抱复兴民族之心，而我公更感国事之倜傥，痛民族之颠危，是以奋起东北，率辽吉健儿，会燕赵志士，共赴国难救亡图存，转战南北，奔驰苏鲁，杀敌锄奸，以身许国，血战数年，心劳力瘁，勋业彪柄，遐尔同钦，兹者敌频绝境，胜利在望，方期完成建国大业，共享平等自由幸福，遽舍我而长逝。抚今追昔，能不怆然，众音不敏，誓尽最大努力，秉我公之精神，追随友军袍泽，以竟我公之遗志，恭逢奉安之日，聊申痛悼之忱，酌之清酒，荐以庶馐，英灵不昧来格来飨！

一连数日，到朱梅村沉痛哀悼常恩多将军的新111师和八路军官兵、武装游击小组及各区县乡村人民群众络绎不绝，挽幛、挽联更是铺天盖地布满了小小村庄。

郭维城的挽幛敬挽：

常公获三千古

十载论交，受遗命于病榻，起义鲁南，初创基业。

一心报称，逐倭寇出国境，凯旋辽北，再告我公。

王维平的挽联敬挽：

获公师长灵右

我公忧患饱经，任重道远，犹忆拍案唏嘘，黑水白山传浩气。

平辈栽培空负，生别死离，但闻盖棺定论，孤臣孽子秉丹心。

刘万胜哀挽道：

常公师长千古

转战五六年，杀敌锄奸，指挥如意，决策如神，刚举起统一战线义旗，孰料长城倾颓，天乎难再。

追随十九载，解衣推食，高谊若山，深情若海，为实行民族革命素志，遽而将星陨落，胜得谁依。

曹健华敬挽道：

获三师长千古

义旗高举九月廿二日精神继续发扬，为我国家民族重添保障。

噩耗悼传三千八百万同胞齐声痛悼，望彼白山黑水大赋招魂。

万毅的挽联敬挽道：

常师长获三千古

当实行民族革命战争，杀敌锄奸，孰料病入膏肓，医治竟无效，忆易箦付托之重，期望之殷，自顾薄菲，深恐艰巨难负起。

为完成抗日统一战线，还乡复土，几经呕出心肝，志愿总难偿，想当年意气若虹，清廉若水，公真伟大，亟思魂魄再归来。

于文清敬挽道：

获公师长千古

壮志杀敌锄奸，奋斗未白头，竟尔星沉鹤化，赍恨兮倭寇待歼，小丑尚余孙焕彩。

满腔真理正义，抗战秉赤心，岂容妥协投降，堪慰者主张真理，大憝已除缪澄流。

孙立基哀挽道：

获公师长千古

杀敌锄奸，公真是奋斗一生，直至心血呕尽，犹只手回天，促成鲁南团结。

抗战复土，基何敢偷闲半点，纵令国事全非，拼孤军出塞，打回东北老家。

关靖寰敬挽道：

获公夫子灵座

郁悒正气，磊落虚襟，杀敌锄奸反投降，真乃百折不回，忍痛星沉，大道为公，徒存手泽。

训诲深思，期许高义，团结抗敌求统一，孰料全功未竟，遽悲鹤化，因才而教，顿失心传。

刘杰敬挽道：

常公师长千古

公今往矣！想当年杀敌锄奸，奋斗愿到白头，是东北军无双将军。

杰来恨晚！看此日生荣死哀，功勋已著书简，洵抗战中第一完人。

王铁权敬挽道：

常公师长千古

你在黑暗中行走，从没向黑暗低过头！你痛恨没骨头的奴才，你痛恨跪在敌人面前的缪澄流，你痛恨叛变的群丑，你痛恨中国人的血自家流，正直的你都赞颂，卑鄙的你都诅咒，张汉公的壮志尚未完成，杀敌锄奸的心愿怎肯罢休！这愤恨曾聚成“九·二二”、“八·三”的巨吼，在你的领导下，千万个军民歌唱革命的战歌！你圣洁地安息吧！你虽是壮志未酬，但是你伟大的精神是会天般的长、地般的久！你圣洁地安息吧！你虽是余恨在心头，但是千万个弟兄们，已经英勇地站起，沉重地踏着你指出的道路，追随着向前走！

我们受到你多年的训诲启示，决心遵照你的遗志，打倒法西斯强盗，打倒妥协投降亲日分子、汉奸与走狗，摆脱封建奴隶、牛马的锁链与重负，争取真正的平等自由，光明就在我们前头！

张沼拜挽道：

获公师长千古

杀敌于鲁苏之间，大小百十战，正义锄奸，粉碎亲日派阴谋，无情打击妥协投降，剧怜功业未酬，上将心肝真呕出。

论交在形骸而外，师友廿一年，团结抗日，秉承张汉公素志，彻底实行民族革命，犹幸江山依旧，故人魂梦待重来。

662 团团长阎普率全体官兵敬挽道：

常师长千古

抗倭寇，反投降，正义昭彰，允称革命前卫。

锄奸逆，求团结，真理卓著，堪为民族英雄。

666 团团长彭景文率全体官兵敬挽道：

获公师长幕次

我公屡抱杀敌锄奸之精神，九二二与八三，为的是要解脱奴隶枷锁。

吾侪应秉奋斗白头的遗训，大无畏而坚决，这才能够收复东北家乡。

665 团团长杜恩华敬挽道：

常公师长千古

转战苏鲁皖，力主并肩抗日，杀敌锄奸，不料遽失导师，多年部属齐沉痛。

关怀辽吉黑，毋忘奋斗白头，还乡复土，理应紧随先烈，一致团结莫彷徨。

独立团团长程书麟率全体官兵敬挽道：

常师长千古

抗战五年，迭创倭寇，威名震苏鲁。

团结一致，两除奸孽，正气壮山河。

57 军独立旅全体官兵敬挽道：

常师长千古

两次锄奸，恨透了那些叛逆奸顽，誓复白山黑水，不愧为东北人民领袖。

五年抗战，手植起一支新生力量，威震鲁南苏北，堪称作团结抗战模范。

111 师政治部全体敬挽道：

常公师长千古

把握革命人生观，反妥协反投降，坚持团结抗战，呕尽满腔热血，为实现新生中国于新生世界。

依据进步新思想，不畏难不惜死，加紧准备反攻，誓争最后胜利，以告慰伟大民族的伟大英雄。

第 18 集团军山东军区鲁中军区司令部、政治部敬挽道：

获三师长千古

忆当年黑水白山，国难深仇犹未雪，一片丹心惟团结对外。

值抗战接近胜利，民族正义待伸张，万众拥戴却遽而长逝。

115 师教 1 旅司令部、政治部敬挽道：

常故师长千古

浩气长存！

115 师教 2 旅全体指战员敬挽道：

111 师常师长恩多千古

气壮山河，讵逢病中二竖，遂便未竟全功，但锄奸义举亦有利于国族。

谊属袍泽，愿与麾下三军，誓共完成抗战，以革命力量必同歼此仇雠。

115 师教 5 旅罗华生、梁兴初、刘兴元敬挽道：

陆军第 111 师师长常公获三千古

浩气长存！

抗大一分校全体官兵敬挽道：

常故师长千古

正义千秋！

115 师教 1 旅 2 团全体指战员敬挽道：

追悼陆军 111 师常师长恩多千古

呜呼将军，一生驰骋疆场，杀敌锄奸，为国为民，鞠躬尽瘁，但惜河山未复而身先死。

勉矣吾曹，尤当纵横敌后，并肩携手，再接再厉，茹苦含辛，必信胜利已近则志益坚。

115 师教 1 旅 3 团全体同志敬挽：

师长常公获三千古

鞠躬尽瘁，致力于抗战卫国，斩逆讨叛，心在巩固抗战阵营，高举着杀敌锄奸的大旗，创造出团结进步的范例，伟乎常公，大义凛然，千古浩气，永世长存！

115 师教 5 旅 13 团全体敬挽：

常师长恩多千古

正当干戈未定，倭奴将消，可惜将军星陨滨海。

适逢戎马仍频，国耻快雪，堪叹恩公身故鲁南。

115 师教 5 旅 14 团全体敬挽道：

常师长千古

仗义锄奸已完精诚团结志，

饮痛长逝未竟复土还乡心！

115 师教 5 旅 15 团晏成安、郭延万、刘春芳率全体官兵敬挽道：

陆军第 111 师前师长常公获三千古

为民族为国家辛勤劳碌，胜利在望身先死，

求独立求解放密切合作，团结向前慰忠魂！

第 18 集团军山东军区滨海独立军分区司令员何以祥、政委王叔坤、参谋主任王晓、政治部主任孔繁彬、副主任刘思华敬挽道：

陆军第 111 师常故师长千古

感佩将军用尽赤胆忠心保国土，

誓歼敌寇收复白山黑水慰忠魂！

山东军区滨海独立军分区6团团长叶声、政委王健青、副团长周辉敬挽道：

陆军111师常师长千古

气壮山河！

第八路军后方勤务部敬挽：

111师常故师长获三公千古

身先士卒，攘臂杀敌，六年如一日，威名震东海，

功在国家，鞠躬尽瘁，一朝成千古，众星拱北辰。

山东省战时参议会、战时工作推行委员会敬挽道：

获三常师长千古

杀敌锄奸，贯彻壮志，新中国缔造维艰，不意大业垂成，我公永别根据地。

保土为民，驰骋疆场，大丈夫鞠躬尽瘁，试看声威远播，暴敌犹惧岳家军。

鲁中区行政联合办事处敬挽道：

常故师长千古

青史流芳恨血长碧，

横刀含笑虽死犹生。

滨海区行政专署专员谢辉、副专员崔介敬挽道：

陆军111师常故师长千古

英灵长存！

山东省农民、妇女、职工、青年救国联合会敬挽道：

获三将军千古

大敌当前将星陨，胜利在望英灵慰。

山东省文协敬挽道：

陆军第111师常故师长千古

歼敌寇，救国家，壮志未酬，怅望白山黑水，九泉遗恨。

抚袍泽，爱人民，典型宛在，愿垂丹书青史，万世昭忠。

鲁中县参议会、县政府敬挽

常将军英灵千古

杀敌锄奸还山河，为革命事业积劳捐躯。

捍卫祖国志未成，使白山黑水热泪满襟。

日照县参议会、县政府敬挽道：

师长常公千古

杀敌锄奸，复土还乡，光明主张励万众。

抗战团结，统一进步，浩然正气足千秋。

临沭县政府敬挽道：

获三师长常公千古

师长饱学兼武，久历戎行，率属转战南北，台儿庄击敌，中外褒奖，数年来坚持敌后，累建奇功，尤令人敬仰。“九·二二”锄奸运动，大义伸张，正气凌人，宛如皓雪严霜，救国家，救民族，擘划军机，赢得战绩辉煌，何止竹帛流芳。不料竟积劳成疾，捐躯虎帐，部属的领导，友军的团结，将来更应如何的加强？我们望风依依，布奠倾觞。谨代表临沭全县民众，致以无限哀悼，无限向往，敬挽师长英勇的精神同于山高水长！

临沭县参议会敬挽道：

获三师长常公千古

抗敌著奇功，方冀收复河山，为国家民族争胜利。

团结矢素志，何遽返归蒿里，使人民大众齐悲伤。

莒县参议会、县政府、军分区2大队、青工妇农救会敬挽道：

敬献常师长灵右

抱团结意志，念抗战前途，统率三军，愤逐孙陶两逆，十天劳顿，将病体创伤，壮志未酬竟溘然千古。

遵领袖遗言，受官兵推举，承当大业，全凭万郭诸公，半载经营，其事功伟大，英灵四顾应含笑九泉。

蒙阴县政府敬挽：

陆军111师常故师长千古

将军躬率健儿，浴血杀敌，建树勋绩，博得伟名垂千古。

吾辈应蹈芳迹，团结反攻，完成遗志，不愧悲壮悼英雄。

沭水县政府敬挽道：

追悼抗战名将常故师长

抗战楷模！

沭水县参议会敬挽道：

获三师长千古

功在鲁苏，名垂简册。

光同日月，气壮山河。

莒临边办事处卞子策、薛翰亭敬挽道：

获三师长千古

英风犹存!

临郯海边办事处全体同志敬挽道:

陆军111师常师长恩多公英灵千古

从“双十二”到九二二赤诚卫中华,将军大义凛然,并日月争光辉。

去江苏省来山东省英勇战沙场,豪杰丰功伟绩,文万世播英风。

新111师机关处、直属部队及各旅团营等单位都送了花圈、挽幛,八路军115师各旅团部队、抗大1分校、山东军区滨海独立军分区各部队、国民抗敌自卫军、朝鲜义勇军反战同盟、《大众日报》社、山东省滨海区盐务局、贸易局、税务局,山东省战时邮政总局等单位都送了花圈和挽联。

还有莒县团林、大店区公所;莒南蛟山、筵滨、路镇、洙边区公所;苍山、碑廓、巨峰、薛庆、壮岗、坪上、陡山等区公所;滨海中学、莒日联中、北泉头中心小学、太店完小、洙边完小、朱梅抗小;日照工农青妇各救会,日照、海陵、抗协、赣榆县青妇工农救国会,临沭县夏镇商人联合救国会,日照县岚口商会,赣榆县上林镇商会、柘汪商会,莒南县十字路农工商各团体,大坊前、小坊前、傅家村、聚将台、孙家村、李家村、黑龙坡、朱梅、前后稍波庄、许韩派庄、高家柳沟、赵家、朱边、壮岗、纸坊、曲流河、刘山前、东良店、大山前、良家店、尤家庄、前后泉龙头、东西墩子、小山前庄、傅家宅子、前后良店、李家、孙家、尹家钓鱼台、全岭庄、演马庄、叩官庄、莲子坡、泉子头、王家、孙家怪草、杨家、吕家、刘家、于家瀹子、可乐坡、砚洗村、饮马庄、圈子、李家桑院、安东卫、相地、看马庄、甘材庄、梭罗树、徐家、魏家柳沟、腾家河、石河峪、大小草岭前、草岭后等地群众团体、各界人士等等,都送了花圈和挽幛、挽联。

是年,王维平以政治部的名义委托陆万美、刘祖荫主编《常故师长纪念册》。纪念册由《大众日报》社印制,书中收录了常恩多将军的遗像、遗嘱、挽歌、简传、年表、讣告、誓词、追忆、纪念、哀悼、遗著选抄、锄奸文献、遗书、哀荣录等。书中还收录了郭维城、万毅、王维平、陆万美、孙立基、常克、关靖寰、阎普、张沼、李鸿德、彭景文、刘万胜、刘祖荫的纪念文章。

郭维城在《悼常公获三》中写道:

……

一颗巨大的彗星,一代革命巨人,二十年艰苦奋斗与最后的一击,是被压迫的吼声,是真理正义的旗帜,有声有色,可歌可泣,值得我们纪念,值得我们学习,值得我们公告于世人!

现在,让我把常公的优异的性格概略地加以叙述吧。常公是一个现实主义者,考虑问题永远不离开现实,从不说废话和空想,随时能把理论与实践联系起来,根据现实不断地调整,不断地创造,不断地产生适时的应有的杰作。这是常公基本的个性。分开来说：

第一，常公是具有反抗的个性的。他不承认恶势力的法定权威，他永远非议应该非议的事情。不趋炎，不附势，不为威屈，不为利诱，常公可当之无愧。

第二，常公是最坚定的。在问题未认清以前，不轻易表明态度，既经认定，绝对不动摇，有始有终，坚贞不贰。

第三，常公是最勇敢的，富于大无畏精神，无论在处理事情或作战上，永远是毫不迟疑毫不怯懦的。

第四，常公是天生的质朴的，制欲的，严肃的。一生一切表现都是简简单单，没有任何嗜好，没有任何亵荡行为。

第五，常公是根本无私念的。常公对家庭家族观念非常薄弱，致死未有一言涉及家事。平时亦根本无私言私行私储私产。可以说一切贡献给国家民族，生死荣辱均在所不顾。

常公的优异个性是无法详尽叙述的。由于常公一生的史实可以窥见其大概。再从常公的外貌来说，长瘦的身材，神采奕奕的眼睛，紧锁的眉头，紧咬的牙关，从这一切也可以显出独特的个性，更足以证明他是一个苦心思虑有所作为的非常人。

常公，我们的常公，你的一切事迹，都成了可纪念的史实，你的一言一行，都成了堪回忆的印象，你是尽了最大的努力，做了最后的一击而离开了人世！我们爱戴你，悼念你，我们不愿意说空话，我们决用血与汗，无限的忠心来完成你所遗留下来的事业！

常公，我们的常公，安息吧，安息吧！

王维平在《我们主将的英灵不朽》中写道：

……

“九·二二”锄奸，在反动派企图发动内战的阴谋下（后来的皖南事变），在顽固派清除我师进步势力以便于掌握部队的方针下，在叛徒的篡夺权柄，藉以进行内战向反动派邀功领赏的军事阴谋下，当常师长因劳致疾、衔恨卧床之际，拘禁、驱逐、监视了他所有的膀臂，他们想使他成为政治上的俘虏。但他坚强不挠，他辗转病榻沉思不幸而失去了历史先机，致为敌人所乘，使志同道合的部署受难。在《病中杂写》里，他完全吐露出自己愤恨的心情，据说在汉奸鲍文樾派人带信来劝降时，他乘机立斩了小奴才的狗头，聊以对叛徒们的示威，心中感到莫大的快慰。当于总征求他关于秘密处决万毅将军时，他以仅有的气力，拼命地呼喊：“我死也得留下万毅！”他的正义受逼迫，为真理而坚持到底的伟大的节操与魄力，使于总自省“我的处置很觉得对不起你”。“八·三”起义是他对恶势力的最后一击，从他给全师官兵的遗嘱，所提对政府当局的几大不满中，充分表露出他的思想、立场和观点。临终之前，他还眷念着他的方向，他所理想的社会；还盼望着与认真走向他的理想社会的亲人们，再有一面之缘；也同时追问那几个团体之奸，中国人民之奸，是否已经锄掉。

我已经来不及看他了，他也来不及看“八·三”起义以后的新局面了。事情都按他的预言实现了。他说过一辈子是受罪的命，等到快要称心的时候，自己就该活不成了。他所处的时代，是黑暗当权的时代。他时时打算快要胜利之前，定有一段艰难路程，他准备锻炼自己，不骑马也得经得起长途行军；他准备吃粗粱锻炼自己的肠胃。他的廉洁刻苦，不讲享受的生活，是基于他的革命人生观而毫无勉强，他牺牲自己的一切毫不以为冤枉，他所期望的是后世子孙能建立一个独立自由幸福的新中国。

他在黎明前的中国死去，他的一生是中国人民反抗恶势力的史诗。他使敌人恨他、骂他、怕他，叛徒们望他生畏，特务们对他心危，反动派是已经吃过他的亏，现在提起他来，还是引以为当头棒喝。

但是千百万被奴役被压迫的中国人民喜欢他，热爱他，纪念他，尊敬他是反法西斯的勇士，团结抗战的雄才，杀敌锄奸的能手！他是我们的导师，是我们的主将，他的顽强性格流芳百世，他的战斗英灵永垂不朽！

他不同于一般的民族英雄，因为他更向往社会发展的前程；他不同于以往的东北军人，因为他只有为真理正义殉死的精神，别无私人野心。

我没能及时搜集他的一生言行，写出一本大书以传扬于众，自愧是一种怠工，谨写出记忆中的片段自述和印象最深刻的二三事，以供同志们学习。

陆万美在《为第二个含冤的东北将军而控诉》中写道：

……

鲁苏各界人士，都认识到这个斗争扭转了鲁苏内战和伪化的危险局面，而重新指出了团结抗战的大道，使这个重要的战略基地得以保持。部队的官兵更进一步认识到，它不仅只铲除了一个残暴腐化的专制独夫，动摇奸叛，而且还可说是东北军内继承了“双十二”的传统，在新的历史情况下的新的革命突变。我们要从中国抗战史说，这更是相持阶段中反妥协投降、反摩擦分裂的一首可歌可泣、光辉灿烂的典型史诗。

“这是我平生44岁以来，唯一重大的事件！”整一月不曾得安息一刻工夫的常师长脸上现出兴奋的红光，“拼着这百来斤血肉的身躯，我也要为正义、为抗战，向汉奸叛逆，向自私自利的党派，奋斗到白头！”他呕心沥血，忙于应付各方面的封锁、破坏、抢夺、讨伐等等阴谋。“东北军打回老家去的这最后一点根儿，我总得保持住！”

……

常师长终于积劳成疾，无力地躺在床上，一口口吐出鲜血。但他仍然坚决指导与一切敌人斗争，并且用宽大的态度，原宥着无识的动摇分子，热诚地以正义劝导着他们。而巨大的打击也不断袭来。事隔三个月，蒋委员长的电报传来：“虽云忠党爱国，究不免犯人作乱”，这样就把锄奸抛弃了，把最严重的罪名加上了。最高当权者不明是非的权威，使一些无远见的人气馁了，反动分子更借机活动了。而皖南事变恰在这时爆发，全国反共高潮的气焰，立即强烈地波及师里。搞阴谋的孙焕彩，猜忌的陶景奎，渴望升旅长的刘晋武，于是在国特头目有计划的指使下，发动了晦暗的“二·一七”叛变。

叛徒们监视了躺在床上的常师长，扣押起所有“不能老老实实当熊瞎子”的积极抗战锄奸分子。先前的锄奸斗争成了他们升官发财的梯阶；忠诚的同寅，热情地自南通各地跟来艰辛工作的青年，成了他们邀功赇禄的礼品。他们继续专制高压着这支部队，使无数战士忧闷发疯。他们阴谋陷害所有比较有能力的人，暗夜里不断鞭打拷问、秘密处决坚持抗日的英雄。他们敲诈压迫民众，使倾家荡产饥病不堪的老弱，还冒着北风爬上山岭修筑碉堡。他们贪污腐化，荒淫无耻，据可靠的说法：好几个他们驻防的村庄，就没能有一个不被糟蹋的妇女。他们偷袭进攻坚持抗日的八路军，抢掠屠杀民主政权下的男女民众。但鬼子却从来没打过，这就造成了“二·一七”后漫长黑暗的寒冬。

常师长卧病在床上，叛徒们诅咒着他早死，而且通过医生用过量的药物迫害他。但他却坚持着，和肺病斗争，和无数“犹大”的卑劣阴谋斗争。他倔强地活着，使许多更可怕的陷害阴谋，终未能全部实现。南京奸伪鲍逆文樾及于春阁（东北军的老军官、常之同学）派专人给他送来诱降的信，立刻被他着人将送信的人枪毙在众人面前。他精神稍一振作，还不断地找叛徒们谈话劝导，直到临死前不久，还亲自写成了“致蒋委员长遗电”。痛陈国民党祸国殃民的事实，提出改正的办法，字里行间充满对抗战前途的关怀。

他的病情被宣布停止治疗了，几位“犹大”却钩心斗角争夺起继承师长的位子来。国特也谋插进副师长，以图从根本上破坏这支东北强旅。鲁苏战区正得到密令，要秘密处决拘押一年多、审讯多次、毫无证据的抗战有功的后起之秀万毅旅长。就乘这最后一息，常恩多师长又以宁为玉碎不为瓦全的精神，领导发动了东北军111师的第三次伟大事变——“八·三”义举。

“八·三”像一次剧烈的火山爆发，立刻改变了整个的鲁苏战区形势，它倾倒了一个111师本身罪恶专横的统治，也直接解除了滨海地区民众被奴役被压榨到欲死不能的痛苦；它毁坏了血腥的强大反共堡垒，也停止了残酷的内战厮杀。这支光荣的部队摆脱了沉重的罪恶枷锁，重新高举起血痕斑斑的团结抗战民主的大旗勇猛前进。30余万东北军到今天恐怕就只剩这一股力量，还由英勇善战的青年师长万毅将军，领导着无数优秀坚强的东北青年，形成准备打回老家去的唯一先锋队。因为精诚地与八路军团结合作，并肩作战，故年来鲁苏的战斗胜利也特别多，抗日根据地也显得更为坚强而巩固发展。

这是一个奇迹，只有饱经民族灾难的白山黑水的英雄，才能创造出来。这也给我们的历史一个宝贵的教训，让我们知道中国的光明，为群众所拥护的命运，究竟是艰苦抗战还是打内战、搞投降？是大众的民族幸福还是独夫的专制压榨？

常恩多师长完成了“八·三”杰作，六日后就含笑长逝了。这位英雄的生平也充满了伟大的奇特（这儿不可能详细记述），而他所遭遇的冤屈，尤其是奇特的。

俗话说，盖棺定论。然而，对于常恩多将军，盖了棺入了土近一年了，今天的定论和处分，却完全是不正确的，不公平的。

因为就事论事，常恩多将军确是一个民族战争中杰出将领，无论就他的战功说，他富于创造性的军事才能说，他生活气节的严肃正派说，比之我所见的各派系的（黄埔嫡系，广西、西北、东北、云南各路）一些将领，各方面能如他一样完善的人，可以大胆地说并不多。而在政治上，他所领导的“九·二二”、“八·三”两次事变的历史意义，和他个人在事件中披肝沥胆、忠公尽瘁于国家民族的态度，更使他在中国抗战史上必会占据不同一般的篇页。尤其近来不断听到一些新的闹分裂、闹内战的反共阴谋时，我们愈会时时忆念起他这颗团结抗战的明星来，更渴望着今后的中国，还能再多产生几个这样可敬的人物来！

然而，照几年来的事实看，对常恩多师长的结论和奖惩，却完全犹如相隔南北两极的差别。他的战功自然不曾被注意表扬，他的人格、气节，一直反被曲解和污蔑。光明正大的“九·二二”锄奸，先是尽量封锁破坏，后来干脆认作是犯上误国，施以无情的打击和压迫。而正义的“八·三”起义，却得到了最严峻的惩罚，在政府正式宣布为叛变，中央通讯社向全国和世界广播再加以命令通缉。

盖了棺入了土已快一年了，到今天仍然是叛逆和被通缉，而他所领导的万毅将军以下近万名的坚强的抗日战士，今天也仍然是“叛逆”和被“通缉”。

我很奇怪，我们中国人素来讲的是忠厚宽恕，许多通敌或叛国的将领，政府不惟没曾谴责通缉他们，反倒替他们隐瞒或辩护；许多专事陷害或暗杀好人的阴谋家（如山东的沈鸿烈），政府却看不到他们的缺点，反而升官晋爵；许多造谣生事的内奸，政府仍任其活动，并担负了很重要的国家大任。这许多的三山五岳的妖逆，难道都全被忠厚所宽恕了，然而对于常恩多将军，却似乎永远也不打算宽恕吗？

难道他大大小小数百次的战功，数千健儿的热血都于我们的民族抗战毫无裨益吗？难道他的艰苦奋斗，忠党爱国，忠奸分明，严反叛逆，都于我们国家民族有了莫大的损害吗？难道“九·二二”锄奸和“八·三”义举都破坏阻碍了我们自由民主的新中国的建立吗？

我不明白为什么一切残暴的阴谋家，自利的叛国者，可以允许逍遥法外，继续公开进行其破坏抗战、勾结敌人的活动？我不明白政府当局为什么始终对东北军要抱最大的成见，一贯不问是非地打击毁坏他？我更不明白一般的新闻舆论界，也不根据事实就不辨黑白地跟着乱嚷乱吠？

无公正无是非的国家，谁相信能胜利地进行正义的抗战呢？不坚持正义，存在无限不公和冤屈的政府，谁还能相信他绝对不领导民众走上失败的路呢？所以我们今天要为常恩多将军，为第二个含冤的东北军将领控诉！要为万毅将军领导的打回老家先锋队的近万名战士控诉！

公正爱国的各界先进分子，世界反法西斯的正义人士们，请你们予以注意，仔细来检查常恩多将军和他的两个重要作品“九·二二”锄奸和“八·三”率部起义，请你们重新给以审判，给以奖或罚。请你们按照正义，撤销“通缉”和“叛逆”，并处罚自利的奸逆、阴谋的叛国者、政治上的阴谋家，而且扶持援助这支新的东北军。

无数的人，在等待着公正的检察审判。是为了自己的冤屈，也为中国的前途。

万毅在《痛失凭依》中写道：

……

去年四月，我们国民党中央有这样一个电报：“万毅通敌，着即就地秘密处决。”

总部王参谋长，奉着总司令的命令，对这一办法征求老师长的意见。

他愤怒了！他为维护人类正义、为他忠贞部下的冤屈抱不平，他坚决反对了这种法西斯式的残酷武断，颠倒功罪，破坏法纪的秘密杀人的丑剧！

“这不是处置万毅，这是处置杀敌锄奸每一个有功的人！我不接受这种办法！总司令如果一定要这样办，那请先解散111师，先杀了我常恩多！”

这样一个坚决明确有力的正义支持，促成了总司令怜爱部署的慈爱婆心，留下空隙，保存下今天为革命事业继续奋斗的我！

他从此便不断地打听着我的消息，曾不止一次地向他亲信的左右说：“我可以死，但万旅长必须活着，他活着才能实现张副司令的八大主张，才能延续东北军的生命，才能完成东北军的任务，打回老家去！”

8月2号夜里，我在绝望中脱险了，他听见这消息增加了莫大兴奋，好像他自己从病魔手里得到了新生。

“八·三”是这位战斗一生的革命巨人，在他决定不死的病榻上，挥起铁拳，对叛徒们给了坚实的最后一击。这样才把我们这些忠诚于抗战、忠实于被奴役人民解放事业的部下，领上了光明的路程。

起义之后，他每天都在从早到晚，盼望等待着我能立刻回到他的面前，肩负起他未竟的革命事业！

我们的老师长，这位战而不屈、奋斗一生的革命巨人，他为中华民族解放事业，为了要创造人类合理的社会，他毫不吝惜地贡献出他宝贵的生命。他含着恨他也含着笑，停止了他最后的呼吸。他含恨的是他不能战胜病魔再为人类生存解放而奋斗！他含笑的是他看到了被压迫者已经站起来为他们自己的解放而奋斗了，不久必定会得到胜利的政治前途。

他的逝去，不单是我个人失掉导师，失掉凭依，也不单是团体丧失领袖，也不单是中华民族失掉了一员英勇抗战名将，乃是整个人类和平阵线中的一个值得痛惜的损失！

他逝去了，但他指给我们以正确的奋斗方向——团结抗战、杀敌锄奸，这是一条光明的道路，一个胜利的方向，不过他也指给了我们胜利不是等待可以幸致的，必须经历着艰难艰苦，在这繁难艰苦的奋斗里，悚惧着自己的菲薄，从内心里感受到说不尽的失掉凭依的沉痛！

沉痛的正确发展，应该不是颓丧，应该是坚忍，应该是苦斗，我们一定要胜利，我们一定完成他未竟的事业，那就必须循着这一巨人的足迹，奔向他所指出的方向。

常克在《安息吧，爹爹》中写道：

爹爹，你生在恶劣的社会里，

可是你并未同流合污，

未被恶劣社会所沾染——贪污、腐化、堕落、升官、发财、自私自利、图功名利禄、压迫群众、见势就屈——这是恶劣社会中，军队多数人的心理！

可是你就在这样的环境中，

锻炼了自己的高尚品质。

你没有贪污过一文钱！

你没有腐化堕落过一次！

你没有功名利禄、自私自利之心！

你的一切行动，都是为国家，为民族，为群众造福！

你未被势屈，未被利诱。

你永远保存着你坚强的革命意志。

在你剩最后一口气的时候，你还将在国特压迫下的弟兄解放出来，留下了东北军的旗帜！

这些人将永远不会忘记你！

中国人将永远不会忘记你！

你的精神将与世长存！

啊！爹爹，你是我们的导师，我在学习你伟大的人格，在学习你坚强的革命意志！

爹爹，你安息吧！我要同广大战友在一起，坚决实行你的遗志，完成你未竟的事业！

啊！爹爹，你安息吧！

7月1日，111师师长万毅、副师长郭维城、政治部主任王振乾（王维平）修补111师位于莒南龟山下的抗日阵亡将士忠烈祠。碑额上依然是常恩多将军手书的“民族正气”四个大字，碑文如下：

自“七·七”事变抗战军兴，本师即在常故师长获三公率领下转战于鲁、苏、豫、皖，六载于兹，我忠勇将士为国牺牲者达五千余人，意其何悲壮义烈耶！迨抗战进入艰苦阶段，敌伪加紧对我诱降，投降派阴谋叛卖民族利益。本师在常故师长领导下，坚持杀敌，主张发起“九·二二”锄奸运动。正义所在，终获胜利。不幸常故公因劳卧病，本师叛徒孙焕彩、刘晋武、陶景奎等辈乘机攘窃军权，对抗日友军进行内战，我忠勇将士之被迫两殒其生者，盖不知凡几。呜呼！孙、刘、陶诸逆之罪恶，诚堪痛切！至三十一年八月三日，我常故公于病势垂危之时，依然揭起团结抗战之大旗，为彻底实践三民主义抗建纲领，及张副司令汉公八大救国主张而奋斗。我常故公此最后之一击，不惟播誉遐迩，抑且流芳千古。乃本师叛徒孙、刘、陶等，灭义失节，背离我常故公主张后，于一度窜扰本师防地时，毁及忠烈祠匾额灵位，此种枭獍行为之用意，诚如司马昭之心路人皆知，果而彼孙、刘、陶诸逆，今已与敌寇勾通亦，腼颜事仇，甘为虎伥。我忠勇先烈，九泉有知，亦当跃然而起，思得以歼彼小丑也。今者，虽“八·三”义举已将近一载，其间经悬崮顶、南双枝等战役，官兵牺牲者约百人，毅等爱躬莅忠烈祠，招魂致祭，略事修补，并将一年来各次战役殉国烈士灵位，增祀祠内，复刻石为记，以志始末。

第三十章

于总司令梦断齐鲁

一、于学忠进退两难

到了1943年，于学忠总司令抗战的道路越走越窄，以至于到了四面楚歌的艰难关口。

自1939年入鲁，于学忠和共产党一直保持的统一战线联系，由于常恩多和郭维城率111师起义投奔了八路军，又继甲子山战役，双方关系恶化而中断数月；1月中旬，沈鸿烈的亲信吴化文公开投敌，当了汪伪“和平建国军”山东方面军上将总司令，之后就配合日军大举进攻于总部；李仙洲从于学忠部挖走的张步云部也进逼诸日莒山区，与吴化文遥相呼应，对于总部呈钳制态势；李仙洲入鲁的先头部队已到达湖西地区，而李仙洲尚未入鲁就派出大批特务对于学忠管辖的山东地方实力派加委封官，四处挖他的墙脚……于总司令真的到了山穷水尽的地步！

2月间，于学忠在吴化文、张步云配合日军的大“扫荡”中，被逼到了八路军的防地边缘。罗荣桓及时指示八路军伸手相救，并腾出防区给于总部休整。于学忠对共产党的态度渐行好转。随后，在罗荣桓、朱瑞积极工作下，双方互派代表联络，并恢复了电台联络。于学忠终于走出了四面楚歌的困境。

但是，来自蒋介石和日伪方面的压力却越来越大——殊不知，吴化文和张步云公开投敌，正是蒋介石的授意！

自从1941年夏沈鸿烈派韩子嘉刺杀于学忠未遂，于学忠把沈鸿烈告到了蒋介石那儿，蒋介石对沈鸿烈不但未加惩办，反而调任他为农林部部长，并电令于学忠兼任山东省主席。于学忠拒绝兼任，蒋介石电令于学忠保荐其部属二人，由蒋圈定一人出任。于学忠乃保荐总部秘书长兼政分会主任周从政为第一人选，51军军长牟中珩为第二人选。于学忠力举周从政任省主席，当即令周赶赴重庆，当面向蒋介石请示改组省府事宜。沈鸿烈闻讯后也赶赴重庆面见蒋介石。

周从政先沈鸿烈一步见到蒋介石。蒋介石先是慰问他在前方的辛苦，又唠叙了几句家常，然后和他商量起山东省府改组事宜。

几天后，沈鸿烈赶到。他向蒋介石指天发誓：周从政是共产党，绝对不能当山东省主席！接着，沈鸿烈列数于学忠在山东与共产党打得火热，对八路军作战毫无建树；共产党在山东之所以发展得如此迅速，罪魁祸首就是于学忠等等罪状，最后建议：为党国长远利益打算，于学忠不宜留在山东，应立即调出！

为解蒋介石的忧心，沈鸿烈出谋献“招”——他要驻山东的新4师师长吴化文和省保安第2师师长张步云投降日军，配合日军打击山东的八路军和东北军；山东八路军和东北军于学忠部，不是灭亡在强大的日军炮火下，就是不堪忍受战败而自动逃离山东。

蒋介石轻轻舒了一口气，积淤胸中的恶气似乎被释放了出来。

果然，周从政再见蒋介石就遭到了蒋介石的拒绝。蒋介石一面压着周从政的任命不发，一面将其抑留重庆，并派军统特务严密监视。改组山东省政府事宜一压就是半年，直到12月，蒋介石才发表“牟中珩任山东省主席”的命令。从此，周从政一直被抑留重庆，直到抗战胜利、中央政府还都南京，他才逃回东北老家避居。

沈鸿烈到任农林部部长后，即用电台遥控山东政局，继续他未竟的儿皇帝美梦。他一面策动吴化文、张步云投降日军，一面派出他的心腹——原保安司令部参谋处长宁春霖为代表，会见日军头目，交涉吴、张两师投敌事宜。

常恩多和郭维城率111师“八·三”起义后，蒋介石对于学忠更加失去信任。在沈鸿烈多次指控下，蒋介石急令李仙洲率28集团军进入山东，替代于学忠的东北军。

沈鸿烈见时机成熟，催促吴化文和张步云公开投敌，并指使他们联合日军袭击于学忠所部，以期给蒋介石调于学忠离开山东创造借口。

1942年10月，沈鸿烈再次催促吴化文，去电道：该二师投敌，已得到蒋介石的默许，应尽快行动，不要有任何顾虑。

吴化文接电后喜出望外，本来还担心将来很可能被送上断头台的他，此时如释重负。他得意忘形对部属说：现在我们投靠日本，将来日本人战胜了自然没有问题，如果中国胜了，我就拿这封电报去见蒋介石！我看他们谁敢说老子是汉奸！

同时，吴化文还接到国民党军统局副局长戴笠“曲线救国”的密旨。于是，在宁春霖的协调下，1943年1月19日，吴化文率部公开投降了日军。有部属担心投敌后前途黯淡，他理直气壮道：将来日本打胜了，我们当然有光明的前途。如果蒋介石打赢了，他一定会与共产党打仗的。那时，他如果不要我们，咱就投靠共产党去！怎么说没有光明的前途呢？你们尽管跟着我吴化文干好了！

不久，南京汪逆任命吴化文为上将总司令，张步云被任命为伪“和平建国军”山东方面军暂编第一军少将军长。一时间，在山东，在全国，国民党军队“降将如潮，降官如毛”。

这些山东的国民党军队投敌后，便协助日军疯狂进攻鲁苏战区及山东省府，并对八路军根据地进行大规模围剿和“扫荡”。仅1943年上半年，在山东，日伪出动万人以上的“扫荡”就达4次，千人以上的“扫荡”达46次。

军事形势对于学忠极为不利，舆论工具在沈鸿烈的遥控下也纷纷指责于学忠反共不利。在山东，报纸更是掀起“驱逐于学忠出鲁、欢迎李仙洲入鲁”的高潮，谣言更是甚嚣尘上，其内容是：于学忠决不会离开山东，他不投共产党，也会投降日本！更有胆识者直接给于学忠写信，指责他致使山东共产党蔓延，把山东搞坏了，应立即滚出山东！

6月间，蒋介石电令调于学忠出鲁整训，并把于学忠所管辖的山东地方武装的几个师交给了李仙洲指挥，并再次急令李迅速开进山东接替于学忠。这实际上已经罢了于学忠鲁苏战区总司令的官。于学忠以“出鲁不易”拒绝执行。

不久，张步云亲自带日军趁夜幕掩护袭击于学忠总部。于总部官兵伤亡甚重，于总司令手臂七处受伤。终于逃得一命，他的心情却沮丧到了极点。

起初，对于李仙洲入鲁，共产党是持欢迎态度的。

年初，中共中央山东分局发出指示：李仙洲部所过各区要主动与之联络，进行欢迎慰问，向李部通报山东敌我情况，希望团结抗战，并在可能范围内予以给养之接济及一切可能的协助，如提供民夫、向导、情报等，在李部与敌战斗时，则应设法以小部队协同作战。

冀鲁豫边区八路军遵照上级指示，多次接济李仙洲部队给养，并在日伪进攻其先头部队时，主动派兵救援，并救治其负伤官兵，之后将官兵抬送其部队。

然而，李仙洲及部属并不领情，大骂共产党“口蜜腹剑，不怀好意”，李仙洲强调作战目标：先奸匪，后敌伪！果然，李部先头部队进入到鲁南，就以集团战术进攻八路军，而以分散战术周旋日军。其部142师联合数股土匪多次进攻天宝山区的八路军，并侵占滕峄边抗日民主根据地，捕杀抗日军民，摧毁抗日民主政权。6月14日，李仙洲亲率21师并鲁西的地方顽军近2万人，乘日伪“扫荡”巨野八路军之际，向单县、成武、巨野之间的抗日军民发动进攻，并扬言：要把八路军撵到老黄河以北去！

二、郭维城再建殊功

1943年7月初，八路军山东军区司令员兼政治委员罗荣桓匆忙从淮南返回山东。部署完反击李仙洲进攻的作战，郭维城也奉命赶到了军区驻地十字路。

一见面，略事寒暄，罗荣桓说：维城同志啊，匆忙叫你来，是想听听你的见解。你在东北军工作多年，了解于学忠。蒋介石不信任东北军，派李仙洲来接替于学忠。你说，在这样的情况下，于学忠会向李仙洲交代完防务后再走吗？

郭维城不假思索坚定说：我看不一定！

罗荣桓：哦！为什么？跟我说说你的判断。

郭维城：于学忠是坚决主张抗战的，在“九·一八”事变、在华北、在“西安事变”时都是如此，这一点是肯定的。在抗日问题上，他对蒋介石的方针始终不满。

1935 年，他的部队被强行调到西北后，他与共产党保持了友好关系，他曾多次对我说：共产党对我无冤，蒋介石对我有仇。因此我判断，他这一次被迫出鲁，很可能不等李仙洲进来就走！

罗荣桓：你的分析很有道理。跟我说说，于总司令是个什么样的人。

郭维城：于学忠这个人善于审时度势，慎思断行，很有智慧和韬略。他平时寡言笑，言必中，刚毅木讷，性格内向。他不吸烟，不喝酒，不赌钱，也没有其他嗜好。他身体不错，50 多岁了健步如飞，小沟小堑一跃而过。哦，他还能拿大顶呢！

罗荣桓笑了：身体果然不错！

郭维城：这与他小时候的经历有关系。他出身贫寒，小时候经常挨饿，13 岁就跟父亲在军营里生活。他的父亲于文孚原是清末将领左宝贵的部下，后来担任毅军帮统，与米振标、张作霖等同为毅军创建人宋庆的部下。

罗荣桓：原来于总司令还是将门之后啊！

郭维城：于学忠打仗很有智谋。1932 年，他在吴佩孚手下当旅长，和熊克武手下的刘伯承团长打仗。有一次，于学忠在战场上打了败仗，转移中正下大雨，到了一条河前天色已晚，部队疲惫不堪，有人提出在河边宿营，于学忠坚决不肯。他对部下说：刘伯承最善于捕捉战机，如在此宿营必遭刘部袭击！部队过河后，刘伯承的部队果然追到了河对岸，于学忠部的官兵都大为惊讶。于学忠本人对刘伯承也是十分的敬佩。几年前，中央曾发电报派刘伯承来山东，于总司令听后非常高兴。他对我说：刘伯承来了我一定去看他，我们有很多旧事可谈呢！

罗荣桓感叹：可惜中央后来没有派刘伯承同志来山东。

郭维城继续说：1927 年 5 月，吴佩孚失败后，把部队交给了于学忠。吴佩孚对于说：我把部队交给你，你可以去投张学良，但无论如何不能去投蒋介石。蒋介石不学无术，见利忘义，流氓成性，你若投了他，我就永远不再见你！

罗荣桓：我知道，于学忠对张学良忠诚不贰，听说张学良的马直到养死，他都不让别人骑它！有这么回事吗？

郭维城：是这样的，他曾多次对我说，他一生最佩服的就是张学良将军，他一辈子也不能忘记他，违背他；张学良将军让他去死，他也没有二话。他不仅自己忠于张学良，也时常教育部下忠于他，他希望以抗日的胜利果实来换取张副司令的自由。他甚至不准部下直呼张学良的名字，要我们一定要称呼“张副司令”。我曾问他：你能不能给张副司令下个评语？他回答说：张学良将军是典型的新军人，具有雄才大略，他的高招是学不来的。

罗荣桓由衷感慨道：于总司令忠于张学良将军，令人钦佩啊！

郭维城：我曾暗示他说，趁我们在敌后，蒋介石鞭长莫及，总司令若举义旗，坚持统一战线局面，那就朱（德）、于（学忠）两位总司令齐名了！

罗荣桓十分惊讶：哦！他是怎么回答的？

郭维城：他说，一是张学良将军仍被扣压，二就是他的老母亲和三十多口家人被蒋介石当作人质扣留重庆，时机还不成熟。

罗荣桓：于学忠是担心蒋介石会杀掉张学良，也不想连累老母亲和家人啊！如此看来，他既是个忠臣，还是个孝子啊！

郭维城：是的！尤其是当前，蒋介石即将撤销他战区总司令的职务，他对蒋介石一定极其不满。而李仙洲主力还远在鲁西，何时能进入沂蒙山区不得而知。如果我们能对于学忠出鲁给予便利条件，又将李仙洲顶住，于学忠就有可能不等交接完防务就离开山东！

罗荣桓兴奋起来：好！如果于学忠能这样漂亮地出鲁，我们保证一枪不打，礼送他出境！至于李仙洲，则坚决顶住，决不能让他过来！

随后，罗荣桓交给郭维城一项秘密使命。

在送郭维城离开时，罗荣桓想到什么：维城同志，我想跟你说说你对象的事情。

自前妻子离开山东，郭维城与小他 14 岁的山东沂水姑娘侯惠生产生了感情，两人正在恋爱。侯惠生，14 岁就背着家庭投身革命，在八路军财政干校、青干校读书，后在滨海银行工作。

说到对象，郭维城有些不好意思：罗司令员，你说吧，她叫侯惠生。

罗荣桓迟疑了一下：能不能找个文化水平高的？——当然，小侯同志是个好姑娘，就是文化低了些，将来革命胜利了，我们要进大城市工作，没有文化她恐怕不适应啊！

郭维城：罗司令员，我第一个妻子倒是有文化，大学同学，那又怎样？不是一样离开我了？我找老婆，只要对我好，有共同的理想，我们能长久地生活，这就够了。

罗荣桓略一思忖，笑了：你说得对，好吧，组织上不再干涉你的婚姻了。

告别罗荣桓，郭维城返回新 111 师驻地。他向侯惠生转达了罗荣桓的意见后，侯惠生喜出望外。这个积极参加革命工作的姑娘，此时最大的心愿就是能和她心目中的英雄生活在一起。

可是，第二天，侯惠生再找郭维城却忽然发现，郭维城“失踪”了。

在沂蒙山区的一个小山村里，郭维城见到了于学忠。

郭维城上前一步，敬礼喊道：总司令！我到了！

于学忠上前握住郭维城的手：维城啊，再见你，我很高兴！

凝望于学忠明显憔悴的面容，郭维城热泪盈眶：总司令，去年我受常师长委托领导了 111 师起义，您没有怪罪，我很欣慰。

于学忠：为什么要怪罪呢？我知道，上面要杀万毅，你和常师长坚决顶住，部队也很不满，矛盾激化了，所以你们离开了。——我对重庆也是这么上报的！

郭维城：感谢总司令的理解！

于学忠示意郭维城坐：可我有一事不明白！

郭维城：总司令，您说。

于学忠：常师长的病情已经不治了，为什么临死还要投共产党？我真是想不通！

郭维城笑了笑，没有回答。

于学忠叹息一声：好吧，不说他了，说说你——你来就为了看望我？

郭维城真诚道：是的，我听说，您又负伤了。

于学忠抚摸着臂上的绷带：没事了，快好了。

郭维城愤恨骂道：吴化文、张步云这群狗汉奸，绝不会有好下场的！

于学忠拉郭维城坐下，说：去年8月，你们起义走后，我和总部驻到了莒县东30里的石场和坪头一带。立足未稳，汉奸张步云就带着日寇第五和第六混成旅，加上他的5 000人，共两万多鬼子汉奸打我们。你知道的，总部机关基本无战斗力，我身边的警卫团也只有600人能打，要硬拼，我们肯定吃大亏。——我们一走了之了！

于学忠说得很轻松，但郭维城了解他，事情一定不像他说的这样轻松。

郭维城真诚道：总司令，您吃苦了！

于学忠苦笑，继续说：我指挥总部北上，向51军防地转移。从安丘出来的一千多鬼子又横出来截击我们。在前后两路敌人围追堵截下，我们被迫登上了唐王山。一时间，在绵延几十里的唐王山、虎眉山和擂鼓山，总部、113师和日伪展开了激战！指挥这次围剿我们的正是双手沾满中国人民鲜血的冈村宁次！敌人配备了百余门大炮，还调来十余架飞机参战，这一仗打得十分惨烈啊！最激烈的时候，一分钟里敌人向我们发射过来80多枚炮弹！我和王静轩参谋长都负伤了，还有几个将军也都受伤了。那一仗，我的右腿和右臂被炮弹炸伤，到处是血。敌人冲上来时，我们能听到他们在喊“活捉于学忠”！

郭维城心情激愤：总司令！

于学忠：他们都叫我下火线，我就是不下去！我倒要看看谁能活捉我！不瞒你，我把口袋里的金丸都掏出来了，如果鬼子汉奸冲上来，我就吞金而死，也绝不当他们的俘虏！

郭维城想象得到，正是在于学忠如此坚强和镇定的指挥下，总部和113师官兵才能坚守几座山头，与敌展开殊死激战。

郭维城还在担心，于学忠问：你知道是谁救了我们吗？

郭维城：谁？

于学忠：——马！两匹战马！

没等郭维城详细问，于学忠又说：我们带上山的马有两匹受伤了，再加上惊吓，他们挣脱掉缰绳向唐王山山顶跑去，结果吸引了山下鬼子火炮的注意力。鬼子以为我们在山顶，因此把火力集中射向山顶。那两匹马自然难逃噩运，却保住了我们。

此时，黄起军副官走进来，看到郭维城，他先是一愣，后“啪”地敬了个礼，然后上前握住了郭维城的手：郭处长！没想到还能再见您！

于学忠笑了：哦，后面的事情叫黄副官讲给你听！

黄副官：总司令，什么事啊？

郭维城：唐王山突围的事情！

于学忠：你跟郭处长讲讲我们怎么出来的。

黄副官应了一声，对郭维城说：于总司令在望远镜里看到我们北面方向有个山头上有老乡放羊。总司令料定那边没有敌人，就指挥我们向北转移。当时四面都围满了鬼子汉奸，起先大家还将信将疑，后来，我们果然顺利从北面的那个头沟突击出来，大家都对总司令的判断佩服得五体投地呢！

郭维城深感欣慰。

于学忠满怀了感激，对黄副官说：你还是没有说清我们是怎么出来的！

黄副官：总司令，那是我应该做的！

郭维城问：黄副官，你对我打埋伏了？

于学忠：是的，是他背着我突围的。当敌人掉转炮火追赶我们时，我们已经脱险了！我很感激他啊！

黄副官：总司令，这点事情不值一提！

黄起军离开后，郭维城满怀了愧疚：总司令，对不起！我那时没能在您身边。

于学忠明白郭维城的心意：没有什么对不起，我知道你离开我不是冲我。

郭维城：谢谢总司令能信任我！

于学忠：今年年初，吴化文和张步云公开投敌后，又几次带鬼子围剿我们。我知道是沈鸿烈指使的，而指使沈鸿烈的就是蒋介石！2月的那一仗，113师又牺牲了几个重要干部。哦，政治部主任周复也是在那一仗中阵亡的。接下来的几个月，那几个大汉奸带鬼子反复拉网“扫荡”我们，从没有消停。这不，打得我连铺盖卷和炊事员都丢光了，现在用的铺盖是向牟中珩要的，炊事员从他那里调来，吃不了我这儿的苦，又跑回去了。

对于于总部的艰难，郭维城多少知道一些，但他不知道于总司令被汉奸鬼子追逼得如此山穷水尽、寸步维艰。

郭维城：总司令，我听说114师683团在讨伐伪军吴化文部时，已伤亡殆尽？

于学忠叹息了一声：是啊！该死的汉奸！看来，他们不把我撵出山东誓不罢休啊！

郭维城担心问：总司令，蒋介石再来电，你怎么办呢？

郭维城不知道，就在他来总部几个小时前，于学忠刚接到了蒋介石的密电，电报称：“接电后立即出发，率军出鲁，否则以军法从事！”于学忠正在心烦意乱，郭维城的到来多少减轻了他心里的压力。可忽然话题又回到他最闹心的事上来，他立刻对郭维城的来意产生了怀疑。他盯住郭维城认真问：你说实话，你就为看我而来？

郭维城笑了：我受罗荣桓司令员委托，专程来看望您！

于学忠深受感动：在我最难最险的时候，往往是共产党八路军伸出手来帮助我，好几次了，都是罗司令员指示八路军掩护、帮助我们。你回去转告罗司令员我对他、对八路军的感激之情！

郭维城：是，我一定转达。

于学忠想了想，转身从桌子上拿起蒋介石的电报，递给了郭维城：你看看吧。

郭维城看完电报：总司令，看起来你不能不走了！

于学忠：是啊，我原本打算把山东当作我们打回东北去的跳板，以完成张副司令的夙愿……看来，我是空怀了壮志了！

郭维城试探问：总司令，那你会等到李仙洲赶到再离开吗？

于学忠愤愤不平：他蒋介石不仁，李仙洲不义，我于学忠就不等他来，我拍屁股就走！

郭维城郑重道：总司令，罗司令员让我把他的意见转达给您。

于学忠：说吧。

郭维城：八路军将礼送您出鲁！东北军撤出后，八路军进驻这些地区，以打击日寇和伪军，扩大抗日根据地！

于学忠坚定道：好！咱们就这样定了！我们撤离时，以烟火为号，你们过来接防。

郭维城：太好了！在您和部队撤出的路线上，八路军将会安排粮草等物资的支援，撤出路线由您来定。

两个人来到地图前，比较了几条路线后，于学忠说：我们把撤离的路线定在坦埠和旧寨两地，你看怎么样？

郭维城：这里是鲁中抗日根据地，我们一定部署好欢送和保障的工作，请总司令放心！

于学忠信任道：我之所以选择这条路线，就是我们在撤出途中，既可避免遭到日军的袭击，也可避开与李仙洲遭遇。你回去告诉罗司令员，也叫他对我放心！我不会把我们东北军用鲜血占领的国土交给汉奸！

郭维城：谢谢总司令！

于学忠：在我这儿吃饭再走。虽然没啥吃的，已经远不是我们刚进山东时的情况，但粗米、白菜还是有的。

郭维城在于总司令处吃了饭，在警卫护卫下赶到十字路，向罗荣桓汇报情况。

紧接着，于学忠开始部署战区总部和各部队撤出山东的工作。他找到牟中珩商量，说：蒋介石发来这封电报，我再不出鲁不行啦！我们走后，你山东省府很难单独留在鲁南，我们一起走吧！

牟中珩赞同，道：我同意总司令的意见，我们跟你一起离开山东！

于学忠又说：我们不等李仙洲部接防，就开始撤离。

牟中珩有些担心：按常规，换防部队要等接防部队到达后才能离开。我们这样行吗？

于学忠：他蒋介石不仁，李仙洲不义，就不兴我于学忠也干一件我想干的事情！实话对你说，我已经与八路军罗荣桓司令员联系好，并约定：我们撤离时，以烟火为号，八路军前来接防。还商定：我们的撤离路线可以通过鲁中八路军根据地坦埠和旧寨两地。这样，我们既可避免遭到日军的袭击，也可避开与李仙洲遭遇。我带总部和113 师先走，你们随后赶紧跟上，不要耽搁。

几天后，李仙洲依然徘徊于鲁南，而于学忠已下令51军、111师及112师留守部队开始撤退。部队撤离时，燃放烟火，八路军部队赶到接防，东北军沿途得到八路军和民主政府柴草、粮食及布鞋的援助，并从沂水与蒙阴交界处的坦埠，及坦埠西面的旧寨，浩浩荡荡开出了鲁南。在沂水西北的大崮头一带，八路军以牺牲一个连的惨重损失掩护51军跳出了日寇的包围圈。

站在坦埠，回首遥望沂山、鲁山及诸（城）日（照）莒（县）山区连绵的群峰，于学忠感慨万千。这一大片天然屏障，被誉为山东的屋脊，是共产党领导的游击队于全国抗战初期首先开辟的，1939年春后，先为沈鸿烈后为他于学忠等部占据，此时把她交给共产党八路军，再理所当然不过！于学忠深知，自己带东北军离开这里，李仙洲很难如愿进入山东这片腹地，从此这里的天下便是共产党八路军的了！于学忠叹息了一声，转身继续向南走去。

于学忠欲借山东打回东北去的梦想，就这样破灭了。

孙焕彩带111师放弃了诸日莒山区，也向西撤退。自1939年以来，在这片土地上的老百姓，连年遭受国民党军队及汉奸张步云、张里元、许树声、李延修等顽军，以及反动会道门万仙会的横征暴敛，民不聊生，仅洪凝镇以北方圆四五十里已没有一头牛、一头驴，走遍五莲山，听不到鸡鸣和狗叫。有民谣这样唱道：

天昏昏，地昏昏，
国民党出了抗日军。
日本鬼子他不打，
专门糟蹋咱庄户人。

7月底，于学忠率部到达安徽阜阳。不久，蒋介石便撤销了鲁苏战区，调于学忠为军事参议院副院长。从此，于学忠失去军权。

同期，李仙洲部于曹县被八路军毙2 000余，俘6 000余。李仙洲见大势已去，东进无望，无奈向南撤退。

留守鲁南的112师334旅旅长荣子恒，拒绝执行于学忠西撤的命令。6月6日，荣子恒率部投敌，被汪逆编为伪“和平建国军”第10军，荣子恒任伪军长。

顽军111师在转进中，副师长刘晋武拉队伍投敌，阴谋败露后，被于学忠下令枪决于微山湖西的韩村。

早期撤往皖北的112师和111师汇合后，蒋介石下令收编，改称12军，霍守义任军长。

1943年11月19日，八路军攻克赣榆城，全歼伪“和平建国军”71旅，旅长李亚藩以下1 600余人被俘。转年5月，鲁南军区发动讨伐荣子恒战役，全歼伪10军2师，荣子恒率残部逃往费县。1945年2月，第二次讨荣战役，八路军攻克泗水城，歼敌1 600余人，荣子恒被击毙。

第三十一章

打回老家去

一、大势已定

1943年春节前，为了尽快交换新111师和叛军111师相互扣押的最后一批家属，王维平提出了“老婆回家过春节”的口号，并派人前往叛军联络。

新111师要送回的是刘晋武的大、小俩老婆和小儿子，而将被换回来的是孙立基、赵开云和郭金城三家的家属。交换日期确定后，地点就约在两军对峙的一道山谷里。

约定的时间临近，赵开云和宋景龙奉命前去交换。由于新年前刚结束三打甲子山的战役，两边的人都很警惕，生怕再出什么岔子。

两边的人分别到达山谷后，在中间线的百十米开外都站不了。赵开云扫视了前方一眼，就冲对面喊道：是刘旅长吗？你的大小老婆和儿子，我们都带来了！现在开始交换！你先放人！

对面传来刘晋武的声音：你们先放！老子信不过你们！

赵开云：刘旅长！你手上押的可是我们三家的家属，而你的大小老婆和儿子在我们这边！你先放，我们保证随后就放！

刘晋武迟疑了一下，从那边就过来了一辆小推车。小车渐渐走近，赵开云看到是孙立基的家属和女儿坐在车上。

赵开云一挥手，一个老乡牵着毛驴，刘晋武的大老婆坐在驴身上晃晃悠悠地向对面走去。

第二拨过来的就是赵开云和郭金城的家属，赵开云下令把刘晋武的小老婆和小儿子也放过去了。

两边的人各得其所，迅速地撤回到了各自的根据地。自此，孙立基、赵开云和郭金城三家的家属，才终于回到亲人身边。

不久，常恩多将军的妻子王树军当选新111师家属委员会主任，她安抚妇女们，并组织起她们慰问部队，鼓动抗战，继续常恩多将军未竟的抗战事业。

“拂晓前的黑暗”，这是罗荣桓对1942年山东敌后抗日根据地处于最艰苦、最困难阶段的高度概括。

1941年，日军将其侵华兵力的64%和伪军95%，用来对付坚持敌后抗战的八路军和新四军。他们在1941年和1942年，在华北连续发起五次“强化治安活动”，所到之处，烧杀抢掠，无恶不作，抗日根据地人民群众遭受到了严重损失。

这一时期，近4万日军，和绝大多数从国民党投降过去的18万伪军，对山东八路军抗日根据地进行频繁的“扫荡”和分割封锁，在各根据地间控制公路6900公里，建立据点3700余个，使抗日根据地面积由3.6万平方公里缩小到2.5万平方公里，人口由1 200余万下降到750万。除滨海、鲁中、胶东尚有较大块的根据地外，鲁南、冀鲁边、清河和鲁中的泰山分区已经被切割为小块的分散的根据地和游击区，与日伪顽占据的领土形成了犬牙交错的局面。鲁南根据地则变成了“南北几十里，东西一枪穿”的狭长地带。冀鲁边的八路军大部换成了便衣，哨兵只能在宿营的房前屋后站岗，每夜都要转移几个营地。

东北军的两个军原本是中立的，皖南事变后态度逆转，对八路军对峙戒备。国民党军队分布于山东全境，控制了山东沂鲁山区及日诸山区，111师控制山区南麓，即甲子山区。这些国民党军队中，多数与日伪关系暧昧，不时地袭扰八路军抗日根据地。

此时，山东八路军有11万人，主力不足6万人。

山东的敌友我三角斗争态势如左：日伪军占优势，国民党部队次之，八路军处于劣势。

1942年3月，中共中央政治局委员、华中局书记、新四军政委刘少奇由苏北去延安，奉中央指示到山东帮助检查工作。他来到滨海根据地临沭县朱樊村，经历了大量的调查研究之后，他找到了山东问题的症结。他指出：“目前山东敌友我处于一种极其复杂的长期三角斗争的相持局面中，谁也不能很快解决问题。但我如果善于应付，可能争取若干好转，如应付不善，并犯错误，则我将发生更大的困难，并要濒于危险。”又指出：“山东以后的发展，决定于今后三角斗争力量的对比，看谁指挥得好，斗争得好，团结得好，同时还决定于国际、国内大局面的变化对谁有利。”

常恩多将军和郭维城将军领导111师于1942年“八·三”起义，为山东极其复杂的长期三角斗争相持局面带来了契机，首先对处境艰难的滨海区带来了生机。

三打甲子山之后，甲子山区回到人民怀抱，起义后的新111师也更加稳定，山东八路军彻底改善了两面作战的被动局面。甲子山区位于诸（城）日（照）山区南麓。诸日山区和沂鲁山区是山东半岛的两个战略支撑点，它倚山临海，人力物力资源丰富。它不仅在抗日战争时期据此可坚持敌后抗战，且可接应盟军沿海登陆，更可以在反攻阶段迅速出兵辽东，抢占东北。这一着妙棋，于学忠看到了，并试图这样去做。可蒋介石出于狭隘的一党一派私利，断定于学忠无能、东北军不可靠，要以李仙州取代之。于学忠一怒之下不等接防部队赶到，下令东北军全部西撤，主动让出了沂鲁山区和诸日山区北麓。这两个战略支撑点，不久就被八路军全部控制。

蒋介石输掉了东北军111师这张牌，又输掉了于学忠这张牌，李仙州入鲁不搞团结搞摩擦，没等站住脚就大败而归。自此，蒋介石输光了山东所有的牌！在山东战场上，敌友我态势终于打破长期僵持的局面，向有利于共产党八路军一方倾斜了。

山东军区战史这样记述：

> 111师的起义是在全国反共气焰高涨、抗战最困难的时候发生的，为国民党中要求抗日的进步势力树立的榜样。此次起义，严重打击了国民党的反共政策，为我控制甲子山区，扩大滨海抗日根据地创造了有利条件。

到了1944年10月，历经两年多不平凡的历程，新111师“非八路化的外围军”的旧形式，已不能再适应新形势发展的需要了。这时，国际反法西斯战争捷报频传，日本帝国主义败局已定，山东的抗战形势一片大好，于学忠也已率东北军撤出山东，起义部队再用111师番号已无益处。中共中央山东分局和八路军山东军区遂做出决定：授予新111师以“八路军山东军区滨海支队”的新番号。

22日，在日照县罗家丰台的干部大会上，山东军区政治部主任萧华宣布命令：万毅任滨海军区副司令员兼滨海支队支队长，王维平任政治委员兼政治部主任，彭景文任副支队长，管松涛任参谋长，阎普任副参谋长，原独立团改为25团，666团改为26团，662团改为27团。

从“七路半”到正牌的八路军，这些东北军的军人无不欢欣鼓舞、热泪盈眶。他们不禁缅怀把这支部队带进解放区、为了这支部队新生操劳致死的常恩多将军，怀念起在起义中光荣殉国的张绍骞团长、牺牲在抗日战场上的侯宜禄团长、程书麟团长……

头一年，张苏平调离新111师，去诸城县当县长。

张苏平顶着极大压力，甚至冒“开除党籍”的风险带领他的党组织里仅存的两名党员——刘祖荫、张德福坚持下来，直到起义成功，部队开进解放区。

虽然事后不久，中共中央山东分局恢复了张苏平、刘祖荫和张德福的组织关系，但仍然有未参加起义的人指责他不该违反党的指示，继续留下工作。可事实是，如果没有张苏平的坚守，没有他及时把张德福调整到特务连连长职位上，起义后的指挥部在面临叛军攻击时后果不堪设想——也许就没有后来的起义成功，也许就没有新111师！

可是，起义成功了，张苏平却被调离他舍生忘死坚守下来的部队。离开新111师那天，他是哭着走的。

郭维城也面临离开起义部队的窘境。

在新111师改编前，部队正准备讨伐汉奸李永平伪军时，罗荣桓找郭维城谈话。郭维城表示愿意去山东省机关整风，到延安去学习。8月，郭维城当选山东行政委员会委员，山东省人民政府委员。1945年3月，在大店，黎玉对郭维城说：中央同意你为隐蔽党员，你带队去延安开会吧。

郭维城带队从山东去延安，走到濮阳，接到命令：解放区代表会不开了，郭维城跟随林彪转进东北！

二、挺进东北

接到山东军区急电，王维平和万毅带上警卫队，扬鞭策马星夜兼程向军区驻地大店奔驰而去。

这一天是1945年8月12日。三天前，也即8日，苏联向日本宣战，9日，毛泽东主席发布《对日寇的最后一战》的全面反攻命令。自头一年7月，滨海支队在日照以北的苗山、河山、青岗沟等地与敌作战，拔掉了河山庄据点，并控制了诸日公路、海青公路和胶诸公路一带。今年春夏，日寇以3万兵力向渤海、胶东、鲁中、鲁南和滨海各抗日根据地疯狂“扫荡”，伪军李永平部配合日寇共500余人“扫荡”滨北，遭到了滨海支队坚决打击。几天前的一天晚上，在万毅、王维平指挥下，滨海支队歼敌450余人，缴获轻重武器弹药众多，解放了胶县。

回首往事，骑在马上的王维平思绪万千。

此时，已是常恩多将军和郭维城将军率111师起义整三年，他想：日寇已成强弩之末，军区首长急于召见我们，难道是那个期盼了14年的日子就要到来了吗？

具有历史意义的巧合发生了——常恩多将军和郭维城将军带111师进入解放区的三年后，朱德总司令命令这支部队挺进东北。

手捧“命令”，万毅和王维平都热泪盈眶。

命令上写道：

延安总部命令

第二号

为了配合苏联红军进入中国境内作战，并准备接受日“满”敌伪军投降，我命令：

（一）原东北军吕正操所部由山西、绥远现地，向察哈尔、热河进发。

（二）原东北军张学思部由河北、察哈尔现地，向热河、辽宁进发。

（三）原东北军万毅所部由山东、河北现地，向辽宁进发。

（四）现驻河北、热河、辽宁边境的李运昌所部，即日向辽宁、吉林进发。

总司令　朱德

中华民国34年8月11日8时

罗荣桓亲切地说：同志们，打回东北老家去的日子就在眼前了！

万毅和王维平都精神振奋。

罗荣桓接着说：军区研究决定，以滨海支队为基础，成立东北挺进纵队。万毅同志任纵队司令员，周恒同志为纵队政委，关靖寰同志任参谋长，王维平同志任政治部主任。下设两个支队。滨海支队为第一支队，支队长彭景文，25 团、26 团、27 团改称第一、第二、第三大队。另成立第二支队，支队长管松涛，调胶东军区特务营、滨海军区特务营、诸城县大队和鲁中军区一个营等单位组成，你们看怎么样？

两个人不约而同道：好啊！

罗荣桓又交代两个人回去动员部队、提出进军东北的方案，随时准备出发。

不久，中央发来命令，所有原东北军的干部也随同东北挺进纵队进军东北，孙立基、于文清、刘杰等找到纵队，等待出发的命令。

是从陆路还是海陆进军东北，成为摆在他们面前的首要问题。对于这些曾经是奉军的老军人来说，这不是个问题。他们对于当年奉军进出关的路线都十分熟悉。大家归心似箭，一致认为：走山海关这条路绕道太远，也不安全，因为美蒋正从天津、唐山、秦皇岛空运、海运军队去东北，榆关和北宁线随时可能中断，若再绕道热河就更远了，而且西北、华北的兄弟部队都从那边过路，道路难免拥堵。经过研究并报军区批准，东北挺进纵队决定横渡渤海进军东北。

就在此时，8 月 15 日，日本帝国主义宣布无条件投降。消息传来，东北挺进纵队各驻地一片欢腾。

王维平激动振奋，拉住刚从山东高级党校学习回来的妻子王政，说：日寇投降了！无条件投降了！

两个人跑到外面，和闻讯涌出的机关的同志们欢呼雀跃，燃放鞭炮，庆贺这久违的胜利。

看到同志们一个个热泪横流，听着他们泣不成声的呼喊，王维平离开人群独自跑进了小树林。仰望夜空，凝视漫天星斗，王维平寻找到最亮的一颗。他仰天喊道：常师长，你都看到了吗？我们胜利了！我们终于等来了这一天！你的在天之灵可以安息了！

星辰在天空，在王维平的泪光里熠熠闪耀。

王政跑近：老王，你又想老师长了？

王维平想忍住泪水，可还是没有忍住，他抱住王政：王政，我们等这一天，等了 14 年了啊！我们终于看到了这一天，可常师长……没有等到这一天就牺牲了。

曾在 111 师坚持工作一年的王政，也是悲喜交加：老王，别难过，常师长在天上会看到的，他一定会看到的。他还会看到不久的将来，东北挺进纵队打回东北老家去！

王维平：对！我们一定要尽快打回东北去！一定要实现常师长的遗志！

刘祖荫和刘万胜等人跑了过来，大家热烈庆贺了一阵之后，不免想起把这支部队领进革命阵营的常恩多将军，于是又是一阵唏嘘。

经过二十余天的行军，东北挺进纵队的各路部队于 9 月 23 日先后到达黄县（今蓬莱）栾家口子集结。

这是个不大的渔港，黄县县委和胶东区委已征集许多较大的渔船等候在这里。

万毅同肖华等领导乘坐汽艇先期奔赴旅大，王维平和关靖寰组织部队除了携带少量的自卫武器外，将所有轻重武器及装备交给了胶东军区，准备渡海。他们向官兵进行航海和防寒知识教育，进行了航线、着陆点、联络信号的规定，并做了几套海上发生突然事件的处置预案。

翟仲禹原任26团政委，此时改任一支队二大队大队长。按照部署，他率大队500余人于第二天下午，作为第一批渡海部队登上渔船，向辽宁兴城方向出发。

海上风高浪急，渔船颠簸得十分严重，狭窄的船舱里拥挤着近百人，翟仲禹和官兵都很不适应，多数人呕吐不止，船舱里弥漫了令人窒息的气味。但官兵们遵守纪律，以顽强的毅力克服困难。在茫茫大海上颠簸了五昼夜之后，于9月29日，翟仲禹带二大队官兵在兴城县钓鱼台成功登陆。

踏上东北大地，二大队官兵欢呼雀跃。翟仲禹集结起部队，向规定地点开进。

凝望一路上刚刚回到中国人民手中的黑土地，翟仲禹激动不已，他想：常恩多将军的在天之灵一定看到了我们，一定看到了他带进人民怀抱的这支部队今天踏上了东北老家的土地！常将军该多么欣慰啊！

9月30日下午，王维平和关靖寰率纵队司政后及直属队和一支队的部分官兵登上一艘渔船，向辽宁出发。机帆船刚一出海，王维平就感觉大船顷刻间变成了一叶小舟，被风浪掀起抛下。船舱里，几乎所有的人都在呕吐。忽然，王铁权高声吟道：白日放歌须纵酒，青春做伴好还乡……

王维平心情复杂，失去家乡14年的东北军人，今天终于踏上了回家的大船！然而，“少小离家老大回，乡音无改鬓毛衰”，是不是家乡的孩子们也会笑问“客从何处来”啊？

经历了一昼夜的颠簸，他们于第二天下午顺利抵达钓鱼台。王维平用他流利的俄语与苏联红军驻兴城城防司令部取得联系，交涉好列车，一支队先行奔赴沈阳，去找万毅接受任务，他和纵队机关人员继续等候二支队渡海登陆。

一支队在马三家子下车后，在罗平堡消灭了伪警察300余人，又在荒地沟歼灭国民党地下军200余人，并缴获一座军火仓库，改换了装备，武装了自己。

此时，万毅的肩上担负着常恩多将军托付的重任，也肩负了共产党人的历史使命。向东北挺进的路上，总有热流一样的东西涌上他的心头，涌上他的眼眶。隆隆的列车车轮前进的声响，如阵阵冲锋的号角鼓荡起他的斗志，催促他尽早率领这支部队融进打回老家的军事行动中。

赶到沈阳安排下部队，他便和警卫员坐一辆小驴车进城。由于有波斯坦公告约束，穿着军装不让进城，他和警卫员都化了装。他躺在小驴车上装作病人，手枪就压在他身下的苇席底下。

听着小驴车“笃笃笃”的声音，看着两旁熟悉的街道和房屋，万毅心里就像打翻了五味瓶，酸甜苦辣咸一齐涌上心头。1925 年，他投笔从戎参加东北军，就驻扎在这沈阳城里。1931 年“九·一八”事变的那一天，他们被日本鬼子赶出了沈阳城，赶进了关。想到其后虽有“双十二”事变的光荣、保卫大武汉等壮举，但东北军也有打内战，屠杀人民之耻辱，他心里就一阵阵苦痛。

警卫员十分不平道：司令员，真没想到，你一个司令员要坐着驴车进沈阳！

万毅说：这没有什么！回想起东北军部队或被拆，或被编，受尽蒋氏凌辱，或投蒋，或走向革命，已经四分五裂；就我们 111 师来说，只是在投入了革命的怀抱之后，才真正成长壮大起来，才一个个活得像个中国人，今天，在共产党领导下，我们终于打回老家，这怎能不叫我心潮澎湃啊！

进了沈阳后，万毅来到小南门大帅府，东北局首长彭真、陈云等正在等他。

简单的寒暄后，陈云指示万毅率部队到辽吉两省交界处，按照中央指示“肃清反动武装，发动群众，收缴武器资财，发展部队，接管城市”，清剿土匪，安定社会，建立根据地，迎接大部队到来。

不久，王维平带二支队辗转来到了沈阳。所有部队进行了换装、发放武器弹药，每人都领到了崭新的三八大盖，一百发子弹，四枚手榴弹，每班发了一挺歪把子机枪，每连成立了重机枪排，大队成立了重机枪连。按照官兵的话说——鸟枪换炮了！

基于东北复杂的敌伪形势，按照东北局指示，东北挺进纵队分作两路开始了他们在东北的军事行动：

右路，由万毅、彭景文率领一支队从抚顺出发，沿沈吉线，经清原，奔吉林方向挺进。

左路，由王维平、管松涛率领二支队从沈阳出发，先进军铁岭，打法库，再从铁岭沿中长线，向长春方向挺进。

就这样，这支部队踏上了新的旅途，开始了捣毁蒋家王朝的征程！

尾声

何止竹帛流芳！

一、将军茔

常恩多将军灵柩暂厝在朱梅村后，王树军常领着女儿育平来看望祭扫。每到黄昏，她就牵起女儿的手来到徐家祠堂菜园，一边收拾冒芽长高的青草，一边跟丈夫说话。

朱梅村有二百来户人家，隔三岔五地总有乡亲来将军茔前烧纸祭拜。因此，每次走到丈夫坟前，王树军总能看到乡亲们摆的供品和散落在地上的纸钱。感受着乡亲们对常将军的爱戴，王树军祈祷丈夫地下安息，并要女儿记住朱梅乡亲们的情谊。

万毅也常来悼念，每当战斗间歇，或是路过朱梅，他总是抽空来常将军墓前鞠躬祭拜，向老师长倾诉他的思念之情，并报告部队胜利的消息。

常恩多将军茔刚厝在朱梅时，师里几个领导担心将军茔的安全，警卫员王洪才主动提出要给老师长守墓。到了 1943 年，大部队要向北转移，王洪才又表示：只要老师长在这里，我就一生守在这里，一定保护好老师长！

就这样，大部队征战而去，王洪才却留了下来。王洪才是山东单县人，从此他落户朱梅，娶妻生子，守护着将军茔。

转眼到了 1966 年。

常恩多将军的灵柩在朱梅一厝就是 24 年，守陵人王洪才也从风华正茂的起义战士，变成了满头白发、满脸皱纹的老头。可是，历经沧桑的王洪才，在“文革”一开始就被革命的风暴刮得晕头转向、肝胆俱裂——县城里的造反派组织得到省及中央的指示，常恩多将军已被上面定性为反动的“大军阀”，造反派要来朱梅掘墓焚尸！

已入深秋，萧瑟的寒风呼啸而来，夜色掩盖了四周的杀气，可王洪才感觉到了步步逼近的危机。他躲开家人的视线，战战兢兢来到将军茔前，扑通一声跪倒了。

王洪才说：老师长，你的警卫员洪才又看你来了。可是，我遇到了麻烦，他们说您是大军阀，造反派要来……来、来惊扰您，我没有完成上级交给的任务，我不知道该怎么办！您是抗日将军，是起义将军，是爱国将军，怎么一夜之间就成了反动军阀？老师长，你告诉我，我该怎么办？怎么办……

婆娑泪光中，将军茔默默无语，只有秋风依旧，衰草凄然。

王洪才哭了：老师长，如果你能起来，我背着你离开这里！我背上你逃到一个没人认识你的地方藏起来……老师长，你听到我的话了吗？老师长……

王洪才正向老师长倾诉胸中的苦闷，忽然听到身后有脚步声。他小心转回头，看到朱梅村几个老乡亲已经走到他身后，并纷纷跪倒在将军茔前。

数十年风雨沧桑，鲁南高岸为谷，深谷为陵，当年常恩多将军率部杀敌的战场或长满了丰茂的庄稼，或竖起了楼房民居，而那曾经响彻云霄的杀声，也早已随着这片土地的安详和平，或沉睡于泥土，或升腾于云霓。

可朱梅村的乡亲没有忘记常恩多将军。他们连夜帮助老警卫员王洪才起出了常将军陵柩，并动身抬往莒南烈士陵园。

从朱梅到莒南烈士陵园有五六十里地，王洪才带着儿子，和乡亲们轮流抬着将军灵柩，深一脚浅一脚地出发了。

这一夜，格外的寒冷和漫长，可王洪才和乡亲们却一个个汗流浃背，斗志昂扬。他们感觉又回到了年青的时候，感觉是跟着常将军走在去打鬼子的路上！

夜半时分，王洪才和乡亲们终于到达了莒南烈士陵园，他们找到一个僻静的地方，把常将军的灵柩掩埋了。

几天后，王洪才忽然把儿子叫到身边：儿啊！今晚上你跟我再去趟莒南烈士陵园。

儿子不明白，好容易把将军茔转移走了，最好的保护方式就是不要再去那里，免得被不怀好意的人闻出气味，并报告县城里的造反派司令部。

王洪才拿来半块青转，说：儿啊，你在这上面刻上“常恩多”三个字！然后随我去老师长墓前。

儿子疑惑：爹，你这是要把它当墓碑竖在老师长墓前吗？你这不是此地无银三百两吗？

儿子不解，可不敢违拗父亲，他老大不高兴地跟着父亲趁迷漫夜色，去往莒南烈士陵园。

终于赶到了烈士陵园，王洪才找到将军茔，要儿子把砖埋进坟边的地里。

至此，儿子才弄明白父亲的目的——他是害怕日久月深，常将军的坟消失在众烈士墓之中，那他这个警卫员可就严重失职了！

王洪才见儿子干完活，便紧张地四处张望了一下，确信没有被人监视后，他拉上儿子悄然离开。

二、再不跟蒋介石走

日本投降后，于学忠作为抗战中国民党军的鲁苏战区总司令，参加了1945年9

月9日在南京中央军官学校陆军总部大礼堂的受降典礼。受降仪式上，他看到日本派遣军总司令冈村宁次在投降书上签了字，并把投降书呈递给了国民党陆军总司令何应钦。

之后，于学忠继续等。

依照盟军最高统帅部第一号通告，除了东三省以外的中国大陆、台湾及法属印度支那北纬16度以北地区的128万日军，均向中国军队投降。中国陆军总司令部将上述地区划分为16个受降区，由各战区各方面军分别接受日军投降。这16个受降区，基本按照原战区的划分确定的，受降人也基本是各战区长官。然而，蒋介石公布的受降名单中，山东方面的受降人不是于学忠，却是李延年。

于学忠没有等到该属于他的荣誉，心怀愤懑。回到住所，他对牟中珩说：老蒋太欺负人了！抗战八年是我在山东打的，日寇投降应当叫我去山东受降才对，为什么派李延年去?

牟中珩无话可说，只能择言相劝。

当然，在这一次受降活动中，共产党领导的八路军、新四军深入敌后，浴血奋战、战功显赫，理应得到受降的权利。可蒋介石贪天之功为已有，连一个受降名额也没有分给共产党。

张学良也在等。

只是，他等的不是荣誉，而是作为一个人的最基本的尊严——自由。

此时，张学良经历几处的监禁，于头一年底由贵州开阳县刘育乡转移到了桐梓县山区小西湖边。

抗战胜利的喜悦也洋溢在幽深的山谷，张学良闻讯后先是和警卫们欢呼雀跃，手舞足蹈，然后就躲进屋子里抱住赵四小姐放声大哭。

自由就要来了吗?

真的有天眼大开的那一天吗?

终于，张学良没有等到蒋介石恩赐他“自由”，而是继续承受蒋氏的“家法处置”。

并不气馁的张学良受到抗战胜利的激励，相信自己终有自由的那一天，他挥毫在一方红绸上写下四个字：

东山再起

这四个大字，后通过关系传递出去，送给原东北军高级将领。

可事发不久，戴笠侦知了此事，并报告蒋介石。戴笠摔死后，蒋介石派人把张学良诱骗到重庆上飞机，押解去了台湾。

在东北战场内战犹酣时，蒋介石企图派于学忠去帮他控制局面。于学忠与东北历史有着深远的关系，自然具有无人替代的影响力和号召力。可蒋介石通知他去沈阳时，于学忠让人传话：在未去沈阳前先去台湾看望张学良副总司令，由台湾返回后再去沈阳。

最终，于学忠既没能去成台湾，也未能去成沈阳。

半年后，国民党重点进攻山东也遇到前所未有的挫折，孟良崮一战，正打在老蒋的痛处。他又想到了于学忠。

蒋介石再次要于学忠回山东老家去效忠，而此时已远非彼时！上一次是抵御外侮，于学忠当仁不让，可这一回是打内战，萁豆相煎，他坚决不干。蒋介石无奈，只好另派牟中珩随王耀武去山东充当省副主席。于学忠劝牟中珩不要受命，否则后果不测。牟中珩未信，结果，1948 年 9 月，牟中珩和王耀武在济南战役中双双被解放军俘虏。

蒋家王朝大势已去，国民党高官们便纷纷登上飞机逃亡台湾。蒋介石派专机到重庆欲接于学忠和全家去台湾，于学忠躲藏到了重庆嘉陵江北黄角坪的乡下躲过了特务的追逼。历经半生的苦难探索，于学忠再不跟蒋介石走。重庆解放后，他收到了牟中珩的信。

1950 年 3 月 22 日，于学忠坐在桌前给牟中珩写回信。

荆汉弟惠鉴：

顷接来函，藉悉近况安善，至以为慰，诚实之言，恳挚之意，关怀之切，尤足使人增加无限感慨。革命意义之所在，正适合时代之精神，吾弟今已了然于胸中，将来定能走向光明之途境，此不待言而可预卜也。

兄僻处乡间，原非避世自标清高，乃先有所觉悟，是不得已而为之，并非消极，是确不愿与党徒同流合污也。在蒋介石自渝去台之前，一再郑重表示，意在强迫飞台，幸而临时避免。迨解放军四野先头部队到来晤面之下，其各级层多属旧识。至军管会成立，二野熟人尤多，其大多数俱了解我的身份、立场与环境，并确认无反动性及政治性之活动、以故如昔之友谊态度。其所以然者皆在西安事变及鲁苏抗战公认有功于国家，并有功于革命事业者。而重新学习一节，原无不可，因解放后重庆方面前伪政府所遗之文武官吏将近万人，仅选精壮者二百余人加以训练，余则任其所之，未加过问。由侧面观察，似以我为退役之年，老年人不堪再造，且已成过去，自然的居于平民之列，但须要为人民服务，为社会服务，放弃个人自私主义，要为大众谋福利，要为国家谋生产，并首先要改造自己，自己求进步。为求达到国计民生之目的，必须进入一个新的阶段，走上一新的途径，即工农阶级是也。

回忆追随张汉卿先生在西安所倡之八大主张，彼时蒋介石已无异议，承认此一主张，终竟为之撕破矣。其略为：要求全国人民共同抗日；容纳各党各派参加政府，共谋国是；改组政府，组织联合政府；释放政治犯；军队国家化，一律平等待遇；经济财政公开；召开国民会议，制订宪法；革新政治等事项。与现在所实现者大略相同。迨汉公送蒋回南京后，即背信弃约，反对共军，力加讨伐，以待机消灭之。多利用党的名义处置党员办法，于是组织一类似临时法庭以丁维汾为主席，似审非审一种非法措置，其明白宣布者汉公交军事委员会管束，嗣后又私拟交军事委员会严加管束，暗中又公布管束之期限为五年。对于杨虎城先生之处置，在表面上令其出国考察，而私拟永不许回国。对我以当时情势，兵权政权在握及中外舆论所不许，为安定军心并缓略省之不满空气，明则重用实则暗判以附和叛变之撤职留任处分。遂予（民国）34 年 10 月 17 日，曾以代电致军事参议院文曰："军事参议院李（济琛）院长鉴，查该院副院长于学忠（民国）26 年 1 月于第 51 军军长任内附和叛变；曾经有撤职留任处分，现在原因终止，着即撤销处分，仰转知照"。由此观之，其所用心可想见矣。故在鲁苏抗战时曲毫用我，并竭力使我与日寇与共军对消。凡关军事政治，皆不予以充分支持，多施用种种破坏方法造谣离间，威胁暗杀，无所不用其极之卑劣手段，加诸我身，虽未全部消灭，而今已冰消云散，结果示（视）之惨矣。

每感今后服务社会之机会颇少，故不得不听政府法令范围之内，努力从事生产事业，俾身心两安，时乡时城，开会必定参加，人来也必接谈，事必躬亲，生活简单，家庭中正练习手工业及增加农产副业。除于书报之中求新知识之外，兼习劳动。合间托庇平安，儿女辈在清华、南开等校读书，公私俱较前积极，以副我嘱。

尚望时通音信，以免余念，专复并颂近佳。

于学忠　3 月 20 日

1956 年春，牟中珩由华东军区解放军官教导团转到北京功德林改造，有机会请假看望已在北京工作的于学忠。一见面，牟中珩喊道：于大哥，悔不该当初没听你的话啊！

三、天命攸归

国民党陆军第 111 师在常恩多和郭维城两将军领导起义后，在进入八路军山东军区序列后，在山东艰苦抗战直到中国人民取得反法西斯战争最后胜利。奉中共中央命令挺进东北后，这支部队参加三下江南，四战四平，解放沈阳。在胜利完成了辽沈战役的使命后，出关征战，首战平津，在天津俘获城防副司令以下 5 480 人。

此时，这支部队的番号是中国人民解放军第 38 军 114 师。

紧跟着共和国建国的炮声，114 师随大军南下，夺取宜昌，挺进湘北，和兄弟部队一起围剿白崇禧所部。1949 年底，114 师一路横扫蒋军，转年 1 月 8 日，打到云南河口镇，把红旗插上了祖国西南边陲——红河桥头。

之后，114 师转战湘西剿匪，继而奉命参加抗美援朝战争，与兄弟部队共同铸就了"万岁军"的辉煌，又创"千人大潜伏"奇迹，用热血和生命创立了打击美军及其"联合国军"的卓越功勋，书写下对祖国和朝鲜人民的赤胆忠诚。在解放战争和抗美援朝战争中担任师长的是：关靖寰、彭景文、刘贤权和翟仲禹。

战争给正义的胜利者带来荣誉的时候，给反动的失败者带来的却是耻辱。当年背叛常恩多将军的那些将军们，到了解放战争时，不是死在战场上，就是做了俘虏，有的还进了改造所。

——也曾参与“骊山捉蒋”，而对缪澄流叛国“知情不报”的原111师331旅旅长唐君尧，在1948年底沈阳之战中缴械投降。

再见管松涛和刘祖荫，唐君尧感慨万千，无不羞愧说：君为座上客，我为阶下囚。

——兖州战役，叛军111师全部被歼，孙焕彩和陶景奎等被俘。

时任济南警备司令部第六区参谋长的赵开云几乎每天都要接待叛军111师的家属。她们找不到丈夫，哭的哭，叫的叫，情景凄凉。一天，来了个穿旗袍、抹脂粉的女人，赵开云见是原副官处处长张光宗的老婆，忙让她坐。

女人未坐先哭：老赵啊，见面不容易，你见到我们家茶壶没有？

茶壶是她老公的别号。

赵开云：没见到。

女人悲声道：常师长活着多好啊！那时候，谁敢娶小老婆！常师长病倒了，不管了，他们就一个个都娶了小老婆，我们都盼望常师长多活几年的！你们走得早，走得好，可就把俺们给忘记了！丈夫有被打死的，俺们女人又依靠谁啊！谁不愿意打回老家去？后来111师就一家成了两家，成了仇人，现在男人们不是被打死，就是被俘虏了，剩下俺们这些娘们儿，哭的哭，跳的跳，今后可怎么过……

赵开云问：当初你们怎么不过来？

女人：俺不懂，怎么知道那是起义啊！

赵开云还见到了在兖州投诚的国民党12军军长、原57军112师师长霍守义。

霍守义说：还是常师长英明，“八·三”起义，办得好，比我好。我不行啊！

霍守义，字师邹，辽宁省西丰县人，农历1898年8月生于乡绅之家。1940年11月13日中共中央在给中原局的指示中，曾对时任57军112师师长的霍守义这样评价：

对张汉卿尚忠诚，对抗战尚坚持、对我党与八路军无恶感、西安事变前即对我同情、对国民党并无历史联系。

那时正值蒋介石发动第二次反共高潮，东北军内很多人动摇不定，甚至卷入逆流不能自拔，霍守义尚能坚守对张汉卿的忠诚，实难能可贵。

1943年2月，日军“扫荡”苏北，112师在苏北站不住脚，便转移到了皖北，扩编为新编第9军，霍守义任军长。同年8月，鲁苏战区撤销，从山东撤至皖北的叛军111师，与112师合编为12军，霍守义继任军长。

抗战胜利后，12军奉命接收济南、周村。霍守义身居高位，已被牢牢地捆绑在蒋介石打内战的战车上。但他用兵谨慎，作战消极。1947年莱芜战役，12军行动迟缓，得以逃过被歼灭的命运。但到了1948年6月，霍守义率军直和111师守备兖州，全军覆没。霍守义于城陷后，率残部向解放军19师投诚。

在济南战役和淮海战役中，霍守义积极策动112师官兵起义、投诚，竭力召唤他的旧部与蒋介石彻底决裂。9月，霍守义参加人民解放军，先是在华东军事大学任教员，后到军事学院任研究员，直到1952年转业，任南京市和江苏省政协委员。

1967年，霍守义在“文革”中被迫害致死，享年69岁。

1980年，江苏省委为含冤而死的霍守义将军平反昭雪。

四、于学忠衔恨谢幕

1957年全国的“反右运动”热火朝天掀起后，有人说于学忠有右派言论。消息传到了周恩来那里。周总理让有关人员转告郭维城，去找于学忠谈一谈，总理说：于学忠无论如何不能陷入右派。

铁道兵副司令员郭维城马上放下手上工作，去找于学忠。

坐在轿车里，郭维城思绪万千，周总理是要保护于学忠，使其不在政治运动中遭到冲击和伤害，他感受到党对爱国将军的爱惜和保护，并感到了肩上的责任。

自重庆解放，于学忠就被周总理派的飞机接进北京，并受到毛主席亲切接见。中华人民共和国成立后，于学忠作为爱国将军受到党和国家的信任和照顾，1952年12月，他当选河北省人民政府委员，1954年8月当选第一届全国人大代表，9月任国防委员会委员，1956年被选为中国国民党委员会第三届中央委员。

郭维城下了车，匆忙走进了于学忠办公室。

经过一番交谈，郭维城松了一口气。原来，于学忠从没有什么右派言论，而是对某个人有意见。听完了郭维城告知的来意，于学忠说：我一生不会反对共产党，我如果反对共产党，今天就没有解如川（解放）、万毅你们这些人。

那些历史，郭维城都是了解的。

于学忠又说：并不是我反对共产党，而是我对民革中央某领导提了意见，批评了他，结果他反说我有右派言论。请报告周总理，感谢他的关心，我于某人有生之年，绝不会反对共产党。

随后，郭维城把情况报告了周总理。在反右运动中，由于有周总理的保护，于学忠没有受到冲击。

1964年，于学忠患癌症住进了北京医院。

8月，郭维城兼任西南铁路建设总指挥部副总指挥，在奔赴西南离开北京前，他赶到医院看望于学忠。

对于郭维城，于学忠有一份极其特殊的感情。这不仅仅因为于学忠和郭家的老人就有着深厚的交情，更因为郭维城曾经是张学良的秘书，后来又当了他的政务处长，并在几十年的工作和交往中建立了无与伦比的信任和依赖感情。

听说郭维城要去西南，于学忠无比感慨。他说：党中央、毛主席决定修建西南三线铁路，真是很有战略眼光啊！成昆、贵昆、川黔这几条铁路太重要了，对于改变我国铁路布局，改善西南地区的交通，沟通西南和内地的联系，把战略大后方和腹地的经济搞活都有非常重要的意义。这几项工程真是个大手笔啊！维城，你肩上的担子很重啊，一定要搞好。你年轻又身强力壮，好好干吧！

郭维城笑了笑：是啊！我也是这么想的！

面对眼前这个比自己小二十多岁的曾经的部下、今生的挚友，于学忠深感欣慰。

郭维城自脱离国民党的领导，和常恩多领导111师起义汇入到八路军的行列，他就如展翅的雄鹰，翱翔在祖国解放和建设事业的天空——日寇投降后，他跟随林彪进入东北，先是任齐齐哈尔护路军司令员兼齐齐哈尔铁路局局长，后任西满护路军司令员兼中长铁路滨州线区军事代表、西满铁路局副局长，不仅指挥部队抢修、保卫铁路，同时指挥部队剿匪，清除国民党军残余武装和股匪。有时间，他就撰文揭露抨击蒋介石集团的卖国反动面目。在1946年3月24日的《东北日报》上，郭维城揭露道："九·一八"事变当时，张学良在北平，一夜之间，十几次电南京蒋介石请示，南京方面却若无其事地十几次复电不准抵抗，把枪架起来，把仓库锁起来，一律点交日军。

辽沈战役中，郭维城任第四野战军后勤铁道运输司令部司令员，解放军打到哪里，他就指挥把铁路修到哪里。四野入关作战，他先后负责接管天津、徐州、武汉、衡阳等地的铁路，率部抢修京汉、粤汉、湘桂、浙赣等铁路，有力地保证了解放军南下作战；1949年，郭维城指挥部队抢通粤汉、湘桂铁路，粉碎了国民党"三年内无法修复"的预言，政务部因此给郭维城记大功一次，他同时也受到第四野战军通令嘉奖。

1952年底，郭维城任中国人民志愿军新建铁路指挥局局长，率铁道兵部队6个师参加抗美援朝战争。在抢修龟城至殷山段铁路时，他带部队冒敌机的狂轰滥炸，仅用60天突击建成了129公里的铁路，创造了战地抢建铁路的奇迹，受到朝鲜领导人金日成和志愿军彭德怀总司令的高度赞扬；紧接着，郭维城又率部完成了德（川）八（院面）铁路的修建任务，次年11月，郭维城任中国人民志愿军铁道兵指挥所司令员，他积极领导部队帮助朝鲜人民重建家园。

1955年，时任铁道兵副司令员的郭维城被中央军委授予少将军衔，荣获二级独立自由勋章、一级解放勋章。其后，他参与指挥修建了黎湛、鹰夏、包兰和东北嫩林等铁路的修建。

两个人议论完了郭维城和铁路，话题转到了于学忠的病情上。

于学忠自觉来日不多，无比依恋地凝望郭维城，说：我的病恐怕治不好了，因为目前尚无治疗的办法。不过你放心，我能想得通，看得开。我年纪大了，今年74岁了，就是现在死了也不算早夭，对吧？

说罢，于学忠略带苦涩地笑了。

郭维城说：您要有信心，坚持治疗下去，还是有希望好转的。

于学忠笑着表示：我一定努力配合医生！你放心，积极治疗我能做到，就这么办了，争取延长寿命。

郭维城：您老这辈子不容易，我是见证人啊！

提起往事，于学忠无限感慨，他说：我打了一辈子仗，那些军阀间的内战是不义之争，就不说了。最值得回顾的是抗日战争，这是关系民族独立的大事，最后我们终于胜利了，是有重大现实意义和深远历史意义的。就东北军来说，抗战中转战南北，与日寇在各地周旋，做出了很大贡献。67 军淞沪抗战伤亡惨重，军长吴克仁壮烈殉国，我至今都很怀念他。49 军在江西高安战役中打了胜仗，赢得了荣誉。骑兵军转战千里，从晋北打到豫、皖。53 军还远征异国，到国外抗日，都为赢得抗战胜利付出了巨大牺牲。就 51 军、57 军及鲁苏战区的东北军来说，从坚守华北到苏、皖、豫、鄂的淮河、台儿庄、保卫武汉等战役，以及到山东敌后抗战，广大官兵和日寇进行了多年的浴血奋战，做出了很大的牺牲啊。他们的牺牲和贡献，中华民族会永远铭记，历史也已经记录在案。他们是对得起国家、对得起民族，也对得起为这支部队倾注了全部心血的张副司令。每当想到这里，我就觉得心平气顺，胸无忧怨，一生知足，死也能闭上眼了！

继而，两个人又回忆起抗战，回忆那些同生共死的岁月，不免又激动起来。

于学忠说：抗日救国，靠蒋介石的那一套不行。从“九·一八”事变开始，他就不主张抵抗，坚守华北是我一生中最窝火的时期。日军占领东三省后，第二个进占的目标就是华北，他们气焰嚣张，咄咄逼人哪。那时，张副司令交给我 17 万东北军，要我照顾好东北难民，守住华北。以我的军力，坚守不在话下，抵抗也没问题。可是，蒋介石不许我与日寇对抗，要从外交方面解决。他的外交解决还不是开门揖盗，引狼入室！不是我自夸，你们都知道，我这个人从来没有非分之想，一生平心应事，虚心约志，但在抗日问题上，在涉及国家民族利益的问题上，我是非争不可，这怎么能让步呢?! 就是死应该死在抗日的战场上！所以那时我没有听他们的。当时华北寇奸同谋，串通一气，对我无理取闹，威逼挑衅，无所不用其极！我按张副司令交代，坚决顶住日寇的进攻。但是不行，蒋介石不容我与日本人对抗，于是就派他的亲信何应钦、黄郛两位钦差大臣来到华北。他们都是亲日派，在抗日问题上除了屈辱求和还能有什么作为！结果和日本签订了那个《塘沽协定》，就快把华北主权卖光了！因为我和日本人在华北硬顶，日方不能容忍，又有碍蒋、何、黄向日方求和，到了 1935 年，在日方的要求下，何应钦又与日本签订了个《何梅协定》，强行把我调出华北，西进甘陕。一前一后两个《协定》，都是卖国的货色！所以我说抗日靠蒋介石的那一套不行！不是张副司令、杨主任勇敢发动西安事变，蒋介石根本不会抗日！按他的一套，中国有可能早就沦为殖民地了！

两个人又沉痛回忆起张学良，张学良自西安事变后在南京被审判拘押，至此已经 28 年！

于学忠说：我今生最佩服张副司令，他忠纯公正，明敏干练，无私无畏，说到做到，他的高招是学不来的。他待人宽厚，宁人负我，我不负人，有高尚的道德情操。特别是他彻底无私的爱国精神千古垂范，令人敬佩。作为他的部下，我一辈子都不能忘掉他、违背他，他让我去死就去死。我个人对蒋介石的恩怨不说，仅张副司令被长期扣押这件事，我对蒋介石就极其痛恨和憎恶。西安事变后，蒋介石背信弃义、自食其言，怎么都不放张副司令出来，真是岂有此理！我说只要蒋放张副司令出来，将我于学忠解除兵权，消职为民，归园田居，永不出头，我心甘情愿，绝无二话！这是西安事变我亲口对蒋介石讲过的话，你们都知道。但是蒋介石就是不放张副司令！我还提出用东北军的抗日战功来换张副司令的自由，要大家团结起来，多打胜仗，东北军抗战功劳越大，张副司令恢复自由的可能性就越大。东北军打了那么多胜仗，付出了那么大的牺牲，最后蒋介石还是把东北军全部瓦解消灭了，结果也没放张副司令！要说不讲理，这是我一生遇到的最不讲理的一桩公案，要说不平，这是我一生最感不平的一件事！

郭维城热泪滚落，于学忠更是泪流满面。说起仍被拘押台湾的张学良，曾经是东北军将领的他们无比痛心疾首，无比恨意绵绵。

担心于学忠的身体，郭维城劝他安心养病，耐心等待张副司令重获自由。

于学忠满怀遗恨说：我死不足惜，但有一件很大的憾事啊，就是我年龄大了，又得了重病，恐怕见不到张副司令了！

抑制不住的悲愤冲决出于学忠的胸膛，他紧紧抓住了郭维城的手哭出了声。

郭维城热泪横流：于总司令！你要坚信，张副司令终有一天能获得自由，我们一起等他！

于学忠又说：我坚信，这辈子他还有恢复自由的可能！虽然“天”眼难开，蒋介石不会开恩赦免，但他不可能长生不老，总有一天要死去，国家也有统一的希望，到那时候副司令便可恢复自由。我是等不到那一天了，你还年轻，你是可以见到他的。

郭维城连连点头。

于学忠：到时候，你一定替我向副司令转致问候，就说我想念他！

郭维城重重地点头。

于学忠松开了郭维城：这也就了却了我一生的心愿了。

郭维城说：您好好养病，我们一同等张汉公自由归来！

一个月后，1964 年 9 月 22 日，于学忠病逝于北京。

噩耗传到西南铁路建设工地，郭维城仰天长哭，哭于学忠，哭张学良。

五、在劫难逃

新 111 师转战到东北后，郭维城在一次看望常恩多将军遗孀王树军时，给育平改名为“常征”。自此，“育平”就成了小名，而“常征”成了她的大名。

从小学到中学，常征一直受到国家的抚育和培养。上大学后，学校遵照国家有关规定，给她全额生活费和奖学金。可她不要，硬要哥哥负担，她对有关领导说，她要为国家节省下有限的经费建设祖国。而常恩多将军妻子王树军也不知从哪年开始，就已经不再去领国家的抚恤金，而是靠儿子养活。

常恩多将军虽死犹荣。可这份荣誉和安宁在他身后的第24年被打破、被粉碎了。

1966年，“文化大革命”的风暴席卷全国，位于鲁南朱梅的将军茔面临被掘墓焚尸的危急关头，常恩多的儿子也下放农村劳动改造，王树军投奔小女儿常征，前往西南某国防单位。曾经和母亲一起跟随父亲参加“八·三”起义、走进抗日根据地的常征，在一天早晨忽然被铺天盖地的大字报打懵了。

大字报上赫然写着：

打倒反动大军阀常恩多！

打倒反革命将军常恩多！

政治风暴虽然没有影响到常征的工作，但却深深地刺痛了她的心：她是父母最小的孩子，她亲眼看到父亲常恩多生前和身后发生的事情，自父亲病殁鲁南，她一直享受着党和国家给予中共特别党员和爱国将军常恩多的礼遇和优待；父亲是千真万确的共产党员、爱国将军啊，怎么一夜之间就变了颜色、从人变鬼了呢？

这一切更是剜走了王树军的心。她常常夜半被噩梦惊醒，然后对着夜空，遥望千里之外的鲁南，向荒茔中的丈夫哭诉她的思念和不平。

遇到难题的常征，开始四处打听父亲生前战友的下落，她需要他们的帮助，她和妈妈要维护父亲的荣誉！可是，她却发现父亲的战友和同志们都“销声匿迹”了！

“文革”开始后，铁道兵副司令员郭维城从西南铁路建设工地被揪回北京，林彪一伙以“共产党叛徒”、“国民党特务”等罪名对他进行残酷迫害，在进行了无数次的批斗后，他被关押了起来。

三机部副部长王振乾（王维平）早几年就被定为“蓄意反党”，此时又被造反派审查“背叛革命”，在进行了一番暴风骤雨般的批斗后，他被发配到湖北襄阳农场监督改造——养猪。

新111师进入东北后，王振乾历任东北挺进纵队、第七纵队政治部主任，第一纵队政治部副主任，军调部拉法线第33小组中共首席代表。1947年，他调任辽吉军区政治部副主任，从此离开了老部队。后来，他又任50军政治部主任、53军政委、中南军区公安部队政治部主任、44军政委、55军政委，1955年被授予一级解放勋章、二级独立自由勋章、少将军衔。1961年，王振乾任国防部第六研究院政委，1965年，任第三机械工业部党组成员、副部长。

刘祖荫也被扣上了“叛徒”的帽子，被关进了广州军区沙河“学习班”，失去了人身自由和所有的荣誉。

关靖寰、孙立基、刘唱凯（刘万胜)、王肇治、彭景文、万毅、于文清、阎普等等，无不受到运动的冲击，无一幸免而成为造反派革命的靶子。后来，据知情人统计，仅遍及全国的“东北叛党集团案”就株连700余人，加上亲友、工作人员不下千人。

1974年年初，常征忽然收到了刘唱凯寄自沈阳的信，刘唱凯在信里询问王树军的身体和常征的工作情况。亲人的问候唤起常征久违的温暖，她给“刘叔叔”写信倾诉心里的苦闷和疑惑。

刘叔叔：

收到你的信，妈妈和我都很高兴，你近来还好吧?

我爸爸是爱国将军，是中共特别党员，他领导111师抗战和起义，你们都是参加者和见证人，他怎么一夜间就成了反动军阀呢？批判他的大字报都贴到了我家门口，妈妈受不了病倒了好几次。自哥哥被下放农村，无力养活妈妈，妈妈就一直跟着我，而我微薄的薪水也不能给妈妈以好一些的生活。叔叔，你能帮帮我吗？帮我搞清楚这些问题，帮我给妈妈争取一份生活费，帮我和妈妈度过这些艰难的岁月。叔叔，看在你跟随我爸爸19年，而你又是他忠诚部下的情意上，帮帮我和妈妈!

3月中旬的一天，刘唱凯收到常征回信。捧读回信，想起常恩多将军浴血奋战的一生，想起在常将军身边服务的19年岁月，想起“九·二二”锄奸，想起常将军冒死抗命挽救万毅性命，想起“八·三”起义，想起常将军誓死拉队伍投奔八路军抗日根据地……刘唱凯热泪横流，连夜给周总理写信。

敬爱的周总理：

我是中共特别党员、原国民党111师中将师长常恩多的副官刘唱凯。现有一事向您汇报，望您在百忙之中帮助解决。

您还记得1937年夏秋时节，您叫秘密党员王维平捎给东北军111师师长常恩多将军的信吗？您在信上写道：“主动在我，命运自决，光明在望，后会有期!”

常恩多将军后来率部开赴山东鲁南打游击，坚持团结抗战、反对投降。他牢记您的教导直到病殁，直到把这支队伍带进民主抗日根据地。他是一个真正的共产党员、爱国将军。可是文革中，林彪一伙颠倒人妖、混淆是非，硬把“反动军阀”、“国民党”的帽子扣在他的头上，他的妻子和子女都遭到了株连和迫害，他当年一起战斗工作的战友被株连的人更是不计其数。

周总理，常恩多将军是哪年加入的共产党，您叫有关部门出具证明给他的家属，使他们不再为爱国将军背负骂名。另外，常将军的家属现在连基本的生活费也没有保障，跟随女儿生活境况艰苦，望您过问……

信写好后，刘唱凯把信邮寄给谷牧副总理，请他转交。

这天，谷牧把信送到了周总理面前，专事请示报告。

周总理说：你说吧，我就不看了。

谷牧简单地把情况说明后，周总理心情沉重，说："常恩多同志是1939年经中共中央山东分局批准入党的特别党员，他是抗日战争时期山东国民党军队中起义的最高将领。111师是东北军抗战中唯一一支最大建制的起义部队。我们对常恩多将军的家人应该照顾！"

不久，刘唱凯就接到了谷牧副总理的回信。

唱凯同志：

3月19日信收悉。常恩多将军是我党特别党员，是1939年经中共中央山东分局批准入党的。

您给总理的信因他太忙，我只能口头向他报告。经与国务院主管部门商定，对常老太太每月可以补贴生活费30元。请及时将常征所在地区、单位的详细情况来信说明，以便办理通知手续。

我一切平适，请勿为念，来信寄国家建委转我即可，匆此。

祝您健康！

谷牧 1974年4月27日

刘唱凯把消息反馈到常征处，王树军闻讯高兴地哭着笑了。

劫难终于过去，那些曾经遭到批斗、劳改、下放的常将军的部下，终于又都回到了工作岗位。1977年，已娴熟掌握给猪治病打针、接生的王振乾闲赋在家几年后，终于调回三机部任副部长，并兼任第六研究院党委第一书记。

郭维城在经历了林彪、"四人帮"残酷迫害6年多后，于1975年恢复工作，在尚未平反的情况下，他带着3个师赶赴河南抢修被大水冲毁的铁路，转年又指挥3个师赴唐山抢险救灾。他和部队受到了国务院、中央军委的表彰。1977年，郭维城任铁道部副部长，翌年任部长、党组书记。

刘祖荫的情况比较具有普遍性。他后来撰文记述道：

林彪折戟沉沙后两年，我才恢复自由，给我分配了一个闲职。一个军分区，副职20人，我又能有什么作为。最令人窒息的是政治结论留尾巴，我不停地申诉，办案人员不停地修改，缝缝补补，换汤不换药。直到粉碎了四人帮，小平、叶帅等中央领导南下视察，迟至1978年才对我作了彻底平反的结论。

刘祖荫写下《踏莎行·有感》，以铭记那些苦难的岁月。诗中道：

起义红旗，古今歌颂，逆流反共终成梦，一朝兵谏展宏图，锄奸杀敌雷声动。

往事悠悠，新情种种，囚前始悟生离痛，当年要案上通天，关山万里沉冤共。

六、纪念碑

老兵王洪才终于保住了常恩多将军遗骸，并于1983年3月下旬，在一年年殷殷的期盼中等来了前来探望将军的亲人们——他们中有常将军的子女常克、常征，有将军生前的战友、同志郭维城、王振乾（王维平）、华诚一（曹建华）、彭景文、刘唱凯（刘万胜）、刘祖荫、张野光（张德福）、孙学仁、王江（王仲芳）、赵开云、周丕炎、章烙、张育品、曹成镒、吕梦林、徐振宇、鲁平（徐泽生）、宋潮风（宋景龙）等等。

王洪才忽儿哭，忽儿笑，用他蹒跚的脚步引着亲人们走进了莒南烈士陵园，并在乱葬岗子一样的坟包中找到了常恩多将军的坟墓———一座被荒草掩盖的土堆。

坟旁，他首先挖到的是那块他和儿子一齐来放置的刻有“常恩多”三个字的半块砖。

王洪才激动地告诉人们：是了，就是这里，常将军的墓就是这里！

人们深深鞠躬，哀悼长眠于此四十余年的常恩多将军。

人们也向王洪才鞠躬，感谢他在狂风暴雨的年月，保护下将军骸骨！

后来，在铁道兵部队的帮助下，常恩多将军的陵墓被迁往临沂华东烈士陵园。在将军墓前，并矗立起一座高大的纪念碑，郭维城亲自为纪念碑撰写了碑铭。

自此，王洪才终于放下心来离开朱梅村，回到自己的老家居住。每年清明节前夕，他都会在儿子的帮助下赶到临沂华东革命烈士陵园扫墓，祭拜老师长。每一次抚摸常恩多将军纪念碑，王洪才总是老泪纵横，纪念碑上不仅寄托了他的哀思，更铭刻下他生命的痕迹。

1994年，王洪才去世，享年90岁。

国民革命军陆军第111师，在常恩多将军和郭维城将军领导起义后，几经改变番号，于解放战争中隶属第四野战军第38军，后辗转大江南北，参加了解放东北、辽沈战役、平津战役、解放西南、抗美援朝，并在社会主义建设时期做出了重大贡献。1996年，这支部队转隶武警部队。

常恩多将军的纪念碑不仅仅矗立在中国军队的序列里，还矗立在人民心中。

1996年9月3日，是常恩多将军诞辰一百周年纪念日。张学良暨东北军研究会和中共海城市委统战部在常恩多将军家乡——辽宁省海城市，联合举行了常恩多将军诞辰百年纪念会。

谷牧同志为常恩多将军百岁诞辰发来贺电道：

张学良暨东北军研究会、中共海城市委统战部：

欣悉召开常恩多将军诞辰100周年纪念会，由于我在京外，不能到会，深表歉意。常恩多同志是东北军著名的爱国将军，中共特别党员。他在抗日战争中，坚持抗战，反对投降；坚持团结，反对分裂；坚持进步，反对倒退，与山东的八路军紧密合作，为中华民族的独立和解放事业建立了重要功绩，我们与他共过事的老同志深深怀念他。

谷牧 1996 年 9 月 2 日

纪念会上，沈阳军区后勤部部长翟仲禹发言，他发言的题目《回顾与告慰》他满怀深情地说：

在常恩多将军的故乡纪念他的百年诞辰，使人感到亲切，也很有意义。

常恩多将军在他人生的征途上，成为坚贞的爱国主义者，成为大有作为的人民功臣，成为富有理想的共产主义战士，这同出生养育他的故乡有很大关系。他的故乡对他来说不只是个自然环境，而是一个政治环境，是一个历史概念。南满铁路是日本侵略中国的政治和经济的大动脉，海城坐落在这条铁路线上，常恩多将军正是从这里看到日本帝国主义侵略中国种种罪恶行径和中国人受到的种种欺凌侮辱。他怀着满腔义愤和对民族、人民的爱心，毅然放弃小学教员的生活，投笔从戎。他从到东北军当字兵，进而在东北军讲武堂深造，使他越来越想找机会对敌人予以制裁。“九·一八”事变前，他已是东北军的一名团长，事变时他率领全团正在宣化驻防，他恨不得率兵回师沈阳，与日军殊死一战。令他气愤的是蒋介石下令不许抵抗，把东北让给日本侵略者，把东北三千万同胞扔进火坑。他在全团官兵面前说：别忘了我们是东北老百姓拿血汗钱武装起来的队伍，……中央不让我们抵抗，可我们对敌人的仇恨不能忘，我们要卧薪尝胆，养精蓄锐，我们一定要收复东北！这些话当时看来希望遥远，而常恩多将军总是告诫部下，不要忘掉生活在水深火热中的东北三千万父老。“西安事变”时他积极支持少帅张学良兵谏，他早就拒绝“剿共”，而主张同红军一起抗日，后来不论何时何地，都以抗日救国为己任，对那些汉奸卖国贼和消极抗日积极反共者莫不横眉冷对。

我是 1939 年受党的委派到常恩多为师长的 111 师从事党的地下工作，合法身份是工兵营的字兵。工兵营经常执行师部警戒任务，同常师长见过面，工兵营长阎盛华是常师长在讲武堂的同学，他常常讲起师长的为人，说常师长生活简朴，体贴官兵，不喝兵血，使我深刻认识到，常恩多将军有多么高尚的风节。包括前面谈及的情况，许多知情者，就此都写过文章，我不重复。111 师隶属 57 军，1940 年 9 月常恩多将军发动的“九·二二”锄奸斗争，震动不小，军长缪澄流在汪精卫“再战必亡”谬论影响下，崇蒋媚日，反共反人民，越走越远。最后甚至派其亲信与日伪谈判，达成“互不侵犯，共同防共”的协定，缪澄流及亲信们成为可耻的汉奸卖国贼。常师长在万毅（共产党员）同志的支持下，采取革命行动，坚决锄奸，逮捕缪澄流。尽管因有人告密缪澄流等，使他得以逃脱，常恩多将军决心率东北军健儿抗战到最后胜利，打回东北老家！他的决心通电全国，从而震动了敌人，也鼓舞了人民。当时，我们对常恩多将军的为人和胆识由衷钦佩，但并不知道在 1939 年他已被我党接受为特别党员了。

1942 年斗争很复杂，很艰苦，在这样的岁月里，“八·三”起义胜利了。起义的组织者和领导者常恩多将军，却在起义胜利几天后与世长辞了。常恩多将军在生命的最后一刻，实现了他把部队交给人民的诺言。“他的一生是革命战斗的一生。他是我党的一位好同志，一名忠诚的共产党员”（张苏平给中共中央组织部干审局的报告称）。常师长重病缠身，仍躺在担架上不失时机地依靠郭维城和其他爱国军官，毅然率二千余官兵开赴八路军抗日根据地，把这支长期与我军团结抗战的队伍交给了中国共产党，实现了他的愿望；把一批忠于抗战，终日不忘东北父老的官兵领上了光明大道。这一义举重重地打击了国民党反共政策，为扩大滨海抗日根据地创建了有利条件。我曾听到起义同志讲到常恩多将军起义后给校以上军官讲的话：咱们要为后世子孙求光明、谋幸福，不能让他们戴着亡国奴的帽子，给日本人当牛做马，要救国，要打回东北，就得和共产党八路军联合起来，共同抗日，有骨头的就这样干吧！直到临终前，常恩多将军还在为国家和民族的前途念念不忘。同我们一起抗战胜利挺进东北的原东北军同志，确实没有辜负常恩多将军的遗愿。

1944 年 10 月 20 日，八路军山东军区政治部肖华主任，代表中共中央山东分局和八路军山东军区，专程来山东日照县罗家丰台 111 师驻地，向全师干部庄严宣布：在党的领导下，经过全体同志的艰苦努力，这支旧军队已改造成一支新型的人民军队——中国共产党的党军，为此授予这支部队以“八路军山东军区滨海支队”的番号！这支部队在战争年代的各个时期，都完成了党交给的任务，取得了优异的战绩。

日寇投降后，为配合苏联红军进入中国境内作战，并准备接受日满敌伪投降，以万毅为司令员的东北挺进纵队，根据上级决定从海路火速向东北进发。原东北军 111 师孙立基、关靖寰等同志在船上和其他参加“八·三”起义的原 111 师官兵一样莫不兴高采烈，他们一登上东北大地就感慨万千地吼道：我们终于打回来了！我们终于打回来了！

当时的东北敌伪的残部势力十分猖獗，社会秩序混乱不堪，地主、土匪武装和国民党的地下军纷纷蜂起，许多伪满汉奸、特务摇身一变，打着“维持会”的旗号进行政治投机，他们有的得到蒋介石中央的支持、任命。许多地方的权利仍然掌握在敌伪手中。东北挺进纵队编为两个支队，我们到达沈阳以后，受命先到沈阳东大营改换武器装备，在东山嘴子一带遭到日伪残余武装的反抗。我第 1 支队 26 团，经过激烈战斗，把这支 300 多人的队伍击溃。有的原老东北军同志告诉我们，“九·一八”事变当时，一支撤出沈阳的部队就是从东山嘴子退到山城镇的。我们两个支队改换武器装备以后，就从这里出发，分别向沈海路、中长路两侧的广大地区开进，从敌伪残余手中，真正把长期遭受日伪蹂躏的父老兄弟解放了出来！

1 支队一到山城镇，当地群众倾城而出，夹道欢迎；住在谁家，谁家就控诉日伪的血腥罪行，要求我们赶快消灭仍然盘踞在梅河口的“赵小胡子”。赵小胡子是伪满铁路的警务长，为害一方，无恶不作，组织地下军，控制交通枢纽梅河口，成为我们打通沈吉路的一大障碍。万毅司令员命令部队迅速做好攻击梅河口的准备。战斗开始后，部队冒着敌人猛烈火力，很快占领了梅河口，终于把赵小胡子活捉，歼敌300多人，梅河口掌握在了人民手中。刚刚解决了梅河口之敌，部队又接到了配合李红光支队一举粉碎通化的“二·二”反革命暴动，俘虏了许多日本军官，保卫了通化的人民政权。大家特别是原111师的老同志深感收复失地，解救家乡父老出水火，并非易事。

1946年1月，东北挺进纵队奉命扩编为东北人民民主联军第7纵队，司令员仍为万毅同志，原1支队改为19旅，彭景文同志为旅长，所辖的25团改为55团，26团改为56团，27团改为57团，全旅进驻到吉林的东丰桦甸一带进行休整。

我们休整不久，国民党就开始向东北大举进攻。国民党接收大员刘翰东到四平任国民党辽北省主席，并搜罗伪警察、土匪等三四千人组成保安部队，实行暴政，霸占东北交通枢纽——四平。纵队首长命令我56团在保1旅马旅长统一指挥下，配合保1团，赶在国民党正规部队到来之前占领四平。3月18日，我军对四平敌人展开攻击，我56团与保1团东西夹击，重点突破，我军很快全歼守城之敌，省主席刘翰东和保安司令张凯等全部被活捉，并缴获了大批物资。从此，我们这支部队参加了四战四平的战斗。二战四平，也就是四平保卫战，4月14日夜保卫四平的战斗开始了。56团、保1旅同兄弟部队一起坚守阵地，在敌人飞机大炮轰炸下，无数次打退敌人的进攻，保卫四平一个月，抗击了新1军、71军和新6军的10个师的兵力，迟滞了敌军北进，保卫了我东北根据地的建设，到5月18日按总部指令，有计划地实行战略转移，我军由阵地战转为运动战。

1946年8月1日，在吉林省敦化休整时，19旅改编为东北民主联军第1纵队第3师。为消灭东北地区的国民党军队，为解放全东北，做出了自己的最大努力。来自东北军111师的同志说：如果没有常恩多将军把111师交给共产党，也就没有今天的这支人民军队，我们也就不可能完全彻底地完成收复东北，使东北人民永远脱离苦海、走向光明的神圣任务！

沈阳解放以后，第1纵队编为中国人民解放军第四野战军第38军，3师编为114师。部队稍加休整之后，我们随着野战军进关的洪流，参加了平津战役。从1949年4月中旬，为了解放全中国，保卫中国领土主权的独立和完整，坚决执行毛主席、朱总司令向全国进军的命令，从华北平原出发，沿着平汉公路及其西侧向武汉以西前进，参加了宜沙战役；强渡长江，从鄂西到湘西，参加了衡宝战役；然后经黔东南直奔广西西部，参加了广西战役；切断了敌匪贵州的退路，继续向南勇追敌人，一路上解放了广大的地区，国民党部队望风而逃。

1949年12月末，我114师在百色刚进行休整，准备过个胜利的新年，却又接到新任务，奉命于12月24日火速向云南南部迂回，与二野入滇部队及当地地方武装配合，消灭敌第8军、第26军。我军翻山越岭，穿林渡河，经过25天连续作战，歼敌4 000多人，解放了滇南，把五星红旗插在我国边境河口的桥头，受到兵团通令嘉奖。

1950年初，我们挥师北上，在准备归建的路上，在芷江又受命在湘西桃园一带剿匪。在剿匪斗争中，师长刘贤权调离，我被任命为114师师长。湘西土匪多是由国民党潜伏的特务拉起的反革命武装，他们是为蒋介石重返大陆准备策应的，敌化整为零相当分散，有的隐藏很深。我们发挥我军密切连续群众的宗旨，发动群众，依靠群众，千方百计为民除害，为国家的安定挖掉祸根，取得显著战果。6 月底任务刚刚完成，我师又奉命归建，再次返回东北。军指示，我军准备参加抗美援朝，从而加入了中国人民志愿军的行列。部队“八·三”起义后，经过教育、锻炼，这些年来转战全国，参加了许多战役，涌现了不少英模人物，不能一一述彰，这里就讲一位战斗英雄的事迹。他叫曹玉海，是在原 111 师当过兵的山东人。在东北战场、南下作战，他战功赫赫，突破长江中身负重伤，伤后被组织留在武汉做监狱狱长。在他准备与一位护士结婚时，朝鲜战局使他找上部队，找到我，非要重新入伍不可。他的道理是不能眼看朝鲜人民遭殃，我们不能不救，朝鲜可能成为美军跳板，而占领祖国东北，把东北变成美国的二满洲，我们不能坐等豺狼入室。他的决心我们反映到野战军领导机关，最后批准了他的请求。到部队后让他留在机关参谋部门，管部队训练工作，但部队开赴朝鲜后，他坚决要求到营里带兵打仗，我们满足了他的要求，调他到 342 团 1 营任营长。这个营是原 111 师 666 团的几个连队的底子，扑灭通化暴动、首战四平、保卫四平、打进沈阳占领沈阳火车站的都是这个营。114 师入朝后，参加了一、二、三、四次战役，四次战役中曹玉海带领全营坚守汉江南岸 305.3 高地，粉碎了美王牌军美骑 1 师一个团在几十架飞机、十几辆坦克和三个远程火炮阵地的炮火支援下的十几次进攻，迟滞了敌人前进的时间，保证了其他部队反击敌人。山头被削平了，人员伤亡很大，武器弹药供应不上，他们就到阵地前沿从敌人尸堆里搜寻武器。他们坚守在阵地上，不后退半步。曹玉海、方新在阵地上不断振臂高呼：祖国人民在看着我们，朝鲜人民在期待着我们，我们绝对不许美国侵略者前进一步！最后，他们都壮烈牺牲了。

曹玉海在给他的未婚妻的信中写道：为了祖国的安全，我随时准备牺牲。曹玉海劝她千万不要等他。果然，他为了祖国、为了朝鲜人民的和平牺牲了。他被评为中国人民志愿军一级战斗英雄，特等功臣，他带的 1 营被命令为特等功臣连。全营出现了方新、赵连山、潘学仕等大量英雄模范人物。

在纪念我们的革命先烈常恩多将军百年诞辰时，如将军地下有知，我愿以这些片段的回顾告慰将军英灵。将军的爱国主义精神，将军对民族对人民的深厚情感，将军对共产主义理想的追求，永远值得我们纪念！